ぼくのミステリ・クロニクル

戸川安宣 Yasunobu Togawa
編＝空犬太郎 Taro Sorainu

国書刊行会

まえがき

戸川安宣

人生六〇年、というが六〇歳を目前にして、それまで集めてきた本の行く末を考えるようになった。

一二畳あるわが家の書庫には丸善の移動書架を入れていて、それに収めた蔵書は、ちゃんと数えたことはなかったが、その時点で五〇〇〇〇冊は超えていたと思う。本で床が抜ける、とか床に積みあげていた本が崩れて風呂場に何日も閉じこめられた、といった話を他人事ではない想いで聞いていたし、なによりおつきあいのある著者が亡くなって、ご遺族が蔵書の処分をするという場面のお手伝いを何度かするうちに、大事にされていた本が二束三文で売られていくのを目にして、元気なあいだになんとかしなくては、という想いがつのってきた。そんなおり、たまたま引き取ってもいいというありがたいお申し出があり、それまで縁のなかった成蹊大学の図書館に収蔵してもらうことになった。その後、ほかの寄贈者のものも合わせて、同大学にミステリＳＦコレクションが構築されることになり、そのとりあえずのお披露目があった席で、ぼくは初めて空犬太郎さんとお目にかかる機会を得た。

空犬さんは本屋に関する文章や著書もある方で、その少し前、成蹊大学近くでTRICK＋TRAPというミステリ専門の書店を手伝っていたことのあるぼくは、その活動に無関心ではいられなかった。親に似て本好き本屋好きの息子が、インターネットなどで集めた情報を逐一教えてくれて、空犬さんがこちらに関心を持ってくださっていることも知らされていたから、ぼくは成蹊大学近くの喫茶店で空犬さんと嬉々としてお話しをさせていただいた。それがきっかけで、本書が誕生したのだから、ぼくにとってはまさに夢のような話である。


まもなく古稀を迎える、という歳になって、これまでの人生を振りかえってみると、ぼくはなにか長期的なヴィジョンに従ってやる、というより、その場で思いついて、それやってみよう的に動いたり、そのときのなりゆきで、ではとりあえずやってみましょうか、となったことのほうが多かった。

ただし、ミステリや本に対する想いというのは、子どものころから変わらなかったと思う。それが本好き、ミステリ好きの子どもが編集者になり、出版社の社長になり、ミステリ専門書店の店員になる、という、この本の章題を借りれば、読む、編む、売るを一人でやった、まさに稀有な人生の原動力だったと言えるのではないだろうか。

それともうひとつ、今まで充実した人生を送ってこられたのは、ひとえにめぐり会った数多くのすてきな方々のおかげである。その人たちのすばらしさ、たのしさについては、本書のなかではほとんどふれられなかった。

一例を挙げれば、最晩年に心臓発作で倒れた翻訳家の中村能三《なかむらよしみ》さんである。同じく翻訳家の永井淳《ながいじゅん》さんと病室まで見舞に行ったとき、退院したらまた遊んでくれよな、と心細そうに言っていた能三さんなど、ほんとうにすてきな人だった。確定申告が終わって、同じ税理士に見てもらっていた永井さん、作家の海渡《かいと》英祐《えいすけ》さん、英文学者で翻訳家の柳瀬《やなせ》尚紀《なおき》さんと雀卓を囲んでいて、牌を握ったままたおれた能三さんが、どんなすごい牌を引いたのか、救急車が来るまでの間にのぞき込んだという永井さんも、本当にすばらしい先輩だった。そう、翻訳家になる前は角川書店の敏腕編集者だった永井さんは、きみの会社にはきちんと教えてくれる人がいないから、とぼくのことを終生心配してくださった大先輩であった。

仕事で知りあい、その後プライヴェートでもおつきあいの続いた方も多い。本を出すことになりました、とお話ししたら、わたしにできることがあったら何でもやります、と言ってくださったのにつけ込んで、口で説明しただけではわかりにくそうな、『紙魚《しみ》の手《て》帖《ちょう》』の展開図を描いてくださったひらいたかこさんも、その一人である。公私ともに忙しいなか、貴重な時間をさいていただき、本当にありがとうございました。

さて、もし本書を読んでおもしろかったと思われたなら、それはぼくのとりとめもない話をみごとにまとめてくださった空犬太郎さんの力にほかならない。

空犬さんは昔のことをよくおぼえている、とほめてくださったが、まとめられたものを読み返しながらこのところとみに便利になったネット情報や各種リファレンス書に当たって確認すると、記憶違いや思い違いが多々あり、おかげで空犬さんや国書刊行会の担当者、伊藤嘉孝さんの刊行予定を大幅に狂わせる結果となってしまった。お二人とともに、事実関係の正誤をチェックしてくださった千街晶之《せんがいあきゆき》さんにもお詫びとお礼を申し述べたい。

ほんとうにありがとうございました。

そして、最後はもちろん、この本を読んでくださる読者のみなさんに、深甚なる感謝の念を。

二〇一六年九月
東京ブックフェアの会場で、この本の最後のさいごにご紹介した、留萌市の「三省堂書店を応援し隊」の方々のお話を空犬さんとともにうかがった夜に

目次

まえがき（戸川安宣）　1
第一章　「読む」――本との出会い、ミステリへの目覚め、立教ミステリ・クラブ時代　7
第二章　「編む」――東京創元社入社、ミステリ編集者としてのキャリア、「新本格」ブーム　117
第三章　「売る」――ミステリ専門書店「TRICK+TRAP」の一四〇〇日　353
註　417
あとがき（空犬太郎）　425
参考文献　432
索引　i

凡例

『　』　作品名（長編）、雑誌・新聞名、映画名
「　」　作品名（短編）、テレビ・ラジオ番組名
〈　〉　シリーズ（全集・叢書）名

＊数字は本文では漢数字としたが、引用部分や書名・固有名詞などでは元の表記のママとした。

＊年号は西暦を基本としたが、時代感を伝えるために、元号を用いたり両方を併記したりした箇所があり、統一はしなかった。

協力　千街晶之

第一章

「読む」

本との出会い、
ミステリへの目覚め、
立教ミステリ・クラブ時代

信州生まれ、荒川育ち

生まれは、一九四七（昭和二二）年、一一月一四日です。疎開先だった長野県の小諸《こもろ》の近く、当時は滋《しげ》野《の》[*1]という町でした。

疎開は、祖父、祖母、両親、それに二人の伯父の一家と、家族でというよりも一族を上げてという感じでした。うちのおやじは男三人兄弟で、女が一人いたんですが早くに亡くなり、おやじはその三男です。当時、上の二人はもう結婚していて、長男には男の子が二人いました。それがみんな一緒に疎開したわけです。

疎開先は、滋野の医者の家でした。社会人になってから、一度だけ見にいったことがあります。疎開当時お世話になった方に案内してもらったんですが、もう誰も住んでいなかったのか、空き家になっていました。二階建ての白い洋館で、ここにあれだけの人数がみんな一緒に住んでいたのかと、そんなことを思ったりしました。

疎開先で受け入れてくださった方は知り合いとか親類ではなく、ぜんぜん縁はなかったんだと思うんです。なぜあそこにしたのかなあ。そこでぼくは生まれたんですが、生まれた翌年、一九四八（昭和二三）年にはもう東京に戻っていました。戻った後は、おやじの兄弟もそれぞれ別に家をかまえました。荒川の南千住で、借地に家を建てて、おやじの両親、ぼくからすると祖父母を引き取って一緒に住むようになり、翌年、一九四九年に妹が生まれました。二人きょうだいです。

うちは、そこでずっと町工場をやっていました。缶を造る、いわゆる製缶業です。カンヅメの缶ではなく、クッキーなどのお菓子を入れる化粧缶です。ほかには、昔は缶入りだった石けんの缶。いちばんのお得意になるのは、商品名でいうと「アイコクベーキングパウダー」、ふくらし粉です。小さい蓋付きの丸い缶で、中にふくらし粉が入っている。そんな缶を造っていました。これは今も当時とほとんど同じものを、スーパーなどで売っています。

会社名としてはたしか大宮糧食といいました。立木さんという創業社長が近江商人で、独特の経営哲学を持っている人でした。目黒区の八雲に会社がありましたが、そこと都立大学前駅との間に美春堂という今はないケーキ屋があって、ここのモカロールがうまかったのを覚えています。

ちなみに二代目社長の立木実さんは慶應出で、クラシック音楽が好きな趣味人でした。そして不思議な縁なのですが、音楽を通して鮎川哲也《あゆかわてつや》さんと交流があったようで、ミステリー文学資料館[*2]で保管されている鮎川さん宛の書簡類のなかには、実さんからのものがけっこうあり、その内容はほとんど音楽関係の話題でしたね。

朝の八時に始業で、終業が夕方の五時。昔は拘束九時間で実働八時間だったのです。昼が四〇分、一〇時と三時に一〇分ずつと、合わせて一時間の休憩がありました。夕方の五時から一時間休憩があって、六時からまた始めて、だいたい毎日九時ごろまで残業でした。五時で帰る人もいましたが、残っている人は、五時から六時の一時間で食事をします。だから、うちの夕食は当時、五時からと、ちょっと早めだったんですね。

ラジオドラマの影響

夕食の時間は、ラジオを聞きながら食卓を囲んでいました。父は六時になるとまた工場に出ていきましたが、ぼくたちはそのままラジオに耳を傾けながらちゃぶ台の前に座っていたのでしょう。これは小学校に入ってからのことですが、当時ニッポン放送では、六時から「ポッポちゃん」というラジオドラマがあり、六時一五分からは「少年探偵団」がありましたので、六時から六時半はラジオドラマを聞きながらくつろいでいたのだと思います。「少年探偵団」の放送が始まったのは一九五六（昭和三一）年四月一六日。ですから、三年生になったばかりのときでした。

「ポッポちゃん」というのは、ポッポちゃんことハト子という女の子が住む町の、他愛のない話を描いた帯ドラマで、主役の「ポッポちゃん」を後に声優となる上田みゆきという、当時の少女タレントがつとめていました。

その後に始まるのが、「ぼ、ぼ、ぼくらは少年探偵団」というテーマソングで有名な「少年探偵団」。番組は、光文社で出ていたシリーズの巻に沿っていて、「怪人二十面相」が何回かで終わると、「少年探偵団」が始まり、それが終わると「妖怪博士」が始まり、というふうに、順番に話が進んでいきました。それをほとんど毎日欠かさず聞いてましたね。

そのころ、字を習いに行かされたことがありました。当時の小学生は、習い事といえば、習字かそろばん。ぼくも妹も字が下手だったので、習字をということになりました。おふくろは寺の出なんですが、達筆で、戦争中は代用教員で習字の先生をしていたぐらい、ほんとうに字がうまかったんです。だからなおのこと、その子どもが字が下手なのもどうかというので、三ノ輪のお寺まで習字を習いに行っていました。「ポッポちゃん」はともかく、「少年探偵団」には間に合うよう、毎回、大急ぎで家まで帰っていた記憶がありますから、習字は五時ころから始まったのでしょうか。

祖父の影響

おやじは当時、ぼくが小学校を出るぐらいまでは、毎日、朝の八時から夜の九時ごろまでずっと働きづめで、土曜日の半休もなかったんです。休みは日曜日だけでしたが、日曜日も、さすがに工員さんは来ないんですが、おやじはよく一人で仕事をしていました。おふくろは、専業主婦だったのですが、経理関係ばかりでなく工場の仕事も手伝っていました。ただ、祖父母がいたから、その面倒も見ないといけない。基本的には専業主婦なんですが、朝起きて、食事を作って、片づけが済んだらおふくろも工場に行って仕事を手伝い、一二時ちょっと前に上がってきて、昼の食事を作って、その片づけが終わったら、また工場へ行って手伝いをし、といった、そんな毎日でした。おふくろは、終業後は祖父母の面倒もありますし、ぼくたちも帰ってきてその世話もありますから、残業はなしで夜は家事だけでした。両親ともまさに朝から晩まで働きづめでしたが、日本がいわゆる戦後の復興期で、みんな働きづめに働いていたというときでしたから、それが当たり前だったのでしょう。

そういえば、おふくろが買い物に行っているのを、あまり記憶していません。昔は御用聞きといって、近くの八百屋さんや魚屋さんが注文を取りにきていました。ぼくが覚えているのは、日光街道に面した魚屋の兄さんが、縁側に座って経木《きょうぎ》の品目を見ながら、今日は何々がうまいよ、などと言っている姿です。

祖父母は、家業の手伝いはしていませんでした。祖父は明治生まれですから、口やかましいというか厳しいというか、孫の教育は祖父が中心になっていました。外から遊んで帰ってきて、玄関でぱっと靴を脱ぎ散らかして上がったりすると、靴を脱いだらちゃんとそろえなくてはいけないというのを、「便所に行って尻をふかないでくるか！」というような言い方で叱ったりするような人でした。

日曜になると、祖父がぼくと妹の二人を連れて、どこかにお出かけする、というのが、いつごろからかの決まりみたいになっていました。始まったのは小学校の入学前だと思いますが、それが小学校の高学年、受験勉強を始めるころまで続きました。

祖父は明治生まれでしたが、おやじは大正三年生まれ。明治生まれと、大正・昭和生まれとは、いろいろな意味で嗜好《しこう》が違うんですね。だから、お出かけといっても、親とのそれとはぜんぜん違っていたんです。祖父としては、孫をだしにして、自分が行きたいところに行くという感じだったのでしょう。行き先が動物園や植物園のこともありましたが、どちらかというとぼくの親の世代だったらまず行かないようなところに連れていくわけです。歌舞伎とか新派とか菊人形とか、映画だと時代劇とか。新国劇ぐらいまでは、子どもでもなんとかついていけるんですが、やはり新派となると、子どもにはつらいものがあるんですね。祖父は、柳家三亀松《やなぎやみきまつ》の都々逸《どどいつ》が好きで、三亀松が出るというと、上野の鈴本とかにいくわけです。三味線を弾きながらの、身をくねらせて話す芸ですから、なんだか気持ち悪いなあと、子ども心に思いながら見ていました。

あとは寄席にもよく連れていかれました。もちろん古典落語も聞きましたが、寄席だと、漫才に手品に紙切りにと、いろいろなものがありますから、子どもでも楽しめる。たとえば、「痴楽綴《ちらく》り方狂室」で有名だった柳亭痴楽に山手線の駅名を折り込んだ漫談「恋の山手線」というのがありました。これはその後の人でいえば先代の林家三平みたいなもので、子どもが聞いてもふつうに笑えるんですね。だから、痴楽はおもしろく聞くんですが、三亀松のときは寝っ転がったりしていました。

よく連れていかれたのは、浅草、上野。一応、建前が子どもを連れていくということになっていたので、祖父は自分の趣味の菊人形なんかも見はしますが、花屋敷とか、そういう遊園地みたいな場所にも連れていってやろう、という気持ちはあったようです。食事はそばが多くて、それも、藪とか砂場とか、そういう老舗でした。祖父は江戸っ子ですから、そばっていうのは、つゆにちょっとだけつけて、つつーっとするものだとか、そんなにじゃぼじゃぼつけてはだめだとか、しっかり音を立ててすすれとか、そばを食べるにもいちいちうるさいわけです。でも祖父のおかげで、辰巳、島田の新国劇や、落語にしても倒れる前の志ん生を聴くことができたのです。

本との出会い・幼少期の読書

そんなふうに、祖父との毎週日曜日の外出では、いろいろなものにふれましたし、影響も受けたのではないかと思います。ただ、本との出会いは、少なくとも祖父との関連ではほとんどありません。祖父は、本はほとんど読まない人でした。おやじにしても、ほとんどの時間を働いて過ごしていたこともありますが、やはり本は読まない。

だから、本に関しては、小学校の間に親に買ってもらった本だと、たとえば、平凡社の児童向けの百科事典のような本でした。

ところで、当時住んでいた南千住の実家は、後に妹が結婚し、その亭主が家業を継いでくれたんですが、七〇歳近くだというので、製缶業は二〇一二（平成二四）年に辞めることになり、実家と工場をとりこわすことになったんです。それで、ぼくが寝泊まりしていた部屋の押し入れには、たしかまだ本が少し残っているはずだなあと思い、一度訪ねて、残っていた本をみんな持ってきたことがありました。そのなかにこの平凡社の『児童百科事典』もありました。

その当時はほとんど目を通していなかったといいますか、宿題のときにちょっと使ったことがある程度でした。それを今の目であらためて見てみると、これがなかなかよくできているんですね。もちろん、百科事典ですから項目主義ではあるんですが、記述のスタイルが事典風というよりは、読み物風になっているんです。たとえば「渡り鳥」を引くと、渡り鳥の生態などが読み物風に書いてあって、なかなか読ませるし、おもしろいんです。立派な事典だったんだなあとあらためて感心しました。これは、母親が買ってくれたものです。『少年探偵団』を読むまでは、それほど印象に残った本はありませんでした。そもそも、両親が本を読まなかったので、家には、そんなに本がなかったのです。

子どものころに母親に読み聞かせをしてもらってから寝た記憶もありません。昔話の本や講談社の絵本があったのは覚えていて、何冊か現物が残っているんですが、『一寸法師』とか『白雪姫』とか、ほんとうに定番のものが数冊程度で、それほどしょっちゅう本を買い与えられていたということでもなかったように思います。学校の図書館はたまに行きましたし、町の図書館もありましたが、図書館はあまり使いませんでした。小学校に入ってすぐに、家の本にあきたらず図書館に通いつめるような読書少年になった、というわけではなかったようです。

〈少年探偵団〉シリーズ・少年読み物との出会い

ぼくは、自分から「この本を買って」とねだって買ってもらった初めての本は、江戸川乱歩《えどがわらんぽ》の『怪人二十面相』だとばかりずっと思っていたんですが、調べてみると、どうもそうではないようです。

ちょうどニッポン放送が「少年探偵団」をやっていたころのことですから、一九五六（昭和三一）年の秋のいつだったたか、新聞を見たら、たしか三面に、光文社が全五段ぐらいの大きな広告を出していたんです。それが〈少年探偵団〉シリーズだけだったたか、他の本と一緒だったたか覚えていませんが、とにかく大きな広告で、それを見て、「ああ、本が出ているんだ」と、初めて知りました。それで、例の日曜日のお出かけの際に、早速祖父にねだって買ってもらいました。そのとき購入したのはシリーズの一巻目『怪人二十面相』で、たしか浅草の松屋デパートの書籍売り場だったと思います。これが乱歩の少年ものとの出会いです。手元に残っている本の奥付を見ると、〈少年探偵団〉シリーズ前半の巻は、だいたい昭和三一年の九月ぐらいの第何版かになっていますから、買ってもらったのは昭和三一年の秋以降であることは間違いありません。

当時、このシリーズは光文社から第一二巻の『灰色の巨人』まで出ていました。この年の内に既刊を読み切ってしまい、追いついたんでしょうね。第一三巻の『天空の魔人』以降は、持っている本の奥付を見るとすべて初版になっています。続刊が出るのを待ちわびて、新刊が出ると飛びついて買ってもらっていたんですね。

そのころ、うちでは産経新聞——当時は産業経済新聞といっていました——をとっていたんですが、この新聞の売り物の一つが絵物語でした。山川惣治《やまかわそうじ》が『少年ケニヤ』を連載していて、大変な人気だったようです。映画、テレビドラマ、漫画、そしてアニメ映画とあらゆる媒体から引っ張りだこで、ぼくもひとつ持っていますが、カルタなどの遊び道具にもなっています。山川惣治は一九四七（昭和二二）年、『少年王者』を単行本の書き下ろしとして出して大ヒットを飛ばすのですが、それによって集英社は経営基盤を築いた、と言われているほどです。

『少年ケニヤ』は産経新聞の一九五一（昭和二六）年一〇月七日から一九五五年の一〇月四日まで四年にわたって連載されたようですが、ぼくは一九四七年の一一月生まれですから、連載開始時にはまだ四歳になっていません。でも、新聞の連載で読み出したのは間違いなく、やがて単行本を買ってもらって通読したということでしょう。いずれにしても『怪人二十面相』より先であるのは確かです。当然、産経新聞は、単行本の『少年ケニヤ』第〇巻まで絶賛発売中といった広告を出したでしょうから、それを見て、これも祖父にねだって買ってもらったんでしょう。続いて山川惣治の『少年タイガー』を読み、山川惣治が休んでいる間に阿部《あべ》和助《わすけ》という人が、『山男ダンさん』というのを連載していたので、それも読んでいます。

　といった具合で、絵物語を買ってもらって読み、〈少年探偵団〉に出会い、おそらく〈少年探偵団〉には作品の中に名前がちょっと出てきたりしたので、その流れでホームズやルパンの存在を知り、そちらに手を伸ばす、ということになったんだろうと思

思い出の『怪人二十面相』

います。

ホームズとルパン

小学校時代は、親から本を読めと言われたことは一切ありませんでした。六年生になるときに、受験勉強をしろというふうに言われました。六年生の最初か五年生の三学期ぐらいだったと思いますが、この一年間は本を読むなと、そのとき初めておやじに言われたんです。親には反抗しないほうだったので、そう言われたらしようがないなと素直に思うようなところがありまして。そのころ、扉のある本棚を使っていました。ふつうのサイズの本棚一本にいっぱいぐらいの本しかなかったころのことです。そこに〈少年探偵団〉とかホームズとかルパンのシリーズが並んでいたわけです。本棚の扉を開けて、それらを眺めながら涙を流したりしたこともありました。

とにかく、それぐらい徹底して、その一年は本を読まないということでした。五年生の終わりぐらいから六年生を終えて小学校を卒業するまでの一年間というのは、ほんとうに本をぜんぜん買いもしない読みもしない、ということだったのです。だから、ぼくの小学生時代の読書というのは、小学校三年生から小学校五年生の終わり、ひょっとすると一二月までぐらいなんですね。その間に、今お話ししているような本やシリーズをすべて読んだことになります。小学三年生ぐらいに〈少年探偵団〉に出会ってから、五年の終わりまでの丸二年。それがぼくの小学校時代の読書のすべてで、この間に、次々に本を読破していきました。

山中峯太郎《やまなかみねたろう》版のホームズ作品に出会ったのは、〈少年探偵団〉に出会ったのと同じころだと思います。毎週のように祖父に連れられて、〈少年探偵団〉を買ってもらっていたわけですが、あるところで既刊分に追いついてしまいました。当時はまだ新刊が出ていたころですから、あとは新刊が出るのを待つことになる。乱歩が、光文社の『少年』を軸に、『少年クラブ』『少女クラブ』と三誌で連載をしていましたから、少なくとも一年に三冊、一二月か一月ごろに新刊が出る、というサイクルだったのですが、それに追いついてしまったわけです。新刊が出ても三冊ほど出ると、また翌年まで待たないといけない。すると、読むものが足りないんですね。〈少年探偵団〉を買いにいくために本屋にいくと、当然、児童書売り場にいきます。〈少年探偵団〉シリーズの新刊目当てだったのですが、そこでおそらくホームズやルパンに出会ったんだろうと思います。

ホームズやルパンの名前は、乱歩作品の中にも出てきますから、「ああ、これがあのホームズか、ルパンか」と思って、それで祖父に買ってもらったのが最初だったのでしょう。

そのときに出会ったホームズは、山中峯太郎の〈名探偵ホームズ全集〉というポプラ社のシリーズです。この山中版ホームズは、とくにホームズファンには悪評が高いといいますか、なんというか。翻訳というより翻案という感じで、とにかく大胆に訳者の手が入っていることで知られていて、それが熱心なファンには評判が悪いわけです。本文もすごいんですが、タイトルも、『火の地獄船』[*3]とか『土人の毒矢』[*4]とか、原題はなんなのかというクイズになりそうなぐらい、ちょっとすごいものになっていたわけです。原題に忠実な訳題というのは数作しかないんじゃないかって思うぐらいなんですね。ただ、文章は実に独特で、代表作『敵中横断三百里』の、あの講談調で、なんとも言えない雰囲気があるんです。だから、文体にはまるとほんとうにのめりこんでしまう。それで、ぼくも山中版の名調子に、すっかりはまってしまいました。

同じころ、講談社から〈探偵名作・少年ルパン全集〉というシリーズが出ていました。こちらの訳は保篠《ほしの》

山中峯太郎版〈名探偵ホームズ全集〉より『恐怖の谷』『夜光怪獣』『閃光暗号』『謎の手品師』

龍緒《たつお》という、昔からルパンをやっていた人です。この保篠版も山中版ホームズと同じく、評判の悪いところがありました。ルパンの出てこない話にもルパンを登場させたりしていますから、こちらは翻訳以前の問題と言うべきでしょうか。

保篠龍緒は、ルパンの翻訳権は自分が持っているんだとずっと主張していた人なんです。最初はなるほどそうなのか、と思っていたんですが、戦後にいろいろな社がルパンの本を出したいと思ったことがあり、保篠龍緒が本当に翻訳権をもっているのだろうかというので、本国に問い合わせを出してみたんです。そうしたら、翻訳権は日本には売れていないというんです。おそらく、保篠龍緒は「私が翻訳したい」

〈探偵名作・少年ルパン全集〉より『813の秘密』『バルネ探偵局』

という内容の手紙を著者のルブランに出したんでしょう。ルブランは社交辞令で、ぜひ翻訳してください、という返事をよこしたことがあったのかもしれません。そのあたりはわかりません。ただ、そういう経緯で、別に正式の契約が結ばれていたわけでもお金が支払われていたわけでもないことがわかりましたので、正式に翻訳権を取ろうということになりました。そのとき、手を挙げたのが、東京創元社、新潮社、ポプラ社の三社です。その三社と打ち合わせると、全集（単行本）、文庫、児童書と、それぞれ出版の形態が違ったものですから、それならと間に入ったフランス著作権事務所[*5]が大岡裁きで、東京創元社には単行本（全集）、新潮社には文庫、そしてポプラ社には児童書の権利を与えることにしたのです。当時の東京創元社はまだ推理文庫を始める前で、〈世界大ロマン全集〉や〈世界推理小説全集〉といった全集叢書のかたちでエンターテインメント路線に乗り出したときでした。こうして一九五九（昭和三四）年の一月から〈アルセーヌ・リュパン全集〉全一二巻が刊行されたのです。

それから十数年たって、ぼくが東京創元社に入社したころ、読者からもっとも多かった質問が、かつて〈リュパン全集〉を出していたのに、『奇巌城』や『水晶の栓』など六冊だけ文庫にして、あとの『８１３』や『虎の牙』などをなぜ文庫にしないのか、というものでした。ベルヌ条約の一〇年留保規定を適用して、日本ではパブリックドメインになっている六作だけは文庫化できたのですが、あとは新潮社が文庫の翻訳権を保有していて出せなかったからなのです。[*6]

もっとも、新潮社は堀口大學《ほりぐちだいがく》さんにすべて翻訳を頼むつもりでしたが、堀口さんが一〇作翻訳したところで、もう勘弁してくれ、ということになり、後は放棄することになったと聞き、それなら新潮社が手がけなかった作品の文庫翻訳権を取得して出しましょう、と当時の編集部長の厚木《あつき》に言いまして、一九七二（昭和四七）年の一二月に『金三角』を出したのを皮切りに、先の全集から一〇点、文庫化しました。そのときに、リーブル・ド・ポッシュのペーパーバック版を集め直したところ、かつて出した全集版に入っていなかった作品がひとつあることに気づき、『オルヌカン城の謎』という訳題で井上勇《いのうえいさむ》さんに訳し下ろしていただきました。さらにそれから一〇年ほどたってから、リュパンの出てこない作品四点──『綱渡りのドロテ』『ノー・マンズ・ランド』『三つの目』『バルタザールの風変わりな毎日』を追加しています。

そんなわけで、保篠版ルパンにはいろいろ事情があったんですが、当時はもちろんそんなことは知りませんので、ホームズ同様、ルパンもとてもおもしろく読みました。ルパンの全集は一二巻、ホームズは二〇巻ありました。

科学・ＳＦへの興味、テレビドラマへの熱中

さっき話した『少年ケニヤ』というのは、ある意味SF的なところもあるんですね。アフリカのケニアを舞台にした冒険もので、いわばターザンの子ども版なんですが、そのなかに、地底世界に行くなんていう話があるんです。バローズの模倣といってしまうと言い過ぎかもしれませんが、まさに『ペルシダー』ですよね。たしか、沼かどこかに入っていくと、そのまま地底世界に行ってしまい、地底世界でいろいろな冒険をして、また元の世界に戻ってくる、というような不思議な話でした。

〈少年少女世界科学冒険全集〉より『地底王国』

子どものころはSFをけっこう読んでいました。ホームズとルパンを読んだころだったと思いますが、講談社で〈少年少女世界科学冒険全集〉という、SFの全集が出ていまして、シリーズのなかの何冊かを読んでいるんです。

SF的なものに興味を持つようになった原因の一つに、テレビの存在がありました。小学校の三年生か四年生のときだったと思います。親戚に立教大学の理学部の教授がいたんです。その人がおやじのところに電話をかけてきて、金を出してくれというんですね。何に使うんだっておやじが聞きましたら、学生にテレビを作らせたいというんです。部品費を出してくれたら、できあがったテレビをあげるから、と。要するに、立教大学理学部製作のテレビを買えという話です。結局おやじは、いいよとお金を出しましたので、しばらくすると、学生たちが完成したテレビを我が家に届けにきたんです。一般のテレビ放送が始まった直後ぐらいですから、世間的にはきわめて早い時期に、うちにテレビが入ったことになります。今でもはっきり覚えているのは、最初はチャンネルがなかったこと。当初は、ＮＨＫだけだったんですね。

その当時のブラウン管は寿命が一年だと言われていました。観ているとたしかにだんだん画面の周りの部分から黒くなってくる。都市伝説というんでしょうか、そのまま観続けていると爆発する、というような噂までありました。もちろん、爆発はしませんでしたが、ほんとうに画面がだんだん暗くなってくるんですね。テレビがうちに届いて一年ほどたつと、ブラウン管を取り替えに、また大学院の学生がやってくるんです。ブラウン管だけではなく、いろいろ故障するんです。なにしろ、やたらに真空管を使った代物で、しかも、ブラウン管はフランス製で、真空管はアメリカ製で、といった具合の寄せ集めです。たまにこわれたからといって、いちいち大学に電話するのも大仰ですから、近所の電気屋にいうと、「わからない、直せない」と言われるんです。しかたがないから大学に電話すると、学生が喜んでやってきて、直してくれる。来てもらったからには、ごちそうぐらいはしなきゃいけません。しょっちゅうこわれるので、そのたびに呼んでは修理をしてもらう。なんだかんだと、やけに高くついたテレビでした。

そのうちに、また学生が勝手にやってきて、今度は「『チャンネル』というものをつけなくてはいけなくなった」と言うんです。ＮＨＫの次が日テレで、それからＮＨＫ教育と、二つ局ができたころで[*7]、取りつけたのが、三チャンネルだったか、六チャンネルだったか、覚えていませんが、がちゃがちゃと回すタイプのチャンネルでした。たしか、当時は一がＮＨＫ教育で、三がＮＨＫ総合だったんじゃないかな。四が日テレで、そのうちにＴＢＳができ、局が増えていき、それで、チャンネルをつけてしばらくすると、また局が増えますから、というので、今度は一二までのチャンネルに取り替えて、これ以上はもうチャンネルは増えません、なんてことがありました。

そんなわけで、テレビは放送開始になったころから見ていました。当時、好きなテレビ番組がいくつかありましたが、そのうちの一つが「ディズニーランド」。日テレ最初期の目玉番組の一つで、金曜の夜八時からという、いちばんいい時間にやっていた一時間番組です。ウォルト・ディズニーがまだ元気なころで、「ヒッチコック劇場」みたいに、最初と最後にディズニー本人が出てきて、口上を述べる。番組は、ディズニーランドの中と同じように、「おとぎの国」や「未来の国」など、いくつかのテーマにわかれていました。たとえば、その日のテーマが「未来の国」だとSF的な内容になっていました。

フォン・ブラウンという、第二次大戦中はドイツでロケットの製作に関わっていた人が、戦後亡命してアメリカに行き、今度はアメリカの宇宙科学の先導者になるんです。そのフォン・ブラウンが「ディズニーランド」に出てきて、ロケットというのはこういう仕組みで、宇宙はこうなっているといった科学解説をする。それが「未来の国」でした。「おとぎの国」というのは、童話というか、フェアリーテール式の内容で、ある意味、ディズニー映画の宣伝にもなっていたわけです。だから、番組で『白雪姫』のアニメをやると、必ずその後に、一般公開映画として同じディズニーアニメが上映されましたし、実写もありました。ディズニー映画の宣伝番組でもあったわけです。それを毎週のように見ていました。

当時は、SFというよりは、その番組で取り上げられていたような科学的なものがけっこう好きでした。当時、原田《はらだ》三夫《みつお》という日本宇宙協会の会長がいて、宇宙ものの解説書を書いていたんですが、そのころ読んでいた講談社の〈少年少女世界科学冒険全集〉にそういうものも入っていたんです。フィクションと科学啓蒙読み物の両方が入っていたんですね。ハインラインなどの小説も読みましたが、そういう解説書のような本が好きでした。月まで何キロとか、火星まで何キロとか、光子ロケットで行くと何日かかるとか、そんなことが書いてあるんですが、それをおもしろがって読んでいたのは、やはり「ディズニーランド」の影響がけっこう強かったんだろうと思います。

〈少年少女世界文学全集〉

小学校五年生のころだったと思いますが、講談社が、〈少年少女世界文学全集〉という文学全集を出し始めました。実は東京創元社がその前に、〈世界少年少女文学全集〉というのを出していて、評判がよかったんですね。講談社のは、ある意味それのぱくりというか、装丁なんかがそっくりなんです。本は函入りで、表紙の真ん中辺りに額縁状の部分があって、収録作品の中の一場面を描いた四色刷りの絵が一枚入っている。その上に収録作品名が書いてある、そういう本の造りから収録作品から何からそっくりでした。本を開けると本扉があり、その後に口絵が何枚かついている、というのも同じです。ただ、紙の質は講談社のほうがいいんです。ぼくが通っていた学校の図書館には東京創元社版がありました。

当時は八百屋、魚屋と同じように本屋さんもたまにですが御用聞きに来ていたんです。たぶんその人が内容見本のカタログでも持ってきたんでしょうね。それを見て、じゃあこの講談社の文学全集をとろうということになったんです。百科事典と同じように、定期で買っていたわけです。

この講談社の全集には、先の「ディズニーランド」という番組と関係するエピソードがあります。収録作品に『スイスのロビンソン』というのがありました。配本のわりに早い時期に『スイスのロビンソン』の巻が配本され、それを読んでいたんです。すると、しばらく後になって、「ディズニーランド」で『南海漂流』[*8]という映画が紹介された。つまり、ディズニーの実写映画版の宣伝です。先に小説版を読んでいたので、あの作品だ、とすぐにわかりましたから、これは観にいかなくちゃ、というので、映画を観にいった覚えがあります。一家で漂流して島に打ち上げられ、そこで木の上に家を作って、救助が来るまで家族で生活をするという、要するに、ロビンソン・クルーソーの家族版という話なんですが、映画もおもしろかったという記憶があります。

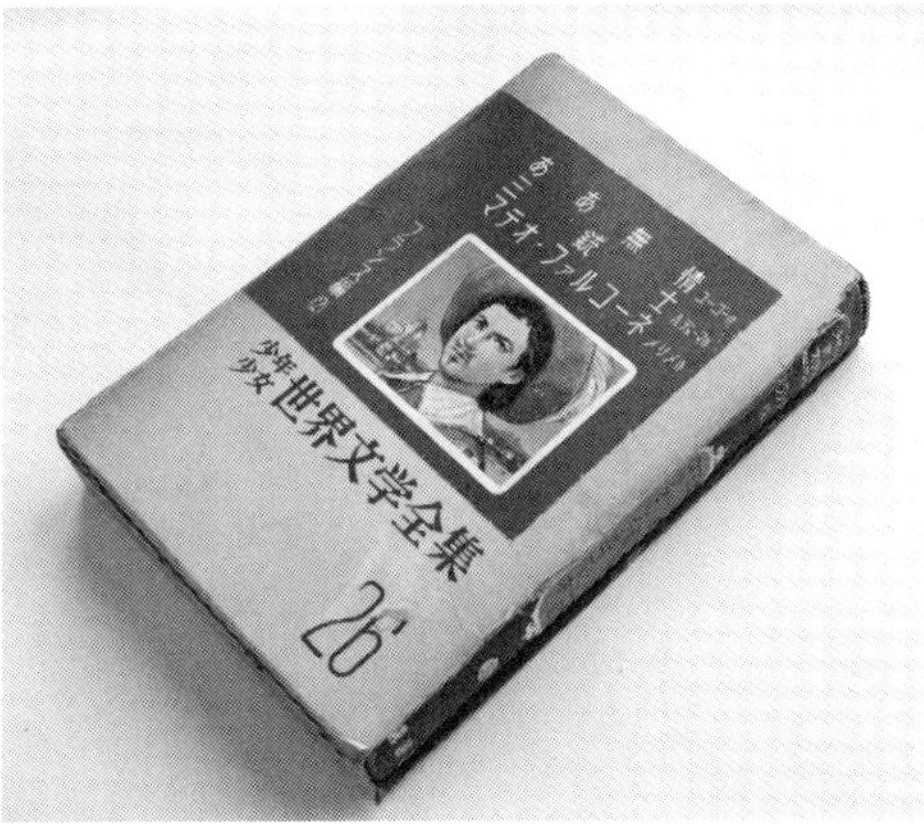

講談社版〈少年少女世界文学全集〉より『26（フランス編2）』

勤めだしてからのことですが、ABA[*9]のブックフェアに参加するのにアナハイムというディズニーランドがある街に行ったことがあって、ディズニーランドに行きましょうと文藝春秋の松浦《まつうら》伶《れい》さんに誘われて行ってみたんです。『スイスのロビンソン』で、動物、とくにライオンなどの猛獣が来るので、難を避けるために樹の上に家を建てるんですが、そのツリーハウスが、ディズニーランドの中にあったんです。わーっ、『南海漂流』だ、と喜ぶぼくの脇で、なんでこんな木の家にこんなに喜ぶんだという顔をしていた松浦さんの様子が忘れられません。

本と本屋

これまでに話してきた本は、外商で家に来ていた本屋から定期でとったり、祖父とのお出かけの際に買ってもらったものです。本は、基本的には買って読むものという感じで、図書館はあまり使いませんでした。家族の理解もあったので、本を読むことに関しては何の抵抗もありませんでした。

そんなふうに本に接してきたもので、長く、古本にアレルギーがあったんです。ずっと新刊を買っていましたから。大学に入るまでは、古本を読んだことはありませんでした。そんなに興味の範囲が広くなかったということもありますし、本屋で手に入るような新刊で十分に興味を満たすことができたということもありました。

とくに古本を探そうという機会自体がなかったこともありますが、やはり人が一度読んだものに対する忌避感というか、本はやはり新本を買って読むという意識が、高校生のころまではとても強かったんです。古本については、大学に入って、先輩、とくに早稲田の人たちに古本屋に連れていかれて初めて、ああ、こういう世界があるんだな、というふうに思ったものです。それぐらい、本は新刊書店で買うというのが当たり前だと思っていました。

雑誌と漫画

小学生のころは、学習雑誌『小学〇年生』を何年かとっていました。あの当時、学習雑誌には、別冊付録として、文庫ぐらいのサイズの薄い小冊子がついていたんです。小説作品を子ども向けに短くまとめ直した、いわゆるダイジェストですね。ミステリ関連だと、たとえばアイリッシュの『暁の死線』といった作品のリライト版がありました。

学年誌の別冊にアイリッシュですから、今思えばかなり大人っぽいセレクトです。ただ、登場人物を少年少女にしてあるんですね。ニューヨークで主人公の子どもたちが出会い、帰りのバスに乗るまでに事件を解決しなくちゃいけないとか、そんなようなお話になっていました。そういうのが毎号のようについていました。付録はすごく楽しみに読んでいましたが、肝心の雑誌本体に載っている学習的な内容のものはあまり読んだおぼえがありません。

雑誌は、自分で親にねだったというよりは、おふくろが御用聞きに来た本屋さんに頼んでいたんじゃないかと思うんです。ある時期、『少年クラブ』だか『少年』だかを半年ほどとってもらったことがあったぐらいで、基本的に雑誌といえば学年誌でしたね。漫画雑誌でいうと、『少年マガジン』『少年サンデー』の創刊が一九五九（昭和三四）年で、小学校の高学年ぐらいですから、創刊号は買っていますが、いわゆる漫画少年ではありませんでした。

ただ、漫画がまるっきりきらいなわけではなくて、それなりに読んではいました。小学校時代に読んで覚えているのは、山根一二三《やまねひふみ》の『少年宮本武蔵』。いちばん好きで読んでいた漫画ですね。祖父の影響かもしれませんが、当時、新国劇を観ていまして。いわゆる辰巳・島田の全盛時代なんですね。いちばん人気のあったのが宮本武蔵だったのです。辰巳・島田の、どっちが武蔵でどっちが小次郎だったか忘れましたが、何回か新国劇で観ています。宮本武蔵は映画でもあたって、東映あたりでやっていたんでね。それで読んでいるのだと思います。

ただ、読書のバランスからすると、雑誌や漫画はやはり少なめでした。

講談社〈少年少女世界探偵小説全集〉

このころ、つまり小学校の四年、五年のころに、講談社の〈少年少女世界探偵小説全集〉を読んでいます。講談社のシリーズとしては、先ほどふれた〈少年少女世界科学冒険全集〉が先に出ているんですが、これがなかなか評判がよかったようで、それでおそらく講談社はミステリもやってみようかってことになったんじゃないかと思うんです。

〈少年少女世界探偵小説全集〉は、乱歩・西條八十《さいじょうやそ》・久米元一《くめげんいち》という三人が監修で、全巻の巻末に江戸川乱歩による解説がついていて、それがとても楽しみでした。というのも、これが実によくできた解説で、毎巻必ず三ページなんですが、著者の略歴、主要作品などがコンパクトにまとめてあるんです。たとえば、アイリッシュでいえば、『幻の女』というのが代表作であるとか、『黒のなんとか』というタイトルが多いので「黒のアイリッシュ」と言われているとか、過不足のない解説なんですね。さすが乱歩先生だなと思っていたら、後に、都筑道夫《つづきみちお》さんが代筆をしていたというのを都筑さん本人から聞きまして、そうだったのか、と。

この〈少年少女世界探偵小説全集〉には、一巻だけ、冒険ものをずっと書いていたマーカンドというアメリカ作家の「モトさん、あやまる」(Mr. Moto Is So Sorry)という、日本人を主人公にしたスパイものの作品が入っています。伊藤照夫《いとうてるお》というペンネームの人による翻訳です。これも学生時代に都筑さんに会って聞いたことなんですが、実はあれはぼくがやったんだけど、大変なエピソードがあってね、と。

シリーズ刊行の最初に打合せがあって、都筑さんもそれに出たそうです。カーのこれ、クイーンのこれ、クリスティのこれ、アイリッシュのこれを入れよう、といった感じで作品を決めていき、マーカンドも日本人を主人公にした作品のようだから一冊入れようか、なんて話になったそうです。

この手の児童ものは、たいがいすでに翻訳があって、それを「邦文和訳」というか、子どもに読めるようなかたちに書き直すことが多いんですが、たまには一つぐらい、翻訳のないもの、というか、めずらしいものを入れてもいいんじゃないか、というような話になったというんですね。で、「都筑くんがいるんだし、じゃあ、マーカンドのこれ、やってみないか」と。都筑さんは、ああ、そうですか、と気安く引き受けたはいいんですが、原書を読んでみたら、ものすごいポリティカルスリラーでね。主人公はたしかにモトさんという日本人なんですが、これはとても子どもには無理だろう、どうしたら子ども向けになるんだと、頭を抱えたそうなんです。

〈少年少女世界探偵小説全集〉より『銀のたばこケースの謎』

　で、しかたないから、最初、横浜あたりにモトさんがいて、中国人がらみの密輸だかなんだかみたいな話があり、それを追いかけるために中国本土にわたってどうこうという、あらすじというか、おおよそのルートだけをもらって、あとはまるっきり創作をした、というんです。『銀のたばこケースの謎』というタイトルで出た本なんですが、都筑道夫さんは、あれは実はぼくの創作なんだ、と。

　しかも、これには後日談もあって。『銀のたばこケースの謎』は一九五七（昭和三二）年に出た本なんですが、それからずいぶんたって、別の社で、やはり児童向けのミステリシリーズが出るというので、作品リストを見たら、マーカンドの例のが入っている。で、都筑さんは、さすがに「えっ」と驚いて、また誰か他の人があれを「翻訳」するのかと思って、出たものを手にとったら、都筑さんが書いたもののリライトだったんです。流用だったのですね。この作品は、マーカンドの作ではなくて、ほぼ完全に都筑道夫作なわけですから、いわば盗作ですよね。都筑さんは、そのことに気づいても、結局、そのままにしてしまったようです。最近、『銀のたばこケースの謎』が都筑さんの創作だということはわりあい知られるようになりましたが、それの「盗作」版があることまでは知られていないでしょう。

　中学校に入って、カーをはじめとする創元推理文庫や早川のポケミスといったミステリ読書につながるのは、やはり〈少年探偵団〉〈ホームズ〉〈ルパン〉という定番だけではなく、〈少年少女世界探偵小説全集〉で、クイーン、カー、クリスティ、アイリッシュといったいろいろな作家がいることを知っていたからだと思うんです。しかも、アイリッシュというのはこれこれこういう作風の人だといった都筑さんの勘所を押さえた解説まである。必ずしも謎解きものばかりではなく、チャータリスとか、マーカンドとか、そういうハードボイルド系というのもありましたし、サスペンス小説もありました。中学校以降のミステリ読書に直結しているという意味では、講談社の全集は非常に大きかったんですね。

　それともう一つ、この全集は、装丁というか本の造りが非常にぜいたくだった。相沢光朗《あいざわみつろう》さんのデザインで、カバーは白黒の風景写真の上にカラーのイラストを載せ、表紙は緑の紙クロスの上にスミの絵を置き、見返しにもモノクロのイラストが刷ってあるんです。本扉にも絵があって、その裏から見開きでカラーの口絵になっていて、その裏は絵入りの登場人物表。訳者前書き、目次と続いて、中扉、という順です。非常に手が込んでいるんですね。見返し、本扉、口絵、中扉といった造本の用語こそ当時は知りませんでしたが、ぼくはこの全集によって小学生のときに本のデザインの楽しさに目覚めたように思います。そういう意味で、この全集は忘れることができません。

小学校五年生の終わりでいったん読書を打ち切られることになりますが、そのころ、全集自体がほとんど完結というか、休止に近い状態でした。ところがその後、六年生になったころに、一巻だけ出ています。ルルーの『黄色い部屋』が、『透明犯人のなんとか』[*10]というタイトルで出たんですね。

東京創元社版〈世界少年少女文学全集〉より『46（推理小説集）』

以前に、講談社の〈少年少女世界文学全集〉を買っていたと話しましたが、一巻だけ東京創元社版を買っています。というのも、『推理小説集』という巻が東京創元社版にはあって、その存在を知ったのは、小学校のときの先生のおかげでした。小学校の四、五、六年と三年間担任を持ってくれた高橋百子先生が、五年生のときに、時間が余ったので、では、この時間は本を読んであげましょう、というふうに言ってくれたことがあったんです。それで、先生が学校の図書室から、東京創元社の『推理小説集』を持ってきて、どういうわけか「赤毛連盟」を読んでくださったんですね。山中峯太郎の訳ですでに読んでいましたから、ああ、あの話だな、とすぐにわかりました。さすがに小学校の授業一時間分では読み切れませんから、先生は読めるところまで読んで、残りは概略を話してくださったんです。

その本を見て、うちでとっている全集によく似ているけどなんだか違うなあ、というふうに思い、そういう本があるのを知って、一巻だけ、本屋で東京創元社版を買ったんです。そのなかに『黄色い部屋』が入っていたんです。東京創元社版ですでに読んでいましたし、親から本を読むなって言われていた年に出たこともあって、講談社の〈少年少女世界探偵小説全集〉の最後の巻は買わなかったんです。つまり、最後のルルーの巻だけ欠けているというわけなんです。

ちなみに、この『推理小説集』が初めて買った東京創元社の本です。もちろん、当時は東京創元社の本だってことはぜんぜん意識してはいませんでした。

初めて自分で買った文庫本

本は、推理もの探偵もの以外にもいろいろなものを読んでいました。たとえば、このころ、ファラデーの『ロウソクの科学』に授業で出会っています。これが初めて自分で買った文庫本で、初めての岩波文庫でした。

ぼくが通っていたのは区立の小学校ですが、上級生になると課外授業というのがありました。小学校ですから担任がほとんど全課をもつんですが、家庭科などには専任の講師がいました。実験があるからなのか、その小学校では理科にも専任の先生がいたんです。

「ディズニーランド」の影響もあったんでしょうが、当時はけっこう科学好きでした。理科の専任の先生が、科学の課外授業を持っていまして、四年か五年のときに、科学の授業をとったんです。この先生が、今から考えると、専門バカというかなんというか、小学生に当時の岩波文庫の『ロウソクの科学』を読ませたんです。さすがに無理ですよね。先生が少しずつ読みながら、実験ができるものについては実験するという授業なんですが、なんだかよく理解できないまま、一年間、その『ロウソクの科学』をやりましたね。

探偵・ミステリ以外のもので、いちばんよく読んでいたのは、〈少年少女世界文学全集〉。定期でとっていたのを、全部ではないにしてもけっこう読んでいたので、世界の名作はこれでかなり読んでいます。

あと、父親が歴史好きだったんです。日本の出版史のなかでけっこう大きく取り上げられるんですが、小学校五年のときに、読売新聞社から〈日本の歴史〉という、大きいサイズで函入りの、全一二巻のシリーズが出たんです。当時の日本の歴史学会が学会を上げて、いわゆる通史をやるというので、和歌森太郎《わかもりたろう》さんたちが中心になって監修したシリーズです。当時うちでとっていまして、まだ家に残っていますが、一巻目はほんとうにぼろぼろになるぐらいまで読みましたね。児童向けのシリーズではないんですが、小学校六年生のときに読んでいます。

ただ、根気が続かないというか、最後まではなかなか読み通せなくて、どうしても熱心に読むのは最初のほうになります。読売以外では、中央公論社の〈日本の歴史〉がありました。中央公論社はその前に〈世界の歴史〉を出していて、当時は知らなかったんですが、ぼくが小学校時代にすでに出ていたんですね。〈日本の歴史〉のほうは、刊行が始まるというときに、こちらもちょうど中学校の最後だか高校だかというころでしたから、全巻買って読みました。ただ、やはり熱心に読んだのは最初のほうです。そういう読書の影響か、古代史が好きになりました。中世以降はどうも根気が続かない。古代史はほんとうに熱心に読みましたね。

中学校時代に、NHK教育テレビで、たしか「日本の考古学」という考古学の講座の三〇分番組があったんですが、当時の若手考古学者数人が何回かに分けて講座をするのを、それはほんとうに熱心に聞いていました。

いちばん最初が無土器時代で、講師は芹沢長介《せりざわちょうすけ》さん。晩年ちょっとみそをつけてしまったんですが、型絵染で有名な染色工芸家、芹沢銈介《せりざわけいすけ》の息子さんです。明治大学から東北大学に移った先生なんですが、仙台でお父さんの美術館の館長をしていて、それだけで他に何もしなくても食えるというような人なんですが、この人の無土器時代に始まって、慶應大学の江坂輝弥《えさかてるや》さんが縄文・弥生時代を担当していたのかな、それをずっと聞いていましたし、学生社から出ていた、専門書ふうの考古学のシリーズなども読んでいました。考古学は、中学校時代からとても熱中していました。

岩波少年文庫

小学校時代に話を戻しますが、探偵小説・ミステリ以外でそのころ熱心に読んだものに岩波少年文庫があります。とくに、ケストナーが好きでした。学校図書館で『飛ぶ教室』などを読んでいたんですが、ケストナーが好きだった理由の一つは、テレビの「ディズニーランド」なんです。ディズニーが『ふたりのロッテ』を『罠にかかったパパとママ』というタイトルで実写で映画化しているんです。ヘイリー・ミルズという、当時のディズニー映画の人気少女女優がいるんですが、そばかすだらけの、いま見るとちっともかわいくないというか（苦笑）。「レッツ・ゲット・トゥゲザー」という主題歌も歌っているんですが、それがヒットパレードでヒットしています。最近、ＹｏｕＴｕｂｅに上がっているので聞くと、歌もうまくないんですね（苦笑）。でも、「ディズニーランド」の宣伝に乗せられて、『罠にかかったパパとママ』を見に行ったりもしています。

この映画の影響も大きかったのだろうと思うんですが、とにかく、ケストナーは気に入って、『エミールと探偵たち』『飛ぶ教室』『点子ちゃんとアントン』など、岩波少年文庫から出ていたものは次々に読み、その後、ケストナーの作品を集めた、ちょっと大判の単行本のも買って、そちらは中学校以降に読んでいましたね。岩波少年文庫では、イリーンというロシアの作家の『人間の歴史』も覚えています。

岩波少年文庫より『ふたりのロッテ』

読書ノートと「本作り」

何冊か現物が残っていますが、当時、読書ノートのような記録をつけていました。夏休みには学校から日記の宿題が出ますが、その日記帳に「装丁」を施していたこともあります。小学校の五年のとき、B5判のノートに小説風の紀行文をつづって、絵を入れ、画用紙でカバーを作り、色鉛筆で絵を描いて、「土肥海岸旅行記　戸川安宣」とタイトルと名前を書く。ノートの表紙を取って、画用紙であらたに表紙、見返し、口絵を作っています。そして本文の最後、奥付部分に「装丁・カバー絵・表紙絵・口絵・挿絵・写真　戸川安宣」って自分で書いていたんです。

別に、そんなふうに本にしないといけないという宿題だったわけではありません。宿題としてはふつうに日記を書けばいい。単に、自分

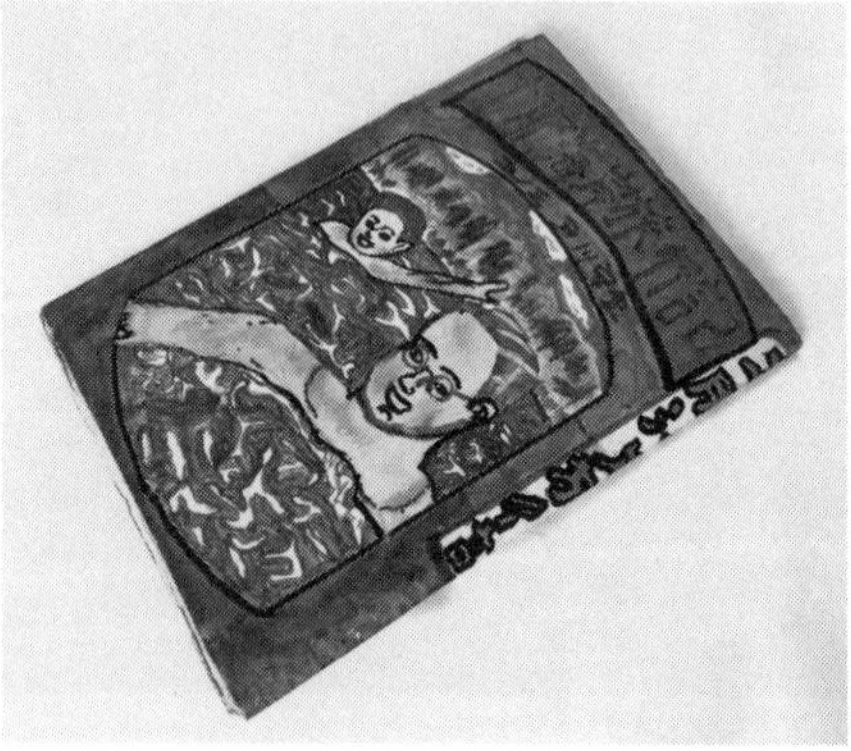

初めて「編集」した本

でそんなふうにしたかったんです。これは明らかに講談社の〈少年少女世界探偵小説全集〉のまねですね。それがとてもぜいたくな造りに思えて、夏休みの日記帳を宿題で求められたときに、表紙とか本扉とか、こういうものを作らなくてはいけないというような気がしてしまって、それをまねて作っていたんです。たしか、講談社の〈ルパン全集〉に、ビニールカバーがかかっていたので、それをまねて、画用紙の表紙の上に、ビニールカバーを巻くことまでしていました。表紙の上にはそういうものをつけなくちゃいけないと思ったんです。無意識に「本造り」をしていたんですね。

同じころに、自分の書いた文章が初めて活字になっています。小学校四年生のときに書いた作文が『あらかわ』という荒川区の児童文集に掲載されました。「二羽のにわとり」という題で、おそらく、ぼくの文章が活字になったいちばん最初のものでしょう。何を書いたのか、中身のほうもよく覚えていたんですが、資料を整理していたら、そのときの掲載誌が出てきまして、そういえば区の文集に載ったことがあったなあ、となつかしくなりました。

国語の授業の課題で、作文を書かせたんでしょう。区の児童文集があったということは、優秀な作品があったら区の文集に載せようというのが学校側にはあって、それで各クラスで書かせたんじゃないかと思うんです。当時は、もちろんそんなことはわからずにいたんですが、とにかく、国語の時間に作文を書きなさいと言われて、四〇〇字で二、三枚くらいのものを書きました。作文を書いたのはよく覚えていたんですが、それがこんなかたちで活字になっていたんですね。資料のなかに現物がありました。

　もういろいろな本を次々に読破していたころですから、やはり書くほうも得意だったんですね。小学校の卒業文集の編集委員もやったんですが、クラスで絵のうまい子に表紙の絵を頼んで、担任の先生だけでなく、特別授業で教えてもらった先生で残っている先生も含めて、文章を依頼して、それを集めて文集を作ったんです。このころから、記録をつけたり、文章を書いたり、本にまとめたり、ということに興味を持っていたんですね。

文章が初めて活字になった『あらかわ』

　今では考えられないことでしょうが、ぼくの小学校は六年間クラス替えがありませんでした。転校生を除くと後は全員、六年間一緒だったのです。日本が徐々に復興していた時代で、ぼくと高校の同期だった西岸良平《さいがんりょうへい》氏*11のマンガ『三丁目の夕日』がまさにそのころの日常を活写しています。

受験生活

　小学校は区立でしたが、中学校から私立に進むことになります。先にふれたテレビの話で出てきた親戚のように、知人に立教の関係者が多かったんです。おやじの二番目の兄とおやじは、専門学校というか、缶詰の学校のようなところを出ているんですが、いちばん上の兄は立教大学卒業です。その伯父のところの男の子二人も、中学校から立教です。だから、なんとなくわが家には中学からは立教に行くもの、という感じがありました。

ちょうどぼくのころは第一次ベビーブーム。戦争が終わり戦地からみんな帰ってきて、産めよ増やせよの時代でした。ゆりかごから墓場まで満員の人生だ、という話を生まれたときからずっとされて育った感じです。実際、ぼくの前の年までは、小学校は三クラスだったのに、それがぼくの代になると五クラスになるとか、そんな増え方でした。人数が多いものだから、ぼくたちが三年から四年になると、その下の三年までクラスにテレビが入るとか、五年になると四年までどうするとか、六年になると五年までどうするとか。とにかく、小学校のときは、恩恵を受けることなく追い出されるという感じでした。立教中学校も、ぼくの年は、開校以来の受験生の数だったようで、たしか倍率も十倍ぐらいありました。

小学校六年のときは、週に月水金の三日、予備校に通っていました。学校が終わると都電に乗って神田まで行き、予備校で四時ごろから始まる授業を受けて、また都電で帰ってくる。日曜は別の予備校に行く。そんな生活でした。夏休みは、夏期講習に二つぐらい通っていました。

でも、そんな受験生活もきらいではなくて。別にぼくは今でいう「鉄ちゃん」ではなかったんですが、都電が好きだったのです。都電は運転手が客からすぐのところに立っていますから、いちばん前のところにへばりついて、千住大橋から岩本町まで昭和通りをことこと走る片道三〇分ぐらいの間、運転するのを見ていました。

日曜と平日では違う予備校に通っていましたが、どれも神田あたりにありました。日曜は朝から昼ぐらいまで授業があり、その後、月に一回は渋谷に出て、いまはヒカリエになっている東急文化会館のいちばん上にあったプラネタリウムを見るのを毎月の楽しみにしていました。やはり、そういう科学少年風のところかあったんですね。

中学入学

一九六〇(昭和三五)年の春に、私立立教学院中学校に入学しました。池袋に通うようになります。立教学院というのは学校法人の名前で、当時は中学校が池袋、高校が埼玉県の新座《にいざ》、駅でいうと志木というふうにわかれていましたが、ぼくが中学校に入る前年までは高校も池袋にありました。

東武が東上線の志木に土地を持っていて、東武東上線の再開発の一環で、その土地を立教学院に提供するという話があったそうです。沿線に立教学院の一部が移転して校舎を造ってくれると、学生や学校関係者は当然、東上線を使って、通勤通学することになります。

しかも、学校に提供されるという敷地が、東上線の南側で、駅から歩くと三〇分ぐらいかかるところなんです。北側は古い志木の町が開けていて、慶應の志木校という高校が駅の近くにありました。一方、南側は当時ほとんど田畑だったのです。なんにもない。改札口も北側にしかありませんでした。

立教の新座校が開校するときに、初めて南側にも改札口ができました。歩くと三〇分もかかるから、東武がバスを出す。当時は一〇〇円もしませんでしたが。東武東上線の池袋・志木間の電車、そして、駅と学校間のバスと、確実に運賃収入が入る。だから、数年で元が取れるという計算のもとに、土地を提供したんでしょう。

立教学院としては、池袋キャンパス内もだんだん手狭になっているし、かといって小学生や中学生をそんな遠くまで通わせるのもなんだから、高校生ぐらいがちょうどいいだろう、高校を移転しよう、ということになったんでしょう。ぼくが中学校に入った年に、立教新座高等学校が開校しています。おそらくそのときに定員も増やしたんでしょう。一学年に五〇人クラスが一〇あり、それが三学年ですから、生徒の数だけでも一五〇〇人。さらに、教員と職員がいるということで、毎日二〇〇〇人近い人が東上線を利用することになり、さらにバスも使い、ということになりますから、これは大変な収入になったのだろうと思うんです。

そのうちに、店も南側のほうに徐々にできてきました。ただ、ぼくの高校時代は店はほとんどなかったですね。文化祭の準備期間は、一年生が買い物に行かされるんです。とくに、文化祭直前の最後の何日間は遅くまでいてもいいと。泊まるのはだめですが、帰れる時間だったらいいということで、九時とか一〇時ごろまでいたんじゃないかな。すると、腹が減るから、一年生にコロッケなんかを買ってこいと。買い物するとなると、北口まで行かないといけない。駅の脇の踏み切りを通って向こう側にわたると肉屋があり、そこで先輩の分も含めて何十人分かを三人ぐらいで買って、また三〇分歩いて帰ってくる。そんなことをやらされました。途中には、教科書や副読本を売っている本屋というか文房具屋が一軒あったぐらいで、ほとんど店らしい店がない。駅の南側に降りると、ほんとうに田畑しかない、そんな時代でした。逆にそういう状態でしたから、再開発となると、その余地はたくさんある。今志木に行くと南側のほうがはるかににぎやかです。

中学校時代に話を戻しますと、池袋も、さすがに田畑ってことはないんですが、駅前が今とはぜんぜん違っていました。とくに立教のある側の駅前はバラックの飲み屋が立ちならんでいました。だから、学校からの指示で、そこは通るなと言われていましたね。飲み屋街を通り抜けてくるのがいちばん近いんですが、その外を回るようなかっこうで大通りがあってわざわざそちらを通って来いと、学校から指示が出ていたんです。それが、再開発というんでしょうか、中学校を卒業するまでにあっという間になくなってしまいました。デパートとかができるのはまだ後のことです。

池袋の駅前には、その飲み屋街のほかに、刑務所もありました。池袋刑務所でしたか。いまのサンシャインのほうです。あのあたりは戦後の焼け跡がそのまま残ったみたいな感じのところでした。中学校の三年間、その後の高校三年間は、池袋が大きく変化した時代でした。

小栗虫太郎《おぐりむしたろう》に「聖アレキセイ寺院の惨劇」[*12]という短編があるんですが、あれを読むと、池袋の駅から立教の時計台が見えるって書いてあるんですよ。焼け野原というわけではないけれど、駅と学校との間に建物がなかったんですね。その後、戦後になると駅前にばーっとバラックの飲み屋ができたわけです。吉祥寺のハモニカ横丁みたいな感じに、ちいさな平屋の店が一気にできたんですね。

池袋への通学の日々

自宅から池袋までのルートですが、最寄り駅の南千住から常磐線で日暮里まで出て、それから山の手線で池袋です。一年、二年はそうでした。三年のときに、二つ違いの妹が立教女学院の中学校に入ったんです。立教女学院は久我山にありまして、当時は西荻窪か荻窪か、どちらかからバスで通っていました。あちらのほうが池袋よりずっと遠いので、妹は先に出なくてはいけないんですが、ぼくも一緒に出ていたんです。すると、朝がものすごく早いので、学校に行く前に山手線を一周したりすることに。新宿まで一緒に行っていたのかな。さらにもう一周してから池袋に行って、それでも学校には楽に間に合うという。ぼくは中学校高校の間、賞というものにはほとんど縁がなかったんですが、中高とも唯一もらったのは皆勤賞。中学校三年間、高校三年間。正確にいうと、一年だか二年だかのときに、遅刻というか五分ぐらい何かで遅れたことがあったんですが、欠勤はなし。風邪を引いてこれは皆勤賞もダメかな、と思ったら、クラス閉鎖になってそれで救われて、なんてこともありました。中高六年間、一度も休みませんでした。立教では皆勤賞をもらうと母親が表彰されるので、中高六年間はおふくろが皆勤賞で表彰されました。

高校の三年間は、池袋からまた東上線に乗り継いで通学するわけですが、東上線は当時は事故の多い路線で、三年間で二度ぐらい、乗っている列車が自転車と接触したとかで停まったことがありました。一度など、何かの事故で、ひと駅前、当時は朝霞だったかな、今はもうひと駅増えているんですが、ひとつ手前の駅と次の志木の間に大きな橋を渡るんです。その前の駅で停まって折り返し運転ということになってしまった。もちろん振替のバスも出ているんですが、大変な行列になっている。じゃあ、もう歩いちゃおう、と。歩く人もけっこういたんですね。線路沿いに歩いていったら、鉄橋なんです。今だったらとても鉄橋を渡ったりできませんが、当時は若かったのでなんでもなくて、鉄橋の橋げたの上を歩いて渡り、志木の駅まで行きました。さらに、駅から学校までは三〇分ぐらいかかるんですが、それを全部歩いても始業に間に合った。それぐらい早い時間に家を出ていたんですよ。

早く家を出るというのは中学校ぐらいから習慣になっていました。というのも、今は知りませんが当時の常磐線はものすごく混んでいたんです。山の手線は座れたか、座れなくても混み具合はまあまあという感じだったのでよかったんですが、常磐線はもう、ぎゅうぎゅうで。常磐線と山の手線に乗っている時間、合わせて片道三〇分か四〇分。この往復の電車に乗っている時間がいちばんの読書タイムでした。

中学時代の読書

信じられないような混雑ぶりの満員電車の常磐線の中で読み、そして山の手線の中でも読み、というのを続けているうちに、おそらく中学校時代からだと思うんですが、並行読みをするようになりました。まず、通学用の本。それから、学校図書館で借りる本。これは休み時間に読んで学校のロッカーに入れておく。うちへ帰ってからはまた違う本を読む。それぞれ一週間ぐらいかかりましたから、一週間に三冊ぐらいのペースで読んでいました。

当時はまめに読書ノートをつけていたんですが、それを見ると、その後の仕事、つまり編集につながるような、「編集」的なことをしているんです。たとえば、まず読書計画を立てています。今年は世界文学のこのあたりを征服しようといった計画を年初や月初に立てるんですね。

中学校の夏休みの宿題に、必ず読書感想文というのがありました。たいがい五作ぐらい候補があって、好きなのを選んで感想文を書くというもの。ぼくは本好きだったので、候補の五作は必ず全部読んでいました。実際に感想文を書くのはうち一作だけですが、読むのは全部読む。

中学校時代に熱中したのは、夏目《なつめ》漱石《そうせき》と三島由紀夫《みしまゆきお》です。漱石は、入部したクラブ（地歴研究部）の先輩だったと思いますが、年代順に読むといいとすすめられて、最初から順に『明暗』まで読んでいきました。『彼岸過迄《ひがんすぎまで》』なんて、これは探偵小説だなあ、と思いながら読んだのを覚えています。なかには中学生には難しいのもありましたが、『こころ』などは好きでした。

漱石作品というのは、やはり英国式のユーモアがあるというか、なんとなく共鳴するものを感じて読んでいました。鴎外《おうがい》も読んでいたんですが、鴎外よりも漱石のほうに共鳴したのは、やはり英国式のユーモアに惹かれたのかもしれません。奥泉光《おくいずみひかる》さんや芦原《あしはら》すなおさんといった、後に、おもしろいな、と思って読んだ作家は漱石が好きだみたいなことを言っていたりする。読書の好みの原点は、中学校時代に漱石を読んだことにあるのかもしれません。

三島にも惹かれました。たしか中学一年のときだったと思いますが、『潮騒』が感想文の候補になっていたので、早速本屋に探しにいきました。まず文学全集を見てみると、新潮社の文学全集があって三島の巻の中に『潮騒』が入っている。それには『憂国』とか『金閣寺』も一緒に入っていたんです。入っているものは全部まるごと読んでしまう、というようなやり方で、作品を順に読んでいきました。三島は本人が亡くなるまで、最後の四部作まで、ほとんど新刊で買って読んでいました。

翻訳ものも、とくに日本ものと分け隔てなく〈世界の文学〉などで読んでいました。ドストエフスキーはとくに好きでしたし、ヘンリー・ミラーの『南回帰線』や、あまりよくわからなかったんですが、サルトルの『嘔吐』などもそのころに読んでいます。

ミステリとか幻想小説とか、そういうものに足を突っ込みだしたのもこのころです。幻想的なところがあるものに、翻訳家でいうと澁澤龍彦《しぶさわたつひこ》や生田耕作《いくたこうさく》が翻訳するものに惹かれていました。だから、創元推理文庫でも、好きなのを一冊だけあげろと言われると、『怪奇小説傑作集』の第四巻をあげていました。澁澤さんが手がけた巻で、中身はサドから始まり、ネルヴァルとかゴーティエとかの王道ではないけれど、フランスの作家の作品が入っている、本当に「怪奇」小説傑作集なのか、という感じがしないでもない一冊なんですが、これがいちばん好きですね。やはり中高時代の読書体験が影響しているのでしょう。

中央公論社の影響

このころ、中高時代の読書で重要な意味をもっているのは、中央公論社の存在です。いわば中央公論少年だったのです。中央公論社は〈世界の歴史〉があたったので、その路線でいこうということだったのでしょう。〈日本の歴史〉〈日本の文学〉〈世界の文学〉〈世界の名著〉〈日本の名著〉〈日本の詩歌〉と、いろいろな全集を連発していました。新しい全集が出ると、同じサイズの内容見本を作るんですが、その表紙でモデルさんが全集の表紙と同じ色のドレスを着ているんです。〈日本の文学〉だったらブルーのドレスで、〈日本の歴史〉は茶色で、〈世界の文学〉は赤い色で、というように。中林洋子さんという服飾デザイナーの人が装丁をしていたんですが、中林さんがデザインした服を着たモデルが本を一冊持っているのが、全集の内容見本の表紙でした。内容見本として斬新でしたね。モデルが内容見本の表紙に出るということ自体あまりなかったように思います。本ではなく服飾のデザイナーにデザインをさせる、というのも新しかったのでしょう。

〈世界の名著〉の内容見本

当時の中央公論社の全集はどれもヒットしましたね。〈世界の名著〉というのは一巻目が、手塚《てづか》富雄《とみお》さんの訳による「ツァラトゥストラ」が収録されているニーチェの巻なんですが、これがものすごくヒットして、しかも何十万部というような、今では信じられない数字だったのです。筒井《つつい》康隆《やすたか》に「火星のツァラトゥストラ」という、火星にツァラトゥストラが宇宙船でやってくるという短編があるんですが、それはまさにこの中公の大ヒットぶりを揶揄《やゆ》したものなんです。ツァラトゥストラ音頭なんてのが出てきたりして。

この中公の全集の大ヒットに関しては、時代がとんで、大学生のころになりますが、後におもしろいことがありました。ちょうど〈日本の歴史〉が刊行されている途中に、ぼくは大学に入学しているんですが、ぼくの習った林英夫《はやしひでお》さんという先生が、東上線で池袋に通っていたそうなんです。その通勤の途中、〈日本の歴史〉の著者の一人と一緒になったんですね。すると、その方、そわそわしていて、挙動がなんとなくおかしい。二人で並んでつり革につかまって、池袋まで乗っていたんですが、途中でその方が、「林くん、きみ、お金要らないか」みたいなことを言ったそうなんです。大丈夫かと思っていたら、〈日本の歴史〉が売れて印税ががっぽり、ふだん持ち慣れないような額のお金がどっと入ってきたというんです。で、その方が、持っていたバッグを開いて見せたら、現金の束が入っていたというんですね。危ないから、そんな持ち歩いたりするのはよしなさい、と林先生が諭したという話を授業の枕にしてくださったことがあったんです。林先生は冗談の好きな方でしたが、その話にはリアリティが感じられたくらい、中公の全集は当時大ヒットしていたんですね。

ぼくもそれにうまくのせられた口で、全巻買ったのは〈日本の歴史〉だけですが、〈日本の文学〉も〈世界の文学〉もけっこう買っています。だから、ドストエフスキーの『罪と罰』や『カラマーゾフの兄弟』は〈世界の文学〉の池田健太郎《いけだけんたろう》さんの訳で読んでいます。しばらく前に話題になった光文社の古典新訳文庫でドストエフスキーを訳した亀山郁夫《かめやまいくお》さんも、池田健太郎訳の『罪と罰』でドストエフスキーに目覚めたとおっしゃっていました。少し前の世代だと河出書房の〈グリーン版〉がありますが、やはりぼくの世代だと中公でいろいろな文学、とくに世界の文学に出会うことが多かったんです。もちろん、ぼくの場合には創元推理文庫がありポケミスがありというミステリの読書があったわけですが、いちばん多感でいろいろ吸収する時期に、中央公論社の全集類から受けた影響はとても大きかったと思います。

中高時代のクラブ活動

中学校では、地歴研究部に入りました。地歴研究部は、文字通り「地理」と「歴史」を研究するクラブです。小学校六年生のときに読売の〈日本の歴史〉を読んだのが一つのきっかけになったんだと思いますが、中学校では、歴史の授業をいちばん熱心に聞きましたし、前にも話しましたがNHK教育テレビの「日本の考古学」を見たりもしていました。歴史に対する関心が非常に強くなっていましたから、ほとんど迷わずにクラブは地歴研究部に入りました。

活動内容のメインは夏休みの研究旅行です。地歴研究部はその当時、文化系ではいちばん人気があり、クラブにはものすごい人数がいましたから、研究旅行には全員は行けなかったように思います。選抜か何かがあって。幸い、ぼくは三年間とも行くことができました。

行程を決めるのは先生で、たしか一年のときは奈良・京都でした。クラブのOBに奈良・京都にくわしい人がいて、行く前に学校に何度かやってきては講座を開くんです。立教大学の先生で石島渉《いしじまわたる》さんという、地学の専門家で有名な方なんですが、とても子ども好きで、中学校や高校に喜んで講義をしに来るような人でした。その石島先生が、研究旅行に同行してくださいました。

地歴研究部は歴史的なことや地理的なことが研究対象ですが、旅行の途中で岩石を拾ったり、地層がはっきりわかる崖を見にいったりといった、実地検分の部分があったのは、石島先生が加わっていたおかげでした。中高通していちばん印象的だったのは、高校一年のときに紀伊半島に行ったことです。紀伊半島には和歌山県の飛び地があるんです。つまり、三重県と奈良県に囲まれたなかに一か所だけ、和歌山県の村があって、そこを訪ねたりしました。主に林業のことを調べに行ったんですが、帰ってきてからレポートにまとめ、秋の文化祭のときに発表する。クラブに『いろり』という機関誌があり、中学校は中学校で、高校は高校で、年一回発行していました。そんなことを六年間、やっていました。

地歴研究部の三年後輩に、平井《ひらい》憲太郎《けんたろう》さん——つまり、江戸川乱歩のお孫さんがいました。三年違いなので、中学でも高校でもいっしょになったことはありません。ぼくが高校一年のとき、中学のクラブに乱歩の孫が入ってきたらしい、という噂を聞き、どれどれと先輩風を吹かせてのぞきにいったことがあるくらいです。

憲太郎さんは祖父譲りのマニアックな方で、入部したときから鉄道ファンとして鳴らしていたようです。高校在学中に廃車になった蒸気機関車をもらい受けたのはいいが、さすがの乱歩の孫とは言ってもうちに置くわけにもいかず、学校にかけ合って校門を入ったところの生け垣に置かせてもらったというエピソードの持ち主です。この蒸気機関車はつい一〇年ほど前まで高校の入り口に飾られていましたが、吹きさらしの中に置かれていたため、とうとうぼろぼろになってしまい、現在はありません。それでも半世紀近く志木校の入り口に鎮座しつづけたのです。憲太郎さんは立教大学卒業後、学生時代からのお仲間と鉄道模型の雑誌を立ち上げ、りっぱに初志を貫徹されたのです。

山伏修行と山岳信仰研究

ていますが、同じく中学時代に、初めて山伏の修行を体験しています。夏休みの宿題に自由研究がありました。何をしようかと考えていたら、おふくろが、それなら山形に行ってみたら、というんです。おふくろは、山形にある羽黒山《はぐろさん》の山伏寺の出です。寺の娘なんですね。八人きょうだいで、いちばん上の兄が戸川安章《とがわあんしょう》といいます。この人が本当ならば寺を継ぐべき人なんですが、本人がそれを嫌がって、学者になりました。山伏研究の、とくに羽黒山伏研究では当時第一人者でした。鶴岡南高校の教師をしながら郷土史家になったんです。これが長男です。次男が山伏寺を継いで、おふくろは三女でした。

そんな実家の事情もあって、夏休みの自由研究をどうするかということになったときに、じゃあ羽黒に行ってみたら、という話がおふくろから出たわけです。それまではぼくは、おふくろの実家が山伏寺だとは知りませんでした。小学校時代に一度、家族の旅行で、雪に埋もれている羽黒山に行ったことがあるんですが、でもそのときは、山伏云々というのはぜんぜん知らなかったんです。

山形の実家に行ってどうすればいいのかとおふくろに聞いてみたら、ちょうど夏休みの最後、八月二四日から三一日まで、「秋の峰」という山伏の、一年でいちばん大事な修行があるから、それに参加して、そのことについてまとめてみたらどうか、というんです。こちらもなんとなく興味を惹かれ、一人で出かけました。中学一年生のときです。

当時は、新幹線も何もないころで、夜行列車で行きました。秋田行きだったか、上野を夜中の一一時ぐらいに出る夜行に乗ると、次の日の早朝に鶴岡に着く。駅前からバスが出ていて、羽黒山頂行きか月山《がっさん》行きのどちらかに乗る。目的地は正善院というお寺なんですが、黄金堂前というバス停があって、そこで降りればすぐ目の前だから、ということを聞いていました。おふくろが、電車は鶴岡で降りるが、それは大山という駅の次の駅だというふうに教えてくれたんです。ところが、ぼくはそれを勘違いしてしまって、電車駅ではなくバス停の黄金堂前が、大山という停留所の次なんだろうと思ってしまったんですね。電車はとにかく鶴岡で降りればいいんだと思っていましたので、迷わずに降りたんです。駅前で羽黒山頂行きのバスに乗って、ガイドさんが「大山」というのが聞こえたらその次だぞと思って、乗っていたんです。

ところが、「大山」というアナウンスがぜんぜんない。羽黒山頂行きだと思って乗ったそのバスは月山行きで、羽黒山頂には行かなくて、少し手前から月山のほうに曲がって、月山の八合目あたりまで行くというバスだったのです。一時間近く乗っていたんでしょう、そのあたりまで行くとさすがにおかしいなと思ったわけです。で、バスの車掌さんに大山ってバス停はないのかと聞いたら、ない、って言われて。どこへ行きたいのか、と聞かれて、黄金堂前だと告げると、それはもうとっくに過ぎているって言われたんです。さらに、その乗っていたバスが終点まで行って戻ってくるまで、戻るバスはないことも教えてもらいました。しかたがないから気がついたところで降りて、バスが戻ってくるのを待ち、あらためてそれに乗って戻って、ようやく目的地に着くことができました。初めての山の中でのことですから、中学一年生としては大冒険でした。

羽黒山行きは、いろいろな意味で非常に貴重な体験でしたね。たとえば食事。当時、給食はありましたが、基本的にはおふくろの作る料理しか食べてないころでしたから、本人はあまりそんなふうには思っていなかったんですが、偏食というほどではないにしても、好き嫌いはあったんですね。それが、旅行をしたり、修行をしたり、ということによって、なんでも食べられるようになりました。羽黒の伯父とか伯母から、最初来たときはなんにも食べなくて心配したけど、最近はなんでも食べるわねえ、みたいなことをよく言われました。

修行に参加する人は高齢の人、高齢といっても中学生から見てということで、五〇以上という意味ですが、とにかく高齢の人が多かった。そういう人たちに混じって一週間生活するというのは、中学生ぐらいの子どもにとっては、めったにない経験です。それも含めて、いろいろな意味で貴重な経験をしたなあと思います。

創元推理文庫との出会い

中軽井沢に立教中学校のキャンプ地があって、春先に全員でそこにキャンプに行くんです。新しい学校、新しいクラスになじませようというのでしょう。中軽井沢までは電車で行き、駅からキャンプ地へはバスで行く。まだ信越本線が全通していて、横川と軽井沢の間をアプト式でエッコラヤッコラ上っていた時代です。キャンプ場に着くと、かまぼこ校舎みたいなのがいくつか並んでいて、そこに学年別にわかれて泊まるんです。二泊三日でした。

信越線に乗って軽井沢まで二時間ぐらいかかるというんですね。じゃあ、何か本を持っていって車中で読もう、持っていくなら文庫本がいいだろう、と思って、三ノ輪の書店、集文堂[*13]に本を探しにいったわけです。文庫の棚を端からずっと見ていくんです。当時の文庫は、今のようなカラーのカバーがかかったものではなくて、グラシン紙[*14]がかかっていたので、背の部分はどうしても紙が浮いてしまって、書名を見るのがなかなか難しい。それを順に見ていったわけです。

すると、なじみのある名前が見つかった。ディクスン・カー。カーは児童もので読んでいましたし、とくに『どくろ城』と、『曲がった蝶番《ちょうつがい》』を子ども向けにした『動く人形のなぞ』は気に入っていたんです。だから、「あっ」と思って、そこで目が止まったわけです。そこはちょうど創元推理文庫の棚だったのですが、カーが三、四冊並んでいたんです。で、厚さと『幽霊屋敷』というタイトルとに惹かれて、じゃあこれにしてみようとそれを買い、キャンプに持っていきました。初めて買った創元推理文庫です。

初めて買った創元推理文庫『幽霊屋敷』

創元推理文庫というのは、一九五九（昭和三四）年の四月に創刊していて、それはちょうどぼくが親から本を読むなと言われていた、六年生になるときでした。だから、それまではぜんぜん読んでいませんでした。まあ、仮に本を読んではいけないという時期でなくても、まだ小学生でしたから、創元推理文庫という大人の文庫は当時は知ることはなかったと思いますが。それはともかく、ちょうどこちらがぜんぜん本と接触のなかったときに創刊した文庫だったのです。翌年、中学校に入って、最初のうちは、もう本を読んでもいいんだろうかと、なんとなくおそるおそるという感じもあったんですが、別に親も何も言いません。そんなときにキャンプの話があり、道中の本を探しにいって、小学校時代に少年少女もので読んでいてなじみのあったカーという名前に巡りあい、買ったというわけです。これが、ぼくの創元推理文庫との、そして、同時に、大人の本との最初の出会いです。

ぼくが出会ったのは創刊から一年ほどたったころだったと思うんですが、本屋さんの棚にはもう創元推理文庫が並んでいました。本屋さんの棚を見て、カーという名前に出会ったわけですから、二〇冊か三〇冊、あるいは棚の一段分ぐらいは創元推理文庫で埋まっていたんでしょう。

創元推理文庫は、その当時、全部ではないんですが、奥付広告が、著者・書名・定価で一行というふうに横書きで入っていました。たとえば、いちばん最初は「ヴァン・ダイン『ベンスン殺人事件』一五〇円」といった感じで、『カナリヤ殺人事件』『グリーン家殺人事件』『僧正殺人事件』と続いている。買い始めたころは、『ガーデン殺人事件』まで出ていました。出ていない作品は、定価の欄が空欄なんです。ヴァン・ダインは、その当時一二冊の書名がもう全部奥付広告に載っていて、「残りの三冊はこれから出すよ」ということだったんだろうと思うんです。

ヴァン・ダインの訳者の井上勇さんは、当時、東京の三鷹市上連雀に住んでいたんですが、とにかくすごく仕事の早い人で、何か月かに一冊は原稿をくれるという人でしたから、一年以内にはここまで確実に出せてしまうというのがわかるような方だったんです。そういう奥付広告がついていましたから、買った本をエンピツでチェックする。カーの読書は『幽霊屋敷』で始まったわけですが、じゃあ今度はこれにしよう、というふうにリストをチェックしていったわけです。

カーとの再会

カーを創元推理文庫で読み始めると、創元推理文庫には入っていない作品があることに気づきました。巻末の中島河太郎《なかじまかわたろう》さんの解説を読むと、ディクスン・カーの作品についていろいろ書いてあるんですが、そのなかに、創元推理文庫の巻末広告にはないタイトルがけっこうあって、これはいったいなんだろう、と思っていたんです。『火刑法廷』とか『三つの棺』とか。出入りしていた本屋の集文堂で聞いてみたら、新書のところにポケット・ミステリ、通称ポケミスというのがあるから、そっちを見てご覧なさい、と教えてくれたんです。見てみると、『夜歩く』とか、当時の創元推理文庫にないのがいろいろあったんです。それで、今度は早川書房のポケット・ミステリを探し始めて、そちらも読むというふうに、読むものを広げていったんです。ポケミスの表紙は後に抽象画になりますが、そのころは具象画が多く、『夜歩く』なんかの表紙はけっこうこわい絵だったんです。それで、こんなのもあるのか、と思ったのを覚えています。ただ、やはりポケミスは高かった。創元推理文庫が一〇〇円台、高くても二〇〇円というときに、ポケミスは三〇〇円とか四〇〇円とかしましてね。でも、買いましたが。

その当時のポケミスは、やや古い世代の翻訳家の方、西田《にしだ》政治《まさじ》さんとか妹尾《せのお》アキ夫《お》さんとか、いわゆる新青年時代の人が翻訳をしていたので、けっこう読みにくかった。しかも、当時はわからなかったんですが、つまみ訳（抄訳）もけっこうありました。逆に、徹底して完訳にこだわったのが村崎敏郎《むらさきとしろう》さん。早川で中期から後のディクスン・カーはこの方がほとんど専門に手がけて、翻訳しているんです。完訳をするのはいいんですが、読みにくいというかなんというか。こんな笑い話があります。後に大学に入学して、SRの会[*15]に入ったときに、会員の間でさかんに揶揄されていたんですが、「yes, yes and yes」という原文の会話を、村崎さんは「はい、はい、そして、はい」と訳したというんですね。

だから、カーという作家は、読み手にけっこう苦読を強いたというか、苦労して読んだ覚えがありました。それでもカーが好きだったので、創元を読み、早川を読み、というふうに読んでいき、創元推理文庫のは全部読んじゃったわけです。すると、創元推理文庫の横書きの奥付広告に一つだけ空欄になっているのがある。『盲目の理髪師』という作品です。これ読みたいなあ、とずっと思っていたんです。

ちなみに、立教中学校時代は、朝は本屋もまだ開いていないような時間に学校に行っていましたから、本屋に寄るのは帰りの時間ということになります。学校から池袋の駅に行く途中に、現在は文庫ボックスという名前になっている、大地屋《おおちや》書店[*16]という町の本屋さんがありました。さらに、もう少し駅のほうにいくと、もっと大きい芳林堂書店[*17]がある。その二軒に必ず寄ってから池袋駅に行って、電車で帰っていたんです。

あるとき、立教中学校からの帰り、いつものように大地屋を通って、芳林堂に行ったんです。その当時――というのは閉店時の芳林堂ではなく、数十メートル移転する前の芳林堂ですが――は、入り口を入ったところに平台があり、大きなカウンターがあって、中に店員が何人かいました。その先、階段を数段上った奥が文庫の棚になっていました。

店に入って最初のカウンターの中で店員同士が話をしていたんですが、「(東京)創元社がつぶれた」というのが聞こえたんです。こちらは「えっ」とびっくりして、あわてて創元推理文庫の棚に行ったら、棚にはちゃんと本があるんですね。出版社の倒産というのがどういうことなのか当時はぜんぜんわかりませんから、「なんだ、あるじゃないか」と安心したりして。ただ、どうも倒産したのは本当らしい、ということはわかったので、そのうちに棚から本がなくなっちゃうのかな、だとしたら、お小遣いの許すかぎり読みたいものは買っておかなくちゃ、と思ったんです。まだその当時読んでいなかったチェスタトンとか、これは買おうと思っていたものはこの機会に買っておかないとなくなってしまうのかな、と思ったんですね。それで、せっせと創元推理文庫を買ったということがありました。そのとき、「ああ、この未刊の『盲目の理髪師』というのが読みたかったなあ」というふうに思ったりもしました。東京創元社の二回目の倒産は一九六一(昭和三六)年の九月ですから、中学二年の秋のことです。

それから半年ぐらいたったとき、学校帰りに大地屋に寄ったんです。店に入ると、島状に棚が並んでいるんですが、入ったとっつきに入り口のほうを向いた細い棚があって、文庫が並んでいたんです。そのいちばん下の段に、カラーカバーがかかった本がある。ちょっと黒っぽい感じで、背の文字が読みにくいんですが、近寄ってのぞいてみると『盲目の理髪師』と読めたので、「あれ?」と思って手にしたんですね。それが、創元推理文庫の『盲目の理髪師』だったのです。

紫色に黒い人影みたいな絵で、ひどく映えない感じで、背も紫色の地色そのままに書名がスミ(黒)の文字だから、非常に読みにくい。でも、ともかく「あの本が出たんだ!」と思って買い求め、帰りの山手線の中で早速開いてみたんですね。そうしたら、社名が「東京創元新社」というふうになっている。「新社」とあるからには再建したんだなあって、安心したことを覚えています。『盲目の理髪師』は、奥付を見ると、昭和三七年三月九日刊となっています。ちなみに、東京創元社は一九六二(昭和三七)年一月一八日、浅野剛氏を社長に迎え、東京創元新社として再スタートしています。

その翌年六月、函入りで一五〇〇部限定という豪華版の〈ポオ全集〉が出ているんです。あれはたぶん倒産前に発表になっていたんじゃないかと思うんです。芳林堂で予約をし、お年玉をためていたんですが、三巻分はなかった。予告通り隔月に出たらお金が足りないからどうしようかな、なんて思ってたら幸いなことに、三巻目がふた月遅れて年末になった。それでしめたと思って、芳林堂にはちょっと待ってもらって年明けにもらったお年玉で買うことができたんです。

中学入学以降は、池袋では大地屋と芳林堂、南千住に帰ってからは太洋堂と、三軒の本屋に寄ってから帰るのを日課にしていました。高校は志木だったのですが、志木はまるっきり本屋がないところなので、帰りに池袋で降りるか、帰りにちょっと足を伸ばして、日暮里で乗り換えずに上野まで行って、明正堂《めいしょうどう》*18あたりをのぞくか、そんなふうに本屋巡りをして帰っていました。

池袋では、大地屋も芳林堂も店内をひとわたり一周してから帰るんですが、あるとき、大地屋の棚を見て回っていたら、雑誌コーナーに平積みになっていた雑誌の表紙に、「ディクスン・カー研究」と書いてあるのが目につきました。これはなんだろうと思って手に取ったら、中島河太郎さんや横溝正史《よこみぞせいし》さんがゲストの座談会が掲載されている。「海外作家論シリーズ」という座談会の第二回で、その回はディクスン・カーの魅力を語るというものでした。そこには「ジョン・ディクスン・カー作品表」という著作リストが載っていて、それがとても参考になりそうだったのです。これは買わなくては、と手にしたのが、この雑誌を買うようになった最初でした。『ヒッチコック・マガジン』一九六二（昭和三七）年六月号で、以後終刊号まで同誌を買いつづけることになります。

カーについては、挿絵に関する思い出もあります。小学校時代に読んだ講談社の〈少年少女世界探偵小説全集〉で、いちばん最初に読んだカーの作品が、『動く人形のなぞ』でした。江戸川乱歩訳となっている作品で、元になっているのは『曲がった蝶番』。あと、『どくろ城』という作品もありました。この二つは、作品そのものの魅力もさることながら、挿絵が印象に残っています。『動く人形のなぞ』は白井哲《しらいてつ》さんが、『どくろ城』は、後にバローズの〈火星〉シリーズなどで有名になる武部本一郎《たけべもといちろう》さんが挿絵を描いていて、白井さんの描くフェル博士、武部さんの描くバンコランは、この両探偵のイメージを決定づけました。ついでにいうと、『どくろ城』のメールジャーは後年、武部さんにお目にかかったとき、あまりにご本人とそっくりだったので、びっくりした思い出があります。

挿絵のこと、鮎川さんのこと

挿絵への関心は子どものころからけっこうありまして、ホームズ、ルパン、怪人二十面相にしてもそうですし、〈少年少女世界探偵小説全集〉でも好きな絵とそうでない絵があって、作品の評価にも多少影響していたりします。なかでも、白井哲さんの挿絵は大好きでした。

初めて読んだカー作品『動く人形のなぞ』

話がずっと後のことになりますが、編集の仕事をするようになり、挿絵入りの本もけっこうたくさん作ったんですが、あるとき白井哲さんに頼みたいなというふうに思って、探してみたことがありました。でも、当時は結局見つけられなかった。白井さんは、ぼくが中学校か高校時代に、アメリカに行って、向こうでイラストレーターをしていたという、当時としてはちょっとめずらしい人なんです。もともと西部劇・西部小説が好きで、絵を描くのと同時に、西部劇・西部小説についての本も書いている。ディレッタントなところがあるんですね。津神久三《つがみきゅうぞう》というのが本名で、白井哲というのはご本人に言わせると、児童ものを頼まれて、ちょっと正体を隠したいときに使った名前らしいんです。逢坂剛《おうさかごう》さんが西部小説を書くときの挿絵も描いたりしています。アメリカに渡って、向こうでイラストレーターとして活躍をするんですが、実はそこに鮎川哲也さんがからんでくるんです。

ぼくが小学生だったころ、鮎川さんが学年雑誌に少年ものを頼まれたことがあったそうで、津神さんが一度か二度その挿絵を描いているんです。その縁で、アメリカに行くことになったという内容のあいさつ状が津神さんから鮎川さんのところに来たそうなんです。

ところで、鮎川さんは実はレコードファンというか大変なコレクターで、とくに歌曲が好みで、たとえばシューベルトの「美しき水車小屋の娘」のような曲をいろいろな歌手で聴き比べるのが好きなんですね。なかでもロシアのものが多い。英米のものは洋楽を扱うレコード屋にも入るんですが、ロシアというか当時のソ連のレコードは日本になかなか入ってこない。どういうルートか知りませんが、鮎川さんは現地のレコード商と知り合いになり、手紙をやりとりするようになって、向こうからレコードを送ってもらったりしていたんですが、それぐらい熱烈なレコードファンでした。

そんなところに、津神さんがアメリカに行くという話を聞いたので、鮎川さんはこれはしめたと思ったんでしょう。鮎川さん宛の書簡が、池袋のミステリー文学資料館の地下に収蔵されているんですが、そのなかにものすごい量の津神さんからのエアメールがあるんです。それらを見ると、「お探しのレコードをニューヨークの新譜と中古のレコード屋を歩いて探したがなかった」とか、そのような内容のものばかりなんです。「あったらこれを買ってくれ」というリストを鮎川さんが頻繁に送っていたらしく、ものすごい量の返事のエアメールがありました。自分の好きだった挿絵画家が、後に仕事で関わることになる作家とつながっていたわけですね。

近現代文学との出会い

話を戻しましょう。中学校に入ったときのことになりますが、私立ですからやり方にちょっと独特のところがあって、「国語の二」という授業に、校長経験者の先生が講師で来ていたんです。

最近になって知ったんですが、立教の小中高校の校長はクリスチャンじゃないとなれないんですね。ここでいうクリスチャンというのは、聖公会という新教なんですが、それの信者でなくてはいけない。そういう条件があったので、校長経験者の方はみんな信者で、だからキリスト教を教える人が多かった。「キリスト教」という授業が週に一回ありましたし、中学校には「礼拝」の時間もありました。これもたまたまですが、東京ではなく大阪の創元社はもともとクリスチャン系の会社で、キリスト教の本も出しているんです。立教中学校では『聖書の話　新約聖書』という創元社の本を教科書に使っていました。

そうした元校長のお一人が、「国語の二」の授業を受け持っていました。副読本を使って授業をされるんですが、そのとき使われていたのは三十書房《さんじゅうしょぼう》から出ていた中学生にはけっこう難しい内容の日本文学選で、それをテキストにしていました。書名はたしか『大正文学選』で、日本の近現代文学を集めたものでしたが、それに横光利一《よこみつりいち》の「Kの昇天」が入っていまして、これが気に入りました。立教中学では三年間、副読本を使った授業があったんです。それで読んで好きになった作家もいました。夏休みの読書感想文の課題でも読みましたが、授業がらみの読書体験としてはこういうこともありました。

乱歩との出会い

このころ、江戸川乱歩と少し接触がありました。乱歩さんが常連だった料亭があって、そこにたまたまうちの二番目の伯父が通っていたんです。あるとき、伯父がその料亭に行くと、おかみが「今日、江戸川先生がいらしてますよ」という。伯父は「うちの甥っ子が先生の本が好きで、すごく読んでいるんだ」なんて話をしたら、おかみが「じゃあ紹介しますから」って伯父を乱歩さんの座敷につれていってくれて、紹介してくれたそうなんです。伯父はこれこれこういう者ですって名乗り、うちの甥っ子が先生の本の愛読者なんですなんて話をしたらしいんですが、そしたら乱歩さんは「じゃあ、家に来るように言いなさい」とそのときおっしゃったというんです。

それで伯父がうちに来て、このあいだ江戸川先生に会って話をしたら、お前に一度家に来いといっていたなんて話をするわけです。こちらは、とんでもない、と。乱歩さんにかぎらず、その当時、作家の先生というのはやはり雲の上の存在でしたから。「会ったって何を話していいかもわからない」と断りました。毎日通っている学校の隣に住んでいるなんてぜんぜん知らなかったんです。もしそれを知っていたら、学校の帰りに寄ってみよう、という気になったんじゃないかと思いますが、どこに住んでおられるのかももちろん知りませんでした。あとで考えると、乱歩さんにしてもどこに住んでいるのかわからない子どもにいらっしゃいとは言わないでしょう。伯父が「立教中学に通っている甥っ子」だと紹介したんじゃないでしょうか。それなら隣なんだから、学校帰りにでも寄るように伝えなさい、となっても自然ですよね。

だから、伯父には断ったんですが、その料亭で伯父がまた乱歩さんに会ったんですね。そのとき伯父が、甥っ子に話したけど、会うなんてとんでもないと言っていたと伝えると、じゃあ色紙を書いてあげましょう、ということになったんです。非常に丁寧な方で、ほとんど違いがわからないような色紙を二枚書いてくださって、好きなほうをとりなさい、と。どうやって選んだのかは覚えてませんが、とにかく一枚いただきました。

その後、大学に入って、息子さんの隆太郎《りゅうたろう》先生にお会いすることになるんですが、初めてお宅にうかがったときに、実はこうこうしかじかという話があって、色紙をいただいたんですという話をしたんです。そうしたら、隆太郎先生は「おやじは、色紙を乱発したからね。やたらあげていましたから」というんです。ああ、そうだったのかと。色紙の文言は、非常に有名な「うつし世は夢　夜の夢こそまこと」で、「戸川安宣くん　乱歩」って書いてあるんだという話をしたら、隆太郎先生は「宛名を書くのは非常にめずらしい」とおっしゃっていました。後年、土屋隆夫《つちやたかお》さんのお宅にうかがったときに、土屋さんが非常に大事にしている「うつし世は夢　夜の夢こそまこと　乱歩」という色紙があったんですが、たしかにそれには宛名がなかった。名前を書いてくれるのはめずらしいことだったのかなあ、と納得しましたね。それが中学校の一年か二年のころです。

その後、乱歩さんはご病気をされたようですが、ぼくが中学校時代にはけっこうテレビに出たりもされていたんです。NHKで「私だけが知っている」という三〇分の犯人あて番組がありました。徳川夢声《とくがわむせい》が探偵局長役で、池田弥三郎《いけだやさぶろう》、吉屋信子《よしやのぶこ》（後に杉葉子《すぎようこ》と交代）、江川宇礼雄《えがわうれお》、岡本太郎《おかもとたろう》といった人たちが探偵局員として出ていたんですが、乱歩さんがゲスト探偵で出たこともありました。

この番組が非常にあたったので、民放で「この謎は私が解く」という類似番組もつくられたんです。探偵役が伴大吉《ばんだいきち》で、助手が阿笠栗子《あがさくりこ》という。劇団四季の座長、浅利慶太《あさりけいた》の奥さんだった影万里江《かげまりえ》という非常に知的な感じの女優さんが阿笠栗子をやっていました。二週連続ドラマで、まず問題編が放送され、一週間の間に視聴者から解答を寄せてもらい、翌週、問題編のおさらいと解決編があるという形式の推理ドラマでした。番組の最後にゲストとして乱歩さんがよく出てこられて、伴大吉探偵が、一応謎解きをした後に、ちょっとしたトリックがあったりすると、「そうですよね、乱歩先生」というふうに話をふるんです。すると、ベレー帽をかぶって椅子に座った乱歩さんがにこにこしながら、トリックの話をうれしそうにされるのをよく見ていました。乱歩さんは片目を少しつぶったような感じで話すのが印象的でした。

それから、だんだん寝込むようになってしまったようなんですが、まだお元気で料亭通いをしておられたときに、例の色紙の一件があったんです。乱歩さんは、ぼくが高校三年の秋に亡くなるので、乱歩さんとの出会いの、いわば最後のチャンスを逃したことになります。ちなみに、祖父も同じ年に亡くなっています。小さいころに影響を受けた人が同じ年に亡くなるというのも不思議な縁ですが、翌年、大学に入って、乱歩さんの息子さんにミステリクラブの顧問を頼むことになる、というのも奇縁だなと思います。

テレビドラマの影響

当時のテレビドラマというと、双璧は「事件記者」に「七人の刑事」。やはり推理ものはよく見ていましたね。刑事ものでは「ダイヤル110番」という番組が人気がありました。その前、小学校時代は、記者ものも刑事ものと並んでけっこう見ていました。島田一男《しまだかずお》原作でNHKの「事件記者」ですね。これが最初だったか。その前に、佐伯徹《さえきとおる》という俳優がやっていた「社会部記者」か「地方記者」か、そういう記者ものもあったんですが、それらに比べると「事件記者」はリアルで、警視庁詰めの新聞記者の記者クラブの様子がよく描かれていました。朝日・読売・毎日あたりの特ダネの抜け駆けというか、取材競争の様子が非常になまなましく描かれていました。舞台俳優を軸に、リアルな演技をする俳優がそろっていたのが、それまでのドラマに比べるときわだっていて、一世を風靡したんです。すごい人気で、舞台にもなったし、映画にもなりました。舞台版の「事件記者」で、テレビでは永井智雄《ながいともお》がやっていたキャップの役を野々浩介《ののこうすけ》という俳優が演じていましたが、この人はおやじの戦友でした。二枚目というのではないんですが、堅実な俳優でした。やはり小学校時代によく見ていたドラマに「日真名氏飛び出す《ひまな》」という探偵ものがあって、それには必ず悪役で出てましたね。この人が出ると、これが犯人だ、なんてわかってしまうという。おやじの戦友だというので、なんとなく好意を持って見ていたのを思い出します。

「日真名氏飛び出す」は三共の提供番組で、当時、スポンサーとのタイアップがさかんでした。今はありませんが、銀座にあった三共のドラッグストアがドラマの主要舞台でした。ドラッグストアに喫茶のような、ちょっとしたカウンターがあって、そこにいつもたむろしている探偵役のカメラマンが日真名進介で、助手のカメラマンが泡手大作《あわてだいさく》。この二人が、いろいろな事件に巻き込まれる。双葉十三郎《ふたばじゅうざぶろう》という映画評論家が脚本を書いていたんですが、当時としてはモダンな都会風のドラマでした。

あと当時よく見たのは外国ドラマ、アメリカのテレビドラマです。小学校時代に影響を受けたものの一つは、アメリカのホームドラマ。当時ウエスタンと並んでホームドラマがドラマの中心でした。「パパ大好き」や「うちのママは世界一」や「ビーバーちゃん」を見て、アメリカの家庭というのは日本のとこんなに違うのか、と思っていました。たとえば、子どもが何か問題を起こすと、父親が子どもの部屋に行って、こんこんと理詰めに話をしてきかせる。当時の日本だとどなったり殴ったり、というのが当たり前という感じでしたが、そんなふうにはしないで、ちゃんと理詰めに、こうこうこうだからこうするんだよ、みたいなことを説くわけです。ああ、そうなんだ、そういう親子関係というのがあるのか、と感心して見ていました。
あるいは、こんな場面も印象に残っています。子どもが学校から帰ってくると、たいがい勝手口から入ってきて、テーブルの上にばんと鞄を置き、いきなり冷蔵庫を開けるんです。でっかい白い冷蔵庫を。当時の日本には木製の小さなものしかなくて、上に氷を入れて冷気で下のものを冷やすという仕組みでしたが、あちらのは電気冷蔵庫。それをばっと開けて、これまたでっかい牛乳瓶を取り出すんです。それをカップになみなみとついで飲む。こちらは牛乳なんて、家に配達される一号瓶かテトラポッドしか知らなかったですからね。そんな光景もカルチャーショックでした。

アメリカ製のホームドラマの影響はけっこう大きいですね。ウエスタンは時代劇と同じでドラマの世界ですが、ホームドラマは現実の、日常的なことを描いていますから。すると、いろいろな意味で生活が違う、というのを目の当たりにすることになる。すごく影響を受けました。

挿絵画家の好みの話をしましたが、それと同じで、テレビドラマでも声優のファンになりました。「パパ大好き」のパパを演じていたのは、フレッド・マクマレイというアメリカの喜劇役者でしたが、声は黒沢良《くろさわりょう》でした。「パパはなんでも知っている」のパパ、ロバート・ヤングの声は、後にコロンボの声で知られるようになる小池朝雄《こいけあさお》。「ディズニーランド」のウォルト・ディズニーは小山田宗徳《おやまだむねのり》という声優で、「未来の国」や「おとぎの国」のナレーターは矢島正明《やじままさあき》といった昔の声優がやっていました。

「パパはなんでも知っている」で、いちばん末っ子にキャシーというお茶目な女の子がいるんです。それを武藤礼子《むとうれいこ》という声優がやっていました。それはお茶目な女の子なんですが、武藤礼子は、大人だとオードリー・ヘップバーンなどをやっている。この人の声が好きでした。偶然というか、黒沢良と武藤礼子は一時期結婚していたんですが、後に別れています。女性の声では武藤礼子の声がいちばん印象に残っていますね。そういう声優の思い出もあります。

武藤礼子で忘れられないのが、TVドラマ「ローハイド」の一挿話で、クリント・イーストウッドが主役を務める回。旅の途中、一行は、田舎の町を出て尼さんになるために旅をしている若い女性と方向が同じだから一緒にどうぞということになるのですが、イーストウッドのロディがその女性に恋をする、女性のほうも憎からず思う、という展開になります。最後は初志を貫いて尼さんになるか、恋に走るかという苦しい選択をする、というごくありふれたストーリー展開なのですが、この女性が清楚な美人で、たぶん小学生だったぼくも胸を熱くして観ていたのです。その女優の声が忘れもしない武藤礼子さんでした。

最近、コロンボ研究家として名をなしている町田《まちだ》暁雄《あけお》という人がいて、コロンボについていろいろうんちくを披露しているので、たまに知ったかぶりをして助言するんです。コロンボの声をやっている人は、昔は「パパはなんでも知っている」のパパをやっていた人で、そのときから好きだったとか、声優の話を書いておいたほうがいいとか。釈迦に説法ですね。

小中時代のテレビでいえば、アメリカの探偵ドラマで、なかでもいちばん熱中したのが「サンセット77」。ワーナーのテレビ部が連続して探偵もののドラマをたくさん作っていたころで、「サンセット77」というのは、エフレム・ジンバリスト・ジュニアが主役を演じています。ジュニアという名前がついているように、エフレム・ジンバリストというお父さんが有名なバイオリニストなんですが、息子は俳優になって、映画にも出ています。ヘップバーンの映画『暗くなるまで待って』では亭主の役で出ています。もっとも、最後ぐらいしか出てこないんですが。

「サンセット77」ではメインの探偵役で、これがすごく渋い役でした。ロジャー・スミス演じる若い探偵もいて、声は園井啓介《そのいけいすけ》という「事件記者」の記者をやった人があてていました。メインはこの二人で、あと駐車場のボーイで、クーキーというのがいました。髪形がリーゼントスタイルで、いつも櫛を持って髪をとかしているのが一つの売りになっていたんです。この人の声を、ラジオのDJ番組をやっていた高山栄《たかやまさかえ》がべらんめえ調で、かっこいい男の子を演じていましたね。

ディノズというディーン・マーティンが経営していたバーというかレストランがあって、その隣に探偵事務所があるという設定なんです。ロスに行ったときに、わざわざその前を通ってみました。「サンセット77」で印象的なエピソードがあります。スパイもので、エフレム・ジンバリストが東西ドイツにわかれていたころの東ドイツに行くんですが、ちょっとしたスパイ事件を調査していて、調べたいことがあって国際電話をかけるんです。そのとき、盗聴されているおそれがあるのでクーキーを呼び出す。そしてクーキーとスラングまじりの現代語でしゃべるんです。それを高山栄がうまく若者言葉にして吹き替える。エフレム・ジンバリストがドイツから電話するんですが、途中で盗聴しているドイツのスパイは英語が達者なのに何を言っているのかわからないというエピソードがありました。クーキーを演じたエド・バーンズという俳優は、その後、クリント・イーストウッドに続いてイタリアのマカロニウエスタンで活躍しました。

「サンセット77」がすごくあたったので、二番目三番目というので、当時若手の、今でいうとキムタクみたいな感じのトロイ・ドナヒューをメインの探偵役にした「サーフサイド6」、ハワイが舞台の探偵もの「ハワイアン・アイ」、そして「バーボンストリート」の私立探偵四部作をワーナーが続けて作っていまして、それを欠かさず見ていました。当時アメリカでいちばん流行っていたのはウエスタンなんですが、ウエスタン、ホームドラマ、探偵もの、それらを熱心に見ていましたね。
挿絵も声優もそうなんですが、作品そのものだけでなく周辺というか、作品を形作るものも込みで楽しんでいたというのは、後の編集の仕事に何かしらつながっているのかもしれません。

松本清張との出会い

このころ初めて松本清張《まつもとせいちょう》の作品に出会っています。ちょうどぼくが中学校に入ったころに松本清張ブームがありました。出版界の話でいうと、光文社の神吉晴夫《かんきはるお》さんのカッパ商法[19]が注目された時期です。カッパ・ブックスをはじめとするカッパの本が飛ぶように売れていたころで、カッパ・ノベルスで清張さんの本が出て何日かして書店に行って見てみるともう十何版とか、ほんとうかな、というような数字になっている。これはひょっとして、初版のときに何版分か一度に刷っていたんじゃないかというような、そういう感じの作り方、売り方でした。もうすぐ一〇〇版を越すという本も当時ありましたから。

戦後で推理小説が世間的な話題になったのは、第三回江戸川乱歩賞[20]受賞作、仁木悦子《にきえつこ》さんの『猫は知っていた』。これはぼくが小学校時代のことですが、カリエスをわずらって体が不自由だという仁木さんご本人のプロフィールとあいまって、非常に話題になりました。それに続いたのが清張ブームで、それから社会派推理小説がブームになりました。

当時、ぼくは創元推理文庫とポケミスを軸に、どちらかというと、翻訳もの、海外ものを中心に読んでいましたから、日本ものは話題作にたまに手を出すぐらいだったので、社会派推理小説がブームになっているという意識はぼく自身にはそれほどありませんでした。ただ、鮎川哲也さんに言わせると、それまでの推理作家は、当時、本格の危機というか、自分たちのやっているもの、自分たちがこれまで愛読してきたような小説が旧態依然たるものだと、世間的な批判を浴びたのだ、というようなとらえ方をしていたというんです。後になってからそういうことを知って、ああそうだったのか、と思ったものでした。

清張さんの作品、たとえば『点と線』を読むと、ふつうのアリバイくずしという感じがして、従来の推理小説とそんなに違わないというか、同じような気持ちで読んでいたんです。ところが、鮎川さんのような当事者には、本格の危機を感じて小説を書いておられた方がたくさんいたのだということを後から知りました。

鮎川さんや土屋隆夫さんのお話を聞くと、自分たちは幸い小説の依頼が切れることもなくコンスタントに書けたが、注文が来なくなった作家もいるし、本格というか謎解きものを書いていた作家たちは、かなり肩身の狭い思いをしていた、というんです。読者にとってもそうで、謎解きものの新作になかなか出会えないような時代だったと回想している方も多い。

ただ、そうなのかなあ、とも思っていました。ぼくにすれば、清張さんも謎解きものだし、社会派作品にまじって、そんなに数は多くはないかもしれないけれど、陳舜臣《ちんしゅんしん》さんとか、笹沢《ささざわ》左保《さほ》さんとか、謎解きもののいい作品はけっこうありましたから。翻訳ものをメインに読んでいたこともありますが、たまに鮎川さんや清張さんの新作を読んでいる分には、本格に対する危機感、飢餓感というのはそんなに感じませんでした。

でも、あらためて当時の作品を読み直してみると、たしかにそのころの清張さんたちが書いていたのは、現実に立脚したものです。古い屋敷内や古いしきたりのもとでしか起こり得ないような事件を描いたものとちがって、きちんと現実に立脚した描写をする作品が増えてきたのは、やはりこの時代の特徴だったのですね。そういう時代を経て、日本の推理小説というのは確実に進歩したのではないかと思います。もちろんハードカバーで出る本もありましたが、カッパをはじめ新書が多かったので、中学生がふつうに手に取ることができたということもあり、当時、周りを見ると清張さんを読んでいる同級生はたしかに多かった。今読み直してみても清張さんの作品は題材の取り方がたくみで、小説の作り方としてさすがだと感心するのが多い。戦後の一大山脈であることは、たしかだと思います。

ちなみに、清張作品には、集英社の〈新日本文学全集〉の一巻で出会っています。一九六二（昭和三七）年ころです。当時は、メインストリームの文学は先にも言いましたように、中央公論の〈日本の文学〉で読んでいたんですが、それからちょっとはずれたものとしては〈新日本文学全集〉がありました。ちょっと通俗寄りの人も含めて、中公で取り上げられた作家・作品よりも後の世代の書き手、たとえば吉行淳之介《よしゆきじゅんのすけ》や山《やま》崎豊子《ざきとよこ》あたりの、従来の文学全集だと最後のほうの巻で、複数の作家がまとめられた巻のなかの一人という扱いだったり、入っていなかったりした作家が、一人一巻で評価されるようになっていました。

ぼくが高校生大学生ぐらいのころは、文学の評価軸が変わってきつつあった時期だったのです。そういうところで、たとえば芥川賞作家が注目されるようになる。石原慎太《いしはらしんた》郎《ろう》の登場がそうした機運を高めた出来事の一つだし、村上龍《むらかみりゅう》や田《た》中康夫《なかやすお》の登場もそうでしょう。従来の文学がこれでいいのかという。これまでの文学とは違うものを書く作家がどんどん出てきたときでもありますね。

ミステリでいえば、戦前型ミステリから脱した時期というのが、ちょうどぼくが中学校に入って以降ぐらいの時期ではないでしょうか。従来型ミステリの、ある意味では全否定みたいなことを言う人もいて、社会派が持ち上げられたのです。また、その後、逆にゆりもどしというか、今度は一挙に古いほうに振れることも起こりました。後にふれますが、小栗虫太郎とか夢野久作《ゆめのきゅうさく》とか、桃源社《とうげんしゃ》、三一書房《さんいちしょぼう》あたりの復刊の動きですね。

　それからそこに今度は、光文社のカッパに代わって、角川春樹《かどかわはるき》さんの角川商法が入ってきました。映画と文庫のメディアミックスですね。しかも、その当時の角川文庫は、これはと目をつけた作家は全部出すという全集方式でした。横溝正史をいきなり五〇冊くらい出す。鮎川さんも初期の短編から何から全部そろえる。天藤真《てんどうしん》もとにかく全部出す。目をつけたら全部出すんだといった文庫の出し方をしていた時代でした。

　ぼくの大学時代の話ですが、都筑道夫さんと話をしていたときのことです。ちょうど鮎川さんらが角川文庫でどんどん出始めたころで、「今度は先生ですね」なんて話をしたら、「ぼくのはとても文庫にはならないよ」とその当時都筑さんはおっしゃっていました。ところが、それからしばらくすると、『都筑道夫一人雑誌』にいたるまで、どんどん文庫になってしまった。ぼくが大学生のころです。大学時代、そして大学時代以降のそうした激しい変化のことを考えると、ぼくの中学高校時代というのは、ほんとうに穏やかな時代だったと言っていいのかもしれません。先ほど言ったように、高校三年の秋、一九六五（昭和四〇）年に江戸川乱歩が亡くなっています。これはやはり大きなターニングポイントだったんですね。

　誰でもそうだと思いますが、本好きの人には本好きの友だちがいるものですが、ぼくのクラスにも何人かそういう友人がいました。「岩波の一〇〇冊の本」というのが当時からありました。岩波文庫ですから、これは超のつく古典から現代ものまで、といっても本当の現代ものは少なくて、その当時は日本文学でいえば明治文学ぐらいまでのところですが、一〇〇冊の本が選ばれていて、当時はそれが読書家にとって一つの定番でした。立教大学理学部の教授で、後に『核戦略批判』という本で有名になった豊田利幸《とよだとしゆき》さんの息子が同級生にいて、それを全部読むんだと言っていました。全部とはいかないまでも、名作はある程度この時代におさえておきたいという意識はぼくにもありましたが、「岩波の一〇〇冊の本」となると、たとえば『ファーブル昆虫記』が全巻入っていたり、難関がいくつかあります。何回か挑戦しましたが、ファーブルはどうしてもフンコロガシあたりで終わってしまったんです。

雑誌との出会い

中学生の終わりぐらいに『ヒッチコック・マガジン』に出会っています。以降、『ヒッチコック・マガジン』はとにかく全部買っていました。ほかの雑誌、たとえば『エラリイ・クイーンズ・ミステリ・マガジン』はどうだったかな。『宝石』は、雑誌が廃刊となるほんとうに最後のころだったのですが、ほとんど買わなかったですね。廃刊になった後に、古本で買いました。

当時を思い返してみると、基本的に雑誌の短編を読むという意識があまりなかったんです。『ヒッチコック・マガジン』を最初に買ったのも、カーの座談会がきっかけでした。「海外作家論シリーズ」という座談会がずっと続いているのを知って、毎号買わなくてはと手に取り、カーが二回目だったので、ならばその前もというので取り寄せてもらって、エラリー・クイーンの回を読みました。「海外作家論シリーズ」は熟読玩味しましたね。

同じころ、田中潤司《たなかじゅんじ》さんが、二ページのコラムをやっていたんですが、これがもう非常にマニアックで、新しい作家を紹介しているんですが、たとえば、パトリシア・モイーズという作家がすごいといわれると、そうなのかと思って、ポケミスでモイーズが出ると飛びついて読みました。あとは書評欄。そういう小説以外のところはほとんど全部読んでいましたが、小説はあまり熱心に読んでいなかった。『ミステリマガジン』も定期購読で取りだしてから、コラムや書評を軸に読むようになりましたが、短編はたまにいくつかをつまみ読みするぐらい。雑誌で小説を読むという習慣がとうとうつかなかったんです。

神戸の友人で今朝《けさ》丸《まる》真一《しんいち》さんという人がいて、ぼくの一つ上で、やはりミステリファンなんですが、この人は逆に雑誌で短編を読む人でした。ミステリの短編ですから、『エラリイ・クイーンズ・ミステリ・マガジン』『ヒッチコック・マガジン』『マンハント』はもちろん読む。この人のすごいところは、翻訳小説ばかりではなくて、『小説現代』『小説新潮』『オール讀物』など、日本の読み物雑誌もみんな買って、ほとんど読んでいた。読み終わると短編を切り取って、書棚に松本清張とか鮎川哲也とか、作家別に作品の切り抜きを重ねていく。その後、短編集としてどこかでまとまるとそれを買って、そこに入っているものは雑誌の切り抜きを捨てるんです。単行本にならなかった短編は、常に雑誌のままで残っている。短編集にまとまったものは本で、未収録作品は雑誌の切り抜きで、という具合に、各作家の全短編が今朝丸さんの書棚にはそろっていたんです。そんな人が知り合いにいたんです。すごいなと思うんですが、自分ではそんなことはできませんね。

『ヒッチコック・マガジン』1962年5月号

　そんなわけで、雑誌は当時はそれほど熱心には読んでいなかったんですが、後になって『ヒッチコック・マガジン』は創刊以降のものを貰い集めて全そろいにしました。『マンハント』は誰かにもらったのかな。

『エラリイ・クイーンズ・ミステリ・マガジン』改め『ミステリマガジン』も途中まで、二〇〇〇年代ごろまでのは全部そろっていたんですが、この一〇年は買わなくなってしまった。『宝石』も後に古本で目にするたびに買ったりはしていましたが、そろいでは持っていません。ちなみに、これらの雑誌は二〇一三年に成蹊《せいけい》大学[*21]に寄贈しています。

受験と読書

受験は、中学受験だけで、中学校に入ると高校はそのまま。中学でも、高校でも、平均点をとらないと留年なんですが、及第点六〇点以上とってさえいれば進級はできるんです。高校から大学へ上がるときも、大学受験に相当するものはなくて、特別に点数がどうこうというのは理学部だけで、あとは基本的に希望するところに入れる。理学部だけは平均七〇点以上じゃないと入れないということになっていたんですが、それ以外は及第点さえとっていれば入れました。ただ、各学部には一応上限の人数がある。たとえば、経済学部に入りたい人でも、その人数、順番までに入っていないと入れない。すると、しかたがないから社会学部にいくというようなことになる。文学部は好きな人しか行かないという感じで、希望すれば誰でも入れましたから、とくに何の試験もないままに大学卒業までいってしまうという感じでした。

歴史をやりたいというのは高校のある時点で考えていたんですが、三年のときに多少考えたのは文学系で、日本文学か英米文学にするか、とちょっと悩みました。史学科にしようか、文学系にしようか、やはり歴史をとるかなあ、と。結局、学部は歴史にして、でもクラブは文学、つまりミステリクラブに入ろうと決めて大学に入るんです。最終的に進路を決めたのは高校三年ですが、中学校時代から歴史のほうに進むのかなと、なんとなく思ってはいました。

大学の勉強でミステリとか大衆小説研究を、というのはぜんぜん考えませんでした。やはり時代ですね。今なら事情が違うかもしれませんが、当時はそういう大衆文学みたいなもの――あるいは映画や漫画にしてもそうですが――が学問の対象になるとは思わなかった。それは趣味で続けようと思っていました。現在なら違う選択をしていたかもしれません。

修験道研究

大学に入ってみると立教にはぼくの考えていた分野の歴史の先生がいなかったんです。考えていた分野、というのは前にお話しした山伏のことです。中学校に入ってから高校を出るまで六年間、山伏修行をしていました。しかし山岳信仰となると非常に特殊な分野ですから、立教では指導教授がいない。あえていえば、民俗学――といっても民具の研究が専門の宮本馨太郎《みやもとけいたろう》先生か、キリシタン史研究が専門の海老沢有道《えびさわありみち》先生でした。戸川安章伯父はぼくがそっちに進むものと思っていたようですから、しきりに他の大学に移れということを言われました。

ぼくが参加していた修行は、先代の島津伝道《しまづでんどう》が努力をして、昔の修行のかたちを復元しようとしたものなんです。山伏というのは要するに、仏教とか、そういうはっきりしたものではなくて、密教というか、いろいろなものが混交したかたちの独特の民間信仰です。明治維新のときに、神仏分離令《しんぶつぶんりれい》が出て廃仏毀釈《はいぶつきしゃく》となり、そのときに、政府は、仏教とも神道ともつかないあやふやなかたちを嫌った。羽黒の山伏は天台宗になったんです。一方、それとは別に、羽黒山神社は羽黒山神社として山伏のかたちを維持したので、そこで寺と神社の二派にわかれることになった。神社のほうは、どちらかというと観光的な色彩を強めたので、山形県として、あるいは鶴岡市として神社の山伏を売り出したんです。羽黒山を観光で取り上げるときは、神社のほうの山伏の写真を使っています。

それに対抗して、寺のほうはできるだけ昔のかたちを維持するように努めたんです。それに先代が尽力したんですね。そのおかげもあって、学問的に山伏を研究しようという人たちは寺の修行に参加するようになり、外国からの研究者も寺の修行に加わるようになりました。ぼくは結局、中学校の一年から大学の四年まで一〇年間、通うことになるのですが、その一〇年間はいろいろな意味で日本の山岳信仰の研究に火がついた時期でした。ケンブリッジ大学からいらしたカーメン・ブラッカーさんは『あずさ弓』[*22]という名著を出していて、そのなかに中学生のぼくも一か所にですが登場しています。シカゴ大学のエアハートさんという若い学者もいらっしゃいました。そうした人たちとは一緒に修行したこともありました。修験道研究では現在、日本でいちばんの権威で、慶應大学にいらした宮家準《みやけじゅん》先生も研究のために何度か修行に来ていました。そういう先生方と、接する機会もけっこうありました。

ほかにも、当時東北大学におられた堀一郎《ほりいちろう》先生は、修行には参加しませんでしたが、秋の峰をのぞきに来ていて、せっかく来たんだからとお話をうかがったりしたこともありました。そのとき堀先生はエリアーデの山中他界観念という説を紹介されましたが、日本でエリアーデの本格的な紹介がなされたのはその後です。大学三年の秋に民俗学会の年会が羽黒で開かされたことがありました。鶴岡市で大会をやったんですが、それには戸川安章がいろいろ尽力しています。柴燈護摩《さいとうごま》をたくのが秋の峰の修行ではいちばんのクライマックスなんですが、学会の人たちに羽黒に来てもらってそれを特別にやってみせたりもしています。

鶴岡で開会された民俗学会の写真。上から3列目右から4人目が戸川安宣。最前列真ん中の左隣、眼鏡の人物が戸川安章。その右隣は和歌森太郎か

日本のミイラ研究がスタートしたのもこのころです。昔からそれぞれの寺で、ご本尊みたいなかたちであがめられたりしていた即身仏を本格的に研究してみようという、日本ミイラ研究グループが発足しました。早稲田大学の美術史研究家の安藤更正《あんどうこうせい》先生という人がチーフになり、作家の井上靖《いのうえやすし》さんも特別顧問で参加、戸川安章も加わり、宗教学や人類学などいろいろな分野の人が集まって、ミイラ研究を始めたんですが、これもたしかぼくが中学校一年のときでした。

その後、大学を出て、東京創元社に入って一〇年ぐらいたったころだと思いますが、名著出版から〈山岳宗教史研究叢書〉といったシリーズが刊行されたことがありました。ぼくが大学生のころは、それこそ神田に行って、古本で和歌森太郎先生の『修験道史研究』などを買ったりしていたんですが、この分野で新しい本の刊行の動きが出てきたわけです。あのころの研究が徐々に実を結び、その後にいろいろ本になったりしたわけですね。ぼくもあの分野での研究を続けていれば大学に残っていたかもしれません。

戸川家のこと

戸川安章伯父の名前が出たところで、我が家のことを少しお話ししておきたいと思います。

安章伯父が母の兄だというと、それでは父、英雄《ひでお》が戸川の家に婿入りしたのか、と聞かれますが、そうではありません。母の旧姓が島津だというとなおのこと話はややこしくなるんですが、母の父、伝道《でんどう》は幼名を頓吉《とんきち》といいました。その父、憲典《けんすけ》は高畠町の金寿院という羽黒派十二先達の一人でしたが、子どもは四人と思っていたところに伝道が五人目として生まれたため、とんでもないやつだ、というので頓吉と名付け、さらにもう一人生まれると無駄六《むだろく》と付けたという嘘のような人だったそうです。この頓吉、後の伝道は東洋大学の東洋哲学科に進み、在学中から私立同和小学校の教員となりました。そのときの同校の校長が戸川最兎女《もとめ》でした。この人がぼくから見ると曽祖父に当たります。戸川は岡山県帯江《おびえ》の藩主でした。

余談ですが、ウィキペディアで戸川安宣と引くと、編集者のぼくともう一人、江戸の大名が出てきて、あれはなんだ、とたまに人から聞かれます。ぼくのご先祖様の一人で、ぼくの名前は先祖書きからとってつけられたためなのですが、戸川は江戸時代、偶然のことですが東京創元社にほど近い、今はホテルエドモントがあるあたりに江戸の屋敷がありました。

最兎女には三男二女があったのですが、上の三人が若くして亡くなり、三男――これがぼくの祖父の鯉喜《りき》江《え》なのですが、若いころからかなりの放蕩者だったようで、扱いかねた父親から勘当を言い渡されたそうです。これは本人が言っていたのですから間違いないでしょう。男の子がいなくなった戸川家は、末の娘、小《こ》波《なみ》に学校の同僚だった島津頓吉を婿にとって跡取りとしたようです。そして安章が生まれたのですが、祖父によると、ある晩、友人と晩酌をしていた義父が、自分を悪し様に言っているのを漏れ聞き、怒って家を飛びだしたといいます。最兎女は直ちに離縁を申し渡したのですが、その後、お腹に二人目の子どもが宿っていることに気づいた小波は、島津の後を追って今度は島津に嫁いだのです。長男の安章は戸川の跡継ぎということでそのまま戸川姓を名乗ることで決着を付け、二人目の愿道《げんどう》から島津になったというわけです。この愿道がやがて山伏寺を継ぎ、その三女がぼくの母、治子《はるこ》で、ぼくの父、英雄は鯉喜江の三男――つまり、ぼくの両親はいとこ婚だったのです。

これ以降のことを簡単にお話しすると、一九一〇（明治四三）年、島津は羽黒山の正善院を譲り受け、一九一三（大正二）年に荒澤寺《こうたくじ》の正住職となり、正善院の住職を兼ねます。荒澤寺を再興し、信者や入峰修行者を増やして羽黒山伏の復興に全力を尽くしたのです。島津伝道は戦後の農地解放など、幾多の苦難を乗り越え、天台宗から独立し、羽黒派修験本宗を樹立した一九四六（昭和二一）年の九月、六四歳で亡くなりました。

立教大学史学科入学、ミステリクラブ

一九六六（昭和四一）年四月に立教大学文学部史学科に入学しました。入学式の日にクラス分けがありました。史学科は二クラスあり、名簿が貼ってあって、これこれは何番教室にとあるので、指定の教室に行ってドアを開けてびっくり。最初は、あれ、クラスを間違えたのかな、と思ったんです。というのは、そこにいたのが、みんな女の子だったのです。五〇人くらいの一クラスで、一人ずつの机と椅子が並んでいて、その列が五、六列あったんですが、よく見ると、一列に一人ぐらいずつ男がいる、それぐらい男子学生が少なくて女子ばかりだったのです。中高と男子校でしたから、いきなり女の子ばかりというところに投げ入れら

れたという感じなのが、入学して最初に驚かされたことでした。

どの大学もそうだと思いますが、四月の初めは、校門を入って教室のある建物までの道の左右に、いろいろなクラブやサークルの人たちがずらりと机を並べて、新入生を勧誘しています。大学に入ったらとにかく、まずミステリクラブだと思っていましたから、ぼくもそれらを見て回ったんですが、いくら探しても、ミステリクラブが見つからない。勧誘ポスターも端から端まで見たんですがやはりない。これはおかしいと思って、しかたがないから学生課に行ったんです。

学生課の人に、ミステリクラブに入りたくて探しているんだけど見当たらないんだ、という話をしたら、職員の方が、それはいったいどういうクラブだと聞いてくる。推理小説を読んだり書いたりしているそういうサークルはないかと尋ねたら、聞いたことがないというんです。ただ、文芸部はいくつかあるから、そのなかにそういうことをやっているところがあるかもしれない、のぞいてみたら、というんです。

探してみると、たしかに文芸サークルはいろいろありましたから、二つ三つをのぞいてみました。当時、六〇年代から七〇年代にかけては、学生運動が非常にさかんで、文芸サークルにも、最近の大学のそれとは違う、一種独特の雰囲気がありました。だから、ちょっとおそるおそるという感じで入っていきまして、ミステリのサークルみたいなのはないか聞いてみました。すると、ミステリは読むけどねえ……というような反応の人ばかりで、どうもこちらが想像していたもの、期待していたものとは、ぜんぜん雰囲気が違うんです。すっかり困ってしまったわけです。

ミステリクラブについては、高校時代に読んだ学年誌か何かで、慶應大学か早稲田大学のミステリ研究会、いわゆるミス研の紹介を目にしたのがきっかけだったのですが、当然どの大学にも、というのは大げさにしても、少なくとも主要な大学には、そういうクラブがあるのだろう、ぐらいに思っていたんです。それがないということで、すっかり困惑してしまい、どうしたものかと思っていたときに、ちょっとした出会いがありました。

ぼくが大学に入った一九六六（昭和四一）年の年始だったと思いますが、早川書房が『エラリイ・クイーンズ・ミステリ・マガジン』との契約を打ち切って、独自に『HAYAKAWA'Sミステリ・マガジン』と名前を変えて出すことになったんです。『エラリイ・クイーンズ・ミステリ・マガジン』は略して『EQMM』と言ってましたから、今度のは『HMM』となるわけです。

『ミステリマガジン』には『EQMM』時代から続いている「響きと怒り」という、前号のどの記事が良かったとか、こういうのを特集してほしいとかいったことを読者が投稿する読者欄があるんですが、ちょうどぼくが大学に入った年の四月、「響きと怒り」の最下段に囲み記事があって、このたび『HAYAKAWA'Sミステリ・マガジン』になったので、ついては『HMM』のファンクラブを作りたいといった内容の、米《こめ》浪平記《なみひらき》さんというちょっと変わった名前の人の呼びかけがあったんですね。

その当時だから、住所が書いてあって、入会希望の人は連絡してほしいとあり、それではがきを出したんです。大学にミステリクラブがないのでどうしようかというふうに思っていたときでしたから、立教に入ったばかりの戸川という者だけど、ファンクラブに入りたいと、こちらの住所電話番号を書いて送ったら、すぐに米浪さんから電話がありました。一度会いましょうということになり、今はなくなってしまいましたが、高田馬場にあったユタという喫茶店を訪ねました。入り口は狭いんですが、鰻の寝床みたいに奥までずっとつながっている店の入り口あたりに米浪さんがいて、他にも何人かいたんですが、そこで出会ったのが初めてです。米浪さんは当時三年生だったか、早稲田のミステリクラブ[*23]の人だということもわかりました。そこで、ミステリクラブに入ろうと思って大学に入ったのにないんだという話をしたら、じゃあぼくたちがサポートするから自分で作りなさい、ということをしきりに言われました。

そのときにいた方で覚えている人をあげておくと、まず米浪さん。どちらかというとＳＦ寄りの人で、卒業後は歯磨きのライオンに入って、系列会社の社長までつとめたという中野登《なかののぼる》さん。このなかではいちばんまともな方でしたね。あと、宮田雪《みやたきよし》さん。この三人は同じ学年だったかな。宮田さんは変わった方で、卒業後、踊る宗教か何かの教祖になったんです。だいたい早稲田のミステリクラブというのは、今はまともな人たちのクラブになったようですが、当時は、いかにも早稲田といったバンカラ風の、だいたい四年では大学を出ないという人たちの集まりでしたね。そのなかの一人、大井《おおい》良純《よしずみ》さんは、翻訳家になって早川書房や東京創元社でも何冊も本を出していますが、やはり八年ぐらい大学にいました。ぼくが卒業した後も当然大学にいるような人で、そういう人たちがごろごろしていたんです。

早稲田のミステリクラブは部室がなくて、大隈講堂前の通りにあったモンシェリという喫茶店がワセミスのたまり場になっていました。二階が劇場になっていて、両隣がラーメン屋と麻雀屋。ワセミスの人たちは、朝モンシェリへ来ると、カバンを置き、コーヒーを一杯頼むと、あとは隣の雀荘に行って麻雀をやっている。腹が減るとラーメン屋へ行く。そしてまたモンシェリに戻ってきて、ほとんど一日中その一帯から出ない。モンシェリへ行くと誰かワセミスの人と出会える、というような感じだったのです。

ぼくより一年後になるのが、ＳＦの人で後に翻訳家になる鏡明《かがみあきら》さん。電通のえらい人で、もう彼も定年ですね。ワセミスの副幹事長をしていました。幹事長は瀬戸《せと》川猛資《がわたけし》さん。ワセミスの人ではないＳＦの人がモンシェリにはわりといましたね。SFの翻訳家の伊藤典夫《いとうのりお》さんがよくいて、話をしたり、一《いち》の日《ひ》会《かい》*24に連れていってもらったりしました。モンシェリにはよく行っていたんですね。

その後に、『HAYAKAWA'S ミステリ・マガジン』ファンクラブの会合が渋谷でありました。慶應のミステリクラブ*25の人も来ていて、そこで慶應の人たちと知り合いました。当時は慶應と早稲田と、青山にもミステリクラブがあったんですが、青山は他との交流がなく独自にやっていました。年に一度、早慶交歓会というのがあって、早慶両校はけっこう仲良くしていて、米浪さんの作ったクラブにも二、三人慶應から参加している人がいました。

そこではいろいろな人と出会いました。たとえば、その当時東北大学の大学院生だった数藤康雄《すどうやすお》さん。後にデクタフォンという初期のテープレコーダーの研究で論文を書くときに、クリスティの『アクロイド殺害事件』の中にデクタフォンが出てくることもあって、クリスティに興味を持ち、そのことでクリスティに手紙を書いてみたら、遊びにいらっしゃいという話になり、クリスティの生前に、ウィンタブルックハウスという別荘に行った唯一の日本人となります。帰国して卒業後、クリスティ・ファンクラブを作り、現在まで続けています。ずっと研究畑を歩んだ人で、東北大学の大学院を出て、最初は富士通に勤めてコンピューターの開発を担当し、途中で辞めて、東京都の職員になって障害者用車椅子の開発などを定年までやっていました。それから、関西にはぼくより一つ年上の今朝丸真一さんがいました。今朝丸さんに勧められて、後で話しますが、SRの会に入ることになります。

『HAYAKAWA'S ミステリ・マガジン』ファンクラブで作った機関誌が『PENDULUM』。ガリ版で、たぶん三号で終わってしまったんじゃないかな。会員が寄稿したり、米浪さんが未訳の作品をペーパー

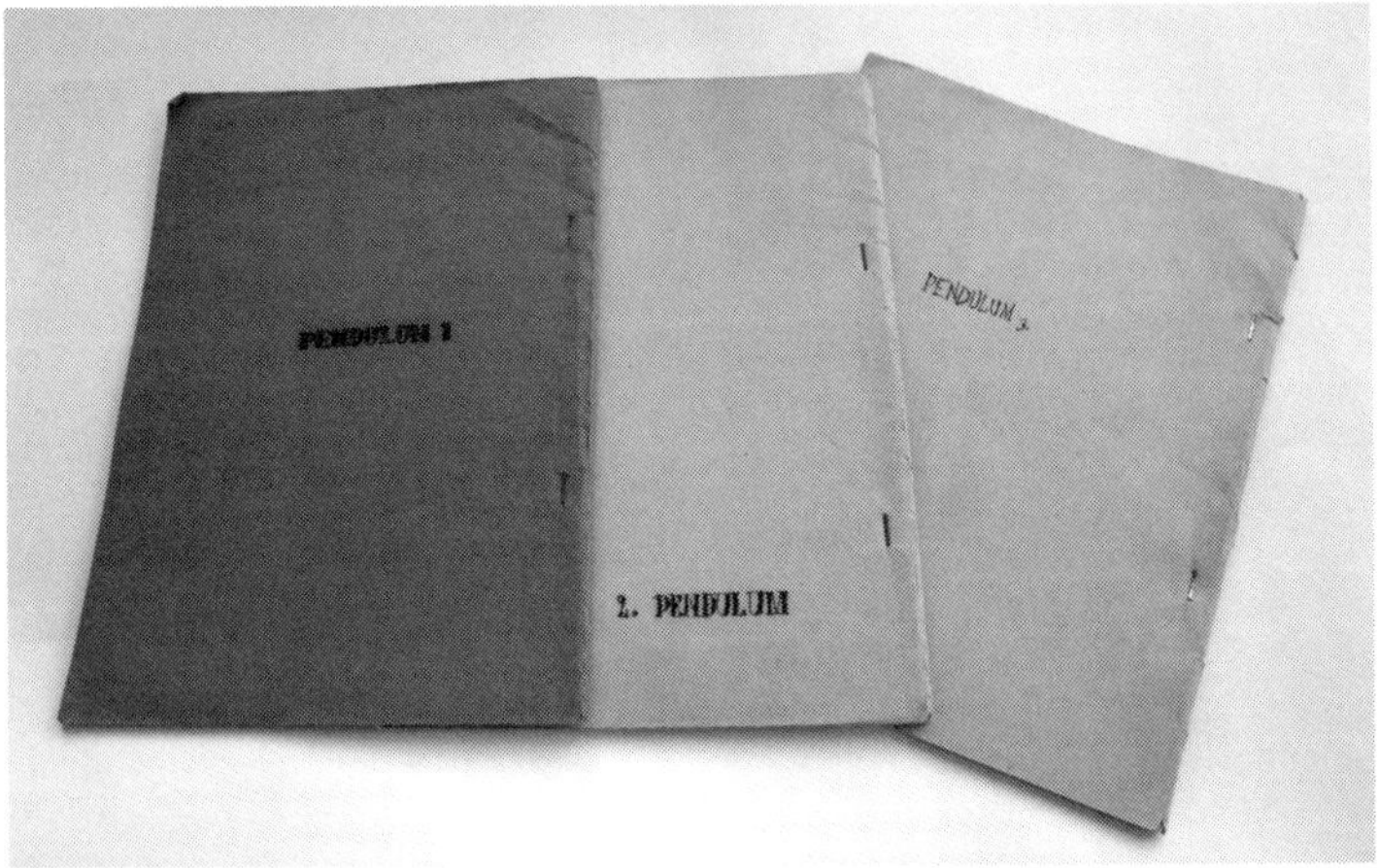

『PENDULUM』第一号から第三号まで

バックで読んで紹介したりしていたんですが、とくに印象に残っているのは、『殺しの依頼人』というハードボイルドの連載小説でした。翻訳ではなく、創作のハードボイルドです。書いたのは若木伸《わかきしん》という人でした。どういう方だかわからなかったんですが、素人とプロの中間ぐらいの人だったらしい。後に東京創元社で日本人作家の書き下ろしをやろうと思ったときに、三回で中断していたけどあれはけっこうおもしろかったなと、ちょっと思い出したんです。それで米浪さんに連絡をして、あれは誰だったのか尋ねたら、名前は忘れましたけど、劇団員だというので連絡をしてみましたら、そのときすでに若くして亡くなっていました。そのことが『PENDULUM』でいちばん印象に残っていることです。

米浪さんがワセミスの人なので、この機関誌の作りは、当時のワセミスの機関誌の作り方にならったもの。『PHOENIX』というガリ版刷りの機関誌があったんですが、それと作り方がそっくりですから。なるほど、機関誌とはこういうものなのかと思ったので、ぼくも立教でそれをまねて機関誌を作りました。

立教ミステリ・クラブ創設

ワセミスの方たちとの出会いがあって、じゃあミステリクラブを作ろうかというので大学に戻り、クラブを作るにはどうしたらいいのか学生課に訊いてみました。クラブにもいろいろあって、文化団体や運動部などの団体にちゃんと入り、部室も与えられるようになるにはキャリアが必要で、いきなりは無理なんです。まずは同好の士を五人、部付きの先生を一人決めて、登録団体になる。すると、学生課でハンコをもらって、学内にポスターを貼ることができる。昼休みや放課後に使われていない教室を借りることもできる。登録団体にならないとポスターも貼れないし、教室を使わせてもらえないというわけです。

とにかく人を五人集めて、部付きの先生を決めればいいんだなと。幸いぼくは附属高校から来ましたから、名前を貸してもらえる知り合いはたくさんいました。副部長にするんだったら名前を貸してやるみたいな条件をつけてくるのもいましたが、とにかくなんでもいいから名前を貸してくれと言って、四人を集めました。

次は、先生を誰にしたらいいか。学生課に相談に行ったとき、立教の職員にミステリが好きで読んでいる人がいるという話を聞いたんです。総長室附属の広報課という、立教の広報誌を出している部署があって、そこにいる原田大吉さんがそうだと。立教の英文科を出て勤めていた方で、ミステリを読んでいるというんです。早速原田さんのところに行ってクラブを作りたいと言ったら、ご自身は学生時代にちょっと読んでいた程度だという話なんです。誰か部付きの先生を決めなくてはいけないんですが、立教に誰かいますかと訊いてみたら、そういう話だったらもうあの人しかいないだろうという。誰かと訊いたら、当時は社会学部長だった平井隆太郎先生がそうだと。どんな人ですかと訊いたら、江戸川乱歩の息子だと。ええ、そんな人がいたのか、これは大変だ、と思いましたね。びっくりしますよね、ふつう。

平井先生の部屋が何号館にあるというので、早速先生のところにうかがいました。ミステリクラブを作りたいので部付きになっていただけますかとお願いしたら、少し考えてから、ごくあっさりと、まあしようがないでしょうと、おっしゃった。それで、よろしくお願いしますということですぐに決まってしまいました。

部付きは平井隆太郎先生で、部員の名前を五人分、学生課に提出したら、登録団体として認められました。ポスターを出してもいいということになったので、「立教ミステリ・クラブ創設、部員募集」というポスターをつくって、それを学内に貼りだしました。そうしたら数学科の一年上と二年上の人が別々に入りたいとやってきました。自分のクラスで最初に自己紹介があったんですが、そのときに、附属高校から来て、このたびミステリクラブを作った、という話をしたら、同じクラスの女の子が二人入ってくれたんです。名前を借りた四人のなかにも一人、名前だけではなくてちゃんと入ってもいいという、ミステリをそれなりに読んでいたのが一人いました。数学科から二人、クラスの女の子が二人、名前を借りたのから一人、そしてぼくと、六人で始めて、読書会をやったりと、活動を始めたのです。

毎回ではないですが、読書会には広報課の原田さんが来てくれましたし、慶應や早稲田の人もたまに参加してくれました。部室がないので場所は教室を借りたり、喫茶店だったりといろいろでしたが、モンシェリのようにいつも集まる店を作るところまではいきませんでした。読書会を開くときに、課題図書を勝手に自分で決めて、月に一冊かな、『Yの悲劇』や『アクロイド殺害事件』のようないわゆるベストテン級の名作を読むという活動をしていました。

どういう活動をしようとか、読書会ではこれを取り上げようとか、部長として全部一人で仕切っていましたね。さらに、早稲田のを見て、こういう機関誌も作らないといけないと思っていました。機関誌を出すなら、創作や評論も入れなくちゃいけないというので、まずは自分で書き、部員にも書けとけしかけていました。機関誌の創刊号は勧誘も兼ねたもので小さいサイズで出しました。

史学科の同じクラスの、わずか五人くらいの男のなかに飯塚《いいづか》コウ咲《さく》という男がいたんですが、その飯塚さんが立教高校から来た西岸良平さんと一緒に漫研を作ったんです。西岸、飯塚両氏が漫研を作り、ぼくがミステリクラブを作ったという縁で、表紙に絵を描いてくれないかと頼んだんです。創刊号の表紙は飯塚さんが、三号は西岸さんが描き、その後しばらくは漫研の連中が表紙を描いてくれました。ガリ刷りで、初年度は四、五号作りました。

機関誌のことでいうと、始めたばかりだというのに、いきなりタイプ刷りのものを作ろうとまでしていたんです。クラブの活動としては、読書会というのが基本にあり、月に一回開催する。創作や書評もやって機関誌を作り、年に一回、外に対して大々的に発表もしなくてはならないと、ちゃんと読めるタイプ印刷のものを作らなくてはいけないということで、最初の段階からいろいろ計画を立てていました。当時の大学祭「立教祭」は文化の日に行われましたが、それに合わせて何かやろうというのでタイプ刷りの機関誌を作ったわけです。手元のを見ると一一月三日と書いてありますが、立教祭に合わせて、夏過ぎくらいには準備していましたね。

機関誌『立教ミステリ』の創刊以前号が四月一日発行というのは、発行の日付として切りのいいものにしただけで、実際には、もちろんもっと後でした。創刊号は五月に出していますし、立教祭までの間にも、『立教ミステリ』の二号、三号が出て、号外も出しています。けっこうなペースで出していたことはたしか

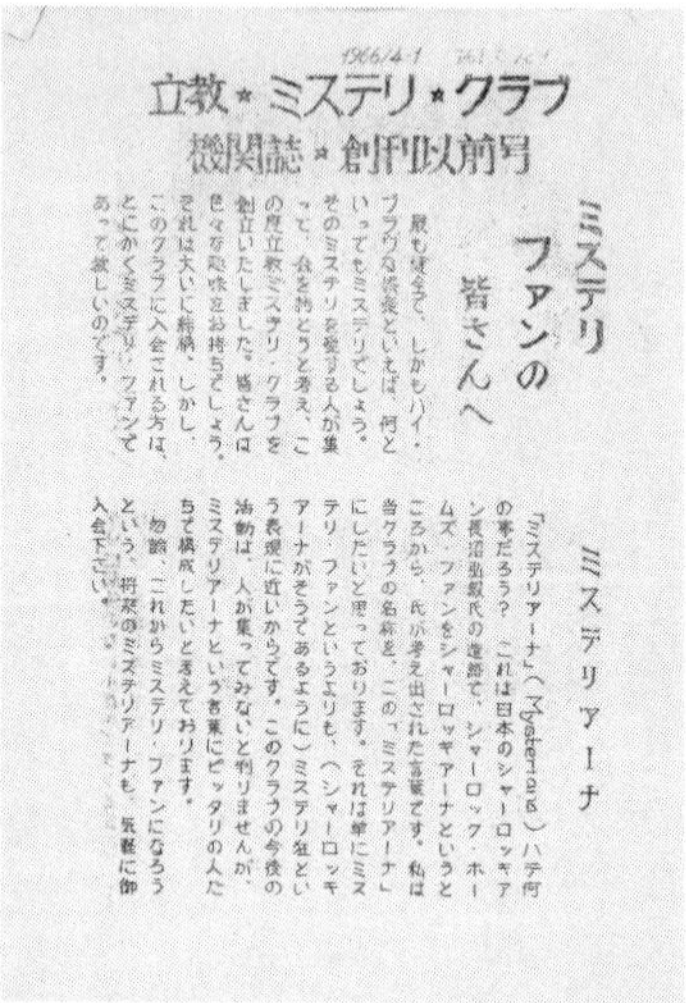

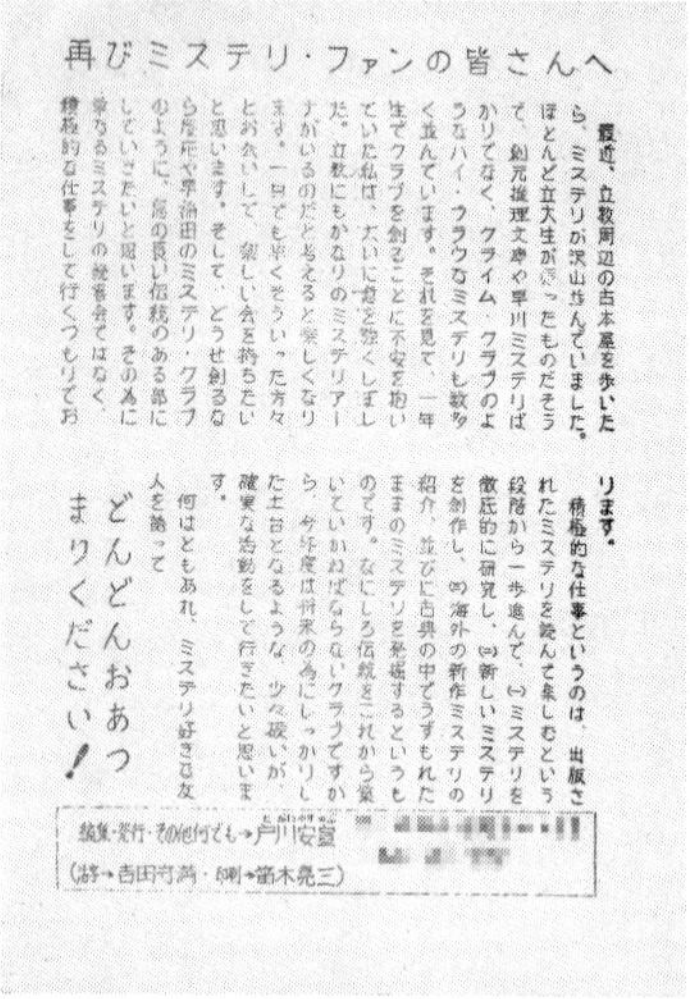

『立教ミステリ』創刊以前号

です。

創刊号で、何か特別なことをというので、よくある手ですが、オールタイムベストテンというのを企画しました。『HMM』ファンクラブの会員になり、続けてSRの会にも入ったので、会の人たちにアンケートを出して、ベストテンをやりたいから選んでくれと依頼しました。それ以外にもふだん、推理ものの解説や推理雑誌で見かけていた人たちに頼んでいます。植草甚一《うえくさじんいち》、大井廣介《おおいひろすけ》、大内茂男《おおうちしげお》、権田萬治《ごんだまんじ》、中島河太郎……。今と違って個人情報がうるさくなかったので、住所は簡単に調べられたんですね。

『立教ミステリ』創刊号

ミステリクラブを作ったこともあって、あいさつ回りというわけではないですが、早川書房と東京創元社には立教大学の者ですと連絡をとって行きました。早川書房は常盤新平《ときわしんぺい》さん、東京創元社は厚木淳さん。「今度の新刊は何が出ますか」という感じで、最初は電話をしたんだと思います。しょっちゅう電話をしているうちに、直接訪ねるようになっていましたので、おそらくそういう縁で先の方々の連絡先も教えてもらったんでしょう。東京創元社の五所英男《ごしょひでお》さんからも、このベストテンのアンケートをもらっていますから。

機関誌を作るための費用は、部費と言っても当然そんなにはありませんから、ほとんどうちの親に出してもらいました。創刊号は一〇〇部作りました。立教祭のときに売ったんですが、

『立教ミステリ』号外『みすてりあーな』

アンケートを送ってくれた人には無料で送っていますし、作った一〇〇部はほぼさばけたんですが、制作費は回収できませんでした。

SRの会

こんな感じで、四月に入学してからの短期間の間に、実にいろいろな活動をしていました。『ＨＭＭ』ファンクラブに入り、早稲田の人たちを知り、ファンクラブが正式に発足、第一回の会合をやろうと会員名簿が配られた。同じころ立教にミステリクラブを作り、機関誌と、立教祭のときに作るものの計画まで立てていた。

五月には、立教祭のときに出すタイプ印刷の機関誌の創刊号でベストテンを選出するアイディアも決めていて、ちょうどいいからというので、ファンクラブの会員に連絡をしてと、そんなことを日々しているときのことです。今朝丸さんから連絡がありました。

今朝丸さんというのはすごいマニアで、日本全国のどこかでファン雑誌ができたと聞くと、すぐに連絡をして、機関誌が出たら送ってくれと言っていた人で、今朝丸さんからそういう連絡が来ないクラブはモグリだと言われるくらいでした。立教にミステリクラブができたらしいと聞いたから、機関誌が出たら送ってくれという連絡が、当然のように今朝丸さんからありました。今朝丸さんは、阪大の、ぼくより一つ年上の人でしたが、そこにはクラブがなく、自分で作ろうという気もなかったみたいでした。それでＳＲの会に入っていたんですね。今朝丸さんは、こういう伝統のある古い会があるから入りなさい、と紹介してくれて、それで、じゃあ入ろうかということになったんです。

ちなみにＳＲの会の母体は、戦後すぐに設立された京都鬼クラブで、その後、密室の会となりました。家の間取りに合わせて仏壇を作るのが本職の、竹下敏幸《たけしたとしゆき》さんという京都の仏具屋さんがミステリが好きで京都で始めたのです。初期には、鮎川哲也さんなどに声をかけて、鮎川さんは「呪縛再現」という短編を『密室』に書いています。推理の同人誌としてはいちばん歴史がある会でした。

そのＳＲの会に、慶應の推理小説同好会を立ち上げたメンバーの一人で、大阪読売新聞の経済部に就職した田村良宏《たむらよしひろ》さんという方が入りました。密室の会というのは数人でやっていた同人なんですが、この田村さんが『ＳＲマンスリー』というニューズレターを作り、慶應の後輩を引き入れて、よりオープンで大きい会にしたのです。創立者は竹下さんですが、田村さんは中興の祖のような存在でした。『ＳＲマンスリー』は、最初ガリ刷りで、そのうちタイプ印刷になりますが、数頁のタブロイド式のものです。慶應のミステリクラブから入ってきたのが大伴昌司《おおともしょうじ》さんや紀田順一郎《きだじゅんいちろう》さんでした。

この二人は『ＳＲマンスリー』という舞台で大活躍します。とくに大伴さんは、編集のほうでは異彩を放っていて、いろいろな企画を出してきたんです。これがすごい。その好例が「鮎川哲也裁判」。ただの新刊評ではなく、たとえば『黒い白鳥』という新刊を裁判形式で、擁護する側と攻撃する側と、弁護士と検察側に分けて、検察側がこれこれこういうミスがあるとか、ここがつまらないと言うと、弁護側が擁護するという裁判形式で綴っていき、有罪無罪の判決を出すんです。あるいは松本汽船、鮎川運輸といった具合に推理作家を株価一覧に見立てる。新刊の何が良かったから、松本汽船は一〇〇円高とか、最近何も書かないから鮎川運輸は五〇円安とか、そういうふうに作家を株価に見立てるわけです。このように、ふつうの書評ではない、いろいろな切り口でやっていました。とにかく、大伴さん編集時代の『SRマンスリー』って本当にすごかったんですよ。大伴さんはやがて商業誌に進出し、当時創刊したばかりの少年マンガ雑誌の巻頭グラビアや怪獣図鑑につながっていくわけですが、それは『SRマンスリー』の編集時代を通して、大伴さんが培った編集力なんですね。

それに応えるように、評論のほうで異彩を放ったのが紀田さん。「酷使官」というペンネームで「to buy or not to buy」という書評を連載していました。美文調の名調子で、ただいい悪いを言うだけではなく、これは買えとか、必読だとか、これは買っちゃダメだとか、そこまで書いてある書評をやっていました。大伴さんの繰り出すいろいろな編集企画と紀田さんの書評やエッセイとで、『SRマンスリー』は相当に名をなしたわけです。

やがて『SRマンスリー』で、前年一年間の翻訳ミステリ、国産ミステリの年間ベストテンを年始に始めたんです。評価方法を決めたのは田村さん。印象に残った作品を三つなり五つなり挙げるという方法ではなく、一〇点満点法で、全部の新刊を評価する。一〇点は歴史に残る名作、六点以上は水準作、七点は少しいい、八点は秀作というように評価の基準をあらかじめ決めておく。この基準に従って読んだ作品すべてを採点し、それを集計して、点数のいちばん高いほうからベストテンを決めるんです。これが『このミス』[*26]とか『週刊文春』のベストテンの走り[*27]となったわけです。プロの評論家や書評家、編集者などにもアンケートを出して参加してもらい、年に一度のベストテンをやるようになった。このベストテンが『東京新聞』のコラム「大波小波」で紹介されたりして、SRの会の存在が広まっていきました。

ぼくがSRの会に入ったのは、大伴さんと紀田さんがちょうどプロになって抜けた後でした。まだ所属していたかもしれませんが、『SRマンスリー』の実際の編集には携わっていなかった。ぼくが入ったのはたしか五月ころで、京都の竹下さんに連絡して、お金を払って入会手続きをしました。そうしたら、SRの会は東京にも支部があるというので、そっちに連絡をしてくれと言われました。

東京支部の代表は、やはり慶應のミステリクラブのOBで、大野義昌《おおのよしまさ》さんという方でした。慶應の人は一流企業に就職して、ちゃんとしたサラリーマンの道を進む人が多いんですよね。その大野さんのところに連絡をして、今回入りますのでよろしくという話をしたら、夏ごろの話だったと思いますが、例会があるからいらっしゃい、と言われました。例会に参加するには江戸川乱歩賞を読んできなさい、乱歩賞の合評がSRの例会の行事の一つだと教えられました。それまで乱歩賞受賞作は読んだことがありませんでした。たしか斎藤栄《さいとうさかえ》さんが受賞したときで、読まなくてはと思って買って読んだのが、江戸川乱歩賞を読んだ最初の体験でした。

そのときの受賞作『殺人の棋譜』を読んで、SRの例会に参加しました。島内三秀《しまうちみつひで》さん——というのは脚本家として有名な桂千穂《かつらちほ》さんなんですが——の碑文谷《ひもんや》にあるお宅がだいたい会合の場所になっていて、そこに集まって乱歩賞の合評をして、すぐに機関誌を作る。『SRマンスリー』の編集を目の当たりにして、なるほど、機関誌というのはこういうふうに作るのかと、ずいぶん勉強になりました。

それまでは一人で本を読んできましたから、立教でミステリクラブを作っても、唯我独尊というか、自分一人で課題図書を決め、勝手にやっていたわけです。もちろんクラブではぼくがいちばん読んでいたんですが、SRの会に行って、乱歩賞合評を通して、桂千穂さんをはじめとする方たちの感想を聞いたりすると、やっぱり読み方がぜんぜん違うというか、とにかくすごいんですよ。

桂さんは脚本家としてもちょっと異色の方で、その何年か後の作品、江戸川乱歩の『盲獣』は、お師匠さん、白坂依志夫《しらさかよしお》の名前になっていますが、実質的に脚本を書いたのは桂さんでしたし、それから『HOUSE ハウス』というホラー映画の脚本も書いている。当時書いたものにはメジャーな作品もありましたが、ロマンポルノの脚本を、それもとくに過激なのをたくさん書いています。そういう方だから桂さんの乱歩賞の評は他の人たちのとはひと味違うんです。たとえば、パトリシア・ハイスミスの『慈悲の猶予』を評して、「すべては態度の問題、なるほど唸る」。その短いコメントに、まさにうなりました。こんな見方があるのかということを教えられましたね。桂さん以外にも、会員に社会人が多かったせいもありますが、さまざまな読み方を教えてもらい、今まで御山の大将みたいにしてきた身には、本当に勉強になりましたね。

読み方だけでなく、機関誌の企画もそうです。ちょっと後のことですが、たとえばミステリ翻訳家で、好きな翻訳家嫌いな翻訳家を、年間のベストテンのようにランキングにしたベスト一〇、ワースト一〇。当時人気があったのは、チャンドラーの翻訳をやっている稲葉明雄《いなばあきお》さん。すごく人気があって、たぶん一位は稲葉さんだったんじゃないかな。ワースト一〇だと、大久保康雄《おおくぼやすお》さんとか。田中小実昌《たなかこみまさ》さんは好き嫌いの両方にランクされていたと思います。

選ばれた何人かのところに取材に行くことになりました。ぼくは「こみさん」こと田中小実昌さんの取材に行きました。稲葉さんの取材にも付き合いました。稲葉さんの取材は、慶應のミス研の女の子がやりたいと言って、連絡を取り、新宿の喫茶店で会いました。小実昌さんは、うちへ来てくれということだったので、お宅におじゃまして話をうかがいました。田中小実昌さんにはチャンドラーの翻訳が二つあったんですが、フィリップ・マーロウの人称を「俺」と訳したのがすごく評判が悪かったんです。清水俊二訳では「私」で、清水調に慣れていた読者が、いきなり「俺」と言われて、雰囲気が違うというので、けっこう批判があったんです。そのことについてやんわり訊くと、いや、原文で読むと、ぼくにはマーロウはどうしても「俺」がいちばん合うんだとおっしゃっていたのを、メモしたりしました。

取材の結果を持ち寄って、みんな桂千穂さんのところに集まります。そうしたら、田村さんがたまたま出張で東京に来ていて、そこに立ち会ってくれたんですね。取材してきたのを記事にまとめようとしたんですが、ぼくがもたもたしてまとめられずにいると、田村さんが寄ってきて、「どんな感じだったの？」というふうにぼくから聞き取りを始めました。お宅に行ったら、上半身裸の山下清《やましたきよし》みたいな格好で出てきて、後ろで奥さんがサンマを焼いていた、ぼくにはどうしてもマーロウには「俺」がふさわしいと言っていた、なんて話をすると、そこはさすが新聞記者で、聞いたはしからそれをどんどん文章にまとめていくんですね。記事というのは、こういうふうにしてまとめるのかと思いました。いろいろな意味で勉強させてもらい、それを立教に持ち帰って、機関誌を作るのに反映させていきました。

大野さんが転勤で長崎に行くことになったというので、桂さんが次の東京代表というかたちに一応なったんですが、でも、桂さんはそんなに長くやりたくないということだったので、大学四年のころ、編集も少し手伝うようになっていたぼくが東京代表ということになりました。

ＳＲの会には、入会前に知り合っていた慶應の人もけっこう来ていましたから、代表になったときに慶應とか早稲田の人たち、瀬戸川猛資、松坂健《まつざかけん》、北村薫《きたむらかおる》といった方々に声をかけたんです。たとえば「エラリー・クイーン特集」をやって、北村さんに座談会をするから出てくれといってみたりなど、ＳＲの会に入れという意味も含めて。

そんなふうにして、大学四年からＳＲの会の東京支部代表の仕事を始めたんですが、結局、大学卒業後に東京創元社に入ることになってしまったんですね。同人誌の世界というのは、やはり野党的というか、あくまでも読者の目線で、翻訳家とか作家とか出版社とかをたたいたりする存在ですから、それを出版社に入った者が続けるのはまずいだろうと思って、当時、朝日新聞の印刷をやっていた島田《しまだ》幾男《いくお》さんに東京代表を引き継いでもらうことにしました。だから、ぼくが東京代表をしていたのは一年足らずのことです。

ミステリクラブ会合のゲストとの交流

大学でミステリクラブを始めたころに、中島河太郎さんのお宅にうかがいました。ベスト一〇に参加してほしいという呼びかけをするのに電話をしたときに、おじゃましたいというようなことを言ったんじゃないかと思うんですが、中島さんという方はそういうのを受け入れてくれる方なんですね。当時はまだ墨田高校の先生をしておられました。ぼくは荒川で中島先生は墨田区ですから、地理的には近いんですが直線で行けるルートがなかったので、浅草に出てまたバスを乗り継ぐやや面倒なルートではあったんですが、それでも中島先生のところにはけっこう頻繁におうかがいしていました。

おじゃまするとまず奥さまがお茶を持ってきてくれて、二人で応接間で話をする。二時間ぐらいたつと奥さまが今度はコーヒーを持ってきてくれる。それが二、三種類出てくるぐらいいつづけました。何をそんなに延々話していたのかは今となってはわかりませんが、三、四時間はすぐにたってしまうんですね。

一度、ミステリクラブの会合にもゲストで来ていただきました。ゲストに誰か呼びたいということは当初から考えていて、それでまずは中島先生をお呼びし、次は権田萬治さんに来ていただきました。権田さんは当時新聞協会に勤めていたので、電話して一度おじゃましたいと言って新聞協会を訪ね、ミステリクラブの会合に来てくださいとお願いしました。たしか土曜日に来てもらったんですが、そうしたら部員が一人も来ない。申し訳ありませんと謝って、権田さんと二人で喫茶店で話をしたのを覚えています。

だいぶあとになってからのことですが、都筑道夫さんにも来てもらいました。あの当時大学のミス研で人気のある現役の作家というと、まず筆頭が都筑さんだったんです。これは立教のミステリクラブの会合に来てもらう前のことですが、ぼくが大学にいた四年間で、ワセミスでは二度都筑さんをゲストで呼んでいます。一度は小泉太郎《こいずみたろう》[*28]さんと一緒でした。『ＥＱＭＭ』の歴代編集長の二人に来てもらって話を聞くというのが一度、もう一度は都筑さんだけだったと思います。都筑さんと知り合ったのは最初はワセミスに来ていたときのことで、じゃあ今度は立教に来てくださいと、落合のお宅にうかがってお願いしたんです。

都筑さんに立教に来てもらった日のことは忘れられません。というのも、三億円事件[*29]の日だったんです。一九六八（昭和四三）年の一二月一〇日ですね。落合のお宅に都筑さんを迎えに行き、お宅の前からタクシーに乗って池袋の喫茶店まで都筑さんをお連れしたんですが、そのタクシーのラジオで事件の第一報が流れてきました。そのニュースを聞きながら話をしたのを覚えています。事件のあったのはその日の朝、九時半ころ。府中刑務所の近くで現金輸送車に白バイが近寄ってきて、三億円をだまして奪い、逃走するのですが、事件の時間じゃないけどそれから三、四時間ほどたったころにタクシーで落合辺りにいる、というのはアリバイになるんですかね、なんて話をした記憶があります。

これには後日談もあります。それから一年と少したった後、東京創元社に勤めだしたころだったと思います。仕事をしていたら電話がかかってきたので出てみると、警視庁の刑事だと言う。用件をたずねると、ちょっと来てくれというので、どこにと聞くと、店の名前を言うんです。すぐ目の前の喫茶店の名前なんですね。もうそこに来ているから、ちょっと出てきてくれないか、というんです。それで、当時の上司の五所さんに、これこれしかじかだがちょっといいですか、と話したら、行ってらっしゃいというので、指定の喫茶店に行ってみたら、あちらは二人連れで、名刺に「三億円事件捜査本部」の何々と書いてある。刑事もののテレビ番組を観ていたから、黒革の手帳を出すのかと思ったら、名刺を出された。しかも担当事件名が入っている。あの事件はかなり大がかりにいろいろな捜査をしたので、そういう名刺を作ったんでしょうね。

どういう用件かとたずねたら、こんな話でした。事件が起こって一年以上が経過し、けっこう行き詰まってきている。あらゆる可能性をあたり、いろいろな捜査をしていたときに、大藪春彦《おおやぶはるひこ》の作品に似たようなものがあるという情報がどこからか入ってきた。すわというので、徳間書店に行ってみると、大藪さんの本の愛読者カードがあったので、それをいちいち当たったらしい。その捜査中に編集者から、そういえば、いくつかの大学にミス研というのがあると教えられた。じゃあそれも調べなくてはいけない。当時はまだ大学紛争がさかんなころですから、踏み込むわけにもいかないので、ミス研の関係者で誰か話の聞ける人はいないか、ということで、回り回ってぼくのところに話がきたらしいんです。

慶應、早稲田、青山、立教、それに法政にもできていたかな、そういう大学にミステリクラブがある、といった話をして、クラブの代表に、こういう話があったということは伝えておくので、話を聞いてもいいというところがあったら、あとは個別にあたってみてくださいという話をしました。名前をあげたなかにSRの会もあって、一度SRの会の会合にも刑事が来ました。こんなことまでするんだなあというふうに思った記憶があります。

学生時代のことからどんどん話がずれますが、その後にも、東京創元社で警察の訪問を受けたことがありました。『毒入りチョコレート事件』という本を出しているかというので、はいと答えると、どこで何部くらい売れているものかと聞かれたので、それはさすがにわからないと答えました。POS[*30]も何もない時代ですからね。総部数はわかるけれども、たとえば新宿で何部売れているというのまで調べるのは無理だと言ったら、そうなのかと釈然としない顔をしていました。

新宿のガード下に捨てられていたチョコレートを食べた人が具合が悪くなって、調べてみると、菓子に青酸か何かが入っていたという事件があったんです。その後、グリコ森永事件[*31]があったときに関連性を疑われた事件だったのですね。捜査本部ができたときに、そういえば『毒入りチョコレート事件』という本があるというようなことを誰かがたれ込んだらしく、それで調べに来たということだったようです。

大学時代の読書

『HMM』ファンクラブに立教ミステリ・クラブ、そしてSRの会に入っていましたから、大学時代の読書はやはり大半はミステリ、そしてSFになりましたね。それも新刊が中心でした。歴史や民俗学関係の本も読んだんですが、熱意の度合いからすると、やはり格段の差がありました。ミステリを読むときぐらいの熱意で真面目に勉強していれば、研究者になっていたかもしれません。

歴史や民俗学からミステリのほうに関心の比重が移っていったのは、先ほども言いましたように熱意のことだけでなくて、一つはやはり立教大学にはそういう方面の先生がいなかったということがあります。史学科を選んだのは山岳信仰史をやろうと思っていたからなんですが、それを歴史でやるか、民俗学的な視点からやるか、ということを考えていました。もっと後に気がついたことなんですが、研究の方法はいろいろあったんです。日本の修験道研究ではいちばんの泰斗《たいと》、慶應の宮家準先生のご専門は社会科学です。その後、東京創元社に入って〈現代社会科学叢書〉というのを手がけたんですが、社会科学というのは非常に広大なテリトリーで、研究対象はなんでもありなんです。ミステリだって研究対象になり得ますし、実際『ミステリの社会学』という本だってありますからね。ただ、そういう認識は当時の自分にはぜんぜんなくて、だから大学の学部を選ぶときにも社会学部という選択肢は念頭になかった。高校時代に柳田國男《やなぎたくにお》を読んでいましたから、歴史か民俗学ではないかと、そんなふうに考えていたんです。

都筑道夫さんとの出会い

読むのは翻訳ものが多かったこともあって、大学に入るまでは、都筑さんの作品は読んだことがありませんでした。立教のミステリクラブでぼくより年上の数学科の人から『やぶにらみの時計』などの作品を教えられたのが最初でした。こういう人がいたのかと、そんなふうに思いました。そのころは単行本の初版で読むしかありませんでした。当時、都筑さんの作品を読もうと思っても、文庫にはなっていなくて、最初のか

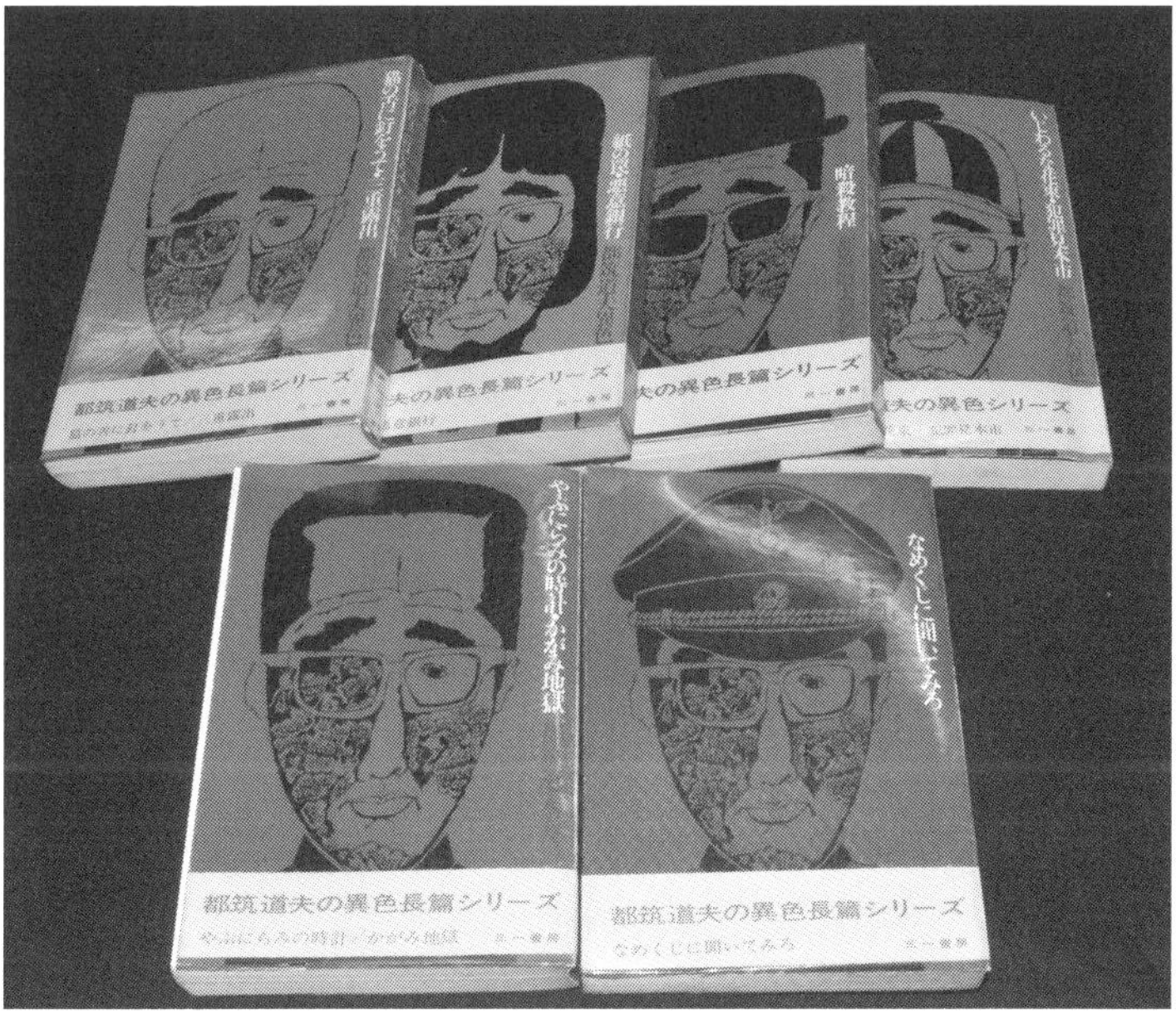

都筑道夫の異色長篇シリーズ

たち、つまり単行本の初版しかありませんから、稀覯本というのは大げさにしてもなかなか読めない人ではあったんです。三一書房《さんいちしょぼう》が〈ユニフォームエディション〉という名前で都筑さんの作品集を出したのは、ぼくが大学の三年のころ、一九六八（昭和四三）年のことです。それが出る前のことだったので、先輩から単行本を貸してもらって読みました。

その後、早稲田のミステリクラブの会合にゲストとして来られたことがあり、そこでお会いできたので、お話を直接うかがいました。エドワード・D・ホックなども都筑さんが教えてくださったんです。後に、生島治郎《いくしまじろう》さんと二人でワセミスの集まりに来られたときは、学生の人気がやはり都筑さんに集中してしまうので、生島さんはなんとなくつむじを曲げられて、悪口ではないんだけど、都筑さんについて、この人は原稿を書かない人でずいぶん困らされた、なんてことをちくちくと言うわけです。早川の編集部で、生島さんは都筑さんの下にいたんですが、当時の『EQMM』は都筑さんのコラムが売りの一つだったので、書いてもらわないと困るんだけど、これがなかなか書かない。外部の著者の原稿はみんな入っているのに、都筑さんの原稿だけが入っていない。書け書けというと、一枚書くのに一〇〇円玉一枚ずつ積み上げろ、みたいなことを言ったり、わざと赤鉛筆で原稿を書いたりするんだ。生島さんがそんな話をしている脇で、都筑さんが苦笑をしているという。

生島さんとはその前にもお会いしています。ぼくが大学に入ってワセミスの人たちと会ったころですが、ワセミスの新入生歓迎会が大学近くの寿司屋であるからいらっしゃい、と誘われて、おじゃましたら、そのときのゲストが、生島さんと、『宇宙塵《うちゅうじん》』＊32の柴野《しばの》拓美《たくみ》さんだったんです。そのとき、生島さんに初めてお目にかかっていますから、お会いしたのは都筑さんよりも先なんですね。生島さんにお会いしたときも、生島さんの作品はまだ何も読んでいませんでした。その当時、生島さんはまだ小泉喜美子《こいずみきみこ》さんと結婚していて、結婚するときに、小泉さんに作家をやめろといって結婚したというんです。『弁護側の証人』は結婚前の作品だったのですが、小泉喜美子名義で出たのは、結婚してから本になったからなんでしょう。とにかく条件として、これを最後に作家はやめろと言った、というエピソードは耳にしていました。せっかくゲストの作家に会ったんだから、これは何か聞かなくちゃいけない、でも何も読んでいない、というので、「奥さんはもう書かないんでしょうか」みたいなことを聞いたら、生島さんはむすっとして、もう書きませんみたいなことをおっしゃっていました。

柴野拓美さんとも初めてお目にかかったので、自分は立教の者で、入学したばかりなんだけどミステリクラブを作りましたとあいさつをしました。名刺は作っていなかったと思いますが、住所をお知らせしたんでしょうね。すると柴野さんはすぐに『宇宙塵』を送ってきてくれたので、こちらも『立教ミステリ』ができたらすぐにお送りしました。柴野さんとはそれからずっとお付き合いが続きました。すごく律儀な人で、『宇宙塵』はその後もずっと送ってくださいました。

都筑さんの話に戻りますが、都筑さんから電話をいただいたことがありました。本があふれたので、処分するから来ませんか、と。いきますと二つ返事でおじゃましました。たしか車の免許を取り立てのときだったと思います。

お宅にうかがってみると、床に本がばーっと並べられていて、ペーパーバックが一〇〇円、ハードカバーが五〇〇円というふうに値段がついている。すでに早稲田の鏡さんなんかが来ていて、早速物色していました。そのときに買った本で印象に残っているのは、〈007〉シリーズのハードカバーの全そろい。ちなみに、丸善日本橋店の上に二〇一一年にワールド・アンティーク・ブック・プラザという稀覯書を扱うギャラリーというか古書店ができましたが、そこに『ゴールドフィンガー』が出ていて、何十万円という値段がついている。あわてて家へ帰って本を見てみたら、『カジノ・ロワイヤル』などの初期のは重版分で、たしか『ゴールドフィンガー』も初版ではなかったんですが、中期以降はみんな初版でした。これが初版で全そろいだと、いったい丸善でいくらになるかな、なんてことを思いました。そういう本を一冊五〇〇円で買ったわけです。一〇冊で五〇〇〇円。ほかにも何冊か買いました。都筑さんは何度かそういうかたちで蔵書の処分をしていたようです。都筑蔵書から来ている本はほかにもあると思いますが、そういう古書価の出そうなのは、それぐらいかもしれない。ただ、都筑さんの蔵書のなかには、よく見ると早川書房とかタトル商会[*33]とかのハンコが押されているものがありました。翻訳検討用の本[*34]として預かったのをそのまま持ち帰っていたんですね。

厚木淳さんのこと

大学時代は、ミステリクラブの人たちや作家の方々以外に、編集者にもお会いしています。東京創元社の厚木淳さんに初めてお目にかかったのは、大学一年のとき。早川書房と東京創元社に、おそらく最初は取材に行きたいということで電話をしたんじゃないかと思うんです。

厚木さんはその当時から週に一度くらいしか出社していませんでした。五所さんという人が間に立ってくれて、何月何日の何時ごろ来てくださいと言われて訪ねていき、それで会ったのが最初だったと思います。同じようなパターンで、早川書房の常盤新平さんのところにも行っています。たぶん、同時期にそういうことをしていたんじゃないかと思います。

ただ、その後のことで違ったのは、厚木さんとは会社で会ったのは一度くらいで、あとは電話だけ、それもほとんどは五所さんと話をしていたんです。厚木さんに最初に会ったときではなかったと思いますが、その後に電話でやりとりをしていたのか、「正月にうちにいらっしゃい」ということになって、正月休みのときに、調布の下石原にあったお宅にうかがいました。正月ですから、日本酒を飲みながら話をするというのがなんとなく年に一度の恒例になりまして、四年間に三度は行ったんじゃないかと思います。

その正月訪問で、「きみは卒業してからどうするの?」みたいな話になったことがあるんですが、大学の二、三年のころは、ちょっとやりたいと思っていることがある、上(大学院)に行くことになるんじゃないかと思います、というようなことを言っていたんです。

ところが、ぼくが四年になろうというときに立教大学がロックアウトになってしまったんです。[35] 資料を探していたら「文学部学生諸君へ」という当時のビラが出てきたんですが、仏文科の教授の採用か何かの問題を発端に、ロックアウトにまで発展したんです。というのを、ちょうど春休みの夕方に観ていたテレビのニュースで知ったわけです。「えっ！」と驚いて、すぐに大学の様子を見にいきましたね。そのため四月から授業がなくなってしまった。立教にはタッカーホールという大きなホールがあるんですが、教授を壇上に上げて革マル派の学生が追及するという大衆団交があったんですが、そういうのを何度かのぞきに行ったりしました。

その前のことだったと思いますが、史学科で四年になるときに、宮本馨太郎先生から「きみはどうするの」という話がありました。大学院に入れるのならば入りたいという話をしましたら、自分の専門は民俗学で、歴史のなかでは傍流だから、もし大学院を考えているのなら、指導教官としては自分より海老沢先生についたほうが有利だという主旨のことをおっしゃってくださったんです。それで、ゼミとしては海老沢ゼミ、つまり、時代でいうと中世を勉強するゼミに所属して、修験道史を学ぶかたちになったわけです。四年のゼミということは、要するに卒論の主査でもあるわけです。三年のときにそれを海老沢ゼミに決めて登録しました。春休みの前にゼミの学生一〇人ぐらいで熱海かどこかに旅行をしたりしたことがあったんですが、旅行から帰ってきたら、大学がロックアウトになっていたんです。

ゼミは海老沢先生のお宅にたまにうかがうかたちで卒論指導を受けることになりました。何度か海老沢先生のお宅にうかがいましたが、とにかく授業再開の目処はぜんぜん立たない。先生に「どうなるんでしょう」と尋ねても、先生自身がわからない。

そうこうしているうちに、卒論はなしということになり、ほかの単位で代替することになりました。ぼくは、キリスト教学科の宗教学や、博物館学の講座も取り、単位は余るほど取っていました。学芸員や教職の資格を取っていたのに、あとから考えれば、そこまで手を広げながら司書の資格をなぜ取らなかったのかと後悔しました。共通の単位が多く、あと数単位取れば司書の資格は取れたんですね。講座は取れるだけ取っていたので、単位数としてはぜんぜん問題ない。最後に、二回か三回、授業に出ればいいという状態でした。

そんな状況だったのが、一二月の半ばくらいにばたばたと問題が解決し、授業が再開しました。ただ、その授業は、一二月の末から一月にかけて、回数が多い授業でも三回、たいがいは二回くらいで、しかも出席点だけ。だから三回のうち一回でも休んだら、可になってしまいました。どこかで学生にしっぺ返しをしてやろうという気持ちが教授のほうにあったのかもしれません。

再開しても授業はほとんどないようなものだったし、この感じだと全員留年ということになるのかと思っていたら、あっさり卒業ということになってしまった。大学としては、うるさい連中はとにかく早く出したい、というので、無理矢理押し出したのでしょう。だから卒業式はあったのかな。大学の卒業というとふつう謝恩会がありますが、謝恩会もなし。急遽、大学のほうがかたちとして一応用意した学食での立食パーティみたいなものがあるだけでした。まさに、追い出された、という感じでしたね。

話を戻すと、四年の正月に厚木さんのところに行って、どうするのかという話にまたなったときに、大学がこんな状態だったので、さすがに前の年までのように大学に残って云々ということも言いづらい状況になっていましたから、この一年間は本ばかり読んでいたので、ぜんぜん就職活動はしていないんですという話をしたわけです。すると厚木さんは、「じゃあ、うちに来たら」と。いきなりそんな話になって、さすがにどうしようかなと考えました。別の大学に学士入学することも選択肢の一つとして考えたことはありましたが、ただ、勉強はぜんぜんしていなかった。東京創元社のほかに就職の当てがあるわけでもありません。とりあえず就職をして、将来のことはそれから考えようかなと、半ば腰掛け気分で数日後に厚木さんに電話をして、お世話になります、と伝えました。実に不真面目な入社だったわけです。

ちなみに、厚木さんからは、それまでに編集のアルバイトをやってみないかとか、そういう類の話はいっさいありませんでした。不思議ですね。一方、早川の常盤新平さんからはそういうお誘いがありました。ある日常盤さんから、アルバイトをしませんかと電話がありました。仕事の中身を尋ねたら、翻訳家の矢野浩《やのこう》三郎《ざぶろう》さんが矢野著作権事務所[*36]を一人で始めたのでアルバイトをしないかという話でした。

後になって、どういうところなのか知ったんですが、当時は著作権事務所ってそもそもどういうことをする会社なのかさえ知らなかったので、結局断ってしまいました。ぼくに少し勉強させて、卒業したら早川書房で採ろうという考えが常盤さんにはあったからのようでした。

初めての商業誌執筆

このころ、初めて商業誌に文章を書いているんですが、早川書房や東京創元社ではなくて、中島河太郎先生のご縁でした。初めて文章を書いたのは浪速書房《なにわしょぼう》の『推理界』。ぼくの学生時代にできた推理雑誌で、ちょうど『宝石』が廃刊になった後にできた雑誌です。『宝石』がある時期、江戸川乱歩責任編集になったように、てこ入れということでしょう、創刊から何年目かに中島先生が編集に参与されたんです。巻頭言は必ず中島先生が書いていたころで、それが一年か二年続きました。

初めて商業誌に執筆した『推理界』1968年6月号

『宝石』の後期に「新人何人衆」などというかたちで、たくさんの新人作家に書かせたことがありました。その人たちに三〇〇枚くらいのものを書いてもらって、巻末長編一挙掲載という企画を一つの目玉にしたんです。新人のなかには、書きたいけれどもなかなか機会や舞台がない作家がいたんですが、中島先生はそういう人たちに、誌面を提供したんです。

もう一つの柱は、戦前の作品の復刊。新人の再発掘と復刊の二本立てでやっていたのですが、現役の作家、とくに都筑さんあたりから、あんなやり方は古いという批判が出た。都筑さんは名前こそ出ていませんが、『推理界』の編集に助言をしていたようです。中島先生は一年か二年やった後に離れられました。中島先生はもう少し続けたい、というか、やり残した思いがあったのでしょう。その後、『推理文学』を立ち上げています。中島先生が『推理界』をやっておられた時期に、何か書かないかと声をかけていただき、それで書かせていただいたのが、ぼくにとっての初めての商業誌への寄稿です。

推理雑誌にいただいた初めての執筆の機会に、ぼくは「ディケンズと足の探偵」という短いエッセイを書きました。その後、『推理界』の最後の編集人だったのではないかと思うのですが、荒木《あらき》清三《せいぞう》という人から、電話がありました。覆面座談会みたいなものをやってくれませんかという話でした。『小説ＣＬＵＢ増刊』

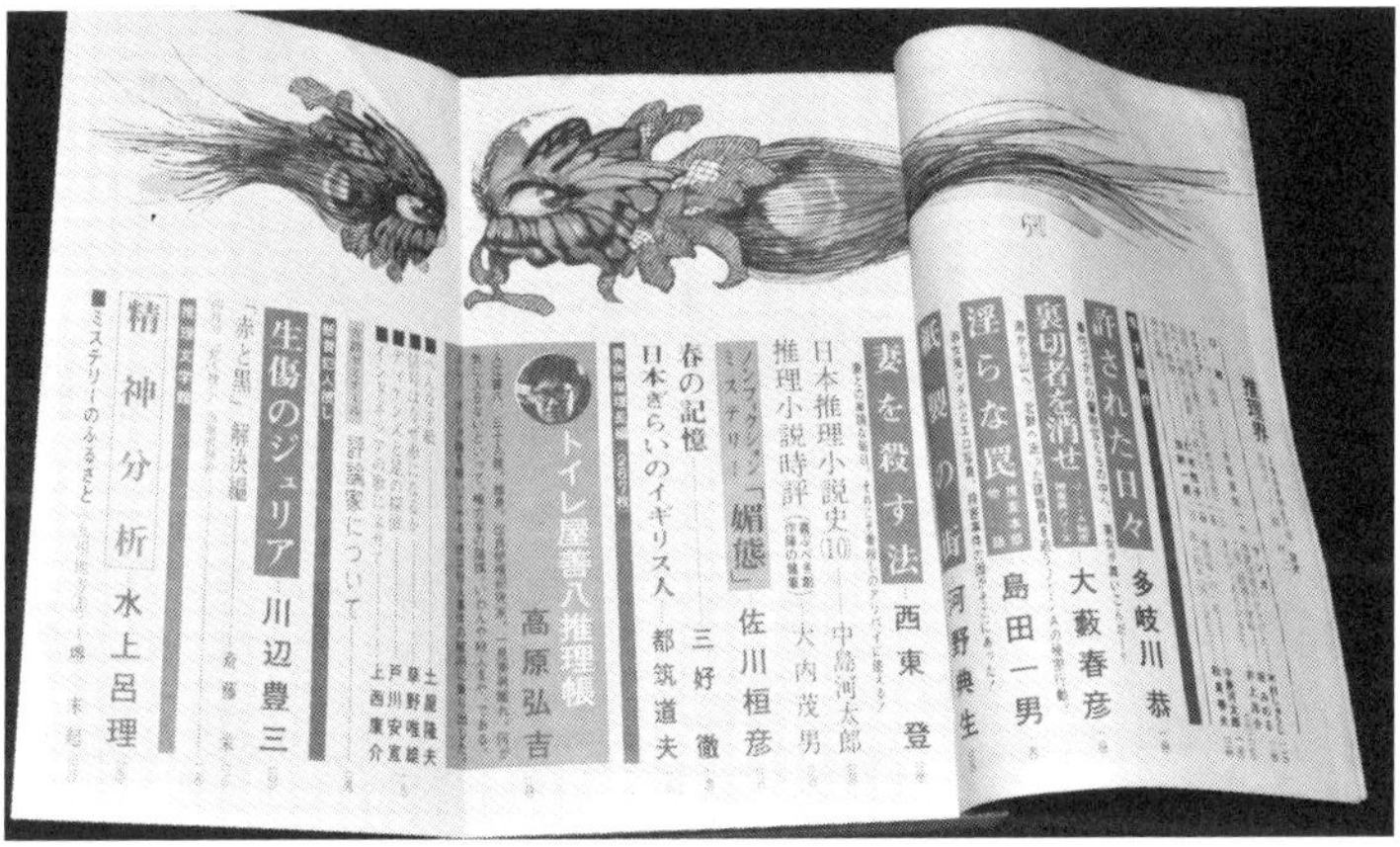

『推理界』1968年号6月号目次。戸川安宣の名前が見える

という雑誌で瀬戸川猛資氏と二人で言いたい放題話した記憶があります。

森村誠一さんのこと

このころのことで忘れられないエピソードの一つに森村誠一《もりむらせいいち》さんとのことがあります。

『SRマンスリー』の恒例の一つに、前にもお話しした江戸川乱歩賞特集がありました。乱歩賞が決まるとその作品を合評で取り上げ、受賞者にコンタクトをとって、OKがもらえたときはお会いしてインタビューをするということになっていました。

ぼくが三年か四年のときに、森村誠一さんが『高層の死角』で乱歩賞を取りました。桂千穂さんからだったと思いますが、インタビューをお願いしますと言われたんです。森村さんは、当時、毎日新聞が入っている竹橋のビルの中にあった東京スクール・オブ・ビジネスの講師をされていたんですが、ぼくがコンタクトを取ったところ、授業がいついつにあるから、その授業の合間でよければインタビューを受けましょうということになったんです。取材にいったのはぼく一人でした。

インタビューに行く時点で、いつものように受賞作『高層の死角』の合評が、SRの会の会員からあがってきていたんです。みんなの評を読むとくそみそにこきおろしている。それを柔らかく言い換えて、こういうところはどうお考えですかなどと質問をしたんですが、森村さんはそれに一つ一つ律儀に答えてくださって、その場は非常に紳士的な雰囲気で終わったんです。『SRマンスリー』のバックナンバーをサンプルでお見せしたりもしました。インタビューが終わった後で、森村さんから手紙が届いたんですが、それは、こういう熱心なファン活動というのは大事で、私も会員になってもいいくらいだ、といった内容でした。合評とインタビューをまとめたものを載せて、できた号を森村さんにお送りしたら、「なんだこれは！」ということになったわけです。さぞびっくりされたことでしょう。それは当然ですよね。どこかに今も残っていると思うんですが、本当に震えるような字で、便箋何枚もに綴られた抗議のお手紙をいただきました。それをまた『SRマンスリー』の次号に全文載せたんです。ただ、事はそれでは収まらなかったんです。

乱歩賞を受賞して推理作家協会[*37]に入られた森村さんがその会報に、この件の顚末をお書きになったんです。こんなひどい目にあった、と。ところが、推理作家協会にはSRの会の会員が、田村さんをはじめとして何人かいますから、SRの会の会合のときに、これに対してSRの会として公式に反論をしないといけないだろう、ということになり、田村さんが代表で会報に反論を書いたんです。森村さんは協会のなかにもSRの会の関係者がいると知ってびっくりされたんでしょう。その後刊行されたエッセイ集『ロマンの寄せ木細工』に事の顚末を書いています。

ぼくはそのときは東京創元社に入社していたんですが、その本に、戸川氏と毎日新聞ビルで会って、そのときは紳士的な取材だったので私も喜んで答えたと書いてある。で、その「戸川氏」にかっこで「創元社」

とあるんですね。調べたんだなあ、と。ぼくと瀬戸川氏が名指しで取り上げられていました。

取材のときは、ぼくの住所もお教えしていますから、すぐ礼状をいただいたんですが、当然、その後の抗議の手紙も直接届きました。そういうことがあってさらに何年かたったときのことですが、あるとき、うちに本が届いたんです。開けてみたら、森村さんの『捜査線上のアリア』という長編で、中に「著者謹呈」とある。すぐ読みましたよ。作中で自分が殺されてるんじゃないかと思って。別に殺されてはいなかったんですが、ミステリマニアみたいなのが出てくる話ではありましたね。森村さんから本の贈呈を受けたのはその一回だけです。すぐ講談社に電話して、森村さんから本が届いたけど、これはどういう経緯で、と尋ねてみたんです。当時、ぼくも推理作家協会に入っていて、協会賞の予選の仕事もしていました。実質、二年か三年のことなんですが、そのせいもあって、講談社をはじめ各社から「乞御高評」の短冊が入った本が送られてきていたんですね。だから、この本もひょっとして講談社からの贈呈分なのかと思い、それを確認するために電話をしました。本には「著者謹呈」とあるがと伝えたら、それは、講談社からではなく、森村さんの謹呈リストの中に入っていたと教えられました。

その後は、仕事上でもプライベートでもお目にかかる機会はありません。どこかで一度、きちんとごあいさつしないといけないなあとは思っています。

大学時代の交友関係

大学時代の交友でいうと、やはりミステリクラブの関係が主で、付き合いが多かったのは早稲田と慶應の人たちですね。とくに影響を受けたのはぼくより上の代だと米浪さんと、後に『ROM』という未訳のミステリを紹介する同人誌を発行した加瀬義雄《かせよしお》さんですね。

ぼくよりも下の代だと、瀬戸川猛資さんと松坂健さん。瀬戸川さんが一年下で早稲田、松坂さんが二年下で慶應、北村さんも同じ二年下の早稲田で、このあたりといちばん仲良くしていました。大学のミステリクラブでは、青山は、早慶とはぜんぜん付き合いがなかったようなんですが、レベルが似ているからなのか、立教とはわりと付き合ってくれました。青山には菊地秀行《きくちひでゆき》さん、風見潤《かざみじゅん》さんらがいました。また、卒業してだいぶたってからのことですが、日暮雅通《ひぐらしまさみち》さんという、シャーロキアンがいます。こういう人たちとは、みな大学時代からの付き合いです。

東京創元社に入ってからも交友は続きました。ぼくは忘れているんですが、北村さんが思い出話で書いているのを読むと、ぼくが家族で旅行をするから留守番をしてくれと頼んだというんです。これ、そうとう親しくないと頼めませんよね。その代わり、ここにある本は何を読んでもいい、と言い残して出かけたそうで、北村さんがそのときに〈少年探偵団〉を全部読んだという話をしているんです。ぼくはぜんぜん覚えてないんですが。そういうことがあったんでしょう、北村さんがぼくのことを、ちびまる子ちゃんでいうところの花輪くんだと言うんです。なぜかというと、金持ちだからだと。留守番を頼んだことはないんですが、菊地秀行さんにも本の整理を手伝ってもらったりしました。

ぼくが東京創元社に入った翌年、ということは一九七一（昭和四六）年ですが、九州大学にミステリクラブを作りました、といって木村仁《きむらひとし》さんという人が機関誌を送ってくれました。それに礼状を書いたりというやりとりがあって、夏休み前にその木村さんからクラブ員と東京に遊びに行きたい、という連絡がありましたので、それならうちにいらっしゃい、という返事を書きました。学生のころは、先にも申しましたように部室のないクラブだったので、うちで機関誌のガリ版印刷などを部員に来てもらって徹夜でやっていました。ですから、我が家に何人かが寝泊まりしている状態が日常化していました。前に申しましたように母は寺の出で、大人数の食事を作ったりするのにも慣れていましたから、気軽に誘えたのです。

やがて九州から鉄道を乗り継いで九大ミス研の学生が三人やってきました。仕事の終わる時間に会社最寄りの駅まで来てもらい、一緒に南千住まで連れて帰りました。そこで木村さんたちにどこへ行きたいのか、と尋ねると、神田とかの古本街にという返事でした。ぼくは会社に出かけないといけないので、ミス研の現役学生に案内を頼もうと二、三の心当たりに電話しましたら、北村さんや松坂さんや折原一《おりはらいち》さんが一日くらいならと言ってくれたので、彼らに案内を頼むことにしました。

それから四〇余年、九大の学生だった彼らも定年を迎える年になりましたが、一緒に来た青柳正文《あおやぎまさふみ》さんのいとこが小説を書いて自費出版をしたので、読んでくれますかと送ってきたのがきっかけで、そのいとこの方が東京創元社の〈ミステリ・フロンティア〉でデビューすることになったりと、学生時代の人脈は、入社後の仕事にもさまざまなかたちでつながっていくことになります。

第二章

「編む」

東京創元社入社、
ミステリ編集者としてのキャリア、
「新本格」ブーム

東京創元社入社、当時の東京創元社

東京創元社に入社したのは、一九七〇（昭和四五）年四月一日です。当時の社長は秋山孝男《あきやまたかお》、会長が小林《こばやし》茂《しげる》で、編集部長が厚木淳《あつきじゅん》でした。どういう根拠があるのかわからなかったのですが、その当時、秋山さんは三〇人という社員数に非常にこだわっていて、たぶんぼくが入ったときも社長以下、社員は全部で三〇人でした。三〇人から減らさないように、そして、それ以上増やさないようにしていたようです。だから、必ずそうだったというわけではないんですが、基本的には誰かが辞めないと新たに採ることはしないという感じでした。

これは秋山さんがお書きになっているものを読み直してわかったのですが、第一次倒産のころ、資金繰りに飛び回っていた秋山さんが、取引先、大文字洋紙店の社長だった榎本さんという方から、次のような話を聞いたというのです。人間には、それぞれ器量というものがあって、ぜんぜん人を使う能力のない人もあれば、一〇人くらいまでなら使える人もあり、組織をうまく組み立てて一〇〇〇人以上を使える人もあり、さまざまである。ところが恐ろしいことに、たいていの人は、自分は大勢の人を使って大きい仕事ができると思いこみたいもので、自分も若いときはそう思って、何回か失敗した。ところが、お宅は一〇〇人近い社員がいて月々新刊書を二〇点も出しているようだが、少し無理ではなかったか。お宅の注文の出し方は少し乱暴で、統制がとれていなかった。経営陣の力量と会社の規模のバランスをとることが肝心である。後年、社長になったとき、まず思い起こしたのがこの言葉だった、と秋山さんは述懐しています。自分はどううぬぼれて考えても、せいぜい二、三〇人しか人を使う器量はありません、と。

ちなみに、小林茂は一九〇二（明治三五）年九月二八日、秋山孝男は一九一三（大正二）年四月一四日、厚木淳は一九三〇（昭和五）年三月九日の生まれで、ぼくの入社時には、それぞれ六七歳、五六歳、そして四〇歳でした。現在のぼくが、この誰よりも年上だと気づき、実に不思議な思いです。

当時の編集部の構成は、編集部長が厚木さんで、その下の課長に五所英男《ごしょひでお》という岩崎書店から移ってきた方がいました。そして、人物往来社にいた平井吉夫と新卒で入った熊谷頼子という女性、それからぼく。平井さんはドイツ語の翻訳家になって、訳書も何冊かあります。熊谷さんは、日本女子大を出た方でした。それ以外に、校閲が二人、山本芳子という女性と、鎌形功という男性がいました。山本さんは、結婚で姓が違っていますが小林会長の妹さんで、毎日和服を着て出勤していました。これが、当時の編集部の体制です。

ぼくが入社したときは、〈名作歌舞伎全集〉が刊行中だったので、落合清彦《おちあいきよひこ》という歌舞伎研究家の方が、非常勤で、だいたい週に一度会社に来て、内容チェックの作業などをしていました。〈名作歌舞伎全集〉は、社内担当が熊谷さんで、落合さんと二人で進めていました。そういう編集部の、いちばん下にぼくが入ったわけです。厚木さんも入れると、編集が五人、校閲が二人の七人体制だったことになります。

会社の組織として見ると、社長の下に、部長が、編集部長、営業部長、総務部長、製作部長と四人いました。編集部以外の社員としては、宣伝広告が一人、製作が二人、総務がたしか四人で、あとは営業と商品管理でした。ちなみに、秋山さんの後に社長を継いだのは、当時総務部長をしていた平松一郎。平松さんはけっこう長く社長をつとめまして、その後、製作部長だった橋本治夫が社長になりました。こちらは短くて、一期（二年）だけでした。ちなみに、倒産前には労働組合があったんですが、橋本さんは組合の委員長をやっていた人です。橋本さんの後がぼくです。

入社当時の東京創元社に話を戻します。厚木はぼくの入社以前から翻訳をしていましたから、出社するのは週に一度ぐらいでした。会社に来るとまず、五所と二人で近くの喫茶店に出かけて、一週間の進行を聞いたり打ち合わせをしたりする。ぼくが入った当時は企画会議というのはぜんぜんありませんでしたから、企画もそこでほぼ決めていたんじゃないかと思います。入社するとすぐに、これを読みなさいとか、誰々先生のところに原稿を取りに行きなさいとか、そんな感じで、五所から言われたことをこなしていたので、社内でどういう企画がどんなふうに進行しているのかは、知らされていませんでした。ぼくが入る前からそんな感じだったようです。

二次倒産後の編集部

東京創元社は二度、倒産しています。一次が一九五四（昭和二九）年で、二次が一九六一（昭和三六）年。自転車操業でどんどん本を作っていたので、二度目の倒産の前まではたくさん社員がいました。推理系だけでなく、〈バルザック全集〉旧版のような全集や創元選書など、いろいろな叢書類も出していました。総合文庫の創元文庫もありましたし、創元推理文庫もこのときには始まっていた。ものすごい数の新刊を、ほとんど毎日のように出していましたから、それを作るために社員がたくさん必要だったわけです。つぶれる前に会社にいた、という人にお話をうかがったことがありますが、ある日、出社してみると、隣の席に見知らぬ人がいる。「あんた誰?」ときくと、今日採用されたんだ、と言われた――そんなありさまだったようです。

倒産すると、そういう人たちのほとんどがぱたっといなくなり、残ったのは各部に数人という状況になったわけです。編集部でいえば、厚木と、後に春秋社に移った森和さんという女性など、わずか数人で、その人たちで残った企画を動かしていくという状況でした。企画に関しては、そのあたりから厚木が、これをやろうと、独断で決めるようになったようで、おそらく、企画ごとに実働部隊というか、少しずつ人を採るようなことをし、でもすぐに辞めてしまったりという、そんな人の動きがかなりあったんでしょう。これが二次倒産後の状況です。五所が入るまでは、編集部員が何人か入っては辞めるという感じだったのが、五所が入り、平井さんが来て、熊谷さんを採る、ということになってからは編集部の体制も少しずつ固まっていきました。ただ、企画に関しては、あいかわらず厚木が一人で、じゃあこれをやろう、というかたちで決めていたようです。

初期の創元推理文庫

創元推理文庫を始める前は刊行開始順に、〈世界推理小説全集〉〈世界大ロマン全集〉〈現代推理小説全集〉〈エラリー・クイーン作品集〉〈クライム・クラブ〉〈ディクスン・カー作品集〉〈世界恐怖小説全集〉〈アルセーヌ・リュパン全集〉〈世界名作推理小説大系〉という全集叢書類を出していました。これが創元推理文庫のベースになったというか、創刊後の数年はこれらのなかからそのまま使える作品はどんどん文庫に下ろしていくということをしていました。まさに推理文庫の名に相応しい名作傑作が続々と刊行されたのも、この財産があったからです。

具体的にいうと、エラリー・クイーンは、〈作品集〉で全訳した最初期の〈国名シリーズ〉[*1]と、〈大系〉にXYZのレーン四部作が全部そろっていたわけです。ディクスン・カーも主要作品が入っている。だから、それを順次文庫に移していけばよかったのです。倒産の前年に創元推理文庫は一〇〇点を超しましたが、そのころまでは、それ以前に出した、全集叢書類の文庫化を軸に、ヴァン・ダインの全一二作や、G・K・チェスタトンのブラウン神父全五作を順次訳し下ろしていく、といった具合の補填作業を行っていったわけです。それらをある程度文庫にしたところで倒産となり、さらに編集部員がほとんどいなくなってしまった。

振り返ってみると、厚木淳は、ミステリ編集者として卓越した人だったと思います。深い教養と、広範な趣味を持っている編集者でした。それは植草甚一《うえくさじんいち》さん同様、英語と同時にフランス語の読める編集者だったことが大きいと思います。まず古典的な名作を抑えたうえで、新しい傾向にも目配りが利いていた。植草さんの後を承けて、W・P・マッギヴァーン、フレドリック・ブラウン、ハドリー・チェイス、パトリック・クェンティン、イアン・フレミング、トマス・ウォルシュ、ベン・ベンスン、ヒラリー・ウォー、ホイット・マスタスンといった渋いところに目をつけていきます。あるいはフランスのミッシェル・ルブラン、カトリーヌ・アルレー、そしてセバスチアン・ジャプリゾを紹介していきます。倒産直前には、ウィリアム・キャンベル・ゴールト、デビッド・グーディス、ジョン・ビンガムなどをやろうとしていた。

このあたりは再建後に一冊ずつ刊行されましたが、倒産による環境の変化――人が減り、翻訳権も一時的に取りにくくなったなかで、企画を一人で切り回さなくてはならない重圧が厚木の肩にかかってきます。すると、どうしても新しい傾向や作家に目が行きにくくなるんですね。それと、後でお話ししますが、SF、怪奇と冒険部門と、徐々に推理文庫のジャンルを広げていったこともありました。そういう状況のなかで、この作家なら、というところを順次やっていく、あるいは、これをやろうと決めれば、シリーズもののようにいっぺんに四、五点なり一〇点なりの企画になる、そういう安定路線に舵を切らざるを得なかった、それが一九六〇年代後半の推理文庫、とくにミステリのジャンルでした。

翻訳権のことでいうと、象徴的なのが、イアン・フレミングでした。まだ〈007〉シリーズが世界的にヒットする前、相前後するかたちで早川書房と東京創元社とでフレミングの翻訳権を取っていました。早川が『死ぬのは奴らだ』と『ドクター・ノオ』を出せば、東京創元社が『ロシアから愛をこめて』と『ダイヤモンドは永遠に』を出すといったように。それを見てフレミングのエージェント*2が、日本ではハヤカワとトウキョウソウゲンという二社が翻訳権を取ってくれているようだが、それならいっそ、今後新しい作品が出たら交互に取らないか、と提案してきたのです。ここで、東京創元社の倒産、ということがなければ、その提言に従って平和裡に翻訳権を分け合っていたのではないかと思われますが、残念なことに一九六〇（昭和三五）年の短編集『007号の冒険』を最後に、フレミングの翻訳権は早川書房の独占となってしまいました。そして、一九六二年に『ドクター・ノオ』が映画化され、続いて一九六三年に『ロシアから愛をこめて』の映画が世界的ヒットとなるわけです。

ちなみに、この第二作の日本タイトル『007 危機一発』が漢字の書き間違いだと騒がれ、この四文字熟語が入試の問題になったとかならなかったとか喧《かまびす》しかったことを記憶しています。タイトルでいえば、映画化第一作『007は殺しの番号』の原書『Dr. No』が神保町の古書店に並んだとき、「医者はいらない」

という日本語の手書き帯が付いていた、という笑い話が話題になったものです。映画のヒットが本の売行にも当然結びついて、当時、再建したばかりの東京創元社は毎日のように〈007〉を刷っていた、というほどで、再建の大きな力となったのです。

一九六五（昭和四〇）年一〇月、バローズの『火星のプリンセス』を出したんですが、その前の一九六三年からSFマークが創元推理文庫に新設されました。ちなみに、一九五九年四月に創刊した創元推理文庫は、本格推理小説、ハードボイルド・警察小説、スリラー・サスペンス、その他の推理小説（法廷・倒叙もの）という四つの分類マークとフロントページの内容紹介を特色としていました。それにここでSFマークが加わったわけです。

SFの初期は、やはり大御所のハインライン、クラーク、ブラッドベリ、アシモフあたりを入れ、それからミステリのほうでもたくさん出していたフレドリック・ブラウンですね。当初から厚木は、大ロマン系がわりと好きだったので、バローズをやりたいと考えていたようです。〈火星〉シリーズ一〇巻をやろうと。これは後に一一巻になります。続いて、E・E・スミスの〈レンズマン〉や〈スカイラーク〉などのシリーズものを決めていきました。先行していた早川書房は、福島正実《ふくしままさみ》さんのもと、黄金期の作品を中心に正統的な路線で刊行していて、スペースオペラというか大ロマン、冒険小説系はあまりメインに置いていなかったんですね。その間隙を突いたというか、バローズ、スミスが当たった。これには五所の力が与《あずか》っていたと思います。バローズやスミスの作品に挿絵を入れよう、というアイディアは五所が持ち出したのではないでしょうか。前にお話ししましたように、岩崎書店からやってきた五所は、それなら武部さんを、と提案したのでしょう。岩崎書店の〈少年少女宇宙科学冒険全集〉や〈ベリヤーエフ少年空想科学小説選集〉などで印象的な挿絵を描いている武部本一郎《たけべもといちろう》画伯のことが、真っ先に五所の頭に浮かんだものと思います。その後の金森達《かなもりとおる》、柳柊二《やなぎしゅうじ》、南村喬之《みなみむらたかし》といったイラストレーターの方々も、五所の児童出版の経験がものを言ったに違いありません。

SFマーク新設の六年後、創元推理文庫に怪奇と冒険小説部門、後のF分類、ホラー&ファンタジーが新設されます。これで、大ロマン系のなかでもミステリではない、従来のジャンルに入らなかったものが入れられるようになりました。〈世界恐怖小説全集〉も出していましたから、そういうホラーものを文庫に入れたいということもあったようです。

これは入社前の話ですが、正月に厚木の家に行ったときに聞かされたのは、デュマの『三銃士』をやりたいという話でした。実は、厚木は怪奇冒険マークの第一弾に鈴木力衛《すずきりきえ》さん訳の『三銃士』を構想していたんですが、講談社と重なってしまったんです。しかたなく、『怪奇小説傑作集』全五巻が第一弾になりました。

推理文庫以外の出版物

ぼくが入社したころ、創元推理文庫以外で刊行中の企画というと、創元選書、〈現代社会科学叢書〉、〈ミュージック・ライブラリ〉、〈実力囲碁新書〉、〈名作歌舞伎全集〉、〈ポオ全集〉普及版があり、準備中のものとしては、〈バルザック全集〉新版、〈ヴィリエ・ド・リラダン全集〉がありました。また、『日本史辞典』、『西洋史辞典』、『東洋史辞典』という三つの歴史事典の改訂増補版に向けて作業が進んでいました。『図解考古学辞典』は改訂という話までに至らずに終わりました。さらに『フランス第三共和制の興亡』のような単行本もありました。

〈現代社会科学叢書〉については、おもしろいエピソードがあります。東大の新聞研で、ぼくの入社数年後には教授になった辻村明《つじむらあきら》さんという人がいるんですが、この方が学生時代に、東京創元社でアルバイトをしていました。そこにエージェントから原書が送られてきた。それを担当者の専門分野別に振り分ける作業をしていて、ふと気になる書目が目に付きました。それがエーリッヒ・フロムの『自由からの逃走』でした。辻村さんが編集者に断って読ませてもらったら、これがおもしろい。おもしろかったという話をすると、こういうのがわかるのかという話になったんですね。その編集者から、それならひとつ企画書を書いてみろと言われた辻村さんは、喜んで書いたわけです。

〈現代社会科学叢書〉より『自由からの逃走』

そのころは小林秀雄《こばやしひでお》先生がまだ週に一回、編集会議に来られていたころです。企画はすべて小林先生の前で提出者が説明をします。それを聞いて先生が採否を決めるんですが、だめなものは「くだらん」といった調子で一刀両断される。二階から突き落とされた編集者もいた、というエピソードもあるほどで、東京創元社の編集者を辞めた後も、小林先生が怖くて小説を発表できなかった、と隆慶一《りゅうけいいち》郎《ろう》さんがおっしゃっているんですから、推して知るべし、という編集会議[*3]であったようです。辻村さんは、次の編集会議に出すからおまえが説明しろと件《くだん》の編集者から命じられた、というんですが、アルバイトに企画の説明をさせるというのもずいぶんな話ですね。まだ東大の学生だった辻村さんは、小林先生の前で緊張しながら、本の内容と評価を説明をしたそうです。小林先生は学生アルバイトの説明に毒気を抜かれたのか、思いのほかあっさりと、いいんじゃないかとおっしゃった、ということで、企画が通った。これが〈現代社会科学叢書〉の一冊目となったんです。翻訳は日高《ひだか》六郎《ろくろう》先生に頼みました。おそらく辻村さんが下訳をしたんじゃないかと思います。そんな経緯で『自由からの逃走』を出したのは辻村さんが卒業した年の年末でした。これが大変なロングセラーとなり、いまだに売れていて、一〇〇版を超えています。

創元社時代のこと

少し時代を遡って、前身の創元社の話をしたいと思います。

ちょうど手元に創元社の現社長、矢部敬一《やべけいいち》さんが二〇一三（平成二五）年に行った特別講演「大阪で出版業を営むということ――創元社の一二〇年」の記録がありますので、それに拠りながらお話しします。

金沢出身の矢部外次郎《やべがいじろう》さんが職を求めて大阪に出て、キリスト教週刊紙『七一雑報』を発行していた、一八九二（明治二五）年創業の福音社に入社しました。ここで意外だったのは、矢部さんが金沢の金箔師だったということ、そして熱烈な浄土真宗の信者だったということです。同郷の今村謙吉《いまむらけんきち》さんが代表をつとめていた福音社に入り、同時に氏の勧めでクリスチャンになった。矢部さんは福音社に勤めながら、夫婦で小さな書店矢部青雲堂を興し、キリスト教関連の新刊・古書の販売から、徐々に取次業にも参入していったそうです。今村氏亡き後、社名の暖簾分けをしてもらい、一八九七年、福音社として再スタートを切りました。取次業が順調で会社が大きくなったころ、次男の矢部良策《やべりょうさく》さんが会社の一角で文芸出版を始め、一九二五

（大正一四）年、創元社として出版活動を始めたのです。震災で大阪に疎開していた谷崎潤一郎《たにざきじゅんいちろう》をはじめ多くの作家の本を刊行して成功を収めます。その後、戦時体制のもと、国は日本出版配給会社としてすべての取次を吸収合併します。この時点で福音社はなくなりました。

創元社ができたときに東京支社が併設されたのか、後に昭和になってから東京営業所が設置されたのか、資料によって微妙に違うのでくわしいことはよくわからないんですね。矢部さんのお話でも、大阪と東京で二つの創元社ができ、東京の創元社はその後東京創元社として発展した、というようなおっしゃり方をしています。東京支社ができて、東京での編集会議を通ったものがどういう手順で実際に本になったのか。そのあたりの詳細を、小林茂や秋山に、それに矢部良策さんとも何度もお目にかかっていたのですから、ちゃんと聞いておくべきでした。今となっては遅きに失したのが、本当に残念です。

秋山さんが書いているものを読むと、小林先生の本を出したいという交渉をしたことが一つのきっかけで、一九三六（昭和一一）年に編集顧問になっていただいたようです。小林先生という方は、当時、明治大学で文芸の講座を何人もの文士や文芸評論家と一緒に受け持っていて、そのなかで文学をやるにはまず語学だ、というようなことをおっしゃり、自ら手作りの教科書を作ってフランス語の授業を受け持った、という方です。編集者の素質がもともとあったんですね。青山二郎《あおやまじろう》さんら小林先生お気に入りの人たちに装丁をやりなさい、こういうものを書きなさいという感じで小林先生が勧め、それで一九三八年の創元選書をはじめとする出版物の刊行が始まったようです。

小林先生は週に一回夕方近くに、ふらっと会社にやってきて、会議をして、企画を決めたらあとはみんなで飲みに行ったりしていたといいますから、それからすると、少なくとも、創元選書の企画は東京で練られ、決まり、依頼がされたのでしょう。当然、東京の編集担当者が依頼したり原稿をもらいに行ったりしたんじゃないかと思うんです。

ただ、奥付を見ると、あくまでも表記上は、大阪の住所になっていて、発行者は矢部良策なんですが、括弧で必ず東京支社の住所が入っている。いつだったか、手元に残っている創元選書を調べていたら、東京の住所が先に書かれているのが一、二点あって、どういうことなんだろうと思っていました。その場合は大阪の住所が括弧付きで併記されているんです。それ以外のほとんどは大阪の住所になっているのに、なぜ東京の住所が先にきているものが混ざっているのかわからないんですが、小林編集顧問のもと、企画が決まり、進行していたんだとすると、少なくとも創元選書は東京が主体で動いていたのではないでしょうか。

その場合、決まった企画を、どういうかたちで大阪の本社のほうに伝達したのか。会議の次の日に誰かが電話をして、昨日の会議でこういうのが決まりましたと矢部さんに報告するかたちで済ませたのか。そのあたりの進行についても詳《つまび》らかでなく、大阪本社と東京支社との関係、棲み分け、仕事の仕方というのが具体的にどういうものだったかはまったくわかりません。週に一度小林先生が来ることはわかっていたでしょうから、毎週大阪から誰かが来ていたのかもしれません。大阪本社で決めた企画と、東京支社で決めた企画と、それぞれ並行するかたちで進めていたんだろうと思わざるを得ないんですが、そのあたりの具体的な企画の決め方、編集作業の進行の仕方はどうだったんでしょう。

いつだったか、『本の雑誌』に原稿を書くので、秋山さんの書いたものを読み直していたんですが、それによると、秋山さんは明治大学で阿部《あべ》知二《ともじ》先生のゼミに属していた縁で推薦を受け、それで小林先生もいいだろうということで、創元社に入ったそうです。一九三八（昭和一三）年のことです。秋山さんが入ったら、社員は編集長が一人と営業部長の二人しかいなかった、と書いています。

秋山さんが入ったのは東京支社で、支社ができた最初のときだったのか、もう少し後のことなのかはっきりしないんですが、支社長宅が社屋《しゃおく》だったと書かれています。会議は小林茂さんの家でやっていたんでしょう。二人か三人しかいないんだから、できなくはない。小林先生に来ていただいて編集会議を開き、創元選書などの企画を決めた。当然、何人か人を採ったはずで、そうなるととても小林さんの家ではできないから、どこかオフィスを借りたんではないでしょうか。そのあたりのことはこちらも興味津々なんですが、くわしいことはわからないんです。

創元社、分離独立

東京の「創元社」が大阪の「創元社」の同名別会社として独立したのが一九四八（昭和二三）年。この時点で小林先生は取締役に就任しています。分離独立する前の創元社というのが、編集作業上どういう棲み分けをしていたのか、人事交流があったのか、秋山さんの入社も大阪とどうからんでいるのかなどは気になります。この間にかなり本が出ていますし、創元選書だけでも相当な数が出ていますから、当然人も採っていたでしょう。明らかに創元選書と連動したかたちで企画されたと思われる創元文庫は一九五一年、分離独立後の創刊ですが、東京のほうに人が入って、それなりの体制が整っていたという証だと思うんです。

当時のことがうかがわれるものに、『創元』という雑誌があります。小林先生の編集に対する姿勢がよくわかる刊行物で、昭和二一年一二月三〇日発行の創刊号（第一輯）によると「季刊」とあるのに、第二輯はなんと昭和二三年一一月三〇日、二年近くたって刊行されています。創刊号は梅原龍三郎《うめはらりゅうざぶろう》特輯と銘打ち、B

『創元』第一輯、第二輯

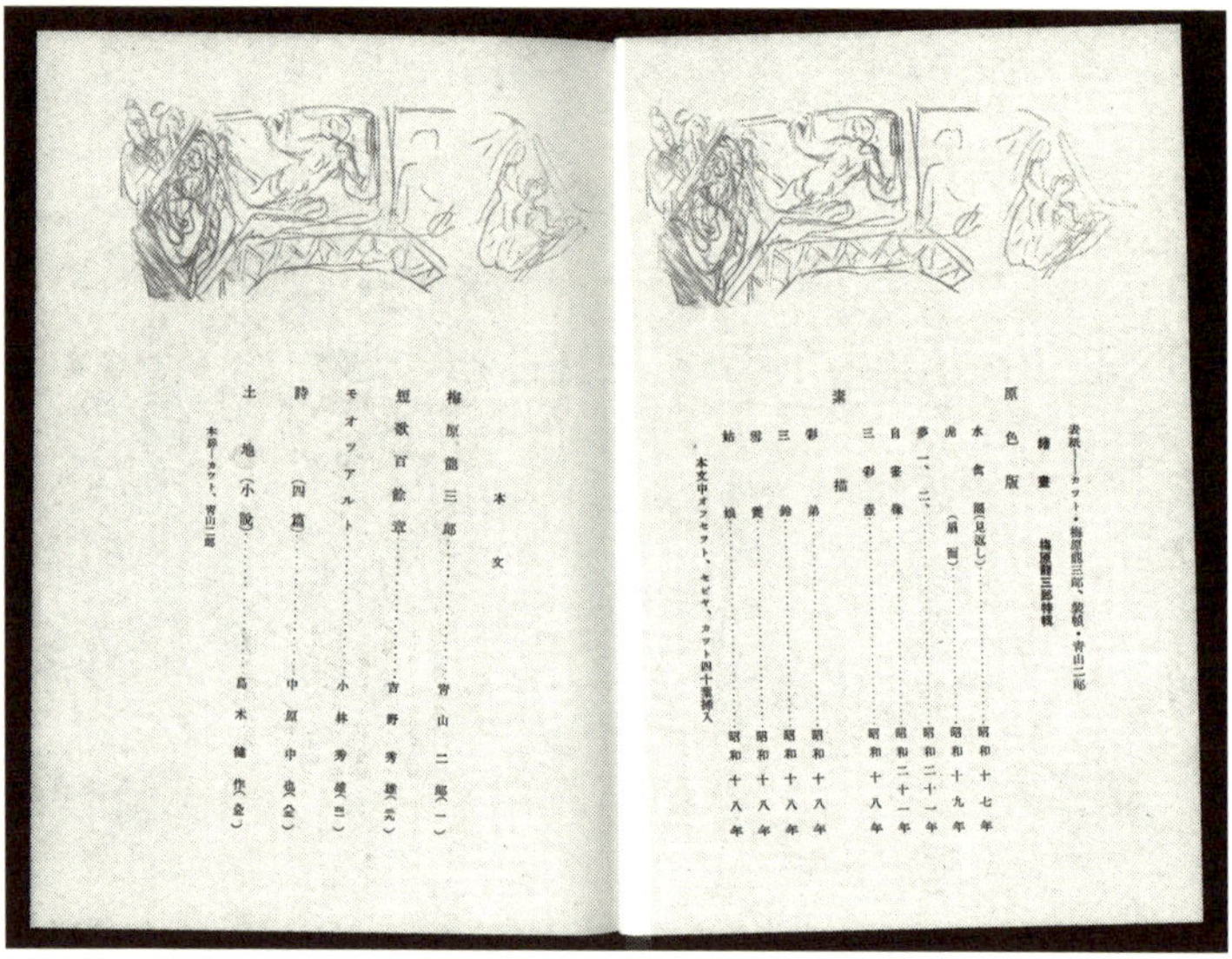

本文

梅原龍三郎……青山二郎(一)
短歌百餘章……吉野秀雄([illegible])
モオツアルト……小林秀雄([illegible])
詩(四篇)……中原中也([illegible])
土地(小説)……島木健作([illegible])

本扉―カット、青山二郎

表紙―カット・梅原龍三郎、装幀・青山二郎

繪畫 梅原龍三郎特輯

原色版

水禽図(見返し)……昭和十七年
虎(扇面)……昭和十九年
夢一、二……昭和二十一年
自畫像……昭和二十一年
三彩壺……昭和十八年

素描

[illegible]……昭和十八年
[illegible]……昭和十八年
[illegible]……昭和十八年
姑娘……昭和十八年

本文中オフセフト、セピヤ、カット四十葉挿入

『創元』第一輯目次

5判ソフトカバー、第二輯はハードカバーです。目次を見ると、小林先生の人脈によるものでしょう、錚々たる方々の名前が並んでいるのがわかります。発行所（創元社）の住所はどちらも東京が先で、大阪の住所が括弧付きで併記されていました。

採算的にどうなっていたのかは、いちばんの問題なんですが、結局分離独立というのは、たぶん良い面というよりも悪い面のほうが大きかったのではないかと。東京の負債が大阪本社にとってかなりの重荷になっていた面があると思うんです。ある意味、東京のそれは放漫経営といっていいものだったのではないでしょうか。小林先生一人の責任ではないんですが、小林先生のおっしゃるままに原稿を依頼し、それなりの稿料も出していたでしょう。やってみたらそこそこ売れるけれども、採算は取れなかったに違いありません。大阪の本社としては、東京の活動は目映《まばゆ》いものではあっても、危なかしくて見ていられなかったんではないでしょうか。

第一次倒産、株式会社東京創元社発足

第一次倒産が一九五四（昭和二九）年の七月で、同月の一六日に株式会社東京創元社が発足しています。法律上どうだったのか、そのあたりはよくわかりませんが、「創元社」として倒産し、同じ月に「東京創元社」として新しい会社ができたというわけです。完全な別会社ではなく、本体はほとんど同じで変わらない。社長も小林茂。つまり、創元社をそのまま新会社にしたということです。

倒産直前に、厚木さんが東京の創元社に入社しています。大阪との間に人事交流があったかどうかは定かでないんですが、秋山の後に社長をやった総務部長の平松は大阪から来ていますから、多少の交流はあった

のかもしれません。

一九五四（昭和二九）年に倒産して東京創元社が生まれたんですが、一〇年しないうちに再びつぶれることになります。第二次倒産までの間は、叢書やシリーズが、数年後にまた倒産することになるとはとても思えないぐらいの量とペースで出ています。〈世界推理小説全集〉〈世界大ロマン全集〉から〈バルザック全集〉などに至るまで、これらがみな二回の倒産の間に出ています。しかも、全八〇巻など、ボリュームのあるものばかり。こういう大物主義的なやり方は、その前の創元社からの流れです。〈夏目漱石著作集〉や〈森鷗外著作集〉などの個人全集が主体だったんです。

ただ、これは創元社に限ったことではなく、当時は、全集叢書で体系だったものを読者に提供することが出版の基本だと日本の出版社では考えられていた時代だったと思うんです。それをそのまま受けついだのが当時の路線です。このあたりでエンターテインメント路線が色濃くなってきてはいたんですが、エンターテインメントをやるにしてもそれまでの全集叢書刊行出版社の手法でやろう、何か新しい推理ものをやろう、ホラーをやろうというときも、出すなら叢書形式で、ということで出しています。

大きなシリーズが目立ちはしますが、それ以外に、単独の単行本もたくさん出ています。江戸川乱歩《えどがわらんぽ》の『犯罪幻想』、坂口安吾《さかぐちあんご》の絶筆で、高木彬光《たかぎあきみつ》が後を継いだ『樹のごときもの歩く』など、そういう単発のものもぽつぽつ出してはいるんです。松本清張《まつもとせいちょう》の『危険な斜面』なども出していた。

以前からのシリーズを中心にしつつ、一九五九（昭和三四）年には推理文庫も創刊されますが、一九六一年に倒産します。翌一九六二年に東京創元新社として再出発することになり、そのときの社長が浅野剛。これは債権者重役です。出版社がつぶれるといちばんの債権者は、著者よりも印刷製本関係です。浅野さんは金羊社という印刷会社の社長で、債権者の代表でした。当時、富士川洋紙店という紙屋さんの社長、川瀬富士夫さんが、再建に駆けずり回ってくれたので、川瀬さんを社長に推す声が多かったんですが、川瀬さんはそれを固辞し、金羊社の社長に頼みなさいというので、浅野さんが社長で再スタートします。ところが、浅野さんは翌年に亡くなってしまう。それで、色物印刷を手がけていた方英社の里吉力雄さんに社長になっていただきました。

二度目の倒産のあたりから、秋山が編集を離れて、総務というか裏方として会社の下支えとなって金策に駆けずり回るようになっていたんですが、力及ばず、倒産となってしまった。川瀬さんと共に力を尽くして、債権者の社長を立てた。一方、倒産前の社長の小林は、身分的にはどういうふうになっていたのかわからないんですが、とにかく社に留めた。ふつうなら二度の倒産となれば、社長は放逐されるところですが、そこが秋山らしいというか、会社を始めた人だからと、社に残したんですね。

とくに川瀬さんが陰で尽力されました。できるだけ早い時期に立て直し、債権者の自分たちは身を引き、秋山たちにやらせたいということを債権者たちに説いて回り、まず川瀬さん自身が債権を放棄したんです。あれだけの債権を抱えた富士川洋紙店がそうするなら自分たちもそうせざるを得ないということでしょう、金羊社も方英社も、それならということになった。一九六六（昭和四一）年に、そろそろ東京創元社の者に会社をやらせようじゃないかということで、秋山が社長になったんです。ぼくが入ったころは、まだ東京創元新社でしたが。

倒産の前は、会社は日本橋の小舟町《こぶなちょう》にあり、今の飯田橋の建物は倉庫でした。倒産で小舟町は手放し、みんなで倉庫に逃げてきたかたちになり、そこで業務を再開したんです。

新小川町の旧社屋

入社したときに自分で目にしてびっくりしたんですが、飯田橋の建物は非常に変わった不思議な造りでした。一階には営業部――販売と商品管理と制作部がいて、その奥から右半分ぐらいが倉庫と品出しのスペースでした。品出し用の非常に広い玄関があり、その左半分ほどを幅の広い急な階段が占めていました。その右側が狭い事務所になっていて、外に向かってガラス戸があり、そこに受付を兼ねた女性社員が座っていました。社を訪ねてきた人はまずそこに行って、編集に用があるというと、そこから内線電話で、呼び出してくれる。ぼくが行くと、内線で呼び出された五所さんがその急な階段を下りてくる。

急な階段を上りきって上まで行くと、正面にまず総務の部屋がありました。その右手にドアがあって、そこを入ると編集部。編集部は、いわゆる鰻の寝床のようなかたちで、入ってすぐのところに秋山さんがいる、つまり社長席が入り口のすぐのところにあるという不思議な配置でした。編集部員はまず秋山さんの顔を見てから、中に入るという感じだったわけです。

総務の左手に会議室があり、会議室のところに小さなドアがあって、そのさらに奥、いちばん奥が会長室で、小林さんはそこにいました。なんで会長には独立した部屋があって、社長はこんなところにいるんだろうなと思っていましたね。いつもは編集を眺めながら、ちょっと目を左に転ずると総務がそこにある。そういう位置に秋山さんは毎日いた。そういうポジションを望んでいたわけです。秋山さん自身が設計したというか、考えた配置だと思うんです。

建物の形状がよくないというか、フロアが右や左に曲がっているような形をしていました。隣は東販[*4]の寮だったんですが、ぼくが入社してしばらくたったころに、秋山が東販に、お互い土地の形が悪いので同じ敷地面積になるように敷地を分け直して、できるだけ四角い形にしようと掛け合って、土地をそれぞれ長方形にしたんです。東販の寮は建て直しとなり、東京創元社も新社屋を建てました。ぼくが入ってしばらくしたころ、一九七五（昭和五〇）年のことです。それが現在の東京創元社の社屋です。東京創元社を立て直し、倉庫の建物のままではなくて、東京創元社独自の建物にしたい。それは、ある意味で秋山の夢だったんでしょう。そこまでは自分がやりたいという思いがあったんでしょうね。

そんな秋山の尽力もあり、ぼくが入社した一九七〇（昭和四五）年には、負債も完済となって、社名からも「新」が取れて、一一月一七日に正式に東京創元社に改称したんです。ちょうど再スタートのときに加われたという格好になりました。倒産後すぐ、一九六三年には〈ポオ全集〉の刊行が始まっています。これは当然、倒産前に企画を立て、作業をしていたものが、途中で倒産になってしまったんですね。

〈名作歌舞伎全集〉が一九六八（昭和四三）年で、〈リラダン全集〉が一九七四年ですから、再スタート前後に、けっこう大きな企画がかたちになっていったことになります。一九六四年には映画『007　危機一発』が大ヒットしていますが、原作の『ロシアから愛をこめて』のことは前にお話ししたとおりです。これは再建後のいちばん最初の大きな助けになりました。当時の製作部長に聞いたんですが、このころは〈007〉をもう毎日のように刷っていたそうで、とにかくこれで会社は一息ついた。さらにその翌年に『火星のプリンセス』があたり、〈007〉とバローズでかなり楽になったということです。再建直後にこれらが出たのは幸運でした。しかも、この後長く売れることになりますから。

前年の一九六三（昭和三八）年には創元推理文庫にＳＦマークを新設しています。それがかなりの売行を見せていましたから、これで東京創元社が本格的に創元推理文庫で食べていくという姿勢が明確になった。ぼくが入ったころ、東京創元社の者ですと名乗ると、「ああ、創元選書の会社ね」という人と、「創元推理文庫のミステリやSFを読んでいますよ」という人と、ちょうど半々くらいという感じでした。〈バルザック全集〉を読みながら推理ものも読んでいるという北村薫《きたむらかおる》さんのような人もごくまれにいましたが、両者の読者層ははっきりわかれていて、まったく違う読者層という感じがしていました。

入社後のこと

四月一日に編集部に入ったんですが、東京創元社は当時、最初の三か月が見習い期間で初任給が三〇〇〇円、三か月たって正社員になると七月からは三三〇〇〇円ということになっていました。勤務時間は朝九時から五時までで、朝は九時一〇分までは遅刻を認める、つまり九時一〇分には来いということになっていました。で、五時には帰っていいいと。厚木も週に一度、昼前ぐらいにきて三時四時には帰っている感じで、五時になったらさっさと帰れと、そういう雰囲気がありました。残業はほとんどありませんでした。出版されていた点数を考えると意外に思われるかもしれませんが、雑誌がなかったからかもしれません。

当時は常磐線の南千住に住んでいましたから、飯田橋から総武線で秋葉原、秋葉原からは山手線に乗り換え、上野か日暮里で常磐線に乗って南千住というルートで通っていました。ウイークデーは五時に終わるので、帰宅の途中に、秋葉原から御徒町まで一駅歩いて、御徒町で明正堂に寄ったり、アメ横をのぞいたりして上野から常磐線に乗って帰るというのが日常的なコースでした。

土曜日は一二時まで。後に隔週になりましたが、ぼくが入ったころは毎週出勤でした。土曜は仕事が一二時に終わると、たいがい銀座に出て、イエナ[*5]で洋書を見たり、隣の近藤書店[*6]で新刊を漁ったりしていました。それからヤマハ[*7]に寄ってシュワンのカタログ[*8]を見たり、金曜の夜に『ビルボード[*9]』の新しい号が入っていたので、土曜の昼に行くと新着のがありましたからそれを眺めたり、レコードを買ったり、喫茶店のランブルやパウリスタでコーヒーを飲んで帰る。たまに日本橋の丸善に行ったりもしましたが、土曜日はたいてい銀座でそんなふうに過ごしていましたね。

当時の編集部ですが、入り口側から見ていちばん左の端に五所がいて、隣に平井、熊谷。その隣に週に一度来る歌舞伎を担当していた落合清彦さんの席がありました。ぼくはたしか五所と平井の間でした。新入社員だからというので、課長のすぐ脇に座らされたんですね。ぼくたちがいた、窓に面して机が五つ並んでいる島の手前に、週に一度来る厚木が一人で座っていました。ちょうど五所とぼくも厚木のすぐ近くの席でした。入り口のあたりに社長の机がありました。

会社に入って最初に渡されたゲラはジェームズ・ヒルトンというイギリスの作家の『鎧なき騎士』という作品でした。たしか平井さんが担当していたもので、初校か再校ゲラを素読み[*10]しなさいと渡されて、会社にいる間はそれを読み、何か気がついたら鉛筆でチェックするという作業をまずやらされました。ちなみに、初めはミステリじゃないんだ、などと思っていましたが、読んでみるとこれは大変おもしろかったですね。

最初はゲラの素読みから始まったんですが、すぐに翻訳家の担当をということになりました。最初は宇野《うの》利泰《としやす》先生ではなかったでしょうか。とにかく翻訳家のところに行って、頼んでいた原稿を取ってきて、その後の作業を担当しなさい、と指示されました。

そのころ、翻訳権仲介のエージェントでは新興の矢野著作権事務所が、宮田昇《みやたのぼる》さんを迎えて日本ユニ・エージェンシー[*11]と改称し、業務内容を拡大しようと、翻訳家のマネージメントもするようになったのです。その翻訳家のなかに、青田勝《あおたかつ》さんや、池央耿《いけひろあき》さん、高見浩《たかみひろし》さん、菊池光《きくちみつ》さんらの名前がありました。いずれも東京創元社としては初めてお付き合いする方々で、そういう翻訳家との仕事は、だいたいぼくのところに担当が回ってきました。

回ってきたというより、そうせざるを得なかったんです。というのも、ぼくが入社した一年目に、編集部員が二人も辞めてしまった。熊谷さんという女性は日経の記者の方と結婚されたんですが、年末か年明けくらいにご主人に異動があってニューヨーク勤務ということになり、アメリカに行くことになった。熊谷さん本人は編集者を辞める気がなかったんですが、平井さんたちが、新婚早々の亭主を一人でアメリカなんかにやって一人で帰ってくると思うな、みたいなことをしきりに言ったりしたものですから、それで心配になったのか、結局会社を辞めて一緒に行くことになった。ぼくの入社一年目の最後ぐらいに、熊谷さんは結局、寿退社で辞められた。次に、早稲田時代に全共闘[*12]の闘士だった平井さんが、闘争仲間の女性がチェコに行くのを追いかけて辞めてしまった。五人いた編集部が、急に厚木と五所とぼくの三人だけになってしまったんです。

そのころ、企画として〈バルザック全集〉が進行していました。ぼくはその時点ではまだ進行中の企画については教えられてはいなくて、当時はぜんぜん知らなかったんですが〈ヴィリエ・ド・リラダン全集〉も進行していた。バルザックは本文を五所さんが担当していて、月報をやってくれというので、担当することになりました。

当時、バルザック研究の第一人者だった水野亮《みずのあきら》先生にご相談するかたちで全集は進行していました。巻の構成に始まり、翻訳者の選定も水野先生におまかせしていましたから、明記はされていないんですが、実質的な監修者でしたね。全二六巻のうちの二〇巻はすでに一〇年ほど前に出ていた旧版のリニューアルで、それに六巻を足して、新たに全二六巻の全集ということになっていましたが、追加の六巻も、新訳と旧訳が混じっていました。たとえば小西茂也《こにししげや》さんの『風流滑稽譚』は既訳ですし、『カトリーヌ・ド・メディシス』は戦前に渡辺一夫《わたなべかずお》先生ら若手フランス文学学徒が手分けをして訳し、鈴木信太郎《すずきしんたろう》訳で刊行された既訳(昭和一〇年、河出書房)がありました。これらを軸に新訳も加えて、二六巻にして出すというわけです。

全集を出すときは内容見本を作るものです。内容見本も水野先生の指示に従って、全巻の内容紹介を、書簡集の翻訳もお願いしている武蔵大学の私市保彦《きさいちやすひこ》先生に頼んであるから督促するように、と水野先生からは言われていました。その水野先生の発音がはっきりしなくて、どうしても「チサイチくん」と聞こえるんですね。それもなつかしい思い出です。私市さんは当時フランスに留学されていて、エアメールでやりとりをした覚えがあります。内容見本の推薦の言葉で新たにいただいたのは、辻邦生《つじくにお》先生ぐらいじゃないかな。辻先生のところには、原稿をもらいに行ってミステリの話をした覚えがあります。あとは小林秀雄先生をはじめとして、旧版の推薦文をそのまま使わせていただきました。

引き続き、月報を担当することになり、それからは三鷹に住んでおられた水野先生のところに日参することになりました。ですから、推理もの以外でとくに関わりが深かったのは〈バルザック全集〉です。単行本を担当するときの地ならしとして、全集の月報でもやらせようという感じだったのだろうと思います。

メインの仕事としては推理文庫を担当することになるわけですが、最初は、すでに企画として決まっているものを担当することから始めました。たとえば、ぼくが大学生の最後の時期に第一巻が出ていたディクスン・カーの『カー短編集』というのがありました。二、三巻も企画として決まっていて、宇野利泰さんにすでに翻訳を頼んでいたんですが、それがそろそろ仕上がるというので、ぼくが担当することになりました。『カー短編集』の二巻は一九七〇（昭和四五）年の一二月に刊行されています。これは後に〈カー短編全集〉として全六巻になります。

そして、ユニ・エージェンシーの紹介で青田勝先生とお目にかかった。初めてお願いしたのが、イアンド・バインダーの『ロボット市民』というSFでした。青田さんというと、早川でエラリー・クイーンをずっとおやりになっていた方ですから、ちょっと意外な感じがしますよね。おそらく翻訳権を取って誰に翻訳を頼むか決まっていなかったのでしょう。でも、この作品はなかなかかわいい、というのは妙な表現ですが、ぼくは好きな作品でした。続いて、フレドリック・ブラウンの『シカゴ・ブルース』、『手斧が首を切りにきた』、エラリー・クイーンの『エラリー・クイーンの事件簿』1・2などをやっていただきました。青田さんは字幕翻訳の大ベテラン。本当に穏やかな英国紳士、という趣《おもむき》の方で、市川の鬼越《おにごえ》の、垣根のある家に住んでおられました。

編集技術について

おそらく出版社というのはどこも、そんなものだったんじゃないかと思いますが、編集技術についてちゃんと教えられたことは一度もありません。日本エディタースクール[*13]で出していた『編集校正の手引き』という薄い本を一冊、筆記具一式、それに辞書を、大型のものは編集部に置いてありましたから、各自には小型の国語辞典と英和辞典、そういうもの一式を渡されました。

担当した最初の本がたしか『カー短編集』の二巻だったんですが、翻訳原稿をもらってくると、とにかくやってみろと言われました。『編集校正の手引き』の校正記号一覧に則って原稿に赤字を入れ、それから、ルビを付ける。創元推理文庫は中学生ぐらいから読みますから、中学生にはちょっと読みにくいかなと思われるものにはルビを付ける、ルビの付け方というのはこういうふうにする、と教えてもらうわけです。いちばん大変だったのは、統一ということでした。最近はそういうことはありませんが、ぼくが入社当時、文庫は文字統一がやかましかった。漢字にするかひらがなにするか。たとえば創元推理文庫では副詞は原則として開いて――ひらがなにする、という意味の業界用語です――いました。そして当時、一、二人称は開く、三人称は漢字、というのが決まりでした。わたし、わたくし、ぼく、おれ、きみ、あなた、おまえ……そして、彼、彼女、彼ら……というわけです。これは依頼する時点で翻訳家に、当社ではこういう方針で統一させていただきます、と伝達していました。例外として、ハードボイルドにおける一人称は「私」の漢字を使わせてほしい、という稲葉《いなば》明雄《あきお》さんからの提案がありました。ハメットやチャンドラーの〝I〟は透明な存在で、「わたし」や「わたくし」、「ぼく」「おれ」といった表記は相応しくない、というのです。それではそうしましょう、ということになりました。面倒なのは、送り仮名の統一です。これは原則として一冊一冊異なり、文庫としての統一基準はありませんが、一冊の中では統一する。たとえば「向かう」、なのか「向う」、なのか、というふうに。もっと面倒なのは、「～しに行く」か「～しにいく」か、という複合動詞をどうするかです。

それまで読者として本を読むとき、統一といったことを念頭に置いて読んではいませんでしたから、これは慣れるまで大変でした。逆に編集者になってからは本を読みながら統一が気になるようになりました。思わずペンを手にして読んでいる本にチェックを入れたこともしばしばです。

印刷屋さんに申し送りをする指定記号、本文の文字は何ポで、何字詰何行で、フロントページの欧文や扉の文字は何ポで端から何ミリでといった位置指定などは、文庫を一冊つぶして赤字を入れたものを渡され、原稿にはこのとおりに指示を入れて、印刷屋さんに渡すよう言われました。ここはどうしたらいいんだろう、というのが出てくると、いちいち五所に聞き、こうしてください、と指示を仰ぐ。そんなふうに、見よう見まねでやっていました。

原稿を印刷所に渡し、しばらくすると、印刷所から校正刷りが上がってきます。これをゲラといいます。そう、ぼくが編集者になったころは、まず著者からいただく原稿はすべて手書きでした。そして印刷所は活版印刷の時代、出版社からきた手書き原稿を元に一字一字活字を拾って手組をしていた時代でした。ですから、初校が組み上がると、まず校正者のもとに渡されますが、校正者は原稿とゲラを左右に置いて一字一句首を振りながら、原稿通りに組み上がっているかをチェックする、「首振り校正」が初校校正の第一の眼目でした。その後に、統一はとれているか、内容的な間違いはないか、というチェックに入るのです。ですから、当時の初校校正というのは、まさに職人技が求められていました。

付け合わせ校正が終わり、担当編集者が著者校正のときに再考をお願いしたい箇所などにチェックを入れると、翻訳家の先生に訳者校正を依頼します。まず郵送して、一応返信用の封筒は付けていましたが、原稿をもらいに行くときとゲラを受け取るときはできるだけ取りに行くようにしなさいと言われていました。長さにもよりますが、だいたい校正は一週間ぐらいでお願いしていました。

これは余談ですが、最近、パソコンが普及し、インターネット全盛の時代になると、原稿を取りにうかがったり、ゲラのやりとりを直接お目にかかってする、ということが少なくなったようです。最近、独り住まいのため、しばらくして亡くなっているのが発見されたある推理作家についてその編集者と話をしていたところ、その方が声を潜めて、実は我が社ではその著者と直接お目にかかった編集者が一人もいなかったんですよ、というのを聞いて愕然としたものです。でも、そういうことが不思議でない時代になったことも事実なのです。

さて、話を戻して。当時お付き合いのあった翻訳者のなかでは、大久保康雄《おおくぼやすお》先生はやはりちょっと別格という感じでした。平井さんも辞めてしまって、二人か三人でやっていたときのことですが、明日ちょっと一緒に大久保先生のところに行こう、ということになって、秋山と厚木とぼくの三人で、市川の大久保邸を訪ねました。二人が「これが今度入った新人です。よろしくお願いします」といってぼくのことを紹介してくれました。

大久保先生は〈大ロマン全集〉のときに『洞窟の女王』をはじめとするライダー・ハガードの作品を翻訳していて、厚木がハガードをあらためてやりたいので、それを続けてやっていただけますか、とおうかがいをたてました。担当した最初の作品は、〈世界名作推理小説大系〉で訳していただいたものに手を入れたアイルズの『殺意』だったんではないでしょうか。一九七一（昭和四六）年一〇月の刊行です。それに続いて、いよいよハガードの新訳が始まり、『ソロモン王の洞窟』をまずやっていただきました。これは昭和四七年八月の刊行で、新しく始めるなら、これも挿絵口絵を入れましょう、と提案し、日本パブリッシングから刊行されたロバート・アーサーの少年ものの挿絵が印象的だった山本輝也《やまもとてるや》さんにお願いしたのです。

中村能三《なかむらよしみ》先生は、しょっちゅう編集部にふらふら現れる人だったんですが、そのうちに中村さんも担当するようになりました。というか、だんだん編集部の人が少なくなって、そうせざるを得なかった。ぼくが入って三年目には五所も辞めました。厚木と合わなくて、辞めさせられたような感じでした。信じられないでしょうが、数か月ほど、編集部に実働部員はぼく一人というときがあったんです。たまたま五所が辞めてぼくが一人のときに、秋山さんと厚木に連れられてお目にかかったのが齋藤磯雄《さいとういそお》先生でした。その前に五所から岩波文庫の渡辺一夫訳『未来のイヴ』を渡されて、これを読んでおくように言われたことがあります。何だろうなと思ったら、リラダンの全集が進行しているからだと。渡されたのはゲラではなく文庫本で、しかも齋藤先生の訳でもない。それを渡されて読んだ覚えがありました。そのときは企画の内容はぜんぜん知らなくて、二人に連れられて、いきなり齋藤先生にお目にかかることになり、全集を出すということを知ったわけです。それから田無《たなし》の齋藤先生のお宅と、三鷹の水野先生のお宅とに定期的にうかがうようになりました。

同じころ〈現代社会科学叢書〉も進行していました。当時の社内には、社会科学方面の専門家がぜんぜんいませんでした。エージェントから社会科学関連の検討本が来ると自動的に東大の辻村明先生のところに送って、辻村さんがその内容を見て、東大系の先生に回して検討してもらい、推薦を承けたものが企画として上がってくるという感じでした。そういう、多くは東大系の先生が翻訳もするというようなかたちの社会科学があり、それから、〈ミュージック・ライブラリ〉という音楽書のシリーズもありました。『名詩名訳』とか『良寛』とか、ほんの数点ですが創元選書も当時はまだ生きていました。

〈バルザック全集〉も改訂増補版みたいなものですが、当時はちょうど日本史・西洋史・東洋史、それから考古学と四つある歴史事典が改訂の時期を迎えたころでした。考古学は改訂という話にまではならず、ほかの三つの事典は、改訂作業中にちょうど大学紛争に巻き込まれてしまったこともあり、また、日本史・東洋史・西洋史でそれぞれ執筆のやり方が違っていたこともありで、改訂は大変な作業でした。

西洋史は、年齢も役職も同列で、古代史・英国史・ヨーロッパ史・ドイツ史と、ちょうど専門もわかれている、非常に仲の良い四人の京大出の先生が軸になって作業していました。気の合った四人が中心となり、原稿の手配から執筆まで作業をしてくださいましたから、西洋史が進行としてはいちばん楽な事典でした。

〈ミュージック・ライブラリ〉より『ステレオ　名曲に聴く』

それに対し東洋史は、大先生のもと、若手の研究家が多数いて、取り扱う範囲もアジア、中近東、アフリカと幅広く、また新しい研究成果も出始めていた時期でもあり、これは大変な作業でした。一度、旅館に主要な研究家に泊まり込んでいただき、合宿みたいにして原稿を書いたり調整したりしたことがあり、ぼくも立ち会ったことがありました。若手の先生方が早くから集まり、未だに東洋史＝中国史、という概念が根強いのは時代錯誤だ、といった話をしているところに大先生が登場し、東洋史とは煎じ詰めれば中国史だ、といったお話をされて、若手はしゅんとしてしまうという場面に遭遇したこともあります。ちなみに若手の先生は、東大寺をはじめとする寺の僧侶の方が多かったのも興味深いことでした。

その点、日本史のグループはばらばらでした。一応、古代史・中世史・近世史・近現代史とそれぞれのリーダーはいらっしゃいましたし、東洋史のような絶対的な存在ではありませんが、代表格の先生はおられたんですが、定年間際のおとなしい方で、あまり号令をかけたりするタイプではないこともあって、各時代のリーダーおのおのが一国一城の主といった具合で統制が取りにくく、進行としてはいちばん難しかった。そこに大学紛争がからんできて、研究室に火をつけられたとか、原稿がなくなったとかがありましたから、日本史が原稿をそろえるのにいちばん苦労しましたね。

事典の改訂に関しては、途中から校閲の鎌形と一緒に担当しましたが、進行を相談する会議を年に何度か京都のホテルの部屋を借りて行うことしかできませんでした。それぞれの先生によろしくお願いしますと頭を下げるだけでした。そのため京都には何度も足を運びましたが、雪の降る晩に遅れた原稿を仕上げていただくために、旅館に缶詰にした先生と泊まったことなどが印象に残っています。そのとき書いていただいた原稿のひとつが、『東洋史辞典』の「ハンムラピ法典」の項で、ぼくが学校で習ったころはたしか「ハムラビ法典」といっていたな、などと思ったことを鮮明に覚えています。あとは京都の印刷会社に本文印刷を頼み、同時に、原稿の督促までお願いしていました。その印刷所は後に出版も始めたので、そのころから編集者みたいな人もいましたから、その印刷所がメインになって作業を進め、こちらはときどき督促する程度の関わりでした。ただ、そういう改訂作業のような仕事が重なってありましたから、仕事としてはけっこういろいろな種類のものがあったんですね。

七〇年代前半の出版界と東京創元社

一九七〇年代の初めはさまざまなことがありました。大学時代に学生紛争を経験し、追い出されるように大学を出て就職をしたのが一九七〇（昭和四五）年。この年は、大阪での万博開催[14]に代表されるように、日本全国で進軍ラッパが鳴り響き、高度成長[15]の始まりを告げるような年でもあったんだろうと思うんですが、そのなかでやはり印象的だったのは、かつて熱心に読んでいた三島《みしま》由紀夫《ゆきお》の割腹事件[16]ですね。

妹から会社に電話がかかってきて、ちょっとテレビを見てご覧、隣で大騒動になってるから、というんです。一階の営業部にテレビがあったので、なんだろうと思ってみんなで見てみると、三島がアジっている場面が映っていました。なんだこれはと驚いたのを覚えています。たしかに自衛隊のある市ヶ谷は会社の隣町でした。よど号事件[17]が東京創元社に入社する前日でしたし、あさま山荘事件[18]は一九七二（昭和四七）年だったかな。そういう騒然たる出来事が相続いだ時代でしたね。

一方で、万博に代表されるように、日本経済は上り調子だった時代なんです。東京創元社も、バローズや〈００７〉があたっていましたし、クリスティも、亡くなる前、ポワロ最後の事件の『カーテン』が出ましたし、一九七四（昭和四九）年に『オリエント急行殺人事件』という大作映画があり、映画の影響もあって、原作本の『オリエント急行の殺人』もしょっちゅう重版をしていました。クリスティが売れるというので、クリスティの作品をどんどん出していたころです。

他社も含めた出版界の動きでは、雑誌でいうと一九七〇（昭和四五）年に『ａｎ・ａｎ』が創刊になっています。『ａｎ・ａｎ』というのはパンダの名前から採った誌名ですが、当時はパンダ人気もありました。小説では『家畜人ヤプー』が出たり、結城《ゆうき》昌治《しょうじ》が『軍旗はためく下に』で直木賞を取ったのもこの年です。

一九七〇（昭和四五）年というと、ハヤカワＳＦ文庫創刊の年です。早川書房が文庫を出し、翌年には講談社の文庫も出るというので、文庫ブームというか、文庫戦争のようなことになるのではという予感がありました。東京創元社としては、それを迎え撃つというか、とくに文庫に関してはしっかりやらなくてはいけないという思いがありました。そうした流れで、〈ポオ全集〉を文庫にしようという話が出たんです。当時の東京創元社の文庫としては大型企画でしたから、全集時に監修をお願いした佐伯彰一《さえきしょういち》先生のところに厚木と一緒に行って、文庫化の相談をするなど、文庫戦争対策みたいなことをやっていました。

ポオの文庫化ということで思い出すことがあります。底本にした〈ハリソン版全集〉[*19]を買って自社の全集と照合をしたら、「暗号論」というエッセイが入っていないことがわかりました。テーマがテーマですから、これは文庫化に際してぜひ入れようということになりました。そこでぼくは田中西二郎《たなかせいじろう》先生という古い翻訳家の方に頼みたいと、思い切って厚木に提言したんです。田中さんの翻訳が好きだったということもありました。田中さんは文章家で、ご自分で小説も書いたりしていましたから。ですが、〈世界名作推理小説大系〉に入っていたジェイムズ・ケインの作品で、何度も映画になった『郵便配達は二度ベルを鳴らす』の翻訳を、東京創元社が倒産したときに、田中さんは新潮文庫にもっていってしまったんです。それが厚木にはものすごく悔しかったらしい。大久保康雄先生に後から聞いたんですが、厚木がそのとき、先生のお宅に来て目の前で泣いたという話まであるほどで、それ以降、田中さんの翻訳は出さない、と決めたというんです。

そんな経緯もあったんですが、それからもう一〇年くらいたっているし、ポオのやり残した作品の翻訳だということもあるので、田中さんに頼んでいいか、おそるおそるという感じで厚木に聞いてみたら、わりあいすんなりと、いいよ、ということになりました。池袋にお住まいだった田中西二郎さんに連絡をしたら、田中さんはすごく喜んでくれて、短い作品だったんですが力を入れて翻訳をしてくださいました。ポオの文庫には、そんな思い出もあります。

当時はいろいろな事件があり、社会的にもけっこう騒がしく、それだけ活力もあった時代でした。出版では、これからは文庫だろうという時代。講談社とか文藝春秋とか小学館とか集英社とか、当時、それらの版元に文庫がなかったということのほうが今から考えると不思議な感じがしますが、この時期、各社からわっと文庫が創刊されたんです。迎え撃つと言っても、今あげたような版元とはジャンルが違いますからそれはいいんですが、早川書房が出してくるとなると話は別で、やはりいちばん警戒しましたね。早川のほうでも意識していたのでしょう。ハヤカワSF文庫は、刊行当時、創元推理文庫にぶつけて、バローズをもってきた。〈火星〉シリーズではなくて、最初に出したのは東京創元社が出していない〈ターザン〉シリーズでした。〈ペルシダー〉シリーズや『時間に忘れられた国』なども、重なりましたね。

重なったのは作品や翻訳家ばかりではなくて、イラストレーターもそうでした。早川は〈ターザン〉で武部本一郎さんを使ったんですからね。文庫にカラーの口絵を入れたり挿絵を入れたりしたのは、先ほど言いましたように岩崎書店から来た五所のアイディアなわけです。児童もので培ってきたノウハウで、岩崎書店で使っていた絵描きさんを起用したわけです。それをハヤカワのSF文庫にまねされたりして、とにかくお互いに、対抗意識はいろいろありましたね。

翻訳家でいうと、SF翻訳の第一人者、浅倉久志《あさくらひさし》先生には東京創元社としてもぜひ頼みたいし、浅倉さんも早川だけではなくいろいろなところで仕事をしたいというお気持ちだったんですが、やはりいざ東京創元社から翻訳を出すとなると、早川に遠慮して本名に近い大谷圭二《おおたにけいじ》という名前で出すことになりました。翻訳家もけっこう気を使いながら両社の仕事をするという時代でした。後年、「浅倉久志」名義に直しましたが。

大ロマンの復活ブーム

一九六〇年代の終わり、一九六九年から七〇年ごろ、昭和でいうと四四年から四五年にかけて「大ロマンの復活」というブームがあり、その当時の言葉で「異端」と呼ばれる作家や作品に注目が集まるようになりました。ここでいう「大ロマン」の範囲は広くて、小栗虫太郎《おぐりむしたろう》や夢野久作《ゆめのきゅうさく》、久生十蘭《ひさおじゅうらん》、橘外男《たちばなそとお》ら、ミステリの世界では「変格」という言葉が使われていたジャンルの作家、H・P・ラヴクラフトやアルジャノン・ブラックウッドといった主に英米の怪奇小説作家、国枝史郎《くにえだしろう》のような伝奇小説作家など、そういうのが入り交じって、各社からわっと出たんです。実際には別に異端でもなんでもないと思いますが、当時は夢野久作も久生十蘭も異端だとされていましたし、ボルヘスなどの中南米作家もそういう扱いでした。

ブームの中心になったのは桃源社《とうげんしゃ》や三一書房《さんいちしょぼう》、薔薇十字社《ばらじゅうじしゃ》などで、角川書店も関わってきて、それに新人物往来社や創土社《そうどしゃ》も加わりました。創土社からは仁賀克雄《じんかかつお》さんがラヴクラフトをやったり、平井呈一《ひらいていいち》先生が活躍をされたり。牧神社《ぼくしんしゃ》から〈アーサー・マッケン全集〉が出て、立風書房《りっぷうしょぼう》で中島河太郎《なかじまかわたろう》さんと紀田順一郎《きだじゅんいちろう》さんが『現代怪奇小説集』を編んだり。三崎書房《みさきしょぼう》から歳月社《さいげつしゃ》に移った『幻想と怪奇』という雑誌も昭和四九年から出始めましたね。それに、国書刊行会の〈世界幻想文学大系〉、月刊ペン社の〈妖精文庫〉などもありました。

当時、東京創元社は、日本人作家のものはいっさい出していなかったので、夢野も小栗も伝奇小説も会社としては関係がなかったわけですが、怪奇部門だけはすでにありました。それから、ハワードの〈コナン〉シリーズのような怪奇に近いヒロイックファンタジーの流行も一部にありました。ハヤカワSF文庫の初期の〈コナン〉シリーズで、荒俣宏《あらまたひろし》（団精二《だんせいじ》）さんや鏡明《かがみあきら》さんらがそういう作品の翻訳家や紹介者として出てきていました。それに対抗して、東京創元社も宇野利泰さんを起用して〈コナン〉を出すことになります。「大ロマンの復活」というのは主に戦前の日本人作家が対象でしたから、それが直接、当時の東京創元社の路線に関係したわけではありません。このブームがミステリ方面にとくに関係があるとすれば、その流れが一九七五（昭和五〇）年創刊の『幻影城』につながったということでしょう。『幻影城』の初期は、そういう戦前作家の再評価から始まっていますから。しかし『幻影城』は、連城三紀彦《れんじょうみきひこ》さん、泡坂妻夫《あわさかつまお》さん、竹本健治《たけもとけんじ》さんら、独自の新人作家を生み出すようになり、それが後の新本格につながっていくわけです。

その流れのもっと前でいうと、六〇年代前半の社会派推理小説ブームとの関係があります。このブームで、因襲の残る旧家で遺産相続などにからんで殺人事件が起こるというような、横溝正史《よこみぞせいし》らによる従来の探偵小説を払拭するというか、もっと現実的な事件を扱う作品こそがこれからの推理小説だというようなことがさかんに言われました。

その一方で、鮎川哲也《あゆかわてつや》さんとか土屋隆夫《つちやたかお》さんとか、どちらかというと古い、横溝や乱歩の流れを汲みながら本格的な探偵小説を書いていきたいという人たちもいたんですが、その人たちが引け目を感じていたという時代が、六〇年代初めから半ばにかけてあった。ところが左に大きく振れていた針が、反動で右に揺れるように、小栗虫太郎の『黒死館殺人事件』や夢野久作の『ドグラ・マグラ』のような、現実的ではない、それどころかまったく非現実といっていい作品にスポットがあたったのです。小説は現実べったりじゃつまらない、夢やロマンがなくては、と。

日常で起こる殺人事件、あるいは政官界や財界をバックにした事件に一般の市民が巻き込まれる、あるいはふつうの刑事が靴底を減らして歩き回って事件の真相に迫る。こういうのがこれからのミステリだとされたことの一つの反動として、戦前の非現実的な作品群がわーっと出てきたのが大ロマンの復活ブームだったのではないか、そんなふうに思います。角川文庫もある時期はそのブームに乗っかって商売をしていましたし、あるいは講談社文庫が初期に〈国枝史郎文庫〉を作ったりしたのもその流れでしょう。これはけっこう長く、それこそ一〇年ぐらい、七〇年代の半ばまで続いて、それが『幻影城』に流れ込んでいったという感じがします。

幻影城

『幻影城』は一九七五（昭和五〇）年の創刊ですが、ぼくも創刊準備に少し関わっています。といいますか、要するに島崎博《しまざきひろし》さんに関わりがあったということなんですが。島崎さんは、台湾から日本に来られて、日本大学に入り、早稲田大学大学院で金融経済学を専攻されました。ワセダミステリクラブの顧問的存在だったと思います。かなりクオリティの高い評論を載せ四号まで出た『みすてりい』というタイプ印刷の同人誌の中心になった人です。

島崎さんは風林書房《ふうりんしょぼう》という古本屋を営んでいて、白山《はくさん》に事務所がありました。古本といっても雑本ではなく、かなり値の張る稀書を集めていました。それも、探偵・ミステリ関係ばかりではなく、ジャンルを問わず。書誌学的な興味の強い人で、これと思うような作家の作品は網羅的に集めていました。たとえば、江戸川乱歩の初版はもちろんのこと、三島由紀夫も集めていて、一九七三（昭和四八）年から刊行された新潮社の〈三島由紀夫全集〉では編集委員の一人になって、書誌的なことはすべて島崎さんがおやりになったはずです。三島全集が刊行されたとき、一〇〇〇部の限定版が作られたんです。中身は同じなんですが、天金の

『幻影城』1979年1月号「創刊50号記念特大号」、1979年6月号

総革製で、当時何万円もした全集ですが、それは島崎さんの事務所でしか見たことがありませんでした。こういうものなのか、すごいなと思ったのを覚えています。つまり、三島の書誌学者としても名をなした人です。

『幻影城』の前、六〇年代に『宝石』が元気だったころ、『宝石』の別冊で〈現代推理作家シリーズ〉という作家別の傑作集が何冊か出ています。鮎川哲也ら何人かの作家を取り上げ、その代表作をいくつか収録し、巻末にかなりくわしい解説と書誌を入れたものです。その書誌はすべて島崎さんが担当していたように思います。そのころから書誌学者としての島崎博はかなり有名で、乱歩さんも最晩年は、そういう方面で重用した人です。

そういう方だから当然、コレクターとしての一面がある。書誌学的な知識と自身で集めたコレクションを使って、専門誌を出そうと思ったわけですよね。桃源社の矢貴《やぎ》昇司《しょうじ》さんなどと並んで、日本の戦前の探偵小説では非常に有名なコレクターでした。矢貴さんは矢貴さんで、日本の戦前ものの復刻を桃源社で始める。そんな動きが六、七〇年代にはありました。

以前、「歌舞伎町の一夜」[*20]という文章に書いたことがあるんですが、ぼくが学生時代のことです。島崎さんから電話かはがきが来て、何月何日に歌舞伎町の、今はないかもしれませんが、台湾料理屋に来てくれという。行ってみたら一〇人ほどが集まっていまして、学生で呼ばれていたのはぼくと瀬戸川猛資《せとがわたけし》さんと松坂《まつざか》健《けん》さんの三人でした。中島河太郎さんはそのときは欠席だったと思うんですが、あとは権田萬治《ごんだまんじ》さん、小鷹《こだか》信光《のぶみつ》さん、二上洋一《ふたがみひろかず》さん。このお二人は早稲田で島崎さんと親しくしていて、『みすてりい』という雑誌も一緒にやっていました。あと、各務三郎《かがみさぶろう》という名前で評論や翻訳をしていた早川書房の太田博《おおたひろし》さん。そういう人たちが集まって、島崎さんから、いよいよ探偵小説の出版に乗り出したいという話、つまり島崎さんの宣言のようなものをうかがったわけです。

具体的なことは現在考え中だが、みなさんに協力していただきたい、ついては、それぞれ何をやりたいかテーマをあげてみてくれ、ということを言われました。ぼくが何を言ったのか、まったく覚えていないんですが、小鷹さんが〈セリ・ノワール〉の話をしていたのを覚えています。〈セリ・ノワール〉はフランスの暗黒小説のシリーズで、当時すでに数百点出していたんですが、そのリストを手に入れた。〈セリ・ノワール〉はフランスの作家のものも入っているけれど、半分くらいはアメリカのハードボイルドの翻訳が占めている。なかに原書がよくわからないものもあって、それを突き止める作業をしているので、〈セリ・ノワール〉のリストを元にして何か書いてみたい、ということをおっしゃっていました。

その日はそれでお開きになったんですが、何か月かして、島崎さんから封書が届いたので開けてみると、

〈探偵小説研究叢書〉の刊行を企画中だ、とありました。第一弾が『江戸川乱歩研究』全二巻、ハードカバー、函入り。第一巻は、これまでに書かれた江戸川乱歩研究・評論の代表的なものが並び、甲賀《こうが》三郎《さぶろう》などいろいろな書き手の名前が挙がっている。第二巻は完全に書き下ろしで、今の人たちに書いてもらいたいとあります。中島河太郎が何々、二上洋一が何々と、すでに予定されている書き手とテーマが書いてある。封書のなかにはぼく宛の手紙もあって、少年ものについて書いてくれという依頼状だったので、びっくりしました。歌舞伎町での例の会合で、乱歩の少年ものを読んでいたという話でもしたのかなあと。あまりよく覚えてなかったんです。島崎さんにテーマを与えられたという感じですね。

〈少年探偵団〉シリーズに関しては、全巻持っていましたから、資料はそろっています。ただ、いろいろ調べてみたら、シリーズ以外にも乱歩は少年ものを書いているんですね。戦時中に『新宝島』という冒険ものを書いたり、『智慧の一太郎』を『少年倶楽部』に連載をしたりしていますが、このあたりは持っていませんでした。平井《ひらい》隆太郎《りゅうたろう》先生に、こういうものを書くことになったんですが、持っていない本があるので読ませていただけないかとお願いしましたら、貸し出しはだめだが、通って読むならいくらでも読んでかまわないと言ってくださったので、乱歩邸にしばらく通って、読ませていただくことになりました。

読ませていただく前に、まず乱歩夫人[*21]に必ずお目にかかって、ひとくさりお話をうかがうんです。平井家にはそういうルールがあったのか、いつも最初は和服姿の隆《りゅう》夫人が出てきて、三〇分くらいお話をうかがう。話というか、ほとんど愚痴をこぼされるのを、こちらは聞いているだけなんですが。たとえば戦前のいわゆるエロ・グロ・ナンセンスの時代に、乱歩作品は世間からその代表のように言われた、ということを、「世間では主人の作品を〝ボルノ〟〝ボルノ〟と言うんですのよ」とおっしゃっていたのが忘れられません。あるいは朝方、編集者が連載小説の原稿を取りに来るが、できていない。すると主人は、おまえが出て、できていないと謝っておけ、と言うんです。それが続いて、今度は嫌だから、あなた、ご自分で謝ってください、と言うと、それならおまえが書いてみろ、とこう言うんでございますよ――といった具合でした。奥様との話が一段落するころ、隆太郎先生の奥様が、今回は『新宝島』ですかなどといって資料をいろいろ運んできてくださいます。その場でメモを取りながら読むというのを何回か繰り返して、いざ原稿を書こうとしたら、企画自体がつぶれてしまった。本が出ないままとなって、これでこの話は終わりかなと思っていたら、さらに数年たって、『幻影城』を創刊するという知らせがありました。島崎さんとお目にかかったら、何か書きませんか、と言われました。

学生時代のことですが、中島先生のところにしょっちゅううかがっていました。当時、中島先生は浪速書房《なにわしょぼう》で『推理界』という雑誌の監修というか責任編集をなさっていて、旧『宝石』作家にどんどん書かせよう、としていたのは以前にお話ししたとおりですが、版元が方向転換を図ったのを機に、中島先生は次に『推理文学』という同人誌を始めたんです。最初の四号だけ、新人物往来社に頼んで作ってもらい、その後は完全に自分たちだけで、まったくの同人誌として、山村正夫《やまむらまさお》さんのお宅を事務所にして出していました。当時、山村さんのお宅は、青山通りからちょっと入ったところにあって、青山学院のすぐ近くだったので、青学のミス研の人たちが編集協力に駆り出されていました。菊地秀行《きくちひでゆき》さんらが手伝ったはずです。

ぼくは、『推理文学』の同人にはならなかったんですが、新人物往来社で出していた初期の第二号から、海外ミステリ情報みたいなのを手がけるなど、原稿はほとんど毎号書いていました。この『推理文学』が徐々に縮小していくのと、『幻影城』の登場が交差していたように思うんです。島崎さんから、何か書かないか、と言われたときに、『推理文学』の続きというのも芸がないので、ミステリの評論書の紹介を書いてみることになり、三、四回書いたんじゃなかったかと思います。そんなことをしているうちに、前に頓挫した江戸川乱歩研究を、『幻影城』の別冊のかたちでやりたいと島崎さんが話され、あのとき依頼した原稿はできていますか、ときかれて、あわててまとめたのが、「乱歩・少年ものの世界」です。その別冊と本誌の連載とで四、五回寄稿したんですが、たしか原稿料は二度くらいしかもらっていません。原稿料をちゃんと全部もらったのは竹本健治さんだけだという噂を聞いたことがあります。

『幻影城』ははじめは絃映社《げんえいしゃ》というところから発行されていました。調べると、三崎書房の林《はやし》宗広《むねひろ》という人が推理雑誌の刊行を考えていて、推理ものの出版を模索していた島崎さんと出会い、絃映社を興して『幻影城』を始めたようです。それで思い出したのですが、実はこの林さんは東京創元社の営業にいた人で、何か推理ものの出版をしたいと考え、厚木に相談をしたようです。それなら何日に出社するから東京創元社で会おう、ということになり、同席しなさいと言われてぼくも一緒に会社で林さんにお目にかかりました。

林さんは三崎書房の社長で、一九六九（昭和四四）年七月から『えろちか』という雑誌を出していますが、そのプランニングには『マンハント』の編集長だった中田《なかだ》雅久《まさひさ》さんが関与していたといいます。三崎書房では紀田順一郎さん、荒俣宏さんが編集に加わった『幻想と怪奇』を一九七三年四月に創刊。二号からは歳月社が版元になり、翌年一〇月まで一二号出して休刊しています。この三崎書房は、『壇の浦夜合戦記』などでいわゆるわいせつ裁判にかけられる一方、歳月社、絃映社のほかにも、心交社、エド・プロダクツ、さーくる社、林書店ほか多くの出版社とつながりを持っていたようですが、実態は一緒だったようで、その刊行物も『我が秘密の生涯』などを収めた〈バニーブックス〉という叢書からビニ本までなんでもあり、という感じでした。〈バニーブックス〉には間羊太郎《はざまようたろう》さんの『ミステリ博物館』などもありました。どうも『えろちか』のイメージが強い三崎書房を避けて、『幻想と怪奇』では歳月社、『幻影城』では絃映社という名の会社を興したのではないか、と想像されます。

絃映社の発行人、林和子というのは林さんの奥様名義ではないでしょうか。『幻想と怪奇』や『幻影城』などを見ると、その内容は編集者に一任し、好きにさせていたようなところもあり、紀田順一郎さんにうかがうと、林さんという人は非常につきあいの広い、包容力のある人だったようです。いずれにしても、狭い世界、というのでしょうか、ミステリ史に名の残る人が複雑にからんでいて、調べながら、目のくらむ思いがしたものです。

さて、『幻影城』に話を戻しましょう。こちらは一九七六（昭和五一）年三月にこれも絃映社から株式会社幻影城へと発行元が変わっています。島崎さん自身が発行人となって経営に乗り出したのです。残念なことに、『幻影城』は一九七九年に廃刊となり、結局、終刊のときには、島崎さん自身が姿を消すようなかたちになってしまいました。権田さんら周りの人たちも一時は、島崎さんはどこで何をしているんだろうと心配していましたね。島崎さんは日本で家庭を持っていて、ぼくより少し若い息子さんもいたんですが、所沢のお宅にも帰らなくなり、白山の事務所も閉めて、コレクションも散逸したという噂を耳にしました。そうこうしているうちに、どうも台湾に帰ったらしいという話を聞きました。

江戸川乱歩の少年ものについては、その後、明治図書の、学校の先生方向け雑誌に、補遺みたいな続きを一度書きました。それがもとで、情報センター出版局から話が来まして、それで濱中利信《はまなかとしのぶ》、橋本直樹《はしもとなおき》という友人二人と共同で本のかたちにまとめることになるわけです。それが『少年探偵団読本』です。

一九七〇年代の出版界

一九七〇年代の出版界は後から考えると、激動のときでした。翻訳出版に携わっている出版社にとっては最大のニュースが、入社した年の年末の新著作権法[*22]への移行という大事件でした。このことは後で述べます。

そして、入社の三、四年後にオイルショック[*23]があり、日本中の主婦がトイレットペーパーを求めてスーパーに殺到する、という狂騒が連日のようにニュースで伝えられました。テレビは深夜番組を自粛し、雑誌は薄くなり、書籍は一行の文字数や行数を増やしてページの削減に努めたと当時の様子を伝える資料にはありますが、そうだったかなあと。でも、そういえば「本日の放送はこれをもって終了」といったテロップをテレビ画面で見たことを思い出しました。

東京創元社ではちょうど〈バルザック全集〉の刊行とかぶってしまいました。バルザックはフランスを代表する作家ということで、元版はフールス判[*24]という変型の本で、それを引き継いだ増補改訂の新版も当然この判型でした。文庫の用紙など定型の紙はどうにかやりくりがついたのに、〈バルザック全集〉の紙の手配には難渋したようです。実際には、本が出せなかったという実害が出たのはひと月だけだったんですが。角《かど》川春樹《かわはるき》さんが当時はまだ角川書店で活躍していたころで、なにしろパフォーマンスが好きな人ですから、大型船をチャーターして北欧にパルプを買い付けに行った、なんてことが大きく報じられたりした、そんな時代でした。

組版が手組からコンピューター組版に変わっていき、書くほうも手書きの原稿からワープロ原稿になっていく。そんなテクノロジーの変化が起こったのも、七〇年代後半です。その当時からワープロをばりばり使っているというのは早いほうだったでしょうね。

それまで、東京創元社の企画に関しては、「これをやろう」というような感じでだいたい厚木が決めていました。厚木は週に一度出社すると、五所と近くの喫茶店に行って、二人で「今どういう状況になっているのか」「今度はこれをやろう」などという話をしているようでした。ぼくの直接の上司は五所でしたから、五所から「今度はこれをやってください」「誰々先生にすでに頼んである何々があるから、それを取りにいってください」というような感じで指示があり、ぼくはそのようにして渡されたものを担当していました。

当時、編集企画会議はなく、編集部で誰が何を担当しているかもほとんど知らされていませんでした。ただ、いわゆる進行表みたいなものはありました。創元推理文庫ではこういうもの、社会科学叢書ではこういうものがあり、今ゲラになっているものはどれで、担当は誰で、初校なのか再校なのか、刊行予定は何月ごろなのか、というようなことが進行表に書いてありました。だから、ゲラで動いている企画に関しては、今何があって、誰が担当しているのか、ということはおおよそわかっていました。

そうした情報は、おそらく営業部にも共有されていたのでしょう。部課長会議のようなものがあって、おそらくそこで部数を決定していたのではないでしょうか。その会議で、再来月には何々が出るから、何部くらい刷ろうというようなことを、営業の人たちとの間で決めていたと思うんです。平《ひら》の編集部員と営業部員には「これは何部に決まったから」と上意下達で知らされました。

今から考えると、その当時は非常に良い時代でしたね。本が売れていた時代。部数の決定も、どんぶり勘定とまではいきませんが、たとえば文庫の新刊なら、通常は初版二〇〇〇〇部と、一律のように決まっていました。とくに、シリーズで前の巻の成績が良かったり、あるいは作者が大物作家だったりすると、それにさらにプラスされることもありました。逆に、これは売れそうもないから抑えておこうということで、二〇〇〇〇部を割り込むようなことは、あまりありませんでした。

当時、創元推理文庫は翻訳だけの文庫でしたから、新しく翻訳をやっていただく方と会って話をするときに、うちの文庫はだいたい初版が二〇〇〇〇部です、また、かなりの確率で重版もしますという話をしていました。どの本も少なくとも再版はできたんですね。だから、うちで仕事をしてくださいというようなお話をするときに、一〇点とか一二点とか、うちで仕事をしていただければ、一年で平均するとだいたい月に一回は何かしら重版しますと、そんな言い方をしていたほどです。今から考えると夢のような時代でした。

翻訳ものの作品には翻訳権のあるものと、パブリックドメインなどで翻訳権がないものとがあります。当時、印税は翻訳権のないものは八パーセント、あるものが七パーセントとしていました。今から三〇年くらい前に、それを一律で八パーセントに変更しています。翻訳家にしてみれば、翻訳権があるとかないとかは関係ありませんからね。翻訳権のあるものは、当然原著者側に印税を支払わなくてはなりません。それが五パーセントから八パーセントくらい。したがって、訳者印税と合わせて最大一五パーセントになります。

日本ユニ・エージェンシーの初代社長、宮田昇さんがタトル商会にいたころ、翻訳権料にスライド制という考え方を導入しました。どういうものかというと、外国のエージェントなり著者なりに対し、こんなふうに説明するわけです。初版というのは、いろいろと製作コストがかかるから、できるだけ印税を抑えたい。その代わり、重版以降というのは基本的に刷り増しをすればいいのだからコストがかなり軽減されるので、パーセンテージを上げられる。だから最初は印税を抑えさせてくれ、と。ということで、最初は五パーセント、次は六パーセント、以後は七パーセント、ないしは六、七、八パーセントでは、どうか、と。東京創元社の場合、初めは二〇〇〇〇部まで五パーセントか六パーセント、その後、五〇〇〇〇刻みとか一〇〇〇〇刻みとか、刷り部数も契約によって違うんですが、重版は六パーセントにしたり七パーセントにしたり、あるいは八パーセントにしたりと、だいたい三段階で上げていく。そのような考え方を翻訳著作権の印税の設定として導入したのは宮田さんなんです。

そういうスライド制という考え方がありましたから、だいたい五パーセントか六パーセントの印税を契約のときに海外の権利者に支払う。翻訳家の印税が七パーセントだとすると、合計で一二から一三パーセントとなる。ですから、ぼくが入社した当時は翻訳権のあるときは翻訳印税は七パーセントでお願いしますというふうにしていました。それがしばらく後に、一律で八パーセントにしようというふうに変わっていくわけですが、とにかくその当時は初版は二〇〇〇〇部は刷っていて、しかもほぼすべての作品が重版をするわけですから、非常に良い時代でしたね。

今は文庫といえども初版の部数がどんどん少なくなってしまっていて、一〇〇〇〇を切るみたいなものもふつうにありますし、初版で終わってしまうというものも非常に増えています。そもそも文庫というのは、岩波文庫を筆頭に、内容的に評価の定まった名作を入れるものだということがまずありました。もう一つ、文庫に入るとそれ以上フォーマットとしては崩しようがないから、ある意味では本の墓場というような面もある。雑誌連載から単行本になり、新書になったりソフトカバーになったりして、最後に文庫になり、本のかたちとしてはそれで終わりということです。文庫に入るということが、ある種のステイタスというか、内容的に評価された作品であるという概念が徐々に崩れてくるのは、一九六〇年代の終わりごろでしょうか。そのころから、徐々に文庫の概念が変わってきて、いわゆる名作とか古典的な作品を入れる容れ物と考えられていたのが、だんだんアメリカ流のペーパーバック、廉価で軽装な読み捨て本という概念に変わっていくわけですが、ぼくが入ったころというか、一九七〇年代に関していえば、まだ古い考え方が残っていて、文庫というのはやはりある種のセレクトがなされたものが入るのだという考え方が残っていました。

東京創元社もまさにそうで、厚木も五所もそういう考え方で文庫に入れるものは選んでいたと思います。当時、早川書房はまだ文庫を始めていなくて、ミステリに関して言うとポケット・ミステリ中心でしたから、どちらかというと新作中心でした。一方、創元推理文庫は比較的古典を中心にしている。創元推理文庫は翻訳ミステリの岩波文庫、早川のポケット・ミステリは翻訳ミステリの岩波新書だというような言い方を厚木がよくしていたんですが、それがだんだん崩れていったわけです。文庫に関する概念もそうだし、本の売行という点でも、今とはずいぶん違う時代でしたね。非常に良い時代といえば良い時代でした。

最初の自前企画〈シャーロック・ホームズのライヴァルたち〉シリーズ

前にお話ししたように、ぼくが入社して三年目くらいに、社内に急激な変化があり、ぼくが実働部隊のトップになってしまったんです。

ぼくが入社した一九七〇（昭和四五）年に、イギリスである本が出ました。『シャーロック・ホームズのライヴァルたち』[*25]。ヒュー・グリーンという人が編んだ、ロンドンのボドリーヘッド社から出たアンソロジーで、刊行後間もなく、タトルから検討本として送られてきました。

シャーロック・ホームズの短編が掲載された『ストランド・マガジン』[*26]という雑誌があったんですが、ホームズのシリーズが人気を博し、媒体の『ストランド・マガジン』自体の部数が倍増したこともあって、競

『シャーロック・ホームズのライヴァルたち』

合他社が同じようなことを始めるわけです。各誌がお抱え作家に、ホームズのような探偵が出てくる短編を書けという号令をかけて、それでいろいろなキャラクターの名探偵が一度にわっと出てきた。一例を挙げれば、フリーマンのソーンダイク博士であり、オルツィの「隅の老人」であったわけです。モリスンのマーチン・ヒューイットのようにホームズにそっくりというか、非常に頭のきれる探偵を作った作家ももちろんいましたが、「隅の老人」のような正体不明の探偵や、ブラマのマックス・カラドスのような目が見えない探偵など、探偵の個性を競うようになってきた。『シャーロック・ホームズのライヴァルたち』は、そんな時代を俯瞰するアンソロジーでした。

　ヒュー・グリーンは、『情事の終わり』や『第三の男』を書いたグレアム・グリーンの弟で、BBCの副会長までつとめ、戦争中はヨーロッパ放送網の、イギリスのトップだったという、まさにイギリス放送界の重鎮です。BBCを辞めた後、BBCに対抗するイギリスの放送局、日本でいえば日テレやTBSなど民放各局をまとめるような仕事につくんですが、それと併せて、ボドリーヘッド、これは日本でいうとNHK出版や扶桑社のような、放送局と資本関係が一緒になっている出版社ですが、その会長だか社長だかにもなっている。BBC在籍時に、『The Spy's Bedside Book』というちょっと変わったアンソロジーを、兄のグレアム・グリーンと一緒に編んでいます。これは、スパイ小説のおもしろい短編ばかりではなく、スパイ関連のエッセイや、スパイを辞めた人の話も入っていました。抄訳が『スパイ入門』の題で荒地出版社から出ています。

イギリスのスパイというのはちょっと変わっていて、専門のスパイ以外に、専門外の、たとえばサマセット・モームのような作家にスパイ活動をさせたりもしているんです。モームほどの作家だと、戦争中にフランスやドイツに行っても、それなりに歓迎されるので、そういうときに、ちょっとした情報収集を頼んだり

『The Spy's Bedside Book』原著

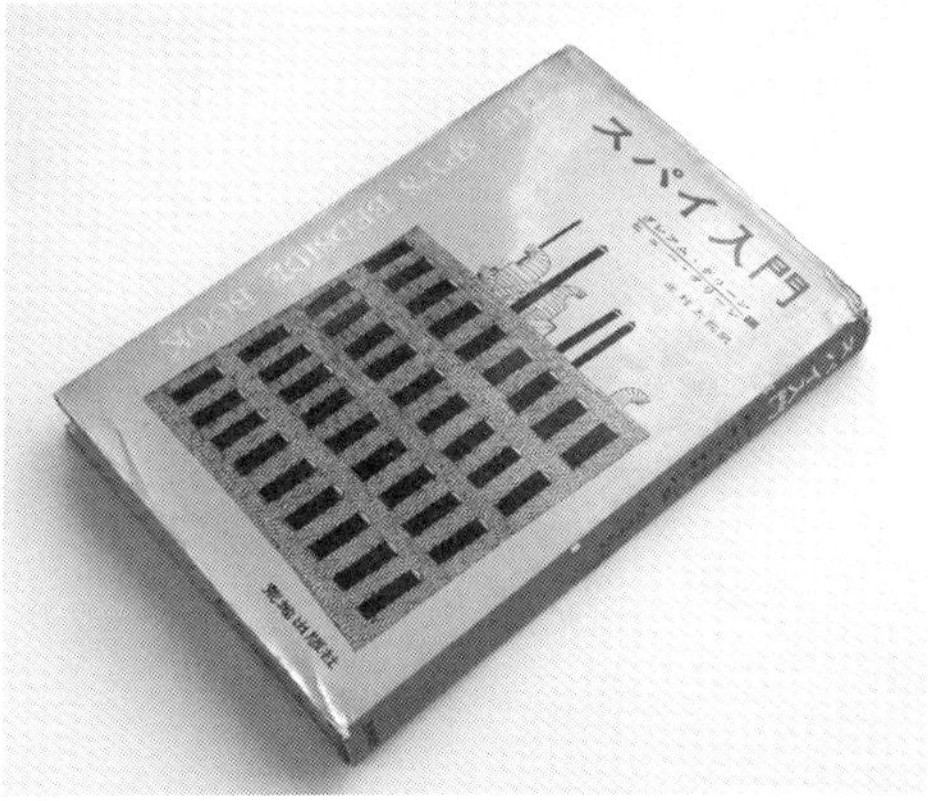

抄訳版の『スパイ入門』

する。モームはその経験を元に『アシェンデン』というスパイものを書いていますし、グレアム・グリーンもスパイものを書いています。後に〈007〉シリーズを書いたイアン・フレミングも諜報活動に従事していました。イギリスというのは、そういう妙なところのある国なんです。

『スパイズ・ベッドサイド・ブック』は、モームのエッセイなども収録された、一風変わったアンソロジーです。一九六九年に出た本なんですが、それは持っていましたし、グレアム・グリーンがスパイものを書いていることもよく知っていましたから、兄の主導で弟に実務をさせて作ったアンソロジーなのかと思っていました。ところが、『シャーロック・ホームズのライヴァルたち』は、ヒューがまるっきり単独で編纂をしているんです。それを見ると、このヒュー・グリーンという人がディレッタントであることがよくわかる。だから、スパイもののほうも実は弟が中心になって編んだアンソロジーで、名前として、グレアム・グリーンがついているほうがいいからというので兄貴の名前を借りたんじゃないかと、後になってそんなふうに思うようになりました。とにかく、そういう経緯のあるアンソロジーだったんです。

タトルから送られてきた本を見て、これはすごいなと思いました。ただ、収録作品を見ると、大半はパブリックドメインになっている、つまり、お金を払わなくてもいい作品なわけです。タトルから来たのをそのまま出すとなると、お金を払うことになりますから、丸ごと払うのもちょっとどうかなと。かといって、編集権や、ヒュー・グリーンの序文だけ売ってもらえないかという交渉ではおそらくオーケーはもらえないだろう。せっかくいいアンソロジーなのにもったいないなという気持ちでいました。

しばらく考えて、それならば、ソーンダイクで一冊傑作集を作り、ついでに「隅の老人」もので一冊作る。そんなふうにして、ヒュー・グリーンのアンソロジーを元に、それをばらして、各名探偵で一冊ずつ傑作集を作るほうがいいじゃないかと、そんなふうに思ったんです。というのも、ドイルのホームズものはちゃんと出ているのに、創元推理文庫にはフリーマンのソーンダイク博士ものが一冊もないじゃないか、ミステリの岩波文庫と言っているのに、漱石が入っていて鷗外がないみたいなものではないか、と考えたのがそもそもの始まりでした。そしてシリーズタイトルを〈シャーロック・ホームズのライヴァルたち〉としました。魅力的なタイトルなので、それを使わせてもらったわけです。その内容は別表の通りです。

そんなふうにして企画を立てました。そのころは、編集会議がない時代でしたので、厚木が出社してきたときに、こういう企画をやりたいんだけどどうかと打診したら、やってみなさい、ということで。それでぼくが担当することになりました。そのようなかたちで自分から企画を提案するのは、おそらくそれが初めてだったと思います。そのときも企画書のような書類にはしなかった気がします。このシリーズはまるごと任されることになりました。

そうしたら、やはりこういう企画というのはどういうわけか、どこかでバッティングするものなんですね。このシリーズの場合は、早川書房とのバッティングでした。どういう人かぼくは一度も会ったことないんですが、山田《やまだ》辰夫《たつお》さんという方が同じような企画を早川に持っていって、『隅の老人』と『思考機械』が早川書房でも出たんです。そして山田さんは『シャーロック・ホームズのライヴァルたち』という名のアンソロジーを三冊、早川の文庫で刊行しました。

そんな感じでバッティングしたタイトルもありましたが、結果的にこれは非常に好評で、よく売れました。それで、じゃあ二期もやろうということになりました。その内容は別表の通りです。

二期のなかではラッフルズという怪盗ものが諸般の事情で未刊に終わりました。従って、第一期七冊、第

〈シャーロック・ホームズのライヴァルたち〉

■第一期

オースチン・フリーマン／大久保康雄訳『ソーンダイク博士の事件簿』（＊後に『ソーンダイク博士の事件簿Ⅰ』と改題）

ジャック・フットレル／宇野利泰訳『思考機械の事件簿』（＊後に『思考機械の事件簿Ⅰ』と改題）

バロネス・オルツィ／深町眞理子訳『隅の老人の事件簿』

H・C・ベイリー／永井淳訳『フォーチュン氏の事件簿』

M・D・ポースト／菊池光訳『アブナー伯父の事件簿』

アーサー・モリスン／井上一夫訳『マーチン・ヒューイットの事件簿』

アーネスト・ブラマ／吉田誠一訳『マックス・カラドスの事件簿』

■第二期

マイケル・イネス／大久保康雄訳『アプルビイの事件簿』

ドロシー・L・セイヤーズ／宇野利泰訳『ピーター卿の事件簿』

オーガスト・ダーレス／吉田誠一訳『ソーラー・ポンズの事件簿』

E・W・ホーナング／井上一夫訳『ラッフルズの事件簿』（未刊）

M・P・シール／中村能三訳『プリンス・ザレスキーの事件簿』

ジャック・フットレル／池央耿訳『思考機械の事件簿Ⅱ』

オースチン・フリーマン／大久保康雄訳『ソーンダイク博士の事件簿Ⅱ』

二期六冊の計一三冊出したことになりますが、その後、単独で『思考機械の事件簿Ⅲ』を吉田《よしだ》利子《としこ》さんの訳で刊行しています。ヒュー・グリーンが規定したシャーロック・ホームズのライヴァルたちに、厳密にいうとフォーチュン氏、アプルビイ、ピーター卿、それにソーラー・ポンズは該当しないんですが、単独でやるとなるとベイリー、セイヤーズ、イネス、ダーレスといったところはなかなか難しいと思われましたので、この機会にまとめて出してしまおう、と思ったのです。

なかでもいちばん思い出深いのは、中村能三さんにやっていただいたM・P・シールのプリンス・ザレスキーですね。これは大変難しい作品で、刊行後数年して中村先生が亡くなったとき、あの翻訳が寿命を縮めたんじゃないか、と言われたほどです。

最初の企画〈シャーロック・ホームズのライヴァルたち〉

シリーズで共通のカバー・デザインにしようというので、花岡《はなおか》豊《ゆたか》さんというデザイナーに依頼し、六本木のスタジオで撮った写真を使いました。ホームズの時代を感じさせる小物を並べようというので、花岡さんが用意した拳銃とかランプ、双眼鏡、虫眼鏡、パイプなどに、ぼくがホームズの挿絵で有名になった鹿狩り帽やフリーマンの『赤い拇指紋』などの原書、それに時代はまったく違うんですが、〈007〉のタロウカードなども持っていってちりばめました。

これをきっかけにどんどん自分で企画を出していくようになります。この件の前からそうだったんですが、厚木は翻訳のほうが主になってきていて、会社には週に一度も来なくなるような感じにだんだんなってきていました。厚木とぼくの間にいた社員三人がいなくなったときに、ぼくはまだ四年目くらいでした。五年たっても七年たっても、役付じゃないという人がごろごろいたので、東京創元社のほかの人とのバランスからいうと妙な話なんですが、仕事関係の、とくに対外的な意味もあり、ほかに人もいないのでしかたなく係長になり、その何年後かには課長になり、という感じで、だんだん肩書がついていくわけです。これは東京創元社の人事としては異例のことでした。

厚木は嘱託ではなく、もちろん正社員だったんですが、そのあたりにも秋山の思いがあったんでしょう。二度倒産したときの責任者である小林をずっと抱えていて、その当時は小林はまだ会長で残っていました。二度目の倒産のときは、ほとんどの社員がいなくなり、厚木が一人で企画面を支えていました。それだけ編集者というのは、ほかに行っても使い道があるということだと思うんですが、そんな状況のなかで社に残ってくれたという思いが秋山にはあったんだと思うんです。そのことに加え、厚木が一人残ったがために、社としての出版の路線が決まったということもあったでしょう。推理が中心になり、〈007〉がヒットした。SFをやろうとしたらバローズが当たった。厚木自身も、これからは推理を軸にというところまでは倒産直後には考えていなかったと思うんですが、結果的に推理やSFが売れたことでこれを軸にしていくことになった。そんなこともあって、厚木を大事にしていたと思います。たまに小林先生の本を復刻させていただいたり、秋山としてはかつての路線を細々と守りながら、社の大きな路線としては厚木と心中するくらいの気持ちがあったんでしょうね。秋山が明治大学から創元社に入ったとき、編集部は編集長一人だった、と回想しています。それから大波をいくつもかいくぐって奮闘してきた。新しい社屋も建て、一応負債も完済した。

そのときの東京創元社の姿というのは、新卒で入社してきたときに目にした創元社とはまったく違うものだったでしょうが、秋山の胸中はどんなものだったのか——これはまさに文学のテーマですね。しかもその先を厚木に代わって支えていくかもしれないのが、このか細い青年なんですからね。さぞ心細かったことでしょう。知らぬは己ばかりなり、ですよ。

七〇年代の出版と文庫ブーム

出版の流れでいうと、一九七〇年代には文庫の創刊ブームがありました。これは戦後二度目の文庫ブームで、第一次は一九五一（昭和二六）年前後、ちょうど創元文庫が創刊したころです。このときは五〇を超える文庫が創刊したといいます。創元文庫は一九五一年九月の創刊で、一九五四年の倒産時に廃刊となったはずですが、同じようにこのころ創刊した文庫の多くはすでに存在していませんでした。

一九七〇（昭和四五）年秋にハヤカワＳＦ文庫が創刊、翌年には講談社文庫が創刊となり、中公文庫や文春文庫が続きます。今からすると、文藝春秋や講談社、小学館、集英社などに文庫がなかったということ自体が信じられない感じでしょうが、逆にいうと、それ以前というのは、こまかくいえばほかにもありましたが、総合文庫というと基本的には、岩波・新潮・角川の各文庫の独占に近い状態だったわけです。別の見方をすれば、文庫は出版のメインではなかったわけですね。

文庫というのは、先にも触れましたが、本の墓場というか、厳選された作品が入って、地道にロングセラーとして売られていく容れ物だという位置付けでした。それは出版社にすれば、定価が安い薄利多売商品を多品種、しかも長期に抱えなくてはいけない。経済原理からすると、非常に難しい商品なんですね。しかし一方、文庫を持っていないと、せっかく苦労して原稿を取り、刊行した作品を、最終的に文庫のある他社に持っていかれるおそれがある。そのための防衛手段として文庫という容れ物をもっていないといけない、というわけです。大手出版社をそういう気にさせたのは、一九六〇年代終わりの角川商法でしょう。角川春樹さんが映画化と一緒に本、それも文庫を中心に売るという、メディアミックスの商法に出た。この時期、これと目をつけた作家は、ほぼ全作品を文庫化していました。その数年前お目にかかったときには、いやあ、ぼくの作品なんかは文庫にならないよ、とおっしゃっていた都筑道夫《つづきみちお》さんの作品が、『都筑道夫一人雑誌』などに至るまであらかた文庫化されたんですからね。ぼくたちファンは狂喜しましたが、あれは異常な事態でした。

この角川商法が逆に文庫の概念を変えたとも言えます。文庫が評価の定まった作品が収録され、恒久的に手に入れることのできる廉価でハンディな容れ物、というのではなく、欧米流のペーパーバックになっていく、その端緒が一九六〇年代末の角川文庫だった、と見ていいのではないでしょうか。今や文庫はすっかり変わりました。文庫といえども、ロングで在庫を抱え続ける、という考えは希薄になりつつあります。昔は必ずと言っていいほど重版していたのが、今では文庫の重版率もずいぶん下がってきました。初版きりで、それも刊行間もなく消えてしまう書目が驚くほど増えています。読書人は、これという作品を見かけたら、買っておかないとすぐに手に入らなくなるという状況になりました。文庫を取り巻く問題は種々あり、出版社側から見ても、そんなにうまみがあるものではなくなってきています。

それが出版社側の事情ですが、書店サイドから見ても文庫には文庫ならではの事情があります。文庫の棚は独特のサイズになっている、つまり、文庫しか入らないんです。岩波・新潮・角川などの時代は、これぐらいの棚があればいいという感じだったのが、これだけ各社が参入してくると、書店の店頭で文庫棚の獲得競争のような感じになってしまった。うっかりしていると、創元推理文庫に棚をもらえなくなってしまうという危機感がありました。なんとかそれに対抗しなくてはいけないということで、非常に印象に残っていることがあります。

講談社が文庫を始めるときに、ポオの全集を文庫にするという話をしましたが、それ以上に月三、四点の新刊を欠かさず出すように心がけるようになりました。当たり前のことのようですが、それまではできたものを出す——限られた編集者がやっているので、社会科学がありバルザックがありで、文庫に手が回らなかったから、今月は文庫新刊が二点、みたいなことがよくありました。それが編集者は各自、月一点の文庫は出す、そのうえで単行本も作っていく、というふうになります。これはけっこうハードですよ。

書店の文庫棚の話でいうと、だいぶ後のことになるんですが、創元推理文庫に初めて日本人作家を入れようというときに、〈日本探偵小説全集〉という企画を出しました。そのころには企画会議もちゃんとあり、部数会議というのもあって営業と丁々発止をして決める、というふうになっていたんですが、その会議で営業からさかんに言われたことがあります。〈日本探偵小説全集〉は各巻平均八〇〇ページで、ふつうの文庫二冊分の厚さなんですが、ふつうの文庫二冊分売れるのか、と。営業が言うのは要するにこういうことなんです。創元推理文庫の書店での棚はこれだけと決められています。そこにこういう厚い本が入ると、ふつうの文庫二冊分はしっかり売れるものでないとまずいんじゃないかと。なるほど、そういう考え方があるのかと思いました。

文庫創刊ブームの一九七一、七二年ころから、書店の文庫棚の獲得競争が激化しだしていたということですね。それまでは、三大総合文庫が幅をきかせている文庫棚の片隅で、特殊なジャンルの文庫だからというので置いてもらっていた創元推理文庫は、書店の棚のスペースとは無縁のところで気楽にやれていたのに、それ以降は、大手総合文庫に伍して棚の獲得ということを意識しだしたんです。ジャンル的には取り合いになるのはもちろん早川書房なんですが、それだけではなく、講談社、文藝春秋らの新規の文庫も含めて、総体として、書店の文庫棚でどれだけスペースを確保できるか、ということを考えざるを得なくなってきたということです。そんな流れのなかで、一九七三（昭和四八）年に、創元推理文庫は五〇〇点に達しています。

七〇年代の講談社の推理系出版

講談社は伝統的に推理ものには熱心でした。この時期も、〈現代推理小説大系〉や〈新版横溝正史全集〉などの全集を刊行しているほか、単行本では乱歩賞の『アルキメデスは手を汚さない』などのヒットがあり、これは『テロリストのパラソル』に抜かれるまで乱歩賞受賞作では販売実績ナンバーワンだった作品です。ただ、東京創元社はこの当時はまったく日本ものを出していなかったので、これらの動きについて、ぼくは完全に読者として見ていました。

学生時代からのつながりで、中島河太郎先生には、創元推理文庫の解説を書いていただくことでのお付き合いはずっと続いていましたから、中島先生から〈現代推理小説大系〉の話はいろいろ聞いていました。この企画段階でいちばん論争になったのは中井英夫《なかいひでお》さん、というか塔晶夫《とうあきお》の『虚無への供物』です。最初の企画では、全二十数巻の最後のほうの一巻で出すということで、全集の収録作家に収録依頼を出したところ、総すかんを食ったといいます。

この全集は一巻目が江戸川乱歩で、乱歩・横溝クラスが一人一巻という構成で、佐野洋《さのよう》さんのクラスでも三人で一巻なんです。それなのに、塔晶夫という一作しか書いていない作家が、乱歩と同じ一人一巻扱いだという。作品が長いという物理的な理由でそうせざるを得なかったんですが、俺が三分の一で中井英夫が一人で一巻なのか、と各作家からブーイングが出たといいます。だったらおろしてくれという作家まで出てきて、講談社もあわてて、どうしようということになったんです。ただ、あれは講談社が出した作品ですから、講談社の編集者としては入れたいわけです。従来の日本推理小説全集にはない、この全集の目玉でしたから。ではどうしようかということで、苦肉の策として「参考編」としたんです。何が「参考」編なのかよくわからないんですが、とにかくそういうことで各方面に了承を得てなんとか出したという騒動もありました。そういうことは中島先生から逐一うかがっていて、読者感覚でおもしろがって聞いていました。

社外での執筆活動の開始

このころから、外の媒体に文章を書くようになりました。中島先生に声をかけていただき、先生が主宰されていた同人誌『推理文学』で、「海外ミステリ情報」の原稿を書かせてもらっていたのもこのころです。

一九七六（昭和五二）年の春に結婚し、吉祥寺《きちじょうじ》に住みだしたのですが、その翌年の春に、『POPEYE』の椎根和《しいねやまと》さんという編集者から、原稿を頼みたい、一度会いたいと電話がありました。当時の『POPEYE』には、縦割りでいろいろなニュースを載せる「ポップアイ」という巻頭の欄があって、それが一つの売りだった最初期のころのことです。そこにミステリの話題を載せたいと椎根さんは考え、それで山村正夫さんのところに相談に行ったら、ぼくがちょうど『推理文学』にそういう記事を書いていた時期だったので、戸川がいいんじゃないかと山村さんが紹介してくれて、それで椎根さんがぼくのところに来られたのです。『ＰＯＰＥＹＥ』はこういう雑誌で、巻頭にこういう欄があって、そこに推理ネタで書いてくれませんかと頼まれたんです。そんな経緯で「ポップアイ」を書き始めました。「ポップアイ」を担当する複数のなかの一人なのかなと思っていたら、ミステリで六ページくらいやりたいというので、縦割り記事を十何本か書いて出したんです。そのときに「草積英樹《くさづみひでき》」というペンネームを考えたんですが、ぼくの肩書きに「吉祥寺のミステリー小僧」という椎根さんが考えたキャッチフレーズをつけたんです。その第一回は「吉祥寺のミステリー小僧・草積英樹の欧米ＳＦ・ミステリーの〝オモシロ話〟大会」というタイトルでした。一九七七年七月一〇日発行の号に掲載されました。

一回目を書いたら、ものすごい稿料だったので、びっくりしました。平凡出版――今のマガジンハウスですが――はすごく原稿料が良かったんですね。たぶん一回分の総額が当時の月給より高かった。これはすごいなと。そのとき、レギュラーでやらないかという話もありました。こういう記事を書くにはどういう情報が必要なのかと聞かれたので、ぼくはそのころ、『エラリイ・クイーンズ・ミステリ・マガジン』や『ニューヨーク・タイムズ・ブックレビュー』を船便で取っていたのです。じゃあ、それは平凡出版でお金を出しますから取りましょうか、なんて話までされました。そこまでしてもらうのもなんだし、いいですと断ったんですが、もしもそのとき、その話を呑んでいたら、そのままマガジンライターになっていたかもしれません。

続いて、光文社の『ＥＱ』から話がありました。早川書房が『ＥＱＭＭ』との契約を打ち切ってからは、日本との契約は切れていたんですが、一九七七（昭和五二）年くらいに光文社が『ＥＱＭＭ』と契約をすることになったんです。スエディットという、たしか夏樹静子《なつきしずこ》さんのお兄さんで、後に作家になった五十嵐《いがらし》均《ひとし》さんがやっておられた翻訳権仲介業者から斡旋されたようです。光文社では労使の紛争[*27]が長くあって、それは一応の解決は見たわけですが、会社は、「一組」と呼ばれた組合の人たちを長いこと別に隔離していたのです。最初は池袋の文芸坐という名画座の近くにあったビルを借りて、そこに一組の人たちを閉じ込めていた。その人たちに何か仕事を出さないといけないというので、『EQMM』の権利を取り、『EQ』という雑誌を出すことにした。つまり、それには光文社の組合対策といった面があったわけです。

最初はたしか隔月刊でした。雑誌の企画を持ってきて、一組の人たちにその仕事をあてがうという、本社とは完全に切り離したかたちで仕事をさせたのです。光文社としては、おそらく慣れない翻訳ミステリの仕事だというのでどこかに協力を求めたいという考えがあったんでしょう。小鷹信光さんと、早川で『ミステリマガジン』の編集長をしていた太田博さんを顧問につけたんですが、同時にぼくのほうにも話がありました。

エラリー・クイーン研究で知られるフランシス・ネヴィンズ・ジュニアの『王家の血統[*28]』というクイーン研究書があって、なかなか良い本なんですが、これの雑誌掲載権を光文社で取って、分載・抄訳で『EQ』に載せることになり、その翻訳をやってくれないか、という話がぼくのところに来たんです。良い本だったんですが、一人で訳すのはちょっと荷が重いなと思い、だいたいぼくと同年代の仲間を三人募って、分担訳でやらせてもらうことになりました。北村薫さん、折原一《おりはらいち》さん、あと、やはりワセミスOBの三津木忍《みつきしのぶ》さんの三人で、四人の本名から一文字ずつを取って藤川一男というペンネームも作りました。『王家の血統』は、全体を四等分してそれぞれが翻訳し、最終的にぼくが文章を整えて『EQ』に渡すというふうにして、九七八（昭和五三）年五月号から一九七九年の三月号まで六回連載したんです。ぼくたちのやったのは抄訳で

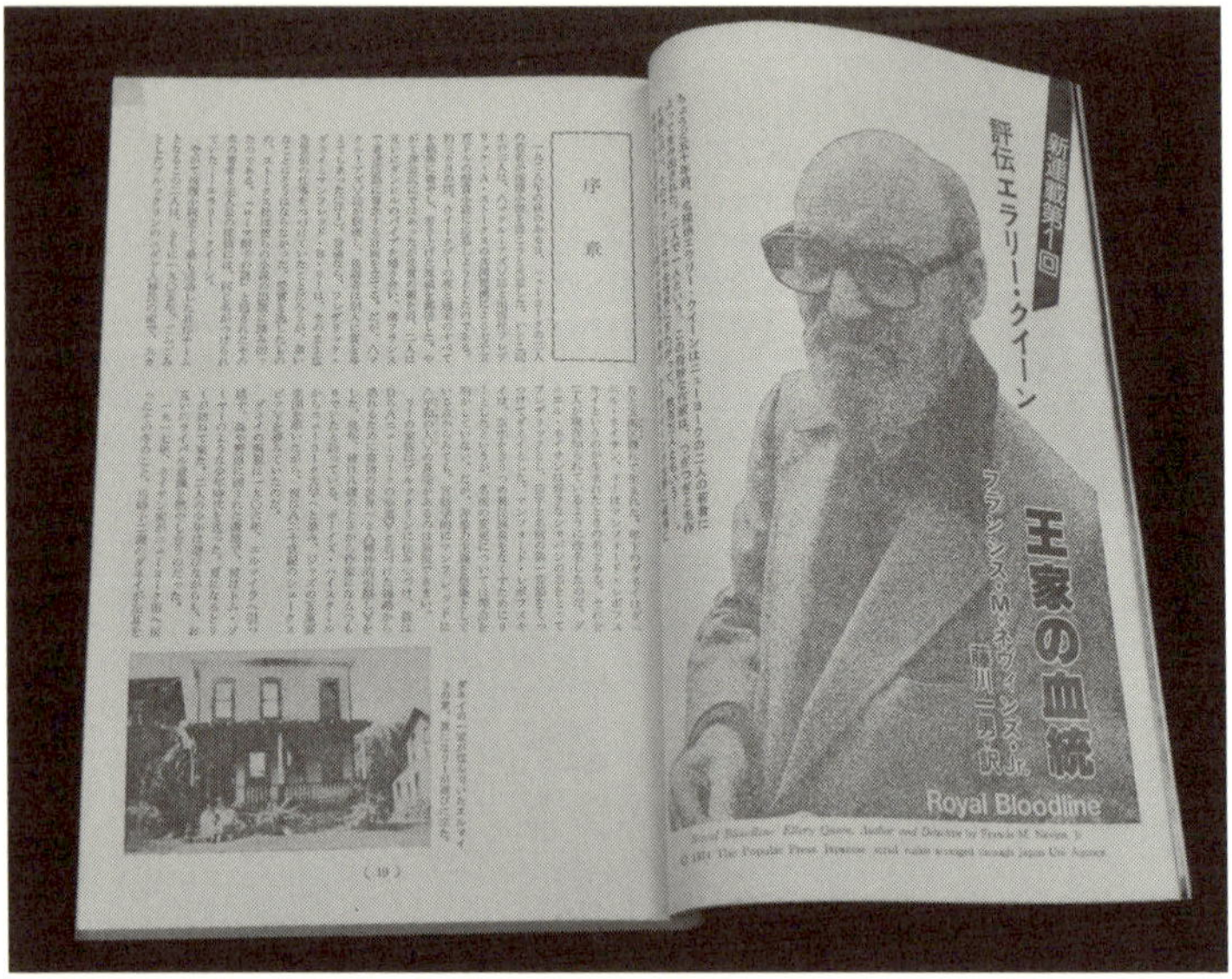

『EQ』1978年5月号に掲載された「王家の血統」連載第一回

すが、後に早川書房から『エラリイ・クイーンの世界』というタイトルで全訳が出ました。

そして一九七八（昭和五三）年の秋から朝日新聞で書かせてもらうことになりました。きっかけは、一九七〇年の入社と同時だったと思うんですが、日本推理作家協会に入ったことです。推理作家協会というのは、今もそうですが、理事と会員の推薦があれば、理事会にかけられ、たいがい反対されることはなく入会が認められます。ぼくの場合は、理事は中島先生、会員は立教ミステリ・クラブの顧問をお願いした平井隆太郎先生に、それぞれ推薦をお願いしました。乱歩の息子さんと中島先生の推薦で自分は入会したんだと、その当時、非常に得意になっていたのを覚えています。そのお二人にお願いしたということは、おそらくまだ大学にいたころにそういう手続きをして、入社と同時くらいに入会したということだったのではないでしょうか。協会の事務局に問い合わせたところ、三月末に入会の申請書が出ている、とのことでした。

　入会してからしばらく後、五、六年たったころだったと思いますが、若い会員に何か雑用をさせようということで、協会賞の下読み、予選委員をやらないかという話がありました。これも事務局に調べてもらいましたら、協会賞が長編・短編・評論その他の三部門にわかれた一九七六（昭和五一）年から四年間、予選委員をつとめていたようです。はいはいと二つ返事で引き受けたら、年末に協会の事務局に一度来てくださいと言われました。どんなことをさせられるのかなと思って行ってみたら、大変な仕事が待っていました。これは最近になって、あまりに大変だというので止めたというか方式を変えたんですが、その当時は、前年の一年間に発表された推理短編を全部読むことになっていました。予選委員五人で手分けをして。

　各版元から『オール讀物』や『小説現代』などの小説雑誌を協会に寄贈してもらう。協会のほうで、届いた雑誌を作者別に切り分けて、作品が裏表で重なっているところだけコピーをして積み上げておく。前年の一年間に発表された全短編を作家別に集めるわけです。佐野洋、梶山季之《かじやまとしゆき》、菊村到《きくむらいたる》といった当時の流行作家たちはやたらに書いていました。毎月一編ではなく、二、三編書いている人もいる。だから、多い人だと年に二、三〇編あるわけです。そのなかから一つを選ぶために、総数を五人の予選委員で割りますから、全部で五〇〇編あるとすると、佐野さんの一二編と梶山さんの二四編を足していって一人あたり一〇〇編になるようにするわけです。作家別にした短編の束を渡されて、それを持ち帰り、何日までに読むということになる。そんなふうに当時の流行作家の作品をまとめて読んでいくと、舞台が違うだけで同じ話というのがあったりするんですね。事件の現場は横浜だったり上海だったりするけれど、話の筋はほとんど同じ。これも流行作家のテクニックなんですね。こんな風に一人の作家の短編を一年分まとめて読む人はめったにいない、というわけです。そんななかから、とにかく一編ずつ選ぶわけです。それを指定された日までに全部読んで集まり、選んだ一〇編ぐらいを五人がそれぞれ提出して、それを今度は全員で読む。さらに一〇編ぐらいに絞って、本選の人に読んでもらって短編賞を決めるわけです。一方、われわれの選んだ一〇編ほどの作品は『推理小説年鑑』というアンソロジーに収録し、刊行されます。

その短編の下読みで、今でも気になって、たまに思い出すことがひとつあります。ある年、ぼくが下読みを担当した作者の作品がたまたまその年の短編賞を受賞しました。その作品はアイディアといい文章といい過不足ないものでしたから、受賞ももっともと思える出来でした。が、ぼくが読んで選ばなかったその作家の作品のなかに、受賞作と同じ趣向の作品があったのです。それは舞台が違うだけで同じ筋立てといった安易なものではありませんでしたが、推理小説作法上から言うと、同趣向と言うべき作品でした。その二つを比べてこちらのほうが良い、と思ってひとつを選び出したのです。もちろん本選委員はそんな事情を知りません。知っていれば選考時に議論になっていたことでしょう。そのうえでの受賞、ということであれば良かったのだが、とそのことがいささか心に引っかかったのでした。

長編のほうは、全会員に、この一年間で印象に残った長編があったら教えてくださいという内容のはがきを出して、推薦してもらう。そこで上がってきたものを、予選委員に意見を聞いて、これがいいんじゃないかという長編を五編から一〇編ほど選ぶ。あとは、本選の委員に選んでもらうことになります。

長編賞のほうで一つ、忘れられない思い出があります。一九七八(昭和五三)年の予選会のとき、立会理事の——たしか三好徹《みよしとおる》さんだったのではないかと思うんですが——が、長編賞の候補に大岡昇平《おおおかしょうへい》さんの名前が挙がっているんだけど、推理作家協会賞だなんて失礼な、と怒られないかな、という心配を口にされたんですね。確かその前に、ある歴史学者の本を協会賞の候補にしたら、ふざけるなと言って猛烈に怒られたということがあったんです。ぼくは大岡先生を存じ上げていましたので、先生は国からもらう賞だと辞退されるかもしれないが、推理作家協会賞だったら喜んでもらわれると思いますよ、と助言しました。そうですか、と三好さんはホッとしたようでした。この年、大岡先生の『事件』は泡坂さんの『乱れからくり』と一緒に第三一回の推理作家協会賞を受賞され、新橋の第一ホテルで行われた贈呈式には奥様と共に列席され、うれしそうに受賞しておられたのが忘れられません。

予選委員のメンバーは全部で五人で、そのなかに、朝日新聞の学芸部にいた安間隆次《あんまりゅうじ》さんがいらっしゃいました。安間さんとは予選委員の仕事で出会ったんですが、それがきっかけとなり、安間さんの紹介で、朝日新聞の書評やコラムを書くことになりました。大新聞の書評は、今もそうですが、読書委員が採り上げる本を選びますから、一般的な単行本の書評が主で、ミステリが採り上げられることはなかなかありませんでした。そこでエンターテインメントの書評を、何らかのかたちでやりたいと安間さんは考えていたようです。

その大岡先生が受賞された年の暮れ近くから、朝日新聞に時評風の記事を書かせてもらいました。一一月から書評面をリニューアルしたのに伴い新設された「コンパス」というコラムを、たしか四人で担当したんですが、そのなかの一人として推理関係を担当してほしいという依頼でした。四人での担当ですから、月に一度のペースで回ってきます。他の三人が誰だかは教えてくれませんでしたね。

一冊の本を紹介するのではなく、何冊かの作品をからめて、最近こういう作品が読まれているというような時評式の感じで書いてくれということでした。一九七八（昭和五三）年の一一月一二日に一回目の原稿を書いています。それが一九八〇年五月まで続いて、ぼくは計一五回、このコラムで執筆しています。ここでまた紙面の刷新があり、エンターテインメントは記者が書く時評記事などとともに日曜版に移動することになります。ぼくは「よみもの」という書評欄を、今度も月一ペースで担当することになります。今度は各回一冊の本を四〇〇字四枚くらいの分量で評することになりました。一九八〇年七月二〇日にラピエールとコリンズ共著の『第五の騎手』という作品を採り上げたのが、ぼくの書いた第一回です。

そしてこのころ、同時に文化部からも原稿執筆の依頼がありました。後に朝日を退社して演劇評論家となる扇田《せんだ》昭彦《あきひこ》さんが、「土曜の手帳」というコラム欄を土曜日の夕刊文化面に作ったんですね。その執筆者のメンバーになってほしい、という依頼でした。おそらく学芸部からの推薦があったんでしょう。一九八〇(昭和五五)年九月二〇日に第一回の原稿が載っています。ぼくとしては、書評にシフトしたのと入れ替わりに「コンパス」で書いていた時評風の記事がこちらに移行した、という感じでしたね。

このころは、九月二〇日に「土曜の手帳」、二八日に「よみもの」、一〇月一八日に「土曜の手帳」、一一月二日に「よみもの」といった具合で、けっこう忙しく書いています。もっとも、本紙と日曜版は製作の進行が違っていて、本紙に比べ日曜版のような別紙は余裕を持って早めに作るんですね。締切も一週間くらい別紙のほうが早いんです。それが一九八二(昭和五七)年には、やはり日曜版掲載の「新刊人と本」という書評、一九八六年からは「ミステリーゾーン」という、これも日曜版で、また時評式のスタイルのものになりました。そんなふうに、一九七八年に始まって以降、かたちはいろいろ変わりましたが、朝日新聞には書評や時評を続けて書くことになりました。

安間さんの紹介で書き始めた朝日の記事は、初め草薙《くさなぎ》聡志《さとし》さんという東大の新聞研を出た、エンターテインメントの好きな人が担当してくださり、「新刊人と本」あたりで五十嵐とよみさんという、ご主人が平凡社の営業部長をしている女性に代わりました。ぼくは一応ポリシーとして、自社の本は採り上げないという つもりでずっとやっていたのですが、五十嵐さんは東京創元社の本は採り上げないのか、採り上げたらいい じゃないかとしきりに言うんですね。それはずっと固辞していたんですが、一本原稿を渡して、やれやれと 思っていたときに学芸部から電話があり、次に予定していた筆者が外国に行ってしまって穴があいたから、 悪いけどつづけて来週も書いてほしいと言われ本当にネタに困ったことがあったんです。時間的にも余裕が なくて、しかたなく初めて自分でつくった本を採り上げたんです。そうしたら、これが売れたんですね。当 時は書評がまだ力を持っていた時代で、しかも朝日新聞の書評となるとやはり違うんだなあ、力があるんだ なあと実感しました。それで、以後はやはり自社本は採り上げないことにしました。

ちなみに、その後の「ミステリーゾーン」も四人か五人で担当したんですが、うち二人が早川書房の人で した。しかも、これが早川書房の本ばかり採り上げる。こちらは自社本は採り上げないというポリシーでや ってきましたし、どうしたものかと悩みました。「ミステリーゾーン」は「新刊人と本」と違って時評式に 戻っていましたから、メインの本には東京創元社の本は使わないが、関連する本には、東京創元社の本も使 わせてもらおうというスタイルにすることにしたんです。

朝日の書評で忘れられないのは、一九八一（昭和五六）年三月八日と四月五日、ふた月つづきなんですが、 で採り上げた内田康夫《うちだやすお》さんの『死者の木霊』と逢坂剛《おうさかごう》さんの『裏切りの日日』ですね。どちらもお二人のデ ビュー長編で、まだ高島屋の前の店舗が東京本店だった丸善の日本人作家の棚を見ていて、知らない作家で したから、これはなんだろう、と手に取ったときのことも鮮明に覚えています。とくに『死者の木霊』は出 版社もあまりなじみのない会社でしたから、読んでおもしろかったので、版元に電話をかけてこの著者はどういう人なのか、と問い合わせてみました。今や二人とも大作家ですよね。内田さんはその一〇年後、朝日の読書欄の「自作再見」*29という欄でこのデビュー作を採り上げ、ぼくの紹介をくわしくなぞったうえで、「(安)氏がどういう人物か知るよしもなかったし、一度会ってお礼を言いたいと思いながら、いまだに知らないままで過ごしている」と書いています。それに対し、逢坂さんのほうはさすが、博報堂にお勤めだったので、この筆者は誰だ、と調べたんですね。江戸川乱歩賞だったか、協会賞だったかのパーティでいきなり声をかけられ、あの紹介をしてくださった戸川さんですか、と言われてびっくりしました。

朝日新聞で書くことについては、社長の秋山に了承を得ていました。黙認というような感じでしたね。とくに、朝日新聞のものは実名が出るわけではなくて、(安)とか(仁)とか、匿名でしたから、最初に話をしておいて、あとは自由に書かせてもらいました。秋山にはぼくより少し年上の息子さんがいて、朝日の政治部の記者だったので、だめだ、とは言えなかったのかもしれません。ちなみにこのご子息は、後に朝日新聞の社長になられた方です。

我ながら昔気質というかなんというか、朝日新聞も月一回、締め切りのたびに原稿を届けていました。当時の朝日新聞社は有楽町駅前の、今のマリオンがあるところにありました。この前(二〇一四年)火事になったパチンコ屋のあるあたりの二階に「ももや」という喫茶店があって、よくそこで草薙さんと会って原稿を渡していました。

その後、今の築地市場の前に新しく朝日新聞社の社屋ができて、そこにも届けていました。マガジンハウスもすぐのところにありました。まだ平凡出版だったころから書き始めて、マガジンハウスになり、いかにもという新社屋ができて、という変化を見てきました。両社に書いていましたが、どちらも新旧の社屋に原稿を届けに行ったわけです。会社が終わってから行くと、マガジンハウスはまだ誰も人が来ていなかったりしました。なんか掛け持ちができそうだなと。東京創元社が終わってからここに来ても仕事ができるな、というような感じの会社でしたね。

しばらくすると、今度は岩瀬《いわせ》充徳《みつのり》さんという、『POPEYE』にいた人から会いたいという電話がかかってきました。今度新しく『BRUTUS』という雑誌を作るので書いてくれという。『BRUTUS』の巻頭に近いあたりに「Et Tu, BRUTE?」という欄がありました。『POPEYE』の縦割りみたいなもので、誌面のノドのところにあり、両側は広告で、そこに二分割した自伝風のエッセイを載せるコーナーでした。毎回一人がそれを書くんですが、そこに半自伝のような感じの文章をと依頼されました。それをきっかけに、特集にも関わるようになり、本がらみの特集のときにはよく駆り出されて書きました。

こちらから持っていった企画もあります。『ストランド・マガジン』の半年分、六冊分を製本した合本を何年分か手に入れたことがありました。ホームズが初めて登場した、あの雑誌だと興奮して読んでいたんです。そんなときに、『POPEYE』や『BRUTUS』の編集長の木滑良久《きなめりよしひさ》さんという有名な編集者がぼくの大学のゼミの先輩だということを知りました。それで、木滑さんのところに話を持っていって、こういうのを持ってるんだけど、ちょうど『BRUTUS』の兄貴分みたいな感じの雑誌なんだという話をし、その特集を組んでもらいました。

この『ストランド・マガジン』の特集をしたとき、フリーエディターの吉川竣二《よしかわしゅんじ》さんとデザイナーの新谷《しんたに》雅弘《まさひろ》さんがぼくの家までやってきてくれたので、実物を見てもらいました。ぼくが『ストランド・マガジン』とは何かということと、とくにミステリの分野への貢献について署名記事を書き、あとはファッションとか時事とか、テーマ別に紹介する記事を吉川さんが書いたんですが、そういう打ち合わせをしている脇で新谷さんが持参したノートにさらさらとデッサンを描き始めたんです。瞬時にページのレイアウトができあがっていくんですね。さすが、と思いましたね。新谷さんはぼくより三つ四つ年上ですが、マガジンハウスの雑誌とは切っても切れない関係にある堀内誠一《ほりうちせいいち》さんのお弟子さんだったようです。その縁で、一九七〇（昭和四五）年に『an・an』の創刊に参加し、以後、『POPEYE』、『BRUTUS』、『Olive』などの創刊からアートデザインを担当した人です。絵も描く人で、福音館書店の『たくさんのふしぎ』という、一冊一冊が単行本のような月刊誌に何度か絵を描いているほか、『デザインにルールなんてない』という本も書かれています。ついでにいうと、この『BRUTUS』の特集が縁で、吉川さんから持ち込まれたリチャード・プローンネク『独りだけのウィルダーネス』を東京創元社で刊行しています。

　といった次第で、一九七〇年代後半からしばらくの間は、朝日新聞とマガジンハウスとで文章を書く仕事をずいぶんやらせてもらいました。とくに朝日の記事は、後の日本作家の小説を出していくときに関係してきますので、また後ほどお話ししたいと思います。

ベルヌ条約の一〇年留保と著作権法改正

　著作権法が改正されて、現行の著作権法が施行されたのが一九七一（昭和四六）年の初めです。東京創元社は翻訳ものがメインでしたから、これは大事件でした。ぼくが会社に入ったのはまだ一〇年留保規定が有効だったときだったので、そのことが常に念頭にありました。非常にあらっぽい言い方をすると、原書刊行から一〇年以上、日本国内で翻訳出版されなかった作品は原則として翻訳権フリーで出せる、ということですね。一九七〇年入社ですから、一九六〇年より前の未訳作品だったら原則大丈夫だ、というふうに、考えていました。

当時はまだ自分で企画を立てるということはできなかったんですが、翻訳権を取らなくてはいけないかどうかは作品を選ぶうえで重要で、たとえば〈シャーロック・ホームズのライヴァルたち〉などもそうです。エラリー・クイーンやクリスティやカーなどの大御所でいうと、とくにクイーン、クリスティに関しては早川書房がほとんど抑えていて、新作が出ると必ず早川が取っていましたが、カーは早川がそれほど積極的でなかったので、新作が出たらこちらが抑えたいと思い、カーの後期の歴史ものは東京創元社がかなり翻訳権をとっています。

そのころ、洋書屋をのぞいたら、たしかピラミッド・ブックスだったと思いますが、エラリー・クイーンのラジオドラマの脚本を小説化したものが出ていました。おそらくゴーストライターが、クイーンの名前で本にしたものでしょう。初版は一九六〇（昭和三五）年より前のコピーライトでしたから、厚木にいうと、やろうということになり、『エラリー・クイーンの事件簿』というタイトルで、薄いペーパーバック四冊を二巻本にして出しましたが、これはよく売れました。

E・S・ガードナーは今や忘れられた大家の代表的な人でしょう。アメリカではおそらくクイーンやカーよりも有名な作家だったと思います。その〈ペリー・メイスン〉シリーズも早川がある時点から以降のものを全部抑えていました。一方、東京創元社はパブリックドメインになった初期の七、八冊を出していたんですが、調べてみると、一冊、一九六四（昭和三九）年の作品が未訳で残っていました。早川が翻訳権を抑えている時代の作品ですからなぜ残っていたのかわからないんですが、たぶん誰かに翻訳を頼んでそのままになっていた作品ではないかと思います。〈ペリー・メイスン〉ものは八〇冊ある大シリーズです。だから早川は翻訳をいろいろな人に頼んで次々と出していましたから、そのなかの一人が放っておいたのを、作品がたくさんあるので編集部も見逃してしまったのではないでしょうか。

そんなわけで、もう翻訳権が切れてしまった後期の〈ペリー・メイスン〉ものを東京創元社で出したのが一つだけあります。『怯えた相続人』という作品で、一九七七（昭和五二）年一二月に池央耿先生の訳で刊行しました。これもベルヌ条約一〇年留保がらみの忘れられないエピソードです。

中井英夫、鮎川哲也、中町信との出会い

一九七〇年代、東京創元社がまだ日本ものを出していなかった時代に、印象的な出会いがありました。というより、ぼくがファンだったから無理矢理のようにコネクションを持った方に、中井英夫さんと鮎川哲也さんがいます。

中井英夫さんは、ぼくはファンとして長く敬愛していた人でしたが、仕事のほうではまったくつながりがないものと思っていました。それでも機会があったらお目にかかりたいと思っていたんです。ちょうど〈バルザック全集〉を出していて、全集の月報を担当していたころだったので、中井さんに月報に何か書いてもらおうと思いつきました。

中井さんの初期の作品に「麤皮《あらかわ》」という短編があるんですが、これは明らかにバルザックの『あら皮』という作品にインスパイアされたものなんですね。水野亮先生のお宅に、月報の相談に行ったときに、中井英夫さんという人がいて、「麤皮」という作品を書いている、ついては月報に何か書いてもらいたいと話しま

した。水野先生はミステリもお読みになる方でしたから、この方は『虚無への供物』というすごいミステリを書いている人なんですよ、と言うと、ほう、それならぜひ、ということになりました。

そのころ中井さんはまだとてもお元気で、角川書店の『短歌』の編集長を辞めて、小学館で百科事典の仕事を手伝っていました。翻訳家の永井淳《ながいじゅん》さんが同じ角川書店の編集者だったという縁があり、永井さん経由で中井さんを紹介してもらいました。

中井さんに、バルザックについて月報に何か原稿をいただきたいという主旨の手紙を出したところ、快諾を得て、小学館の地下の喫茶店で原稿をいただきました。一九七四（昭和四九）年の一二月に出た〈バルザック全集〉第一六巻の月報に掲載した「手ぶくろ」というエッセイです。それが最初の縁で、以来しょっちゅう羽根木《はねぎ》のお宅に遊びに行ったりするようになりました。中井英夫さんについては後に全集を手がけることになりますが、それはもっと後のことです。

長くファンだった鮎川哲也さんとの出会いは、『創元推理コーナー』という文庫のおまけの小冊子でした。ぼくが入社したときに五所から、『創元推理コーナー』を久しぶりにやりたいと思うが、その編集をやらないかという話がありました。嬉々として、ミステリ特集の号を作らせてもらいました。『創元推理コーナー』の巻頭には三ページのエッセイが必ず載るんですが、これを鮎川さんに頼んだんです。

こんなふうにして、敬愛していた作家二人とのつながりが入社早々にできたことになります。鮎川さんとのお付き合いは、一九七〇（昭和四五）年の年末から、その後ずっと断続的に続くことになります。鮎川さんから会社に電話がかかってきて、今飯田橋まで来ているから出てこられますかというのでお目にかかり、ミステリの話をしたり、創元推理文庫の何が欲しいというのでそれをお送りしたり、そんな関係が続きまし

『創元推理コーナー』

た。そのうちに、鎌倉で忘年会をするからとお誘いがありました。小町通りの寿司屋さんに行ってみると、そこに集まっていた数人のなかの一人が中町信《なかまちしん》さんでした。中町さんは『新人賞殺人事件』で一九七三年に登場した人で、非常に印象に残っていました。ただ当時、東京創元社は日本ものは出していませんでしたから、あくまで一読者としておもしろく読んだという話をした記憶があります。

それからしばらくして、自分で企画をかなり自由にできるようになると、日本ものもそろそろやってみたいと考えるようになりました。国産のミステリをやってみたいということ自体は、実は入社当初から厚木には話をしていたのです。厚木からは「まあ、そのうちにね」という感じで軽く流されていました。「日本ものは、それはそれで大変なんだよ。そこに食い込んでいくのは」と。厚木も日本の推理小説は読んでいましたから、たしかに厚木の言うとおりなんだろうなと、当時はそんなふうに思っていました。

ただ、たまに良い作品にめぐりあうたびに、自分でもやってみたいという思いは募っていきました。しかし厚木に話すと、毎回「ふんふん」というような反応で。日本ものについては、長くそのような感じでした。

中町さんの話に戻ると、『新人賞殺人事件』は最初、双葉社からソフトカバーの単行本で出ました。ああいう作品を文庫で出したいなあと思っていましたから、そういう話を中町さんにしたこともあったんです。かなり後になってからのことですが。『散歩する死者』という徳間書店から新書で出た作品があって、ぼくはこれが中町さんの作品のなかではベストだと思っていました。ただ大変な思い違いがこの作品にはありまして、これはぜひ直さなくちゃいけませんよというような話も中町さんにはしていました。やはり手直しをして、文庫でうちにもらいたいなあと思っていたんですが、そうこうしているうちに徳間文庫で出てしまった。ああやはり出てしまったか、と思っていました。

こういう、ある鬱積した思いがだんだん企画につながっていきます。後の日本ものの企画へつながっていく出会いや素地は、このころにできていたわけです。

一九八〇年代の仕事

一九八〇（昭和五五）年は〈ジャン・コクトー全集〉の刊行が始まった年ですが、企画の相談の会合に厚木と出た程度で、実務には関わってはいません。コクトーの企画自体は一九七〇年代に始まっています。その前にやはり元編集長だった宮崎嶺雄《みやざきみねお》さんなどと相談してルナールの全集というのも企画されていたようなんですが、実現しないまま消滅し、創元社時代に東京支社に入って編集長になった曽根元吉《そねもときち》の筆名もある谷《たに》口正元《ぐちまさもと》さんが軸になって手がけたコクトーの全集がバルザック、ヴィリエ・ド・リラダンに続いて動きだしました。曽根さんはコクトーのほか、アンディ・ウォーホルなどの、わりあい現代的でポップな作家が好きだった人で、東京創元社以外で残っている仕事としては、新潮文庫のボリス・ヴィアン『日々の泡』や中央公論社のジュール・ヴェルヌ『南十字星』の翻訳などがあります。

〈ジャン・コクトー全集〉は、編集に関しては、谷口さんが軸になり、谷口さんは自身で一部翻訳もしています。担当はフランス語ができる井垣真理《いがきまり》が中心となり、今社長になっている長谷川晋一《はせがわしんいち》も加わってという布陣でした。全五巻の〈ヴィリエ・ド・リラダン全集〉も刊行にけっこう時間がかかりましたし、最後のほうは一九八〇年代にかかっていたんじゃないかと思います。とにかく、リラダンが終わり、それからコクトーが始まった。そんな感じのころの話です。まだ刊行物としては創元選書が若干ありましたし、〈社会科学叢書〉も現役でしたし、〈ミュージック・ライブラリ〉という音楽の叢書もあり、一九八〇（昭和五五）年に、〈イラストレイテッドＳＦ〉というＳＦのシリーズと、〈KEY LIBRARY〉というミステリ、ＳＦの評論叢書がスタートしています。

〈イラストレイテッドＳＦ〉は厚木の企画です。アメリカにトレードペーパーバックという、新書よりちょっと幅広のソフトカバーがありますが、〈イラストレイテッドＳＦ〉はサイズとしてはちょうどトレードペーパーバックくらいで、中編程度の長さのＳＦ作品に絵をたくさん入れた絵本に近い作りのシリーズでした。一〇巻は出さなかったんじゃないかと思いますが、ラリー・ニーヴンなどの当時のＳＦ作家が何人か参加しています。

〈KEY LIBRARY〉は一九八〇（昭和五五）年一〇月の創刊です。評論・研究書関係のシリーズで、創元推理文庫の中心となるドイルやクリスティの評伝や研究書の類、E・R・バローズの研究書、イギリスＳＦ界の重鎮、ブライアン・オールディスによるSFの歴史『十億年の宴』などを順次出していきました。

　こうした新しい流れと、創元社時代からの流れが並行していたのがこの時代です。この前後だと〈定本北条民雄《ほうじょうたみお》全集〉も出ていますが、これは一九三八（昭和一三）年に出したものの増補改訂版です。北条の代表作『いのちの初夜』は、創元選書の代表的な書目の一つでしたが、それが非常に話題を呼んだので、全集を出そうということになったもの。二巻本でした。それに未発表原稿などを加えた増補版です。

〈KEY LIBRARY〉より『十億年の宴』

　最初の全集を刊行したときに、北条民雄という作家を見出したのが川端康成《かわばたやすなり》さんで、復刻のときは川端さんが亡くなった後でしたから、養子でロシア文学の川端香男里《かわばたかおり》さんにお願いして復刻しています。川端香男里さんの実のお父さんが英文学者の山本政喜《やまもとまさき》さんだとお目にかかったときうかがってびっくりしました。山本さんにはクイーンの『スペイン岬の秘密』と、シェリー夫人の『フランケンシュタイン』の翻訳があります。

　一九七〇（昭和四五）年に負債を完済して、社名の「新」をとって東京創元社にしてから一〇年たった。それなりにきちんと再建ができたということで、秋山さんとしても昔出したものを読み返したりして、印象に残っている本やいい本は機会があったら復刻したいという気におそらくなっていた。〈定本　北条民雄全集〉などはそういう企画の一つではないかと思います。

たとえば、創元選書の復刻もそう。ぼくは小林秀雄先生には一度だけお目にかかっているんですが、それも創元選書の『ドストエフスキイの生活』の復刻に関することでした。秋山と厚木に連れられて、会食をしたのが、小林先生にお目にかかった唯一の機会です。一九七五（昭和五〇）年の年末に限定版と一緒に刊行していますから、この年の春ごろのことでしょう。

編集長就任、八〇年代の編集部

一九八〇年代には、編集長になっています。正確にはいつだったかと考えると、肩書きとして正式に編集長となったのは一九八七（昭和六二）年のことだったかもしれません。それまでは係長とか課長とか、そんな役職でした。ただ、編集部ではぼくの上には誰もいなかったので、実質的には編集長だったといってもいいかもしれません。

話は、一九七〇年代に戻りますが、一九七五（昭和五〇）年に係長になっています。調べてみたら、二月一日に辞令が出ていて、一九七四年の年末に五所が辞めて編集部はぼくだけになったわけです。それで、あわてて早稲田から一人、石井久仁子《いしいくにこ》を採り、翌年にもう一人、獨協大学を出た矢島規男《やじまのりお》を新卒で採った。二人続けて新卒で採って、しばらくは三人体制でやっていたんですが、そのうちに石井さんが結婚して退職することになり、矢島とぼくの二人になってしまった。そのころに、現在編集部長をしているお茶の水女子大出の井垣を採りました。『創元推理コーナー』という小冊子の一九七三年六月に出した第七号に「編集部員男子若干名募集」というのを巻末に載せたんです。当時はこういう募集ができたんですね。そうしたら、井垣が「私は女ですが」と言って応募してきた。厚木が、これはおもしろいから採ろうといって、それで採用することになりました。

その後、長谷川晋一が明治大学を出て入ってきました。もう退職しましたが、新藤克己《しんどうかつみ》もこのころ入りました。新藤は関西大学のSF研と漫画研究会の出身で、住宅機器会社のタカラスタンダードで営業をしていたんですが、SFの編集者を採ろうということになり、『宇宙塵《うちゅうじん》』の主宰者で翻訳家の柴野拓美《しばのたくみ》＝小隅黎《こずみれい》さんに推薦してもらって、転職してきました。こうして、編集部が五人体制になったのが一九八〇年代の初めごろのことです。

新藤は、SFの編集者を採ろうということで採用したんですが、東京創元社のそれまでの流れのなかでは、ジャンル専任の編集者を採るというのは非常に画期的なことでした。東京創元社は、創元選書もあれば、音楽書もあり、バルザックや北条民雄などの個人全集もあり、社会科学もあり、ということで、それまでは、なんでもできる編集者を採っていた。総合出版社の編集者ということです。ミステリを専門にしている編集者というような採り方はあえてしなかった。そういう意味では、新藤が初めてジャンルに特化した編集者でした。

それはSFの特殊性、ということがあると思います。翻訳もそうですが、ミステリはふつうの小説が訳せる翻訳家であればできるけれど、SFの場合は、なかなかそういうわけにはいかない。作品のセレクトにしても、たとえばクラークとかハインライン、アシモフといった評価の定まった作家であれば問題ないが、次世代の作家を見つけ出そうというと、SFを読み込んでいる編集者でないと、というわけです。

それまでも、たとえば講談社は〈ウイークエンド・ブックス〉というソフトカバーにビニールをかけた海外もののシリーズを出していました。アリステア・マクリーンが日本で最初に出たのは〈ウイークエンド・

ブックス〉です。角川でも、春樹さんが陣頭に立って本を作っていたとき、〈海外ベストセラー・シリーズ〉というのを出しました。『ジャッカルの日』のフレデリック・フォーサイスが出たのはこのシリーズです。ほかにも、講談社が文庫を始めたとき、講談社文庫でも、じゃあＳＦもやってみようかということで数点出しているんですが、思ったように売れなかったようです。売れない、というか、二〇〇〇〇部くらいまではいく。東京創元社にとっては二〇〇〇〇部というのは非常に大きい数字なんですが、講談社で文庫というと、少なくとも三〇〇〇〇部とか四〇〇〇〇部とか、そういう数字になる。吉川英治《よしかわえいじ》あたりのものと一緒に出すわけですから。それで、初版三〇〇〇〇部とか刷ると、ＳＦだとうんと残る、それこそ半分くらい残ってしまう。あれ、なんだかおかしいな、という感じを大手出版社はＳＦに関しては持つわけです。

北村薫さんとの出会い

ぼくが東京創元社に入った一九七〇年代の初めから、日本ものもやりたいという話は厚木にしていたんですが、前にもふれたように、厚木は、あまり積極的ではありませんでした。ぼくのほうもそちらの世界、つまり日本ものの事情について業界的にはほとんど知らなかったこともあって、それほど積極的には言えませんでした。

翻訳ものならば、海外の作家について知識もあるし、交渉はエージェントに任せればいい。著者として相手にするのは翻訳家ですから、ぜんぜん問題なくこなしていけるジャンルだったんですが、日本の推理小説となると話は変わります。日本の作家との付き合いはぜんぜんありませんでしたし、講談社や新潮社など各社に担当がいて作家にぴったりくっついているという業界のやり方のようなものがあることも知ってはいました。こちらは一九七〇（昭和四五）年に東京創元社に入社したのと同時に推理作家協会にも入って、江戸川乱歩賞とか推理作家協会賞の授賞式には一九七〇年から出席はしていました。そういうところで見ていると、各社の編集者が先生方について、きちんと絆ができている世界であることはすぐにわかったわけです。

そこに入っていくのは大変だという思いもありましたし、会社に入りたてのころはまだそれほど強く、日本ものを手がけることを望んでいたわけでもありませんでした。ただ、ふつうの読者として新作ミステリを読み、一九七〇年代の途中からは朝日新聞やマガジンハウスで書評を書き始めたこともあり、いろいろな作品を読む機会が増えていったなかで、たまに、これの文庫を自社で出せたらなあ、という思いを抱くような作品との出会いがぽつぽつあったんです。

日本人作家のものを出せないかなということ自体はずっと考えてはいた。ただ、なかなか大変だろうなという思いもあった。一方で、社内的な事情として、企画を自分が好きなようにできるという状況にだんだんなってきていましたし、中井英夫さんや鮎川哲也さんとのお付き合いが始まったこともあった。そんなタイミングで、一九八四（昭和五九）年に創元推理文庫が二五周年を迎えるというので、その一年か二年前かに、二五周年のときに書店展開も含めて何かしようという話が出たんです。目玉の一つとして、この機会に日本人作家を創元推理文庫に入れることができないかということを考え、企画として出しました。たしか一九八三年か一九八四年のことです。

それに向けて、まず最初にしたのは、北村薫さんに電話をすること。ぼくとは二年違いで、一九七二（昭和四七）年に早稲田を出て、公立高校の先生になり、卒業後だと思いますが、彼には創元推理文庫の解説なども頼んでいました。学生時代には、ワセミスの会員でした。ワセミスでは何人かが個人誌を出していたんですが、北村さんは『宝石』に引っかけて『じゅえる』という名前の、横長で謄写版《とうしゃばん》刷りの個人誌をずっと出していました。彼とぼくとのつながりは『じゅえる』を始める前、ぼくが三年で彼が新入生のときに、たぶん早稲田祭で会ったのが最初です。都筑道夫さんがゲストで来るというときだったと思います。

彼は個人誌『じゅえる』を早稲田以外の知り合いにも配っていました。ぼくの実家は彼の住まいと大学の中間にありました。北村さんは早稲田から東西線で茅場町に出て日比谷線に乗り継いで帰るんですが、その途中にちょうどうちの実家があったものですから、郵送すると何十円かかかってしまうので、途中下車をしてうちに『じゅえる』を届けに来たわけです。それが付き合いはじめのころで、それからはけっこう頻繁にやりとりするようになりました。

彼はバルザックが好きで、ぼくが東京創元社に入ると社員割引きで買えるというので、全巻購読したいといってきました。バルザックが出るたびに取りにくるんですが、律儀な人ですから、割り引いてもらったお返しにと、志ん生とか文楽とかの落語を、その当時ですからカセットテープに録音して、本の代金と一緒に渡してくれました。そういう関係がずっと続いていたわけです。

『じゅえる』を見て、北村さんがエラリー・クイーンが好きだというのは知っていましたが、それ以外にもフィリップ・マクドナルドのこれがおもしろいとか、パット・マガーのこれがいいとかいうことを書いていたので、創元推理文庫でそういう作家の作品が出るときは、解説を書かないかと声をかけたりしていました。彼が勤めだしてからのことだったと思います。そして前にも話しましたように『EQ』の「王家の血統」を手伝ってもらいました。

北村さんとはけっこう付き合いがありましたから、彼の実力というのはよくわかっていました。非常に広

『じゅえる』

範な知識と、公平かつ歴史的にミステリを俯瞰できる人だと思っていました。銀座の三笠会館の一階は当時喫茶で、『EQ』の連載のときは、そこでよく会っていました。このときも三笠会館で会わないかと電話をし、今ちょっと文庫で日本の古典ミステリの全集をやりたいと考えている、という話をしました。〈日本探偵小説全集〉という企画の発想の元は、創元推理文庫二五周年がちょうどいいタイミングだから、それに合わせて日本人作家を文庫に入れようと考えたんです。ただ、これまで外国人作家の翻訳専門のラインナップのなかに日本人作家を入れるのには、それなりの作品でないといけないだろう。今度創元推理文庫に日本人作家も入りますよ、というにはそれなりの理由付けが要るのではないか、読者がなるほどと思ってくれるようなものからスタートしたほうがいいんじゃないかという思いがありました。それで、全集というのはどうかと考えたわけです。

とにかく文庫のかたちの全集でやってみようということで、北村さんに会って話をした時点では、乱歩あたりから始めるとしてどこまで入れるのかなどの具体的なことまでは考えていませんでした。北村さんと三笠会館で会って、こういう企画を考えているんだけど、全体の構成をちょっと考えてみてくれないかと話したら、彼は驚いて、「ぼくがそんなことをやっていいんですか」と、たしかそんなふうに言っていました。ちょっと考えてみてと話し、そのときはそれで別れました。

ぼくのほうはそれから、企画の細部を詰める作業を始めました。まず監修者です。これは迷うことなく、中島河太郎先生にお願いすることにしました。試案を作ってお持ちするからと中島先生にはお伝えしました。そこでいろいろ考えたわけです。現代作家ということになると、やはり各社のしばりがある。こちらが自由に選んで、これこれを入れさせてくれというわけにいかないだろう。作品によっては出版社が手放さないこともあるだろうから、なかなか難しいに違いない。物故作家であれば大丈夫かもしれない。そんなことをいろいろ考えながら、どこで線を引くかと考え、北村さんと相談すると、戦前作家にしたらどうでしょう、というんです。戦前作家といってしまうと、たとえば横溝はデビューは戦前だけど、良い作品は戦後に書かれていて、『本陣殺人事件』なんかは戦前のくくりだと入らない。それはまずい。乱歩あたりから始まるにしても、横溝は欠かせない。そんな話をしていたら彼が、卑怯な手だけど、戦前にデビューした作家ということにしたらどうでしょう、と。そうしたら横溝も入るし坂口安吾も入る。安吾のミステリ作品、『不連続殺人事件』は戦後の作品なんだけど、作家としては戦前から書いているということで。戦前デビュー作家の全集ならそのあたりまで入るからいいんじゃないかと言うんです。なるほど、それはおもしろいというので、「戦前デビュー作家」という線引きでいろいろ考えることにしたわけです。

そして、夢野久作ならなんと言っても『ドグラ・マグラ』だ。『ドグラ・マグラ』は文庫本にして七〇〇ページぐらいある。この巻だけが厚いのは格好悪い。各巻そろえたほうがいいし、夢野の巻が『ドグラ・マグラ』だけというのも寂しいので、短編なり中編なりを足したい。それに解説や付録がつく。計算すると、八〇〇というページ数が出てきたんです。専門的な話になりますが、本には台割りというものがある。A5判とかB6判とかというサイズの本は、A判かB判かの紙を折ってできています。単行本だと一六ページ、文庫本だと三二ページが基本です。そこから考えると八〇〇ページというのはちょうど二五台です。これでいこう、と思いました。原則として一人一巻で、すべての巻が八〇〇ページ。戦前デビュー作家というくくりで、一人一巻にならないものは、名作集みたいなかたちにして最後の一巻か二巻にする。そういうかたちでやってみよう、と考えたのです。北村さんとは何度目かに会ったときに、そんなような打ち合わせをしました。顔を合わせたのは最初の数回で、あとはほとんど電話です。当時は二日に一度はどちらからか電話をして、全集の話をしていました。

後に北村さんはいろいろなところに書いていますが、三笠会館でそういう話をして、嬉々として帰ったらしいです。それから自分の持っている本を見直したり、神保町に行って本をあさったりしたようで、すぐに電話がかかってきて、お金は少し出るんですか、と。買いたい古本があるからというんです。書籍代は出すからというと、古本屋に行ってせっせと買っていたようで、あるときまた電話がかかってきて、甲賀三郎の「青服の男」という短編を読んだことがあるかというので、知らないと答えると、そこだけコピーして送るから読んでみてくれというんですね。けっこうおもしろい短編でした。それまでの甲賀三郎の傑作集には一度も入ったことがない作品で、これを採りたいという。

それからまた電話がかかってきて、坂口安吾に「暗号」という短編があるが読んだことがあるか。ない、と。安吾は東京創元社で選集を出してましたから、引っ張りだして読んでみたら、これがおもしろい。この作品も、安吾を推理作家として採り上げたこれまでのアンソロジーの類には一度も入っていない作品で、これも採りたいと。

それからまた電話がかかってきて、大下宇陀児《おおしたうだる》は作品が一巻分ないけど、やはり一人一巻じゃないとだめだろうか。そうだなあ、とぼく。結局、角田喜久雄《つのだきくお》と二人で一巻にしようか、という話になりました。あの全集を出した時点で、ご存命だった方は何人かいるんですが、名作集でない単独の巻に採り上げた方で当時健在だったのは角田さんだけだったんじゃないかと思います。

一巻は涙香《るいこう》からだろうか、ただ、涙香で一巻というわけにもいかないから、三人ぐらいで一巻にしよう。

二巻目は江戸川乱歩。その後の巻は、原則一人一巻だけど、大下さんと角田さんは二人で一巻で、といった具合に素案が決まったところで、二人で中島先生のお宅にうかがいました。こういう構成を考えてみたのですがいかがでしょうかと。気になったのは、やはり大下・角田の二人で一巻です。このときの素案で完成版と違ったのは、『船富家の惨劇』の蒼井雄《あおいゆう》。最初は一一巻くらいに蒼井雄とその他というふうに名前を出していたんです。『船富家の惨劇』が長いこともありますし。中島先生に見ていただいたら、ある意味いちばん心配していた大下・角田の巻はもうすんなりという感じで、こういうものだろうと中島先生もおっしゃった。ああ良かったとほっとしたんですが、逆に、蒼井雄は名作集でいいと言われました。どなたかと何人かで一巻では、とお尋ねしたら、中島先生の評価では蒼井雄は素人作家だと。勤め人をしながら、いくつか作品を発表してはいるが、最後まで余技だった人で専業作家ではない。ページは取るが、名作集のなかの一人で良いというご意見でした。それ以外は、ほとんどそのまま北村さんの案が通り、これでいこうと中島先生のお墨付きをいただき、企画がスタートしました。刊行は一九八四（昭和五九）年の一〇月からでした。

〈日本探偵小説全集〉

全集の企画段階のときに、鮎川先生と鎌倉でお目にかかったことがありました。鎌倉を歩きながら、今度うちの文庫でこういう全集を出そうと思っているんです、というような話をしたところ、先生もいいですねとおっしゃってくれて。後日、大変うれしい企画だから、ぜひこの作家を入れてくださいとお手紙をいただきました。要するに幻の作家のリスト*30が来たわけです。北村さんとそれを見て、これはさすがに名作集にも入れられないなと。そんなこともありました。

それはともかく、鮎川先生には解説を書いていただこうということになり、名作集二巻のうちどちらかを北村さん、どちらかを鮎川先生に書いていただくことにしました。全巻の解説も北村さんと二人でほとんど決めました。たとえば、乱歩は中井さん、という具合に。最初の案から変更になったのは小栗虫太郎の巻です。小田晋《おだすすむ》さんという筑波大の先生で、文学ではなく精神医学や犯罪心理学が専門の方でした。この方にと思ったのは、ディクスン・カーが好きだと書いているのを目にしたことがあったからです。小栗について書いたものは見たことがなかったんですが、この人に書いてもらったらおもしろいだろうと思って、打診をしてみました。

次に全集なんだから、内容見本を作らないといけません。でも文庫なんだから『紙魚《しみ》の手帖《てちょう》』でやろう、と考えました。一号を全部使って、〈日本探偵小説全集〉の内容見本代わりにしました。全巻の内容解説は当然、北村さんに書いてもらいました。このときは小栗の巻は解説者交渉中と書きました。ところが、考えていた小田さんは、小栗を読んでいなくて、読んでから判断したい、とおっしゃっていたんですが、しばらくして自分にはちょっと合わないからと断られてしまいました。どうしようかと困ってしまったんですが、『黒死館』といえば『虚無』でしょう。初めから、中井さんに小栗を頼めばよかったと思い、羽根木に行って、小栗虫太郎の解説を頼もうと思っていた人に断られてしまったので、乱歩を中井英夫名義で、小栗を塔晶夫名義で書いていただくことはできますかとおうかがいしたら、いいよと快諾していただきました。こんな具合にその他の巻も、解説を含めて大枠を北村さんと二人で決めて作業を進めました。解説はすべて書き下ろしで再録はありません。

装丁は全巻を並べると背が一つの絵になる、というのはどうだろう、と考えました。以前、銀座の洋書店

日本探偵小説全集（全12巻）内容紹介

監修　中島河太郎

1　黒岩涙香　小酒井不木　甲賀三郎 集　解説　中島河太郎

2　江戸川乱歩 集　解説　中井英夫

3　大下宇陀児　角田喜久雄 集　解説　日影丈吉

4　夢野久作 集　解説　由良君美

5　浜尾四郎 集　解説　権田万治

6　小栗虫太郎 集　解説　（交渉中）

7　木々高太郎 集　解説　紀田順一郎

8　久生十蘭 集　解説　清水邦夫

9　横溝正史 集　解説　中島梓

10　坂口安吾 集　解説　都筑道夫

12・11　名作集（1・2）

〈日本探偵小説全集〉特集が掲載された『紙魚の手帖』18号　下・内容紹介

〈日本探偵小説全集〉

イエナで、アメリカのバランタインだったかのペーパーバックが目に留まったことがありました。たしか三巻本のSFの長編で、三冊並べると表紙の絵が一つの絵になるというのがあったんです。イエナの人もおもしろいと思ったんでしょう、三冊を平台に並べていました。

　文庫はサイズが小さいので、どうしてもスペースが限られる。表紙だと、絵は必ず縦位置だし、わずかなスペースにタイトルも入るし、下のほうが帯で隠れる。絵として訴えかける空間がけっこう狭い。それはいつも思っていたんです。横位置の絵を描きたいというときは、絵をぐるっと裏表紙まで回し、背だけ抜いて横位置の一枚絵にするというのもやったことはあるんですが、そのうち裏表紙にはバーコードを入れなくてはいけないということになってしまった。また制約が増えたわけです。しかも、今はそうではないんですが、昔はバーコードは天から何ミリ背から何ミリと厳格に刷り位置が決まっていて、中は必ず白抜きにしなくてはいけなかった。そうでないと読み取れなかったんですね。横位置の一枚絵に白い窓を開けるとなると、絵としては大きな打撃になる。

　その点、表紙を二冊並べると、横位置の絵としてもおもしろいものができるわけです。加藤直之《かとうなおゆき》さんだったかに話を持っていくと、ああそれはいいですね、ということで向こうも横位置の絵に乗ってくる。その場合、絵は、真ん中で切ってもおかしくないものにしなくてはいけません。真ん中に顔が来ることは避け、絵のポイントになるようなものは左右に一つずつ置いてもらう。こういうのを描けますか、と相談してみたら、やりましょう、と。そんなことをいくつかやってみたんです。

それが高じて、〈日本探偵小説全集〉と同じころのことだと思いますが、それまで一四巻出ていた〈マフィアへの挑戦〉に六巻足して二〇巻にする、というとき、四×五にシリーズを並べると一枚の絵になるというのはどうかと考えました。二〇等分のそれぞれにポイントを置き、しかも並べると一つの絵になる、そういうのが描けるかという話を画家に持っていったこともあります。〈デストロイヤー〉でもやりました。こちらは一五巻でしたから、五×三に並べて一枚の絵になるようにしました。そういうしかけをおもしろがる方だったので、いろいろ遊んでみましたね。

〈日本探偵小説全集〉よりも前に、講談社の第二期〈江戸川乱歩全集〉が、函入りでしたが、函の背を並べると一枚の絵になるように横尾《よこお》忠則《ただのり》さんが描いているんです。そういう前例もあって、こういうやり方がおもしろいなと思っていました。

各巻八〇〇ページとしましたが、実際に編集してみると七八四ページだったり、八一六ページだったりしました。でも、ほぼ八〇〇ページで全一二巻というシリーズができました。そうすると、背の幅の合計がわかりますから、画家には一枚の横長の絵を描いてもらいます。タイトルに文字が入るから、それぞれの絵にはとくにポイントは置かなくてもいい。単に、こういうサイズの横長の絵を描いてくれないかということで、志《し》村《むら》敏子《としこ》さんという画家に描いていただきました。デザイナーには、背はその絵を一二等分して使ってもらい、表一にはその絵の部分をコラージュ風にアレンジして使ってもらいました。こんなふうにしてシリーズの装丁ができました。

ちなみに、あの絵ができてきたときに、志村さんには、終わったらぼくが買いますからと伝えてあったんですが、彼女は三越で個展をやったとき、展示する作品数が足りなかったので、あの絵も出してしまったんです。結局、ぼくは三越経由で買うことになり、高いものになってしまいました。

それから、全集だから月報を付けよう、と考えました。でも、〈バルザック全集〉のような函入りの単行本、というのではない。文庫ではさみ込みの月報を付ける、というのは非常に難しい。初版配本時に関しては、月報をはさみ込むことはできても、それが返本になり、また再出荷される、それを繰り返すことを考えると、必ずその巻の月報がはさみ込まれている保証はない。まして再版以降も月報をはさむというのは無理でしょう。そこで、奥付裏に月報を組み込んだんです。こうすれば間違いなく月報を毎巻付けられます。ただし、先ほどご説明した台割りとの関係で、奥付裏が何ページになるかはわからない。ふつう全集の月報は四ページとか八ページとか、決まっているものですが、この場合はそういうわけにはいかなかったんです。

この月報を奥付裏に、という発想から生まれた創元推理文庫のおまけ企画があります。それまで文庫の奥付裏はふつう文庫の広告を入れていました。台割の都合で、奥付裏が一ページしかないものもあれば、逆に、十何ページ空いてしまう場合もある。その分量を全部広告にするのももったいないことだ、と思っていました。奥付広告は奥付広告で意味があることだけれど、たまに何か違った奥付裏活用法があってもいいんじゃないか、ということから思いついたのが、「文庫データ・ボックス」という、いわば奥付裏マガジンです。空いているスペースに合わせて見開き単位の記事を二本か三本入れる、そんな試みをやったんです。〈日本探偵小説全集〉の月報を奥付裏に入れる、ということを考えた副産物が「文庫データ・ボックス」でした。

いよいよ刊行ということになったとき、第一回配本をどの巻にするのがいいかを考えて、真っ先に思い浮かんだのが江戸川乱歩と横溝正史で、この二人ならどちらがいいだろう、ということでした。あるいは、別の見方でいうと、乱歩や正史はすでに本がたくさん出回っている。だから、小栗虫太郎や久生十蘭を最初にしたほうがいいのかもしれない。そんなふうに、あれこれ考え、中島先生にもご相談しました。結局、最初の巻は乱歩でやってみたら、結果的にはそれが良かった。『江戸川乱歩集』がシリーズ全体を引っ張ってくれるかたちになりました。

こんなふうに、装丁や解説にいろいろ工夫をしたこの〈日本探偵小説全集〉ですが、当初、営業部からはけっこう反対があったのは以前にお話ししたとおりです。八〇〇ページという文庫二冊分の分量に関し、ふつうの文庫二、三冊分の幅をとる本を常備で置くには二冊分、三冊分売れなくてはいけない、というわけです。だいぶたってから、筑摩書房の編集者、松田《まつだ》哲夫《てつお》さんにお目にかかったとき、あの全集が成功したのを見て、ぼくは〈ちくま日本文学〉全六〇巻を出すことができたんですよ、と言われてうれしかったのを覚えています。

〈鮎川哲也と十三の謎〉と日本もの刊行スタート

〈日本探偵小説全集〉という企画がスタートしたことが、その四年後に始まる本格的な日本ものの刊行につながっていくことになります。全集については、関係者・スタッフの中島先生と北村さんはじめいろいろな方にご相談をしましたが、スタッフ以外ではやはり鮎川先生だと思います。

ここで、鮎川哲也という作家の誕生に触れておきましょう。一九五五（昭和三〇）年に講談社が刊行を開始した〈書下し長篇探偵小説全集〉という一三巻本の全集があります。これは、江戸川乱歩に始まり、横溝正史、木々高太郎《きぎたかたろう》、大下宇陀児といった当時の探偵文壇のお歴々が総出演の、書き下ろし一二巻を集めたシリーズです。その一三巻目を、新人の公募原稿に当てたのです。江戸川乱歩以下の重鎮と並んで新人が同じ全集に入るという、非常に大胆な企画を講談社は打ち立てたわけです。

一〇〇編を超える応募作品のなかから『黒いトランク』が選ばれて一三巻目に入ることになりました。それまで、鮎川先生は「中川透《なかがわとおる》」などの筆名で書いていたんですが、これ以降は、当初、『黒いトランク』の登場人物の一人の名前だった「鮎川哲也」という固定のペンネームでやっていくことになります。「鮎川哲也」の実質的なデビュー作ですね。日本ものの企画をあれこれ考えたときに、この鮎川先生にまつわるエピソードが頭に浮かびました。全一三巻で最後の巻を公募するという、そういうことをやりたいなと思ったわけです。

そのことを鮎川先生に話してみると先生も乗り気で、ぜひやろうという話になりました。このときに生まれた〈鮎川哲也と十三の謎〉という企画は、〈日本探偵小説全集〉の刊行と並行して進んでいくことになります。ただ、講談社のそれと大きく違ったのは、こちらにはそういう探偵文壇とのお付き合いがまったくなかったものですから、結果的に一三巻のほとんどが新人みたいなかたちのシリーズになってしまったことです。これはこれでまた非常に物議をかもしたというか、営業の受けのよろしくない企画となりました。

〈十三〉の作家たち……辻真先、紀田順一郎、種村直樹、笠原卓

このように、〈十三〉は新人作家を中心にしましたので、鮎川先生と辻真先《つじまさき》さんを除くと、その時点で小説を出されていた方は笠原卓《かさはらたく》さん、紀田順一郎さん、そして種村直樹《たねむらなおき》さんの三人だけでした。

　辻さんはNHKに長くいた方で、お辞めになったあとも、とくにアニメのほうでは大御所でしたが、初めは朝日ソノラマでジュヴナイルをお書きになっていたんです。ぼくは〈少年探偵団〉に始まって、わりあいジュヴナイルを好きで読んでいたんですが、そうしたなかに『仮題・中学殺人事件』に始まる、〈中学高校受験三部作〉があったんです。あれは、すごくトリッキーな、とにかくアイディアが満載で、すごいなと、ジュヴナイルの世界だけじゃもったいないなとずっと思っていたんです。

　それはまだ〈日本探偵小説全集〉を始める前、一九七〇年代、『POPEYE』で書き始め、マガジンハウスの人と付き合いができたころのことです。『POPEYE』でぼくに最初に話を持ってきてくれた椎根さんが、『週刊平凡』に移り編集長になったときに、ミステリの連載をしたいんだけど知っている作家がいないかと聞かれたことがありました。直接はぜんぜん知らないが、辻真先という人がおもしろいという話をし、『週刊平凡』で辻さんの連載をしてもらったこともありました。その当時、東京創元社のほうではそういう仕事がぜんぜんなかったので、自分のところではできなかったんですね。いざ自分のところで日本の作家のものをとなったときに、こういう機会だからぜひお願いしてみようということで、書いていただきました。『犯人――存在の耐えられない滑稽さ』という作品です。

　紀田順一郎さんは、本や出版に関する著作や日本の近代史関係の本をたくさんお書きになっている方ですが、慶應のミス研出身で、SRの会に誘われ、大伴昌司《おおともしょうじ》さんと一緒に『SRマンスリー』で健筆を振るわれた、ミステリには大変造詣の深い方です。それにコンピューターや古本の知識を活かして、『幻書辞典』や『オンラインの黄昏』などの小説を発表されていました。とくに前者の古書ものがすごくおもしろかったし、紀田さん自身もミステリを書きたいという意向だったので、お願いしました。『鹿の幻影』という作品で、文庫化のときに『古本街の殺人』と改題しました。

種村直樹さんは、全国の鉄道を乗り歩き、たくさんの本を書いているレールウェイライターですが、国鉄の分割民営化の時期に、小説に手を染め、トクマ・ノベルスから『日本国有鉄道最後の事件』『JR最初の事件』を矢継ぎ早に発表されました。種村さんの小説は、長くフリーエディターとして種村さんと仕事をしてきた大須賀敏明《おおすがとしあき》さんが全面的に協力していたんですが、その大須賀さんとワセミスOBの斎藤嘉久《さいとうよしひさ》さんがやっている遊牧社《ゆうぼくしゃ》という編集会社に東京創元社は校正の仕事をお願いしていました。そんな関係もあって種村さんの小説には初めから注目していたのですが、これがおもしろい。レールウェイライターとしての実績に裏打ちされたトリックとプロットに感心してお願いしました。『長浜鉄道記念館』という作品は、京都のインクラインをトリックに使った力作です。後年、ぼくは有栖川有栖《ありすがわありす》さんに連れていっていただいて、この作品の舞台となった長浜の鉄道記念館を訪れました。

辻さんと紀田さん、種村さんにお願いし、結局は幻になってしまうわけですが、鮎川先生にもお願いしました。鮎川先生からはいろいろと新しい書き手を紹介していただきました。鮎川先生のところに昔の作家から、原稿を書いたんだがといった話がたくさん来ているというので、いくつか読ませてもらったことがありました。残念ながら気に入ったものはあまりなかったんですが、そのなかで笠原卓さんの長編はおもしろかったので出そうということになりました。『仮面の祝祭2/3』という作品です。

〈十三〉の作家たち……有栖川有栖、山口雅也

鮎川先生経由の話はまだまだあります。推理小説を書いていますと年賀状に書いてくる鮎川ファンの人が何人かいました。そのなかで、エラリー・クイーンばりのものを書いているらしいと鮎川先生からうかがっていたのが有栖川有栖さん。

乱歩賞に応募してだめだったのが『月光ゲーム』の原型です。これはおもしろかったので、改稿して出すことになりました。当時有栖川さんは大阪、江坂のダイエー本社に勤めていて、アシーネというダイエー系の書店の仕入れをしていました。ダイエー自体がまだ元気なころで、アシーネもいろいろなところに出店していました。出店となると有栖川さんたちが準備のために出かけ、店舗デザインをしたり什器をそろえたり、本を送ったりという、最初の店作りの仕事をするんですね。有栖川さんとはダイエー本社近くで昼休みに会って原稿をもらいました。

山口雅也《やまぐちまさや》さんは多才な人で、この企画の話が出る前、まだレコードの時代の話ですが、一九八五（昭和六〇）年にCBSソニーで『ハードボイルド』というレコードを作っていました。ハメットやチャンドラーなどの小説に出てくる曲を集めたアンソロジーLPです。たとえばハメットの『影なき男』で、ラジオから聞こえてくる「ライズ・アンド・シャイン」がリー・ワイリーの唄で入っている、という具合。こまかいことを言うと、『影なき男』とリー・ワイリーでは時代が合わないのでは、と思わないでもありませんが。ともあれ、山口さんとともに監修者に名を連ねている内藤陳《ないとうちん》さんが言うように、これぞハードボイルドという雰囲気のジャズの名曲を集めたものです。いかにもアメリカのペーパーバック、というよりポケミスという感じの小冊子「スインギン・ディック」が付いていて山口さんが健筆を振るっています。このレコードは制作者の一人、刈部謙一《かるべけんいち》さんからいただいたんじゃないかと思いますが、同時に山口さんの名も、シティマガジンでお見かけするマガジンライターとしての仕事と合わせて、多才な人という印象を持っていました。

そういう人らしく、こういう企画を考えているので何か書いてくれないかと話したら、何がいいですか、ハードボイルドがいいか、謎解きがいいか、サスペンスがいいか、と逆に聞かれて面食らいました。ハードボイルドならこういう話、サスペンスならこういう話、といくつか腹案を聞かせてくれたんです。おもしろい人だなと思ったんですが、こういう性格からして謎解きに向いていそうだと思い、謎解きでまずやってみて、とお願いしてできたのが『生ける屍の死』です。

〈十三〉の作家たち……山崎純、北村薫

付き合いの深い翻訳権エージェントにタトル、日本ユニ・エージェンシー、フランス著作権事務所の三社がありましたが、うちフランス著作権事務所に北代美和子《きただいみわこ》さんという女性がいました。カトリーヌ・アルレーが来日したときに通訳を兼ねてアルレーについていて、それでお会いしたんですが、アルレーの件の後に、フランス著作権事務所を辞めたい、ライターで食べていきたいというような話をうかがって、実際に雑誌に書いたエッセイを見せてもらったことがありました。そのとき、いちばん最近書いたものだというのが、ツール・ド・フランスの記事だったんです。現地の新聞や雑誌の記事を元にして書いてくれという依頼だったらしいんですが、読ませてもらうと、なかなか創作的な才能がある。とくにミステリのファンではなかったようですが、こういうシリーズをやるから書いてみないかと打診したところ、できたのが山崎純《やまざきじゅん》名義の『死は甘くほろ苦く』。軽いエスプリの効いたフランス風の作品でした。

このシリーズで書いてもらった人には、有栖川さんのように、鮎川先生の紹介でお会いした方が何人かい

ますし、それとは別に折原さん、北村さんみたいに学生時代からの知り合いもいました。初めて本を出す人がほとんどでしたが、とにかくそれで無理矢理のように一二冊を作りました。

ラインナップを決めてシリーズを始めたわけではなく、シリーズをやろうと決めてから書いてもらいたい人に当たっていきました。紀田さん、辻さん、北村さんにはわりと早い段階から〈日本探偵小説全集〉の流れで声をかけようと思っていました。とくに、北村さんは前々から書きたいと言っていましたから。非常に鮮明に覚えているのは、ぼくが就職した年だと思うんですが、北村さんから、今、考えているプロットがあるので車でちょっと都内を走ってくれませんか、と頼まれたことがありました。それで、ぼくの運転で彼と夜中の青山通りを走った記憶があります。そのときのアイディアは何かに使ったのかな。

そんなエピソードもありましたから、この人は書きたい人なんだとはずっと思っていました。〈日本探偵小説全集〉の企画で北村さんの知恵を借り、その流れで〈十三〉の企画の話をしました。今度はこういうシリーズをやるんだと。それで、北村さんに書かないかと言ったら、彼もやりたいというので、それが『空飛ぶ馬』になった。ただ、彼は公務員でもありましたから、覆面作家にしようということになりました。ただ、いずれにしても、覆面作家とするしないはともかく、そもそも無名であることには変わりはありません。そういうラインナップだったから、営業の受けは非常に悪かったですね。「鮎川哲也」という冠がついていても、それだけでは厳しいと判断されたんです。

〈十三〉の作家たち……折原一、宮部みゆき、岩崎正吾

宮部《みやべ》みゆきさんに依頼するきっかけになったのは、折原さんです。折原さんは『五つの棺』収録の一編

「おせっかいな密室」で一九八五（昭和六〇）年の第二四回オール讀物推理小説新人賞に残ったんですが、その翌年、「祝・殺人」という作品で候補に残ったのが、宮部さんだったんです。折原さんは『オール讀物』の新人賞の動静に関心を持っていた。賞は取らなかったけど評判になる作品もあって、『五つの棺』の一編にしても、受賞は逸したが評判はよかったと教えてくれた編集者がいたんだと思います。そして、今年ちょっと話題になった女性がいると、折原さんから聞いたのが宮部さん――当時は山野田みゆきという名前で投稿していましたが――でした。そこで知り合いの文藝春秋の編集者を通して連絡先を聞き、当時、法律事務所に勤めていた宮部さんに会いたいと連絡をしたのです。

宮部さんは山村正夫さんの創作教室に通っていたんですが、そこで提出した作品ですといって、五、六編の短編を見せてくれました。それが、非常に才気あふれる作品だったんです。なのに、短編集をという話はせずに、なぜそんなふうに言ったのか自分でも覚えていないんですが、長編を書いてみないかという話をしたんです。そうしたら宮部さんも書いてみたいと言う。それが『パーフェクト・ブルー』の最初のかたちです。後に本になったものとはちょっと違っていて、もっとハードボイルドな感じでした。たしか最初のは、犬の視点ではなくて、若い男の子の視点で書いたハードボイルド小説でした。それだとイメージはずいぶん違いますよね。それをブラッシュアップする過程で、犬の視点で書いてみたくなったということでした。

宮部さんの作品には、最初の段階と本になったのとで違っているものがいくつかあります。宮部さんから、今こういうのを考えているんだと話を聞いたときに、それはすごいなと思ったのは、東京下町を舞台にして、とにかく淡々と町に住む人たちの日常を綴っていく。その町に刑事が住んでいて、朝出勤して夜帰ってくる。事件があると数日帰れない。そういう日常を折り込みながら下町の情景が描かれていくんですが、それこそ三〇〇ページのうち二五〇ページくらいは何事もなく話は進んでいく。淡々とした日常の裏側で実は殺人が起こっていて、AがBを殺して死体をどこかに隠すというようなことがあるんだけど、殺人者のAはごくふつうの顔をして日常の生活をしている。Bもそういう日常の生活をしている一人だけれども、あるときから姿が見えなくなってしまう。そういう日常の下町の情景を書いていきながら、最後の四、五〇ページで、実は殺人事件が密かに起きていて、それはこういうかたちで伏線として書かれていたんだということがわかる。すごくおもしろいね、という話をしたんですが、彼女がそれを書いて編集者に見せたところ、だめだと言われたんです。まだデビューして間もなくというころでしたから、冒頭で殺人などの、読者をぐっと引っ張っていくものを書かないと誰も読んでくれないと言われ、書き直したんです。それはもったいなかったなあと彼女には話したんですが、宮部さんの構想通りの物語を読んでみたかったですね。

岩崎正吾《いわさきせいご》さんは、早稲田大学時代、久米宏《くめひろし》さんらとともに演劇をやっていた人で、卒業後山梨に帰って学習塾を開き、やがて山梨ふるさと文庫という出版社を興した人です。タウン誌を中心に出版活動を行っていたんですが、資金的に厳しくなり、それでは最後に自分の小説を本にして閉めようか、と思って自社から出したのが『横溝正史殺人事件あるいは悪魔の子守唄』[*31]でした。一九八七（昭和六二）年七月のことですが、それをぼくはその月の二六日付け朝日新聞日曜版「ミステリーゾーン」で採り上げています。日曜版の原稿締切はたしか一週間前くらいですから、月初めには購入して読み始めていたはずです。おそらくそのころ、電話をして書き下ろしを依頼しているはずです。できあがった『風よ、緑よ、故郷よ』は田園ミステリとして岩崎さんの特色がよく出た、良い作品だと思います。一九八八年一一月に刊行され、早稲田時代の演劇仲間ということで、当時テレビ朝日「ニュース・ステーション」のキャスターをしていた久米宏さんに帯の推薦文を書いていただきました。

次に、ぼくは『横溝正史殺人事件』を文庫にもらい、合わせて探偵の四季という構想があると聞いて、残りの三作を東京創元社で書いてもらうことにしました。金田一耕助に続いてドルリー・レーン、シャーロック・ホームズ、そして明智小五郎のパロディをねらった企画でしたが、構想が熟していなくて、明智まで完結させることができなかったのは、残念でした。岩崎さんとしては『風よ』をシリーズ化する考えだったようで、そちらは続いて依頼のあった立風書房の新書『恋の森殺人事件』で書き継いでいます。タウン誌を手がける地方出版社を運営していただけに、地元の政治に関心の強い人でした。

編集作業の進め方

先ほど宮部さんの『パーフェクト・ブルー』が初稿と現行版とでかなり違うという話をしましたが、〈鮎川哲也と十三の謎〉の作品に関しては、どの作品もわりあいすんなりとできあがりました。こんな感じで書いているというのを最初に見せてもらい、その段階でここをこうしたらどうかというようなやりとりをする。そういうことはありましたが、だいたいは、それでやってくださいという感じで進めてもらいました。あるいは完全にできたものをもらって、ゲラにしてから、著者校の段階でいろいろやりとりをしてブラッシュアップしてもらったこともあります。

こういうやり方になったのは、一つには、東京創元社がそれまでは翻訳もの一辺倒だったことがあります。翻訳もの以外の日本もので、たとえば〈日本探偵小説全集〉のような古典作品の文庫化という仕事だと、いちばん重要なのは校訂です。どれを底本にして、どの異版と照合するか、が問題になりますが、それが決まれば、あとは新字新かなにするというような、シリーズの方針に従って、送りがなとか漢字の使い方は原本の通りということになります。それと創作はやはり違うわけです。

当時の校閲部は、翻訳ものしかやっていませんでした。そういう校正者、校閲部だったので、どうしても翻訳の読み方、翻訳の校閲の仕方になります。それと、文庫の校正の方針というのもあります。文庫はできるだけ統一するのが大前提なんですね。この字を漢字にするというと、原則として全部漢字にする。開くときは全部開く。たとえば「し出す」の「だす」を開くとすると、「しに来る」の「来る」も開くことになります。方針を決めたら、すべてそれに従うのが文庫の校正、校閲の一般的な進め方です。とくに翻訳ものの場合は、統一を徹底していました。

一方、創作は著者の書き癖や気分、つまり、ここは漢字にするけど、ここは気分的にひらがなにしたいというようなものを優先する。統一を第一前提とするのを通常の作業としてやってきた校閲スタッフが、創作もそのまま見ることになりますし、抱えている外部校正者もふだんは翻訳の校正の仕事を頼んでいる人ばかりで、そういう人に頼むことになる。彼らはそういうふだんのやり方で校閲・校正をしてくるのが大前提になります。そこで、頼み方にも工夫が要ります。たとえば、統一は、まったくしないというわけにもいかないので、チェックだけはしてください、と。不統一があったら、翻訳の文庫の場合は赤字を入れてしまいますが、創作の場合は、赤字ではなく鉛筆書きにするようにお願いする。すると、ものすごい数の一覧表がついて戻ってくるわけです。「出す」が漢字になっていたのが何ページ、ひらがなが何ページという一覧がゲラと一緒に戻ってくる。それを無視するか活かすか、ケースバイケースですね。

著者のほうも、初めて本を出すという人が多かったので、こういう状態で原稿ができているが、原稿優先か、統一してもらうつもりで書いていたのが不統一になっているので修正するのか、そこは選んでくれと話しました。統一するならばこちらで統一するから、こういう方針でやってほしいという明確な指示をしてほしいと伝えました。創作が中心の出版社の校正ではおそらくやっていなかったことだったかもしれません。それを最初の段階でかなり徹底しました。ほかでたくさん本を出しているというような人のなかには、やり方が違うと思われた方もいたようです。

こちらもそれまではずっと、原作のある作品の翻訳の編集だけをやってきましたから、まったく新しい作品を作っていくという創作出版はこちらにとっても初めてのことで、いろいろな意味で手探りでした。

北村さんの一つ目か二つ目の作品で、主人公の「わたし」が洗濯をし、うちを出て東武線に乗り、東京に出て大学に行って云々という出来事があって、うちへ帰るという一日のなかに、雨に遭うシーンがある。すると校正者は「出したふとんはどうなったんだ」みたいな指摘をする。なるほど、ふとんを干して出てきてしまったんだなと、北村さんの原稿を読んだこちらもそんなことは忘れているわけです。そういうようなこともずいぶんありました。

〈十三〉の一三番目

〈鮎川哲也と十三の謎〉の一三番目として今邑彩《いまむらあや》さんの『卍の殺人』を出すことになりました。中島河太郎、紀田順一郎、鮎川哲也の三先生に選考委員をやっていただきました。その授賞式を一九八九年の一〇月に、飯田橋のホテル・エドモントで行いました。まさに平成になった年です。

授賞式のいちばん最後に、この試みを来年以降も続けたい、ついては次回からは鮎川哲也賞[*32]というかたちになる、と発表しました。翌年、一九九〇（平成二）年から、第一回鮎川哲也賞になるわけです。それは、鮎川先生がこの世界に出るきっかけとなった〈書下し長篇探偵小説全集〉の一三番目の椅子が、江戸川乱歩賞につながるのと、ちょうど同じかたちになったわけです。鮎川哲也賞の最初の三回は中島、紀田、鮎川の三選考委員に引きつづきやっていただいたんですが、ほかのお二人は、鮎川先生をたてるというか、鮎川先生がこれと言うのにしましょうみたいなかたちで、最初、中島さんと紀田さんのお二人はどれがいいということは言わない。よほど意見が違えば、主張されたでしょうが、大きな違いがなかったところから、これがいい、という鮎川先生の発言を待って、そうですね、と同調する。やりとりは、そんなかたちでしたね。

今邑彩さんは、この時期の女性作家のなかでは、ど真ん中の本格ミステリを書く人でした。受賞作の『卍の殺人』がそうですし、その後の作品も、綾辻《あやつじ》さん以下の新本格路線につながるものだったと思います。ただ、人付き合いがうまくできない人だったのではないでしょうか。最後は中央公論社一社にほとんど絞って仕事をされていたようですが、二〇一三（平成二五）年春、自宅のマンションで亡くなっているのを発見されました。

『幻影城』から生まれた作品

翻訳ものも作ってはいましたが、〈日本探偵小説全集〉で日本ミステリの古典をまとめ、〈鮎川哲也と十三の謎〉で新しい書き手のシリーズを手がけるなど、この時期のぼくは日本ものを中心に仕事をしていました。ワセミスのOBで、『幻影城』の編集部にいた山本秀樹《やまもとひでき》さんという人に手伝ってもらっていましたが、日本ものはほとんど一人でやっていました。

『幻影城』には山本さんのほかに、沼田《ぬまた》さんという男性編集者と経理の女性の三人がいました。会社がつぶれてしまったのは一九七九（昭和五四）年で、その前の半年ぐらいは、島崎さんから給料を出せない、と言い渡されていたそうです。その代わり、神保町の東京堂の裏あたりの二階にあった事務所で、他社の仕事をしてもいいから、『幻影城』の編集はつづけてくれ、と言われていたようです。ほかの仕事を請け負ってきていいから、その代わり『幻影城』は無給でやってくれ、というわけですね。ところが、『幻影城』がつぶれると島崎さんもいなくなってしまった。しかたがないので、什器や備品など一切合切をもって、元の事務所から一〇〇メートルぐらいのところで新たに事務所を沼田さんと山本さんとで借りて、編集プロダクションとして、外部校正などを請け負う仕事を始めたんです。

会社に残っていたものは山本さんたちが新しい事務所に持っていったんですが、そのなかに原稿がたくさんありました。『幻影城』は新人賞や評論賞をやっていましたから、その応募原稿が、紛失したものもあったでしょうが、ごっそりあったのです。そのなかから日影丈吉《ひかげじょうきち》さんの『夕潮』という長編が出てきたのです。もともとは『幻影城』で分載し、それから〈幻影城ノベルス〉という単行本にする予定だったものです。日影さんは原稿を丸ごと渡していて、前編は『幻影城』の最終号に載ったものの、後半は陽の目を見ないまま、結局会社自体がつぶれてしまい、しかも、原稿も見当たらなくなってしまったのです。日影さんは、会社がつぶれたんだからと諦めていたんです。山本さんと沼田さんの二人が編集プロダクションを始めてしばらくしたころ、一緒に持ってきていた原稿を当たっていたところ、日影さんの原稿のコピーが出てきたんです。沼田さんが最初に見つけたようです。山本さんから電話があって、日影さんの原稿のコピーが出てきたんですがというから、早速日影さんのところに行って、実は原稿のコピーがあったのでうちで出させてもらえないかと話しました。こうして、〈鮎川哲也と十三の謎〉の次、〈創元ミステリ'90〉の一冊として『夕潮』が本になったというわけです。

イエローブックス

このころの企画で、失敗談としてお話ししておかないといけないことがあります。一九八四（昭和五九）年の創元文庫創刊二五周年のときにイエローブックスという新文庫を出しました。創元推理文庫とはまったく別の新しい文庫として創刊したものです。

イエローブックスより『ステージの悪魔』

　アメリカの新興のペーパーバック出版社ゼブラが、犯人当てのライトミステリを出していました。今でいうラノベに近いというか、ハーレクインとミステリを融合したみたいな感じのもので、名前も聞いたことがないような書き手が、どんどん書いていました。女性がターゲットということで、探偵役は女性でした。決まりごとは犯人当てであるということで、巻末に封がしてある。封というか、逆綴じになっていた。のどと小口を逆にして、解決部分は小口にミシン目が入っているので、それを開いて読むという体裁のペーパーバックシリーズでした。それを見て、これはおもしろいと思ったんです。マーケットリサーチというほどではないですが、仕事をしている二〇代の女性何人か

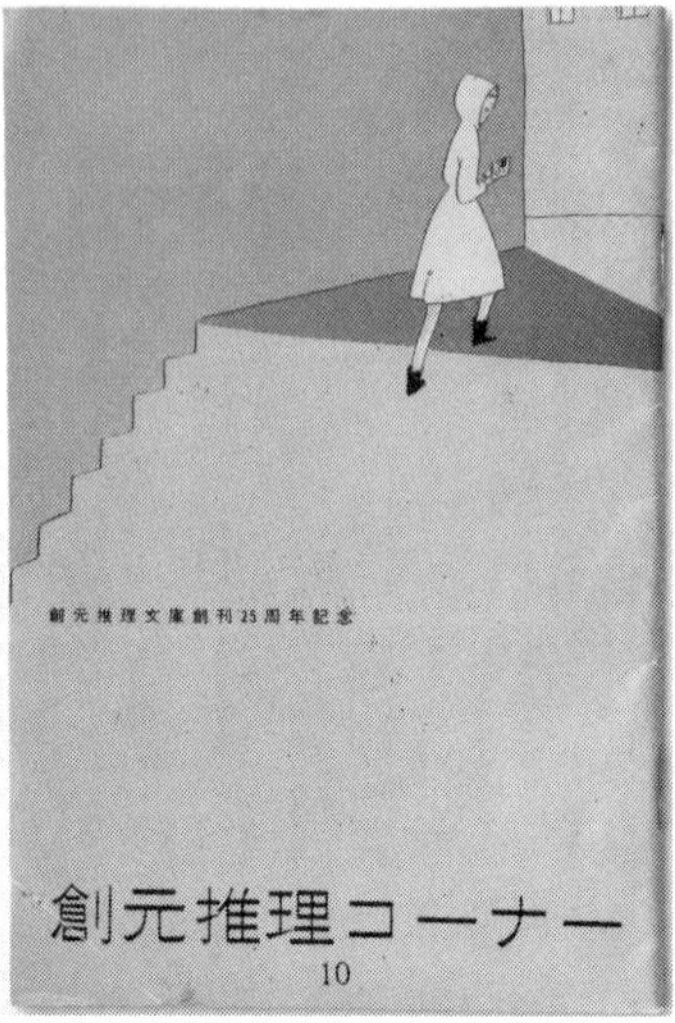

『創元推理コーナー』10号

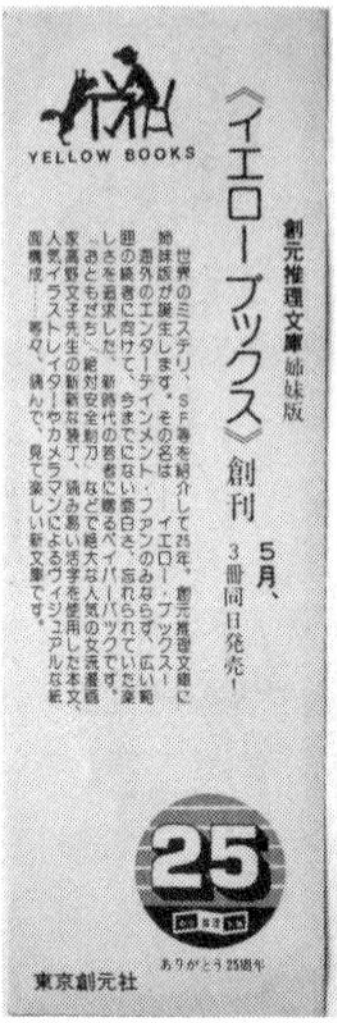

記念しおり・裏

記念しおり・表

に読んでもらい、おもしろいんじゃないかという手応えも得たので、やってみることにしました。

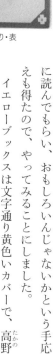

　イエローブックスは文字通り黄色いカバーで、高野《たかの》文子《ふみこ》さんに全体的なデザインをしてもらい、カバーに帯と惹句を最初から刷り込んだデザインにしました。これを山本さんたちの編集プロダクションにまかせました。創刊のときは三点、あとは毎月二点ずつというペースでどんどん作ってもらうという契約にして、翻訳家もこれからという人にどんどん訳してもらうということで進めました。

　東京創元社としては画期的とも言うべきことですが、当時人気のあった写真週刊誌『フォーカス』*33に広告を出していますし、ポスターやしおりを作り、『創元推理コーナー』一〇号の表紙も高野さんのポスターを流用し、『紙魚《しみ》の手帖《てちょう》』*34でも特集を組みました。神保町の三省堂書店本店の入り口の平台を一週間ぐらい借りて、ばーっと積み上げて宣伝したんですが、これがものの見事に売れませんでした。結局、二回配本から表一のデザインを変えて次の二冊を出したんですがだめで、五冊で打ち切りとなってしまいました。

このイエローブックスで『幻影城』の二人に活躍してもらいましたが、その編プロはいつまで続いたのかな。結局、沼田さんは科学系のマガジンライターになりました。山本さんはフリーの校正者になり、ぼくが日本ものを手がけるときのスタッフの一員として、週に何回か会社に通ってもらい、仕事を手伝ってもらいました。日本ものは、最初ぼくと山本さんの二人で手がけ、そのうち伊藤詩穂子《いとうしほこ》という社員を採って三人で担当しました。日本ものは社内でも別働隊というかたちで、次々と企画を出して、それぞれが単行本一冊、文庫本一冊ぐらいずつ、毎月作っていたような感じでしたね。

というのも、最初の〈鮎川哲也と十三の謎〉がけっこういい成績で、全部が重版とはなりませんでしたが、二版三版と版を重ねるものあり、北村さん、山口さん、宮部さんなど、みんなそれぞれ人気が出てきたんです。宮部さんは日本推理サスペンス大賞[*35]を取り、間口を広げていきましたが、北村さんは覆面作家ということもあって、最初は東京創元社だけで出すかたちでした。北村さんは公務員らしいというのが、埼玉県の教員仲間、司書仲間の間で噂になったんです。埼玉の公立図書館や学校図書館で、北村さんというのは春日部高校の先生らしいという話になり、それを角川書店の、その後亡くなってしまいましたが、女性編集者が聞きつけて、図書館を通じて連絡をとるようなかたちで依頼をし、東京創元社に続いて角川書店から『覆面作家は二人いる』が出るかどうかというころに、北村さんが〈円紫《えんし》さん〉シリーズの第二作『夜の蟬』で日本推理作家協会賞[*36]を取ってしまった。せっかく賞をくださるのに、覆面のままというのはさすがに失礼だというので、覆面を脱ぐことになる。意外と早く覆面作家をやめることになってしまったんですね。それで、ほかからも注文がどんどん来るようになった。こちらとしても、日本の創作出版のなかではマイナーというかいちばん後進だという意識がありましたし、東京創元社だけでやっていてもよくない、だから他社からも仕事が来てどんどんメジャーになったほうがお互いにいいからということで、北村さんばかりではないですが、むしろこちらから積極的に各社の依頼を受けるように言ったこともあるんです。

講談社宇山日出臣と新本格

それ以前から、講談社では宇山日出臣《うやまひでおみ》*37さんを中心とする新本格の動きが始まっていました。宇山さんは三井物産にいた人なんですが、中井英夫さんの作品が好きで、とくに『虚無への供物』を非常に買っていて、あれを文庫にしたいという一心で講談社に入ったという人なんです。講談社がちょうど文庫を作ろうというときに入社をされて、以来ずっと中井さんのところに通い詰めていた。こちらもたまたま、いろいろな縁で中井さんのところに通うようになっていて、それで接点が生まれたんですね。

そのころすでに、新本格ブームは始まっていました。講談社は綾辻行人《あやつじゆきと》さんらの作品を出していて、一方、こちらはこちらで、有栖川さんや北村さんの本を出していたという時期でしたが、二人で会ったときは不思議なことに創作ミステリの話はほとんどしませんでした。お互いの仕事の場をできるだけ荒らさないようにしていたというか、遠慮していたんですね。

一九八七（昭和六二）年の九月に『十角館の殺人』が出ていますが、読んですぐに注目しました。このあたりの動きに関しては、また別の変わった話があります。新本格は宇山さんが推進していった企画ですが、実は、綾辻さん、我孫子《あびこ》さんあたりの登場に関しては、もう一人、影の人物がいるんです。磯田《いそだ》秀人《ひでと》という、これが不思議な縁なのですが、ぼくの高校時代の同級生なんです。ＹＭＯの細野《ほその》晴臣《はるおみ》も彼の同級なんですが、二人はけっこう仲良くしていたようです。磯田さんは根っからのジャズ少年という人で、卒業後、CBSソニーに勤めてからも海外のジャズのレコードを作ったり、日本だと山下洋輔《やましたようすけ》のレコードを作ったりしていました。ここが磯田さんのユニークなところなんですが、ただレコードを作るだけではなくて、山下さんをニューヨークのライブハウスに連れていき、飛び入りでピアノを弾かせるというようなことをする。しかも、山下さんが文章も書けるので、その模様をエッセイに書いてもらって雑誌に載せる。それが新潮文庫にもなっていましたよね。本にする仕事も彼がしていたんです。これは彼が言い出したことなのかどうかわかりませんが、CBSソニーは一時期、本の出版もやっていました。竹本健治さんの『囲碁殺人事件』など、ゲーム殺人事件ものを出したり、栗本薫《くりもとかおる》さんの時代小説を出したり、冊数はそんなに多くはないんですが、いくつか本を出していました。

その後、磯田さんはソニーを辞めて、キティエンタープライズというところに移ります。その彼がミステリも好きだったんですね。高校時代、彼とオスカー・ピータースンのコンサートに行ったことはありますが、ミステリの話なんか一度もしたことはなかったんですが。

磯田さんは、ワセミスOBの秋山協一郎《あきやまきょういちろう》氏がやっていた奇譚社《きたんしゃ》にも顔を出していたようです。奇譚社は東京創元社の向かいのマンションにあったんですが、あるとき東京創元社の近くの路上で彼とばったり会ったことがあったんですが、そのとき、〈シャーロック・ホームズのライヴァルたち〉はおもしろかったよ、なんて言うから、ミステリを読むのか、と驚いた覚えがあります。CBSソニーで竹本さんの本を出していたのが磯田さんだということも、キティに移っていたことも、そのときは知らなかったんです。

その少し前に、綾辻さんが『追悼の島』という作品で乱歩賞の一次予選を通過しているんですが、磯田さんは、このあたりで目をつけて、綾辻さんとコンタクトを取っていました。綾辻さんの原稿をもらっていろいろな人に読ませ、出版できないかという話をしていたんですが、その流れで宇山さんと出会い、これは講談社で出しましょうということになって、それが綾辻さんの講談社ノベルスでのデビューにつながるんです。

磯田さんとは後になって、一度一緒に呑んだことがあって、そのとき、この当時の話をいろいろ聞きました。若いロックミュージシャンにちょっと才能がありそうだというのがいる。でも、たいていは食えないので、路上でライヴをしたりしている。そういう人たちに生活費を与えて、好きな曲を作ってみろというようなことをしているんだと話していました。それと同じような考え方で、大学を出てからもどこかに就職したりせずに書いている人に、彼は生活費を出して、とにかく書きなさいというような、日本ではめずらしい作家のプロデュースとでもいうべき仕事をしていたわけです。法月《のりづき》さんは卒業後、銀行に勤めるんですが、綾辻さんと我孫子さんは結局一度も就職しなかったんじゃないかな。こういうことは表には出てこないんですが、新本格誕生の裏にはこのようなこともあったんです。後でこの話を聞いて、宇山さんとは別に新本格に関わりのある人がいたこと、その人が自分の知り合いだったことを知ったというわけです。

ちなみに、「新本格」というのは、綾辻さんの第二作[*38]のときに講談社が銘打ったものです。版元の惹句として使われたんです。『十角館』のときは「新本格」という呼び名はありませんでした。これが一九九〇年代にかけて、ミステリの大きな潮流になっていきます。

日本の推理小説の新しい流れというのを、主要作家のデビュー作を年代順に並べて見てみると、一九七八(昭和五三)年五月に泡坂妻夫さん、二月後に竹本健治さん、七九年六月に連城三紀彦さん、その翌月に笠《かさ》井潔《いきよし》さん、そして八一年一二月に島田《しまだ》荘司《そうじ》さん、という具合になります。『幻影城』がいかに重要な役割を果たしたか、よくわかりますね。

『幻影城』に関していえば、ぼくも多少書かせてもらっていましたが、泡坂さんなどの執筆者とはぜんぜん面識がありませんでした。先の島田さん笠井さんにしても、当時はぜんぜん接点がなく、ただの読者でした。

ノベルス創刊と新書戦争

一九八二（昭和五七）年に講談社ノベルスが創刊され、前年にはカドカワノベルズも創刊されています。ミステリ出版界で新書戦争が起こったとしている資料などもあるようですが、そのころは、東京創元社はまだぜんぜん創作出版にタッチしていませんでしたから、そうした動きも読者として冷静に見ていたところがあります。

新書というのは難しい容れ物なんです。製作費的にいうと、案外お金がかかる。文庫を一冊作る製作費に較べると、新書というのは、ペーパーバックなんですが、紙の取り方にしても何にしても案外経費が要るんですね。だから、ある程度数が出ないといけない。さらに、サイクルがけっこう短い。だから、初版のときに宣伝も含めて資本を一気に投入し、短期間に売上てしまおうというような、そういう容れ物です。ですから、大きなバックがないとなかなかうまくいかない。

かつて、神吉《かんき》晴夫《はるお》さんのカッパ商法が出版界で非常に注目を集めたことがありました。こういう容れ物がこういう商売になるという一つの前例を神吉さんがあのときに作ったわけです。ただ、それに追随した成功例はなかなかないんです。新書判は、早川のポケット・ミステリとか文藝春秋のポケット文春とかいろいろな社のがあるんですが、商売的に成功したものは少なかった。早川のポケミスは海外の翻訳ものということも含めて異例と言ってもいい成功例です。角川書店と講談社がやったのは、雑誌に掲載した短編なり、連載した長編なりを単行本で出し、最後に文庫に収めるという流れで、単行本と文庫との間にもう一つ容れ物を作ろうということだったんでしょう。あるいは、雑誌から単行本を飛ばして新書にする。中間の容れ物として、新書が新しく脚光を浴びたのがその時期です。

〈探偵小説大全集〉

一九八二（昭和五七）年に創元推理文庫の新刊に〈探偵小説大全集〉と帯で銘打った作品の刊行が始まっています。これはすべて翻訳ものです。『本の雑誌』にリスト[*39]を載せてくれた新保博久《しんぼひろひさ》さんのほかにも、〈探偵小説大全集〉をほめてくれる人や、熱心に読んだという話をされる人はけっこういらっしゃるんですが、作った側としては、そのたびに「そうなのか……」と考えてしまうんです。ぼくとしては、一つの惹句ぐらいのつもりで、きちんとしたシリーズとしてはあまり考えていなかったんですね。次は何を出そうとか、こういうようなものを入れていこうというような体系だったことは、ぜんぜん考えていなかった。新刊をどんどん作って、これとこれは時代的に同じだとか、テイストとしては古いミステリが好きな人が読む路線だとなると〈探偵小説大全集〉と帯に書いた、そんな感じでした。

その当時、松浦正人《まつうらまさと》という京大のミス研から入った編集者がいました。イギリスのセイヤーズとか、アメリカのマーガレット・ミラーやシャーロット・アームストロングとか、ちょっと前の女流作家のミステリを出すときに「犯罪の中のレディたち」という惹句を使ったんです。松浦のことだから、ぼくとは違って、先のプランを考えたうえで企画を出していたんでしょうが、〈探偵小説大全集〉のほうは完全に行き当たりば

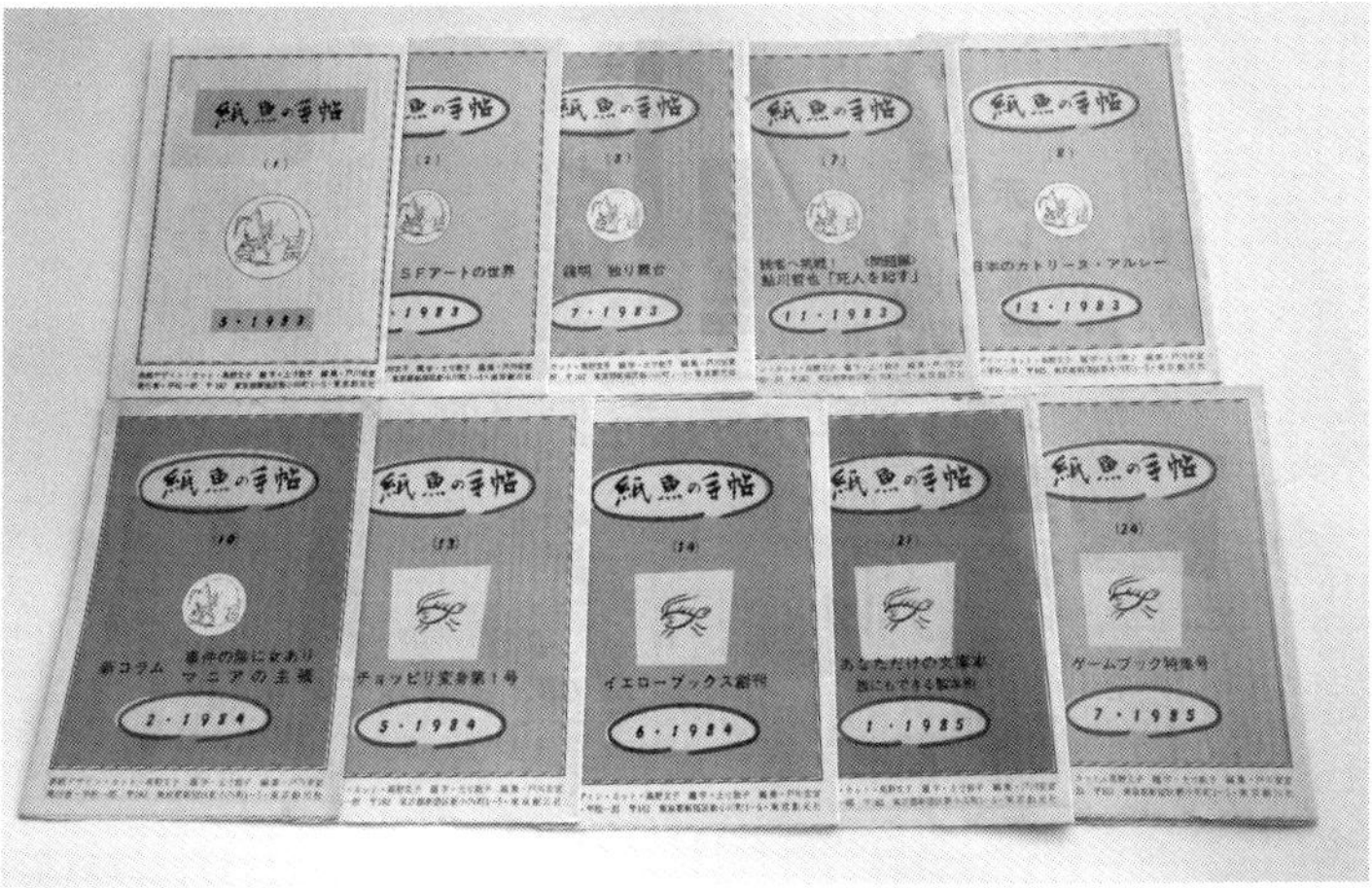

『紙魚の手帖』

ったりでした。ですから、唐突に始まって唐突に終わる、という感じで、結果的にコレクター泣かせのシリーズになってしまったということですね。

紙魚の手帖

その少し後に『紙魚の手帖』が創刊になっています。これは一九八八（昭和六三）年まで続いて、四一号出ています。文庫の新刊案内というのは以前からあって、二月分の新刊を載せて、新刊予告と既刊の紹介をしていました。これは宣伝部が製作していたもので、新刊の告知をしていました。

次の投げ込みチラシにはこれこれを載せるから、各四〇字で何日までに紹介文をくれということを宣伝部が担当者に伝え、編集者はそれに合わせて原稿を書く。新刊案内はそういうかたちでずっとやっていました。

その新刊案内と同じ文庫にはさめるサイズのもので、新刊情報に加えて読み物風のものも入れられるような、そういう容れ物が作れないかと考えたのは、一つには東京創元社には雑誌がなかったということがあります。雑誌の編集後記のように編集者から読者に呼びかける機会がほしいし、何か読み物的なものもあったらおもしろいな、読み物風のはさみ込みを作って、新刊案内として使えないかな、ということはずっと考えていました。

糊で貼ったりホチキスで留めたりすると製作費も手間もかかる。綴じたりせずに文庫にはさめる大きさで何かできないか。B4サイズの紙の内側が、いちばん大きい一ページとして使える。次にそれを横置きにし、緯線中央で折ると、手前に横広の一ページができあがる。それを今度は経線中央で折ると先ほどの半分のサイズのページができる。さらに経線中央で折ると、表紙と表四のできあがり。表紙をはずすと、全部でサイズの違う四ページのスペースが生まれます。そして、文庫にもはみ出すことなく収まるのです。このかたちであれば、雑誌風のものができるんじゃないか。

それより前に『POPEYE』に文章を書き始めていましたから、『POPEYE』の縦割りのコラムのことなども頭にありました。また当時、東京創元社の近くにあった文鳥堂書店[*40]で出していたフリーペーパーやリブロで出していた袋マガジン[*41]など、書店でもいろいろなサイズのフリーペーパーが出始めていました。それらも発想の元になりました。イラストとデザインは高野文子さんにお願いし、本文の組み、レイアウトはぼくが担当しました。題字は寺井《てらい》敦子《あつこ》さんという毛筆の達人が社内にいましたので、その人に書いてもらいました。

二号は、加藤直之さんというSFのイラストレーターに、カラーの絵を描いてもらい、内側の面すべてを使ってそれを載せました。いろいろなことができるなということで、レイアウトを考えるのも楽しみでした。五年ほどで辞めたのは、やはりけっこう大変だったからなんです。文庫と単行本の編集と並行して、小さな雑誌を作っているようなものでしたから。

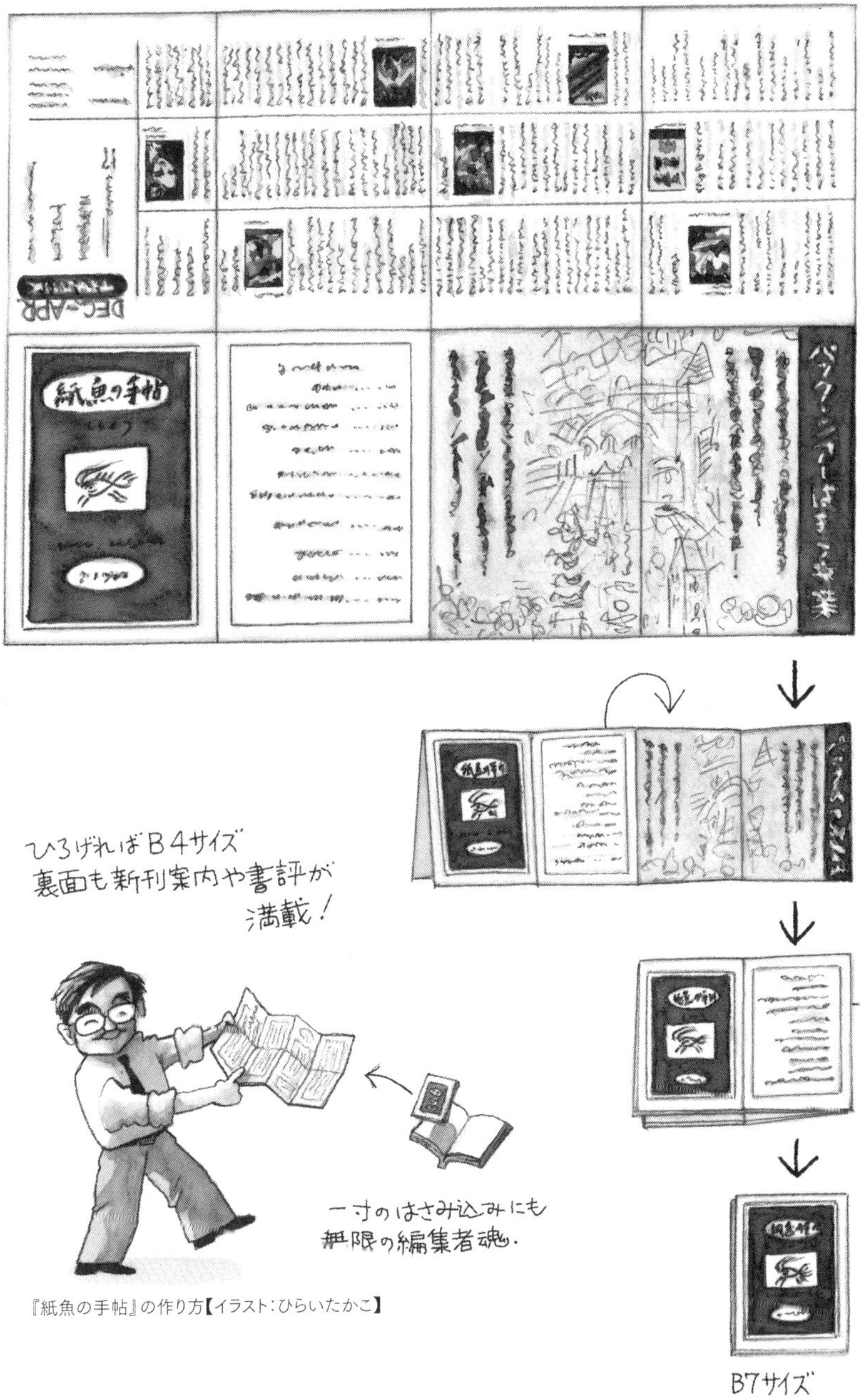

『紙魚の手帖』の作り方【イラスト：ひらいたかこ】

ゲームブック

一九八〇年代半ばはファミコンが六〇〇万台も出ていた時代。一九八五（昭和六〇）年、創元推理文庫にゲームブック部門ができています。

イギリスのスティーヴ・ジャクスンというゲーマーが、本のかたちでゲームをするゲームブックというのを出し、それの日本語版が社会思想社の現代教養文庫から出たんですが、これがすごい人気になって、イギリスではペンギンブックスにまで入ったんです。見開き単位の文章があって、見開きの最後のところに、宝のなかから剣を取るかコインを取るかみたいな選択肢が二つか三つある。剣を取るなら何ページ、コインを取るなら何ページと、選択によって次に見るページが違う。剣を選ぶと何ページに行けとあり、行った先のページに新しい展開があって、また見開きの最後に選択肢がある。ふつうの小説は一つのストーリーになっていますが、ゲームブックの場合は話が読者の選択によって違うものになり、終わり方も違うというのが非常に受けて、世界的にベストセラーになったんですね。それを社会思想社の人が見つけて、〈ファイティング・ファンタジー〉シリーズ四冊を出したところ、すごく売れた。スティーヴ・ジャクスンはこれ以外にもいくつか書いていて、それらが当たったので、後追いの作家が何人も出ています。そのうちにアメリカでも、バンタム・ブックスをはじめ、いろいろな版元でゲームブックが出るようになった。当時当たっていた映画、たとえば、『インディ・ジョーンズ』に合わせて、インディ・ジョーンズのゲームブック[*42]が出る。そんな展開も生まれて、英米を中心にゲームブックの一大ブームになった。日本では社会思想社が〈ファイティング・ファンタジー〉の四冊でゲームブックブームの発端を作ったわけです。

編集の新藤克己が、これはおもしろいというので企画を立て、版権を取り、東京創元社でもゲームブックを出しました。これは本当にすごく売れました。スティーヴ・ジャクスンのものは〈ソーサリー〉四部作を出し、それ以外の後追いの作品の版権もいくつか押さえて出したんですが、それを日本のゲーマーがおもしろがって、ナムコも飛びついたんです。『ゼビウス』や『ドルアーガの塔』などのゲームを小説にしようという話が、たしかナムコのほうからありました。これも大変売れましたね。日本オリジナルのゲームブックも出しましたし、ゲームブックコンテストもやりました。

人には好き嫌いが当然あって、ぼくはだめなほうなんですが、ミステリ作家だとたとえば宮部さんはゲーム好きで、ご自身でもゲーム関連の作品を書いています。ゲームブックは、ぼくにはどこがおもしろいのかという感じでしたが、ただ本当に売れました。当時の創元推理文庫にはジャンルごとにマークがありました。本格のおじさんマーク、サスペンスの猫マーク、ミステリは四つ、それにSFマーク、怪奇と冒険の帆船マーク、そのあとゲームブックの一角獣マークを作りました。このマークは実は、紀田順一郎さんの製作なんです。コンピューターで一角獣を描いてくださいました。

創元推理文庫のマークと高野文子が作ったマーク

ちなみにイエローブックスにはとくにマークはこしらえませんでしたが、岩波新書にランプのマークが入っているような意味合いで、東京創元社のマークの代わりに、高野さんに作ってもらった女の子が椅子に座って本を読んでいるマークを表四に入れました。ただ、それはあくまでデザイン的なものであって、ジャンルを示すほかのマークとは性格の違うものでした。

創元ノヴェルズ創刊

一九八九年に創元ノヴェルズの刊行が始まっていますが、それからしばらくして、今度は創元推理文庫のマーク自体がなくなります。要するに、ジャンル分けが難しくなってきた時期なんです。ひと昔前のように、これはハードボイルド、これは謎解き本格といった具合に、簡単には分類できない、一概にはいえないというふうになってきた。また読者の側の変化もあります。読み手のタイプとして、従来は本格しか読まないとかハードボイルドしか読まないという読者がいましたが、そのあたりの境界があいまいになってきた。たとえば英国風の感じの小説が好きだとか、女性の書くものが好きだとか、そういうなんとなくの雰囲気で色分けをしていったほうがいいという感じにだんだんなってきたんです。

新作ミステリでいうと、本格・ハードボイルド・サスペンスをマークで明確に分けていたころから、ハードボイルドでも本格でもないから猫にしておこうみたいな感じにしたものが非常に増えてきていました。しかも、それより少し前の、カトリーヌ・アルレーとかフレドリック・ブラウンとはちょっと違う、でもハードボイルドでも本格でもない、そういう作品を猫にしているのはどうなのかと、だんだんそんなふうに思えてきたんです。

一方で、新潮文庫で海外ものの『シャドー81』が出て以降、生きのいいミステリが出てきて、以前はスパイ小説と呼ばれていた国際謀略小説など、現代ものの雰囲気も変わってきていまして、猫ではちょっと収まりきらなくなっていた。ならば思い切って新しいシリーズを立ち上げようということで、国際的なサスペンスと、モダンホラーを二本の柱にして、創元推理文庫とは別のレーベル、創元ノヴェルズを創刊したんです。けれど、これはあまりうまくいきませんでした。

　このシリーズを立ち上げた直後に、創元推理文庫のほうのジャンル区分自体を解体し、マークを全部取っ払ってしまい、作品を雰囲気で分けて背色で分類をするという方式にしました。茶色が英国風の重厚なもの、青はアメリカ調の軽快な作品、セイヤーズなどの女流はピンクにするといったように背の色で分ける。こうしたことで、ノヴェルズというジャンルと創元推理文庫本体の分類がうまくそろうようになりました。分類マーク廃止と背色による分類導入は一九九一年のことで、それと軌を一にしてSF部門が独立し、創元SF文庫が誕生しています。分類マークの廃止については、後ほどお話しします。

創元ノヴェルズより『マスタークラス』

　ただ、難しいのは、同じ会社で出しているものとはいっても、地方の書店のなかには、創元推理文庫は取ってくれるけど創元ノヴェルズは取らないというところがあったりする。創元ノヴェルズにも『北壁の死闘』のようなヒット作をいくつか入れましたが、営業的に判断すると、これは創元推理文庫に入れて青い背にして出した方が全国的に取ってもらえる、ということになってしまう。ボブ・ラングレーのいくつかは途中から創元推理文庫に移すことになり、そんなことをしているうちにだんだん自然消滅のようなかたちでノヴェルズ自体がなくなってしまいました。作品として残すものについては、創元推理文庫に吸収したのです。

この時点で一〇〇〇点になろうかという文庫でしたので、カバーから分類からいろいろ変えたり、名称を変更して新たな文庫を立ち上げたりと、相当大がかりなものになりました。ただ分類番号は、文庫の点数が増えれば当然効率的な管理が必要になりますからドライに判断できたんですが、マークは番号とは違って、もう少し気分的なものというか、読者にも思い入れのある人がいましたから、やはり反対意見は強烈にありました。とくに本格マークですね。

たとえば、作家でいうと、山口雅也さんがこだわりましたね。『生ける屍の死』を文庫にしたころはもうマークがなかったんですが、彼は背の、以前マークが入っていた位置におじさんマークを付けてくれというんです。ただ、この本にだけマークをつけるわけにはやはりいきませんから、そこは妥協してもらって、表一におじさんマークを入れました。そのうちに講談社文庫に自作が入るときにまでおじさんマークを付けたいというから、さすがに他社ではよしてくれとお断りしました。

マークといえば、マニアックな話があります。〈日本探偵小説全集〉が刊行されたころはまだマークがあった時代ですから、当然、背表紙におじさんマークが入っている。いろいろな事情があって、一一巻『名作集1』の一巻だけ、すごく刊行が遅れたんですが、遅れている間にマークがなくなってしまった。全一二巻のうち一一巻だけ背にマークがない。それまでに出た巻を持っている人は、この巻だけマークがないということになります。それが書棚に並んでいるとやはり統一感がないので、何千部かだけマーク入りのカバーを作ったんです。つまり、マーク入りの一一巻が存在するんです。これはコレクターズアイテムになっているようですね。

〈日本探偵小説全集〉は一九八四（昭和五九）年に始まって、最後の一巻が出たのが一九九六（平成八）年。かなり長くかかりました。これはたしか、著作権の関係で、権利者と連絡が取れなかったとか何かそういうことがあったんです。あの巻は人数が多かったということもありましたし。でも大半の責任は、ぼくがさはっていたためです。『めりけんじゃっぷ』の谷譲次《たにじょうじ》の弟で画家の地味井平造《じみいへいぞう》さんは当時まだご存命で、直しを入れてもらったりしました。

もちろんそのときはすでにお亡くなりになっていたんですが、谷譲次というのは妙な人だったみたいですね。アメリカ帰りのアメリカかぶれのところがあり、自分のことはジョージと称し、弟はジミイと呼んでいたそうです。ジミイに漢字を当てて地味井にし、長谷川の長谷を英語表記のHaseにして英語読みのヘイズにするという、それで地味井平造というペンネームにしたのは、兄の海太郎《かいたろう》だったそうです。あの巻は地味井さんには著者校をやってもらったりして、すごくすんなりいったこともあれば、著作権がはっきりしない人がいて、手を焼いたこともありました。それで何となく棚上げになっているころに、ちょうど日本ものの書き下ろし作品の刊行なんかが重なった。あの巻の仕事はいつもいちばん後回しになってしまい、それですごく遅れてしまった。田口章利《たぐちあきとし》さんという読売新聞の文化部の記者が、これをおもしろがって、最終巻が出たときに大きな記事にしてくれました。

創元推理文庫の変遷

創元推理文庫の変遷を見ていくと、いろいろな変更を経験しているのですが、その一つに著者別番号への移行がありました。昔は一〇一番からずっと通し番号だったんです。だからSFマークができた当初はだいぶ離して、七〇一から始めたんです。

一九五九（昭和三四）年の創刊以来、創元推理文庫は一〇一番、ガストン・ルルーの『黄色い部屋の謎』を筆頭に通し番号でほぼ刊行順にナンバーが振られていました。創刊当時は文庫の表紙本体にグラシンがかけられ、白い帯が巻かれていました。その帯の表一に分類マーク——たとえば『黄色い部屋の謎』であれば本格推理のおじさんマーク——と番号と定価が、帯の背に分類マーク、番号、定価が、本文四ページ目の中扉に番号が記されていました。それを著者別の番号にしたのは、どうも怪奇と冒険部門の帆船マークが新設されたときのようです。同部門は『怪奇小説傑作集』全五巻で一九六九年二月にスタートしたのですが、その一巻は五〇一Aという番号が振られていました。続いて、ブラム・ストーカーの『吸血鬼ドラキュラ』に五〇二Aという番号が与えられました。

余談ですが、この『吸血鬼ドラキュラ』は創元推理文庫のなかでも、分類や番号の点でもっとも変更の激しかった作品です。初版は一九六三年一二月で、そのときはスリラー、サスペンスの猫マークでした。それがSF部門ができた一九六八年にはSFマークとなり、怪奇と冒険部門の帆船マークができると、一九六九年の四月には『怪奇小説傑作集』に次ぐ第二弾としてここに編入されます。その後さらに、一九七一年四月にはそれまで抄訳であったのが完訳版となりました。というわけで、創元推理文庫の『吸血鬼ドラキュラ』には四種類ある、というわけです。ちなみに、最後の完訳版『吸血鬼ドラキュラ』は、ぼくが入社一年目の終わりに担当した本です。翻訳原稿を整理するときにはいつも英米作品であれば英和辞典を座右に置いて作業するのですが、このときは国語辞典や漢和辞典を引く頻度のほうが多かったということを銘記しておきたいと思います。

　さて、著者別番号ですが、怪奇・冒険部門に著者別番号が振られた時点ではまだミステリやSFは従来の通し番号が使用されていました。既刊点数が多かったので、すぐには対応できなかったためでしょう。そもそもは一九七〇年代に文庫を創刊した新規参入組が、著者別に棚を構成していくようになって、古参の文庫各社も右へならえをするようになったのです。こうなると、おっとりかまえているわけにいかず、創元推理文庫も既刊全点を徐々に著者別番号へと移行していきます。ただし、それも何段階かを経ていて、すんなり現行のものになったわけではありません。

　一九七〇（昭和四五）年四月の入社以来、創元推理文庫はすべて初版で持っているはずですが、今は大半が成蹊大学に行っていて、手元にありません。そこで、頻繁に出している創元推理文庫解説目録を順に見ていくと、怪奇・冒険部門は初めから著者別番号を採用していて、先にふれたとおり、『怪奇小説傑作集1』は五〇一Aになっています。一九七三年八月の目録から、従来の整理番号に加えて作者別番号がSF部門に振られるようになりました。たとえば『火星のプリンセス』はこれまでの七〇一の上に六〇一‐一と作者別番号が加わっています。

　同じ目録で怪奇・冒険部門を見るとあいかわらず『怪奇小説傑作集1』は五〇一A、ミステリ部門はというと『黄色い部屋の謎』が一〇一のままです。さらに同年一二月の解説目録によると、バローズの『地底の世界ペルシダー』が整理番号八四六、作者別番号六〇一‐一九で、ヴォークト『終点：大宇宙！』からはもう通し番号なしの六〇九‐九ということになっています。

　一九七四（昭和四九）年一一月の解説目録を見ると、あいかわらずミステリ部門は通し番号だけですが、怪奇・冒険部門の『怪奇小説傑作集1』が五〇一－一と、作品順がアルファベットを辞めて、算用数字を使っているのです。

一九七五（昭和五〇）年六月の解説目録になると、ようやくミステリ部門の整理番号の上に作者別番号がつき、『黄色い部屋の謎』は一〇一で一〇八－一。一〇一－一じゃないんですね。では一〇一は誰だと思います？『世界短編傑作集』あたりかなと思ってみると、こちらは一〇〇。そして晴れて一〇一になったのは――そう、コナン・ドイルなんですね。『シャーロック・ホームズの冒険』が一〇一－一でした。ちなみにドイルは、創元推理文庫で唯一、ミステリ、怪奇・冒険、SFの三部門にそれぞれ作品がある作家です。怪奇・冒険部門は五一一、SF部門は六〇八でありました。

ただし、お気づきのように、これらは同じ著者を同一か所にまとめた、というだけですから、この番号順に並んだ書店の棚を見ていくと、コナン・ドイルの次がヴァン・ダイン、エラリー・クイーン、アガサ・クリスティ、F・W・クロフツ、モーリス・ルブラン……といった具合の配列になっています。これは従来の創元推理文庫の読者にはなじみ深くても、著者名が五十音順に並ぶ他文庫の棚から引きつづき見てくるとあれれ、と思われたのではないでしょうか。

では、東京創元社の文庫が五十音順の著者別番号になったのはいつかというと、これも怪奇・冒険部門が新設されたときにミステリやSFに先駆けて著者別番号が導入されたように、創元ノヴェルズが新設されたときでした。創元ノヴェルズは一九八九年三月、マギー『ラスト・シーザー』、ケイディン『メサイアの宝石』、テイラー『チョーク・ポイント』の三点でスタートしています。番号はそれぞれ、マ－1－1、ケ－1－1、テ－1－1でした。

一九九三（平成五）年一月の解説目録を見ると、巻頭に創元ノヴェルズを持ってきていて、続いて創元推理文庫、創元SF文庫の順ですが、後の二つはまだこの時点ではクイーン『Xの悲劇』が104－1、アシモフ『銀河帝国の興亡1』が604－1という具合でした。それが同年六月の解説目録ではそれぞれ、Mク－1－1、SFア－1－1に変わっているのです。

〈クラシック・クライム・コレクション〉より『IT WALKS BY NIGHT』

読者として出会った本

話はだいぶ戻りますが、一九七〇年代に出会った本に、とても印象に残っている洋書のシリーズがあります。一つはエイヴォンのペーパーバックで、〈クラシック・クライム・コレクション〉。フィリップ・マクドナルドの『鑢《やすり》』やディクスン・カーの『夜歩く』はまだしも、ディック・フランシスの『本命』あたりも入っているという叢書でしたが、非常に目を引くデザインだったんですね。

印象的な具象画の描かれた表紙の左上に、三色の帯があって、上からクラシック・クライム・コレクションという叢書名、著者名、書名が印刷されていました。シリーズの一巻とか二巻とか、巻数が入っているわけではなく、各巻の巻末を見ても全巻の一覧が載っているわけでもない。既刊で何が出ているのかもわからない。そんなシリーズだったんですが、MWA賞[*43]のデザイン賞を取るなど、デザイン的に注目された叢書のようでした。それがおもしろかったので、当時銀座にあった洋書店、イエナを中心に探して回りました。イエナに全巻入るとは限らないので、丸善に行ったり紀伊國屋に行ったりしましたし、あの当時は銀座の旭屋書店にもペーパーバックが置いてあって、そこでしか手に入らない本もありましたから、とにかく各書店を駆け回って、全部集めたのか集めていないのか自分でもわからないというようなコレクションをしたことがありました。

もう一つは、バランタインというペーパーバック会社から出ていた〈アダルト・ファンタジー〉というシリーズ。これには一角獣のマークとアダルト・ファンタジーというロゴが入っていて、リン・カーターが中心となって編集していたようです。後にカーターは『ファンタジーの歴史』という本でこのシリーズを概観していて、これは東京創元社から翻訳が出ています。このシリーズはすぐに、月刊ペン社の〈妖精文庫〉や、国書刊行会の〈世界幻想文学大系〉で主要な作品が紹介されることになります。

〈アダルト・ファンタジー〉より『Kai Lung Unrolls His Mat』

この二つが、一九七〇年代に読者として出会ったものでは、いちばん印象的な刊行物ですね。そういうものには、その後はなかなか出会えていなくて、一九八〇年代以降は、そんなふうに一生懸命集めたなあと、ぱっと思い浮かぶものはないですね。

一九七〇年代後半から、アメリカの大学で、ミステリやSFやホラーなどのジャンル小説が、文学部などで、きちんとした研究対象になってきます。オハイオ州のボーリング・グリーンという大学の出版局が、ポピュラー・プレスという出版部門を作っています。後にペーパーバック版も出ますが、ハードカバーの叢書で、エラリー・クイーンの研究書やら、M・D・ポーストやオースチン・フリーマンの評伝もありました。大学の教授連が大衆文学を採り上げて、そういう作家たちの研究書を書くようになり、ミステリ、SF、ファンタジー、ホラーが文学研究の対象になっていくというのが、一九八〇年代ごろの大きな流れとしてあったわけです。その頂点とも言える動きが、カリフォルニア大学サンディエゴ校の〈ミステリ・ライブラリ〉です。たしか作家のジョン・ボールを長にいただいて、ミステリに関する講演やパネル・ディスカッションが企画され、名作を選び出してハードカバーの〈ミステリ・ライブラリ〉という叢書を作り、書誌や解説の充実したシリーズを刊行していました。ベントリーの『トレント最後の事件』、バークリーの『毒入りチョコレート事件』など十数冊出ています。

そういう研究書や叢書は、丸善などの日本の洋書店を通して買うとものすごく高い。第一、一ドル三六〇円の時代でしたし、手数料なども加算されてだいたい一ドル四〇〇円強と考えないといけない時代でした。ですから、一冊一〇〇〇〇円くらいして、シリーズ全巻をというと何十万にもなる。大変でしたが、そういう時代でしたね。

この当時、一九八〇年代の半ばに池袋の西武デパートで、非常に大がかりなミステリ展をやったことがあります。山口雅也さんらが尽力をして、P・D・ジェイムズやジョン・ボールなど何人か作家を呼んで、講演会やサイン会を行うなど、たいそう立派なイベントでした。ミステリが文化的に認められたというか、そういう風潮が一九八〇年代にはあったのです。

消費税導入

一九八九年四月一日より消費税が導入されましたが、その対応は本当に大変でした。〈バルザック全集〉のような全集叢書類にはシールを貼りました。そういう対策が取られる一方で、本によってはそのまま絶版になってしまうなど、本の運命がわかれた時期だったと思います。その前から物価上昇が激しかったこともあって、文庫は定価を上げざるを得ませんでした。

一九七〇年代くらいまでは、一九六〇年代の本でも出たときのままの定価でやっていけました。一九七〇年代の終わりから一九八〇年代になってくると、頻繁に定価を改定しないといけなくなってきた。一九六〇年代は奥付に定価が表記されていたんですが、本体からは定価を削っていくかたちになっていきました。創元推理文庫の奥付広告では、既刊かこれから出る本かは定価が記入されているかどうかで区別していたんですが、値段を入れられなくなってきました。文庫の本体にはどこにも定価を入れない。定価が記されているのはカバーだけということになります。消費税導入のときはカバーを捨てて新しくすれば済みますからそれで乗り切り、それができない函物はシール対応になったんです。

翻訳家の顔ぶれの変化

著者関係の話をしておきましょう。一九七〇年代までは、翻訳家でいうと、大久保康雄先生を筆頭に、宇野利泰さん、中村能三さん、田中西二郎さん、中田《なかた》耕治《こうじ》さん、井上一夫《いのうえかずお》さんといった面々――昔の大御所が健在で活躍をしていた時代ですね。一九七〇年代にもちろんいろいろな新人は出てきてはいましたが、八〇年代九〇年代になるとそうした後から出てきた世代が中心になってくる。また、八〇年代くらいには大御所が相次いで亡くなったこともあり、七〇年代に中堅として活躍していた永井淳さん、深町眞理子《ふかまちまりこ》さん、小尾芙佐《おびふさ》さん、伊藤典夫《いとうのりお》さん、浅倉久志さんといった人たちが、八〇年代は中心になりました。さらにそれより後輩の菊池光さん、高見浩さん、池央耿さん、村上博基《むらかみひろき》さんといった新人が出てきて、だんだん中心になっていく。一九八〇年代は著者関係でも、やはりそういう変化、交代があったときですね。

ぼくは一九七〇（昭和四五）年から仕事をしていますから、著者関係でいうと、昔の大御所の方々が活躍されていた最後のころにお仕事をご一緒し、若い世代の高見さん、池さん、菊池さんらがちょうど出てきたのと一緒に、こちらも編集者として育っていきました。

新しい技術の登場と編集の現場の変化

一九七〇年代の後半から八〇年代の前半にワープロが普及してきました。まだワープロとしては初期の初期で、最初のころの機種はディスプレイに三行くらいしか表示できないようなものでしたし、最初はプリントアウトしてもらったものを印刷所に渡して、印刷所でそれを打ち直してもらうといったことから始まりました。その後だんだんフロッピーでデータをいただくようになりましたが、禁則処理やなんかでいろいろ困ったこともありました。たとえば、ディプレイ上で読みやすいように打っていくためにわざわざ見た目を整えたということなんでしょうが、データをもらうと、一行ごとに改行マークが入っているというケースもあって、不要な改行を全部消していくといった、今ではちょっと考えられないような作業をしないといけないこともありました。初期のワープロは変換効率も悪かったので、想像もつかないような、何だろうと首をひねっても出てこないような誤変換もありましたね。同音異義の誤変換は頻繁にあって、プリントアウトしたものを読んでも、立派な活字で組まれてしまうとふつうに読めてしまって、見落としもずいぶんありました。

印刷の技術も、手組みからコンピューター組版に転換していく過程でしたから、約束ごとがいろいろありました。新しいページの一行目にはルビが付けられないとか、今では考えられないようなこともいろいろと起こりました。

手書きからワープロ原稿になり、組版も手組みの活版印刷からコンピューター組版に移っていった。書く側、入力する側、それを組んだり印刷したりする側、どちらも、ちょうど変革の時期でした。ぼくは世代的に、それまでのアナログな仕事と、新しいデジタルな仕事と、ちょうど両方を体験することができた世代だといえるかもしれません。

編集者も、それに合わせてワープロやらパソコンやらに付き合わされることになります。ぼくはワープロをたしか二台経て、パソコンを導入しました。紀田順一郎さんに、これからはパソコンの時代だからワープロでなくパソコンのワープロソフトを使いなさいと勧められ、紀田さんにパソコンは何、プリンタは何、ワープロソフトは何、そして表計算ソフトは何、とメーカーや機種やソフトまで教えていただき、知人のお兄さんが勤めているパソコンショップを通して二割五分引きにしてもらい、七〇万円弱で購入しました。一九八五（昭和六〇）年の一二月です。

当時、パーソナルユースのコンピューターというとNECの全盛時代でした。9801VM2というのが国民機と言われるくらい人気があって、ぼくはこれを買いました。プリンタは両端に穴の開いたロール紙を使う、やはりNECのドットプリンタで、印刷するたびにキーキーというすさまじい音を立てる機械でしたから、夜遅くプリントアウトしているときなどは、ご近所に聞こえないかと、気が気ではありませんでした。ワープロソフトは一太郎の最初期バージョン、表計算ソフトはDATABOX—IIプラスX2だったと思います。一太郎に比べてこのソフトの辞書は貧弱で、しかも互いの互換性がありません。一九八〇年代の終わりに、大久保康雄先生の翻訳著作目録を作るとき、このデータベースソフトを活用しましたが、とにかく変換がだめで、四苦八苦したうえに、目録として体裁を整えるため一太郎に載せようとすると、これまた大変な苦労をしたものです。

〈創元ミステリ'90〉

一九九〇（平成二）年に新しいシリーズ〈創元ミステリ'90〉が北村薫さんの『夜の蟬』で始まりました。日本ものをまず〈鮎川哲也と十三の謎〉で始めたわけですが、初めてのジャンルに踏み出すには、一三という数が限定されたものはちょうどよかったんです。エンドレスの企画だとどこまでできるだろうかということになりますが、とりあえず一三冊やろうということだと気分的にも違うわけです。それでスタートして、実際は一三番目の鮎川先生のは出ないんですが、それ以外は全部出せた。それなりの成果も上げられた。これはこれで良しとして、次の段階に移っていこうと。次の段階の一つは、鮎川哲也賞を創設すること。『卍の殺人』を出した時点で告知をしました。だからこれはさっきの言い方でいうとエンドレスの企画というか、これは来年から始めて、ずっと新人の原稿を募集し続けますよという発表だったわけです。

第一クールの一三点については、『卍の殺人』を出した時点ではまだ全部は出ていなかったんですが、もう先が見えるところまでは来ていた。ならば、第二シリーズをどうするか。それで企画したのが〈創元ミステリ'90〉です。これは一〇巻でした。今度は巻数でなくて、刊行する年を一九九〇（平成二）年と限定したわけです。とりあえず何冊出せるかわからないけれど、今年もやりますよ、という意思表示です。

第一シリーズの〈鮎川哲也と十三の謎〉で、この人はもうどんどん書けるだろうとか、次も出せるだろうとか、ある程度目処が立ってきました。だから、〈創元ミステリ'90〉は〈鮎川哲也と十三の謎〉第一シリーズの補完のようなかたちで出したんです。澤木喬《さわききょう》さんのように新しく〈創元ミステリ'90〉で加わった作家もいますが、ほとんどは〈鮎川哲也と十三の謎〉と同じメンバーでいこうと考えていました。

先に話した『紙魚の手帖』は続いていたんですが、最初は書評がなかったんですね。書評というか、そもそも『紙魚の手帖』自体が東京創元社の新刊案内の延長線上のものですから、あくまでも東京創元社の新刊を紹介するという意味合いの書評です。それをやろうということで、まず最初に、大学の後輩、立教ミステリ・クラブの女子大生を使ったんです。当時、フジテレビで真夜中に女子大生を集めた番組「オールナイトフジ」がありまして、それがちょっと頭にあった。ＡＫＢのはしりみたいなものですが、女子大生に何かやらせてみようというので、レポートをさせたり、そのうちに歌も歌わせたりとか、いろいろなことをやり出した。だいたいこのあたりから、東京創元社の入社試験をすると、女の子のほうが元気で、男がつまらないというような傾向になりましたね。筆記試験で成績優秀なのはだいたい女性になってしまう。でも、女子ばっかりというわけにもいかないので男子も少し残して、というふうにするんですが、面接で会って話をすると、本当に男がつまらないという、そんな時代にだんだんなってきていたんですね。

そういうノリで、立教のクラブにちょっと顔を出したら、やはり女の子のほうがおもしろい。なかに、突出した人が一人いたんですね。それが若竹七海《わかたけななみ》さんだった。ほかにも女子が二人いたんですが、みんな非常に個性的でした。「オールナイトフジ」のノリではないんですが、女子大生が東京創元社の本を肴に感想をしゃべるというスタイルの書評をやろうと考えたわけです。

もう一つのヒントはマガジンハウス。ちょうど『Ｏｌｉｖｅ』が創刊したころかな。『Ｏｌｉｖｅ』の初代編集長は名義的には木滑さんだったかもしれませんが、実質的に仕切っていたのは椎根和さんという、ぼくが『ＰＯＰＥＹＥ』に文章を書いていたときの担当編集者でした。『Ｏｌｉｖｅ』を始めた椎根さんと、書評が書ける人で誰かおもしろい人はいませんかという話になったんですが、ワセミスの大津波悦子《おおつなみえつこ》さんと一年違いの柿沼瑛子《かきぬまえいこ》さんの二人で、おしゃべり書評をやらせてみた。二人のおしゃべりで二ページで、ペンネームがたしかゴッドマザーと何とか。それがわりと評判を呼んだんです。そのことと立教の女学生たちのことと両方が頭にあって、あの調子で何かできないか、そんなふうに考えました。

書評の条件は、ふた月の間に東京創元社で出した刊行物を全部採り上げること。コクトーや社会科学が出たら、それも採り上げる。それをちゃんと三人でこなした。すごくおもしろかったんですね。まとめたのは若竹さんで、これは才能がある子だなと思いました。三人は固定メンバーとし、毎回ゲストを一人呼ぶ。先輩や後輩を呼んでやってもらいました。ゲストで何度か出たのが、若竹さんの一年か二年上で、今は文一総合出版の編集者になっている澤木喬さん。こちらもなかなか才能のある人でした。澤木さんが先に『いざ言問はむ都鳥』という短編集を東京創元社で出すことになり、〈創元ミステリ'90〉で刊行しました。若竹さんはそれに少し遅れて、〈黄金の13〉で『ぼくのミステリな日常』という連作短編集でデビューすることになる。そういう人材が出てくるきっかけをつくったのが『紙魚の手帖』の書評だったんです。

〈創元ミステリ'90〉には一冊、外国人作家の翻訳作品が混じっています。カトリーヌ・アルレーの『狼の時刻《とき》』なんですが、これにはこういう経緯がありました。『わらの女』を刊行して以来、東京創元社は独占的にアルレーの作品を刊行していましたが、本国では徐々に忘れられつつあったようで、毎年のように新作が出ると本が送られてきていたのですが、そのうちに本ではなくて、原稿のコピーが送られてくるようになりました。それが後でフランスでも出版されることはあったようですが、この『狼の時刻』は本国でもまだ本になっていない原稿だったんです。それを見ていて、少なくとも現時点では世界初出版ということになる、ということは要するに日本的にいえば書き下ろしです。おもしろいじゃないか、よし〈創元ミステリ'90〉に入れてやろう、とこういう経緯だったんです。

シリーズでいうとまず〈鮎川哲也と十三の謎〉が基本としてあり、そこで出会ったこれは書けるという人に第二作を書いてもらうのが眼目で、〈創元ミステリ'90〉を始めた。それが終わったところで次に企画したのが〈黄金の13〉。ぼくとしては、おそるおそるというほどのことではなかったんですが、まだ続けられるまだ続けられる、という感じで企画し、本を出していた時期でした。

その後になると、今でもまだ継続して出ている〈創元クライム・クラブ〉。これは、読者や営業から、たとえば北村さんの〈円紫さん〉シリーズが、一冊ずつ違うデザインなのはいかがなものか、棚に北村薫作品を並べたときに統一感がないのはまずいんじゃないか、というようなことを言われました。このあたりまで来ると、こちらももう続けて出していってもいいかなと思えるようになってきていましたので、〈創元クライム・クラブ〉は、恒久的な刊行物というふうに考えたわけです。そこにいたるまでは、多少はおそるおそるという感じで出していたところがありました。

そういう経緯もあって、一九九〇（平成二）年から九一年にかけていくつもシリーズを立ち上げているわけです。〈創元ミステリ'90〉と〈黄金の13〉、それに〈創元クライム・クラブ〉、さらには〈MYSTERY 4 YOU〉といった具合です。

鮎川哲也賞

一九九〇（平成二）年に鮎川哲也賞が創設となりました。鮎川哲也賞受賞作というかたちで、単行本の扱いで出すことにしましたから、装丁も一冊一冊違っています。ただ、体裁というか、巻末に選評が載るのはどの受賞作の本でもそろえました。第一回の受賞者は芦辺《あしべ》拓《たく》さんでした。

ミステリ関係の賞でいうと、その一〇年前から角川の横溝正史賞*44が始まっています。たしか二回目だったと思いますが、始まってすぐに一つ、事件というのは大げさかもしれませんが、ちょっとした出来事がありました。

当時は角川春樹さんがまだ角川書店にいたころで、横溝正史賞は春樹さんが始めたんでしょう。春樹さんは作詞家の阿久悠《あくゆう》さんと仲が良くて、要するにあれは完全に出来レースだったらしいんです。春樹さんとしては、横溝正史賞の名前を上げたい、もう少しポピュラーにしたいという気持ちがあったんだろうと思います。そんな気持ちから、阿久悠さんに、書いて応募すれば取らせるからみたいな感じで話したんじゃないかと思うんです。当時は春樹さんも選考委員の一人で、他の選考委員も荻昌弘《おぎまさひろ》さんとか、春樹さんがそう言うならという感じのイエスマンでした。そんなふうに選考委員をそろえたはずだったのに、一人だけ土屋隆夫さんが入っていた。春樹さんとしてはどうにかなるだろうぐらいの気持ちだったんじゃないかと思うんですが、土屋さんは阿久悠さんの受賞に猛烈に反対し、選考はすんなり決まらなかったわけです。土屋さんは、これだけはだめだ、みたいな感じで言ったそうです。阿久悠さんに授賞する約束だとまではもちろん言えないから、春樹さんも困ったでしょうし、荻昌弘さんなんかは間をとりなそうとしたんだけど、土屋さんはとにかくへそを曲げてしまって、とにかくその授賞は反対だから、もしそれで強行するなら自分は選考委員を降りるといって、角川文庫から自分の作品を全部引き上げるとまで後になって言うわけです。

春樹さんはじめ選考委員が困ったことに、土屋さんの選評がかなり激烈なものだったらしい。さすがに受賞作にそんな選評を載せるわけにはいかないので、そこは商売だから何とかもう少し丸く、自分としては不本意だけど同意した、みたいな書き方になりませんか、と土屋さんに相談したけれど、土屋さんは、頑として応じない。それで、阿久さんの回から横溝正史賞は選評がなくなってしまったんです。しかも、『殺人狂時代ユリエ』という作品は、これだけ新書版で出される、という判型まで違う本になりました。これは数ある賞関係でも、非常にめずらしい事件だったと思います。

乱歩賞は延々四十数回続いていますが、巻頭には受賞者の言葉があり、巻末にこれだけの作品があって、これこれの作品が残り云々という選考経過と選者の選評が載っている。そのかたちをずっと踏襲してきたんですが、横溝正史賞は、二回目から体裁の違う本になってしまった。傍で見ていて、ああいうのはまずいなという思いもありましたから、とにかく形式は堅持していくということで、鮎川賞は続けています。

一九九一年の新シリーズ

一九九一（平成三）年に〈黄金の13〉が始まっています。東京創元社では昔『悪魔の一ダースは十三だ』

という本を出しているんですが、英語で一三というのはキリスト教の関係で非常に不吉な数なんですね。それがかえってミステリのシリーズの数字としてはいいんじゃないかということで、一三にこだわって命名したのを覚えています。

同じ一九九一（平成三）年に新シリーズ〈創元クライム・クラブ〉を立ち上げました。たしか北村さんから、もう次を書きたいというような話があり、〈黄金の13〉が終わるのを待って、それから次のシリーズに書くということになると、翌年か翌々年になってしまうということで、急遽予定を変更して〈創元クライム・クラブ〉をスタートしたんだと思います。

〈創元ミステリ'90〉も〈黄金の13〉も、初回配本は北村薫さんですが、〈創元クライム・クラブ〉の第一回配本は紀田順一郎さんの『魔術的な急斜面』。この順番はたしか、紀田さんの原稿がもうできていたから、ということだったと思います。一九八二（昭和五七）年、三一書房から刊行された『幻書辞典』を読んで、これはおもしろいと思い依頼したんですが、要するに、紀田さんのほうでも小説を書く気になっていたんですね。当時は紀田さんが次々に小説を書いていた時期だった。

一九九一（平成三）年は、新しいシリーズを二つ立ち上げて、年末には〈MYSTERY 4 YOU〉も始めています。短編を四編収録した四冊の叢書という意味と、mystery for you とを掛けて命名したんです。最初の本は山口雅也さんの『キッド・ピストルズの冒瀆』。これは、ソフトカバーの小B6判の本なんですが、ちょっと手軽な感じのおしゃれなシリーズを作ってみたかったんです。

他の三人のうちの一人が服部《はっとり》まゆみさん。この企画の前に服部さんは横溝賞を取ってデビューしているんですが、受賞作の『時のアラベスク』がぼくはすごく好きで、北村薫さんと二人で、これは良い作家が出たねと話していたんです。そんなことがあったときに、どういう経緯でか服部さんのほうからたしか声をかけてくださって、これ幸いという感じで、服部さんの本をということになりました。この本は、服部さんご自身の銅版画を挿絵に使っています。

山口さん、服部さん、それに岩崎正吾さん、そして、黒崎緑《くろさきみどり》さん。黒崎さんはその前に〈創元クライム・クラブ〉で『しゃべくり探偵』を出しています。サントリーミステリー大賞[*45]の読者賞をとってデビューされた方で、有栖川さんやご主人の白峰良介《しらみねりょうすけ》さんなどと同じく同志社大学のミス研出身者です。漫才のようなホームズ、ワトスンのしゃべくりによる掛け合いのおもしろさで、非常にユニークな連作短編を仕上げてくださいました。〈MYSTERY 4 YOU〉の『死人にグチなし』は和製ホームズものではありませんが、『しゃべくり探偵』のカバー絵をお願いしたいしいひさいちさんに、四コママンガを描いていただいて挿絵に使っています。

ミステリーコンペとリレーミステリ

岩崎さんは〈鮎川哲也と十三の謎〉後に、〈創元ミステリ'90〉で一作出して、結局、東京創元社で四冊出しましたが、ほかの社からも注文が来るようになっていました。

そのころ角川文庫で一〇人の推理作家に競作をさせるミステリーコンペ[*46]という企画がありました。書き下ろしの新作ミステリ一〇作から、読者投票で一番多い票を獲得したグランプリを決めるというものでした。角川でそういうコンペがあり、黒崎さんや服部さん、有栖川さんなどが参加して行われたんですが、岩崎さんが一位になったんです。これは明らかに組織票といっていいものでした。地方の人の一つの考え方というか、要するに地元の作家を応援しようというようなことだったんですね。

結果が発表になった後で、数人の作家が、角川歴彦《かどかわつぐひこ》さんにクレームを付けた。たしかに不正ですが、岩崎さんのファンの気持ちもわからなくもない。作家の競争があり、読者の投票で一位が決まる、そんなお祭りがある。それに自分も参加しているので協力してほしい。本を買う買わないはともかく、岩崎正吾という名前を投票してほしい。そんなふうに頼んだんでしょう。官製葉書による投票でもよかったんです。

その背景には岩崎さんの立ち位置みたいなものがありました。岩崎さんは地方出版をやりながら、地元で草の根運動をしている活動家の支援をしていて、選挙となると事務所を手伝う、ということをふだんからやっていた人だったんですね。それで、コンペもいつものそういう感覚で地元の人に頼んで、組織を動員してやったものだから、岩崎さんが一位になった。それに対してほかの作家たちが、おかしいと異議を唱えたわけです。

ちょうどその当時、ぼくは連作の企画を考えていて、まず笠井さんに話を持っていったんです。何人かでリレーミステリをやりませんかと。笠井さんも乗り気で、そういうのをやるなら八ヶ岳のぼくの家に全員集めようということになり、泊まりがけで笠井さん宅に全員で行って、バーベキューをつついたり、温泉につかったりしながら、相談しました。

連作のルールは、自分の創造したワトスン役のキャラクターを必ず使うこと。たとえば、笠井さんならナディア[*47]を、有栖川さんなら有栖川有栖を出す。これは、リレー小説は書き手が変わるごとに文章が変わるのだから、ならば日ごろ使っている記述者を使うのが自然だという笠井さんの提案を容れたものです。ですから文庫化されたときの帯に「人気シリーズの名探偵たちの豪華競演」とあるのは正確ではありません。矢吹《やぶき》駆《かける》＊48も円紫《えんし》師匠《ししょう》＊49も出てきませんから。舞台は日本にする。そのようなルールを作りました。参加するのは笠井さん、岩崎さん、北村さん、若竹さん、法月綸太郎《のりづきりんたろう》さんに有栖川さんの六人で、この順番で書くことになっていました。

六人のなかで、岩崎さんは気後れがしたのか、何となく腰が引けている感じの出来だったのを、後を受けた北村さんがうまくフォローし、かなりがんばって書いてくれて、けっこうおもしろい話になりました。いちばん最後が有栖川さんだったんですが、その途中で角川のコンペの事件があったので、有栖川さんは岩崎さんと一緒は嫌だと言いだした。

それぞれの登場人物を使うというルールを作ったので、それまでの笠井さん、岩崎さん、北村さんのパートでは、自分のキャラクター以外に、ほかの作家のキャラクターも使っているわけです。笠井さんがナディアを登場させた話では、北村さんの作品に出てくる女の子、名前がないのが面倒だというので「ブッキー」という愛称で呼ぶことにしたんですが、とにかく、それぞれのワトスン役を使って話を進めてきていましたから、当然、有栖川有栖もすでに出てきていたんです。そういう内容で進んできたのに、そこで角川の事件があって、有栖川さんが降りてしまった。

有栖川さんが抜けたあたりから進行も滞るようになってしまいました。この時点で急遽、巽昌章《たつみまさあき》さんにトリの代役をお願いしたのです。法月さんも、この途中での交代劇をなんとかうまく収めようと、努力をしてくれたんですね。ぼくに二章分書かせてください、といって彼が奮闘してくれた。その後、巽さんも健闘してくれました。思わぬハプニングで遅延してしまったのですが、こうして難産の末にできあがった『吹雪の山荘――赤い死の影の下に』は、リレー小説としては出色の出来だったのでは、とぼくは思っています。でも、そのおかげで本になったのは二〇〇八（平成二〇）年の初めでした。

『薔薇の名前』

この時代の東京創元社の本として特筆すべきは、ウンベルト・エーコの『薔薇の名前』でしょう。この本が刊行された記念すべき年が一九九〇（平成二）年です。邦訳は二巻本にするくらいの長さで、大変難しい内容でしたが、ベストセラーになりました。

これは現在編集部長をやっている井垣が企画したものです。イタリアで出て大ベストセラーになった直後に、やはり国が近いということもあって、最初にフランス語訳が出たんですが、フランスでもとても評判になった。その後、英訳や独訳など、世界中で翻訳が出るんですが、当然、英訳が出て、すごいと評判になると、新潮社や講談社などいろいろな出版社がこれはなんだとなったわけです。エージェントのタトルにわっと問い合わせが殺到したときには、翻訳権はもう東京創元社が取っていた。井垣はフランス語が読めるので、外国語訳はフランス語しか出ていないときに井垣が読んで先に目をつけたんですね。エージェントから本が来たのが年末で、井垣は正月休みをつぶして読んだんです。競争は白水社とうちの二社だけでした。それで東京創元社がアドバンス競争[*50]に勝って翻訳権を取ったんです。

ところがそこからの話が長い。翻訳権を取ったのは、たしか一九八三（昭和五八）年のことでした。イタリア語の作品だから原語のイタリア語から訳そうということになった。ただ、イタリア語の翻訳はそれまでやったことがなかったので翻訳家のつてがない。早川書房には〈イタリア文学全集〉というのがあるんですが、これは、京大のイタリア文学を卒業した小松左京《こまつさきょう》さんがやらないかと持ちかけた企画らしいんです。

そんなことがありましたから、もう亡くなりましたが早川書房の菅野《すがの》さんという編集者に、イタリア語の本を出すので誰かいい翻訳家はいないかと聞いたら、東京外語大学の河島英昭《かわしまひであき》先生がいちばんだというので、河島さんに頼んだところ、二つ返事で引き受けてくれました。やれやれ、これでなんとかなるとひと息ついたら、これが一向《いっこう》に翻訳があがってこない。ここからが大変で。

河島さんは、長野県の追分《おいわけ》に、夏になると避暑に出かけるんです。井垣一人にやらせるのは大変だから、ぼくもたまに追分に行って原稿取りをしようと、土屋隆夫先生の仕事で毎月のように使っていた上田駅前のビジネスホテルを取って、とにかく毎日一度は軽井沢駅前の喫茶店で会って、三枚ぐらい原稿をもらうということをしていました。ぼくも四、五日泊まったかな。今は三菱東京UFJ銀行ができていますが、当時は軽井沢の駅前には都市銀行がなかったんですよ。しかたがないから長野まで出る。長野まで行くと都市銀行があったので、お金をおろしにわざわざ長野まで行ったりしていました。それに懲りて郵便貯金をするようになりました。郵便局ならどこにでもありますから。

とにかく、上田駅前のビジネスホテルに泊まって、原稿を三枚とか五枚とかもらう。そのペースですから、今年も出ない来年も出ない、そんなことを繰り返していましたら、そのうち映画化が決まり、ヘラルド・エースから「お宅で原作の翻訳権を取っているそうですね」とタイアップの話が来た。宣材に「原作東京創元社刊」と入れたはいいけれど、本はまだぜんぜん出ないし、出る見込みもない。とにかく映画公開までには仕上げてほしいと河島さんにはお願いしたんですが、それでもできない。映画公開——一九八七（昭和六二）年一二月でしたが——には間に合わないということで、これはもう完全にだめになりました。

翌年、一九八八（昭和六三）年には今度はエーコが来日[*51]することになった。あちこちで講演するのにお付き合いし、河島さんも来て一緒に食事をしたりしたりしたんですが、本人が来るとなっても原稿はできない。それから今度はその翌年のこと。フランクフルトのブックフェア[*52]では毎年、一国の特集をするのですが、一九八九年はイタリア特集年でした。『薔薇の名前』のこともあって、その年はエーコをゲストに招くというので、井垣がブックフェアに参加しました。すると、『薔薇の名前』の各国版を出している全世界の版元が集まり、エーコを囲んでパーティもするということになったんですが、それでも日本版は出ない。そんなわけですから、もう原書の版元からも当然、今年中に出さないと権利を取り上げるなど、やいやい言ってくるわけです。それで、ようやく一九九〇（平成二）年に出たんですが、これも一月いっぱいが期限だとか言われていたのに、その時点では実は下巻がまだ刷り上がっていませんでした。本当にぎりぎり一月に最後の原稿が入ったくらいで、とにかく一月いっぱいに出さないと権利を取り上げられてしまうということになっていたので、奥付はとにかく一月二五日にしようということになりました。実際にできたのは二月にずれ込んでいました。まさに綱渡りでした。これで、この本が売れたからいいですが、もしそれほど売れなければ、いろいろ言われていたでしょうね。

ふつうだったら、単行本の作品は三年ぐらいたつと文庫にします。もちろん文庫化権も取っていたんですが、文庫化するといったら、河島さんが手直しをすると言いだした。これもまだ少しずつ原稿をもらっているような状況で、実はまだ続いている。それで文庫が出ないんです。そのおかげもあるのかどうか、この作品は単行本がいまだに売れているんですね。しかも、大型書店の新規店では、『薔薇の名前』が海外文学の単行本の目玉みたいになっているんです。現代文学と同時にミステリでもあるから、文学としてもミステリとしても評価されている。また、著者のエーコが記号論の学者ですから、哲学的な小説としても評価されています。そんなふうに幅広い読み方ができ、広範な読者に訴えたというのもあるのかもしれません。海外文学が厳しいなかで、定番の一つになっているわけです。これは東京創元社の翻訳文学の単行本でいうと、トップクラスの売行ですね。

東京創元社の翻訳ものということでいうと、『自由からの逃走』という化け物本があって、こちらは百数版までいっていますから、累計でみるとやはり『自由からの逃走』がいちばんでしょう。でも、フィクションでは『薔薇の名前』が間違いなくいちばんですね。

一九九〇年代の出版路線

東京創元社の創作は鮎川先生がらみで始めたこともあって、やはり、どうしても本格畑が中心になります。一九九〇（平成二）年前後のミステリ界では、大沢《おおさわ》在昌《ありまさ》さんの〈新宿鮫〉シリーズ、志水《しみず》辰夫《たつお》さんの『行きずりの街』、原尞《はらりょう》さんの『私が殺した少女』など、ハードボイルド系の作品が話題になったり売れたりしましたが、創作に関していえば、ハードボイルド系というのは当時の東京創元社の刊行路線にはなかったですね。

それより前の時代、一九八〇年代には内藤陳さんがマルタの鷹協会[*53]を作り、「ハードボイルドだど！」[*54]を流行語にするなどして、ハードボイルドということばがけっこう強く打ち出されたことがありました。たとえば、テレビドラマでは、ワセミスのOBでハードボイルド系を中心に翻訳の仕事をやってきた小鷹信光さんが脚本を書き、松田《まつだ》優作《ゆうさく》が主役を演じた「探偵物語」が流行りました。マルタの鷹協会のほかに、冒険小説協会[55]もありまして、こちらも内藤さんが噛んでいたものですが、毎年冒険小説大賞[56]を出すなどして、ハードボイルドや冒険小説をさかんに打ち出した。集英社で出していた月刊『プレイボーイ』、創刊は一九七五（昭和五〇）年ですが、その編集長も冒険小説大賞をサポートしていましたし、『プレイボーイ』という雑誌自体、男らしさや冒険というのが前面に出ている雑誌でしたから。そういうような流れが合わさって、冒険小説やハードボイルドが話題になり、そうした動きに呼応するように、いろいろな作家も出てきた。さらに、大藪春彦《おおやぶはるひこ》さんや河野《こうの》典生《てんせい》さん、少し前になりますが『追いつめる』で直木賞を取った生島治郎《いくしまじろう》さんら、古くからハードボイルドを書いていた作家も再評価されました。

ハードボイルドが注目され、チャンドラー作品のフレーズ「タフでなければ生きていけない、優しくなければ男ではない」がコマーシャルに使われたりもした。今はどんどん村上春樹《むらかみはるき》訳に変わっていますが、元の清水俊二《しみずしゅんじ》訳のチャンドラー作品における訳文の魅力ともあいまって、非常によく読まれました。それに合わせるようにして、日本でも新しいハードボイルド作家が出てきた。北方謙三《きたかたけんぞう》さん、大沢在昌さんらが出てきたのはそうした流れですね。

冒険小説とハードボイルドは本来は違うんですが、日本では合わせたかたちで受け取られている面があって、佐々《さ さ》木譲《きじょう》さんの作品が注目されたり、逢坂剛さんが出てきたりしたのもそのような流れだったんじゃないでしょうか。一九九〇（平成二）年ごろは、推理作家協会の理事長でいうと、清張さんが亡くなった後に島田《しまだ》一男《かずお》さん、佐野洋さん、三好徹さん、山村正夫さん、中島河太郎さんといった、まだ古い人たちがやっていましたが、その後、生島治郎さん、阿刀田高《あとうだたかし》さんをはさんで、北方さんや大沢さんの時代になってくる。逢坂さんが間に入っていますが、東野《ひがしの》さんがやり、今は今野《こんの》敏《びん》さんと、このところ続けて、どちらかというとハードボイルド系の人が推理作家協会でリーダーシップを取るようになっていますから、あのあたりで流れが変わったのはたしかです。

一方で、本格は、島田・笠井に続いて新本格の時代になったわけですが、そのような動きを指して社会の流れに逆行しているという批判もあったんです。古いタイプの推理ものから、清張らの社会派を経て、推理小説がせっかく現実に立脚した小説にだんだんなってきたのに、それをまた横溝時代に戻してしまったという批判もあったわけです。推理作家協会でハードボイルド・冒険小説系の人がリーダーシップを取るようになってきたのは、そういう流れのなかでのことでもあった。それに対し、新本格の側にもある種の反発が出てきました。たとえば、有栖川さんの『双頭の悪魔』が協会賞の候補にさえならなかったことに対して、本格系の人たちは、賞を取る取らないはともかくとして、候補にも挙げないというのはさすがにちょっとおかしいのではないかと。本格系がないがしろにされつつあるのではないかと感じたんですね。それで、分家争いということではないんですが、本格ミステリ作家クラブ[*57]が、ちょうど二〇〇〇（平成一二）年という、年数を数えやすい年に発足するわけです。

このように、一九九〇年代は、ハードボイルド・冒険小説系がある意味、ミステリ界の中心のような感じになった時代であったと思います。

一九九〇年代の刊行路線

一九九〇（平成二）年に刊行されたクリスチアナ・ブランドの短編集『招かれざる客たちのビュッフェ』の初版時にはさまっていた新刊案内を見てみましょう。本に入っていたのは二、三月の新刊案内で、『薔薇の名前』が一月に出ています。〈創元ミステリ'90〉が始まり、北村さんの『夜の蝉』が出ています。内側は文庫の新刊一覧ですが、創元ノヴェルズが載っていて、これは一九八九年の創刊です。このシリーズが、ある意味では、東京創元社が当時のハードボイルド・冒険小説系の流行に対応したものといえるでしょう。翻訳ミステリでいうと、国際謀略小説というか、アメリカやフランスだけではなく、その前の東西冷戦による米ソの二極化より、もう少し複雑になってきた国際情勢を踏まえたグローバルな、フォーサイスの後を継ぐ国際諜報小説が流行りだすわけです。そうした動きに創元推理文庫も対応しようというので作ったのが創元ノヴェルズという新しい文庫レーベルだったというのは先にお話ししたとおりです。もちろん創元推理文庫には、スパイ小説もあれば冒険もあり、ハードボイルドもありますから、そこに入れてもいいんですが、より新しめのものを入れていくのをもう少し鮮明にしたかった。

そういう国際謀略小説以外だと、スティーヴン・キングのようないわゆるモダンホラーと呼ばれたジャンルも流行っていた時代でしたから、創元ノヴェルズは、国際謀略小説、モダンホラーを二本の柱にしました。これは十年ぐらい続けて、結局はやめてしまうんですが、これが当時、東京創元社がそういう時代の傾向に対して、会社として取った戦略の一つということになります。

創作のほうでは、ぼくは当時〈鮎川哲也と十三の謎〉に始まり、〈創元ミステリ'90〉、その後の〈黄金の13〉、〈創元クライム・クラブ〉などを手がけていました。本格だけをやろうという気はなかったんですが、書き手として自分の周りにはハードボイルド・冒険小説系やモダンホラーの書き手がとくにはいなかったということもあり、結果として謎解きが中心のセレクトになりました。

北村さんらで始まった最初の〈鮎川哲也と十三の謎〉が好調だったこともあります。前にもふれましたが、

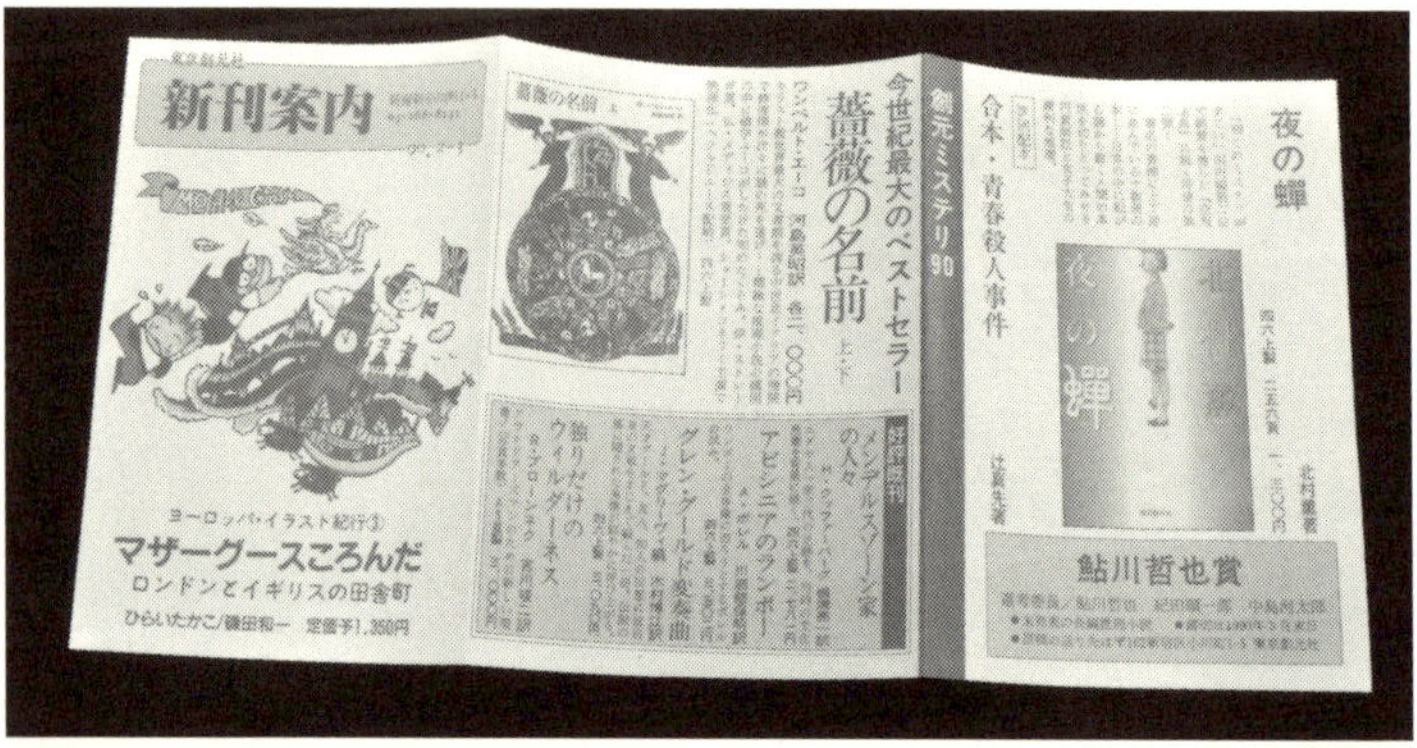

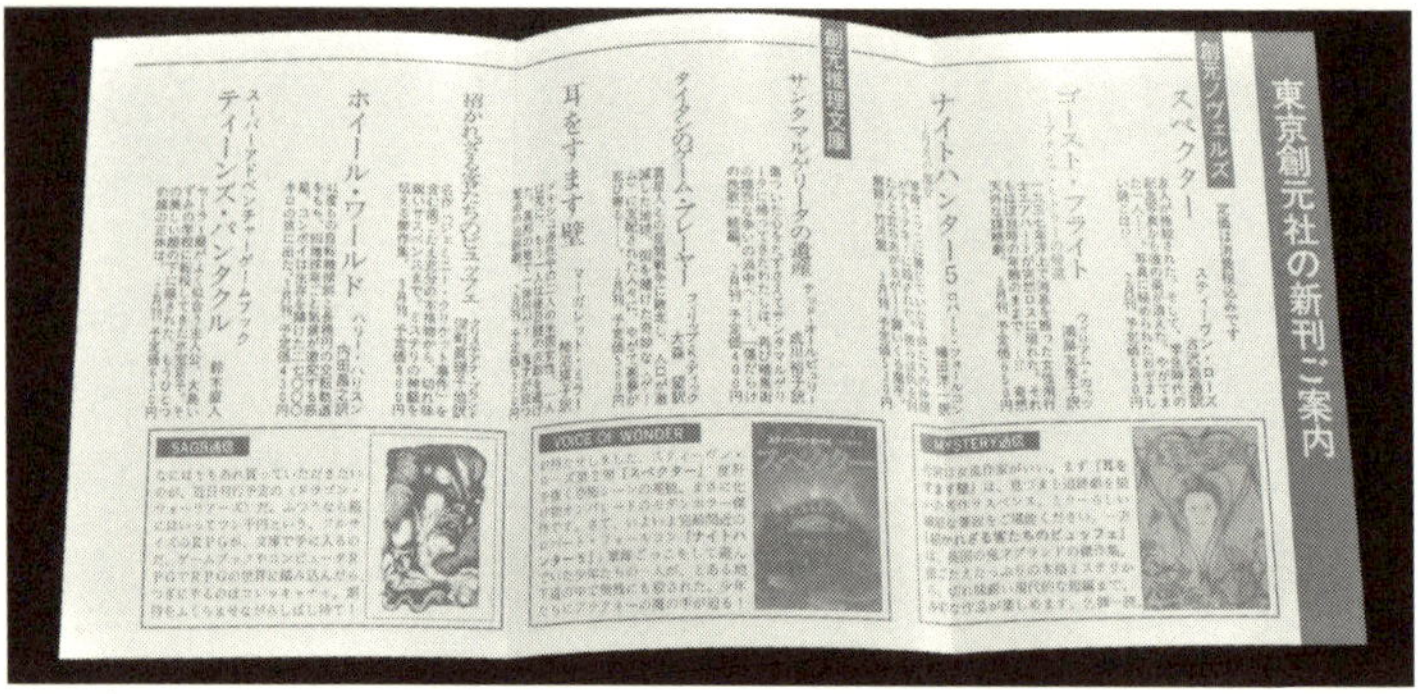

1990年2・3月の東京創元社の新刊案内

折原さんを最初に出したときは、暗中模索のかたちで始めたものだったわけですが、それの結果が非常に良かった。営業部としても、このジャンルはいけるんだという感じになりました。それで、その後はどんどん出せるような下地ができたんです。

〈齋藤磯雄著作集〉

一九九〇、九一年あたりは、ミステリ関係の叢書を次々に立ち上げていた時期ですが、一九九一（平成三）年には〈齋藤磯雄著作集〉全四巻も出ています。ミステリはミステリで社の柱としながらも、やはり〈ヴィリエ・ド・リラダン全集〉を出してきた経緯もあり、昔の創元社の流れを汲んだ出版物も若干ありました。

齋藤先生は、日本の仏文学界のなかでもちょっと異端の人でした。明治大学で教えていらっしゃったんですが、明治というのは教授連の奥さんの会まであるほど、先生同士も含めて結束の固い大学なんです。〈バルザック全集〉でお世話になった水野亮先生も長く明治で教えていらっしゃったので、明治つながりのお付き合いもなくはなかったんですが、それでも齋藤先生は学内で孤高の人でした。

リラダン自体がフランス文学界の異端児なんですが、それをただ採り上げるだけではなく、訳文を正字正仮名にしたいという。齋藤先生が師と仰いでいたのは、仏文の人ではなく国文学者で旧字旧仮名論者の阿藤《あとう》伯海《はくみ》。齋藤磯雄先生という人は文壇的にもお付き合いがないなか、どういう経緯だったのかよくわかりませんが、大久保康雄先生にはかわいがってもらっていたんです。そもそも、東京創元社で〈ヴィリエ・ド・リラダン全集〉を出すことが決まったのは、大久保先生の紹介でした。厚木はよく大久保先生のところに遊びに行っていたんですが、そのうちゴルフを始め、先生のゴルフ仲間になるような付き合いをしていたんですが、あるとき、大久保先生から、実はリラダンという日本ではあまり知られていない作家をこつこつ研究していて、できれば個人で全訳したいということを考えている齋藤という学者がいるので、ぜひきみのところでなんとかできないかという話があったんです。それで厚木はぜひやりましょうと引き受けた。

そのときの齋藤先生の条件が、これは正字正仮名で出してほしいということでした。「齋藤磯雄」の「齋」も難しい字で、ふつうの「斎」なんて書くと怒られる。「藤」の草かんむりもまん中で分けないといけない。最初は五所が担当していたんですが、刊行前に会社を辞めてしまった。五所が辞めるときは、ゲラになっているのは一巻だけという状態でした。ほかに担当がいないので、五所さんが辞めた直後に、秋山、厚木とぼくの三人で齋藤先生とお目にかかり、今度はこれが担当しますからと言って、先生にぼくが紹介されたんです。

先生に会うときは、「齋藤磯雄」をちゃんと正字で書けるようにということと、「ヴィリエ・ド・リラダン」を「ジャン＝マリ＝マティアス＝フィリップ＝オーギュスト・ド・ヴィリエ・ド・リラダン」とフルネームで全部言えるようにと秋山に言われ、まるで寿限無《じゅげむ》か何かを覚えるみたいにしてその二つを頭に入れてからお目にかかった覚えがあります。

何しろ、こちらは正字正仮名のこと自体がよくわかっていませんでしたから、本当に手探りでした。正字だと、たとえば平均の「均」という字の二本棒にしても、真横に平行なのかそうでないのかで何通りもあるんですね。どれが本当に正しいのかは、諸橋の『大漢和』[*58]を見ないとわからない。いわゆる俗字や異体字ではなくて、あくまでも正字でというので、校正の赤字もそういう字体の違いを正す赤字なんです。字自体はちゃんと「均」が入っているけれど、中の横棒の向きを正すという、そういう赤字です。

もちろんその当時はまだ活版の時代でした。組版は精興社[*59]に頼んでいたんですが、精興社のなかでもとくにこういう組に強い人に頼んでいました。このような組や赤字の指示に対応できる植字工は、当時、おそらく二人ぐらいしかいなかったんじゃないでしょうか。ふつうの人には難しいですね。

齋藤先生の生原稿は、そのままのかたちで精興社に渡していました。精興社の植字工に、これは正字正仮名でと依頼するわけですが、それでも正字に関しては綿密に校閲をし、かなり朱が入ることになりました。こちらも不慣れだったこともあり、いつもの文庫の慣れで最初は促音を小さくしようとして、それはいけないんだと気づくという、低レベルのところから始まったんですから、大変でした。

〈リラダン全集〉が完結したとき、完結祝いの会がありました。〈齋藤磯雄著作集〉のことは、その会で、齋藤先生からではなく、後に〈齋藤磯雄著作集〉の編纂委員になっていただく宇佐見英治《うさみえいじ》先生からお話がありました。せっかく〈リラダン〉を出したんだから、次は齋藤さんの著作集をぜひ出しなさいという話になったんだと思います。〈齋藤磯雄著作集〉には企画の段階でかかわり、実務は今編集部長になっている井垣の担当でした。〈リラダン全集〉でぼくが担当したのは、最初の少部数の限定版で、普及版は井垣が担当し、そのまま〈齋藤磯雄著作集〉も彼女に担当してもらったのです。

一九九〇年代の編集部の体制

日本ものの企画を始めていましたし、鮎川哲也賞も始まっていましたから、この時代はぼくはミステリに集中していました。

一九八八（昭和六三）年から八九年までかかって〈鮎川哲也と十三の謎〉を手がけ、九〇年から〈創元ミステリ'90〉。そして鮎川賞と。そういう文学賞を主催する会社ならふつう雑誌がありますが、東京創元社は雑誌がなかったので、雑誌の代わりに発表の舞台を作らなくてはいけない。そんなこともあって、単行本でオリジナル・アンソロジーという体裁の『鮎川哲也と十三の謎'90』を一九九〇年に出すことになりました。翌年に『鮎川哲也と十三の謎'91』を出し、九二年からはそれを『創元推理』というかたちに変えました。これは雑誌の代わりという位置付けで出したものです。

ぼくの仕事が、日本の創作分野にだんだんシフトしていったこともあり、このころ、翻訳ものを手がける編集者として、京大のミス研出身の松浦正人、京大ＳＦ研出身の小浜徹也《こはまてつや》という新入社員を二人採りました。翻訳ものは、文庫ばかりではなく単行本も含めて、井垣や長谷川、新藤が担当し、そこに新人二人が加わったのです。

東京創元社では人を採るときはだいたい一度に一人だったんですが、当時、入社試験をしたら松浦と小浜の二人が最後に残ったんです。どちらにするか迷ったんですが、ほかの役員には小浜の人気が高かったので、彼を採ることにした。ところが、そのときに編集部にいた編集者が一人辞めたんです。入社試験が一〇月か一一月で、小浜に決めていたんですが、一二月に急に一人辞める人が出たので、それで松浦もということで、急遽二人採るかたちになりました。

もう年末近くになっていましたから、松浦は東京創元社がだめだったというので就職は諦めて、留年するつもりで、どの単位を落とそうかなどと考えていたそうです。そんなときに急に電話がかかってきて、採用することになったと言われたものだから、あわてて単位を取り直したといいます。

小浜のほうは、採用が決まったときに他の用事もあったので、ぼくが京都まで行って、四条で彼に会って、採用することになったと直接話をしたんですが、なにやらもごもご言うんですね。で、聞いてみると、実は単位がけっこう残っていて卒業できそうもないんだというんです。そうなのかとびっくりしましたが、ほかの大学ならともかく天下の京大なんだから中退よりも京大卒のほうがいい、一年待つから単位をきちんととって卒業してからいらっしゃい、と話したら、一年では単位が取れないと言うんです。本人は別に中退でいいというので、結局中退して、予定していた時期に入社してきました。

マーク分類の廃止と創元SF文庫

新しい編集者が入ったこともあり、担当の区分がはっきりすることになりました。この二人は、創元推理文庫に関して言うと、画期的なことをした二人です。小浜が強く主張したのがきっかけで、創元推理文庫からSFが分離して、創元SF文庫ができたのは、先にお話ししたとおりです。

それと軌を一にして、松浦が創元推理文庫の分類マークを廃止しようと言いだした。分類マークというのは、現在でもまだファンがいるぐらい一部の読者がある種の郷愁を感じている特別な存在で、廃止したときは大変なブーイングが起こったほどです。それぐらい、愛着のある人がいた分類マークを、松浦が取りましょうと言い出したわけです。

それまでは分類マークを目安に本を探していた人が、少し違う見方で、ミステリを探すようになってきている、そういう現状とこれまでのマーク分けが一致しなくなっていると松浦は力説して、マークをやめて、背の色で分類するのがいいと。背の色での分類も、彼が最初に決めた色分けと現在のものとでは違ってきているところもありますが、女性作家のものはピンク、英国風の重厚なものは茶色、アメリカ風のちょっと軽めのものはブルーで、そのなかにハードボイルド系もサスペンス系も入る、と色で分けたのです。

文庫のありようを根底から大きく変えるような変化だったわけですが、社内からはとくに反対はありませんでした。もちろん、分類マークをやめることと、SF文庫を立ち上げることについては、編集会議で時間をかけて議論をしています。さすがに一、二回の会議ですぐに決まったというわけではなく、半年から一年くらいにわたって揉んで、やはりマークは残すべきとかいろいろな議論があった末にようやく決まりました。

文庫のカバーとデザイン

カバーも刷り直し、目録も作り直しで大がかりな変更になりましたが、そういうことでいえば、この当時はバーコードの導入をはじめ、いろいろな変化があった時期でした。全点のカバーを変えなくてはならない必要が生じていたときではあったんです。

カバーに関しては、文庫はカバーで勝負するという風潮がいつごろからかできていたということもありました。一九七〇年代は、講談社などの各社が文庫に参入し始めたばかりですから、七〇年代末、八〇年前後の角川文庫の影響が強いですね。各社が文庫のカバーに非常に力を入れだしたわけです。

東京創元社の場合、最初にカバーをかけたのは六〇年代の半ばで、そこから七〇年代までの当時はずっと宣伝部の大久保《おおくぼ》伸子《のぶこ》がデザインを一人で担当していました。編集担当が、今度はこれを出す、来月はこれを出すと言って、大久保に話を持っていくと、大久保がどういう内容のものかを聞いて、付き合いのある絵描きさんに頼むわけです。いわゆるデザイナーに近い仕事ですが、あらためて思い出すと当時付き合いのあった絵描きさんたちというのが、和田誠《わだまこと》さん、司修《つかさおさむ》さん、真鍋博《まなべひろし》さんなど、錚々たるメンバーでした。大久保は、こういう内容だからと説明して、そういう人たちに頼んでいました。

絵描きさんのなかには、どんな話なのか読んでからという人もいたようですが、ほとんどの場合はタイトルと、宇宙へ行く話だとか、ハードボイルドだとか、内容に関するちょっとした話を大久保から聞いて、カバーの絵を描いてくださった。あるいは、何人かの絵描きさん、金子三蔵《かねこさんぞう》さんとか、デザイン的な絵を専門とする人からは何点も絵を預かっていて、そういうもののなかから、今回はじゃあこれでいこうと決めたりすることもありました。

ぼくが入社するずっと前ですが、大久保の下にいたのが、後に『広告会議』を主宰する天野祐吉《あまのゆうきち》さんです。リクルートのパーティでお目にかかったときごあいさつしたら、ぼくは大久保さんにきたえてもらったんですよ、となつかしそうにおっしゃっていました。

たとえば、『月長石』だとテーマの宝石を描いているのかなとわかりますが、『アクロイド殺害事件』の表紙のトンボは内容とはまったく関係ないわけです。とにかく、当時の文庫では、大久保はデザインワーク的な仕事として、カバーを作っていた。七〇年代くらいまではずっとそうでしたね。

それが八〇年代になると、カバーが文庫の売上を左右するという風潮が生まれ、各社がカバーデザインに力を入れだしてきた。具象画が主流になり、それも徐々に刺激の強い、インパクトのあるものになっていった。とにかく書店の店頭で人目を引くもの、というのが第一義に考えられるようになり、文庫の新刊平台はさながらお花畑の様相を呈してきたのです。東京創元社もさすがに以前のような感じでカバーを作っていくわけにいかないということになり、それで八〇年代くらいから、本の中身を担当しているわれわれ編集者が絵描きさんを選び、ゲラを渡して、中身に合った絵を描いてもらって表紙を作るというかたちになりました。担当編集者の仕事が一つ増えたわけです。

それでもまだその当時はデザインは社内でやっていました。装丁室という位置づけではなくて、制作部門にいた寺井敦子が、途中から大久保の手伝いをするようになって装丁関係を一緒に担当するようになりました。そのうちに八〇年代の後半ぐらいから、外部のデザイナーにデザインを頼むというシステムになってきます。外部のデザイナーも、最初は二人ぐらいでした。

帯の惹句は担当者が作り、大久保に渡して、レイアウトはまかせていました。担当編集者が見るのは原則として本体だけです。新聞、雑誌の広告や新刊案内、解説目録も大久保が手がけていました。新聞広告用、目録用、投げ込みチラシ用など、それぞれの用途に合わせて、二〇字×三〇行でとか、三九字×四行とか、字数を指定してもらってそれに合わせて作ったデータを期日までに提出するだけで、編集者は制作自体にはタッチしないでやっていました。それがカバーのデザインは外部のデザイナーに頼むようになり、編集者の仕事が大きく変わることになったわけです。

女性作家の活躍

九〇年代の初め以降、女性作家の活躍が目立つようになってきました。桐野《きりの》夏生《なつお》さんをはじめ、服部まゆみさん、宮部みゆきさん、乃南《のなみ》アサさん、黒崎緑さん、高村薫《たかむらかおる》さん、若竹七海さん、加納朋子《かのうともこ》さん、近藤史恵《こんどうふみえ》さん……。宮部さんはこの後、代表作の一つ『火車』を出し、高村薫さんは一九九三（平成五）年に直木賞を取ります。日本のミステリ界で女性作家の活躍が目立ってきた時期でした。

たとえば、それまでにも仁木悦子《にきえつこ》さんとか、女性作家はいましたが、江戸川乱歩賞は不思議なことに、最初のころは、新章文子《しんしょうふみこ》さん、戸川昌子《とがわまさこ》さんら女性作家の受賞者もぽつぽつ出てはいるものの、本当に少なかった。ミステリの世界は男性天国という感じでした。

創作だけでなく、翻訳のほうでも、七〇年代、八〇年代ぐらいから女性の翻訳家が爆発的に出てくるようになりました。七〇年代後半に、翻訳教室というのがいくつかできました。中村能三さんたちが参加した翻訳教室があり、それからバベルが翻訳教室を始めました。そういうところの生徒さんは八割がた女性で、実際に翻訳家がそういう教室から続々と輩出してきます。

たとえば、中村能三さん——みんなノーゾーさんと呼んでいました——は教室だけでなく個人的にもお弟子さんを育てた人で、いちばん最初のお弟子さんが田中小実昌さん、二番目が永井淳さんですが、翻訳教室ができると、そのなかの優秀な人をお弟子さんにして育てました。トップが吉野美恵子《よしのみえこ》さん。男性というと、水野谷《みずのや》とおるさんと、角川でノーゾーさんと共訳が一つある森槇一《もりしんいち》さんぐらいで、あとはみんな女性でした。

当時、東京創元社には不文律というか、女性翻訳家は二人までしか使わないという厚木が言い出した決まりのようなものがありました。それがあったので、深町眞理子さんと小尾芙佐さん、女性翻訳家にお願いするとしたらこの二人だけという時代が続いていました。それが、八〇年代くらいから吉野さんをはじめとする女性翻訳家を使うようになってきた。やはり社会的な女性の進出ということとも、軌を一にしていたんでしょう。ともあれ、作家にしても翻訳家にしても、八〇年代から九〇年代にかけて、それが顕著になってきました。

そういう動きは、創作ものの分野で、いっそう顕著でした。〈クイーンの13〉というシリーズを一九九六

（平成八）年から始めたんですが、近藤史恵さん、服部まゆみさん、光原百合《みつはらゆり》さん、青井夏海《あおいなつみ》さんの全部で四巻出したところで、中絶してしまいました。

松浦の発案で創元推理文庫の分類マークをやめ、背の色別にしたときに、女性作家のピンクを一つの柱にしました。いろいろ探してみて、たとえば、『探偵を捜せ！』という作品を最初期に出していたパット・マガーという作家にその流れで再注目し、続けて三、四作出してみたら、これは好評でした。そういうわけで翻訳のほうでも、女性作家を見直して、クレイグ・ライスなど、いろいろな作家を出し、そのなかで、『女彫刻家』のミネット・ウォルターズなどの新しい人を見いだしたりもしました。

そのころ松浦のやった仕事としては、シャーロット・マクラウドというアメリカの女性作家を見つけてきたこともあります。これも本当にずいぶん出しましたね。浅羽莢子《あさばさやこ》さんにマクラウドを全部訳してもらうなど、女性作家の刊行に合わせて、翻訳家にも女性を多用していきました。内容的な問合せなどを通して、マクラウドは松浦のことを高く評価してくれ、お礼状をもらったりしたこともありました。

この流れで忘れられないのがドロシー・L・セイヤーズです。セイヤーズはクリスティとほぼ同時代の作家で、イギリスのミステリ界では両巨頭と言われるような大物なんですが、かつての日本では売れない作家の一人でした。シムノンと同じで、ビッグネームなのに売れない作家の代表格のような評価を得ていました。それまでの本格ファンはやはりトリックや意外性を偏重していたためか、クリスティに較べると、どうしてもそういう意味での驚きがないんですね。むしろ物語に重点を置いているというのが日本で人気が今一つだった理由だと思うんですが、だんだん読み手の意識も、八〇年代くらいから変わってきたんだろうと思うんです。セイヤーズも読み直してみると、けっこうおもしろいじゃないかという感じになってきていた。それで浅羽さんにセイヤーズを全部訳しませんかと依頼し、それで連続して出した。あれは非常に成功した例ですね。

先に名前をあげたような女性作家たちの作品が読まれるようになった。文庫の背の色で分けることで、そういうテイストで読む読者に届きやすいような工夫をした。八〇年代あたりから、読者の意識がろいろな意味でだんだん変わってきて、それに伴い、出版社の出す本の傾向も変わってきていた。それが一九九〇年代に特徴的に現れたのではないかと思います。

セイヤーズなんかが読まれるようになった一方で、実社会を割とリアルに容赦なく描く人たちが日本では大活躍する。宮部さんは非常にリアルな『火車』を書きましたし、高村さんはハードな作風ですし、桐野さんもそうです。そういう流れとセイヤーズが読まれるのとは少し違うような感じがするかもしれませんが、無理に結びつければ、セイヤーズがあのタイミングで読まれるようになったのは、トリック重視など、それまでの本格ものの読まれ方ではなく、むしろストーリーとかキャラクターを重視するような読まれ方、物語全体から謎をあぶりだしていく作法に共感する、そういう傾向が強くなってきたからではないかと思うんです。

日本でもいろいろな作家が出てきましたが、成功するかどうか、広く読まれるかそうでないかの一つの分岐点に、読者の共感を呼ぶキャラクターを生み出せるかどうかがあると思います。それまではとにかくびっくりするような結末というか、あるいは驚天動地の大トリックとか、そういうものがあればそれでいいといったところもありました。すると、話としてはどれをとっても似たようなものになってしまうわけです。ものすごい大金持ちがいて、遺産をねらうたくさんの人がいて、大金持ちが殺されて、誰が殺したんだろうというような話。それをちょっとだけ変えて作ればいいという。それが明らかに違ってきていますよね。それが八〇年代以降に顕著になってきたんじゃないかと思うんです。

逆に、最近のものを見ると、キャラクターさえ特殊であればいいみたいな、ちょっと安易なところに流れてきてしまっている面もあるかなとも思います。主人公が古本屋で当たったら、今度はレストランの給仕にしてみようか、みたいな。中身はそれほど違わないんじゃないかというようなところもなくはない、そんな風に思えてしまうような風潮もあるわけです。

それはともかく、当時は過渡期というか、この時代はトリック云々よりもストーリーとキャラクターに作者の目も読者の目もだんだん向かっていったという時代だったんじゃないかと思いますね。それが新本格のブームに引き続いて出てきたというのがおもしろいですね。

『鮎川哲也と十三の謎』から『創元推理』へ

ミステリ専門誌として『創元推理』を出す前は、『鮎川哲也と十三の謎'90』『鮎川哲也と十三の謎'91』をそれぞれ年刊のかたちで出していました。先にもふれたとおり、もともとは鮎川賞の発表、告知をする舞台を作りたいということだったので、それならば年刊誌でいいだろうという発想があった。つまり、あくまでも年一回、年末に出すというつもりで始めたものだったんです。

創作のシリーズを〈鮎川哲也と十三の謎〉で始めて、それが〈創元ミステリ'90〉になり、〈黄金の13〉になった。そんなふうにしたのは、創作を恒久的に出し続けるような、そこまでの決断はなかなかできず、作り手として勇気もなかったからです。とりあえず一〇冊とか一三冊というぐらいのくくりで出してみようと思っていたわけです。〈鮎川哲也と十三の謎〉や〈黄金の13〉とタイトルに「十三」とあれば一三冊出さなくてはいけない、というか出せばいい。〈創元ミステリ'90〉は、一九九〇（平成二）年の一年間に出すというしばりを自分で作り、とにかく出してみようと考えたものです。幸い、最初の〈鮎川哲也と十三の謎〉はうまくいった。それならば、次は〈創元ミステリ'90〉をやってみよう。これも、まあまあ売れた。ならば次は〈黄金の13〉でまた一三冊出してみよう。様子を見ながら、ちょっと及び腰でやっていたところがありました。

そんなふうに本を出しているうちに、北村薫さんの作品、『空飛ぶ馬』『夜の蟬』『秋の花』はみんなデザインが違うという苦情が出たりする。北村薫とか折原一とかの本を並べると、背のデザインが不ぞろいでした。それだとさすがにまずいかなと思ったんです。それまでに、すでに三〇冊くらいは出していましたから、創作ものは商売になるという見当は一応ついていましたので、ここらでそろそろ恒久的なシリーズにしようかということで、〈創元クライム・クラブ〉を、〈黄金の13〉と並行するかたちで刊行し始めました。

最初は、そういうおそるおそる出すみたいな経緯がありましたし、書き手もようやくかき集めた一三人で始めるという感じでした。そういうところから始めたのが、だんだん、自分も書きたいと書き手のほうから言ってくる人も出てきましたし、〈鮎川哲也と十三の謎〉の一三番目になった今邑さんや、鮎川哲也賞の受賞者のように新しい書き手も増えてきた。今まで年刊だったのをいきなり月刊というわけにはいきませんが、年に二冊、できたら四冊ぐらいは出せるような、雑誌のようなものにしたいと考えて、三年目から『創元推理』というかたちにしたんです。

最初、一九九二（平成四）年は一冊だけ。九三年は二冊。九四年になってやっと年に四回出していますから、年一回だった刊行ペースを年二回にし、季刊にしという感じで増やしていったわけですね。それが九七年にはまた二冊にもどり、九八年からは一冊になってしまいました。そして二〇〇一年からは文庫サイズの『創元推理21』と改称し、〇一年、〇二年は二冊出し、〇三年二月に『鮎川哲也と十三の謎'90』から数えると二七号目に当たる二〇〇三年春号をもって終刊となりました。

話は変わりますが、『新青年』の表紙を長いこと描いておられた松野《まつの》一夫《かずお》の息子さん、安男《やすお》先生は、東洋大学の心理学の先生だったんですが、やはり血は争えないというか趣味で油絵を描いたり、外国旅行をすると旅行先で水彩画でスケッチしたりするような人でした。それで『創元推理』を文庫版にしたときは、松野さんに表紙を全号描いていただきました。お父さんの後を継ぐというか、あのころの表紙の感じでやってくれませんかと、そんなふうに頼みました。ただ、一般には何の評価もされませんでしたね。こんな外国人の女性の顔がなんで毎号表紙になっているんだろうと思われたようです。

編集体制

創作が軌道に乗ってきたところで、雑誌のような刊行物を出すことになったんですが、単行本と雑誌とでは編集の仕方がやはり違いますから、『創元推理』をスタートするにあたり、外部に手伝ってもらうことにしました。

『幻影城』にいたワセミスOBの山本秀樹さんに、『創元推理』の最初の号を出すころから、東京創元社に週に三日、嘱託のようなかたちで来てもらうことになりました。特集を考えたり、作家に依頼したりするのはぼくがやっていましたが、実際の編集作業は山本さんにやってもらい、途中からは彼にまかせるようになりました。

『創元推理』での連載が単行本になるなど、連載媒体として機能するだけでなく、創元推理短編賞[*60]・創元推理評論賞を『創元推理』を舞台に募集することにもなりました。短編賞を取った人が引き続き『創元推理』に書き、最終的には単行本の短編集にまとめるというかたちができました。

評論賞の選考委員は、最初は笠井潔さん、巽昌章さん、法月綸太郎さんとぼくの四人でした。それで濤岡《なみおか》寿子《ひさこ》さん以下、千街晶之《せんがいあきゆき》さん、鷹城宏《たかきひろし》さん、並木士郎《なみきしろう》さん、円堂都司昭《えんどうとしあき》さん、波多野健《はたのけん》さん、中辻理夫《なかつじりお》さんと七人の受賞者を出すんですが、笠井さんが、鮎川賞や短編賞と違って評論賞というのは、勉強をしなくてはいけない、日本には良い評論家がいないから推理の評論家をきちんと育てる任務があるとおっしゃったので、授賞と共に勉強会を始めることになりました。探偵小説研究会をそのとき立ち上げて、受賞者だけでなく、佳作になった人にも声をかけ、参加の意志があれば勉強会に加わってもらうということで、選考委員の四人と受賞者とプラスアルファのメンバーで、月に一度の勉強会を始めることになりました。

会の立ち上げは第一回創元推理評論賞の後の一九九四（平成六）年です。笠井さんは山梨から、巽さんは大阪から、法月さんは京都から毎月一回東京にやってくる。たとえばハワード・ヘイクラフトの『娯楽としての殺人』など、古今の推理小説評論書を読んできて、それについて批評をすることから始まりました。

当時、権田萬治さんは専修大学で教えていたんですが、新聞協会出身のキャリアを活かしてマスコミ論の講義をしていたと思います。そのうち学内で発言権も出てきたのか、推理小説を教えたいということになり、大学院で学生を指導するようになりました。この研究会の話を聞いた権田さんから、推理小説で博士論文を書くというのがいるから、そういう研究会があるならぜひ自分のところの院生を三人、加えてくれという話があり、それで、横井司《よこいつかさ》さん、末國善己《すえくによしみ》さん、笹川吉晴《ささがわよしはる》さんの三人が権田教室から研究会に加わった。そんなふうにして、研究会はだんだん大きくなっていったんですが、それが結果として、本格ミステリ作家クラブの母体になります。北村さんや有栖川さんをはじめ、推理作家協会に不満を持っていた人たちが一緒になり、笠井さんが推理作家協会とは別に本格ものの書き手を集めて作家クラブを作ろうと言いだして、本格ミステリ作家クラブが誕生することになるんですが、探偵小説研究会はその母体のような働きをしたわけです。

黄金髑髏の会『少年探偵団読本』

そのころ、一九九一（平成三）年か九二年だったと思いますが、〈少年探偵団〉もので何か書かないかという話が情報センター出版局からありました。一九九四年が乱歩生誕一〇〇年の年だったので、それと関係があったのかもしれませんが、はっきりそう言われたわけではありません。

執筆の話自体は二つ返事で引き受けはしたんですが、一人では不安だったので、友だちを誘うことにしました。橋本直樹さんは立教のミステリクラブの後輩で、濱中利信さんは慶應のミステリクラブのOB。濱中さんは非常なディレッタントで、今はエドワード・ゴーリーの日本における権威ということになっていて、今、日本の各地で開かれるエドワード・ゴーリー展のほとんどは「濱中利信コレクション」という副題がついています。つまり彼のコレクションでゴーリーの個展をやったんです。彼とはどこでどういうふうに会ったのか忘れましたが、慶應や早稲田のミステリクラブのOBの人たちとは彼以外にもけっこう付き合いがあったんです。最初のきっかけがどういうものだったか、なぜこの三人でやろうということになったか、ちょっと覚えていないんですが、とにかく二人を誘いました。

〈少年探偵団〉シリーズ全巻を三等分し、それぞれが担当の分を読み直してレジュメを書くことから始めました。序文と第一章は、以前ぼくが『幻影城』に書いた「乱歩・少年ものの世界」と、後に『学校教育』に補遺みたいなかたちで書いたものとを改稿したんですが、あとは完全に新原稿です。『幻影城』に書いたものとそれの補遺のような原稿は、乱歩がなぜ少年ものに手をつけたのかというところから始まり、どういう作品を書いたか、初出が『少年倶楽部』のいつの号で、講談社の初版がいつで、光文社版がいつ出て、ポプ

『少年探偵団読本』

「乱歩・少年ものの世界」が掲載された『幻影城』7月増刊「江戸川乱歩の世界」

ラ社版がどうで、といった、ほとんどが書誌的な内容でしたから、それに少し肉付けをしたわけです。

その後に、一巻ずつ見開きでまとめた全巻のあらすじと読みどころをつけ、さらにその後には、全巻を通してのいろいろな謎、たとえば、明智夫人が途中で姿を消してしまったのはなぜか、といったテーマについて、推論を交えて書きました。この執筆作業の間に合宿までしましたから、たしか丸二年ぐらいかかったんじゃないかと思います。この『少年探偵団読本』は一九九四（平成六）年に刊行されました。おかげさまで増刷もかかり、三刷までいきました。

名前を三人並べて共著とせず、著者名を「黄金髑髏《おうごんどくろ》の会《かい》」にしたのは、名前を出せないなどの理由があったわけではありません。橋本さんは市役所勤務で、公務員ではあったんですが、彼も名前が出るとまずいとはとくには言っていませんでしたね。

『怪奇四十面相』という作品がシリーズの真ん中ぐらいにあります。先祖から伝わる暗号を受け取った三人が、月に一回地下室に集まる。暗号文は髑髏の裏側に書いてあって、それをみんなで集まって眺めるんですが、さっぱりわからない。それが「黄金髑髏」です。三人で集まって、〈少年探偵団〉シリーズの謎についてああでもないこうでもないとやっていたわけですから、これは筆名にちょうどいいんじゃないかということで、それにちなんで「黄金髑髏の会」という名前にしたんです。ただ、このユニットでその後も何か書いていこうというようなビジョンがあったわけではなく、これはあくまでこの本のための合同ペンネームでした。

〈海外文学セレクション〉と創元ライブラリ

一九九四（平成六）年に〈海外文学セレクション〉が、一九九五年には創元ライブラリが刊行開始になりました。前者はそれまでのミステリ、SFとはちょっと違う、アメリカやヨーロッパの現代文学の翻訳シリーズです。

創元ライブラリは翻訳ものの容れ物ということではなく、むしろ従来の創元推理文庫よりも間口の広い、なんでも入る文庫をということで作ったものです。バルザックなどの小説作品で始まっていますが、小説だけでなく評論もあります。でも、これも売行の点ではなかなか厳しかったですね。

小林秀雄訳のアラン『精神と情熱に関する八十一章』に始まり、ヴィリエ・ド・リラダン『未来のイヴ』、その次がジャン・コクトーの『美女と野獣』、ちょっとたってからオノレ・ド・バルザックの『シャベール大佐』というように、リラダン、コクトー、バルザックらの全集を少しずつばらして入れていこうと考えて作った文庫レーベルです。中井英夫さんの全集もここに入っていますし、ウェブで連載していた桜庭《さくらば》一樹《かずき》さんの読書日記も単行本を経てライブラリに入りました。

ただ、最初はいろいろ出したんですが、最初期に出したものは売行が思わしくなくて、これはしばらくやめておこうということになり、途中、ライブラリの新刊がまったくない時期があります。一時期はいしいひさいちさんの本ばっかり出していて、創元ライブラリは「いしいひさいち文庫」だなんて言われるような感じになってしまって。

一時期、出版界では、平凡社ライブラリーとか岩波書店の同時代ライブラリーとか、文庫よりも少し判型の大きいライブラリ版が流行ったことがありました。そうした動きへの意識は多少はありました。通常の文庫と違って、ライブラリ版であれば、全集も単体で入れられる。北条民雄のように、親本[*61]の全集上下巻をそのまま入れたものもあります。これが堅実に動いていれば、今の講談社学術文庫とか講談社文芸文庫のような、ちゃんとした一ジャンル、一レーベルとなっていたはずなんですが、なかなかそこまではいかなかったという感じです。

一九九四（平成六）年に始めた〈海外文学セレクション〉は井垣が中心になって始めました。こちらは、彼女の持ち味がよく出ていて、ヨーロッパやアメリカのふつうの現代小説ではない、ちょっと異端風というか変わったというか、そんな作品が入っています。第一回がエリック・マコーマックとイスマイル・カダレですから。これはこれで、数こそ少ないんですが、固定ファンがいて、ある意味では新潮社の〈クレストブックス〉に近いような感じのところもある。一方、セバスチアン・ジャプリゾやジョナサン・キャロルやダニロ・キシュらの新刊も入っているなど、東京創元社らしいところもあります。ここから創元推理文庫に入ったものもけっこうあります。SFではJ・G・バラードの作品なんかも入っています。これらは今も切らさずに出していますし、新刊も出ています。このシリーズには、ぼくが担当したものは一冊もありません。

九〇年代の翻訳ミステリ

この前後の時期で、ミステリの翻訳ものだと、R・D・ウィングフィールドのフロストものが当たっています。一九九四（平成六）年に『クリスマスのフロスト』が出ていて、これは「週刊文春ミステリーベスト10」のベスト一になりました。これ以降、フロストは出るたびにという感じで、『このミス』の一位になったり、「週刊文春」の一位になったりしています。

これは、松浦が会社を辞める前、在籍時の最後のほうで手がけた企画です。松浦は、いろいろ目配りが効くというか、今思い返しても、大変優秀な編集者だったと思うんです。文藝春秋にも松浦伶《まつうられい》さんという編集者がいて、亡くなってしまったんですが、東京創元社と文藝春秋の「二人松浦」が、ある時期の翻訳小説界では評判の編集者でした。もう二度とどちらの松浦とも仕事をしたくないと怒ってしまう翻訳家も出てきたくらい、とにかく、チェックが厳しかった。

東京創元社の松浦は会社にどれぐらいいたのかな、十数年はいたと思いますが、在籍期間の最後のほうは、いつも夜中まで会社にいて、それでいて朝は九時にはぴたっと来ている、そんな仕事ぶりの、仕事以外は何にもしなかった人です。彼の担当しているゲラをのぞくと鉛筆のチェックで真っ黒なんですよ。それがどんな相手のものであっても。そういう厳しい指摘を、勉強だと思って喜んできちんと対応してくれる翻訳家もいれば、そうでない人もいます。とくにベテランというか、昔からやってきた翻訳家がいきなりそういう扱いを受けると、「なんだこれは!」ということになりがちです。とにかくすごいチェックをしていましたから。

編集の仕事はそんな感じでしたし、読者の嗜好が推理文庫の分類と合わなくなってきているからマークをやめて、こういう分類にしたほうがいいなどと提案したことからもわかるように、企画についても厳しかった。とにかく、いろいろなことを考え、提案をする。一方、非常に律儀なところがあって、過去の仕事に対しては、他社のものも含めて大変な敬意を払っている。そういう意味で傍で見ていていろいろ歯がゆいところもあるにはありました。

たとえば、ジェームズ・ヤッフェの〈ママ〉というシリーズ*62があります。かなり影響力の強い作品で、都筑道夫さんの『退職刑事』をはじめ、これに影響された日本の作家は少なくないはずです。刑事をしている息子が、手に負えない事件があると、家に帰ってきて、お母さんに事件の話をするんです。すると、ママはその話を聞いただけで、これこれこうだと事件を解決してしまう。そんな安楽椅子探偵もののシリーズです。作者はいわゆる専業作家ではない人で、最初は『エラリイ・クイーンズ・ミステリ・マガジン』に、何か月だか一年だかに一度、ぽつぽつと短編を発表する寡《か》作家でした。『ママはなんでも知っている』という一冊の短編集にまとめたのは早川書房で、本国ではつい最近まで本になっていませんでした。これは小尾芙佐さんの翻訳でポケミスから出ています。その後は、シリーズでない短編はいくつかありますが、〈ママ〉シリーズはしばらく書いていませんでした。それが、定年になったからなのか、いきなり『ママは手紙を書く』に始まる四つの長編を書いたんです。松浦はそれに目をつけて、東京創元社で翻訳権を取り、四冊とも翻訳を出しました。

そのとき、早川で出ていた短編集は文庫にもなっていました。東京創元社で出した長編は翻訳家は違うんですが、あの短編集も翻訳権を取り直して、長編と同じ訳者に新訳してもらって出したらと彼にいったんですが、それはやらないんです。早川の小尾さん訳のがあるから、ということで。そういう律儀なところが彼にはあって、それはそれで偉いとは思ったんですが、もっと貪欲にやってもいいのではないかと思わされる面もありました。ただ、そういうこまかなところにまで気を使うし、いろいろと目配りの効くタイプでしたから、マクラウドから礼状が来たりするわけです。日本の編集者が原著者から喜びの手紙をもらうことなどめったにあるものではありません。

彼とはイギリスに一度、アメリカに一度、一緒に行っています。現地では、この作家の何々は続きが出たら買いたいといった交渉を、現地のエージェントとするわけです。たとえば、ウィングフィールドなんかは、けっこうキャリアのある人で、他社が目をつけていい作家だったんですが、本国でもそんなには売れないので、エージェントも積極的に売り込んでくるという感じではありませんでした。ところが、彼が読んで、これはおもしろいという。その時点では、どこも目をつけないままで、版権も全部あいていましたから、三、四点まとめて権利を取り、翻訳をしてもらって、年に一冊ずつぐらいぽつぽつと出すというふうにしました。蓋を開けてみると、出すたびにランキングの上位、それこそ一位になるといった感じで、これは非常に当たりましたね。ミネット・ウォルターズも同じようなパターンです。一九九四（平成六）年の『氷の家』が初めてだったかな。これも松浦の企画です。

ぼくだと、ある程度信頼を置いている翻訳家であれば、何か気になるところがあって確認したい見てみたいというところ以外は原書と照らし合わせることまではしないで原稿整理をしますが、彼はそういう翻訳チェックの作業を、そこまでしなくてもいいのにというくらい、とにかく一点一点丁寧に、徹底的に、本当に自分が翻訳しているんじゃないかという感じでチェックしていましたから、それで自分のなかでちょっと煮詰まってしまったんじゃないかと思います。あるとき、辞めたいと言ってきた。東京創元社の編集部にとっては宝物のような編集者でしたから、考え直しなさいと何度も言ったんですが、どうしてもここで身を引きたいといって聞きませんでした。今はまるっきり何も仕事をしていないといいます。非常にもったいない話ですね。辞めてもう一〇年近くになるんじゃないかな。

その後、最近ではどんどん新しい企画も出てきていますが、やはりウィングフィールドだとか、ウォルターズだとか、マクラウドだとか、フェイ・ケラーマンだとかが柱としてはありますので、その意味では彼の遺した財産というのはまだまだ生きています。

他社で活躍したミステリ作家たち

九〇年代半ばといえば、一九九四（平成六）年に京極夏彦《きょうごくなつひこ》さんがデビューし、翌九五年には藤原伊織《ふじわらいおり》さんが『テロリストのパラソル』で江戸川乱歩賞・直木賞初のダブル受賞で話題を呼びました。桐野夏生さんもその少し前に乱歩賞を受賞しています。藤原さん、桐野さんとはぼくはまったく接触がなかったんですが、京極さんとは多少関わりがあって、お宅にうかがったことも二、三度ありますし、装丁をお願いしたこともありました。

そのころに活躍を始めたり話題になったりした人には、ほかにも森博嗣《もりひろし》さんなど、いろいろな方がいましたが、他社で話題になったからといって、そういう方々にも依頼の輪を広げていこうとは考えていませんでした。日本ミステリを出している出版社の一つとして、というより、東京創元社としてのカラーを多少なりとも持っていたかったのです。最初にお願いした二十数人がだんだん増えていって、それで手いっぱいだったという事情もありました。お願いしていながら二作目を書いていただけなかった、澤木喬さんのような作家さんもいて、むしろそのことのほうに、非常に忸怩《じくじ》たる思いを抱いています。

ホラーブーム

九〇年代のこの前後には、ホラーブームもきていました。『パラサイト・イヴ』とか『らせん』とかですね。ただ、ホラーも、東京創元社としては、創作ではほとんど縁がなく、あまり手をつけなかった分野でした。創元推理文庫に平井呈一《ひらいていいち》さんの『真夜中の檻』が入ってからは徐々に国産ホラーも出てきました。

今は退社していますが、牧原勝志《まきはらかつし》という編集者がいました。彼はどちらかというとホラー系の作家を好んだ人で、東京創元社退社後、九州の黒田藩プレス[*63]の東京支部のようなかたちで、『ナイトランド』[*64]という雑誌を出していたんですが、あれはおそらく彼がやっていたんだと思います。

牧原はなかなかのディレッタントで、ミステリのマニアでもありました。とにかくいろいろなことをやってきた人で、書店だと池袋の文庫ボックスにいたことがあるし、版元だと瀬戸川さんがやっていたトパーズプレス[*65]にも何年かいて、〈百年の物語〉というシリーズを手伝ったりもしていました。

創元ノヴェルズのモダンホラーはだいたい、今社長になっている長谷川と牧原が担当した企画です。ラヴクラフトなどの古典にも強いし、ミステリもいろいろ趣味が広い。たとえば、『失踪当時の服装は』を書いた作家、ヒラリー・ウォー。アメリカの警察小説の作家ですが、牧原がこの作家はいいからといって、四、五冊出しました。エリザベス・フェラーズとか、この手の女性作家はだいたいが松浦の企画なんですが、牧原も、ミステリファンに非常に訴えるような企画を出してくれた人だったんです。SFに強い人、ミステリに強い人、ホラーに強い人と、それぞれが得意なところを生かして企画したり担当したりする編集者がそろってきたのがこのころでした。

『物語の迷宮』

これはぼくが『本の雑誌』で自分の仕事のなかで印象に残る三冊[*66]の一冊に挙げているものですが、一九九六（平成八）年に『物語の迷宮』を創元ライブラリで出しました。親本は有斐閣《ゆうひかく》という法律書の出版社から八〇年代に出ているんですが、内容的に非常に優れた評論書でした。有斐閣が月に一度、朝日の二面に、全五段の大きい広告を打っていました。難しい法律書に混じって、これはなんだと思ったのが『物語の迷宮』だったんです。紀伊國屋書店の店頭で現物を手に取ってみたら、手応えを感じたので、早速買って読んでみたら、本当にすごかったわけですよ。

物語のナラトロジーとか、そういう現代文学評論の手法を導入してミステリを読み解いている。たとえば、『ドグラ・マグラ』のような非常に難しい作品を明快に解説しているんです。これなら〈日本探偵小説全集〉の解説者をこの人たちにすれば良かった、と思いましたね。

どういう順序だったか忘れましたが、著者の三先生、山路龍天《やまじりゅうてん》さん、松島征《まつしまただし》さん、原田《はらだ》邦夫《くにお》さんは京大仏文で、同期か一年前後かというような間柄の人たちだったんですが、筆頭執筆者で、中心になって二人をまとめたと思われるリーダー格の山路さんにコンタクトをとりました。山路さんは当時、同志社大学の先生で、ちょうどこちらが接触したころは四〇代後半ぐらいと、大学の教員としてはいちばん働きどころというか、大学がこき使いたがる年代で、同志社でもいろいろな役目を仰せつかって身動きが取れないような感じだったんです。日本仏文学会が青山学院大学で開催されたときに、三人一緒にいらっしゃったので、会食の場を設け、三人の方とお話をしたら、やはりみなさんよく読んでいるし、作品の読みが非常に適確でした。似た感じのものでいうと、『エラリイ・クイーンズ・ミステリ・マガジン』で連載したのをまとめて早川書房が本にした福永武彦《ふくながたけひこ》・中村真一郎《なかむらしんいちろう》・丸谷《まるや》才一《さいいち》三氏の『深夜の散歩』。ぼくはこれが非常に好きで、テイストこそぜんぜん違いますが、それに匹敵するものだと思いました。それで、いずれはうちで文庫にしたいということを三人の方に申し入れました。

当時は『創元推理』をやっている時期でしたので、先生方にはいろいろ書いていただきました。文学理論の面では、三人とも笠井さんを評価していましたし、笠井さんも三人を評価していたので、両者を一度引き合わせたりもしました。探偵小説研究会が発足した後に、ツヴェタン・トドロフの『幻想文学論序説』を出したんですが、翻訳の三好郁朗《みよしいくお》先生が京大仏文の方なので、探偵小説研究会で採り上げるという名目で京都に行こうということになりました。東京の連中も新幹線で京都に行き、京大の近辺で会議室を借りて、三好先生と、『物語の迷宮』の三先生にも来ていただいて、合同で読書会をやりました。そのときに三人の先生も他のメンバーのみんなと話をする機会ができまして、それがきっかけで笠井さんの解説を山路さんが書いていますし、『虚無への供物』や『薔薇の名前』について、そのうちに書きたいという話も、どなたかからありました。結局、三人のうちのお一人、松島さんが亡くなってしまい、山路さんも病気で一度倒れられましたが、もう定年退職の身ですから、今だと逆にいろいろと書いていただけるかもしれない、などと考えているところです。『物語の迷宮』は、内容的にぼくがとても好きな一冊ですね。

〈クイーンの13〉と服部まゆみ

同じ一九九六（平成八）年に〈クイーンの13〉シリーズが刊行開始となりました。ただ、これは残念ながら中絶してしまいます。服部まゆみさんの大長編がいただけたのはこのシリーズのおかげですから、その意味では良かったと思うんですが。

〈クイーンの13〉の服部まゆみさんの『一八八八　切り裂きジャック』は、切り裂きジャックをモデルにして書いた、非常に力の入った傑作だと今でも思っています。

服部さんがご夫婦そろって出席されていた横溝賞のパーティだったと思いますが、お二人のことはそこでお見かけしていました。服部さんは白いドレスの似合うエレガントな方で、つば広の帽子をかぶって登場し、ご主人の服部正《はっとりただし》さんは上下とも真っ白な背広姿。お二人とも大変ファッショナブルで、あの二人は誰だろうと、そのときは思っていました。

服部まゆみさんが横溝賞を取られた『時のアラベスク』はことのほか好きで、朝日新聞の書評を担当していたときは大絶賛の書評を書いたりもしています。ただ、縁としてはそれきりで、お互いにあいさつをしたこともありませんでした。それが、どういうきっかけだったかは忘れましたが、とにかくあるとき、服部さんから会社にお電話があって、『時のアラベスク』が文庫になるので解説を書いてほしいと言われたんですね。こちらはすっかり有頂天になり、もちろん書かせていただきました。それから、お宅にうかがったりするようになるんです。

そうしてお付き合いしてみると、ご主人の正さんがこれまた大変なディレッタントでした。本業は歯医者さんなんですが、他人の汚い口をのぞくのは嫌だという、ちょっと変わったというか浮世離れした方でした。ご主人も夢野久作だの小栗虫太郎だのの話をされる方だったので、何か書いてみませんかと声をかけ、『創元推理』に作品を書いていただくことになりました。ドイルのお父さんを主人公にした話をまとめて〈創元クライム・クラブ〉で『影よ踊れ』という本を出させていただいています。その後も『黒死館』に対するオマージュみたいな作品などを書いていただきました。

九〇年代後半のミステリ界

一九九七（平成九）年に日本推理作家協会が設立五〇周年*67を迎え、文士劇をやりました。その文士劇の原作、辻真先生の「ぼくらの愛した二十面相」を『創元推理』に載せています。会場は有楽町駅前の読売ホールで、推理作家協会にも許可を取り、本番の上演のときは、駅の反対側にある三省堂書店で大々的に本の販売をやろうと思っていたんですが、それには間に合いませんでした。

一九九九（平成一一）年にはミステリー文学資料館がオープンしています。初代館長は中島河太郎先生。きっかけは何だったんでしょう、光文社が財団を作りたいというので、財団法人シエラザード文化財団ができました。文芸の振興と劇団の助成を柱にミステリ専門の財団を作りたいという意向でした。

財団をつくるならば、理事と評議員がいる。ただ、そういう財団の場合、全員を光文社の関係者で固めてはいけない。それで、最初は阿刀田高さんや三浦朱門《みうらしゅもん》さんなど、各界の名士をそろえ、中島さん、権田さんたちを理事に、山前譲《やままえゆずる》さん、新保博久さんたちを評議員に委任しました。光文社以外のミステリ系の出版社の人も一人、ということで東京創元社が選ばれ、そのときはぼくは社長になったばかりのときだと思いますが、頼まれて評議員になりました。財団の設立に関わっているわけです。

財団の活動目標の一つ、ミステリ図書館は中島先生の前々からの夢でした。国会図書館はミステリ専門というわけにはもちろんいきませんから、ミステリを将来研究したいと思った人が、あそこにいけばミステリ関係はなんでもそろっているという場所が欲しいということを、先生はずっとおっしゃっていました。その先生の思いが、結局、光文社の財団構想と合致したんですね。中島先生は、それなら自分の蔵書を寄付しようと申し出たわけです。

乱歩さんは生前、自分が死んだら本は中島くんにとおっしゃっていたんですが、それは文書のかたちにはなっていませんでした。中島先生はそのことを聞いていましたから、乱歩蔵書を引き継ぐつもりでいたんですが、結局、息子さんはお父さんの蔵書を手放しませんでした。そうこうするうちに、乱歩の蔵書を宅地ごと引き取るということで、立教大学と息子さんとで話がまとまってしまうわけです。そんな経緯がありましたから、中島先生のほうにはもやもやした思いがあったのでしょう。そういう図書館を作るのであれば、自分の蔵書はシエラザードに寄付しようということになり、それもあったのでしょう、資料館の館長は中島先生ということになりました。中島先生は週に何日か資料館に通うという話になったんですが、やはり最後にはややためらいもあったんでしょう、中島先生の蔵書は寄付ではなく寄託というかたちになりました。要するに、あげてしまうのではなく預けるというかたちです。山前さんが蔵書の整理係のような立場で本の箱詰めをし、中島先生の蔵書を何度か財団に運びこみました。ところが、中島先生は資料館のオープンを目前にして体調を崩されてしまいました。資料館は四月にオープンしましたが、先生は五月に亡くなっていますから、結局、館長でいらっしゃったのはわずかひと月ほどのことでした。

先生が亡くなられた後、先生の息子さんが代わりにシエラザードの理事になりました。シエラザード文化財団には定年になった光文社の人がかかわりばんこに来るようになっていて、そのときは窪田清《くぼたきよし》さんがシエラザードの職員でした。図書館の館長はつなぎということで窪田さんが二代目の館長になり、その後、評論家の権田萬治さんに代わります。そんなことが続いたせいか、文化財団には事務処理能力が整っていなかったんでしょう、蔵書のリスト作りが後手に回っていた。

そうこうするうちにも、亡くなったミステリ関係の著者、たとえば、笹沢左保《ささざわさほ》さんや島田一男さんの遺族からの寄贈が続き、本がどんどん増えて、整理しきれない本が山と積まれるようになってしまった。中島先生の本も大半が未整理のままになっていて、息子さんが見に来ると、あれがない、これがない、という話になるわけです。たとえば、江戸川乱歩や横溝正史の本はもっとあったはずだ、と言われ、資料館側はこれしかもらっていないと返す。水掛け論になってしまったわけです。それで結局、息子さんのほうは、それならば本は全部戻せということになってしまった。契約を見ると寄託ということでしたので、契約を全部白紙に戻すことになり、本は中島家に戻すことになってしまったのです。

その後、光文社の業績が悪化し、財団の主たる財源であった寄金が打ち切られてしまった。そういうような状況で権田さんも退かれ、それ以降、資料館は館長不在です。権田さんが館長をしている間に、『新青年』の全そろいを古本屋から買うなどして資料の整備をしていましたし、作家からの寄贈もつづいています。二〇〇八（平成二〇）年、法改正を受けて光文シエラザード財団は、一般財団法人光文文化財団と改称し、理事、評議員を一新しました。それを機に、権田萬治、亀山郁夫《かめやまいくお》、新保博久、山前譲、それにぼくが、理事となりました。

創元推理文庫創刊四〇周年

一九九九（平成一一）年に、創元推理文庫が創刊四〇周年を迎えました。四〇周年企画として、『創元推理文庫総目録』[*68]と『創元推理コーナー全』というのを文庫一巻本で出そうといろいろ準備していたんですが、結局できませんでした。

『創元推理コーナー』は、そのまま復刻しようというもので、本文は青焼きまでできていました。一号三二ページで、それぞれは短いものなんですが、許可が大変だったんです。うち何号かではアンケートをとっていて、司馬遼太郎《しばりょうたろう》や、当時の東京都知事の美濃部《みのべ》さんとか、とにかくいろいろな方、五〇人くらいから回答をもらっています。「私は推理小説にはまったく関心がありません」なんていう司馬遼太郎の返事をそのまま載せたりして、それはそれでおもしろかったんですが、その許可を取るのが大変で、途中まで作業していたんですが、そのままになってしまって、企画自体が流れてしまいました。結局、五〇周年のときに『創元推理文庫総目録』だけを出すというかたちになりました。

幻の〈日本探偵小説全集〉第二期

〈日本探偵小説全集〉がうまくいったので、前回に引き続き北村薫さんのお知恵を借りて、第二期を出そうという企画を立てました。一期が戦前作家、戦前登場作家というところで終わりましたから、その続きということで、今回は、戦後に登場した作家、要するに鮎川先生、高木彬光さんらから始まって最後が松本清張さんで終わる一〇巻の企画を立てたんです。ただ、これは残念ながら実現しませんでした。

実現しなかったのは、二つ原因がありまして、清張さんと大岡昇平さん。第二期の目玉は大岡先生の『事件』で、これが全一〇巻のなかでいちばん大きく話題を呼ぶというか、もっとも特色となる巻になるはずだったんじゃないかと思うんです。大岡さんはすごく喜んでくださって、ぼくを呼んで、ここを直してくれ、という話をされました。まだ直したいというところがあるからということで、何を持っているのかと聞かれたので、新潮の最初の版と、岩波の『大岡昇平集』という全集のようなのも買っていると答えると、それの『事件』の巻を持ってこいとおっしゃる。それで成城のお宅にうかがうと、大岡さんはここをこう直してくれと、指示されました。

そんなことをして社に帰ってきたら、新潮社から電話があって、契約があるので他社の文庫にするのはけしからんということを言われたんです。こちらはびっくりして、大岡さんに電話したら、ご本人も、契約でそうなっているらしい、悪いね、というんですね。長いものはあまりないけど、短編というか、ほかにも推理小説をいくつか書いているからそれをまとめてくれないかね、とおっしゃるので、北村さんとどうしようかと相談しましたが、やはり『事件』を中心にしてというのが当初の方針だったし、それが入れられないのであれば意味がないということになりました。

清張さんのところにも、こういう全集の一冊として、これこれこういう内容の本を出したい、という依頼のお手紙を出したところ、ご本人から呼びつけられました。行ってみると、清張さんはさかんにお怒りになっている。要するに、こちらで収録内容を勝手に決めているということなんですね。収録内容も短編作品が軸で、長編が入っていないという感じの、かなり北村色が出たものになっていたんです。それで清張さんはかなりお冠だったんだと思います。

そのほかでは、都筑道夫さんから収録には異論がないけれど、〈日本探偵小説全集〉の「探偵」というのが気に入らない、というご意見をいただきました。

そんなようなことがあり、結局、第二期の企画はそれで流れてしまいました。幻の〈日本探偵小説全集〉第二期というわけです。

大岡さんや清張さんにお会いしたのは、〈日本探偵小説全集〉の最終配本、第十一巻が長引いて、ようやくその刊行の目処がたったころだと思います。『名作集2』の刊行が一九八九（平成元）年二月で、九二年に清張さんが亡くなっていますから、九〇年か九一年ころのことではないでしょうか。

中井英夫さんの死と全集刊行

中井英夫先生とは〈バルザック全集〉の月報にエッセイを書いていただいたとき、小学館の地下の喫茶店でお目にかかったのが最初でした。そのうちに、世田谷の羽根木のお宅にうかがうようになったんです。薔薇を植えた庭のある大邸宅でした。たしか一九九〇（平成二）年か九一年に大家から立ち退くように言われ、武蔵小金井に引っ越しました。

こちらは敷地としては羽根木の半分くらいで、敷地いっぱいに家が建っていたため、庭を作るような余地はなかったんですが、ふつうの家としては充分に立派な一戸建てでした。このころから、徐々に健康がすぐれなくなって、最後の助手をした本多正一《ほんだしょういち》さんは大変な思いをしたと思います。

健康のこともあって、まったく書かなくなっていましたから、たちまち手元不如意になり、その対策としてぼくや宇山さんが考えられるのは、本を作ること、または増刷することしかありませんでした。こうして創元ライブラリ版の〈中井英夫全集〉が誕生したのです。

その後、結局、一戸建てに住んでいる経済状態ではないということで、荻窪駅近くの本当にふつうのアパートに引っ越すことになりました。ベッドを置いて、そこに先生が寝ると、もうスペースがないというようなところでした。そこも半年ぐらいしかいなかったんじゃないかな。

中井先生が亡くなったのは一九九三（平成五）年の一二月一〇日、『虚無への供物』の幕開けの日でした。その日、本多さんは悪い予感がしたんだそうです。暗合というかメタファだらけの人生を生きた人でしたから、ひょっとして今日あたり……と思ったらその日に息を引き取ったのです。日野の病院で、でした。

葬儀は入谷の法昌寺《ほうしょうじ》の住職で、絶叫歌人としてつとに名高い福島泰樹《ふくしまやすき》さんが導師を勤めてくださいました。

短歌を通して中井先生とも縁があったので、本多さんが福島さんに電話し、中井先生が亡くなったんだけどお宅で葬式をやってもらえないかといったら、喜んでうちでやりましょうと引き受けてくださったのです。

中井先生は、結局、全集刊行開始の前にお亡くなりになってしまった。亡くなられた後も企画は継続し、一九九六（平成八）年から刊行を開始し、別巻も入れて全一二巻で出しました。全集の構成については、全著作を刊行順ではなく種類別に分けました。編集実務は伊藤詩穂子が担当しました。

亡くなった翌年、『黄泉戸喫 よもつへぐい』を出しています。これはぼくが担当した本で、刊行記念の会を私学会館でやりました。そのときは角川時代の同僚の永井淳さんはじめ、いろいろな人が集まりましたね。東京創元社で出した中井先生の本は全集と、この『黄泉戸喫』、それに二〇〇〇（平成一二）年に『虚無への供物』の単行本も作っていますね。装丁は建石修志《たていししゅうじ》さんにお願いし、ちょっと豪華な感じの造りで、普及版と限定版を作りました。

鮎川先生にしろ中井先生にしろ、お付き合いの長かったわりに、新作を出せなかったことが、編集者としては心残りでした。それでも、中井先生に関しては、全集を出せたことは望外の喜びです。

ちなみに中井家の菩提寺は山口市にあって、亡くなった直後に納骨にいきました。山口市には納骨のときとたしか三回忌のときと二度行っています。綾辻さん、竹本さん、赤江《あかえ》瀑《ばく》さんらが来てくださいました。山口市は、新幹線の新山口から山口線に乗り換えて北上した内陸にある街なんですが、落ち着いた良いところで、個人的にとても気に入っている場所の一つです。朝方、河原を散歩していると商家の女将さんが店の前の歩道を掃除している。ちり一つ落ちていないような、とてもきれいな街です。老後に住むにはいいところだな、と思ったものです。

社長就任

二〇世紀も終わりに近い一九九九（平成一一）年、小林茂から数えて七代目の社長に就任しました。

早速、北村薫さんが音頭をとってくださり、澤木喬さんの諸手配で、有栖川有栖さんご夫妻や山口雅也さん、若竹七海さんらが、恵比寿のレストランでお祝いの宴を設けてくださいました。澤木さんの発案で、貴金属の細密な加工をする田中輩《たなかはじめ》さんという職人が作られた骸骨のネクタイピンと首の骨のカフスのセットをいただきました。これは今も、何かお祝いの席に出るときに装着しています。

このとき、秋山から家内宛に手紙を頂戴しました。要するに社長就任を祝ってくださったのですが、それをぼくにではなく、家内にくださったところが、秋山さんらしいと思ったものです。

秋山はその中で、ご主人なら会社が困難な状況に立ち至ったとき、創意工夫で乗り切ることでしょう、とあり、算盤《そろばん》勘定で会社を運営していく自信のなかったぼくは、やっぱり編集的創意で社を引っ張っていくしかないんだな、と思って納得したものです。

会社の始業時間は九時でしたが、ぼくは八時前に出社し、まず営業部宛にＦＡＸで届く注文書をチェックし、それから席に戻って編集仕事を行いました。そう、社長になっても本を作っていたのです。そして、前にも言いましたように、できるだけ書店を見て回るように心がけました。

ぼくの前任者、橋本治夫は、わずか一期二年で社長を退いてしまいました。ぼくが入社してからは、ずっと制作の責任者だった人です。非常に職人的な方でした。『貼雑年譜《はりまぜねんぷ》』の複製を作ろう、というときには、まず印刷や製本の現場の責任者を呼んで、一緒に乱歩邸に赴き、実物をみんなで見て、さあこれを復刻した

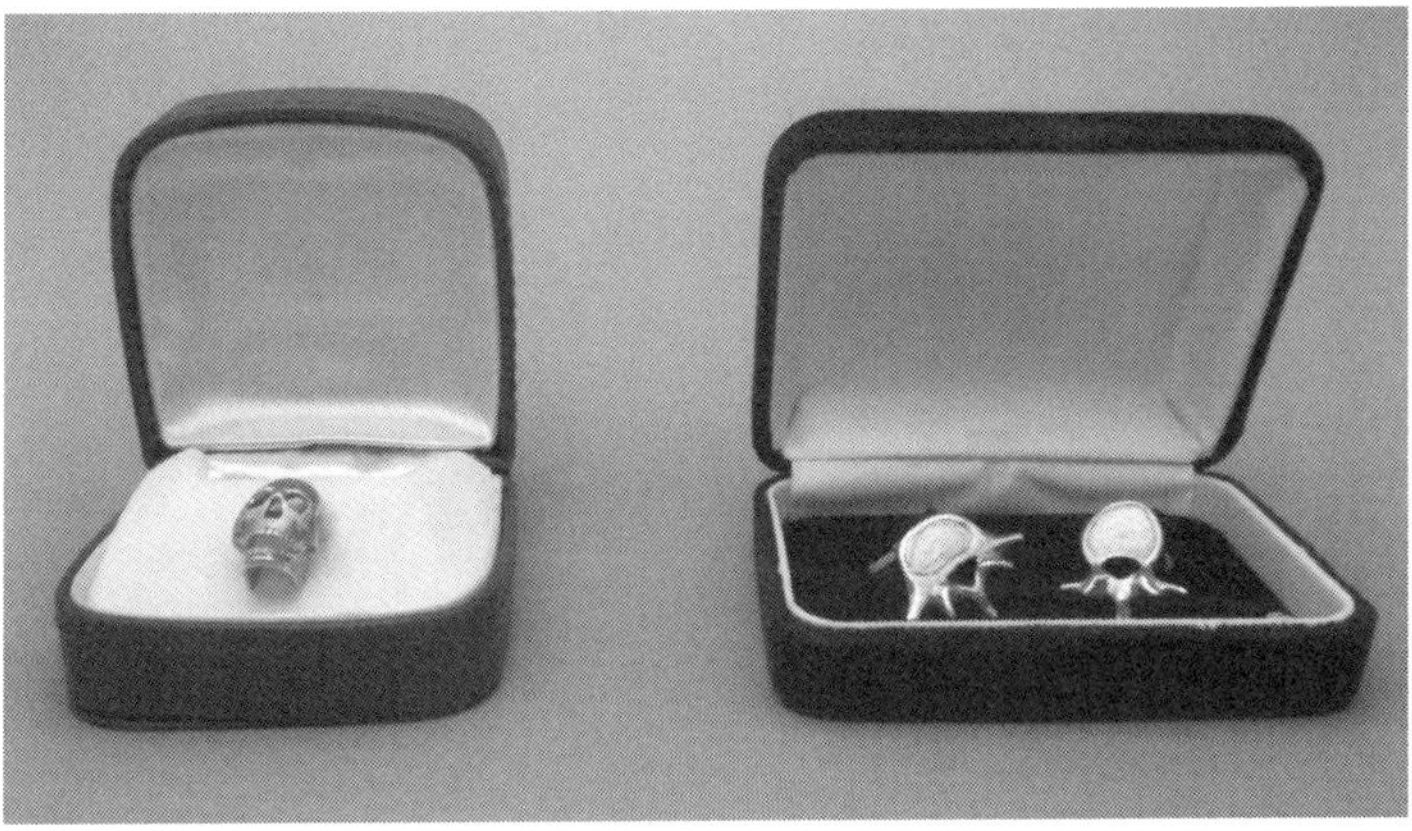

社長就任時に贈られた骸骨のネクタイピンと首の骨のカフスのセット

いんだけどどうだ、と問いかけました。印刷所も製本屋も、うーん、と頭を抱えているなかで、これは久しぶりにやりがいのある仕事だ、というようにうれしそうに笑っている橋本の顔が印象的でした。そういう人だけに、次へのつなぎとして一期だけ勤めるけれど、それ以上はやらん、と言ってさっさと退任してしまったのです。

ぼくにしても、元より経営者になるつもりはありませんでしたので、橋本にならって早々にバトンタッチしたいと考えたのですが、社長が二人続けて一期で辞めてしまうと、あの会社は危ないんじゃないかと勘ぐられかねません。しかたがないので、二期はがんばろう、と歯をくいしばりました。

が、やってみると、ぼくにはどう考えても向いていない。秋山が見抜いたように、算盤勘定はからきしだめでした。そこで二年で退任し、会長に就任したのですが、本人はこれでまた本作りができる、と喜んでいました。もっとも、入社以来、秋山が小林を抱えて苦労しているのを見てきましたから、長いこと会長職に就いている気はぼくにはありませんでした。で、一期二年で退かせてもらい、後は顧問その他の肩書きをいただいて、編集仕事を続けさせてもらったのです。

二〇〇〇年代の仕事

二〇〇〇年代のことでは、ミステリ専門書店の「TRICK + TRAP」（トリック・トラップ）が二〇〇三（平成一五）年にオープンになっていますが、開店二年目の二〇〇四年秋、会長を退くとほぼ同時に店番を手伝うようになります。二〇一二年に退職するまで、会社での立場としては、会長、相談役、編集特別顧問となり、二〇一五年まで顧問という立場でした。

二〇〇二（平成一四）年に創元コンテンポラリという文庫レーベルが刊行開始になっています。その名のとおり、ミステリではなく、現代文学を集めた一般小説のシリーズでしたが、フランチェスカ・リア・ブロックの『ウィーツィ・バット』など一三点を出して終わりました。

これと前後して、デイヴィッド・アーモンドの『肩胛骨《けんこうこつ》は翼のなごり』やリチャード・ペックの『シカゴよりこわい町』などの現代小説を単行本で出しています。後者は二〇〇二（平成一四）年にサンケイ児童出版文化賞[*69]を取りました。

二〇〇〇年代に入ると、創元推理文庫のF分類に日本の作品が収録されるようになります。最初が平井呈一さんの『真夜中の檻』。続いて『怪奇小説傑作集』に合わせて、『日本怪奇小説傑作集』全三巻を入れたり、井上雅彦《いのうえまさひこ》さんのアンソロジーを入れたり、田中芳樹《たなかよしき》さんの『マヴァール年代記』を入れたりしました。ほかにも朝松健《あさまつけん》さんとか、いろいろありますが、これらの企画の中心となった牧原が退職した後、今熱心に仕事をしているのは小林甘奈《こばやしかんな》という女性編集者です。ファンタジー・童話関係を積極的に手がけていて、最近だと乾石智子《いぬいしともこ》さんという女性のファンタジー作家を見つけてきて単行本を出し、それを文庫に下ろすということをやっています。乾石さんの作品も評判がいいですから、今後ファンタジー系は日本人作家も増えていくと思います。やはり出版というのは、企画者あってのものですから。

ホラーの部門でも荒俣宏さんに頼んで、海外の翻訳ものですが新しいホラーのアンソロジー『怪奇文学大山脈』全三巻を出したりしています。

『貼雑年譜』

二〇〇一（平成一三）年に乱歩の『貼雑年譜』豪華本を限定二〇〇部で出しました。これは、そもそもその数年前に一度発表していたものが、ようやく刊行にこぎつけたというものです。乱歩の生誕一〇〇年に合わせ、限定三〇〇部で一度企画を発表したんですが、そのときは予約でそれだけの数が集まらなければ作りませんと内容見本で宣言をしたんです。そうしたらものの見事に予約が集まらなかった。二〇〇くらいで止まってしまいました。

企画の最初の段階で、印刷屋はもちろんですが、製本屋とか、業者の方を呼んで、これのレプリカを作りたいんだけどできるかと聞いてみたら、みんなうーんとなってしまった。その段階でそれぞれ見積もりを出してもらったんですが、その結果、三〇〇部作っていくらにしたら元が取れるというので、制作のほうで原価計算と定価設定をしました。ただし、三〇〇部刷れなかったらとてもこの値段ではできないからと言われ、三〇〇部を条件にやってみたんですが、見事だめだったわけです。

しかし簡単にはあきらめられず、いつかはこの企画をやってみたいという思いがずっとありました。前回、三〇〇の予約を募って二〇〇までは集まったということがありましたから、二回目のときは、二〇〇部限定を銘打ち、前回よりもはっきりと刊行を打ち出した告知をしました。ところが、これがなかなか予約が集まらないんですよ。二回目のときは、一二〇くらいだったかな。この数のままだと厳しいというのはあったんですが、今回は出すと言ってしまっていましたから、出さざるを得ない。

二回目のときは、前回よりもかなり慎重に進めました。美術関係の修復を専門にしているところを企画を始める前に教えてもらっていましたので、そこに掛け合ってみたら、うちではそういうことをやっていないが、手伝ってもらっている人のところだったらできるかもしれないというので紹介していただいたのが紙資料修復工房*70です。とにかく一度、現物を全部ばらして撮影をし、撮影したら全部元に戻すという作業のうち、解体するのと戻すのを紙資料修復工房でやってもらいました。そんなふうにして全部を写真に撮って、それを印刷に回して刷る。印刷の過程にも何度となく立ち会いました。

いちばん難しかったのは、紙の地色というか、クラフト紙の茶色っぽい色です。地色ですから、これは全ページ同じ色でなければならない。見開きのページだと、右側の紙と左側の紙は違う紙ですから、別々に印刷するわけですが、そうすると見開きのクラフト紙の地の色が左右でなかなか合わないんです。

ページによっては、朱が入っていたりするところがあります。その朱色を原本の色に近づけると、双方のクラフト紙の地の色がなかなかそろわない。印刷段階ではそれでいちばん苦労しました。なんとかそれを全部仕上げて、製本屋に持っていくと、今度大変なのは、貼り込みのある箇所です。中に封筒や新聞の切り抜きが貼り付けてあるところがありましたから。封筒は封筒専門のところに頼んで作りました。『二銭銅貨』の点字を使った暗号は、盲学校に頼んで打ってもらいました。飯田橋の後楽園寄りの、会社から歩いてすぐのところに盲学校がありましたので、そこを訪ねて、受付で、どなたかこういうのにくわしい方はいませんかと訊いてみたんです。そうしたら教頭先生がとても興味を持ってくださったんですね。

点字を打つワープロのような機械があり、点字専用のプリンタというのもあって、今ある機械で打ったものと比べてみると、ドットというか、字間や行間が違うから、これは一時代前のプリンタで打ったものですね、なんていうことを教頭先生は教えてくれるわけです。倉庫に古い機械があるかもしれないということで探してもらったら、なんと古い機械が残っていて、それで試し打ちをしてもらったところ、似たようなドットだったんです。『二銭銅貨』の暗号を教頭先生に見せて、これと同じものを打てますかと聞いたら、教頭先生がその文面を打ってくれたんです。出来上がりを見たら、かなり近いんじゃないかということで、それで二〇〇枚作ってもらいました。点字の暗号の部分は、盲学校の先生に全面協力をしてもらったんです。『貼雑年譜』の製作にはさまざまなエピソードがあったんですが、この点字にまつわる話は忘れられない思い出の一つです。

紙資料修復工房の人も大変に丁寧な仕事をしてくれました。乱歩さんがスクラップをするのに使った糊は一種類でなく何種類かだった、そんなようなこともいろいろ教えてくれました。紙を貼るときの糊の使い方にも性格が出るのだとか、そういう興味深い話をいろいろうかがうことができ、それはとても楽しい仕事でした。ただ、製作がいよいよ迫ってくると、楽しいなどとばかりは言っていられなくなりました。

印刷はとにかく一度に二〇〇部刷るわけですが、製本は少しずつとなります。一二〇か一三〇くらい予約が入っていましたから、ご予約くださった方には、製本に時間がかかりますからご予約いただいた順にお送りしますという案内をして、徐々に発送を始めました。あと残り七〇くらいをどうしようかというときにテレビから話がありました。番組で採り上げた本をレギュラー陣のタレントが見て、買うかどうか判定するという関口宏《せきぐちひろし》が司会の「ほんパラ！　関口堂書店」という番組があって、それに採り上げたいという話が来まして、こちらとしてはちょうどいいから、ぜひ出してほしいということで、出してみたんです。そうしたら、放送が終わったとたん注文が殺到し、数日で売り切れてしまいました。テレビの力というものをまざまざと見せつけられた思いでした。これで一気に完売となって、やれやれとほっと一息をついたのです。

競作――トラキチ本と五〇円玉二〇枚の謎

編集者としていったい何冊、本を作ったのか、数えたことはありませんが、なかには冗談から生まれたような企画もいくつかあります。

たとえば、二〇〇三（平成一五）年の三月には、その年の阪神タイガースの優勝を予言したようなアンソロジー『新本格猛虎会の冒険』を作っています。北村薫さんや有栖川有栖さんのように、推理作家には阪神タイガースファンが実はたくさんいます。そこで、阪神をテーマにした短編を書いてもらってアンソロジーを作ろう、と思いつきました。たまたま翻訳家の木村二郎《きむらじろう》さんの同級生が阪神球団の役員をしているというので、こういう趣旨の本を作りたいのだが、とおうかがいを立ててみたところ、しばらく待たされた後、だめだと断られてびっくりしました。もっともこれは誤解だとわかりました。いわゆる阪神球団とブランド使用契約を結んで、作った本を球団関係の施設で売ってもらったりするのかと勘違いされたようなのです。

そうではないと誤解を解いたうえで、二〇〇三（平成一五）年のシーズンが始まる前に刊行しました。この本のおかげか、タイガースはこの年、一八年ぶりに優勝したのです。このとき参加してくださったのは、北村薫、小森健太朗《こもりけんたろう》、白峰良介、いしいひさいち、黒崎緑、有栖川有栖、そして序文を寄せてくださった逢坂剛、解説の佳多山大地《かたやまだいち》という、筋金入りのトラキチぞろいの各氏。ただし、いしいさんに関してはよくわかりませんが……。そして、木村二郎さんを介してアメリカのエドワード・D・ホック氏にも書き下ろしを書いていただきました。どうです、すごい顔ぶれでしょう。まあ、ホックはどう考えても阪神ファンではないでしょうが……。

それ以前の例では、一九九三（平成五）年一月に『競作　五十円玉二十枚の謎』というアンソロジーを出したことがあります。第二回鮎川哲也賞の贈呈式の夜、若手作家が集まってミステリを語り明かしたことがありました。そろそろ話のネタが尽きかけたころ、若竹七海さんが学生時代の不思議な体験を話し始めたのです。彼女がアルバイトで大学に近い書店――二〇一六年に倒産してしまった芳林堂書店の、当時はまだ池袋にあった本店のレジにいたとき、一人の男が店に入り、いきなりレジのところにやってくると、ポケットからジャラジャラと硬貨を取り出して、これを千円札に両替してほしい、と要求してきたのです。困惑しながらも硬貨を数えてみると五〇円玉ばかりが二〇枚ありました。一〇〇〇円札をレジスターから取り出すと、男は礼も言わずそれを受け取って、本には見向きもせずに店を出て行きました。ところが、その男は翌週の土曜日にまたやってきて、今度も五〇円玉二〇枚を出し、両替をせがんだのです。これが土曜ごとにしばらく続いたというのです。

このリドルストーリーがフィクションではなく若竹さんが実際に体験した実話だということで、推理作家たちの好奇心を大いに刺激しました。居並ぶ若手作家が首をひねりながら、こうではないか、ああではないかと奇説珍説をぶつけ合ったのですが……。その後、法月綸太郎さんと依井貴裕《よりいたかひろ》さんから解答を思いついた、という連絡をいただきました。よし、これを問題として読者から回答を求めてみよう、とこの突飛とも思える思いつきが意外な反響を呼んで、さまざまな回答が読者から寄せられたのです。これを若竹さん、法月さん、依井さんの三人に選考委員になって戴き、優秀作を選び出して作ったアンソロジーが、『競作　五十円玉二十枚の謎』でした。そしてこれに応募し、入選を果たしたなかに、後の倉知淳さんがいらしたのです。

さらにこのアンソロジーには参加されませんでしたが、北村薫さんがだいぶたってから、一つ解答を思いついたといって、そのアイディアを長編に仕立て、それにライフワークともいうべきエラリー・クイーン論を組み合わせたのが『ニッポン硬貨の謎』です。これは二〇〇六（平成一八）年の本格ミステリ大賞評論・研究部門賞を受賞したのです。ひょうたんから駒、とでも言うのでしょうか。ちょっとした雑談から思いついた企画が、考えもしなかった実を結んだ、これは特異な例だったと思います。

鮎川哲也さんの死

二〇〇二（平成一四）年に、鮎川哲也先生が亡くなりました。ぼくが入社した年に「創元推理コーナー」の巻頭エッセイをお願いして以来、三〇年強のお付き合いでした。結局、『白樺荘事件』は最後までお原稿をいただけなかったのですが、こちらにもやり方として反省すべき点はありました。

『白樺荘事件』をお願いしたころ、その前の作品で、新潮社から出た『死びとの座』という長編があります。『週刊新潮』に一九八二（昭和五七）年一〇月から翌年の五月まで連載され、その年の年末に単行本になったんですが、週刊誌ですから、先生は毎週原稿を渡していた。それを最後まで休載なしに続けて、単行本になり、そして文庫にもなりました。単行本が発売になったとき、新潮社に行ってサイン本を作るということがあって、そのときはぼくも付き添って行きましたので、『白樺荘』もこの方式でやるのがいいかな、と思い、一週間に一回鎌倉に行きますから原稿をくださいと、そんなふうにお願いしたんです。

週刊誌の場合は一回が何枚という決まりがありますから、鮎川先生も一生懸命十数枚書いて渡していたんだと思いますが、こちらはいただいてもすぐに活字にするというわけではありません。もらった原稿はすぐにワープロ打ちしてデータ化し、次にお会いしたときにプリントアウトしたものをゲラの代わりにお渡しするというかたちでやりとりをしていました。ただ、週刊誌とちがって一回に必ず十数枚書かなくてはいけないというものではありませんから、最初こそ順調にいただきましたが、そのうちに七枚になり、五枚になり、と、だんだん少なくなってきてしまって。あとで鮎川先生の日記を読むと、翌日はぼくに会わなくてはいけないからというので急に前日に書いたりしたということが書いてあるんですね。

鎌倉の小町通りを入ったところにイワタという古い喫茶店があって、たいがいはそこで会うことにしていたんですが、あるとき、鮎川先生がいい店を見つけたというんです。駅で鮎川先生と落ち合って、店に連れていきますからというのでついていったら、材木座近くのマクドナルドだったわけです。そこは四人がけの席が背の高いボックス席みたいになっていて、独立性が高い席ではあったんですが。注文をするときは、鮎川先生が前にいて、後ろのぼくにぼそぼそと、ジャガイモの揚げたのを、というわけです。するとこちらはマックフライポテトですね、というようにそれを「通訳」し、店の人にはぼくが頼んで、席に持っていくという感じでした。

来週もまたマクドナルドで会いましょうと言われて行くと、鮎川先生はそこで一生懸命書いているという感じにそのうちになりました。枚数も、たった三枚とか。渡すために無理矢理書かなくてはいけないという感じになっていて、前と整合性がとれていなかったりするわけです。これまで書いていただいた分をプリントして渡すと、やはり作家の習性なのか、しきりに直す。原稿を取りに行くと、直しを入れたのをまとめたものに、あと二枚ぐらい新しいのが付け足されているというかたちになり、だんだん枚数が少なくなり、結局は途絶えてしまいました。

以前、『白の恐怖』というタイトルで、鮎川先生が出来が気に入らなくて、その後、文庫にはしなかったという作品があるんです。鮎川先生はそれを手直しして、というか、抜本的に変えて『白樺荘』にしたいとおっしゃっていました。北村薫さんは、それならあの作品はこうすればいいという改革案を考えてくれて、それをまとめたメモも作ってくれたので、それを鮎川先生にお渡ししもしました。先生は設定も犯人も変えて、まったく新しい作品にする、とおっしゃっていました。

そういう次第で、〈鮎川哲也と十三の謎〉が始まる少し前から、こちらは一週間に一度は鎌倉に行くというのを鮎川先生が亡くなるまでずっと続けていました。正確にいうと、亡くなる前の二年ぐらいはもう原稿の受け渡しというのは実質的にはほとんどなくなっていたんですが、とにかく通いました。

その間に、唯一のお身内だった弟さんが定年退職して、どこかいいところを見つけて終《つい》の棲家としたいとおっしゃって、北海道の、札幌郊外にある広島町というところに建売住宅を見つけて引っ越されました。弟さんは、一人暮らしの兄を心配して、兄貴もこっちに来いと言ったんですが、鮎川先生は鎌倉は離れたくないということで、広島町の、弟さんのお宅から歩いて数分のところに、別荘のつもりで建売を買ったんです。梅雨時などには向こうへ行くことにしようというので、二軒家を持って、行ったり来たりするかたちになったわけです。

そのころから、鮎川先生は、以前結婚されていた古屋《ふるや》さんと復縁というか、一緒に住むようになっていました。古屋さんは名前を浩《ひろ》といいます。昔の人によくあるんですが、男か女かわからないとよく言われたそうで、正式な表記が必要でないときは「浩子」というふうに名乗っていました。『宝石』と『週刊朝日』共同のコンテストに応募し、みごと受賞し、芦川澄子《あしかわすみこ》の筆名でしばらく作品を発表していたことがあります。鮎川先生が入院すると、古屋さんが見舞いに来るような、そういう感じのお付き合いは別れた後も続いていたんですが、それが鮎川先生の晩年の二年くらいは、完全にまた一緒に住むようになっていて、鮎川先生がお亡くなりになるまで一緒にいらっしゃいました。

ただ、古屋さんは鎌倉の極楽寺の家にはまったく足を踏み入れなかった。ちょっとトラウマのようになっていたんです。というのも、お二人が結婚していたとき、鮎川先生は古屋さんを、ご両親と住む極楽寺の家にはいっさい入れなかったんです。そのあたりが不思議な家というか。玄関口まで一緒に来ても、鮎川先生のお父さんお母さんは目を見交わして、古屋さんに上がれとは言わない。古屋さんは横浜のほうに家を買い、鮎川先生もふだんはそこで一緒に住んでいて、土日になると極楽寺に独りで帰るという、いわば通い婚というか、不思議な結婚生活を送っていたんです。そんなこともあったので、鮎川先生のご両親が亡くなった後も、古屋さんとしてはあの家には足を踏み入れたくないという思いだったんでしょう。

ちなみに、極楽寺の家にはぼくたち編集者もぜんぜん入れませんでした。鎌倉でお目にかかっていたころ、外出されるとたいがい一週間分の買い物をしてから帰るんですが、晩年は鮎川先生の足元が心許ないところもありましたから、荷物を持って一緒に極楽寺の家まで行っていました。門のところまで行くと、じゃあどうも、などといって、中には絶対に入れてくれませんでした。

最晩年のころですが、ぼくと山前譲さんとで中に入れてくれと言って半ば強引に入ってみたら、中はゴミ屋敷のような感じになっていました。玄関を入ってすぐのところに応接間があり、鮎川先生のお母さんがご健在のころ、ぼくが最初に、一九七〇（昭和四五）年に『創元推理コーナー』の原稿をいただいたときには応接間に通していただいたんですが、そのときはとてもきれいな部屋でした。お母さんが亡くなってからは編集者はうちの中にはいっさい入れず、必ず鎌倉の喫茶店で会っていましたから、どうなっているんだろうと、ちょっと心配に思っていたんです。それで、山前さんと一緒に中に入れてもらったら、まさにゴミ屋敷としか言いようのない状態になっていたというわけです。

掃除をしたり、余分なものを捨てたりしましたが、家の中全体がそういう状況でしたから、さすがにここに住むのはどうかと思い、鎌倉駅前の御成町にマンションを借りることになりました。そのときから、古屋さんがそこで一緒に住むようになったんです。

晩年は、鮎川先生が北海道に行くときは、古屋さんも北海道に一緒についていっていました。御成町と広島町を往復する生活です。御成町のマンションの契約が切れたところで、小町通から少し入ったところの新築マンションに移りましたが、間もなく鎌倉高校前にあるテレジア病院に入院され、そこでお亡くなりになりました。二〇〇二（平成一四）年の九月二四日でした。

鮎川先生は本来は潔癖症の方で、晩年の、そういうゴミ屋敷での暮らしなど考えられないような人だったんです。最初にお会いしたとき、鮎川先生に会えるのだからサインをしてもらおうと、先生の本で好きなものを二、三冊持っていったんです。サインをお願いすると、こちらの手元の本を見て、今度新刊が出ますからそれにサインしてお送りします、というんです。つまり、自分の作品であっても、他人が読んだりした本には触ろうともしないんですね。そういう古い本にをサインをするというようなことは一切してくれなかった。

鮎川先生は大変なレコードマニアで、歌曲がお好みで、いろいろな歌手の歌を聴き比べるのがお好きでした。ロシア――当時はソ連ですが――の業者とも文通してレコードを送ってもらっていましたが、あちらからレコードが届くと、ジャケットから出したレコードの盤面をオキシフルで拭くんです。鮎川先生がお元気なころは、そうやって拭いたものを盤面がきちんと乾いてからジャケットに入れるようにしていましたが、そのうち、だんだん、拭いて乾かしているうちに、どの盤がどのジャケットに入っていたものかがわからなくなってしまい、ジャケットと中身のレコードが違う、といったものがけっこうありました。

この膨大なレコードコレクションは、どうしたらいいか、弟さんにうかがったところ、そっちで処分してくれ、ということでしたので、岩手県の紫波町《しわ》というところにある野村胡堂《のむらこどう》・あらえびす記念館[*71]に寄贈することになりました。古屋さんもそこがすごく気に入っていたんです。あらえびすこと野村胡堂は大変なレコードマニアでしたから、記念館はSPがかけられる古い立派なプレーヤーを完備しているというので、そこに鮎川先生のレコードコレクションを寄贈したいという話を持っていったら、喜んで引き受けてくださいました。また、有栖川有栖さんの奥さんのつてで阪大にも一部、引き取ってもらいました。

小町通りに二楽荘という古い中華料理屋があります。その二階が広い宴会場になっていて、先生もよく食事をされていましたから、そこで偲ぶ会をやりました。『本格一筋六〇年　思い出の鮎川哲也』という本を、これは非売品ですが、偲ぶ会の日に合わせて奥付を一二月二五日発行にして作りました。偲ぶ会には一五〇人くらいの方が集まってくださいました。

『ミステリーズ!』創刊と〈ミステリ・フロンティア〉

ぼくは直接は関わっていないんですが、二〇〇三（平成一五）年に『ミステリーズ!』が創刊になっています。『創元推理』に代わる器として、そういう雑誌のようなものが必要だったということですね。『創元推理』の最後のほうでは、暗中模索というか、いろいろなことをやってみたんですが、それを一度ご破算にして、新雑誌として仕切り直したわけです。雑誌コードを取っていないので、分類上は書籍なんですが、かたちとしては雑誌で、定期的に刊行をする。ということで、神原佳史《かんばらよしふみ》が編集長をつとめ、その下にそれぞれの作家の担当者がついて、原稿をもらって作るというシステムになりました。編集部を上げてそういう作り方をしていく体制になったんです。

同じ二〇〇三（平成一五）年には、新しい日本人作家の叢書として〈ミステリ・フロンティア〉が刊行開始になりました。第一回が伊坂幸太郎《いさかこうたろう》さんの『アヒルと鴨とコインロッカー』。第一回配本が話題作だったということも大きいんですが、このシリーズは、新人作家の作品をどんどん入れて、この後長く続いていくことになります。

これは、桂島浩輔《かつらじまこうすけ》という編集者が企画したものです。入社当初は翻訳ものも担当してもらっていたんですが、彼自身は日本作家を担当したがっていましたので、辻さん、紀田さんら、ぼくが担当していた作家の担当を徐々に彼に引き継いでもらいました。そういうかたちで、いろいろな仕事をしてもらっていた彼が思いとして持っていたのが、新しい作家を生み出していきたいということでした。それがかたちになったのが〈ミステリ・フロンティア〉です。ミステリ系の新人賞を追いかけるのはもちろんですが、彼はジュヴナイルやラノベにも目を配っていて、米澤穂信《よねざわほのぶ》さんや桜庭一樹さんなどにも早くから注目していました。

従来からの作家は〈創元クライム・クラブ〉に収録し、新しく彼が見つけてきた、あるいはどこかで新人デビューしたような新しい作家は〈ミステリ・フロンティア〉に入れていくというかたちにしました。最初の企画としては、伊坂さんを含む六点で企画を出し、もしもそれでうまくいかなかったら、〈クライム・クラブ〉一本でいこうと、最初はそんな感じだったのです。それが、いい評価を受けてスタートを切ることができましたので、以降、新人は〈フロンティア〉、ベテランは〈クライム・クラブ〉という路線で続けることになりました。

本格ミステリ大賞特別賞

二〇〇四（平成一六）年には、本格ミステリ大賞特別賞[*72]を講談社の宇山日出臣さんと一緒にいただくことになりました。これがどうして決まったのか、経緯はよくわからないんですが、当時の会長の有栖川有栖さんから、こういうかたちで特別賞を出したいというお話があり、その理由が、宇山さんと共に新本格の興隆に尽力したからということでした。最初にお話をいただいたときは、ぼくの気持ちとはちょっと違うなあと感じました。新本格というのはあくまで宇山さんがお始めになり、大きな流れにされたもので、ぼくはたまたま同じ時期に日本の推理小説の出版を始めたということでしかありません。だから、それは宇山さんにのみ差し上げるべき賞だとご返事をして、一度は辞退したんです。

そうしたらその後で宇山さんからお電話をいただきました。こういううれしいお話をいただいたが、戸川さんが受けないようなので自分としても困っているということでした。ぼくはともかくとして、宇山さんが賞をもらわないというのは、さすがにそれはまずいのではないか、ということで、宇山さんと一緒にというかたちで、というか、主体はあくまで宇山さんでそれにぼくが付くようなかたちでいただくということにしましょうと、そういう話をしたところ宇山さんも喜んでくださいました。賞を受けることになったのは、そういう経緯でのことでした。

残念なことに、宇山さんは賞をもらった翌々年、二〇〇六（平成一八）年の八月三日にお亡くなりになってしまいました。賞の話が出たときは、すぐにそんなことになるようなご様子ではぜんぜんありませんでした。ただしきりに、入れ歯が合わないのでインプラントにしたい、インプラントにすればもっと元気になるのにということをおっしゃっていたくらいで、ほかに体調的にはとくにどうこうということは周りの者にはまったくうかがわせなかったのです。実際、宇山さんの奥様も宇山さんのおからだのことについてはそんなに心配してはいなかったと思います。奥様ご自身が千葉のほうの病院に入院をされていたんですが、それでご自宅に帰ってきたら、宇山さんが家で倒れていたということで、本当に突然のことだったんです。そういうことを考えると、あのとき、二人で賞をいただいておいて本当によかったなと思った次第です。

宇山さんについて

実は、編集者としての宇山さんについては、ぼくはぜんぜん存じ上げないんです。

受賞の後、宇山さんが亡くなってからだったと思うんですが、神保町の古書会館で綾辻さんと有栖川さんのトークイベント*73がありました。ぼくは行かなかったんですが、そこで、宇山さんが亡くなったという話になり、そこから、宇山さんとぼくの編集論のような話になったらしいんです。有栖川さんはぼくと宇山さんの両方が担当をしたことがありましたから、とくにその違いみたいなことを話されたそうです。

宇山さんは、ゲラを読むとき、何か気に入ったところがあると、ここは最高だ、とかいうようなことをゲラに書き入れて、著者に送ったそうなんです。一方、ぼくのほうはというと、自分でもたしかにそうだろうなと思うんですが、こういう考え方だというんです。基本的に創作というのは、あくまで著者のもので、著者の責任として出すものであって、編集者は黒子に過ぎない。もちろん出したものに対して編集側にも責任はあって、たとえば、言葉の使い方が違うとか、誤植や誤字が多いとか、その作品を出したことによって著者が恥ずかしい思いをするようなことになってはいけませんから、それは編集者の責任です。何か気がついたことを注意するというか、自分としてはこうではないかということを伝える任務はあるけれども、それを直すか直さないかは著者の判断で、著者は自分の言葉の使い方として自分ではこれがいいと思っているというのであればそのままでいいんじゃないか。ちょっと気がつかないで誤用してしまっているとか、思い違いをしてしまっていることもあるだろうから、それを指摘をすることは必要です。ただ、それを直す直さないということはあくまでも著者の考え方である。ぼくはそんなふうに思っているんですね。

それは翻訳の場合でも同じです。これは間違いじゃないかということは指摘するけれども、それを直すか直さないかは翻訳家の問題だというスタンスです。だから、以前に話した松浦のように、訳稿に徹底的に鉛筆を入れてしまうということは、ぼくはあまりしないわけです。というようなことを有栖川さんは話されて、有栖川さんがぼくに相談をすると、それはあなたが考えなさい、という感じで返されてしまうんだ、というようなことを話されたようなんです。

おそらく編集のスタイルとしては、宇山さんとぼくとでは、ずいぶん違っていたんじゃないかと思います。だからなのかどうかわかりませんが、実際にお会いすると、新本格のこととか、綾辻さんら担当作家のこととかを話すことは、不思議とありませんでした。中井先生のことにしてもそうですね。文学論を戦わせるとか、お互いに関係のある著者についての話をするとか、それぞれがしていた仕事に対して、直接にどうこう言い合うことは基本的にはなかったのです。

こういう小説の世界では、同じジャンルの編集者同士の関係って難しいところがあると思うんです。たとえば、一人の人気作家を間にはさんで、A社の担当、B社の担当、C社の担当など、編集者が集まるとします。すると、スケジュール的にうちはここで頼みたいんだけど、お宅の仕事が長引いているんじゃないかとか、そちらはどういうタイミングで次の作品を頼もうとしているのかとか、そういうことの探り合いになると思うんです。直接訊き合うのか、腹の探り合いをするのかはわかりませんが、とにかく、そういう関係になることが多いんじゃないかという気がします。そういうのが、宇山さんとぼくの間にはまったくなかったというあたり、かなり特殊な関係ではあったと思います。会うと中井先生の話ばかりしていたと言っても、中井先生が次に何を新しく書くかという話ではないわけですから。あくまでも過去の遺産をどうするか、もっと突き詰めれば、どういうふうにお金を捻出していくか、それと健康面をどうするか、そういう話でしたから。編集者同士の間柄としては、かなり変わった関係だったのかもしれませんね。

この受賞に関して、もうひとつ後日談があります。関ミス連こと関西ミステリ連合[*74]から依頼があり、二人で年会に来て、話をしてほしいと言われました。ぼくは宇山さんが良ければ、と内諾していたのですが、そうこうするうちに宇山さんが亡くなってしまった。これでこの話はなくなったのかと思っていましたら、あらためて一人で来て話してくれないか、という依頼がありましたので、宇山さんの追悼の意味もこめてお話をさせていただきました。二〇〇六（平成一八）年の一二月三日、立命館大学でのことでした。

二〇〇六年のこと

実は宇山さんの亡くなった二〇〇六年、平成一八年という年は、ぼく自身にとっても大変な一年でした。五月一六日に、鮎川哲也先生のSPレコードを寄贈した岩手県紫波町の野村胡堂・あらえびす記念館で、追悼のコンサートを開きました。これは古屋浩さんの発案によるもので、親しくしていた編集者や、島田荘司さんはじめ、先生を慕う作家が参集し、同館で先生のSPレコードを聴き、そして有栖川夫人のピアノ伴奏で、先生がお好きだった歌曲や唱歌をご友人に歌っていただくというものでした。ここに宇山夫妻はお元気な姿で参加してくださっていたのですから、わずか三月足らずの後のことは予想すらできませんでした。

そして一二月の初めに関ミス連でお話をしたのですが、そのひと月前、ぼくは自宅の塀から落ちて、右肩の骨を折るけがをします。脚立に乗り、片足を塀に掛けてチェーンソーで古い庭木の枝を切っていて誤って下に落ちたのですが、よく肩の骨を折るくらいですんだものだ、と後で怖くなったほど、塀と我が家との狭い空間に一回転して落下したのです。肩どころか首の骨を折っていても不思議はなかったと、ぞっとしたものです。さっそく近所の整形外科にタクシーで駆けつけ、数日後にベッドが空いたところで入院、ちょうど五九歳の誕生日に手術をし、一週間ほどして退院、以後リハビリに通いながら、三週間ほど休んだトリック・トラップの店頭に復帰しました。

そして一二月三日に、かねてより約束していた関ミス連の年会に出席したのですから、このときは右腕を包帯でつるしていたのだろうと思います。

帰ってしばらくすると、今度は鶴岡の戸川安章《とがわあんしょう》伯父が一〇〇歳で亡くなったという知らせが入り、一二月一六日、母とともに鶴岡に出かけました。一泊して通夜と告別式を済ませ、帰京するとその足で吉祥寺に回り、トリック・トラップで小鷹信光さん――二〇一五（平成二七）年末にお亡くなりになりましたが――のトークイベント「わたしのハードボイルド」を行いました。その翌週、二四日にはひらいたかこさんに来ていただき、やはりトークイベントを開いた後、小山正《おやまただし》、若竹七海夫妻など数人と忘年会をして、二〇〇六年度のトリック・トラップの営業を終えたのです。

翌二五日は、この数年かかっている慶應病院の神経内科の診察日でした。実はこの数日、ぼくの様子がおかしかったようなのですが、本人はまったく気がつかなかったのです。いつもは一人で行く慶應病院に家内がついていくというので、二人で出かけたのですが、順番で呼ばれて先生の前に座ったところから後の記憶がほとんどありません。ＣＴだかＭＲＩだかに横たわったことなど、断片的にしか覚えていません。次に気がついたときには、ぼくはナースステーション脇の病室のベッドにしばりつけられていました。

後で聞いたところによると、慶應病院を訪れた日の夕方、同病院の脳外科で慢性硬膜下血腫の緊急手術を受けていたのです。初めに受診した神経内科の先生に、家内がこの数日、様子がおかしい、という話をしているうちに、ぼくが意識不明の状態になり、急遽、脳神経外科に回されたそうです。そこでＭＲＩを撮り、硬膜下血腫と診断され、ただちに手術となったようで、まさに綱渡りのような状態でした。夫の変調に気づき、病院に同行してくれた家内のおかげで一命を取り留めた、というところです。この硬膜下血腫というのは脳内に血が溜まる病気で、頭を打ちつけたりするのが原因で出血をみる急性硬膜下血腫と、なんらかの原因で徐々に脳内に血が溜まる慢性硬膜下血腫とがあり、ぼくは後者だったのですが、おそらくふた月近く前に塀から落ちたことが原因だったのだろうと思います。肩のけがくらいで済んで良かった、と思っていたのですが、やはりそれで済んではいなかったのでしょう。

ちなみに、硬膜下血腫などという病気はそのとき初めて知りましたが、知ってみるとこの病気にかかった人はけっこういるようで、つい先ごろ亡くなった水木《みずき》しげるさんも、転んで頭を打ち、急性硬膜下血腫になったのが原因だったようです。

翌年の正月元旦に退院しました。退院前の部長回診で、この病気は二五パーセントの確率で再発する、と脅されました。四人に一人なら、と高をくくっていましたら、ものの見事にその一人になり、ひと月もしない一月の二二日に再入院し、ふたたび手術をすることになります。

当時の手帳を見ると、一回目の退院の六日後から、トリック・トラップの店を開け、再入院の前日、二一日まで店頭に立っていました。ただし、自分のそういうような状態と、オーナーの小林さんが二人目のお子さんの誕生を控えていたことなどから、これ以上店を続けるのは難しいと判断し、ちょうどマンションの契約時期が翌月に迫っていたこともあって、ここで閉店という決断を下したのです。トリック・トラップについては、次章でくわしく述べることにいたします。

都筑道夫の死

二〇〇三（平成一五）年に、都筑道夫さんがハワイで亡くなりました。中井先生にしても鮎川先生にしても、お目にかかって以来、何か書いてもらいたいという思いをずっと抱いていて、実際、こまかいものはいくつか書いていただいたのですが、都筑さんの場合は、書き手と編集者としての関係は不思議なことにまったくありませんでした。都筑さんは文庫などの解説をたくさんお書きになっていますが、解説もぼくが都筑さんにお願いしたことはないんじゃないかと思います。

　ぼくの場合は編集者になる前からそうだったんですが、こういうジャンルの編集者になった者にとって、都筑道夫という人は偉大な大先輩でした。亡くなった後でフリースタイルから『推理作家の出来るまで』[*75]という自伝が出ました。これは早川の『ミステリマガジン』で長期連載していたのをまとめたものですが、刊行されるとすぐに『週刊文春』から電話があり、書評を頼まれました。そのときにじっくりと、あの長い自伝を読んで、ひと月ぐらいかけて書評を書きました。本当に大変な人だったんだなとつくづく思いましたね。

　都筑さんは多才な方で、翻訳も手がけていますが、都筑さんの自伝を読むと、翻訳をするのに際し、まったくの独学で始めたそうです。辞書を買ってきて、それこそ this、is、a、pen と一語一語辞書で引いていたというんです。そんなレベルでありながら翻訳をしてしまうというのは、にわかには信じられないような話ですよね。要するにそのようなことをやってしまった、大変な人だったのです。

　この自伝を読みながら、なんて人だったんだろうと思ったわけですが、それで思い返してみると、たしかに、いろいろと納得できることがあったんですね。

　都筑さんはすごく自己主張の激しい人でしたから、たとえばお葬式にもカラフルな服装で来る。喪服でいらした都筑さんを見た記憶がありません。弔辞をとなると、やはりどこからどう見ても都筑道夫という感じの弔辞を読む。そこまで自分を出さなくてもいいんじゃないかと思うくらい、葬式や弔辞であってもきちんと自分を主張される。それは原稿自体を見てもそうですね。都筑さんは山藤章二《やまふじしょうじ》さんに作ってもらった二〇〇字詰の原稿用紙を使っていました。それは罫線も含めてすべてフリーハンドで、それも用紙の左下に描かれた都筑さんのタバコの煙が広がって罫線になる、といった感じの図柄の原稿用紙でした。原稿を書くときは、モンブランの極太の万年筆で、その原稿用紙のマス目いっぱいに字をお書きになる。本当に、一事が万事、どこをとっても一〇〇パーセント「都筑道夫」でした。

これはもちろん後になって知ったことですが、ぼくが中学・高校・大学時代と読み続けていた『エラリイ・クイーンズ・ミステリ・マガジン』は、田中潤司《たなかじゅんじ》さんが下地を作って退社した後を受けて、創刊から数年間、都筑さんが編集部にいて、ほとんどのコラムを書いていたようです。英語などの外国語もきちんと勉強はされなかったんでしょうが、そういう方がいきなり外国語雑誌の日本版を編集するわけです。たとえば、あれはフレデリック・ダネイが書いていたんだと思いますが、エラリー・クイーンが掲載作品の頭にルーフリックという短いコメントをつけています。これがもう本当にわかりにくい英語なんですが、それもほとんど都筑さんが訳していたんです。毎号格闘されたんだろうと思います。

都筑さんが早川書房にいた間にお作りになった本の一つに、マリオン・マナリングという女性作家の『殺人混成曲』という全編パロディみたいな作品があります。それを、ブラウン神父のパロディのところはポケミスで〈ブラウン神父〉を訳していた村崎敏郎《むらさきとしろう》さんに頼むといった具合に、この部分はこの翻訳者がふさわしいだろうという何人かの訳者を配し、都筑さんが総合監修をしています。こういう本の作り方一つをとっても、なるほどこういう人がこの時代にいたから、日本の翻訳ミステリというのは一時代を築くことができたんだなと、そんなことを思わせる方でした。

以前にふれましたが、都筑さんとの最初の出会いは、早稲田のミステリクラブが都筑さんを呼んで話を聞くという会でのことでした。それにぼくもまぎれこんで、いろいろなお話をうかがい、大変に影響を受け、エドワード・D・ホックなどの作家を知り、洋書屋さんに飛んでいって本国版の『EQMM』を買い、『The

Shattered Raven』の原書を読み、と、そんなことをしたわけです。それをきっかけに、都筑さんとの縁ができたわけです。以前にお話ししましたが、学生時代には本を処分するからと呼ばれ、〈007〉のハードカバーのそろいを譲ってもらったこともありました。大学四年のときには立教ミステリ・クラブのゲストに来ていただいて喫茶店でお話しいただいたのがちょうど三億円事件の当日だったなんてこともありましたし。とにかく、都筑さんとのことではいろいろな思い出があります。

ただ、逆に、編集者になってからは、都筑さんとはお付き合いがなくなってしまいました。ずいぶん後のことですが、真鍋博さんのお葬式のときにお会いして、しばらくだねと声をかけていただいて少しお話をしたことがありましたが、それぐらいでした。

お葬式といえばこんなこともありました。都筑さんは最晩年のころ東中野に住んでいました。東中野と落合の間ぐらいのところです。どなたかの告別式に参列した帰りに東中野の駅に行ったら、改札のところに都筑さんが一人でぼーっと立っていらしたんです。どうしたのかと声をおかけしたら、ちょっと人に呼ばれて新宿に行こうと思って云々と言われるんですが、何となく様子がおかしい。硬直したように立ったままなんですね。このままだとちょっと大変だろうと思い、駅員に車椅子はないのかと訊いたらないという。東中野の駅は、改札のところから表通りに出るまでちょっと距離があるんですね。そんなに重い人ではありませんから背負うか何かして外まで行けばよかったんですが、こちらもちょっと自信がなかったので、都筑さんには、ちょっと待っていてくださいと声をかけ、近くの公衆電話で会社にかけたんです。

夕方の六時くらいだったと思いますが、松浦がまだ会社にいたので、悪いけど東中野まで来てくれないかと頼みました。都筑さんの様子から、どうも何も食べてないような感じだったので、キヨスクでパンと飲み物を買って、しばらくこれを食べていてくださいと話し、松浦が来るのを待ちました。彼が着いたところで二人で都筑さんを抱えて駅の外まで連れだし、タクシーを拾って、家までご一緒しました。

家であらためてお聞きしたんですが、どうも、食べているのか食べていないのかよくわからないような感じなんですね。娘さんの大学生の息子さん、つまりお孫さんと一緒に住んでいるようなんですが、その人が都筑さんの面倒をどうもちゃんと見ていないような感じだったんです。東中野の駅にいたときに、ちょうどそのお孫さんが通りかかったので、都筑さんが声をかけたら、ちょっと約束があるからという感じで、そのまま行ってしまったんですね。さすがにおいおいと思いましたし、ますます心配にもなりましたから、松浦にちゃんとしたご飯ものを買ってきてもらい、都筑さんにそれを食べてもらいました。都筑さんご自身は大丈夫だとおっしゃるので、その日はとりあえず失礼しますと言って二人で帰りました。翌日、娘さんにこういうことがあったと連絡したんですが、それからは娘さんも心配になったようで、その後、ハワイに住んでいたお嬢さんが引き取られたんです。これが最晩年のことですね。

しかし、東中野の件ではすごく感心させられたことがありました。しばらく東中野の改札あたりで二人でぼーっと立っていたんですが、そのときに、男の人に話しかけられたんです。道を訊かれ、少しやりとりをしたんですが、その人が立ち去った後、都筑さんのところに戻ったら、「きみ、財布は大丈夫か」とおっしゃるんですね。ひょっとして、スリだったんじゃないか、と心配されたんですね。ぼくはうかつにもそんなことは毛ほども疑っていなかったので、すぐにそういう風に考えが回るあたりはさすがだなと思って感心したんです。

創元推理文庫創刊五〇周年

二〇〇〇年代、東京創元社の新企画として新たに立ち上げた〈創元ブックランド〉、〈アンドルー・ラング世界童話集〉、〈Webミステリーズ!〉は、みな他の編集者が手がけたもので、ぼくは関わってはいません。うち〈創元ブックランド〉と〈ラング〉は、この数年ファンタジーを積極的にやっている小林甘奈を中心にした企画です。

二〇〇九(平成二一)年に創元推理文庫が創刊五〇周年を迎えています。このとき、文庫の総目録を出したんですが、本来は、四〇周年のときにぼくがやらなくてはいけなかったものでした。

文庫目録の基礎にあたる部分は、四〇周年のときに高橋良平《たかはしりょうへい》さんにまとめていただいていましたから、基礎のデータはすでにできていたんです。あとは、インタビューなど、新たに用意したもの。高橋さんと一緒に新たにインタビューをしました。厚木さんのインタビューもありましたし、紀田順一郎さんと鏡明さんと杉《すぎ》みき子《こ》さんの座談会も、四〇周年に間に合わせるようにやったものです。四〇周年のときにいろいろやっているんですね。社の関係者である厚木さんのインタビューはともかく、杉さんらに出ていただいた座談会やインタビューまで一〇年間もそのままにしてしまったのは……。どこか他の媒体などに途中で発表することもしませんでしたから。ちゃんとこのかたちで出すことができてよかったですし、幸いみなさん、お元気でおられたので、本が出たときにお詫びをすることもできました。紀田さんと鏡さんは東京にいましたが、杉さんは新潟の上越市の方でしたから、本ができたときは上越市までお持ちしました。

雑誌連載と成蹊大学への寄贈

本格ミステリ大賞の特別賞をいただいた二〇〇四（平成一六）年に『本の雑誌』で連載「少年の夢、夜の夢」を始めています。頼まれたものではなく、たしかぼくのほうから『本の雑誌』に持ちかけた企画だったと思います。自分が育ってきた背景にどういう本があったのかを書いておきたいということで始めたものです。しかも、そうした自分を作ってきた本が、小学校時代の本など古いものも含めて、ほとんど全部手元に残っていたんですね。この連載のこともあって、そうした本の整理を始めたんです。それが、後に、蔵書の成蹊大学への寄贈につながります。実際の寄贈は二〇一三年からのことです。

とにかく、だんだん本があふれてきて、収拾がつかなくなってきていましたから、どうにかしなくてはいけないという気持ちがあったんですね。東京創元社の社長・会長をしていた時代は、社に自分の部屋がありましたから、そこにかなりの量の本を置いていました。ところが、相談役になると、それらを持ち帰らないといけなくなってしまった。自宅に待ち帰ろうとすると、今度はうちに入らないということになって、しかたなく一時的にそれらの本を入れるためだけの部屋を一年ぐらい借りていたこともあります。自宅の目の前にあるアパートがたまたま一部屋空いたので、そこを借りたんです。ただ、それもよく考えればお金のむだ使いですし、とにかく本をどうにかしなければならない。どうせ整理をするならば、それらの本の思い出をどこかに書いて残しておきたいという気持ちになり、それで、自分が関わってきた、というか、自分が育ってきたこれまでの人生で読んできた本について書いてみたいということを『本の雑誌』の浜本茂《はまもとしげる》さんに話して、ああいう連載のかたちになったということです。

あの連載は東京創元社に入社するところで終わっていますが、もともとあそこまでの予定だったというわけではなく、その後のことは、まだ機が熟していないと思い、区切りがいいので、いったんあそこで「休む」かたちにしました。終わりにした、というよりは、休んだ、という感じですね。

二〇一〇年代

二〇一〇年代のエポックは、やはり中町信先生の大ブレイクでしょう。『模倣の殺意』は、二〇〇四（平成一六）年にぼくが文庫を手がけた本なんですが、出した当時もまったく売れなかったというわけではありません。版を重ね、三〇〇〇部か四〇〇〇〇部は行ったはずで、それなりの売れ方はしたんですが、それぐらいまで行って止まっていました。それが、文教堂の目にとまり、二〇一二年末に再発掘戦略に採り上げられて、文教堂だけのために重版をする、つまり他店では売らないという試みをやってみたら、ものすごく売れたんです。文教堂で展開するひと月の間に重版をし、それを二か月か三か月やりました。

文教堂のフェアが終わるころに、これこれこういう作品があって、文教堂でしかけたら、これだけ売れたというのを営業の人間が他の書店にも持っていったんですね。こうしてほかの書店にも広がり、三か月後には紀伊國屋書店をはじめとする全国の書店で展開をすることになり、そうしたら一気に一〇万部を超えたんです。

たまたまそのときの模様を伝える読売新聞の記事[*76]が出てきたんですが、それによると「書店によっては、文庫の週間ベストセラーで伊坂幸太郎さん、東野圭吾さんらを抑え一位に」とあります。結局、この四か月で「累計二〇・五万部まで一気に増刷された」のです。

そのときはもう中町さんはお亡くなりになった後でした。中町さんは二〇〇九（平成二一）年にお亡くなりになっています。先にふれましたが、この本は、初版を出したときもそれなりに売れましたから、中町さんはびっくりしていましたね。めったに都心に出てこないという人でしたが、昔の『宝石』仲間から、紀伊國屋書店に行ったらお前の新刊がピラミッドのように積み上げられていたという電話をもらって仰天したという話をされていたことがありましたが、今回はそれどころじゃない売れ方をしたわけですね。『模倣の殺意』に続けて『天啓の殺意』、『空白の殺意』と、年に一冊ずつ、中町さんの作品を文庫化していくことになります。二〇一〇年代ということだと、まずこの中町さんの大ブレイクのことが思い浮かびますね。

ベストセラーということで思い出したんですが、二〇〇〇年代にも似たようなケースがありました。二〇〇一（平成一三）年ごろ、宮部みゆきさんの『パーフェクト・ブルー』と『心とろかすような』がベストセラーになったり、二〇〇三年には貫井《ぬくい》徳郎《とくろう》さんの『慟哭《どうこく》』が売れたりしていますが、『慟哭』もぼくの記憶では、当時、文教堂の赤坂見附店の店長をしていた方が自分でＰＯＰを作ったところ、その効果もあったのか、赤坂見附店でかなり売れたんです。文教堂には店長会のような会議があるんですが、各店の報告の際に、これこれこういう作品についてこんなふうにしてみたら赤坂見附店ではすごく売れたということを報告したら、ほかの店でもその人のＰＯＰを使うようになったんです。すると文教堂のほかの店でも売れだし、それがまたさらにほかの書店にも広がって、という感じで伸びていきました。中町さんのときとは違う売れ方ですが、文教堂で火がついたというきっかけは同じですね。

二〇〇〇～一〇年代の作家たち……坂木司、大崎梢、紅玉いづき

時代はやや前後しますが、二〇〇〇年代から二〇一〇年代にかけて関わりのあった作家の方々についてふれておきます。

二〇〇二（平成一四）年、というからぼくが会長だったときですね、営業部員からミステリ好きの店員さんがいる、という話を聞いて、用賀にある本屋さんを訪ねました。お目にかかって話を聞くと、たしかにミステリやSFをよく読んでいる人で、とくに有栖川有栖さんの作品が好きだと言って、パスティーシュを載せた個人誌を一人で作っているというので読ませてもらったところ、それがなかなかの出来でした。ただそれはあくまで有栖川作品に寄りかかったものでしたから、オリジナルのキャラクターを使った作品は書けないか、と持ちかけてみました。しばらくして見せてもらったのが、引きこもりの青年と、その友人をなんとか世間に引っ張り出そうと努力する友人とを主人公にした短編でした。こうお話しすればおわかりのように、そう坂木司《さかきつかさ》さんです。

大崎梢《おおさきこずえ》さんとの出会いは、もっとドラマチックでした。朝日新聞で書評を書いていた当時の担当者が定年で朝日カルチャースクール横浜校に天下りして、ぼくを講師に呼んでくれたんです。初めは江戸川乱歩について一回きりの話をしたんですが、そこそこ受講生が集まったというので、創作講座をしませんかと言われました。

人に創作技術を教える自信もなかったし、気は進まなかったのですが、せっかくお声をかけていただいたんだから、とお受けすることにしたんです。そのかわり、と言って一つ条件を出しました。受講希望の方は自作の短編を一編、申込時に提出してほしい、と。

それの講評から始めようと思ったのです。結果的にこれがネックとなったようで、受講希望者がスクール側の想定をはるかに下回り、採算ラインに届かなかったようです。申し訳ないが、講座は中止したいと言われました。こちらは、やれよかった、と思ったのですが、それでも何名かの方が受講料とともに短編を送ってこられたと聞いて、代金はスクールから返していただくとしても、せっかく書いて提出してくださった作品をそのまま返すのは申し訳ない気がしました。そこで、それら応募作品を読んで講評を書くことにしました。お金を返す際に、講師の力不足でせっかくご応募いただいたのに講座が中止になって申し訳ないというお詫びの手紙とその講評を一緒に添えてくださいとスクールにお願いすることにしたのです。

ということで、応募作を読んでみました。ぼくが講師ということで、前にふれた五〇円玉二〇枚の謎をテーマにしたものなどもあったのですが、応募作のなかに一編、これはという作品がありました。駅ビルの本屋さんに勤めるちょっとどじなアルバイト店員を主人公にした、とてもよくできた推理短編でした。早速スクールに連絡して、その方の連絡先を教えて欲しいとお願いしたのですが、最近は個人情報の管理について神経質になっていてOKがもらえません。しかたなく、こちらの連絡先を先方に伝えてもらって、連絡が来るのを待つことにしました。

ほどなく件の短編の書き手とコンタクトが取れましたので、この調子であと何編か書いてみませんかと打診してみました。それが一冊にまとまり、『配達あかずきん』という書名で刊行されたのは二〇〇六（平成一八）年の五月のこと。これが大崎梢さんのデビューとなりました。大崎さんはデビュー前から創作童話のサークルに入っていて、物語を作る訓練のできている人でしたから、デビュー後もいろいろな傾向の作品を次々と発表しています。

小学校のころの〈少年探偵団〉以降、ジュヴナイルを比較的よく読んでいたことは、これまでもお話ししてきたとおりですが、最近のお気に入りは『晴れた日は図書館へいこう』の緑川聖司《みどりかわせいじ》さんですね。緑川さんは創元推理短編賞や鮎川先生の『本格推理』にも応募されていた方で、光原百合さんが所属していた大阪大学のミス研の後輩でもあります。

図書館つながりというわけではありませんが、『サエズリ図書館のワルツさん』という作品の、死滅しかけた活字文化を守ろう、という主題に共感したのが、紅玉《こうぎょく》いづきさんです。金沢の人ということで、このところ行き来している県立図書館の方を通して問い合わせたら、金沢市内の私立図書館に勤めていた人だとわかりました。お目にかかって、ミステリを書いてみませんかと聞いたら、初めは目を白黒させて、えー、ミステリなんて、わたし何にも知らないですから、と言っておよび腰だったんですが、時間をかけてお願いしたところ、こういうものなら、といって構想を話してくださったのが、二〇一六（平成二八）年の春に〈ミステリ・フロンティア〉の一冊として出た『現代詩人探偵』です。構想の段階で、これはいいものになると確信し、東京創元社の編集者にバトンタッチして本にしてもらいました。

編集という仕事

自分にとって編集とは……というのは難しいですね。前にもお話ししたように、この会社というか本の世界に入った動機がけっこう不純で、良い本を作ろうとか、理想に燃えていたとか、そういう志があって飛び込んだわけではありませんでした。いずれは大学に戻って、山岳宗教の研究をしようという気でしたので、言葉は悪いけれど、半ば腰掛け気分で入った会社であり業界でした。

入社当時は、まだたくさんの先輩がいて、ぼくはいちばん年少でしたから、自分に割り振られた本を作っていればいいという感じでした。それが、一人辞め二人辞めと編集部に人がいなくなってしまったため、簡単には辞めにくくなったということもありましたが、かれこれ四五年ほどもこういう仕事を続けてこられたのは、やはり基本的には本が好きだということが根底にあるんだと思います。

　ここでいう本が好きというのは、内容もさることながら、本という形態というか、匂いや手触りを含めたものとしての本自体がとても好きだということですね。どこかに行ったときに、ふと何も持たずに出てしまったことに気づくことがあります。鞄の中に本がない、本を持たずに出てしまったというときの不安な気持ち。そういう思いは何度も経験していて、たとえ行き帰りが両方とも満員電車であっても、行き先に用事があっても、必ず本は持って出ることにしています。出かけたら出かけたで、行き先で用事があり、ポケットの中に文庫を一冊入れたまま、結局一ページも開かないで帰ってくることもありますが、それでも本を持っている、手元に本があるというだけで安心できるところがある。本は常に手にしているものなんです。編集が好きだとか本の内容が好きだとかミステリというジャンルが好きだとか、もちろんそれらもあるんですが、それよりも、基本的に本というもの自体が好きだということが、この仕事が長続きしたいちばん大きな理由だったんじゃないかなと思います。

　本が好きで、しかも、ミステリが好きだったということはもちろん大きいし、大きいといえば、人との付き合いというか、人とのつながりも大きかったなと思います。お付き合いのあった方がお亡くなりになって、お葬式に出て、その帰りに考えることがありました。たとえば、中村能三さんという人がもしいなかったら、出会っていなかったら、自分の人生はかなりつまらないものになっていたろう、と。それは、永井淳さんも、大久保康雄さんも、宇野利泰さんもそうです。お亡くなりになった方ばかりではありません。北村薫さんとの出会いやその後のお付き合いがなかったら、有栖川さんとお会いしていなかったら、いったいその後の人生はどうなっていたか。そういう物書きのみなさんばかりではなく、書店の人、読者の方、みなそうです。

創元推理文庫の読者でずっとお付き合いの続いている人もいるぐらいです。愛読者はがきが来て、質問が書いてあったら、それに返事を出す。それが最初だったのが、そのうちになんとなく文通をするようになり、ミステリの話題さえも離れて、仕事の話や家族のことにまで及ぶようになり、年賀状のやりとりをするようになる。

このところ、一〇月初頭になると金沢に行っていました。金沢でミュージアムウィークというのがあって、これは金沢市にある美術館、博物館、図書館に県から、この一週間にそれぞれ何かイベント企画をやりなさいということで助成金が出るんです。二十一世紀美術館の前に石川県立図書館という古い図書館があるんですが、そこの職員から図書館でミステリ展みたいなのをできないかという相談がありましたので、ホームズの原書などをお貸ししたところ、図書館の閲覧室にそういう本を並べた展示が実現したこともありました。その後、ミュージアムウィークに誰か作家を呼んで講演とかはできないか、という相談がありましたので、誰にお願いしたか忘れましたが、どなたか作家に話して一緒に金沢に行き、講演をしてもらうようになりました。それがひとつのきっかけとなって、金沢ミステリ倶楽部という会も生まれています。もう五、六年になるんじゃないでしょうか。作家の講演をするときは、夜は、金沢ミステリ倶楽部の会合を居酒屋で開き、作家も交えて懇親会をし、翌日は倶楽部の方が忍者屋敷などに車で作家を連れていってくれて、必ず古本屋を二、三軒回って解散ということを、この四、五年ずっと続けています。

トリック・トラップ時代のイベントもそうだったんですが、こういうことが成立するのには、一つにはミステリというジャンルの特殊性があると思うんです。これがほかのジャンル、たとえば純文学の世界で、トリック・トラップのような小さな店でサイン会やってくれませんかとか、一緒に金沢に行って講演をしてくれませんかとか、そういうような話になったかどうか、一度二度はあっても、それがこういうかたちで続くというのは、ミステリだからこそ成立したという面があるのではないでしょうか。

もっとも、それは新本格以降の傾向かもしれませんね。それまではむしろ、そういう仲間意識のようなものは、ＳＦのほうに顕著でした。柴野拓美さんが中心になって始まった同人誌『宇宙塵』などのファンダム、つまりＳＦ読者が集まって行われるファン活動が、やがて『宇宙塵』出身の作家が多く輩出したこともあって、作家と読者共同の集まりであるＳＦ大会へと発展していきます。一方、ミステリの世界では、ぼくたちが大学ミス研に所属していたころは作家と読者には厳然とした垣根があり、しかもファン同士もあまり群れることはありませんでした。一人でひっそりと読む、それがあくまで基本だったんです。それがぼくが卒業するころ、一九七〇年代になると、大学ミステリ連合といった横の組織を作ろうという動きが出てきて、同時に新本格の作家たち、京大ミス研をはじめとするファン出身の作家が輩出するようになって、かつてのＳＦのファンダムのような活動が起こってきたと言えるかと思います。

本格ミステリ作家クラブというのも、そういうムーヴメントの作家側の動きと位置づけられるのではないでしょうか。本格ミステリ作家クラブの年一回のイベントは正にそうです。こんなことをやってみようということで作家の講演とサイン会を開催する。そうすると、ふだんは顔を合わす機会のない作家とファンの人とがイベントの場で会い、作家はサインをしながら、ファンはサインをもらいながら、いろいろな話をする、それが可能になるわけです。書店の店頭で行うふつうのサイン会とはまた違った、和気藹々《わきあいあい》とした感じになりますから、お客さんが喜んでくれるというだけでなく、作家のほうもそれを喜んでやっているところもあるんです。

ぼくもトリック・トラップのイベントなどを通して、そういう機会を作れたことは、やはり、編集者人生を通して培ってきた人と人とのつながりがあるんだと思いますし、そういうつながりがあったからこそ、これまでずいぶん楽しい思いをしてこられたということが言えるんだと思います。

その間に、しかたなくというのもなんですが、経営者的なことをやらされた時期があります。そのときは、これは自分には向いていないなというふうに思っていました。社長は一期で退くのはさすがにまずいので二期はやろうと、なんとか四年間がんばりましたが、とにかく二期で辞めさせてもらうようにしました。次の会長も、社長の上であんまり長いことやるものでもないからということで、一期で辞めさせてもらいました。とにかく一刻も早く本作りの仕事に戻りたい、そういう思いがずっとあったんですね。

定年退職後もなんとなく会社に残っていたのは、現場からしてみれば非常に迷惑な話だろうと思いますから、どこかで身を引かなくては、と思って決断したんですが、編集の仕事をずっと続けてこられたのは、やはり本に対する思い、ミステリに対する思いが強いからだろうと思うんです。

しばらく前に〈島田荘司全集〉の六巻の月報で、島田さんと対談をしてほしいと頼まれて、吉祥寺でお話をさせていただきました。日ごろから大変な方だと思っていましたが、対談でお話ししてみて、島田さんが小説の執筆以外のこと、たとえば新人を発掘したり、台湾や中国などアジアに目を向けたりといった仕事を積極的にしてきたことを、「ミステリに対するデディケート」と表現されているのを聞いて、あらためて感動しました。dedicateという言葉にふさわしい日本語がない、ということもおっしゃったんですが、これはすごいことだと思ったんですね。

自分もそうだというのはちょっと僭越すぎるんですが、でもやはり、根にあるのは同じような思いだろうと思うんです。小学校のときに〈少年探偵団〉を初めて読んで以来、ここまでずっと読み続けてきて、数々の楽しい思い、おもしろい思いをさせてもらってきた本、とくにミステリ。そして、それを書いた作家や訳した翻訳家、そういう本造りに関わってきた人たち。そして、本を支え、読み続けている読者の人たち。書店や古本屋の人たち。そういう本たち、そういう人たちに、やはり何らかのかたちで、還元したいし、できることはやっていきたい、やれたらいいと、そんなふうに今は思っているところです。

編集者として転機となった仕事

東京創元社という会社の立ち位置を考えると、日本人の推理ものに進出したというのは、現在の東京創元社を考えるうえにおいても、やはりひとつの大きな転機だったと思います。

それまで外国ものだけだった創元推理文庫に日本のいいものも入れたいな、最初はそれぐらいの気持ちでした。それを上司の厚木に、そのうちにね、みたいなことでずっと流されながら、それでもどこかで入りこむチャンスはないかという気持ちでやってきたのが、わりに自然なかたちで日本ものの企画が通せることになり、書き下ろしも出せるようになった。出したはいいけれど、最初は当たるかどうかもわからない、どういうふうに売っていいかもわからない、そんな手探り状態のところから始めたものが、幸いまあまあの出だしだったので、続けることができた。折原一さんにはじまり、北村さんや有栖川さん、山口雅也さんなど、いい作家に恵まれ、すばらしい作品を出すことができた。

今になって考えてみると、あのとき日本人作家の作品が創元推理文庫に入っていなかったら、または単行本が出せていなかったら、いったいどうなっていただろうと。とくにこの十数年、翻訳小説冬の時代などとも言われ、翻訳ものが本当に売れなくなり、読まれなくなってきましたから、あらためて大きな転機だったなと思います。

ぼくが東京創元社に入ったころは、翻訳ものを読むのは若い人で、年輩者は日本のものを読むと言われていました。だから、日本人作家の作品を始めたころ、たとえば山崎純さんのような、ちょっと洋風といいますか、カタカナがたくさん出てくるような作品を書く人のものを出すと、拒絶に近い反応を年輩の人から受けたことがあります。

登場人物も地名もカタカナ表記というような作品は、英語教育の普及のせいもあってか、若い世代は抵抗ないようですが、ある年齢から上の世代にはちょっときつい、という感じかと思っていたんです。それがいつのまにか変わってきて、今では若い層がカタカナのたくさん出てくるような小説を読まなくなってしまった。というか、嫌うようになってきたんではないか、とさえ思うようになっています。ひと昔前のことを知る身からすれば、ちょっと想像できないような事態ですね。こういう時代を迎えた今、もし翻訳小説だけでやっていたとしたら、いったいどうなっていたのかと思うとぞっとしますが、もし日本ものに手を出していなければ、それはそれで、違うことをやっていたかもしれませんから、そこは何とも言えないんですが。

もちろん、海外の作品に劣らない作品が国内で生まれてきたことも事実だと思います。けれど、これは本の世界だけのことではありませんが、日本人が内向きになってきている傾向があるんではないでしょうか。一方でユーロやTPPなど、国の壁を取っ払おうという動きがある、いっそうの国際化が図られているのに、あるいはそうだからこそ、なのかもしれませんが、日本こそ、と内側に向いてしまう傾向が強くなっているように思います。

それに抗って海外のミステリの良さに目を向けようという、翻訳ミステリーシンジケートのような動きもあるのは心強いのですが、一方でそれが一部のマニア的な動きになってしまう恐れも感じています。この先どうなっていくのか、とても気がかりです。

自分の編集者としての歩みを考えると、これも繰り返しあちこちで言ったり書いたりしていますが、〈シャーロック・ホームズのライヴァルたち〉が一つの大きな転機となりました。創元推理文庫には既定路線がありましたから、入ってしばらくは、次はこれを担当してくださいというふうに、与えられた仕事をしていました。それが、あるとき、一冊の原書を読んで、それにインスパイアされて、こういう企画をやってみたいなあと、自分で企画を考えるようになったわけです。それが先にもふれた『シャーロック・ホームズのライヴァルたち』というアンソロジーで、ぼくにとって非常に大きな意味のあった一冊です。ある意味、この本によって企画のおもしろさに開眼したといってもいいかもしれません。

長く翻訳ものを担当していましたから、大久保康雄さん、宇野利泰さん、中村能三さん、永井淳さん、深町眞理子さん、そういう翻訳者の人たちにもずいぶん教えられ、きたえられてきました。一時期、日本ものを手がけ、たまに翻訳ものの仕事をやってみると、すごく楽しく感じられるんです。原書があって、その翻訳をチェックをしていくという作業が。

翻訳小説のなかでも、ジャンル小説には、その世界特有の約束事がたくさんあります。もちろんそれらをすべて守って、すべてを約束事通りにする必要はないんですが、そういうジャンル小説を得意としてる出版社、専門にしている出版社としてすべきことというのもあるんですね。

具体的にはどういうことかというと、たとえば、警察の役職に sergeant という役職があります。これは、警官の位でいうと「巡査部長」という役職です。ただ、これが刑事事件で、捜査一課など、殺人や強盗を専門にする部署でsergeantに当たる人が、日本の警視庁で何と呼ばれているかというと「デカ長」、いわゆる「部長刑事」ですね。ただ、この「部長刑事」というのは正式の役職ではなくて、階級名としてはあくまで「巡査部長」です。英語の辞書を引くと、sergeantは「巡査部長」と出てきますから、多くの小説では「巡査部長」と訳されています。それは誤訳でもなんでもないんですが、ただ捜査本部の中では、とくに日本では、一般に「デカ長」と呼ばれていますから、もし殺人事件で、警部の下に、sergeant何とかさんが出てくる場合は「部長刑事」とするほうがしっくりくる。そんなわけで、創元推理文庫では、そういうときはおおむね「部長刑事」という訳し方をするようにしています。こういうのも、長年積み上げてきた一つの約束事のようなもので、字引を引いて出てきたものをそのまま訳に使えばいいものではないという例ですね。

ミステリでは繰り返し出てきますが、一般の新聞記事ではあまりなじみがない、ミステリ小説の世界独特の言葉というのもいくつかあります。そういうものにはルビをつけるようにしています。たとえば、inquest《インクエスト》。「予審審問」とか「検屍陪審」とか訳語はいろいろあるんですが、日本にはない欧米独特の裁判制度です。アメリカやイギリスで、人が死ぬ事件があったときに、まずinquestが開かれる。自然死か事故死かの判定など、いきなり警察が捜査をしたり検事が出ていったりせずに、事故ということで処理する事判なのか、それとも捜査をして犯人を突き止める必要があるのかということを審査する裁判です。いろいろな訳語があるんですが、どれか訳語をあてる際に、「インクエスト」というカタカナのルビを付けてやる。そういう、ちょっとしたテクニックというか、先輩から伝えられてきたミステリ独特のやり方があります。ある意味では、職人仕事のようなものに通じる楽しさがあると言えるかもしれません。久しぶりに翻訳ものの編集を担当すると、大げさにいうと故郷にでも帰ってきたような感じがして、うれしくなったりすることもありました。

手がけてみたかった作家・作品・シリーズ・テーマ

編集には、大きく分けると、雑誌と書籍の二つがありますが、ぼくは、ずっと書籍畑でやってきました。それ自体には何の不満もありませんし、たまには雑誌風の単行本を作ったこともありましたし、『紙魚の手帖』のような投げ込みを作ることで雑誌編集気分を味わったりしたこともありましたから、雑誌に関しては無縁だったわけではありません。その意味では、いろいろな仕事をやらせてもらえたなと思っています。

　いろいろなことをやってきましたが、この分野はまったくやってこなかったな、この分野の本も作ってみたかったなと思うのは、実用書です。実用書はまるっきりやったことがありません。何か自分で企画して、一冊くらいは実用書というものも作ってみたかったなと思います。

　手がけてみたかった作家ということでよく考えるのは、世代のことですね。たとえば、自分よりも前の世代、先輩編集者や先輩作家の蔵書を見る機会があると、一〇年早く生まれるとこういう本が初版で買えたんだなあなどと思わされることがあります。新潮社で翻訳部門をずっと担当していた沼田《ぬまた》六平太《ろくへいた》さんという名編集者がいました。大久保康雄さんら多くの翻訳家とのお仕事で活躍していた方なんですが、沼田さんの蔵書を見せてもらうと、その一〇年ぐらいの開きは大きくて、たとえば『ストランド・マガジン』を新刊で買っていたりするわけです。それから、これはとくに最近すっかり読まれなくなった、弁護士の〈ペリー・メイスン〉シリーズで一世を風靡したE・S・ガードナーという作家がいますが、実はクリスティやクイーンなどと並ぶ大作家だったことが沼田さんの蔵書を見るとよくわかります。ガードナーの作品が、それもペーパーバックではなくハードカバーでたくさん並んでいました。お亡くなりになった後で奥様から『ストランド・マガジン』をはじめ、たくさんの本をいただいたんですが、それはぼくの宝物の一つです。

とにかく、自分より少し前の世代ならば、もう少し前に生きていたら、あの人と一緒に仕事ができたのにとか、あの人の本を担当できたのにと思うことはたくさんありました。ただ、これはどの世代にも付きものですね。逆にいえば、ぼくより一〇年後、二〇年後の編集者は、ぼくが付き合った作家や翻訳家に関して、かなりうらやましいと思うでしょうし、ぼくの世代だと本当に最後のほうだけではありますが、クイーンだ、カーだ、クリスティだ、といった大物の最晩年に遭遇もしていますし、新刊で読んでいるわけです。その意味では、ぼく自身、充分にうらやましがられるような世代でもあるわけですから、いつの世代ならいいみたいなことを言いだすときりがないんですね。やはり、自分が生まれたその時代に満足していないといけないということでしょう。

たまたま東京創元社に勤めたがために、小林秀雄先生にもお目にかかれましたし、鎌倉文士[*77]の多くの人とも、お葬式のときなどではありましたが、会うことができました。大岡昇平先生や今日出海《こんひでみ》さんなどにお目にかかると、文学好きとしては、ご本人だ!という感じで、本当にただ会っただけなんですが、やはりうれしいんですね。東京創元社にいたからこそ小林先生のお話を直《じか》にうかがうことができたわけですし。そういう体験をいろいろとすることができました。そういう意味では、本当に満足していて、これ以上手がけてみたかった人、やり残した仕事、ということを言うのはぜいたくというものでしょう。

ただ、会える機会がありながらも実際には一度も会わずに終わってしまったという非常に残念な例でいうと、やはり江戸川乱歩さんには会っておきたかったなと今は思っています。乱歩邸の隣にあった学校にずっと通っていたのに、さらには、乱歩さんご本人から会いにこいという話までいただいていたのに、その機会を逃してしまった。そのことはかえすがえすも残念です。その後、まったく縁がなかったのなら諦めもつきますが、ご子息をミステリクラブの顧問に担ぎ出したのをはじめ、乱歩さんとはいろいろなかたちでその後も縁がつづいたわけですから、ますます悔やまれます。

乱歩さんとは残念なことをしましたが、中井英夫先生ともずっとお付き合いできましたし、鮎川哲也先生とも長いお付き合いで、都筑道夫さんともそうでした。そういう意味でいえば、ミステリに関わった編集者として、これ以上の人生はないんではないかと、そんなふうに今は思っています。

これからの編集者

一九七〇（昭和四五）年に東京創元社に入社してから昨年（二〇一五年）で四五年になりますが、その間、出版界は大きな変革に見舞われました。

書く道具が万年筆や鉛筆など、手書きのものからワープロへと変わりました。現在でも手書きで原稿を作る一部の作家はいますが、それはごく少数派になってしまいました。

余談ですが、作家の回顧展などが開かれると、かつては一番の目玉だったその作家の手書き原稿というものが、最近の作家だと存在しないケースが増え、展覧会のために書き出しの部分をわざわざ原稿用紙に手書きしてもらって展示する、といった本末転倒ともいうべき事態も生じています。

引き合いに出して失礼とは思いますが、女性翻訳家を代表するお二人——深町眞理子さんと小尾芙佐さんはともに今、ワープロを使っておられますが、手書きの時代、深町さんは達筆でかつ、書き直しの一字もない原稿で鳴らした方でした。一字も書き損じのない原稿を作る、というのではなく、一字でも書き直さなくてはならないと、原稿用紙を新しくして一文字目から書き直していた、というのです。極端な話、四〇〇字詰の原稿用紙の最後の一字で書き間違えると、一文字目から書き直していたというのですから、その話を聞いて、あまりのプロ根性に仰天しました。

それに対し、小尾さんはやはり達筆ではあっても、独特の癖字で、苦労させられました。四〇〇字に一か所くらいの割で、どうしても読めないところが出てくるのです。手書きの原稿を整理するときには、赤ペンを手に、句読点や中黒、促音拗音などにチェックを入れ、必要なルビを振り、といった作業をしていきます。小尾さんも深町さんに劣らぬ名文家で、流れるような訳文に身を任せて訳稿の文字を追っていると、突然、チェックのペンが止まってしまうのです。うーん、これは何という字だろう、と考えること数秒。前後のつながりから、ああ、と思い当たることもありますが、それでもわからず、原文に当たって、ああそうか、ということになるのがほとんどです。ごくまれに、原文に当たってもわからないことがあり、とりあえずその箇所に付箋を付けておいて先を読み進めます。すると別の箇所に再びその文字が出てきてようやく解読できた、ということもありましたし、最後までわからずに、やむなくそのまま印刷所に渡すと、ベテランの植字工が読み取って組んできたゲラを読んで、初めて何と書いてあるか理解できた、ということもありました。

文壇にはこういう難読文字を書く作家が何人かいて、なかでも石原慎太郎《いしはらしんたろう》さんはつとに有名です。石原さんの作品を出している出版社には石原さんの書き文字に慣れた専属の編集者がいて、必ずその人が担当すると聞いたことがあります。作家ご自身が、自分の書いた原稿を後で読み返そうとすると何が書いてあるのか読めなかったという笑い話もあるほど。その方は原稿を手書きするのをやめて、録音機に吹き込むようになった、という話まで聞いたことがあります。

そういう達筆、悪筆の書き手にとって、ワープロはまさに福音とも言うべき道具でした。ただし、ほっとした編集者も、著者校から返ってきたゲラを見て、また頭を抱えることになります。ゲラの校正はさすがにワープロというわけにはいかず、手書きの赤字が入って戻ってくるのですが、その赤字が読めない、という笑い話が、これは今でもあるようです。

一方、その原稿を受け取った印刷所も、活字を一字一字拾っていく活版の時代から電算写植といわれるものへと移行していくんです。その両者が徐々に発展していくのですが、最初のころはどちらも手探り状態で、今から考えるとおかしなこともずいぶんありました。

最初期にはせっかく機械でこしらえた原稿も、それを印刷所に渡して組み直してもらう――打ち直してもらう、といったほうが適切かもしれませんね――ということをやっていたんですから、単に手書きより読みやすい原稿を渡していた、というのに過ぎませんでした。

組むほうも、初めは初心者のオペレーターがタイプしていたので、活版時代のベテラン植字工より明らかに劣っていました。そのうえ、今からすると考えられないような制約がいろいろありました。各ページの一行目にはルビが付けられないなど、ルビが思うような具合に振れないなんていうことまであったんですね。

そのうちにフロッピー入稿の時代になり、初めは五インチで、その後三・五インチのフロッピーをそのまま印刷所に渡せばよくなりました。ただ、初めのころはワープロの機種ごとにフォーマットが違っていたため、編集部も印刷所も対応がけっこう大変でした。ワープロの機種別のファイルをMS－DOSに変換するソフトが売り出されたり、変換を専門に行う業者までできたりしたほどです。

編集仕事を四五年ほどやってきて、印象に残る、というか、なるほど確かに、とあらためて思う言葉がいくつかあります。

まだ編集者になりたての一九七〇年代だったと思うのですが、民放テレビの夜の番組に、共通する立場の人たちが数人集まり、とくに司会者も置かずに話し合う、今で言えば日曜朝の「ボクらの時代」のような番組がありました。その番組に、トレンディ雑誌の編集長が集まった回がありました。そこに甘糟章《あまかすあきら》さんと木滑良久さんという、当時のマガジンハウスを代表する二人の名物編集者が出演していました。このとき、木滑さんが、編集者にとって必要なことは、自分がおもしろいと思ったことに、どのくらい共感して楽しんでもらえる読者がいるか、感覚的につかむことだ、という趣旨のことをおっしゃったのです。

雑誌の編集と書籍の編集は基本的に違うものですが、この言葉は年と共に実感されるようになりました。書籍編集者として、これは売れるのでは、と考えて出してみたところ、さんざんの成績だったり、その逆で余り売行は期待しなかった本がベストセラーと言わないまでもよく売れて、版を重ねたこともありました。そういう経験を積み重ね、徐々に自分のおもしろいという感覚と売行とがそれほどの違いがなくなっていったのです。これは大事なことだ、と思います。

出版は文化的な事業などと言われますが、同時に商業出版は損をして続けることはできません。先ほど言いましたように、出してみると予想と違う結果になることはままあります。だめだったときには、それを取り返すように心がけました。といって、読者に媚びよう、とか、よく言われる売れ線をねらおうとか考えたことはありません。基本は、自分がおもしろいと思ったものを出す、ということです。そして自分が企画し刊行した本が実際どのくらい売れたのか、をつぶさに見ていって、自分がおもしろい、と思ったものにどのくらいの読者がついてくるのか、できるだけつかむことが大事だ、と気づいていきました。

そのこととある意味ではつながることですが、もう一つ忘れられないのが、会社の上司、厚木淳がよく言っていた、「ミステリのコアな読者は三〇〇〇人」だ、という言葉です。

ぼくが編集の仕事を始めたころは、今から思うと本当に夢のような時代でした。創元推理文庫の初版はおおむね二〇〇〇〇部は刷っていました。まだ翻訳ものだけの時代です。悪くても一八〇〇〇部、著名作家の作品であれば二五〇〇〇部刷ることもありましたが、基本的に文庫は重版でかせぐもの、と考えていましたから、初版は抑え気味にしていました。大半の作品が一年くらいで重版し、その後も三版四版と版を重ねていきました。重版は三〇〇〇から五〇〇〇部でした。これは当時の文庫のなかでは少ない数字でした。新潮社などは初版が三〇〇〇〇から五〇〇〇〇部、重版は最低で五〇〇〇部だと聞いていました。それでも、倉庫の商品管理が専門のベテラン社員が、作品の内容や著者のネームバリューとは一切関係なく、ただ商品の出方だけを見ていて、社長の秋山にこれ、よく動きますね、とぽつりと進言するのが元で、版を重ねるという隠れたロングセラーも生み出していました。

そういう過去の経験に照らすと、今、本が売れない、ということを実感するのは、重版が極端に減った、ということに象徴されているように思います。本来、薄利多売商品、と位置づけられていた文庫は重版してなんぼ、の商品だったはずです。それが今や、初版で元を取らざるを得ない。そういう値付けをするから当然高くなってしまうのです。そして、一冊当たりの部数が減っているので、そのマイナス分を埋めるために刊行点数を増やさざるを得ない。たちまち倉庫が満杯になり、倉庫のスペースを空けるために在庫を断裁する。かつて文庫は長く読まれるものを入れる容れ物でした。従って、文庫はいつでも手に入るものだったはずなのが、今や刊行して一年もたつと品切れになっているという書目があって、愕然とするのです。「品切れ重版未定」です。日本的文化の象徴とも言うべき商品だった「文庫」が、欧米流の「ペーパーバック」になっているのです。

なんとかまた売りたい作品は、ではどうするか、というと「復刊」という仕掛けをするのです。これの最初はぼくの記憶では、最近の文庫版元各社が行っている復刊フェアとは若干意味合いが違うかもしれませんが、岩波文庫が始めた復刊フェアだったのではないかと思います。

技術革新が進んで、手書き原稿がワープロになり、手組の活版印刷がコンピューター製版になり、郵送やＦＡＸ送稿がデータ送信になり……その結果、人と人とが顔を合わせることがだんだん少なくなってきて、とうとう編集者と作家が一度も顔を合わせずに本が作られる、という時代にまでなってきたようです。

第三章

「売る」

ミステリ専門書店

「TRICK + TRAP」の一四〇〇日

「TRICK + TRAP」との関わり

東京創元社では結局、社長を四年、会長を二年やりました。会長を辞めたのは、二〇〇五（平成一七）年で、九月二六日に相談役になっています。相談役というのは、社長などを経験した人がつくための肩書きとしてあるもので、ぼくより前の人は相談役になるとみんなもう完全に会社には来なくなっていました。会議に出ることもありませんし、株は持っていたりはしますから、年に一回の株主総会に出席するだけ、本当に肩書きだけの役職ですね。ぼくはそのまま編集者に戻ったようなかたち、非常勤編集者になったという感じですね。

　吉祥寺にミステリ専門の書店ができたという話を聞いたのは、会長をしていたころのことで、会社の営業担当からだったと思います。そのうちに行ってみたいなと思いながらも、なかなか行く機会が作れずにいたんですが、二〇〇四（平成一六）年の夏過ぎごろにお店を訪ねることがようやくできました。それが、「TRICK + TRAP」*1（以下、「トリック・トラップ」）です。トリック・トラップは、オーナーの小林《こばやし》まりこさんが二年契約で吉祥寺のマンションの一室を借り、室内を改装して、ミステリ専門の本屋として始めたお店です。オープンは二〇〇三年三月で、二〇〇七年二月に閉店するまでの四年間営業していました。

話だけ聞いていたお店を実際に訪ねてみたら、これはなかなかおもしろい店だなと思ったんですね。それで、お店にいらっしゃったオーナーの小林さんに声をかけ、ごあいさつしたんです。実はそのとき、小林さんは妊娠されていて、おなかが目立つようになっていたんですね。お話を聞いてみると、完全に一人でやっているといいますし、定休日があるのか聞いたら、不定期で休むようにしてはいるものの、土日はとくにお客さんが多いから必ず開けるようにしているということで、休みもろくにとれていないようでしたから、これは大変だなと思ったわけです。それならば、ということで、土日だけでも手伝いましょうかということになりました。

会長時代は、毎日会社に行って、会長とは言いながらも、ふつうにフルタイムで編集の仕事をしていましたが、土日は休みですから、お手伝いしてもいいと思ったんです。交通費は出してもらうことにしましたが、給料は断りました。初めて店番をしたのは二〇〇四（平成一六）年の一〇月二日土曜日でした。そして、翌二〇〇五年の四月四日にはぼくは「店主」として運営に関わりはじめることになります。

年明けから春先くらいまでは土日のお手伝いをしていたんですが、そのうちに小林さんの予定日が近づいてきて、産休に入ることになりました。お子さんが生まれたのはその年の春、三月末です。お店をオープンした翌年に妊娠がわかったわけですが、お店のその後のことについてどういうふうに計画をされていたのか、いま考えると不思議ですね。あのとき、ぼくが手伝うと申し出なかったら、小林さんはいったいどうするつもりだったのでしょう。

小林さんから産休に入ることを言われたのは二〇〇五（平成一七）年の二月です。お店をどうするか、二人で相談しました。土日だけ店を開けることも考えたんですが、それではいかにもさびしいので、ウィークデー全部はむりにしても、ぼくが来られるときだけでも開けるようなかたちで続けましょうということになりました。小林さんが戻って来るという前提で、そういうかたちにしたわけです。お店のホームページ*2がありましたから、そのカレンダーに、この日は開けるという予定を書き、さらに扉の外に「明日は休みます」というようなことを書くようにもしたんですが、それでも、お店に来てみたらやってなかったということはずいぶん言われました。

吉祥寺の思い出

お店の入っているマンションは中道通り沿いにありました。パルコの向かいから中央線沿いに北側を三鷹方面に向かって走るまっすぐな道ですが、その途中のあたりまで商店街になっています。その商店街のちょうど中間くらいの場所でした。吉祥寺本町二郵便局という小さな郵便局の真ん前にあるグリーンハイツというマンションの二階です。

中道商店街を三鷹のほうにさらに進み、商店街が切れるあたりに、以前住んでいたことがあるんです。結婚したばかりのころのことですから、もうずいぶん前のことになります。建売住宅を買ったんですが、契約したときにはまだ更地でしたので、しばらくは近くのお風呂屋さんの隣にあるアパートで暮らし、建売が完成したところでそちらに移りました。

その建売ですが、もともと二〇〇坪くらいある大きい一戸建ての家があったのを、持ち主のご主人が亡くなったということで建売業者が買い上げ、当時流行っていた、いわゆるミニ開発というやつで、中道商店街に面したほうを五軒の棟割りの店舗にして、裏に二棟の店舗と住宅を建てたんです。もう少し時期が遅かったら、建築法の関係であんなふうに一度には建てられなかったんだと思いますが、当時は、一年後ぐらいに、空いているところにまた一棟建てるというような感じで開発された建売でした。結婚して半年ほどたったころに、そこのいちばん奥の家を買って住みました。その家にいるときに子どもが生まれたんですが、子どもが幼稚園に入る直前までそこで暮らし、その後、今住んでいる千葉の船橋に引っ越しました。だから、吉祥寺、とくにトリック・トラップのあったあたりというのは、ぼくにとっては非常に思い出深い場所だったんです。

当時、東京創元社へは、毎日中道商店街を歩いて駅まで行き、帰りは、今はアトレになっていますが、当時はロンロン[*3]という名前だった吉祥寺の駅ビルの中を通って帰っていました。ロンロンにあった弘栄堂書店[*4]には毎日会社帰りに寄っていました。ついでに注文を取って帰ったりしたこともありましたね。なにしろ毎日通っていましたから、創元推理文庫の棚で何かないものがちょっとでもあるとすぐに目につきます。補充しておきましょうなどといって注文を取っていたわけです。そのせいで、創元推理文庫の在庫だけがだぶついているなどとお店で問題になって、担当の人がきつく言われたようでした。

トリック・トラップの入っていたマンションの下の階は、今はレストランになっていますが、ぼくが住んでいたころはジャズ喫茶でした。『吉祥寺JAZZ物語』という本があって、パルコ[*5]の裏や、昔の近鉄デパート[*6]の近くなど、吉祥寺にはジャズ喫茶が何軒かあって、店のおやじさんたちが集まりを持っていたというようなことが書いてあるんですが、トリック・トラップの下にあったお店もそのなかの一軒でした。まだレコードの時代で、店内には大きなスピーカーやアンプがありました。レコードを聴きながらコーヒーを飲むことができる店で、たしか朝までやっていました。当時はそういうお店があったんです。

『POPEYE』から執筆の依頼があったのが、ちょうどぼくが吉祥寺に住んでいるころで、同じころに朝日新聞でも書評を始めていました。『POPEYE』の原稿は、そのジャズ喫茶に原稿用紙を持っていって、コーヒーを飲みながら書いたりしていました。トリック・トラップは、そういう思い出のある場所の真上にあったんです。そんなこともあって、最初からなんとなく縁のあるお店ではありました。

オーナー、小林まりこ

オーナーの小林まりこさんとはもともとの知り合いだったわけでもなんでもなくて、お店でお目にかかったというだけの関係でした。小林さんは、一昨年お亡くなりになった料理研究家、小林《こばやし》カツ代《よ》*7さんのお嬢さんです。まりこさんは長女で、弟さんのケンタロウさんも料理研究家ですが、事故を起こして今はリハビリをなさっているようです。

まりこさんは吉祥寺にお住まいで、お店を手がけるのは、トリック・トラップが初めてだったわけではなく、その前は、軽い食事を出して調理器具も売るという店をやっていたそうです。ただ、そこはすぐに閉めてしまったようですね。その後、中道商店街で、それこそトリック・トラップから数百メートルしか離れていないところで、調理器具と食器のお店を始めています。路面店で、それなりの売上があがったので、これならもう一店舗やってみたいということで、物件を探したところ、近くのマンションの二階が空いていた。彼女はもともと本が好きで、それもミステリが好きだということで、ミステリ専門店をやろうと思い立ち、それで店を始めることにしたということでした。ですから、トリック・トラップは小林さんにとっては二軒目のお店だったんです。

小林さんは、それまでの店で小売の経験こそありましたが、書店の経験はなく、本との関わりでいうと、本が好きという、ただそれだけのようでした。ミステリ関係のサークルに入っていたとか、ミステリ関係の交遊があったわけでもなく、ミステリ界で知られた方というわけでもない。そういう方がいきなり思い立って専門店を始めるというのは、やはりものすごくめずらしいケースですよね。

ただ、少しでも書店経験があったら、やはりああいう店は作らなかったろうと思います。それまでのミステリ専門店は、岡崎のネバーランド[*8]にしろ神楽坂の深夜プラス1[*9]にしろ、ミステリ「専門」店と言いながらも実質は店の一部にミステリを置いて、後は雑誌や一般書を置いていました。やはりそれだけでは食べていけないのです。そのことがわかっているから、雑誌やベストセラーを置き、その傍らに、好きなジャンルの本を並べるというのがネバーランドや深夜プラス1だったわけですから。それは当然の発想というか、少しでも書店事情がわかっていれば、そういう作り方をしたろうと思います。

逆に、まりこさんがそういう事情をぜんぜん知らなかったこと、食器の店が別にあってそちらで成果を上げていたことがあって、じゃあもう一つお店をということで、彼女としても、余裕で始めたものだったんだと思うんです。だから週刊誌も何も、ミステリ以外はまったく置かなかった。

取次と配本

書店を始めるとなると、まずは初期在庫として、数千冊はそろえなくてはいけません。ぼくは開店準備のときから関わっていたわけではなく、関わるようになったのは一年以上たってからのことですので、初期在庫をどのようにそろえたのか、くわしいことは知らないんです。小林さんが、ミステリだけの店をやりたいと書店開発[*10]に相談し、こういう店にしたいという小林さんの希望に合わせて、書店開発あるいはトーハンが選書をしたんじゃないかと思います。

書店開発というのは、飯田橋にある会社です。社長と社長以外に正社員が一人いて、社長は違うんですが、社員はトーハンを定年退職した人から採用していました。あと経理のアルバイトの女性が一人いて、ぼくが知っていたころは三人でやっている会社でした。中小の、というか、個人でやっている一〇坪から二〇坪くらいの本当に小規模な書店を束ねて、一つのチェーン店のようなかたちにして、取次の口座自体は書店開発が持つ。そういう会社なんですね。

申し込みのときは、契約金か保証金かを支払います。トリック・トラップは、実店舗の閉店後も口座は残していたんですが、二〇一四（平成二六）年の六月で完全に閉めるということを書店開発に伝えたところ、最初に支払った契約金か保証金かを返還してくれますから、それは小林さんのほうに返してもらいました。戻ってきたのは、小林さんの話だと九〇万円だったとのことで、それが彼女が最初に収めた全額なのか一部なのかわかりませんが、おそらく最初に一〇〇万円以上の保証金を払ったんではないでしょうか。初期費用としては、個人でも何とかなる額ですね。トーハンから見れば、書店開発が自分たちとの取引口座を持っているわけで、書店開発の支店のようなかたちで、トリック・トラップがそこに加わり、オープンしたわけです。

初期在庫の話に戻ると、最初小林さんは、これこれは必ず入れてくれとか、ミステリとSF以外はいっさい入れないでくれとか、注文は出したのだと思います。そういう要望も含めて、書店開発がトーハンと相談しながら最初の在庫をそろえたんでしょう。初期のお店の構想自体は、完全に小林まりこさんの発案で、ぼくはその部分にはいっさい関わっていません。

取次はトーハンでしたが、新刊配本は完全に断っていました。というか、取次にしてもミステリやSFだけ新刊配本するというのは不可能ですよね。ですから、一〇〇パーセント注文です。そういうことで始めたものですから、これが後々、いろいろと大変でした。

店内の様子

トリック・トラップの店舗は、1K仕様のワンルームマンションでした。長方形の部屋に入ると、左側には狭い流し部分(K)があり、右側にはトイレとバスが一緒になっているスペースがありました。そのまま部屋に続いています。全部で九坪です。

オープンにあたって、小林さんは店内の改装に手間と費用をかけたようで、店全体がずいぶんおしゃれな感じになっていました。什器やカーテンなど店内全体の色調がワインレッドでそろえてありました。しかも、天井にドアを造らせたんですね。天井を見上げるとそこにドアがあって、そこから異次元に入っていけそうな錯覚を抱く。そんな非常にファンタスティックな空間になっていたんです。もちろん実際にはそのドアは開かないんですが。

こういう遊び心のある部分も含めて、店舗デザインすべてを開店のときにやったわけですから、改装費用だけでも大変なものだったと思います。小林さんの友人にお店のブレーンのような存在がいたようで、その方が店舗のデザインも手がけたようです。ともかく、とても素人離れしたデザインでした。

天井に造られたドア

トリック・トラップの店番に

お店に関わるようになってからのことに戻ります。そんなわけで、お店の二年目の後半から、はじめは土日だけでしたが店を手伝うことになりました。開店から二年目に、小林さんに赤ちゃんが生まれたんですが、なんといっても小林さんにとっては自分の店ですから、育児が落ち着いたらまたお店に戻ってきてくれるだろう、ぐらいに思っていたんですね。ところが、結局、小林さんはなかなかお店には戻ってこられなかったんです。ふつうに考えれば、小さいお子さんを抱えて、一人で店頭に立つというのは難しいに決まっているんですが、それはともかく、小林さんが「ちょっとこの日は来られない」という日がだんだん増えてきて、そのたびに、じゃあぼくがやりましょうというようなことになってきたんです。ちょうど時期的にこちらが会社に毎日行かなくてよくなっていたこともあって、だんだんぼくが店に出る比重が増えていったわけです。

そうこうして二年目が過ぎ、マンションの契約更新の時期になりました。契約更新は、店を続けるかここでやめるかを判断する重要なタイミングになりますから、二年目の年度末に小林さんとこの後お店をどうするか、相談しました。小林さんとしては、子どもが生まれて生活環境が大きく変わってしまった。だから、最初にトリック・トラップを始めたときほどにはお店を続けることに積極的ではない、というか、むしろやめてしまってもいいというようなお気持ちだったようです。非常に貴重なお店だからと、残すことにこだわったのはむしろぼくのほうでした。

ミステリ専門店としては、それまでにも、先にふれた岡崎のネバーランドと神楽坂の深夜プラス1がありましたが、いずれも半分はふつうの本屋さんで、半分だけミステリを置いているというお店でした。ミステリ専門店といっても、そういう例がわずかにある程度だったのが、トリック・トラップはもう完全にミステリ・SFの専門の店だったわけです。ミステリとSF、それだけというお店でした。

だからこそ、ここでやめてしまうのはもったいないし、なんとしても残したい、いや、残すべきだ、とまで思ったんです。

店の品ぞろえ

店で取り扱っていたのは、基本的には和書が中心で、洋書は本当に数冊ほど。初めは和書の新刊書店だったわけです。新刊書のうち、翻訳ものの日本ものの割合はほぼ半々でした。単行本と文庫のうち、文庫はできるだけ置くようにしました。単行本は、文庫とは棚を分けて並べていました。什器の一段の高さを文庫と単行本それぞれに合わせて作ってありましたので。

トリック・トラップが入っていたマンションは、中道通りと細い路地との交差点の角にありました。です

イベントなどでも使用されたソファ

から入り口から入って店の左側、中道通りに面した側と、部屋の奥、路地に面した側に窓があるんですが、路地側の窓は棚で完全にふさいでしまっていました。棚は、入り口を入ってすぐの左に流しのスペースとの境の壁があって、そこに三連。その向かい、バス・トイレのスペースの壁に一連。ここには新刊を中心に児童書なども置いていました。

中道通りに面した窓のところにはソファが置いてあって、その奥の壁に一連。突き当たりの窓をつぶした側の全部を使って四連。右の壁に四連。ここまでの棚はすべて文庫用です。その手前、バス・トイレのスペースと押入の前にレジ台を置いて、小林さんやぼくが店に立つときはそこにいました。押入は備品入れです。その脇、隣の部屋との境の壁の、文庫の棚とレジの間にも一連。イベント用というか、何か特集を組んで展示するときに使う棚がありました。この棚は後に古本を置くのにも使いました。さらに部屋の中央に単行本用の棚を三連ずつ、背中合わせに立てていました。隣

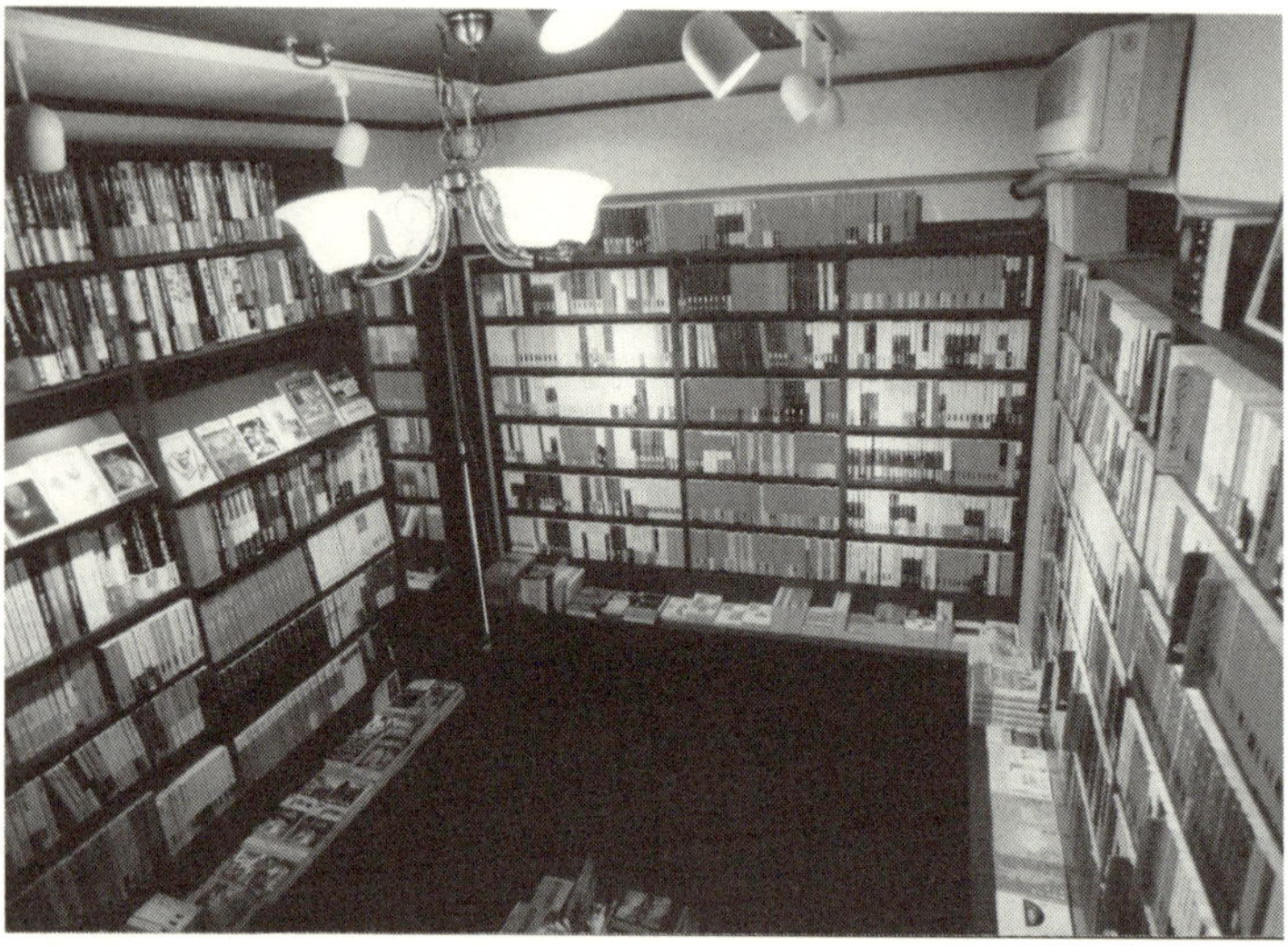

文庫用の棚

の部屋側と、突き当たりの窓をつぶした側の棚の下に引き出しがあって、補充用の在庫はそこに入れていましたね。

新刊中心でやっていましたが、一応、ぼくが古物商の資格も持っていましたので、そのうちに古書も置くようになりました。古書も、ぽつぽつ程度ですが売れましたね。古書を始めたのは、盛岡のさわや書店[11]で、以前店長をされていた伊藤清彦《いとうきよひこ》[12]さんにお話をうかがったのがきっかけです。お店をやっていたころに一度、盛岡にさわや書店を訪ね、伊藤さんとお話をする機会がありました。実は吉祥寺で書店の手伝いをしているんだという話をしたんですね。どういう規模でどういうことをやっているのかと聞かれたので、店の様子をお話ししたところ、そういう規模で特殊な分野の本屋をやるのならば古本を置いたらいい、もうけにつながるから、ということを伊藤さんは強くおっしゃっていましたね。実際は、そんなにはかばかしい売れ方ではなかったんですが、まずまずではありました。

レジ台

レジ台横の棚

単行本用の棚

お客さんから「あれはありませんか?」と聞かれて、その本が絶版になってしまっているというのは当然のことながらけっこうあったんですね。そういうとき、古書でもいいかお客さんに確認すると、新刊でも古書でもなんでもいいから読みたいという方がいる。そういう場合は、どこかで見つけたら仕入れておいて、お客さんに入荷の連絡をしていました。古書を扱ったことで、そういうお客さんの要望にも応えられたということはありましたね。古書に関しては、自分の蔵書を出したこともありました。本を売りたいという人がごくたまに来たりもしましたが、そういうときは買取ではなく委託で置いていました。

本の仕入れ

メインの品ぞろえですが、早川書房や東京創元社みたいにレーベルでわかるものもあれば、作品によっては、講談社文庫のように、現物に当たらないとミステリかどうかわからないものもありますから、どこかで線引きが必要になります。

新刊に関しては、一〇〇パーセント完全に注文制でしたから、『トーハン週報』[*13]や『これから出る本』[*14]など、いろいろな近刊・新刊情報で本をチェックし、注文短冊を書いてトーハンに送って注文するというかたちにしていたんですが、なかなか来ないんですよ、注文した本が。

お店をやっていると、ある程度はお得意さんというか、常連客ができてきます。すると、お客さんにもミステリだったらどうせ買うならトリック・トラップで買おうと思ってくださる人が出てくるわけです。たとえば、グリシャムの新刊が出ると、いつもはリブロで買っているけど、これはミステリだから、他のミステリ本を探すついでもあるし、トリック・トラップで買おうということで、発売日すぐではないにしても、発売から何日かたったころにお店にいらっしゃる。ところが、せっかく来てくださったのに、その新刊はうちにはないんです。注文は出しているんですが入荷していない、とお客さんにお詫びすることが非常に多かったんです。

注文がある程度多くなったり重なったりするときは別ですが、本が届くのは、ふつうは土曜の朝とか、週に一度でした。それも、必ず来るとは限らない。トーハンは、最低でもいちばん小さい段ボールに本がいっぱいにならないと出荷してくれないので、そうすると、注文してひと月もたつのに来なかったりということがふつうに起きるわけです。さすがに怒って、トーハンにファックスを出したことが何度かあります。ひと月たっても注文本が来ないから、また注文書に追加分を足して前に送った注文書を再送したら、ふた月くらいして、最初の注文と二回目のを合わせた数を送ってきたりするんです。こちらは、ひと月待って来ないから、再注文したんだ、「再注文」ってちゃんと書いてあるじゃないか、と。そんなことで怒ったこともありました。とにかく新刊が入らない、入るのが遅い。町の本屋さん共通の、いちばんの悩みですね。

早川書房は営業の人がけっこう頻繁に来てくれたので、直接頼んでいましたし、東京創元社は自分で本を取りに行ったりしていましたから、この二社の本はなんとかなる。あと、トーハンの店売[*15]は東京創元社の近くだったので、会社に行ったついでに店売で買ってきて補充したりもしていました。場合によっては、神保町に行ったついでに、早川書房や白水社など、近辺にある版元に寄って直接仕入れるということもしました。とにかく本の仕入れには苦労しました。

返品

あと、やっかいだったのは返本です。半年置いたけど、ぜんぜん動く気配がないから返そうとすると、返本期限を過ぎているからといって戻ってくる場合がある。出版社によってはそもそも返本ができないところもあります。今は違うかもしれませんが、たとえば角川春樹事務所は当時は単行本は買い切りでした。

あるとき小林さんが〈ハリー・ポッター〉を置こうとしたことがありました。こんなに売れているんだから、五冊くらい置いてみましょうということで、入れたんですね。トリック・トラップでは五冊というのはたいへんな数です。そうしたら、一冊も売れない。しかも、〈ハリー・ポッター〉は返本できない本だったんです。だから、その五冊は閉店までずっと残っていました。このように返品のことで悩まされたこともありました。

トリック・トラップでのイベント

ミステリ専門の書店があるという評判を聞きつけて、北村薫《きたむらかおる》さんはじめいろいろな作家の人たちが店をのぞきに来てくれました。作家の方が来るときは、その方の本があるかどうか、店内をあわてて探し、本があったら、せっかくいらしてくださったんだからと、本にサインをしていただきました。いろいろな作家さんのサイン本が店に並ぶようになったのは、そんなかたちで始まったものです。

島田荘司《しまだそうじ》さんは武蔵野にお住まいで、お一人だったか講談社の宇山《うやま》さんと一緒だったか忘れましたが、とにかくお店に来られたことがありました。中道商店街のほうに窓があって、その窓の下にソファを置いていたんですが、そこにどかっと座られ、けっこう長いことお店にいらっしゃって、お店に来られたお客さんとお話しになったりしていました。

お店はワンルームマンションの一室で、なにしろ狭い店でしたから、最初は店内でイベントをということは考えていなかったんですが、島田さんがソファに座ってお客さんとお話しになっているのを見て、椅子の置き場所を考えれば、ひょっとすると何かできるかもしれないと考えるようになりました。ただ、お客さんは一五人も入れば超満員になってしまいます。時間を区切って、一時間に一〇人から一五人ほどの方に来ていただくようなかたちならば、何かできるかなと考え、サイン会をしたりトークをしていただいたりすることを思いつきました。

イベントは、ホームページで告知をしました。また、『トリック・トラップ・マンスリー』[*16]というフリーペーパーを、後でくわしくふれますが、二〇〇六（平成一八）年の二月のお店のリニューアルに合わせて始めましたので、そこにもイベントの予定を載せるようにしました。来月、〇〇さんのサイン会をやりますというようなことをフリーペーパーで告知して、お客さんに来ていただくようにしたわけです。たとえば、手元の『トリック・トラップ・マンスリー』を見ると、坂木司《さかきつかさ》さん、貫井徳郎《ぬくいとくろう》さん、新保博久《しんぼひろひさ》さんに話をしてもらうトークイベントや、米澤穂信《よねざわほのぶ》さんのサイン会、小池滋《こいけしげる》先生と日暮雅通《ひぐらしまさみち》さんのシャーロック・ホームズについてのトーク、ひらいたかこさんや、綾辻行人《あやつじゆきと》さんのトークと、豪華なメンバーのイベント企画が目白押しという感じです。それが功を奏して、お客さんにも来ていただけるようになり、売行きがそれで一気にぐんと上がりました。イベントで作家の方にお店に来ていただいたときは、在庫にもサインをしていただきましたから、それがイベントのない平日の売上も押し上げることになりました。

綾辻さんにイベントに来てもらったときのことです。ちょうど『暗黒館の殺人』[*17]上下二巻本が出たときで、それの特装版を講談社で作ったんです。たしか講談社の雑誌『メフィスト』に連載[*18]をしていたものなんですが、連載時は喜国雅彦《きくにまさひこ》さんが挿絵を描いていました。その連載時の挿絵を全部収めた別冊を付けて本体二巻と一緒に真っ黒な函に入れた豪華な限定版でした。トリック・トラップで二セット入れたところ、綾辻さんのサイン会のときに一セット売れました。残りの一セットは記念にとっておこうと思い、綾辻さんにお願いしてトリック・トラップ用にサインをもらい、サイン会の後、お店に飾っていたんです。そうしたらそれを見たお客さんが、どうしても欲しいから売ってくれと言うんですね。中を開けると「トリック・トラップ様」と為書《ためが》きしてある。これは売るつもりではなかったのでとお伝えしたんですが、これでもいい、どうしても欲しいということで、結局は、それも売ってしまった、ということもありました。

イベントで思い出すのは、坂木司さんのサイン会です。坂木さんは覆面作家ということで、性別もどんな人かもわからないということになっていたんですが、坂木さんのほうからトリック・トラップでサイン会をしたいという申し出があったんです。本当にいいんですかと聞いたら、坂木さんもかなり考えたようで、当日、坂木さんが持ってきたのは、このことは他言しないでくださいという主旨のことが書いてあるカードでした。それを坂木さんが作ってきた。坂木さんは覆面作家なんだけど今日は特別にサインをしますということを、お客さんにもきちんとお伝えしました。

それまで、本格ミステリ作家クラブでも二度くらい坂木さんにサイン会に加わってもらったことがありましたし、あっという間になくなってしまった東京堂書店の東中野店[*19]がオープンしたときは、大崎梢《おおさきこずえ》さんと二人でサイン会をしています。そのときは坂木さんは別室というかバックヤードにいて、坂木さんのサインは本を別室に持っていってしてもらう、つまり坂木さん自身は表には出ないということでやっていました。

ところが、トリック・トラップのときは、顔をさらしてというか、お客さんと一対一で話をしながら、サインをしたんです。それで、他の人には坂木さんがどのような人かということは言わないでくださいねというカードを渡したわけです。その後も二度か三度同じようなやり方でサイン会をしましたが、こういうのもトリック・トラップならではのイベントだったのではないかと思います。

そういうイベントを重ねたおかげで、売上はどんどん上がっていきました。最初はぼくも土日しか店に出ていませんでしたから、記録も土日の分しか取っていなかったんですが、土日と言っても、ひどいときには日にお客さんが一人いるか二人いるかだったりと、その前は本当に厳しい状況が続いていたんです。お客さんが入ってきても、見るだけ見て何も買わずに帰るということはもちろんありますから、売上ゼロという日が月に何日もあるというような状況でした。

何かの機会に、トリック・トラップという店でアルバイトのようなことをしているんだという書店の話を人前でしたことがありました。そのときは、うちの店だと三冊売れるとベストセラーですなんて話をしたんですが、冗談ではなく本当にそうだったんです。しかも、全体の売上が日に何千円というペースでした。

店で売れるもの、売れないもの

ずっと店番をやっていると、だんだん気がついたことがありました。何が売れて何が売れないかということですね。具体的にいうと、赤川次郎《あかがわじろう》さんとか西村京太郎《にしむらきょうたろう》さんとか内田康夫《うちだやすお》さんとか、一般書店で売上の上位に入るような作家の本はまったく売れませんでした。今とは一〇年ほど時代が違いますから単純な比較はできませんが、そのころすでに売れっ子作家だった、たとえば東野圭吾《ひがしのけいご》さんだと、まあまあ売れるんです。そのあたり、東野さんが売れて赤川さんが売れないのはなぜかというのは、社会学のおもしろいテーマになると思うんですが、要するにお客さんが、吉祥寺に住んでいる人ではなく、わざわ吉祥寺にやってくる人だったのだろうということです。

吉祥寺の書店事情でいうと、当時は、駅ビルには弘栄堂書店があり、駅の目の前にはパルコがあってリブロが入っている。南口にはブックスいずみ、[*20]北側のサンロードにはルーエ、[*21]東急デパートには紀伊國屋書店[*22]といった具合に、駅周辺にいくつか本屋さんがある。最初からトリック・トラップを目当てにやってくる特殊な人を別にすると、ふつうに吉祥寺に遊びにくる人で本好きの方ならば、当然、駅周辺の本屋さんには寄ってくるわけです。そういう人がさらに足を伸ばしてトリック・トラップまで来る。そのときに、店で探して、ここにこれがあるから買おうかと考えるようなものは何か、ということになるわけです。

お客さんから「あれはないのか」と訊かれるものをまとめてみると、いろいろ傾向が見えてきます。たとえば、まるで定期刊行物のように決まって年末に出るグリシャムのような作家の新刊は、トリック・トラップでも入れましたが、あまり売れない。ただ、そういう人の既刊をそろえておくと、ぽつぽつ売れたりする。リブロなど他の新刊書店に行ってみると、その年に出た新刊はたくさんあって、前年とか前々年くらいの新刊もあるけれど、たとえばすでに一〇冊も出ているような作家だと、それより前の年に出た本はなかったりするわけです。それらをそろえておくと、三巻目が売れたり、五巻目が売れたりすることがある。そうしたことの積み重ねで、なるほどといろいろなことが少しずつわかってきたわけです。

月に一度とか、何か月かに一度とか定期的に来てくださるお得意さんも、だんだんできてきます。店番をしていて最初に気がついたのは、常連客には女性のファンが非常に多いということでした。自分自身が学生時代からミステリを読んできて、また編集者になって東京創元社で本を作ってきて、何となくミステリというのは男の読み物だという先入観というか意識が強かったんです。それがトリック・トラップの店頭に立ってみると、六対四ぐらいの割合で、女性のお客さんのほうが多いことに気がつきました。たとえば、カップルで店にやってくると、まず女の人が先に入ってきます。彼氏なのかご主人なのかは、お付き合いという感じで後からついて入ってくる。女の人のほうが一生懸命棚を見て、本を選んでレジに持ってくる。そういうパターンが非常に多かったんです。ミステリ専門店には、男性がちょっと本を探すからと彼女を説得して入ってくる、それまではそんなふうにイメージしていたんですが、まったく逆のほうが多いことがわかって、ちょっとびっくりしましたね。

二、三か月に一度お店に来てくださるお得意さんで、七〇歳くらいのすごく元気なおばあさんがいらっしゃいました。西武線の沿線に住んでいるらしいんですが、たまにご主人が車で吉祥寺まで連れてきてくれるので、そのときに寄るんだとおっしゃっていました。その人がお店で探す本は、たとえば講談社文庫に入っている翻訳ものなど、ちょっと変わった、渋めのところだったりするんです。その方に、「あれはないの?」などと言われたりすることがあると、講談社文庫の翻訳ものは切らさずに入れておこうというふうになります。ひとくちに専門店に来るお客さんといっても、人によって趣味がばらばらなんですね。ふつうの本屋さんだったら、お店に来るお客さんのミステリ好きの半数以上が東野圭吾のファンだったりするのに較べると、いろいろなファンの人が一人ずつ来るという感じなんです。だから、東野さんも売れなくはないんですが、あくまで一〇〇人一〇〇通りの中に含まれているということですから、東野さんの本を数冊ずつ置いておけばそれである程度売上が立つというものではないんです。マニアックな店ならではというお客さんや本の売れ方がありますので、ふつうの本屋さんでの売行はあまり参考にならないということです。ですから、何が売れるかという予測がとても難しい。とにかくできるだけいろいろな本を置いておこうということになります。

出版社の営業担当

店をやっているとき、出版社でいちばんよく来てくれたのは、早川書房の営業の人でした。その後、出版営業ではなく、イベント関連の仕事に移ったと聞きました。当時は、その人がいちばん熱心にトリック・トラップに来てくれていましたから、今度はあれを入れてくださいなどというやりとりをするなかで、こちらもいろいろと注文をするようになるわけです。

早川書房がクリスティー文庫を出し始めたころでした。一般の書店だと、旧版でも新版でも何でも置いておくというジュンク堂のような例を除き、ほとんどの店では、従来のハヤカワ・ミステリ文庫は返品して、トールサイズ[*23]の新しいカバーになったクリスティー文庫に入れ換えていました。もとのハヤカワ文庫のクリスティ作品は店頭からどんどん姿を消していた時期だったんです。だから、その営業の人を捕まえて、ハヤカワ・ミステリ文庫のクリスティ作品で残っているのは全部入れてくれと頼みました。よそと逆のことをしたわけです。従来のものと新しいもので何が違うかというと、サイズだけではなく、表紙のデザインなんです。もとのミステリ文庫は装丁が真鍋博《まなべひろし》さんで、同じデザイナーの装丁でそろっていたわけです。装丁以外にも違いはあって、たとえば翻訳もクリスティー文庫になるにあたって変えたものがありますし、解説が違っているものもある。クリスティー文庫はどこかほかの新刊書店に行けばふつうに並んでいる。そういう状況でしたから、うちは逆にミステリ文庫のクリスティを並べようと思ったわけです。

ほかにも、お客さんが新刊ではなく既刊を探しているようなシリーズがあったら、できるだけ一巻からそろえておくようにしました。たとえば、ハヤカワ・ミステリ文庫で出ているリリアン・ジャクソン・ブラウンの猫のシリーズ*24がありますね。あれは、当時ですでに三〇巻は出ていたんじゃないでしょうか。でも、吉祥寺ではたとえばリブロに行ってもせいぜい五、六冊しか置いていませんが、それをうちでは全部置く。そうすると、半年に一度三巻が一冊売れたとか五巻が一冊売れたとか、本当にぽつぽつという程度ではあるんですが、でも確実に売れてはいくんです。

そんなふうにして、品ぞろえによその店とは違う特色を出していく。しかも、それをお客さんの反応を見ながら徐々に変えていく。そういうことを意識的にしていました。

リニューアル

二〇〇三（平成一五）年にオープンして、三年目の終わり近い二〇〇六年の二月にリニューアルオープンしました。店内の在庫を入れ換え、フリーペーパー『トリック・トラップ・マンスリー』を創刊し、新たにブックカバーを作り、店内にお客さんが書き込めるノートを置きました。

イラストレーターのひらいたかこさんがお店に頻繁に来てくださっていて、ひらいさんにはお店でトークをやっていただいたこともありました。二〇一三（平成二五）年に亡くなったご主人の磯田《いそだ》和一《かずいち》さんも絵を描く方で、デザイナーでもある。そのお二人が、こちらから何も言わないのに、シャーロック・ホームズの横顔のイラストを描いたポスターを作ってくれたんです。それまで店の玄関の外には、看板も何もなかったんですが、そのイラストを使ったトリック・トラップのプレートを作って持ってきてくださったんですね。

Mystery Book Store

TRICK+TRAP MONTHLY Vol.1

ご挨拶

四年目のリニューアル

© Hirai Takako

© Ishii Hisaichi

'03年四月にオープンしたわたくしどものミステリ専門書店TRICK+TRAPは、本年一月半ばよりひと月近くお休みをいただいておりましたが、この度リニューアルして再出発することになりました。

場所は前と同じ吉祥寺中道商店街の中程、本町二丁目郵便局向かいのマンションの二階です。リニューアルと言っても、書棚などの店内装飾は変わりません。ですから収納できる本の数も同じです。どこが新しくなったんだ、と突っ込まれそうですが、陳列している本を一点一点吟味し、残すもの、新しく仕入れるものを考えて棚の配置替えをいたしました。結果としてかなりの数の本を新しく仕入れましたが、当然、並べられない本も数多く出てしまいました。

これまでは棚のスペースに合わせた仕入れをしていましたので、よく売れる本のストックは持っていても、並べられない本というのは殆どありませんでした。従って、棚にない本はこの店にない、ということだったのです。それが、これからは棚にない本もストックとして持っているということになります。ですから棚にはその作家の一部の作品だけを並べることになりますが、棚にないものでもある可能性がありますので、レジの者に問い合わせていただければ幸いです。

ところで、リニューアルに併せ、当店専用のブックカバーが出来上がりました。単行本用にはひらいたかこさん（上）、文庫・新書用にはいしいひさいちさん（下）に、どちらにも当店のシンボルであるシャーロック・ホームズをテーマに描き下ろしていただきました。そしてひらいさんと名コンビの磯田和一さんにデザインしていただいた素敵なカバーです。

このリニューアルに際し、当店のホームページ上で、お客様からご意見を募りましたところ、もっとも多かった要望は、フリーペイパーの発行、ということでした。そこで試しに作ってみたのが、このTRICK+TRAP MONTHLYです。

二番目は、来店された方が自由に書き込めるノートを置いたらどうか、というご意見でした。これも早速設置しましたので、当店に対するご要望、苦情等、あるいは最近読んだミステリの感想等、何でもけっこうですからお書き下さい。なお、適宜、ホームページや、このMONTHLY上でご紹介させていただくことがありますので、その旨ご了承下さい（お名前等、個人情報に関しては伏せるように致します）。

そして書店の営業自体ですが、当面、月曜のみを定休とし、週六日開けることにしたいと思います。営業時間は今まで通り十四時から十九時ですが、原則として金曜は十七時までとさせていただきます。

皆様からの要望の高い、サイン会はじめ、対談、講演等、このTRICK+TRAPという狭い空間で許される範囲でのイベントを企画していきたいと考えております。

どうか倍旧のご支援を、お願い申し上げます。

（戸川）

リレーエッセイ①

猫と一緒に読書しながらできる仕事

小林まりこ

この店をオープンしてから様々な取材を受けました。そんな中で一番多い質問が、「なぜこの店をつくろうと思われたのですか？」でした。答えはいつも「猫と一緒に読書しながらできる仕事はないかなあ……と考えた結果思いつきました」です。

考えてみると、お客様の質問で一番多いのも「今日、猫ちゃんいますか？」かもしれません。しかし今は残念ながら連れてきていません。

最初連れてきていたのは「ベント君」。レジカウンターの上でいつも寝ていました。その姿はまさにタヌキ。ブックカバーをかける時は寝てるところを起こして床に下ろさなければ、作業スペースが確保できないほどビローンと広がって寝ているのです。

このベント君、実はペットショップの売れ残り猫でした。ベントは元々大きくなる種類の猫『メインクーン』で、かなり小さいときから親元から離されて売りに出されたようでした。しかし、なにせ大型猫。仔猫の時から体が大きいので、他の小さな仔猫たちと並ぶと、なんかちょっと可愛げが……。そんなこともあってか、半年もペットショップのオリの中で過ごし、私が見つけたときにはレジ横でセール品として売られていたのでした……。

そんな可哀想な幼少期だった割には人懐っこく、また、長いこと店にいたせいか、私がTRICK+TRAPに連れて行ったときも初日のみビクビクしたものの、翌日から看板猫としてその役目を充分果たしていました。

しかし、連れて行くのはかなーり大変！　なにせ七キロ近くあるのです。普通のケージに入れて持って運んだりしたら私の手が脱臼しかねないので、リュックタイプのものに押し込み、連れてきていました。ベントにとってはかなり迷惑な行為だったかもしれません。でもまたいつか連れて来られるといいんだけどな。ベントにも少し働いてもらわなくちゃね。

ちなみに今も元気に我が家で番を張っています。

（写真はそんな時の様子）

TRICK+TRAP MONTHLY Vol.1　（第5刷）　2006年2月12日発行
武蔵野市吉祥寺本町2－24－6吉祥寺グリーンハイツ201
tel&fax 0422-23-5103　http://www3.to/trick-trap　発行人＝小林まりこ　編集人＝戸川安宣

至福のミステリ入門

北村薫著『ミステリ十二か月』（中央公論新社刊）

収録作品リスト

□『きょうはなんのひ？』瀬田貞二作／林明子絵（福音館書店）
□『怪人二十面相』江戸川乱歩著（ポプラ社）
□『魔女の隠れ里』はやみねかおる作（講談社青い鳥文庫）
□『８１３』□『続８１３』モーリス・ルブラン作／大友徳明訳、偕成社、アルセーヌ＝ルパン全集５・６
□『シャーロック・ホームズの冒険』コナン・ドイル著／阿部知二訳（創元推理文庫）
□『ポー名作集』エドガー・アラン・ポー著／丸谷才一訳（中公文庫）
□『江戸川乱歩集』江戸川乱歩著（創元推理文庫）
□『半七捕物帳』岡本綺堂作／光文社文庫
□『幻の女』W・アイリッシュ著／稲葉明雄訳（ハヤカワ・ミステリ文庫）
□『世界短編傑作集１～５』江戸川乱歩編（創元推理文庫）
□『贈る物語 Mystery』綾辻行人編（光文社）
□『有栖川有栖の本格ミステリ・ライブラリー』有栖川有栖編（角川文庫）
□『ミニ・ミステリ傑作選』E・クイーン編（創元推理文庫）
□『黄色い部屋の謎』G・ルルー著／宮崎嶺雄訳（創元推理文庫）
□『ブラウン神父の童心』G・K・チェスタトン著／中村保男訳（創元推理文庫）
□『横溝正史集』横溝正史著（創元推理文庫）
□『とむらい機関車』大阪圭吉著（創元推理文庫）
□『白菊のなぞ』板倉聖宣著（平凡社ライブラリー）
□『星を継ぐもの』J・P・ホーガン著／池央耿訳（創元ＳＦ文庫）
□『怪人二十面相・伝』北村想著（出版芸術社）
□『十二人の手紙』井上ひさし著（中公文庫）
□『アクロイド殺し』アガサ・クリスティー著／田村隆一訳（ハヤカワ・ミステリ文庫）
□『クロイドン発12時30分』フリーマン・W・クロフツ著／大久保康雄訳（創元推理文庫）
□『僧正殺人事件』ヴァン・ダイン著／井上勇訳（創元推理文庫）
□『[illegible]プト十字架の謎』エラリー・クイーン著／井上勇訳（創元推理文庫）
□『Xの悲劇』エラリイ・クイーン著／宇野利泰訳（ハヤカワ・ミステリ文庫）
□『三つの棺』ジョン・ディクスン・カー著／三田村裕訳（ハヤカワ・ミステリ文庫）
□『毒入りチョコレート事件』アントニイ・バークリー著／高橋泰邦訳（創元推理文庫）
□『招かれざる客たちのビュッフェ』クリスチアナ・ブランド著／深町眞理子他訳（創元推理文庫）
□『亜愛一郎の狼狽』泡坂妻夫著（創元推理文庫）
□『本格ミステリ０２』本格ミステリ作家クラブ編（講談社ノベルス）
□『密室殺人傑作選』H・S・サンテッスン編／山本俊子・他訳（ハヤカワ・ミステリ文庫）
□『有栖川有栖の密室大図鑑』有栖川有栖・文／磯田和一・画（新潮文庫）
□『明治断頭台』山田風太郎著（ちくま文庫）
□『成吉思汗の秘密』高木彬光著（ハルキ文庫）
□『下り"はつかり"』鮎川哲也著（創元推理文庫）
□『土屋隆夫推理小説集成１　天狗の面／天国は遠すぎる』土屋隆夫著（創元推理文庫）
□『ちみどろ砂絵』都筑道夫著（光文社文庫）
□『招かれざる客』笹沢左保著（光文社文庫）
□『遠きに目ありて』天藤真著（創元推理文庫）
□『虚無への供物』中井英夫著（創元ライブラリ・中井英夫全集［１］）
□『七人のおば』パット・マガー著／大村美根子訳（創元推理文庫）
□『死の接吻』アイラ・レヴィン著／中田耕治訳（ハヤカワ・ミステリ文庫）
□『赤毛の男の妻』ビル・S・バリンジャー著／大久保康雄訳（創元推理文庫）
□『シンデレラの罠』セバスチアン・ジャプリゾ著／望月芳郎訳（創元推理文庫）
□『ホッグ連続殺人』ウィリアム・L・デアンドリア著／真崎義博訳（ハヤカワ・ミステリ文庫）
□『小栗虫太郎集』小栗虫太郎著（創元推理文庫）
□『キドリントンから消えた娘』コリン・デクスター著／大庭忠男訳（ハヤカワ・ミステリ文庫）
□『占星術殺人事件』島田荘司著（講談社文庫）
□『我らが隣人の犯罪』宮部みゆき著（文春文庫）

［資料提供・中央公論新社］

TRICK+TRAP では、リニューアル・オープン記念として、しばらくの間、「至福のミステリ入門」と題し、北村薫先生が『ミステリ十二か月』（中央公論新社）の中で勧めておられる 50 冊の本を全点揃えて展示販売する予定です。この本は、北村先生が読売新聞夕刊紙上で一年にわたり連載された子供に勧める 50 冊の名作ミ[illegible]ですが、これからミステリの森に分け入ってみようという方には年齢を問わず格好の手引き書となる[illegible]古今東西の名作ミステリに挑戦してみませんか。

（なお、一部、未入荷のものがあると思いますが、順次取り寄せております。見当たらない本につきましては、どうかお気軽にお申し出ください。また国内作家のものは、出版社等が変更になっている場合があります。現在流布している版を仕入れざるを得ませんので、その点ご了承下さい）

『トリック・トラップ・マンスリー』

トリック・トラップのプレート（撮影：中橋一弥）

ブックカバーも作ろうということになり、ひらいさんにもうひとつホームズの横顔のイラストを描いてもらい、それを使って単行本用のカバーを作り、さらに袋も作りました。デザインは磯田さんにしていただきました。カバーと袋はお二人が自前で作ってくださったんです。デザインだけではなく製作費まで含めて。

　単行本用のを作りましたから、文庫用もということで、いしいひさいちさんのホームズのまんがを入れて文庫のカバーを作ることにしました。いしいさんに頼んで、文庫のブックカバー用に新たにイラストを描いてもらい、それを磯田さんに渡してデザインをお願いしました。ちなみに、リニューアル前はブックカバーはかけていましたが、ブックカバーも袋も書店名の入っていない出来合いのものを使っていました。リニューアルに合わせてオリジナルのを作ろうということにしたわけです。

　フリーペーパーは、分量的にはA4用紙一枚の裏表だけでしたから、ぼくが一人で編集をしていました。全部自分で書くのではなく、いろいろな方に寄稿してもらっています。東京創元社の編集者だった松浦正人《まつうらまさと》さんが吉祥寺に住んでいたので、彼に頼んで書評を書いてもらったり、あとはトークイベントに来てくださった人に原稿を頼んだり、自分で書いたり。これはそんなに手間はかかりませんでした。

　お客様ノートは、お店に要望があれば書いてほしいと思っていたのですが、主にお客さん同士のやりとりに活用されていました。いちばん多かったのは「初めて来ました」「良いお店だった」といった感想をお書

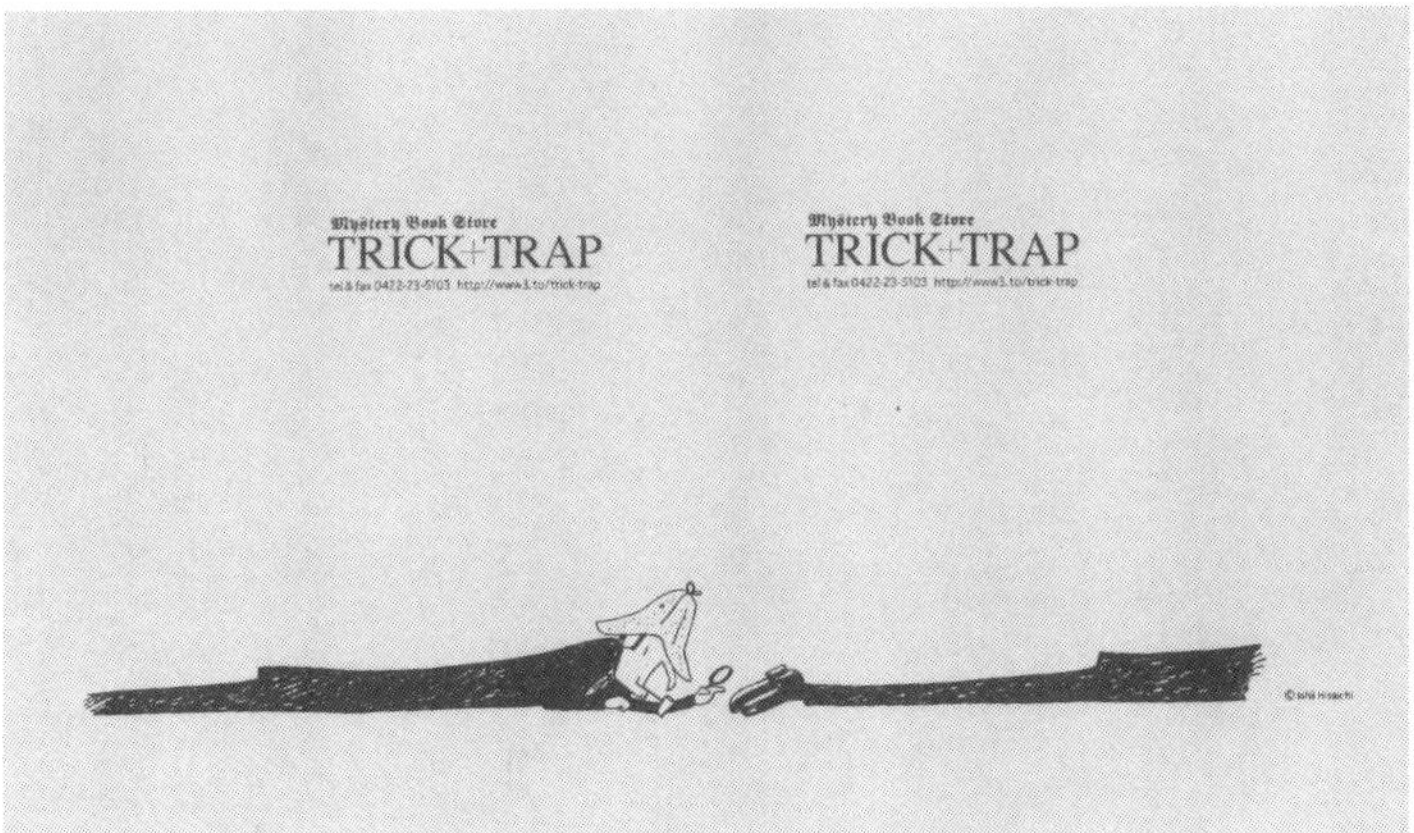

上・単行本用カバー、下・文庫本用カバー

きになる人。窓際のソファのところに小さいテーブルがありましたので、そこにペンと一緒にノートを置いておく。そうすると、店に来たお客さんがぱらぱらと見て、書かれていることに共感するとその脇に自分もコメントを書いてくださったりする。そんな感じで、お店に対する要望というよりも、お客さん同士の情報交換というか、お客さん同士が感想を綴り合うノートにだんだんなっていきました。最終的には二冊か三冊ぐらいの分量になったかな。

オリジナルグッズのようなものはあまり作っていませんでした。そこまでの余裕はなかったんですが、ミニレターというか一筆箋ですね、を作っています。木曽の開田高原に小さい印刷屋さんがあって、そこのご主人が自分で撮った御嶽山の写真などを配した「木曽の一筆箋」というのを作って、二〇〇円で売っていました。木曽には毎年夏に行っている山小屋があるんですが、そこに行ったときに村を歩いていたら印刷所があって、あの一筆箋はここで作っているのかと思って入ってみたんですね。店先で例の一筆箋が売られていたので買い求め、そこにいたご主人に、頼めばこういうのを作ってもらえるかと訊いたら、数が二〇〇か三〇〇ぐらいまとまれば作ってもいいという。それで、いしいさんとひらいさんの絵を五枚ほど選んで、めくると五通りの絵が繰り返し出てくるというかたちの一筆箋を三〇〇部ほど作ってもらって、二〇〇円でお店で売りました。それは完売しましたね。販売用のグッズとして作ったのはこれだけです。

リニューアル後、トリック・トラップ時代の後半は、土日は必ず出て、ウィークデーも二日ぐらいは出ていましたから、かなりのペースでお店に出ていたことになります。週に三日ぐらいは会社にも行って、本を作っていました。

後でふれますが、途中で成蹊大学への蔵書の寄贈の話がまとまったので、最初の何年間かは自分で本を持っていって、データ整理も自分でしていたんです。研究室の一部屋を借りて、そこに本を運び入れ、搬入した本のデータベースを作るという作業をしていました。当時は朝、成蹊大学に行って、昼ぐらいまでデータ整理をし、途中で昼飯を食べて、午後はトリック・トラップに出て、夕方自宅に帰る、というような生活をウィークデーの二日ぐらいはやっていました。

共同出資体制

リニューアルしたとき、つまり最後の二年をやる前ということになりますが、小林さんといろいろ相談をしています。ぼくが手伝いだした開店二年目に小林さんには一人目のお子さんが生まれ、リニューアル後に二人目のお子さんができるという状況でしたから、最後の二年は、小林さんとしてはもうお店から身を引いていた、というか、もう止めようという感じだったんです。まあ、ふつうに考えて、小さいお子さんが二人となったら、店番をするのは難しいですよね。

店を続ける続けないについてはこちらもいろいろ考えました。イベントなど、いろいろなしかけが功を奏したというか、ウィークデーでもお客さんが来てくれるようになってきて、イベントがあっての数字ではありますが、売上も毎月十数万とか二〇万とかというように確実に上がってきていました。ここでやめてしまうのはちょっともったいないなというふうに思ったんですね。最後の二年は、むしろぼくのほうが積極的で、とにかくあと二年はやりましょうというふうに小林さんには言いました。

二〇〇五（平成一七）年に東京創元社の会長職を退きましたから、時間的に余裕ができたということもあります。出られるときは小林さんにも出てほしいというふうには言いましたが、そこからは基本的には店番はぼくがするということになりました。たまに家内に手伝ってもらったりして。そういうかたちで続けようということになりました。

小林さんはどちらかというとやめたいと思っていたところに、ぼくが続けようと言った手前もありますから、共同出資にしようということになりました。共同出資と言っても、在庫はもう持っていますし、書店開発ともトーハンとも契約の途中ですから、新たに何かお金を出してどうこうということではありません。あとお金がかかるのはマンションの家賃と光熱費、それからぼくの交通費。全部合わせてだいたい月二〇万くらいだったので、それをみんなで出し合おうということにしました。みんなと言っても、小林さん、ぼく、家内、うちのお袋の四人が出し合って、そういうかたちで最後の二年は運営していました。

ただ、お店のオーナーはあくまでも小林さんです。そのほか、従業員もアルバイトもいませんでした。収益が出れば分配するということなんですが、やはり分配するまではいきませんでしたね。しかし、そのままそういうかたちで続けていくのは厳しい。少しはもうけが出るかたちにもっていけそうかなあと、最後のほうは明るい見通しが立ちつつあったんですが。

閉店へ

ところが、そのあたりで、小林さんが二人目のお子さんを妊娠していることがわかり、さらに、ぼくがけがをしてしまったんですね。前章の終わりで話しましたように、肩の骨を折って手術をし、一週間ほど入院ということになってしまった。復帰したのが一一月の末で、すぐにクリスマスシーズンです。一二月二四日に、若竹《わかたけ》さんら何人かの知り合いが来てくれて、その年はその日が最後の営業ということで、五時ぐらいに店を閉めて、店内でごくろうさまでしたみたいな会をやりました。家内も来ていましたから二人で一緒に帰ったんですが、帰路のぼくの様子がちょっとおかしかったようです。翌日、定期診断がたまたまあったので、慶應病院に行き、そのまま硬膜下血腫で入院手術となったのは前にお話ししたとおりです。しばらく入院し、正月元旦に退院しました。

正月明けぐらいからまた店に出ていたんですが、そうしたら、一月の末に再発して、もう一度入院することになり、二月の初めにまた二週間ぐらい休むということになってしまいました。そんなことがありましたので、さすがにこのままでは続けていくのは難しいということになり、ちょうどマンションの契約更新の時期でしたので、ここで店を閉めようということになり、二月半ばで閉店ということになったのです。もしからだのことがなければ、共同出資体制でしばらく続けていたかもしれません。

ただ、思い返してみて、そもそも難しい話ではあったと思います。それでも、みんなお店には本当に喜んできてくれたんですね。それは実感としてありました。喜んで来てくれた理由はいろいろあると思うんですが、お店に来てくれたのはもちろんミステリが好きな人で、なかには自分でも書いているというような人もいたんですが、そういう人にとっては、こういう店がどこかに一軒あったらいいなあっていう、そういう場所だというんです。ただの本屋ではなくサロン的な雰囲気のある場でした。ある種の理想の本屋だということをみなさんが言ってくれて、たしかにそれは店をやっているぼく自身もそう感じていました。だから、この店はできるかぎり続けたいなと思っていたんです。

島田荘司サイン会

トリック・トラップの最後のほうで行われたイベントで、伝説となっているサイン会があります。

当時は、南雲堂から〈島田荘司全集〉が出始めのころで、第一巻のサイン会をトリック・トラップでやることになりました。それまで有栖川《ありすがわ》さんのような人気のある作家さんの場合、サイン会は時間制にして、一時間二〇人くらいとして、たとえば五〇人なら三時間で、というふうに時間設定をしていました。申し込みをしてくれたお客さんには、メールで、一時に来てくださいとか、二時に来てくださいというふうに、お店に来てもらう時間を振り分けていました。

お店が入っているのはふつうのマンションで、二階はほとんど店舗や事務所だったんですが、三階の住人から、サイン会のとき、うるさいとクレームがついたことがありました。ほかにもいろいろと文句を言われましたね。ワンルームマンションですから、扉を閉めると密室になってしまいますので、最初は扉を開けて営業していたんです。お客さんがたくさん入っていればいいですが、最初のころなんてまるっきりゼロという日が続いて、たまに女性のお客さんがおそるおそる扉を開けてみると、店内にはお客が誰もいなくて、中にいるのはぼくだけ。それではやはり入りにくい。勇を鼓して店内に入ってきても、落ち着かないんでしょう、大急ぎで見て、ぱーっと逃げるように帰っていくということが何度もありましたから、やはり扉は開けておかないといけないなと思って開けておくと、ドアは開放したままにするなというクレームがくるんです。看板をドアの外に立てておくと、ここは通路だからこういうのを置くなと言われました。ドアを開けておくのもだめ、看板を出すのもだめ、そんな感じだったんです。

で、サイン会の話に戻りますが、有栖川さんのときだったと思いますが、サイン会で一時間に二〇人とすると、中に一〇人入ってもらい、残りの一〇人は外に並んでもらうことにしていたんですが、外にお客さんが並んでいると、後で必ず文句が来る。なので、三〇分で一〇人と区切って、外に並ばないようにして、お客さんにもできるだけ静かにしてくださいと、サイン会のときはずいぶん気を使いながらやっていました。

島田さんのサイン会は、初め一時間で一〇人という設定にしました。それまでのサイン会ではだいたい、一〇人分のサインは三〇分でぱっと終わって、次の一〇人まで五分か一〇分くらい間があく。その間に作家さんにはお茶を飲んでもらったり、トイレに行ってもらったりする、そういう時間の余裕があったんです。

ところが、島田さんのサイン会だと、サインが終わってもお客さんが帰らないんです。一時間に一〇人で、その一〇人がその一時間ずっと店内に残っている。それはそれでいいんですが、少なくとも一〇人分のサインは一時間で終わるつもりでいたら、島田さんの場合、一時間で一〇人が終わらない。せいぜい五人ぐらい。島田さんがお客さん一人一人と話し込んでしまうんですよ。仮に一時から始めたとすると、二時になったら次の一〇人が外に来て待っているわけです。お客さんに、すみませんがここに並んでいるとマンションの住人から文句を言われるのでと説明しても、サインをもらい終わった五人も帰らない。外で待っている次のお客さんに、三〇分ほどどこかぶらぶらしてそれから戻ってきてくれませんかみたいなお願いをするんですが、それで時間がどんどんずれていってしまう。三時になると次の一〇人が来るのに、二時の一〇人が終わっていないどころか、まだ始まってすらいなかったりする。またお客さんに、すみませんがお茶を飲んできてくれませんか、とか、食事をしてきてくれませんかと言って、順番にずらしていったら、最初は五時くらいに終わる予定だったのが、結局、終わりが一一時過ぎになってしまったんです。

終了時間に少し余裕を見て、六時か七時に打ち上げの店も予約をしておいたんですが、そういう状況ですから、お店には、途中で一時間遅らせてほしいと電話をしたんですが、一時間どころか八時になっても終わらないということで、八時過ぎにキャンセルしてくださいとお店に電話をする羽目になったりしました。そんなサイン会だったんです。

ただ、そのときに驚いたのは、お客さんがみんな何も言わずに待っていてくれたことですね。来てくださったなかに一人か二人、大阪かどこか、遠方から来ていた方がいて、帰りの切符も買ってしまっているというので、後で送ることにしてお名前と住所を訊いたこともありましたが、そういう方が一人、二人いたのを別にして、終わりが一一時過ぎになったのに、とにかく文句一つ出なかったというのはすごいなと思いました。さすがに、こんなサイン会はそれ一度きりですが。こういうイベントも最後の年にはやっていたんです。

トリック・トラップを閉店した後、小林さんが不動産屋に、本屋はもうしないつもりだから、本棚とかの什器をそのままのかたちで借りてくれる客がいたら、居抜きで借りてもらうことはできないかという条件を一応出してみたら、見事にと言うか、古本屋をやりたいと言う人が借りてくれたんです。比較的ミステリが多い古本屋[*25]だったので、トリック・トラップが閉店になった後、ぼくも何度かのぞきにいったりしました。

〈島田荘司全集〉の二巻が発売になったのは、トリック・トラップの閉店後のことですが、またサイン会をしないのかという問い合わせがあったので、古本屋の店長に、こういうイベントをやらせてもらえないかと掛け合ってみました。そしたら、いいですよと言ってくれたので、〈島田全集〉の二巻のサイン会は、店はトリック・トラップではなくなっていましたが、また同じ場所で同じ方式でやらせてもらえることになりました。前回の経緯がありますから、人数と時間設定はよく考えてやりましたが、それでもやはり終わりは夜中近くになったんじゃなかったかな。

〈島田荘司全集〉のサイン会は、一回目はトリック・トラップで、二回目は後に入った古本屋さんで開催し、三回目からは出版元の南雲堂の本社でやることになりました。二〇一四（平成二六）年には、西荻窪のブックカフェ、beco cafe[*26]で六巻目のサイン会をやっています。

閉店後のトリック・トラップ

結局、リニューアルから二年足らずで閉店を決めることになりました。閉店時にはイベントもしています。小林さんと二人の体制で続けるのは難しいかなということになり、お店を閉めることを決めて、二〇〇七（平成一九）年の一月ぐらいから、二月いっぱいで閉店しますということを告知しました。さよなら企画みたいなことをやろうということになり、北村さんや有栖川さん、若竹さんら何人もの作家の方が行きますよといってくれて、それならば、サイン会をやりながらそれをお別れイベントにしていこうということになったんです。最後のふた月ぐらいは、イベントラッシュのようなかたちになりましたね。閉店は二〇〇七年の二月一二日です。

店を閉めるということになり、在庫をどうにかしなくてはならなくなって店の本を調べてみたら、返せない本もけっこうありました。二〇〇冊くらいあったかな。奥付を見て、小林さんにもこれは返せませんねということを言われたり。それでも、閉店なんだから大丈夫だろうとトーハンに返したら、やはり戻ってきてしまいました。

取次からの本以外に、個人からの預かり本もあり、古本の棚にもやはり預かったものがありましたから、合わせて二百数十冊になりました。ネット書店ができるかどうかわからないけれど、吉祥寺の店を閉めた後も店のホームページは残しておいて、何かできることはないかしら、と思っていました。

実店舗の閉店後も、二年ぐらいは、〈島田荘司全集〉のサイン会や坂木さんのサイン会など、イベントを中心にトリック・トラップとしての活動は断続的に続けていました。吉祥寺の駅と成蹊大学の途中に、武蔵野市の公民館の別館があるんですが、そこを借りて、茶話会みたいなことも何度かやりました。たとえば、『十角館の殺人』の改装版の文庫発売に合わせて、綾辻さんに話をしてもらうなど、ゲストを呼んで話を聞くということを二、三度やりましたね。トリック・トラップの名前だけ残したオンライン書店もしばらくは続けていましたが、そちらは売上はほとんどありませんでした。

正式閉店イベント

トリック・トラップを正式に閉店することを決意したのはぼくです。閉店後にぽつぽつと手がけていたイベントもだんだん少なくなってきていましたし、オンライン書店というかたちにはしていましたが、サイトに在庫をアップしてこういう本があるという働きかけをしたわけでもありませんから、売上も微々たるもので、オンライン書店として残す必然性もなくなってきていたんですね。

たまにどこかの会場を借りてサイン会などのイベントをするときには、取次の口座は残っていましたからトーハンから本はとれるんですが、ほとんどの場合、版元から持ってきてもらっていました。たとえば、綾辻さんや矢口《やぐち》敦子《あつこ》さんのサイン会をやりましたが、版元の講談社に、こういう会があって作家さんに話をしてもらい、サイン会をしたい、三〇人は集まるからということで説明し、三〇冊持ってきてもらって、その場で販売してサインをしてもらう。トリック・トラップが書店として売上が立つ機会があるとすると、年に何回かあるかないかのそういうイベントのときぐらいのものでした。店を正式に閉めれば取次から保証金が小林さんのところに戻ってきます。書店としては売上というか実質的な活動がほとんどない状態で、ぼくが勝手に続けているのもどうかなという気がしてきたんですね。

小林さんのお母さん、小林カツ代さんが倒れたのは、トリック・トラップの店舗の最後の年でした。ぼくが店にいて、もうそろそろ閉めようかなという七時過ぎか八時前くらいだったと思います。カツ代さんがお店に入ってきて、今日は娘はいないんですかと聞かれるので、今日はぼくが店番をしている日なんですよ、とお答えしたことがありました。名古屋で花博か何かがあったときで、カツ代さんはその帰りなんだと話されていました。そのときは、血色もとても良くてお元気そうだったんですが、翌日か翌々日だかに倒れられて、お亡くなりになるまで、それきり意識が回復しなかったということでした。また、弟さんのバイク事故のこともあります。小林さんのご家族にいろいろと続いた時期でしたので、たとえわずかな額でも、保証金が戻ってきたほうがいいのかなと気になっていました。それで、小林さんと久しぶりにお会いしたときに、いよいよ正式にお店を閉めようかという話をしたんです。小林さんのほうでは、トリック・トラップ関連ではとくに何をしているということもありませんでしたから、それで正式閉店ということになったんです。

実店舗の閉店からずいぶんたってからの開催になりましたが、二〇一四（平成二六）年の三月に正式閉店イベント「さよならトリック・トラップ談話会」を吉祥寺のコミュニティセンターで開催しました。大崎梢さんや霞流一《かすみりゅういち》さんも来てくださいました。これがトリック・トラップ名義では本当に最後のイベントということですね。

トリック・トラップとは

あるとき、ぼくがお店にいたら、三〇代くらいの主婦の方がお店に入ってきて、スタージョンの短編集をレジに持ってきたんです。この方は大変なスタージョンのファンで、しかもなかなかのマニアでした。スタージョンの本で出ているものはサンリオ文庫のものも含めて、とにかく全部持っていて、レジに持ってきたその本がおそらく最後の一冊だというんです。それだけではなくて、スタージョンがエラリー・クイーンの代筆をしたという作品があって、それは『盤面の敵』だけなんでしょうか、ときいてきたんです。あまりにマニアックな質問にこちらもびっくりしてしまったんですが、よくよく話を聞いてみると、その方は中道商店街をちょっと先に行ったところにある洋装店の奥さんなんだそうで、ずっとここに住んでいるんだけど、この日初めて店の存在に気がついたというんですね。地元の方で、しかもミステリのマニアといっていい方でさえ、すぐ近くにあった店のことを知らなかったわけです。開店から三年くらいたったころでした。その程度の認知度だったんですね。

たしかに、路面店ではありませんから、商店街を歩いていても気づかないかもしれない。ちょっと見上げれば窓のところにホームズの横顔が見えるんですが、目線を上げないで歩いていると気がつかない。前を向いていたり、ちょっとうつむき加減に歩いていると、そこにミステリの専門店があることに気がつかなくても不思議はありません。

だから、ここにそういう店があるんだということをお客さんに認知させるまでが、まずは一つの勝負という感じでした。そういう意味では、いろいろとしかけたイベントがきっかけで、一度でも店に来てもらえれば認知してもらえる。いろいろな作家に来てもらってイベントをやると、それぞれのファンの人たちが来てくれて、お店のことを認識してくれるようになります。こういう店がここにあるんだということを認知してもらえるようになってからは、ずいぶん状況が変わりました。ただ、それにはそれなりの時間と、それなりのしかけが必要でしたね。

ちょっと悔しいのはそういうことを続けて、ようやく道筋が見えてきたかなというところで店を閉めなくてはならなくなったということです。あのまま続けていたらどうなったのか。そういう意味では、後悔というか、やり残した感じはとてもありました。こういう特殊な本屋の在りようとして、一つのケースを残せたかもしれない。なのに、そのちょっと手前というか入り口のところで店を閉めなくてはならなかった。それが、ぼくとしてはとても残念なことでした。

トリック・トラップの四年間を振り返ってみました。吉祥寺駅から歩いて五分ほどのマンションの二階という立地。九坪。家賃や光熱費等の維持費が年約一六〇万。これには人件費は入っていません。そんな状況で、最終年度は年間売上をなんとか五〇〇万までもっていきました。これは、決して大きな数字ではありませんが、その前の三年間に比べると驚異的な数字で、これが精一杯でした。

やはり家賃の問題が非常に大きかったのは明らかでした。もう少し家賃の安いところだったら、事情は違っていたかもしれません。しかし、吉祥寺という街だからこそ、ああいう店が成り立ったんだ、ああいうことができたんだという面もありました。

町本会[*27]などで、いろいろな議論を聞いたりしても、ナショナルチェーンではない町の本屋がこの時代に生き残っていくとすれば、時代小説なり絵本なり、何か特定のジャンルに特化した専門店にするというのは、一つの手かもしれないと思います。ですから、トリック・トラップを一つの事例として、もう少しきちんとしたかたちを示してから店を終われたらいちばん良かったと思うんですが、そこまでいかなかった、いけなかったのはとても悔しいし、残念です。これをまた一からどこかで新たにやり直すというのは困難でしょうから、なおのことそう思います。

成蹊大学への蔵書寄贈

トリック・トラップのことから話は変わりますが、同じころに重なって起こった出来事として、成蹊大学への蔵書寄贈の話をしたいと思います。

前にもふれましたが、会長を辞めたときに困ったのは、会社に置いてあった本をどうするか、ということでした。会長のときには会長室があったので、部屋に本をたくさん置いていました。会長を辞めた後も席は編集室にありましたが、部屋に置いてあった本をそのまま置いておくことはできませんから、とにかく一度自宅に持って帰らなければならないということになりました。段ボールに詰めていったん家に送ったのか、それとも送り返す前に、段ボール詰めした段階でこれはとてもうちには入らないということになったのか忘れましたが、とにかく、とても入り切らない量でした。

ぼくの自宅の前にアパートがあるんですが、そこの一部屋がたまたま空いたんです。家賃は月に五、六〇〇〇〇円でしたので一部屋借りて、会社から送った段ボールはとりあえずそこに置き、少しずつ開けてはうちのほうへ移すということをしていたんですが、どう考えても入らないわけです。どうしようかなと悩みまして、その年、二〇〇五（平成一七）年の年末、翌年の年賀状に、蔵書をどうしようか考えているという主旨のことを書いたんです。そうしたら反響がいくつかありました。

そのなかの一つがブックスの会からのもの。ブックスの会は、出版社数社の社長が集まり、各社の垣根を取っ払っていろいろな出版の話や相談をする場を作ろうということで、戦後すぐにできた会です。岩波書店・有斐閣《ゆうひかく》・講談社・光文社・文藝春秋・出版のほうの三省堂・音楽之友社・美術出版社・日本評論社、それに東京創元社の一〇社ほどの社長が参加しています。ふた月に一度集まって、食事をしながら雑談をし、年一回旅行をする。最初のころはヨーロッパに行ったりカナダに行ったりしていたようですが、だんだん規模が縮小してきて、外国に行くにしてもアジア止まりになりました。旅行は国内の場合もあって、幹事会社が行き先を決めると、岩波から講談社から各出版社の社長が来るというので、地元の書店の人たちがわっと来たりすることもあったそうです。

ブックスの会の仲間の、日本評論社の社長さんが、ぼくの年賀状に、知り合いの古本屋をお教えしましょうというような内容の返事をくれました。単に蔵書を処分しようとしているんだというふうに思われたようでしたので、別に売るつもりではないんだと返した覚えがあります。

次に、矢口敦子さんが、岩手県の小さな町の町会議員をしている知り合いに話をしたようです。その町は山の中にあって、最近は過疎になって子どもがどんどん減り、町内に三つあった小学校が統合になり、二校は廃校になる。その廃校になった一校の建物を使って、ミステリ図書館を作るという稟議を町議会に出すからということで、稟議書の案を持って、トリック・トラップまで来られたんです。稟議書は十数ページにわたるもので、廃校になる小学校の見取り図を元に、教室をどういうふうに図書館に変えていくかが詳細に描かれた立派なものでした。それを見せていただいたときは、これは夢のような話だなと思いました。

ただ、問題は立地でした。新花巻駅《しんはなまき》で新幹線からローカル線に乗り換え、降りた駅からさらにバスで一時間かかるというようなところでしたから、地元で利用する人がそんなにいるとは思えない。といって、遠方の人がわざわざ行くとも思えない。そういう懸念もありましたから、とてもありがたいお話ではありましたが、お断りせざるを得ませんでした。

もう一つはある大手新聞のOBの方からのお話でした。それまでもいろいろな話題で紙面に取り上げてくださったことのある記者の方から打診があったのです。その方の弟さんが東京下町の区議だか都議をしているので、地元の図書館に話をしてみましょうというんです。一度一緒に行ったんですが、公民館ビルの中にある立派な図書館で、ビルの中の三フロアが図書館になっていました。地元出身の有名作家のコーナーが、図書館の一角に造られていて、その人の本がずらりと並んでいて、蔵書の一部も置いてありました。

ここに収蔵させてもらえるのはうれしいなと初めは考えたんですが、教育委員会の人がついてきていて、図書館の館長に話をしているのを聞くと、これがもういかにも頭ごなしという感じで、こういう話を持ってきたんだから収蔵してくれ、と言わんばかりで、いささか辟易としました。お上から言われて、図書館としては引き受けざるを得ないという感じがありありで、図書館の方も困っているんですよね。つまり、現場の希望ではなかったんです。

そういう話がいろいろあって、それぞれにおもしろかったんですが、そういうときに、浜田雄介《はまだゆうすけ》さんという江戸川乱歩《えどがわらんぽ》の研究をしている方が、たまたまその年だったと思いますが、成蹊大学に招かれて文学部の教授になったんです。ぼくの年賀状を見て、自分の大学の図書館にどうだろうと申し出てくださったんです。浜田さんはすぐに大学に掛け合ってくださって、大学側からもオーケーが出たんですね。学生が読んでくれれば、将来の推理小説研究家も生まれてくるかもしれません。大学の図書館というのは、ある意味、蔵書の寄贈先としてはいちばん理想的ではないかと思いました。これはいい話だということで、いろいろな選択肢がありましたが、そのなかから、これにしようと思い、成蹊大学にお願いすることにしました。

いろいろと聞いてみると、大学と図書館の事情のようなものについて、だんだんわかってきたこともありました。どこもそうなんでしょうが、大学図書館の館長というのは基本的にはその大学の教授なんですが、文学部の方とは限らないみたいなんですね。館長は任期があって、通常は二年ぐらいでどんどん変わってしまう。館長のほかに理事長がいるんですが、理事長というのは完全に事務方なんですが、実権は理事長が持っているわけです。担当の司書は誰にするとか、受け入れに対する予算的なことから何から、決めるのはすべて理事長です。最初はもちろん館長に、よろしくお願いしますとあいさつに行くんですが、二年経つともう別の人になってしまうわけです。そういう事情を別のところで立教大学の方に聞いていたんですね。

それで、収蔵してくださいということで、成蹊大学に打ち合わせにいきました。ぼくのほうから出した条件は一つだけです。もちろん無料でお渡ししますが、その代わり渡すときのそのままのかたちで収蔵してほしいとお願いしたんです。こちらは本を読んだり集めたりするだけではなく、本の作り手でもありますから、函やカバーや帯など、本の本体以外のものにも非常に思い入れがあるわけです。ところが、図書館というのは、基本的に本の中味を収蔵するのが方針ということで、函入りの本は函ははずして捨ててしまいますし、カバーはそのまま上からビニールコーティングすることもありますが、帯などはみんな取ってしまいます。そこを、函もカバーも帯も、投げ込みチラシまでついているままのかたちで収蔵してほしいということをお願いしたわけです。

ただ、それがいかに大変なことか、整理の作業をしているとだんだんわかってきました。図書館の資料には、分類番号などを記したラベルを貼ります。ふつうなら本の本体にラベルを貼るんですが、もしこちらの希望通りカバーや帯を付けたままにするということだと、本体に一枚、カバーに一枚、帯に一枚というふうに、本体に付属する付き物の分だけラベルが必要となる。つまり、一つで済む用事が三つになり四つになるんだということを聞かされたわけです。こちらはそんなことは知りませんでしたから、びっくりしてしまって。何とかならないのかと相談してみたところ、先方が案として出してくれたのが、本を付属物ごとビニールの袋の中に入れて、その袋の外にラベルを貼るというやり方です。このかたちであれば、ラベルは一枚でいいということで、その方式で収蔵されることになりました。おかげで、函も帯もはさみ込みも何もかもそのままという形で収蔵してもらえることになりました。

しばらく前に翻訳ミステリーシンジケートの読書会に呼ばれたことがありました。翻訳ミステリーシンジケートは、翻訳小説が読まれなくなってきたことに危機感を覚えた翻訳家の人たちが立ち上がって、翻訳小説を読もうということで作った町本会のような組織で、日本全国に支部があります。創元推理文庫で二五年前に出したクリスチアナ・ブランドの『招かれざる客たちのビュッフェ』という短編集があるんですが、それを翻訳ミステリーシンジケートの横浜支部が読書会で取り上げるからということで呼ばれ、読書会に参加してきました。

ぼくは初版を持っていったんですが、その本に新刊案内が入っていました。そのときの「新刊」ですから、四半世紀前、一九九〇年二月の新刊案内ですね。この新刊案内については先にもふれましたが、載っていたのは二月と三月の新刊で、一面には一月の新刊の『薔薇の名前』が、別の面には北村薫さんの二作目である『夜の蟬』が載っている。中を開くと、創元推理文庫の新刊がずらっと並んでいて、そのなかにフィリッ

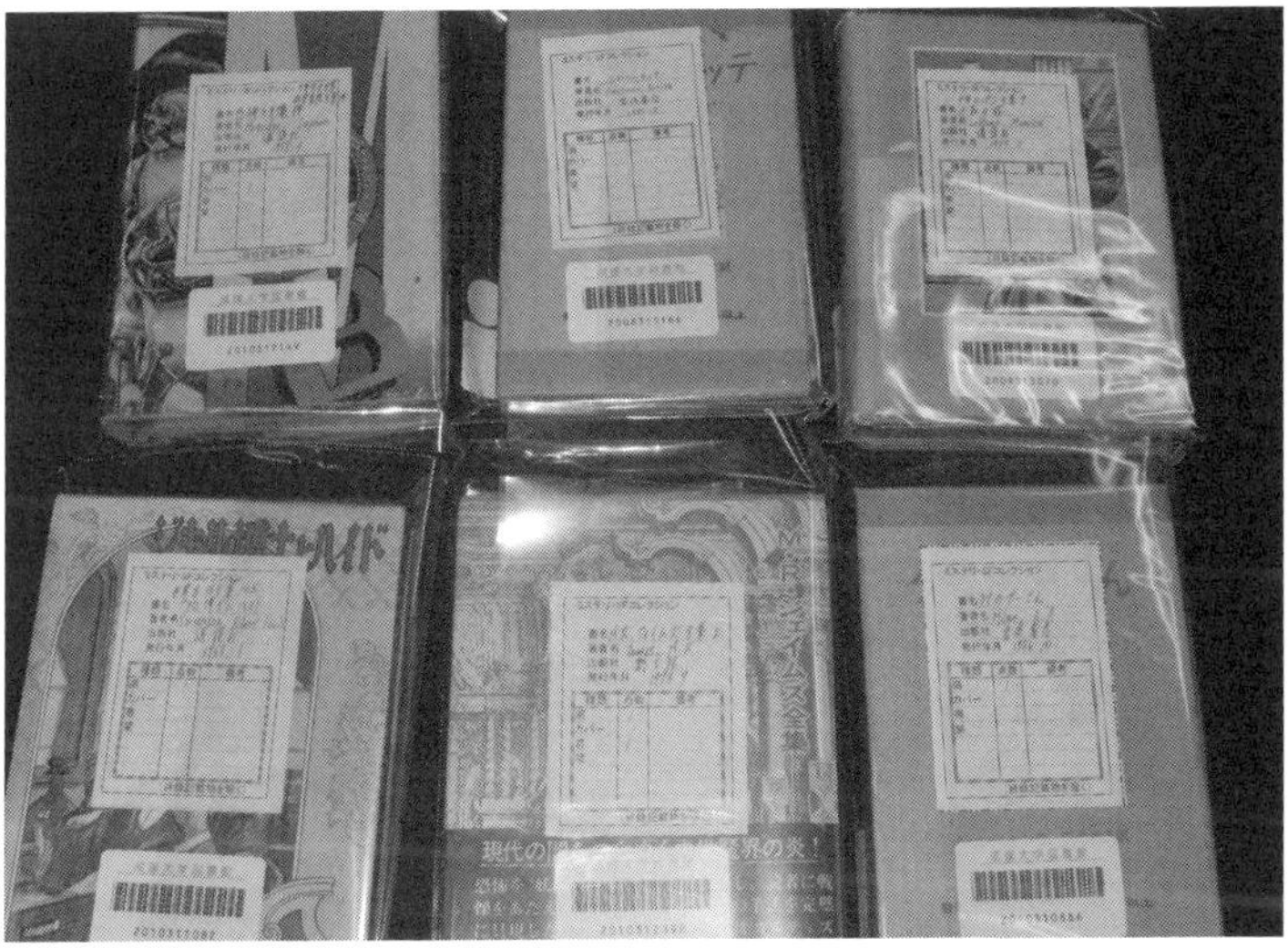

ビニール袋に入れての収蔵

プ・K・ディックなどのSFもある。本の帯を取ると、カバーにはおじさんマークが背についている。まだマーク分類があったころの本なんですね。ディックなどのSFは創元推理文庫のSF部門で、SFマーク付きで出ていたころです。新刊のいちばん最後にはゲームブックが載っていました。このように、一枚の新刊案内から、当時の新刊の傾向や流行など出版事情について、いろいろなことがわかるわけです。あるいは、カバーに分類マークがあるかどうかなど、デザインや意匠の移り変わりもわかるわけです。カバーや帯やはさみ込みの新刊案内といった付き物がいかに大事かを実感させられました。

とにかく、本は、できるだけそのままのかたちで残してほしいという、ある意味非常にぜいたくな要望をしたわけですが、運良くそれを受け入れてもらえることになりました。こうして、蔵書を成蹊大学の図書館に寄贈することになりました。本は何度かに分けて搬入したんですが、一回目は、まだトリック・トラップが吉祥寺にあったころのことで、本を搬入しながら並行してデータ入力の作業もしていました。初回は三〇〇〇〇冊ぐらいでした。

二〇一三（平成二五）年に成蹊大学の図書館がリニューアルになり、一般にも公開されましたが、ミステリSFコレクション[*28]は別の建物に収蔵されています。大学側というか図書館側も、将来どのように収蔵していくかについてはかなり悩んでいるようです。つまり、函もカバーもついている本がビニールに入って棚に並んでいるという特殊なかたちになっていますから、図書館のほかの本と一緒にするわけにはおそらくいかないと思うんです。そういうこともあって、どこか別のところに保管しておいて、リクエストがあったら出すというようなかたちにするつもりのようです。現在の収蔵スペースにはかなり空きがありますから、おそらくずっとあのままあそこに保管され、追加の寄贈分については、空いたところを使って保管していくかたちになるんじゃないかと思います。

収蔵室に並んでいるのは、ぼくの本だけではありません。権田萬治《ごんだまんじ》さん、二上洋一《ふたがみひろかず》さんらの本のほか、もう一人SF関係の堀さんという方がいらっしゃるみたいです。あと小池滋先生の蔵書も少し入っているようです。このメンバーですから、収集分野にも重複が当然あって、ぼく自身あきれたんですが、こんな本が二冊も三冊もあるのか、という本もありました。一方で、なければおかしい本がなかったりもするんですが。

ちなみに、本が重なってしまった場合ですが、単行本に関しては重なっても原則全部そのまま収蔵してもらっています。というのも、単行本の場合は、版・刷の違い、異装版、帯の有無など、「同じ本」かどうかを判断するにあたって、いろいろと難しい問題があります。書名が同じだからといって、同じ出版社から出た本だからといって、いちがいに、まったく同じものだとは言い切れない場合があるんですね。

「ミステリSFコレクション」内部

ただし雑誌は重複本は整理されるようで、ぼくのところにずいぶん返ってきました。たとえば『ミステリマガジン』は寄贈されたり自分で買ったりで、だぶりはもともとけっこうあったと思うんですが、それにしても『ミステリマガジン』だけで二〇〇冊ほども戻ってきたのはさすがに驚きました。権田さんら他の方が重複して寄贈していたんですね。

現在（二〇一六年）、二回目の作業が進行中です。この第二弾で、成蹊大学への寄贈は一応終わりにしようと思っています。第一回と第二回の搬入の間が数年空いてしまったんですが、その間にも文庫の解説の執筆を頼まれるなど、本が必要になって、あの本はどこだったかなと思って本棚を見るとない、ということがけっこうありました。そういうときに困らないよう、評論書やレファレンスは別にして手元に残しておいたり、あるいは、ちょうど第一回の作業の最後あたりにホームズの全部の書誌を書くという話をいただいていましたので、ホームズ関係もまとめて別にしてあります。つまり、手元には作業中のもの、使うかもしれないレファレンス系のものなど、寄贈せずに残しておいた本があるわけです。

ホームズのほうはおそらく二〇一六（平成二八）年には終わるはずで、それが済んだら寄贈しようと思っています。ただ、一般の評論やレファレンス本はやはり手元にないと不便ですので、どこで手放すか、また、どこまで手放すかが難しいところです。ほかにも、この本の取材用に手元に残したものもあります。どこかで踏ん切りをつけて一気に寄贈してしまわないといけないなとは思っているんですが。

今回の件で、間に立ってくださった浜田さんは、日本では数少ないミステリを専門とする日本文学の先生です。今の日本にはそういう専門の研究者はそんなにはいないんじゃないかと思います。たとえば、どこかで乱歩展を開催するとか、立教大学で乱歩関係の講演をするとか、そういうときは必ず浜田さんに声がかかるほどです。最初にお会いしたのが、いつ、どこでのことだったのか、ぜんぜん覚えていないんですが、知り合いになったのはもうずいぶん前のことで、そのころは別の大学の先生をされていました。浜田さんはトリック・トラップもけっこう利用してくださっていて、『貼雑年譜《はりまぜねんぷ》』をトリック・トラップで買って、売上に協力してくださったのです。

蔵書を手放すことについていろいろ考えていたときに、ちょうど浜田さんが成蹊大学に来られて教授になられた。もちろんただの偶然なんですが、こちらにしてみればまさにぴったりのタイミングでした。知り合いが寄贈先の大学にいたというのは本当に幸運なことで、それがなければ、蔵書寄贈の件は、ここまでうまく話はまとまらなかったろうと思います。

これまでの本屋さん　小中学校時代

トリック・トラップの話をしたので、これまでの本屋さんとの関わりについて、すでに話したことと重なる部分もありますが、まとめておきたいと思います。

人生で最初期に出会った本屋さんというと、南千住の太洋堂書店[*29]です。太洋堂は金町のお店の支店だったのですが、今はありません。ただ、ぼくは小学生のころから本を読むのが大好きでしたが、書店通いをしていたわけではありません。ですから、小学校時代に地元の本屋さんについては、思い出と呼べるほどのことはありません。

小学校時代は明治生まれの祖父が、日曜になるとどこかへ連れ出してくれました。当時は下町に住んでいましたから、いちばん近い繁華街というと浅草です。浅草で落語や花やしきや菊人形展に連れていってもらったり、松屋デパートで食事したりしていました。だから、小学校時代によく行った書店というのは、実は浅草の松屋デパートの書籍部[*30]なんです。『怪人二十面相』の本を買ってもらったのも、その後、続きを読みたいからというので買ってもらったのもほとんどが松屋です。松屋デパートの書籍部が、小学校時代にいちばん本を買った本屋さんだと思います。

松屋デパートの書籍部は、デパート内によくあるふつうの本屋さんでした。ひと昔前のデパートの本屋は、どこも似たようなものでした。デパートの本屋は、だいたいレコード売り場と隣り合わせになっていましたね。三越や松坂屋にもたまに行きましたが、中に入っている本屋はどこもそんなに変わらなくて、どれも本当に小さな売り場でした。

本屋さんに本格的に通うようになったのは、やはり中学校に入ってからです。休日は祖父とは別行動をするようになり、平日は池袋まで電車通学をするようになりました。常磐線の南千住駅から二つ目の日暮里で山手線に乗り換えて池袋というコースです。学校から池袋駅までの途中、立教通りに大地屋書店があり、そこから駅までの間に芳林堂書店がありました。当時の芳林堂は、閉店になる前の最後の芳林堂とは場所が違うんですが、ぼくにとっては初めての大型書店でした。南千住に着くと、うちへ帰る途中に、先に名前をあげた太洋堂がある。この三軒の本屋さんに寄って帰るのが当時の日課でした。

南千住から家への帰り道からは少し離れたところになるんですが、三ノ輪橋に集文堂という本屋もありました。建物は二階建てですが店舗は一階だけで、二階には店主の家族が住んでいたんじゃないかと思います。太洋堂よりも大きな店でしたので、ちょっとまとまった買い物をするときや、日曜日にはここで買うこともありましたが、ふだんよく使っていたのは、先の三軒でした。書店めぐりが通学コースに組み入れられたわけです。

それぞれの店に、いろいろな思い出があります。ふだんよく回っていたのは、大地屋、芳林堂、太洋堂の三軒なんですが、あれだけよくこの三軒を使っていたのに、以前にふれた創元推理文庫を初めて買った店というのは実は集文堂なんです。創元推理文庫関連でいうと、これも以前にふれましたが、倒産前の奥付広告に定価が空欄で載っていた、つまり未刊だったディクスン・カーの『盲目の理髪師』が再建後の東京創元新社から出ているのに気づいて買ったのは大地屋。本屋さんでの買い物にまつわる思い出ですね。

これまでの本屋さん　編集者時代

東京創元社の最寄り駅は飯田橋ですが、当時の飯田橋で新刊書店というと、文鳥堂書店がありました。文鳥堂書店の跡地は、現在はブックオフ[*31]になっています。飯田橋で歩ける範囲にあった新刊書店は文鳥堂と、神楽坂の芳進堂[*32]くらいで、飯田橋で本屋さんに行くときはたいがいこの店に寄っていました。会社で『ミステリマガジン』や『SFマガジン』、『週刊文春』や『週刊新潮』などをとっていましたが、それを文鳥堂のおねえさんが届けてくれていました。

結婚するまでは南千住の実家にいましたから、会社帰りは、まず飯田橋から総武線に乗って秋葉原で降り、山の手線に乗り換える。常磐線への乗換はふつうなら日暮里か上野ですが、御徒町で降りて明正堂に寄り、アメ屋横丁を突っ切って上野まで歩いてから常磐線に乗って帰っていました。南千住では太洋堂に寄る。文鳥堂、明正堂、太洋堂の三軒に寄ってから帰る。それが平日のおきまりのコースでした。

当時は土曜日だけ半ドン、つまり一二時までの仕事でしたから、昼に会社を出たら、ほとんど毎週のように銀座に出かけていました。銀座でまず足を運んだのは洋書のイエナ。二軒隣が近藤書店だったので、この二店を見てから、ヤマハにも足を伸ばしていました。当時のヤマハは地下が楽譜や音楽書の売り場だったので、地下でシュワンのカタログを見たり、金曜日の夜に入る『ビルボード』だったか『キャッシュ・ボックス』だったかの新着の号を手にとってチャートの順位を確認したりして、本だけではなくレコードも見てから、最後に銀座の喫茶店でコーヒーを飲んで帰るというのを毎週土曜日にしていました。当時は数寄屋橋に旭屋書店[*33]がありましたから、たまに旭屋にも寄りましたし、数寄屋橋のショッピングセンター二階にハンター[*34]という新譜と中古を扱うレコード屋がありましたから、そこにも寄っていました。

たまには銀座ではなく新宿に行って、紀伊國屋書店に寄ることもありました。あと、勤めはじめてからよく行くようになったのは、日本橋の高島屋の前にある丸善の昔の本店[*35]です。丸善では洋書を見るのがほとんどで、けっこう頻繁に行っていたものですから、勝俣《かつまた》さんという店員さんが声をかけてくれるようになり、その方には本探しでずいぶんいろいろとお世話になりました。

今から思うと自分でも驚くようなことなんですが、仕事で手がけた本は原書でも持っていたいという気持ちが当時はあって、たとえばバルザックの全集も原書で買っているんです。成蹊大学に寄贈してしまいましたが、ビブリオフィル・ド・ロリジナル版の全集で、これがずいぶん立派というか、すごく変わった全集で、バルザックが生前に出した全集本に書き入れた赤字をそのまま生かして本にしたものなんです。つまり、本文はふつうに活字で組まれているんですが、そのなかにバルザックの書き込みが、茶色っぽい手書き文字で入っているんですね。そういう趣向の全集で、全部で三〇巻くらいありました。そんな全集を丸善で買ったりしていたんです。

リラダンの全集はなかなか見つからなかったんですが、勝俣さんが探して取り寄せてくれました。五、六巻のものでしたが、これも成蹊大学に寄贈しています。それからポオの全集。ハリソン版という定評のある全集を買いました。当時は一ドル三六〇円時代[*36]ですが、洋書の場合、手数料などが加算されて四〇〇円ぐらいの換算になりますから、値段が非常に高くなる。バルザックも高かったんですが、ミステリの場合、それも研究書のようなものの場合、日本でも事情は同じですが部数が少ないので、よけいに値段が高くなるわけです。

リファレンス本などを得意としているガーランドから出た『Catalogue of Crime』という名作ガイド本の著者ジャック・バーザンとウェンデル・ハーティグ・テイラー共編で刊行した〈Fifty Classics of Crime Fiction 1900–1950〉は、小説のレアな作品ばかり収めているシリーズで、全巻注文したんですが、一冊が当時、一〇〇〇〇円近くしたと思います。さすがに一度では買えませんから、少しずつ買うからと勝俣さん

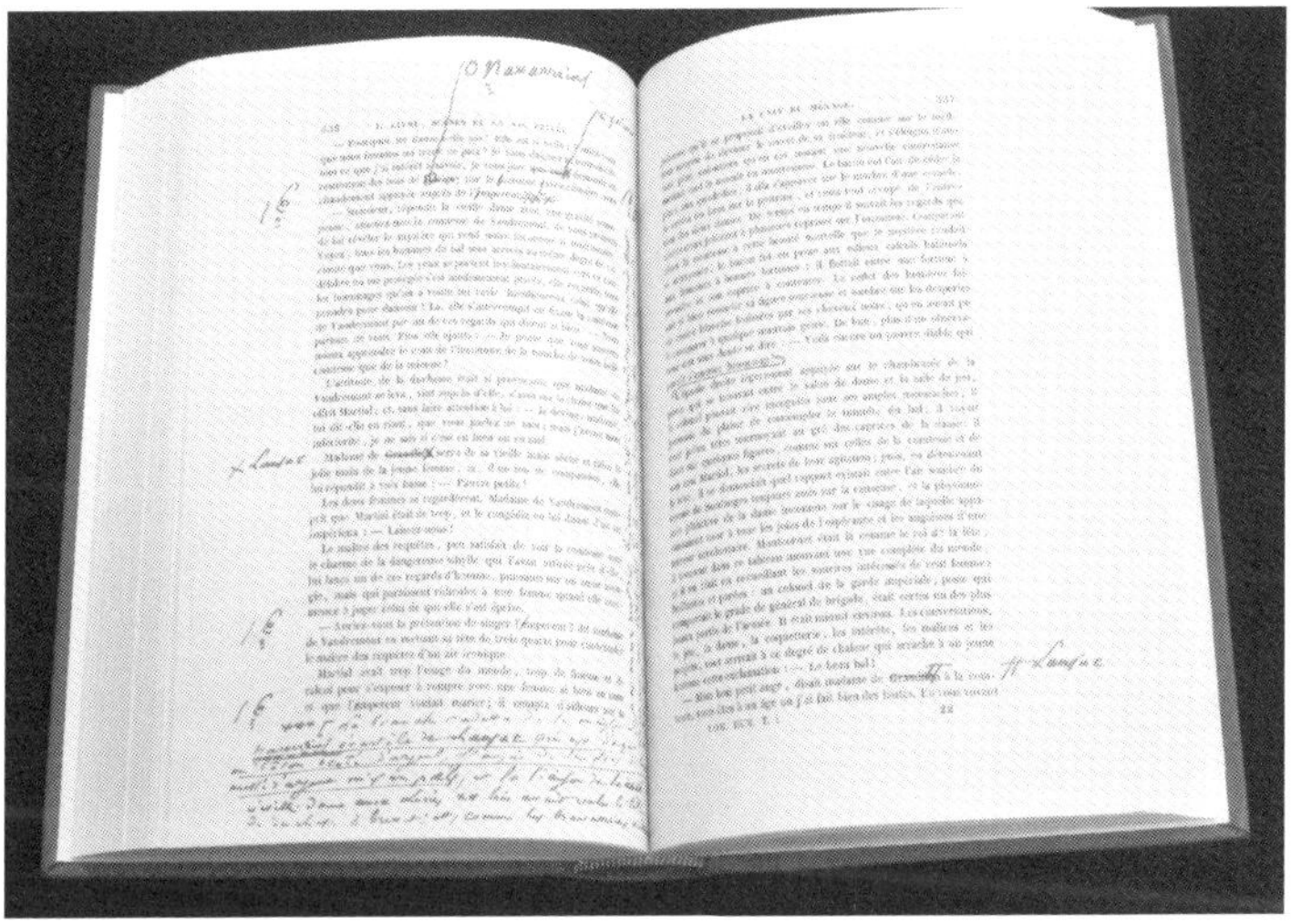

ビブリオフィル・ド・ロリジナル版のバルザック全集。バルザックの書き込みがわかる

に無理を言って、結局、何年ごしかで買いました。

ここでいう原書は、会社に置いていた仕事用の原本とは別に自分で買っていたものです。創元推理文庫で自分が担当した本の原書を全部買っていたわけではもちろんありませんが、とくに思い入れがあったり、全集を出す場合のように少しまとめて本をそろえる必要があるというときはたいてい原書を買っていました。『シャーロック・ホームズのライヴァルたち』は、もとはエージェントから検討用見本として送られてきたものでしたが、原書は丸善で買い直しました。これをもとにして本を出すときは、カタログで本を調べて丸善に注文を出し、自分でそれぞれの原書を買い集めて、それから企画を出すというようなことをしていました。丸善にはこんな思い出がありますね。

銀座の書店や丸善など当時よく回っていた書店ルートが大きく変わるのは、吉祥寺に引っ越したときです。会社に行くときは朝早い時間なのでまだお店は開いていませんが、帰りは必ず吉祥寺の駅ビルのロンロンを通って帰っていましたから、当時ロンロンの中にあった弘栄堂書店には毎日寄っていました。当時はリブロだったと思いますが、パルコの中に現在もあるパルコブックセンター[37]や、商店街の中にあるルーエにも行きましたし、たまには井の頭公園側に降りて、駅前にあったブックスいずみにも寄ったりしました。東急百貨店の中にある紀伊國屋書店にはあまり行きませんでしたね。ジュンク堂書店[38]や啓文堂書店[39]は、ぼくが吉祥寺から引っ越してからできたお店で、住んでいた当時はありませんでした。啓文堂書店はずっと後になって、トリック・トラップの時代にはよく行っていましたね。

その後、船橋に移り、以来ずっと船橋に住んでいます。地元で以前よく使っていたのは津田沼の芳林堂[40]。あと、今はモリシアというビルになっていますが、その上のほうに多田屋[41]が入っていたことがあって、そこも使っていました。多田屋はかなり大きなお店で、以前は芳林堂と多田屋を使うことが多く、たまに昭和堂[42]にも行っていました。そのうちに多田屋がなくなり、モリシアの一階にツタヤ[43]が入り、向かいのビルに丸善[44]ができ、駅に隣接したホテルのビルにくまざわ書店[45]ができ、今度は芳林堂がなくなってしまった。津田沼の界隈は書店の入れ替わりが激しいんですが、今も複数の新刊書店ががんばっています。最近では丸善と、芳林堂の後に入ったくまざわ書店[46]をよく使っていますね。以上が、これまで社会人になってから、よく通った本屋さんです。

日常の行動範囲以外で思い出深い書店というと、真っ先に頭に浮かぶのが三ノ宮のジュンク堂サンパル店[47]ですね。前にお話しした今朝《けさ》丸真一《まるしんいち》さんに、こういう本屋があるんだよ、と連れていっていただいたんですが、いや初めて行ったときにはカルチャーショックを受けました。天井まで届く書棚一杯に、全集類がずらりと、しかもほとんど全巻そろいで置いてある。そんな書店を見たのは初めてでした。日本橋の丸善にも、新宿や梅田の紀伊國屋にも、全巻はそろっていない。あとで、工藤《くどう》社長にお目にかかったとき、その話をしましたら、うなずかれて、「サンパル店は私の書店というイメージの原点です」というようなことをおっしゃっていたのが、忘れられません。

書店員とのつながり

だいたい社長になったころからだと思いますが、積極的に書店に出かけるようにしていました。新潮社の池田雅延《いけだまさのぶ》さんという、ぼくと同世代の、〈小林秀雄全集〉などを手がけた方が、編集者はとにかく書店に行けとしきりにおっしゃっていましたね。ぼくもできるだけ書店に行こうと思い、営業からのレポートで、どこどこの何々書店にミステリがすごく好きな人がいるという話を聞くと、そのお店に足を運ぶようにしていました。そうしてあちこちに通っていると、書店員さんとのつながりも自然にできてくるんですね。

会社で鮎川賞などのパーティをやるとき、それまでは書店員さんを呼んだりすることはあまりなかったんですが、現場の書店員さんにも案内を出そうということを提案してみました。これはぼくが言いはじめたことなんですが、営業は最初は消極的でしたね。首都圏の書店はともかく、大阪など地方の書店の人に招待状を出して、交通費を出せるわけでもないのに来てくれみたいなことをいうのはどうかという意見が支配的でした。

もちろん絶対に来てくれみたいなことは言えませんから、こういうことをやりますのでよかったらのぞきにきてくださいぐらいの気持ちで案内を出してみよう、というつもりでした。ひょっとしたら自腹を切ってでも行ってみたいという書店員さんがいるかもしれませんし、お店にすごく理解があれば、何か別の用事に合わせて出張費を出してくれるようなケースもあるかもしれません。ただ、実際にはやはり自腹できてくれることが多かったようですが、それでも一度来てみたら、いろいろな作家に会えるし、いろいろな書店の人にも会えるということで、書店の人が積極的に来てくれるようになっていったんです。

以前からそういう場が好きでよく来ていたという、広島の書店員の三島さん[*48]のような人もあちこちにいることがわかりましたし、鮎川賞のパーティに来るとよその店の熱心な書店員にも会えるということがわかると、今度はそれが目当てで来てくれる書店員も出てくる。そんなことの積み重ねで、鮎川賞には行っておこうという雰囲気がミステリ好きの書店員の間にだんだんできてきたんですね。

そういう積極的な書店員の方がいると聞くと、こちらからも、じゃあちょっとお店に行って話してみようかということにもなります。そういうことが、坂木司さんのようにミステリが好きな書店員さんに何か書いてもらうきっかけにつながったりもしたわけです。また、そうやってあちこちの書店と関係ができてくると、日ごろお世話になっているからということで、そのお店でサイン会をしようかという話になることもありました。

営業だけでなく編集者が書店に出入りし、書店員と日常的に接する機会を持つことで、本を売るうえではもちろんのこと、本をつくるうえでもプラスになることが出てくるなど、いろいろな相乗効果が生まれたように思います。

学生たちに本の世界の話をする

二〇一二（平成二四）年度から三年間、静岡英和大学という私大で非常勤講師の立場で集中講義をしていました。

出版社に入って本を作りたいとか、自分で何か書いてみたいとか、受講生のなかからそういう人が一人でも出てきてくれればうれしいんですが、そういう感じがぜんぜんないんです。そうすると、話していても何となくむなしいという気持ちになってしまいました。

ぼくの集中講義のテーマは「マスコミ論」なんですが、実質は出版についての話をしていました。どんなふうに企画を立てて、作家に依頼をして書いてもらうかという出版社側、編集者側の話はもちろんですが、それだけでなく、作家にも登壇してもらい、書く側の立場から作品を書くことにまつわる苦労を話してもらいました。書いてもらったものを編集し、印刷製本を経て本になり、その本が店で販売されるというところまで、つまり本ができるまでについてひととおり話をします。販売のところでは、書店を実際に訪問し、店内を見学させてもらい、店長の話をうかがうこともしました。戸田書店[49]に二年、谷島屋《やじまや》[50]書店に一年、お世話になりました。さらにビブリオバトル[51]をやってみました。こうしていろいろやってみると、実際に何かをしたり、現場を見たりしたほうが、明らかに学生の印象に残っているんですね。ですから、できるだけいろいろなことを自分たちの手で実際にやってみてもらいました。書き手として集中講義には、光原百合《みつはらゆり》さん、大崎梢さん、それに高野《たかの》文子《ふみこ》さんに来てもらいました。

最近どこの大学でもそうですが、夏にオープンキャンパスをやっています。静岡英和大学の場合、静岡県下のいろいろな高校に呼びかけて学生を募り、バスをチャーターして大学に来てもらって、この大学ではこういう講義をやっていますというのを摸擬講義というかたちで聞いてもらい、昼は学食でランチを食べてもらう、ということをしています。そして、来年ぜひ本大学を受験してくださいというPR活動をするわけです。そのオープンキャンパスに、どなたか作家の方に来てもらえないか、という打診が大学からありました。

大学としては、オープンキャンパスにやってくるような高校生が知ってる作家で、「え、あの人がくるの！」というような反応が得られるような、知名度のある人がいいわけです。それでいろいろ考えた末に、東川篤哉《ひがしがわとくや》さんに相談してみたら、いいですよとオーケーしてくれたんです。ただ、東川さんは一人で話すのはだめだ、質問に答えるかたちならできるというので、ぼくとの対談というかたちにしました。ぼくが東川さんにいろいろ質問をして、東川さんがそれに答えるかたちで話を進めることにして、八月に静岡に一緒に行き、高校生の前で二人で話をしてきました。

大学からは、前日に来て一泊するか当日の晩に一泊するか、どちらかで、といわれていたんですが、東川さんは静岡なら日帰りするというんです。ただよく考えると、東川さんにわざわざ静岡まで行ってもらい、丸一日を使わせてしまうのに、高校生の前で少し話をしてもらうだけというのも、あんまりといえばあんまりですし、もったいない。せっかく静岡までわざわざ行くのだから、静岡の書店でサイン会でもしませんかと東川さんに持ちかけたら、東川さんも乗り気だったんですね。

サイン会を開催する店は、集中講義でお世話になっていた戸田書店さんも考えましたが、このときは谷島屋さんにお願いしました。静岡の街中にある本店も古くからあるいいお店ですが、ちょうど東静岡駅前にできたマークイズという商業施設内に新しくオープンした支店がある。[*52]その大学は東静岡駅からバスに乗ってくる学生が多いということもありましたので、谷島屋さんに持ちかけて実現しました。当日はたくさんのお客さんがきてくださり、中高生のお客さんはお母さんと一緒に来られた方がほとんどで、静岡でこういうイベントが開かれるとは思わなかった、と本当に喜んでくださったのはうれしかったですね。

紫波町図書館でのイベント

二〇一一（平成二三）年以来、家族で岩手、宮城、福島と東日本大震災の被災地を回ってきましたが、二〇一五年の九月に、岩手県に出かけました。岩手は震災以来これが二度目になります。盛岡に泊まり、翌日は海岸沿いの津波被害に遭った地域を回るバスツアーに参加したのですが、着いた日の午後を使って東北本線で南下し、久しぶりに紫波町《しわ》を訪ねたんです。郊外の高台にある野村胡堂《のむらこどう》・あらえびす記念館には鮎川哲也《あゆかわてつや》先生の愛蔵したSPレコードが寄贈されています。ここでは、以前、鮎川先生の三回忌の法要を兼ねた、有栖川夫人とお友達によるコンサートを行ったのですが、それ以来の訪問でした。

その帰り、この本の担当者でもある国書刊行会の編集者、伊藤嘉孝さんから教えてもらった紫波町図書館へ寄ってきました。紫波中央駅の駅前、駅を背にして左側には地元の食材を売る産直マルシェや喫茶店などがあるオガールプラザ、右手には全国でもめずらしいバスケットボール専用のコートのある体育館、ならびに宿泊施設を供えたオガールベースという、二つの瀟洒《しょうしゃ》なブロックが並んでいます。そしてオガールプラザの一角に、二〇一二（平成二四）年八月末にオープンした紫波町図書館がありました。

実は、この図書館も野村胡堂と縁があったのです。この町には胡堂から贈られた基金により一九六三（昭和三八）年にできた胡堂文庫があり、町民に愛用されていたのですが、中央公民館の一室というロケーションでは町民の要望に対応しきれなくなっていました。どうしても独立した図書館が欲しい、という町民の声に後押しされて、一九八三年、独立図書館の建設が表明され、さまざまな構想を経て二〇〇一（平成一三）年には紫波町総合計画に生涯学習センター施設の整備が計上され、紫波中央駅前のオガールプロジェクトが図書館を中心にすると位置づけられたことによって、ようやくこの図書館ができあがったのです。

すばらしい図書館だという伊藤さんの勧めで訪ねてみると、それほど大きくはないのですが、よく考えられた設計の施設で、明るく、開放的な空間でした。入り口から入ると、まず児童書のコーナーがあり、この部分は天井が低く設計されています。さらに奥へ進むと吹き抜けになっていて、この天井が高くなっている部分は一般書のコーナーになっています。

でも、この図書館のすばらしさは、そういう建物の構造上の特色だけではありません。国や県からの補助金に頼らず、官民共同のプロジェクトとして始まり、テナントが集まったところで建物を建て、このうち、公共の施設を町に売却し、残りの資金は東北銀行からの融資などでまかなったというのです。

子育てのしやすい環境を作り、地場産業を後押しし、人口の流失を抑えて町を活性化していこうという壮大なプロジェクトの一環として考えられたのです。そしてその中心に、紫波町図書館を置いたのです。ですから、地場産業の中心である農業を支援する目的で本をそろえています。忙しくて図書館に来られないという農家の人たちのところに、図書館のほうが出向いて本や情報を提供することもありますし、隣接する産直マルシェの商品には図書館で作ったPOPが立てられていたりもします。

このプロジェクトの結果、人口三〇〇〇〇超のこの町に、人口の二〇倍に相当する七〇万人が訪れ、年々それが増加しているというのです。図書館では館長の工藤巧《くどうたくみ》さんと、大の北村薫ファンだという司書の手塚《てづか》美希《みき》さんが、そうした事情を説明しながら館内施設を案内してくださいました。

すっかり感激して帰ってきてから、これは北村さんたちに教えてあげたい、と思いました。ちょうど前の年が鮎川先生の一三回忌でした。しかし晩年の先生の面倒を見続け、年末にお亡くなりになった古屋浩《ふるやひろ》さんの具合が良くなかったこともあって、何もせずに過ぎてしまったのです。そのことが気になっていましたので、一年遅れの法要代わりに、あらえびす記念館のＳＰレコードを聴いて、亡き先生を偲ぼう、と北村さん、有栖川さんをお誘いしました。

一〇月の末、今度は北村薫さんと上のお嬢さん、有栖川有栖夫妻との五人で出かけました。盛岡駅前に宿を取り、紫波町に行ってあらえびす記念館でＳＰレコードを聴かせていただきました。目の前で歌手が歌っているようなその迫力に一堂、びっくりし、感激しました。最近、レコードが再認識されているという理由が初めてわかったような気がします。同時に、夢中になってこれらのレコードを世界中から取り寄せ、聴いていた先生の思いの一端に触れることができたようにも感じたのでした。

レコード鑑賞を終え、紫波町図書館に向かいました。そこのホールで北村さん、有栖川さんと一緒に来場者からの質問に答えるかたちのトークイベントを行ったところ、一〇〇名を超える方がいらしてくださいました。なかには他県から聴きに来られた方もあり、トリック・トラップ時代のお客さんもいらしたのには、びっくりしました。

本の世界への恩返し

出版界を取り巻く環境は年々厳しくなってきています。出版社、取次、書店……どこをとっても、なかなかいい話を聞くことはできません。

けれど、創意工夫によってなんとかできるのではないか、本好きとしてはそう思いたいのです。もちろん大変なことはわかっています。時代の、社会の流れに逆らうことかもしれない。もう紙の本なんて古い、あるいは紙の新聞を作って、それを全国津々浦々に宅配して回る、というのはだんだん困難になってきているかもしれない。電子版だったら、そんな苦労や労力は必要ないじゃないか、という声は確かにあります。

でも、町からとうとう本屋が一軒もなくなったとき、ネットで買えるじゃないかという意見に抗して、子どもたちがいろいろな本を手にとって眺め、その結果、お気入りのものを選んで購読するという体験ができないのは大きな損失だと町の人たちが立ち上がり、署名運動をして本屋を誘致[53]したという北海道の留萌《るもい》[54]の話などを耳にすると、ただ時代の流れだと言って傍観しているときではない、と思うのです。

努力すれば、まだまだなにかできるのではないか——そういう思いをぼくは、紫波町図書館を中心にしたオガールプロジェクトを見て、強く感じたのでした。

島田荘司さんが、旺盛な創作活動の傍ら、新人発掘に情熱を傾けている理由をうかがったところ、「ミステリに対するデディケートだ」と話されたことは、前にもふれました。

ぼくにはそんな格好のいいことは言えません。でも、〈少年探偵団〉を読んで以来、六〇年間楽しませてもらってきたミステリに、愛してやまない本に、できる範囲で恩返しがしたい——そんなふうに考えている昨今です。

註

第一章

＊1 **滋野**　後に小県郡東部町となり、合併で二〇〇四年に東御《とうみ》市となる。

＊2 **ミステリー文学資料館**　財団法人光文文化財団が主要事業の一つとして一九九九年に創設、東京・池袋に開館したミステリ専門図書館。

＊3 **『火の地獄船』**〈名探偵ホームズ全集〉第二巻、一九五六年。表題作は、一般には「グロリア・スコット号」とされる作品。

＊4 **『土人の毒矢』**〈名探偵ホームズ全集〉第一八巻、一九五六年。表題作は、一般には「サセックスの吸血鬼」とされる作品。

＊5 **フランス著作権事務所**　フランス語圏の書籍の日本語への翻訳出版権を管理する文芸代理店。一九五二年設立。

＊6 **ベルヌ条約**　一八八六年にスイスのベルン（仏名「ベルヌ」）で作成された「文学的及び美術的著作物の保護に関するベルヌ条約」の通称。日本は一八八九年に加入。「一〇年留保規定」は、外国語の著作物が発行から一〇年以内に日本語に翻訳されて出版されていなければ、翻訳権が消滅し、一一年目からは自由に翻訳出版することができる（パブリックドメインとなる）という規定。

＊7 **二つ局ができたころ**　NHK総合東京、民放テレビでもっとも早かった日本テレビの開局はともに一九五三年。NHK教育東京の開局は一九五九年。

＊8 **『南海漂流』**　ヨハン・ダビット・ウィース作『スイスのロビンソン』（邦訳は岩波書店、二〇〇二）を原作とするディズニーの映画作品。一九六〇年公開。現在は『スイスファミリーロビンソン』の題でソフト化されている。

＊9 **ABA**　American Booksellers Association（米国書店協会）の略称。

＊10 **『透明犯人のなんとか』**　『魔の透明犯人』の題で〈少年少女世界探偵小説全集〉の二三巻として一九五三年に刊行。

＊11 **西岸良平**　一九四七～、東京出身の漫画家。

＊12 **「聖アレキセイ寺院の惨劇」**　『新青年』一九三三（昭和八年）一一月号に掲載された小栗虫太郎の短編作品。作品の冒頭に、表題の寺院が「東京西郊の街Iの丘地」に「R大学の時計塔と高さを競って聳り立っている」と、I＝池袋、R＝立教と思われる描写がある。戸川によれば、同作だけでなく、乱歩の諸作品に描かれた池袋のイメージなども合わさった記憶になっているようだとのこと。

＊13 **集文堂**　東京・荒川区南千住にある新刊書店。最寄り駅は三ノ輪橋。

＊14 **グラシン紙**　本の日焼け・汚れ防止のためにかけられる半透明の紙。グラシンから作られる。かつては文庫や函入りの書籍の本体を覆うのに用いられたが、新刊にはあまり用いられなくなった。現在も古書店ではよく用いられている。同様の用途に用いられるものに、ハラフィン紙がある。

＊15 **SRの会**　一九五五年創設で現在も続く、推理小説マニアの同好会。名称は密室を意味するSealed Roomから。

＊16 **大地屋書店**　東京・豊島区西池袋にある新刊書店。「文庫ボックス」の屋号で、全国的にもめずらしい文庫専門店として知られる。

＊17 **芳林堂書店**　東京・豊島区、池袋駅西口近くにあった大型新刊書店。二〇〇三年に閉店。ただし、文中で戸川がふれているのは、閉店時の池袋店とは別の場所にあった旧店舗。

＊18 **明正堂**　明正堂書店。一九一二年創業の老舗新刊書店。本社は東京・台東区上野。

＊19 **カッパ商法**　神吉晴夫が創刊した新書レーベル「カッパ・ブックス」からは次々にヒットが生まれ、第一次新書ブームの中心的な存在となった。カッパを冠するレーベルは、ノベルス、ビジネスなどにも広がった。

＊20 **江戸川乱歩賞**　一九五四年、江戸川乱歩の寄付を基金として、日本探偵作家クラブ（後の日本推理作家協会）により制定された文学賞。

*21 **成蹊大学**　東京・武蔵野市吉祥寺にある、一九四九年設立の私立大学。成蹊大学図書館で収集しているコレクションのなかに、戸川の蔵書を含む「ミステリSFコレクション」がある。

*22 **『あずさ弓』**　『あずさ弓　日本におけるシャーマン的行為』(秋山さと子訳、岩波書店、一九七九)。

*23 **早稲田のミステリクラブ**　ワセダミステリクラブ。一九五七年、仁賀克雄により創立された早稲田大学内の文芸サークル。創立時の顧問は江戸川乱歩。通称「ワセミス」「WMC」。作家・評論家・翻訳家・編集者など、出身のミステリ関係者が多いことでも知られる。

*24 **一の日会**　一九六二年、紀田順一郎らが創設したSFファンの集まり。

*25 **慶應のミステリクラブ**　慶應義塾大学推理小説同好会。慶應義塾大学内のミステリサークル。略称はKSD。一九五二年創設。創設時の会長は作家の木々高太郎。後に、紀田順一郎、大伴昌司らが加わった。

*26 **『このミス』**　『このミステリーがすごい!』。一九八八年に始まったミステリ小説のランキング。投票で、国内部門・海外部門のベストテンが選出される。ランキングを掲載した年度版のガイドブックは宝島社から刊行。

*27 **『週刊文春』のベストテン**　「週刊文春ミステリーベスト一〇」。『週刊文春』(文藝春秋)の年末発売号に掲載されるミステリ小説のランキング。一九七七年末発売の一九七八年一月五日号に初めて掲載された。

*28 **小泉太郎**　作家、生島治郎の本名。

*29 **三億円事件**　一九六八年一二月一〇日に東京都府中市で発生した昭和犯罪史に残る窃盗事件。一九七五年に公訴時効成立。

*30 **POS**　point of saleの略称で「ポス」と読む。販売時の商品情報(書名・価格・冊数・日時など)のことで、バーコードやISBNコードを読みとってそれらを収集するレジをPOSレジという。

*31 **グリコ森永事件**　一九八四年から一九八五年にかけておこった誘拐・脅迫・毒物ばらまきなどを含む一連の事件。犯人は「かい人21面相」を自称。毒入り菓子をばらまくなどで、社会を騒がせた。

*32 **『宇宙塵』**　一九五七年に創刊されたSF同人誌。二〇一三年に最終号が刊行。

*33 **タトル商会**　株式会社タトル・モリエイジェンシー。翻訳出版界のマーケットシェア六割を占める国内最大手の海外著作権エージェント。チャールズ・イー・タトル商会(創業一九四八年)の著作権部として一九五二年にライセンス業務を始め、一九七八年にタトル・モリエイジェンシーとして独立。

*34 **翻訳検討用の本**　翻訳版を出すかどうか、内容を検討するために、出版社が海外著作権エージェントから預かる原書。本がまだ刊行されておらず、ゲラ(プルーフ)の段階で検討が行われることもある。翻訳版の刊行が正式に決まった場合は、そのまま作業用原本として使われるが、そうでない場合はエージェントに返却されるのがふつう。

*35 **ロックアウト**　ふつうは労働争議で労働者を締め出す資本家側の戦術を言うが、学園紛争の場合は大学側が学校施設を封鎖することを言う。

*36 **矢野著作権事務所**　海外作品の著作権代理店。一九六七年に矢野著作権事務所として創業。一九七〇年に日本ユニ・エージェンシーと改称。

*37 **推理作家協会**　一般社団法人日本推理作家協会(Mystery Writers of Japan, Inc.)。一九四七年設立の探偵作家クラブを前身とするミステリ作家団体。

第二章

*1 **〈国名シリーズ〉**　タイトルに国名が含まれる、エラリー・クイーンによる一連のミステリ作品。『ローマ帽子の謎(秘密)』から『スペイン岬の謎(秘密)』までの九作だが、東京創元社ではその後発表された"The Door Between"を『ニッポン樫鳥の謎』として刊行。

*2 **エージェント**　著作権者の代理人(agent)として、出版社へ著書を紹介したり、契約・著作権の管理を行ったりする。著作権代理人とも。出版社に海外の作品を紹介する場合は、海外の権利者やエージェントの代理人をつとめる。

*3 **編集会議** 当時の編集会議の様子について、隆慶一郎は『時代小説の愉しみ』（新装版、講談社、一九九九）で、次のように書いている。「週一回の編集会議は当時は小林先生と小林茂社長の下で開かれたが、企画を提出する編集者は、それが如何に売れるかではなく、自分がいかにそれに惚れたかを説明しなければならない。先生は快刀乱麻を断つが如く、それらの企画をばっさばっさと切り捨て、或は拾ってゆく。当然、企画提出者から不満も出て論戦になることもあるのだが、それは正に論戦であって、行きつく所、提出者の思想の在り方にまで及ぶのである」。

*4 **東販** 一九四九年に東京出版販売として創業した総合取次。一九九二年に現社名の株式会社トーハンとなった。日本出版販売（日販）と並び二大取次とされる。

*5 **イエナ** イエナ洋書店。東京・銀座五丁目にあった、一九五〇年創業の洋書店。二〇〇二年閉店。

*6 **近藤書店** 一八八三年創業の老舗新刊書店。東京・銀座五丁目の店舗は、二〇〇三年閉店。

*7 **ヤマハ** 東京・中央区銀座にあるヤマハ銀座店。音楽ホール、音楽教室を含む大型楽器・楽譜ソフト専門店。現在の店舗は二〇一〇年に改装されたもので、戸川が東京創元社時代に通っていたころとは店の様子が異なる。

*8 **シュワンのカタログ** 『シュワン・レコードカタログ』（Schwann Long Playing Record Catalog）。米国で発行されていた音楽のＬＰカタログ。

*9 **『ビルボード』** 米国の音楽チャートおよびチャートを掲載した同名の雑誌。一八九四年に『ビルボード・アドバタイジング』（Billboard Advertising）として創刊、一八九七年に『ビルボード』（Billboard）と改称。

*10 **素読み** 原稿とゲラ、赤字の入ったゲラとそれが修正されたゲラを引き合わせる校正に対し、ゲラだけを読んで校正することをいう。

*11 **日本ユニ・エージェンシー** 海外作品の著作権代理店。一九七〇年に矢野著作権事務所から現社名に改称。

*12 **全共闘** 全学共闘会議。一九六八〜一九六九年の大学紛争の際に各大学でつくられた闘争組織。

*13 **日本エディタースクール** 一九六四年に開校した、東京・千代田区にある編集者・ライター・校正者など出版関連の専門技能者を養成する教育施設。

*14 **大阪での万博開催** 日本万国博覧会。一九七〇年三月一四日〜九月一三日、大阪・吹田で開催された日本初の国際博覧会。

*15 **高度成長** 戸川は一九七〇年をその始まりとしているが、一般には一九五〇年代半ばから、石油ショックの起こった一九七三年ごろまでをいう。

*16 **三島由紀夫の割腹事件** 一九七〇年一一月二五日、作家の三島由紀夫が自衛隊市ヶ谷駐屯地で自衛隊の決起を促す演説をした後に割腹自殺をした事件。

*17 **よど号事件** 一九七〇年三月におこった赤軍派によるハイジャック事件。日航機よど号が朝鮮民主主義人民共和国に着陸させられた。

*18 **あさま山荘事件** 一九七二年二月一九日、過激派グループ「連合赤軍」が人質をとって軽井沢町の浅間山荘に立てこもった事件。

*19 **〈ハリソン版全集〉** "The Complete Works of Edgar Allan Poe. Edited by James A. Harrison", 17 vols. New York: G. D. Sprou", 1902. 戸川の購入したものはおそらく一九六五年のリプリント版。

*20 **「歌舞伎町の一夜」** 戸川安宣「歌舞伎町の一夜」。本多正一編『幻影城の時代 完全版』（講談社、二〇〇八）収録。

*21 **乱歩夫人** 平井隆《ひらいりゅう》。一八九七〜一九八二年。三重県出身。旧姓村山。一九一九年、平井太郎（乱歩）と結婚。

*22 **著作権法** 著作者の権利と隣接する権利を定め、著作者等の権利保護を目的とする法律。現行のものは一九七〇年制定。

*23 **オイルショック** 原油価格高騰によって引き起こされた経済的混乱。

第一次は一九七三年、第二次一九七九年で、ピークは一九八〇年。石油危機とも。

*24 **フールス判**　書籍・紙類の寸法の一つで、通常は四二四×三三三ミリメートル。フールスキャップ（foolscap）とも。

*25 **『シャーロック・ホームズのライヴァルたち』**　Hugh Greene ed. "The Rivals of Sherlock Holmes: Early Detective Stories" Bodley Head, 1970.

*26 **『ストランド・マガジン』**　"The Strand Magazine"。一八九一年に創刊されたイギリスの月刊大衆誌。一九五〇年に廃刊。ホームズのいわゆる正典六〇編のうち、長編第一、二作を除く五八編が同誌に掲載された。

*27 **光文社では労使の紛争**　一九七〇年に起こった労働争議。神吉晴夫のワンマン経営への反発から起こったとされ、神吉は同年で社長の座を退くが、沈静化には数年を要した。

*28 **『王家の血統』**　Francis Michael Nevins, Jr., "Royal Bloodline; Ellery Queen, Author and Detective", Bowling Green State Univ Popular Pr, 1974.

*29 **「自作再見」**　『朝日新聞』一九九一年一〇月六日。

*30 **幻の作家のリスト**　鮎川には『幻の探偵作家を求めて』（晶文社、一九八五）、『こんな探偵小説が読みたい　幻の探偵作家を求めて』（晶文社、一九九二）など、忘れがたい作品を残しながらも表舞台からは消えていった探偵作家の作品とその生涯を追ったエッセイをまとめた著作がある。

*31 **『横溝正史殺人事件あるいは悪魔の子守唄』**　発行山梨ふるさと文庫、販売星雲社、一九八七。『探偵の夏あるいは悪魔の子守唄』に改題した東京創元社版は一九九〇年。

*32 **鮎川哲也賞**　〈鮎川哲也と十三の謎〉最終巻を「十三番目の椅子」として一般公募したのをきっかけに創設された、東京創元社主催の公募新人文学賞。

*33 **写真週刊誌『フォーカス』に広告**　一九八四年五月一八日号。

*34 **『紙魚の手帖』でも特集**　一九八四年六月、第一四号。

*35 **日本推理サスペンス大賞**　一九八八年に創設された公募新人文学賞。主催は日本テレビで、新潮社が協力、大賞受賞作品は『小説新潮』に全文掲載された。一九九四年終了。

*36 **日本推理作家協会賞**　日本推理作家協会が主催するミステリ界でもっとも権威のあるとされる賞の一つ。一九四八〜一九五四年は探偵作家クラブ賞、一九五五〜一九六二年は日本探偵作家クラブ賞の名で、一九六三年に日本推理作家協会賞と改称。

*37 **宇山日出臣**　一九四四〜二〇〇六年。「新本格」の仕掛け人として知られる講談社の文芸編集者。本名、宇山秀雄。

*38 **綾辻さんの第二作**　綾辻行人『水車館の殺人』（講談社ノベルス、一九八八）。

*39 **『本の雑誌』にリスト**　『本の雑誌』二〇一三年八月号（本の雑誌社）掲載「生涯一東京創元社　戸川安宣インタビュー」（聞き手・構成新保博久）内に「探偵小説大全集一覧」（奈良泰明編、資料協力須川毅、新保博久）が掲載されている。

*40 **文鳥堂書店**　東京・千代田区、JR飯田橋駅近くにあった新刊書店、文鳥堂書店飯田橋店。二〇〇六年閉店。

*41 **リブロで出していた袋マガジン**　千葉・船橋の西武百貨店内にあったリブロ船橋店（二〇〇四年閉店）で発行されていた、フリーペーパーの情報を印刷した買い物用紙袋。発行時期などの詳細は不明。

*42 **インディ・ジョーンズのゲームブック**　R・L・スタイン『インディ・ジョーンズ　恐怖島の呪い』、ローズ・エステス『インディ・ジョーンズ　シバの女王の秘宝』、R・L・スタイン『インディ・ジョーンズ　銀の塔の巨人族』（すべて近代映画社、一九八六）。

*43 **MWA**　アメリカ推理作家協会（Mystery Writers of America、「アメリカ探偵作家クラブ」とも）。一九四五年に創設された米国のミステリ作家団体。

＊44 **横溝正史賞**　一九八〇年に始まった角川書店（現株式会社KADOKAWA）主催、テレビ東京協賛による公募新人文学賞。設立時の名称は横溝正史賞で、第二一回から横溝正史ミステリ大賞に改称。

＊45 **サントリーミステリー大賞**　一九八三年に始まったサントリー・文藝春秋・朝日放送主催の公募のミステリー新人賞。二〇〇三年終了。

＊46 **ミステリーコンペ**　戸川は一〇冊としているが、実際には以下の一三冊。姉小路祐『死の逆転　京都が危ない』、阿部智『擬制の絆』、有栖川有栖『ダリの繭』、井上淳『鳩の哭く街　BLOODY PIGEON』、岩崎正吾『闇かがやく島へ』、折原一『天井裏の散歩者』、香納諒一『春になれば君は』、黒崎緑『揺歌』、鳥羽亮『鷗の死んだ日　アイワ探偵事務所事件簿』、新津きよみ『震える家』、乃南アサ『暗鬼』、服部まゆみ『黒猫遁走曲』、吉村達也『邪宗門の惨劇』。

＊47 **ナディア**　ナディア・モガール。笠井潔『バイバイ・エンジェル』をはじめとする〈矢吹駆〉シリーズの語り手。

＊48 **矢吹駆**　笠井潔『バイバイ・エンジェル』をはじめとする〈矢吹駆〉シリーズの主人公。

＊49 **円紫師匠**　北村薫『空飛ぶ馬』をはじめとする〈円紫さん〉シリーズに登場する落語家・春桜亭円紫。

＊50 **アドバンス**　印税前払金のこと。

＊51 **エーコが来日**　ここは戸川の記憶違いか。実際の来日は一九九〇年八月で、同年ようやく刊行された『薔薇の名前』邦訳版のプロモーションのため。

＊52 **フランクフルトのブックフェア**　フランクフルトブックフェア（Frankfurter Buchmesse）。ドイツのフランクフルト・アム・マインで毎年秋ごろに開催される世界最大の書籍見本市。

＊53 **マルタの鷹協会**　マルタの鷹協会（Maltese Falcon Society）日本支部。一九八二年に発足したハードボイルド／私立探偵小説・映画ファンの集まり。一九八一年に米国で発足した協会は九〇年代に活動休止。

＊54 **「ハードボイルドだど！」**　コメディアン・俳優・書評家の内藤陳《ないとうちん》（一九三六〜二〇一一）がお笑いトリオ「トリオ・ザ・パンチ」時代に得意にしていたギャグ。

＊55 **冒険小説協会**　一九八一年に内藤陳が設立した冒険小説愛好者の団体。日本冒険小説協会大賞を主宰。二〇一二年解散。

＊56 **冒険小説大賞**　冒険小説協会が主催する冒険小説作品を対象とした賞。

＊57 **本格ミステリ作家クラブ**　二〇〇〇年に設立されたミステリ作家団体。HMC（Honkaku Mystery Writers Club of Japan）と略称することも。

＊58 **諸橋の『大漢和』**　諸橋轍次編『大漢和辭典』（大修館書店、一九五五）。世界最大の漢和辞典とされる。『諸橋大漢和』『大漢和』と略称されることも。

＊59 **精興社**　一九一三年設立の印刷会社。「精興社書体」と呼ばれる独自の明朝体で知られ、作家やデザイナーの指名を受けることも多い。一九九五年に活版印刷は終了した。

＊60 **創元推理短編賞**　一九九四年に始まった、ミステリを対象とする東京創元社主催の公募新人文学賞。掲載媒体『創元推理』『創元推理21』の『ミステリーズ！』への誌名変更に伴い、二〇〇四年に「ミステリーズ！短編賞」に改称。

＊61 **親本**　原本。この場合、文庫の元になった本。

＊62 **〈ママ〉というシリーズ**　米国のミステリ作家、ジェームズ・ヤッフェ（James Yaffe、一九二七〜）による安楽椅子探偵もののシリーズ〈ブロンクスのママ〉シリーズとも。『ママは何でも知っている』（早川書房、一九七七）など。

＊63 **黒田藩プレス**　日本在住の北米人三人が二〇〇二年に設立した福岡県の出版社。

＊64 **『ナイトランド』**　福岡県の出版社、黒田藩プレスの運営会社、株式会社インターカムの一部門であるトライデント・ハウスが刊行していた雑誌。「幻視者のための小説雑誌」をうたい、ホラー、ダーク・ファンタジー作品を専門に掲載。二〇一三年刊の七号を最後に無期限の休刊中とされていたが、その後、『ナイトランド・クォータリ』（アトリ

エサード）として新創刊。

*65 **トパーズプレス**　瀬戸川猛資が一九八〇年に設立した個人出版社。

*66 **自分の仕事のなかで印象に残る三冊**　北村薫「会話」（『本の雑誌』二〇一四年五月号、本の雑誌社）で戸川があげたのは、文庫が、M・P・シール『プリンス・ザレスキーの事件簿』（創元推理文庫、一九八一）、『日本探偵小説全集』（創元推理文庫、一九八四～一九九六）、山路龍天・原田邦夫・松島征『物語の迷宮　ミステリーの詩学』（創元ライブラリ、一九九六）の三つ、単行本（三点とも東京創元社）が、オノレ・ド・バルザック『カトリーヌ・ド・メディシス　コルネリュス卿　バルザック全集二三巻』（一九七五）、折原一『五つの棺』（一九八八）、江戸川乱歩『貼雑年譜』（二〇〇一）。

*67 **日本推理作家協会が設立五〇周年**　当時の理事長は北方謙三。文士劇『ぼくらの愛した二十面相』には四二名の協会員が出演。脚本は『創元推理一七号　ぼくらの愛した二十面相』（東京創元社、一九九七）に掲載。

*68 **『創元推理文庫総目録』**　後に高橋良平・東京創元社編集部編『東京創元社 文庫解説総目録』（東京創元社、二〇一〇）として刊行された。

*69 **サンケイ児童出版文化賞**　一九五四年に産業経済新聞社が創設した児童文学を対象とする賞。

*70 **紙資料修復工房**　東京・三鷹にある、紙資料の保存修復やその利用に関する調査などを専門とする会社。

*71 **野村胡堂・あらえびす記念館**　一九九五年、岩手・紫波町に開館。『銭形平次捕物控』の作者および、音楽評論家「あらえびす」として知られる作家、野村胡堂の作品や遺品を収集・展示。

*72 **本格ミステリ大賞特別賞**　本格ミステリ大賞は二〇〇一年に始まった本格ミステリ作家クラブ主催のミステリ小説の賞。投票によって小説部門、評論・研究部門の優秀作品を選出し、表彰。特別賞を受賞したのは、宇山・戸川以外には、第一回（二〇〇一年）の鮎川哲也、第八回（二〇〇八年）の島崎博のみ。

*73 **トークイベント**　二〇〇七年五月二七日、東京古書会館地下ホールで開催されたトークイベント「新本格の二〇年　編集者・宇山秀雄の仕事」。綾辻行人、有栖川有栖が登壇。司会は東雅夫。

*74 **関西ミステリ連合**　一九八〇年代に関西の大学のミステリ同好会により結成された団体。現在は、大阪大学、大谷大学、関西学院大学、同志社大学、立命館大学の五大学が加盟。

*75 **『推理作家の出来るまで』**　都筑道夫『推理作家の出来るまで』上下（フリースタイル、二〇〇〇）。

*76 **読売新聞の記事**　二〇一三年四月八日付「読売新聞」記事「中町信さん、四〇年前の小説が突然人気に」。

*77 **鎌倉文士**　神奈川県鎌倉市に住む文学者の総称。

第三章

*1 **「TRICK + TRAP」**　店の正式表記。「トリック・トラップ」と読む。

*2 **ホームページ**　http://www7.plala.or.jp/trick-trap/。現在も残されているが、更新はされていない。

*3 **ロンロン**　吉祥寺ロンロン。一九六九年にオープンした吉祥寺の駅ビル。二〇〇七年に改装され、「アトレ吉祥寺」となった。

*4 **弘栄堂書店**　東京・武蔵野市の駅ビル「吉祥寺ロンロン」（現アトレ吉祥寺）内にあった新刊書店。二〇〇八年閉店。

*5 **パルコ**　吉祥寺パルコ。裏手には、野口伊織のジャズバー「ファンキー」がある。

*6 **近鉄デパート**　東京・武蔵野市にあった東京近鉄百貨店。一九七四年開店、二〇〇一年閉店。現在、跡地にはヨドバシカメラマルチメディア吉祥寺がある。

*7 **小林カツ代**　一九三七～二〇一四。料理研究家。長男は料理研究家のケンタロウ。

*8 **ネバーランド**　ブックス・ネバーランド。愛知・岡崎市にあったミステリ専門新刊書店。

*9 **深夜プラス1**　ブックスサカイ深夜プラス1。東京・新宿区の神楽坂下にあったミステリ専門新刊書店。一九八一年開店、二〇一〇年閉店。開店時の店長はミステリ評論家の茶木則雄。

*10 **書店開発**　一九七五年創業。書店開業相談、コンサルティングなどを手がける「書店業界初めてのフランチャイズチェーン」（サイトより）。

*11 **さわや書店**　書店好きの間では名店として名高い、岩手・盛岡市に本社を置く書店チェーン。

*12 **伊藤清彦**　岩手・一関市出身の書店員。一九九一年にさわや書店に入社、翌年から本店店長をつとめ、二〇〇八年に退職。著書に『盛岡さわや書店奮戦記』（論創社、二〇一一）。

*13 **『トーハン週報』**　取次のトーハンが週刊で発行している書籍・雑誌他の販売情報誌。一般には配布していない。取次発行の新刊情報としては日販が出している『日販速報』もある。

*14 **『これから出る本』**　日本書籍出版協会が月二回発行している近刊情報誌。書店店頭で無料配布されている。

*15 **トーハンの店売**　東京・新宿区東五軒町にあるトーハン東京支店。「店売」では書店が書籍を直接仕入れることができる。

*16 **『トリック・トラップ・マンスリー』**　店頭で無料配布されたフリーペーパー。二〇〇六年二月創刊、二〇〇七年二月終刊。全一三号が発行された。

*17 **『暗黒館の殺人』**　講談社ノベルス上下巻、二〇〇四年。限定愛蔵版、二〇〇四年。講談社文庫全四巻、二〇〇七年。

*18 **連載**　正しくは『IN★POCKET』（講談社）で、途中休載をはさみながら、二〇〇〇年三月号から二〇〇四年五月号に連載。

*19 **東京堂書店の東中野店**　東京堂書店アトレヴィ東中野店。二〇一二年に開店。開店記念として、大崎梢と坂木司のサイン会が開催された。二〇一五年閉店。

*20 **ブックスいずみ**　東京・武蔵野市、JR吉祥寺駅公園口側駅前にあった新刊書店。二〇一四年閉店。

*21 **ルーエ**　東京・武蔵野市、吉祥寺の商店街サンロードに面した新刊書店。一九三六年に蕎麦屋「おおむら」として創業。「喫茶ルーエ」を経て、一九九一年に新刊書店「BOOKSルーエ」としてオープン。

*22 **紀伊國屋書店**　東京・武蔵野市、東急百貨店吉祥寺店内にある新刊書店、紀伊國屋書店吉祥寺東急店。

*23 **トールサイズ**　ハヤカワ文庫の天地サイズが縦に数ミリ長くなったもの。二〇〇九年の新刊から採用され、既刊も重版・新装時に順次変更。活字が大きくなり読みやすくなったが、既刊とサイズがそろわなくなったため、一部の書店員やファンには変更を嘆く声もある。

*24 **猫のシリーズ**　〈シャム猫ココ〉シリーズ。『猫は……する』の邦題でハヤカワ・ミステリ文庫から二九巻が刊行されている。

*25 **ミステリが多い古本屋**　古書そら屋六進堂。二〇〇七年開店。二〇〇八年二月に〈島田荘司全集〉第二巻のサイン会が行われた。その後閉店。

*26 **beco cafe**　東京・西荻窪にあったブックカフェ。本をテーマにしたトークイベントや読書会を頻繁に行っていた。二〇一六年閉店。

*27 **町本会**　夏葉社の社主島田潤一郎と往来堂書店の店長笈入建志による「町には本屋さんが必要です会議」の略称。二〇一四年に全国各地で町の本屋をテーマにしたトークイベントを開催。戸川も数回に参加している。

*28 **ミステリSFコレクション**　「主に個人蔵書家からの寄贈に基づく、ミステリとSFを中心としたコレクション。いわゆる貴重書に限定せず、ベストセラー書籍、文庫本や同一作品の異装本なども収集する」（成蹊大学図書館のサイトより）。

*29 **太洋堂書店**　東京・葛飾区金町にある新刊書店。最寄り駅は常磐線・地下鉄の金町、または京成線の京成金町。

*30 **松屋デパートの書籍部**　一九三一年に開業した松屋浅草店。現在の同店には書籍部はなく、浅草エキミセの六階にくまざわ書店が入っている。

＊31 **ブックオフ**　ブックオフ飯田橋駅東口店。

＊32 **芳進堂**　芳進堂ラムラ店。東京・新宿区、JR飯田橋駅前の商業施設、飯田橋セントラルプラザ・ラムラ内にある新刊書店。

＊33 **旭屋書店**　東京・中央区銀座、数寄屋橋交差点の銀座東芝ビル一階にあった旭屋書店銀座店。一九六五年開店、二〇〇八年閉店。

＊34 **ハンター**　都内に数店の支店を展開していた中古レコードチェーン。銀座数寄屋橋デパート二階に本店があり、銀座ではソニービルの地下にも支店があった。

＊35 **丸善の昔の本店**　日本橋タカシマヤの向かいにあった旧・日本橋店。二〇〇四年、丸の内本店を丸の内オアゾに出店。建て替えのための一時閉店を経て、現在は日本橋店として営業中。

＊36 **一ドル三六〇円時代**　一九四九〜一九七一年。

＊37 **パルコブックセンター**　吉祥寺パルコの地下二階に入っている新刊書店。一九八〇年に「パルコブックセンター吉祥寺店」として開店、二〇〇四年に「リブロ吉祥寺店」に改称、二〇一三年の改装時に「パルコブックセンター吉祥寺店」としてリニューアルオープン。

＊38 **ジュンク堂書店**　東京・武蔵野市、伊勢丹吉祥寺店跡地にできた商業施設コピス吉祥寺店内にある新刊書店、ジュンク堂書店吉祥寺店。二〇一〇年開店。

＊39 **啓文堂書店**　京王グループの新刊書店チェーン。一九九五年のユザワヤ吉祥寺店のオープンに伴い、地下に啓文堂書店吉祥寺店を出店。二〇一〇年に丸井吉祥寺店内に移転した後、改装のための一時閉店を経て、現在は二〇一四年にユザワヤ吉祥寺店跡地にできた商業施設「キラリナ京王吉祥寺」の七階で営業中。

＊40 **芳林堂**　千葉・船橋市、芳林堂書店津田沼店。一九七七年の津田沼パルコ開業時から同店内で営業。開業時はA館で、後にB館に移転して営業。二〇一四年閉店。

＊41 **多田屋**　千葉・習志野市、多田屋ブックス津田沼店。

＊42 **昭和堂**　ブックス昭和堂。千葉・習志野市津田沼に本社を置く大和商事株式会社が運営する新刊書店。一九八六年オープン。

＊43 **ツタヤ**　千葉・習志野市、JR津田沼駅南口駅前の商業施設モリシア一階にあるTSUTAYA津田沼店。二〇〇八年オープン。

＊44 **丸善**　JR津田沼駅南口駅前にある丸善津田沼店。一九九八年オープン。

＊45 **くまざわ書店**　千葉・習志野市にあるホテルメッツ津田沼の四、五階に入っているくまざわ書店津田沼店。

＊46 **くまざわ書店**　津田沼パルコB館四階に、芳林堂書店閉店後に入ったACADEMIAくまざわ書店津田沼パルコ店。ACADEMIA（アカデミア）はくまざわグループの店舗ブランドの一つ。

＊47 **ジュンク堂サンパル店**　一九八二年、三宮東サンパルビルに内にできたジュンク堂書店の第二号店。一九九一年に増床・改称、二〇〇一年に移転・改称となり、現在は「サンパル店」の名はない。

＊48 **広島の書店員の三島さん**　広島・尾道市にある啓文社福屋ブックセンターの三島政幸。

＊49 **戸田書店**　静岡・静岡市清水区に本社を置く、一九二四年創業の老舗書店チェーン。静岡県を中心に三四店舗を展開。

＊50 **谷島屋**　静岡・浜松市に本社を置く、一八七二年創業の老舗新刊書店チェーン。浜松市を中心に二五店舗を展開。

＊51 **ビブリオバトル**　二〇〇七年に京都大学の谷口忠大が考案した読書会形式の書評合戦。読者参加型のイベントとして人気を呼び、現在では、全国各地の書店・図書館・教育施設などで開催されている。

＊52 **新しくオープンした支店**　谷島屋マークイズ静岡店。二〇一三年オープン。

＊53 **本屋を誘致**　留萌ブックセンターby三省堂書店。二〇一一年にオープン。地元住民の声に応え、人口三〇〇〇〇人以下の小都市に全国チェーンの新刊書店が出店した特異な例として話題を呼んだ。

＊54 **留萌**　北海道留萌管内にある市で、人口約二二〇〇〇人。

（二〇一六年現在）

あとがき

空犬太郎

物心ついたころから、周りには本がたくさんあった。自然に、本が好きになった。

やがて、本そのものだけでなく、本をつくっている人や本を売っている人にも興味をもつようになった。「本を売っている人」には、近所の小さな本屋さんに行けばいつでも会えるし、どんな仕事をしているのかも想像がつく（といっても、実際にはレジでのやりとりを目にしていただけで、ほかにどんな作業があるのかを知るのはずっと後になってからのことだが）。

「本をつくっている人」というのがわからない。「本を書く人」＝作家がいるのはわかる。作家が本を書いた後、どのような過程を経ていま自分が手にしているような「本」のかたちになるのかがわからない。わからないから、とても気になった。

いつその存在やその呼称を知ったのか、今となっては思い出せないが、おそらくは本の巻末のあとがきや解説でふれられているのを目にしたのだろう、作家がつくりだしたものを「編」みあげ、本のかたちにして世に送り出す仕事があり、それを専門に手がける人が「編集者」と呼ばれることがわかってきた。ジュブナイルのSFやミステリを読んでいたから、早川書房の福島正美《ふくしままさみ》の名は自然と覚えたし、小林信彦《こばやしのぶひこ》、都筑道夫《つづきみちお》、常盤新平《ときわしんぺい》といった書き手がみな元は編集者、それもミステリの編集者であったことも、ものの本で知った。

もちろん後に作家として活躍する、こうした有名人以外にも、この世界には多くの名伯楽が存在する。新保《しんぽ》博久《ひろひさ》『ミステリ編集道』（本の雑誌社、二〇一五）には、ミステリというジャンルをつくってきた名編集者たちのことばがまとめられているが、本書の主人公、戸《と》川《がわ》安宣《やすのぶ》もまちがいなく、このジャンルを代表する編集者の一人だろう。


戸川（「さん」とすべきところだが、本稿では敬称を略す）は、二〇〇四年に本格ミステリ大賞特別賞を、講談社の宇《う》山《やま》日《ひ》出《で》臣《おみ》とともに受けている。新本格ブームを支えた立役者としての活躍が評価されたものだ。ミステリ大賞の特別賞は、十数年におよぶその歴史のなかで、わずかに三回、四人にしか与えられていない。宇山・戸川がミステリの世界で果たした仕事がいかに大きなものであったかを示す証左といっていい。宇山・戸川以外の受賞者は、第一回（二〇〇一年）の鮎川哲也《あゆかわてつや》、第八回（二〇〇八年）の島崎博《しまざきひろし》。こうして受賞者の名前を並べてみると、賞の重みがなおのことはっきりする。

筆者は、いまではとても熱心なミステリ読みとは呼べないような趣味の持ち主だが、先にも書いた通り、小学生のころはジュブナイルSF、ジュブナイルミステリにどっぷりで、昭和の本好き小学生の例に漏れず、江戸川乱歩の少年向け作品を小学校の図書室から順に借り出しては読みふけっていた。ポプラ社の乱歩全集を読破し、続いてホームズ、ルパンも読み切ってしまった読者が次に手を出したのは、新潮文庫などの大人向け文庫。ジュブナイルを卒業し、大人の読書の入り口に立った読者にとって、創元推理文庫はミステリ・SFの名作・定番の宝庫だった。「戸川安宣」の名に出会ったのは、そのようにして手にした創元推理文庫巻末のあとがきか解説でのことだったはずだ。

後に趣味が乱歩周辺の古い探偵小説や、乱歩初期作品の流れから幻想のほうに傾いていくと、今度は同文庫の〈日本探偵小説全集〉や〈中井英夫全集〉が待っていた。本文で語られたとおり、いずれも戸川が手がけたものだが、手にした当初はもちろん知るよしもない。

そんな出会いから何年かが過ぎ、出版社に入って編集者となった。ジャンルが違ったため、仕事でSFやミステリの編集者と知り合う機会はなかったが、数年前、ひょんなことから戸川本人にお会いすることになった。当方がWEBで書き散らしていた書店や本に関する情報を目に留めてくれていた方が偶然にも戸川のご子息で、出会いの場を設けてくれたのだった。成蹊大学に寄贈された戸川の蔵書が一般向けに特別公開された二〇一三年春のことである。

図書館見学を終えた後、戸川親子と食事をご一緒した。何しろ相手は業界の大先輩で、こちらは一方的に憧れていただけの身。その時点では、戸川はこちらが何者かも知らなかったはずだが、そのような者を相手に、ミステリ好きが聞いたら驚喜卒倒しそうなエピソードや裏話を次から次に、惜しげもなく披露してくれる。その博識、記憶力に終始圧倒され、気がついたら数時間がたっていた。

後日、礼状を差し上げたのを機にときどき連絡をとりあうようになった。初対面のときは興奮のあまり何も考えられなかったが、あるとき、はたと思ったのだった。これは記録としてぜひ残しておくべきではないかと。そして、その作業は自分の手ですべきではないかとも。

企画書をまとめ、聞き取りのかたちで本にまとめたいことを戸川に伝え、快諾を得た。知り合いの編集者に相談し、書籍化の話もとりつけた。こうして企画が走り出したのは、戸川に初めて会ってから一年後、二〇一四年春のことだった。

取材は、二〇一四年四月から七月にかけて数度に分けて行った。ときに丸半日を費やすこともあった聞き取り取材は、最終的に、録音データの合計が数十時間に及ぶ長大なものとなった。

戸川は取材時は現役の編集者だった（二〇一五年に正式に東京創元社を離れている）から、最近のことについての記憶が確かなのはわかるとしても、子どものころや学生時代の、それこそ、三〇年、四〇年前どころか、半世紀以上前のエピソードが、メモらしいメモも見ない戸川の口から次々に飛び出してくるのには驚いた。

「持ちがいい」のは本人の記憶だけではない。参考にと戸川がときどきに用意してくれた資料には、小学校時代の文集、大学時代のミニコミ誌、何十年も前に利用していた書店のフリーペーパーなど、ふつうの人がおよそ保管しておくことのないであろうものが多数含まれていて、よくぞこんなものまでと、たびたび驚かされることになった。書籍のかたちをとっていない、いわゆる紙ものがこの調子だから、本については言うまでもないだろう。子どものころに手に入れた本、読んだ本の現物が次々に、魔法のように出てくるのである。古い紙資料や書籍の保管には、それを資料としてきちんと保持しておこうという意志はもちろんだが、それを可能にする場所がなければそもそもかなわない。成蹊大学に蔵書を寄贈する前の戸川の自宅が、いったいどのような状態になっていたのか、想像もつかない。

完璧な記録と記憶——評伝の書き手にとって、戸川はまさに理想的といっていい取材対象だった。


戸川は編集者としてだけでなく、書き手としても多くの文章を残しており、インタビューなど取材された機会も多い。本書をまとめるにあたり、戸川が書いたものや受けたインタビューなどは適宜参考にしたが、今回の取材で本人から直接聞いたことばをあくまで優先してまとめた。取材後に事実の確認を行ったが、一部、戸川の語りを生かすために、本人の記憶違いなどをそのままにした箇所がある。そのようなものは、註で補った。

筆者は、戸川が手がけてきた本を読者としてたくさん手にしてきはしたものの、いわゆるミステリマニアではない。東京創元社の本でいえば、ミステリよりもむしろSFのほうを熱心に読んできたくらいである。本書は、ミステリ界を代表する編集者の本だが、単にミステリ界の有名編集者がミステリとの関わりだけを語るものにはしたくはなかった。本文でくわしく語られるが、戸川は、「読む」「編む」はもちろんのこと、自身で「売る」ことにも深く関わった編集者である。書店を大事にする編集者はめずらしくないが、編集稼業のかたわら、自らその経営にまで関わった編集者は多くはない。そのような、戸川の多面的な本との関わりを引き出すには、ミステリに必ずしも強いわけではないが、戸川と同じ編集の仕事に携わり、さらには書店に関する著作にも手を染めたことのある当方のような者のほうが、ミステリの専門家諸氏よりもむしろ適しているかもしれない。筆者がこの企画に自ら手を挙げたのは、そんな思いからだった。ミステリに関する部分の突っ込みが浅い、弱いことの言い訳のように聞こえてしまってはいけないが、戸川は稀代の読み手であり、編み手であり、そして売り手であった。そのことをバランスよく伝えることをしたかったのである。

一人の編集者の仕事人生をどこまで鮮やかにお伝えすることができているか。それは読者のみなさんのご判断におまかせしたいが、ミステリの世界、いや日本の出版史に、大きな足跡を残した一人の編集者のほぼすべてが本書には詰まっている。そのことはまちがいないと思う。

本来、この本は二〇一四年の年末に刊行される予定であった。膨大な取材資料を筆者が短期間に処理しきれなかったこと、またそれに伴って戸川の確認作業も膨大なものとなったことで、二年ほど遅れての刊行となった。

企画段階から、数度にわたる聞き取り取材への同行、戸川が提供した膨大な書籍・紙類資料の整理・撮影など、長きにわたって伴走してくれたのは国書刊行会の編集者、伊藤嘉孝さん。最後までお世話になった。なお、この企画を持ちかけるまで知らなかったのだが、伊藤氏はワセミス出身である。ここにも何かの偶然が働いたとしか思えない。

二〇一六年秋　武蔵野にて

参考文献

黄金髑髏の会『少年探偵団読本　乱歩と小林少年と怪人二十面相』(情報センター出版局、一九九四)
大谷晃一『ある出版人の肖像　矢部良策と創元社』(創元社、一九八八)
権田萬治監修『海外ミステリー事典』(新潮選書、二〇〇〇)
権田萬治、新保博久監修『日本ミステリー事典』(新潮選書、二〇〇〇)
新保博久『ミステリ編集道』(本の雑誌社、二〇一五)
高橋良平・東京創元社編集部編『東京創元社文庫解説総目録』(東京創元社、二〇一〇)
中島河太郎『推理小説展望』(双葉文庫、一九九五)
中島河太郎『探偵小説辞典』(講談社文庫、一九九八)
長谷部史親『欧米推理小説翻訳史』(双葉文庫、二〇〇七)
早川書房編集部『ハヤカワ・ミステリ総解説目録　1953年–2003年』(ハヤカワ・ポケット・ミステリ、二〇〇三)
早川書房編集部『ミステリ・ハンドブック』(ハヤカワ・ミステリ文庫、一九九一)
原田裕『戦後の講談社と東都書房』(論創社、二〇一四)
山前譲『日本ミステリーの100年　おすすめ本ガイド・ブック』(知恵の森文庫、二〇〇一)
『PHOENIX』一二八号(ワセダミステリクラブ、二〇〇〇)
「創元推理文庫40周年記念特別インタビュー　東京創元社社長・戸川安宣インタビュー」
『本の雑誌』(本の雑誌社)
「ずっと探偵小説ばかり読んでいた　戸川安宣インタビュー」(一九九六年一一月号)
戸川安宣「少年の夢、夜の夢」一〜二五(二〇〇四年一月号〜二〇〇六年二月号)
新保博久「生涯一東京創元社　戸川安宣氏インタビュー」(二〇一三年八月号)
戸川安宣「東京創元社の歴史　秋山さんのこと」(二〇一四年五月号)

索引

人名　†は作中人物を示す。

あ

相沢光朗　32
アイリッシュ, ウィリアム　28–30, 32
アイルズ, フランシス→バークリー, アントニイ
青井夏海　278
蒼井雄　205
青田勝　140, 142
青柳正文　115
青山二郎　129
赤江瀑　303
赤川次郎　374
阿笠栗子†　64
秋山協一郎　229
秋山孝男　119–121, 129–131, 133, 135–137, 145, 146, 172, 173, 186, 195, 196, 270, 304, 305, 351
阿久悠　255, 256
明智小五郎†　220
アーサー, ロバート　145
浅倉久志　151, 249
浅野剛　58, 134, 135
浅羽莢子　278, 279
朝松健　306
浅利慶太　64
芦川澄子　315–317, 323, 414
芦原すなお　46
芦辺拓　255
アシモフ, アイザック　125, 197, 245
厚木淳　22, 91, 106, 108, 109, 120–123, 125, 126, 133, 138–140, 145, 146, 150, 159, 162, 165, 169, 171–173, 189, 192–194, 196, 198, 269, 270, 277, 330, 341, 351
阿藤伯海　269
阿刀田高　265, 297
我孫子武丸　228, 230
アプルビイ, ジョン†　171
阿部知二　130
阿部和助　17
甘糟章　350
天野祐吉　275
アームストロング, シャーロット　232
アーモンド, デイヴィッド　306
綾辻行人　223, 228–230, 303, 320, 321, 372, 373, 390
鮎川哲也　10, 60, 61, 70, 71, 73, 75, 93, 94, 153, 155, 190, 191, 199, 205, 206, 211, 212, 214–217, 222, 223, 251, 264, 300, 303, 312–317, 323, 325, 335, 347, 413, 414
あらえびす→野村胡堂
荒木清三　110
荒俣宏　152, 159, 307
アラン　287
有栖川有栖　214–216, 228, 258–260, 266, 284, 304, 310, 311, 317, 319–321, 323, 334, 337, 341, 386, 389, 413, 415
有栖川有栖†　259, 260
アルレー, カトリーヌ　123, 216, 238, 254
泡坂妻夫　153, 183, 230, 231
泡手大作†　66
安藤更正　79
安間隆次　183, 184
飯塚コウ咲　89
井垣真理　194, 196, 261–263, 271, 272, 288
五十嵐均　178, 179
生島治郎　99, 103, 104, 265
生田耕作　46
池央耿　140, 170, 190, 249
池田健太郎　48
池田雅延　409
池田弥三郎　64
伊坂幸太郎　318, 319, 332
石井久仁子　196
いしいひさいち　258, 287, 311, 380, 382
石島渉　49
石原慎太郎　72, 348
イーストウッド, クリント　68, 69
磯田和一　378, 380
磯田秀人　228–230
伊藤清彦　366
伊藤詩穂子　227, 303
伊藤照夫→都筑道夫
伊藤典夫　85, 249
稲葉明雄　96, 97, 143
乾石智子　307
イネス, マイケル　170, 171
井上勇　22, 55
井上一夫　170, 248
井上雅彦　306
井上靖　79
今邑彩　222, 223, 281
今村謙吉　128
イリーン, ミハイル　37
岩崎正吾　217, 219, 220, 258–260
岩瀬充徳　187
ヴァン・ダイン, S・S　55, 123, 244
ヴィアン, ボリス　194
ウィングフィールド, R・D　288, 290, 291
植草甚一　91, 123
上田みゆき　11
ヴェルヌ, ジュール　194
ウォー, ヒラリー　123, 293
ヴォークト, ヴァン　243
ウォーホル, アンディ　194
ウォルシュ, トマス　123
ウォルターズ, ミネット　278, 291
宇佐美革治　271
内田康夫　185, 374
宇野利泰　139, 142, 153, 170, 248, 337, 343

宇山日出臣　228, 230, 302, 319–323, 371
エアハート , バイロン　78
江川宇礼雄　64
エーコ , ウンベルト　261, 263, 264
江坂輝弥　36
江戸川乱歩　16, 19, 30, 50, 59, 62–65, 73, 87, 96, 109, 134, 153–155, 157, 159, 160, 177, 180, 202, 203, 205, 206, 211, 212, 284, 285, 297–299, 304, 307, 309, 334, 347, 396, 402
海老沢有道　77, 107
エリアーデ , ミルチャ　78
円堂都司昭　283
黄金髑髏の会→橋本直樹
→濱中利信
逢坂剛　60, 185, 186, 265, 311
大井廣介　91
大井良純　84
大内茂男　91
大岡昇平　182, 183, 300, 301, 346
大久保伸子　274–276
大久保康雄　96, 145, 150, 170, 248, 251, 269, 270, 337, 343, 345
大崎梢　333–335, 373, 391
大沢在昌　264, 265
大下宇陀児　204, 205, 212
大須賀敏明　214
太田博→各務三郎
大谷圭二→浅倉久志
大津波悦子　253
大伴昌司　93–95, 213
大野義昌　95, 97
大藪春彦　100, 265
岡本太郎　64
荻昌弘　255, 256
奥泉光　46
小栗虫太郎　43, 72, 152, 153, 206, 211, 296
小田晋　206
落合清彦　120, 139
小尾芙佐　249, 277, 290, 347, 348
小山正　324
小山田宗徳　67
折原一　115, 179, 217, 218, 269, 281, 341
オルツィ , バロネス　166, 170
オールディス , ブライアン　195

か

カー , ジョン・ディクスン　30, 32, 53–56, 59, 74, 123, 142, 189, 206, 245, 346, 404
怪人二十面相†　60
鏡明　84, 105, 152, 330
各務三郎　156, 179
柿沼瑛子　253
影万里江　64
笠井潔　230, 231, 259, 260, 266, 283, 284, 295
笠原卓　212–214
風見潤　114
梶山季之　181
霞流一　391
加瀬義雄　114
佳多山大地　311
カーター , リン　246
カダレ , イスマイル　288
桂千穂　95–97, 111
桂文楽　200
桂島浩輔　318
加藤直之　208, 234
角川歴彦　259
角川春樹　73, 161, 174, 198, 255, 256
ガードナー , E・S　189, 345, 346
金森達　126
金子三蔵　275
加納朋子　276
鎌形功　120
亀山郁夫　48, 299
カラドス , マックス†　166
刈部謙一　215
河島英昭　262, 263
川瀬富士夫　135
川端香男里　195
川端康成　195
神吉晴夫　70, 231
神原佳史　318
木々高太郎　212
菊地秀行　114, 158
菊池光　140, 170, 249
喜国雅彦　373
菊村到　181
私市保彦　141
キシュ , ダニロ　288
紀田順一郎　93–95, 152, 159, 160, 212–214, 217, 222, 223, 237, 250, 257, 318, 330
北方謙三　265
北代美和子→山崎純
北村薫　98, 114, 115, 138, 179, 198–200, 202–206, 211, 216, 217, 222, 227, 228, 251, 254, 257, 260, 267, 281, 284, 300, 301, 304, 310–312, 314, 337, 341, 371, 389, 398, 414, 415
木滑良久　187, 253, 350
木村二郎　310, 311
木村仁　114
キャロル , ジョナサン　288
京極夏彦　292
桐野夏生　276, 279, 292
キング , スティーヴン　267
金田一耕助†　220
クイーン , エラリー　30, 32, 74, 98, 123, 142, 179, 189, 195, 200, 215, 244, 245, 247, 312, 327, 345, 392
クェンティン , パトリック　123
グーディス , デビッド　123
工藤巧　414
工藤恭孝　409
国枝史郎　152
窪田清　298
熊谷頼子　120, 122, 139, 140
久米宏　219

久米元一　30
クラーク, アーサー•C　125, 197
倉知淳　312
グリシャム, ジョン　369
クリスティ, アガサ　30, 32, 85, 149, 189, 194, 244, 278, 345, 346, 377
栗本薫　229
グリーン, グレアム　166, 168
グリーン, ヒュー　165, 166, 168, 171
黒岩涙香　204
黒崎緑　258, 276, 311
黒沢良　67
クロフツ, F•W　244
ケイディン, マーティン　244
ケイン, ジェイムズ　150
今朝丸真一　75, 85, 92, 93, 408
ケストナー, エーリッヒ　36, 37
ケラーマン, フェイ　291
小池朝雄　67
小池滋　372, 400
小泉喜美子　104
小泉太郎→生島治郎
甲賀三郎　157, 204
紅玉いづき　333, 336
河野典生　265
酷使官→紀田順一郎
コクトー, ジャン　193, 194, 253, 287
古今亭志ん生　14
五所英男　91, 100, 106, 120, 122, 125, 126, 136, 139, 140, 144, 146, 151, 162, 165, 191, 196, 270
小隅黎→柴野拓美
小鷹信光　156, 179, 264, 324
ゴーティエ, テオフィル　46
小西茂也　141
小浜徹也　272, 273
小林カツ代　359, 391
小林甘奈　306, 330
小林ケンタロウ　359
小林茂　119, 120, 129, 131, 133, 136, 304
小林秀雄　127–131, 133, 141, 172, 196, 287, 346
小林まりこ　325, 355–357, 359–365, 371, 383, 384, 388, 389, 391
小松左京　262
米浪平記　83–86, 113
小森健太朗　311
ゴーリー, エドワード　284
コリンズ, ラリー　184
ゴールト, ウィリアム•キャンベル　123
コロンボ†　67, 68
今日出海　346
権田萬治　91, 99, 156, 160, 283, 284, 297–299, 400, 401
近藤史恵　276, 278
今野敏　265

さ

西岸良平　39, 89
西條八十　30
齋藤磯雄　146, 269–271
斎藤栄　95
斎藤嘉久　214
佐伯彰一　150
佐伯徹　65
坂木司　333, 334, 372–374, 390, 410
坂口安吾　134, 203, 204
桜庭一樹　287, 318
笹川吉晴　284
佐々木譲　265
笹沢左保　71, 298
サド, マルキ•ド　46
里吉力雄　135
佐野洋　177, 181, 265
サルトル, ジャン＝ポール　46
ザレスキー, プリンス†　171
澤木喬　252, 253, 292, 304
椎名和　177, 178, 213, 253
ジェイムズ, P•D　247
司馬遼太郎　299, 300
柴野拓美　104, 105, 197, 339
澁澤龍彦　46
島内三秀→桂千穂
島崎博　154–160, 224
島田一男　65, 265, 298
島田正吾　14, 29
島田荘司　230, 231, 266, 323, 340, 371, 372, 386, 387, 416
島津伝道　77, 80, 81
地味井平造　241
清水俊二　97, 265
志水辰夫　264
シムノン, ジョルジュ　278
志村敏子　209, 210
ジャクスン, スティーヴ　236, 237
ジャプリゾ, セバスチアン　123, 288
春桜亭円紫†　260
白井哲　59–61
白坂依志夫　96
白峰良介　258, 311
シール, M•P　170, 171
仁賀克雄　152
新章文子　277
新谷雅弘　187, 188
新藤克己　197, 237, 272
ジンバリスト, エフレム　68
ジンバリスト•ジュニア, エフレム　68, 69
新保博久　232, 297, 299, 372
末國善己　284
菅野圀彦　262
杉みき子　330
杉葉子　64
鈴木信太郎　141
鈴木力衛　126
スタージョン, シオドア　392
数藤康雄　85
ストーカー, ブラム　242

スミス, E•E　125
スミス, ロジャー　69
隅の老人†　166, 168
セイヤーズ, ドロシー•L　170, 171, 232, 239, 278, 279
関口宏　310
瀬戸川猛資　84, 98, 111, 113, 114, 156, 293
妹尾アキ夫　56
芹沢銈介　36
芹沢長介　36
千街晶之　283
扇田昭彦　184
曽根元吉　193, 194
園井啓介　69
ソーンダイク, ジョン•イヴリン†　166, 168, 169

た

高木彬光　134, 300
鷹城宏　283
高野文子　226, 234, 237
高橋良平　330
高見浩　140, 249
高村薫　276, 279
高山栄　69
竹下敏幸　93
武部本一郎　59, 60, 125, 126, 151
竹本健治　153, 159, 229, 230, 303
ターザン†　23
橘外男　152
巽昌章　260, 283
辰巳柳太郎　14, 29
建石修志　303
田中小実昌　96, 97, 277
田中潤司　74, 327
田中西二郎　150, 248
田中肇　304
田中康夫　72
田中芳樹　306
谷譲次　241
谷口正元→曽根元吉
谷崎潤一郎　129
ダネイ, フレデリック→クイーン, エラリー
種村直樹　212–214
田村良宏　93, 94, 97, 112
ダーレス, オーガスト　170, 171
団精二→荒俣宏
チェイス, ハドリー　123
チェスタトン, G•K　57, 123
チャータリス, レスリー　32
チャンドラー, レイモンド　96, 97, 143, 215, 265
陳舜臣　71
司修　275
津神久三→白井哲
辻邦生　141
辻真先　212–214, 217, 297, 318
辻村明　127, 128, 146
土屋隆夫　64, 71, 153, 255, 256, 262
筒井康隆　47
都筑道夫　30–32, 73, 99, 102–105, 110, 174, 200, 289, 301, 325–329, 347
角田喜久雄　204, 205
ディズニー, ウォルト　25, 67
ディック, フィリップ•K　399
テイラー, ウェンデル•ハーティグ　406
テイラー, チャールズ•D　244
手塚富雄　47
手塚美希　414
デュマ, アレクサンドル　126
寺井敦子　234, 276
天藤真　73
塔晶夫→中井英夫
戸川安章　51, 77–81, 323
戸川昌子　277
常盤新平　91, 106, 109, 426
徳川夢声　64
ドストエフスキー, フョードル　46, 48
トドロフ, ツヴェタン　295
ドナヒュー, トロイ　69
豊田利幸　73

な

内藤陳　215, 264, 265
中井英夫　176, 177, 190, 191, 199, 206, 228, 287, 302, 303, 322, 325, 347
永井淳　170, 191, 249, 277, 303, 337, 343
永井智雄　66
中川透→鮎川哲也
中島河太郎　55, 59, 91, 98, 99, 109, 110, 152, 156–158, 176, 177, 180, 202, 205, 211, 222, 223, 265, 297, 298
中田耕治　248
中田雅久　159
中辻理夫　283
中野登　84
中林洋子　47
中町信　190, 192, 193, 332, 333
中村真一郎　294
中村能三　145, 170, 171, 248, 277, 337, 343
夏樹静子　178
夏目漱石　45, 46, 169
濤岡寿子　283
並木士郎　283
ニーヴン, ラリー　194
仁木悦子　70, 277
西田政治　56
西村京太郎　374
ニーチェ, フリードリヒ　47
貫井徳郎　333, 372
沼田六平太　345, 346
ネヴィンズ•ジュニア, フランシス　179
ネルヴァル, ジェラール•ド　46
乃南アサ　276
野々浩介　66
野村胡堂　317, 413
法月綸太郎　230, 260, 283, 311, 312

は

ハイスミス, パトリシア　96
バインダー, イアンド　142
ハインライン, ロバート•A　26, 125, 197
ハガード, ライダー　145
バークリー, アントニイ　145, 247
間羊太郎　160
バーザン, ジャック　406
橋本直樹　160, 284, 286
橋本治夫　121, 284, 286, 304, 305
長谷川海太郎→谷譲次
長谷川晋一　194, 197, 272, 293
波多野健　283
服部正　295, 296
服部まゆみ　257, 258, 276, 278, 295, 296
花岡豊　171
浜田雄介　396, 402
濱中利信　160, 284, 286
浜本茂　331
ハメット, ダシール　143, 215
林和子　160
林宗広　159, 160
林英夫　48
林家三平　14
原尞　264
原田邦夫　294
原田三夫　25
バラード, J•G　288
バルザック, オノレ•ド　140, 161, 175, 190, 191, 193, 197, 200, 287, 406
バローズ, エドガー•ライス　23, 59, 125, 137, 149, 151, 172, 194
ハワード, ロバート•E　152
伴大吉†　64, 65
バーンズ, エド　69
日影丈吉　224
東川篤哉　412
東野圭吾　265, 332, 374, 376
日暮雅通　114, 372
久生十蘭　152, 211
ピーター, ウィムジイ†　171
日高六郎　128
日真名進介†　66
ヒューイット, マーチン†　166
ひらいたかこ　324, 372, 378, 380, 382
平井憲太郎　50
平井呈一　152, 306
平井吉夫　120, 122, 139, 140, 145
平井隆　157, 158
平井隆太郎　64, 87, 88, 157, 180
平松一郎　121, 133
ヒルトン, ジェームズ　139
ビンガム, ジョン　123
ファーブル, ジャン•アンリ　74
ファラデー, マイケル　34
フェラーズ, エリザベス　293
フォーサイス, フレデリック　198, 267
フォーチュン, レジナルド†　171
深町眞理子　170, 249, 277, 343, 347, 348
福島正実　125
福島泰樹　302, 303
福永武彦　294
藤川一男→北村薫
→折原一
→三津木忍
藤原伊織　292
二上洋一　156, 157, 400
双葉十三郎　66
フットレル, ジャック　170
ブラウン神父†　123, 125, 327
ブラウン, フォン　25
ブラウン, フレドリック　123, 125, 142, 238
ブラウン, リリアン•ジャクソン　378
ブラッカー, カーメン　78
ブラックウッド, アルジャノン　152
ブラッドベリ, レイ　125
ブラマ, アーネスト　166, 170
フランシス, ディック　245
ブランド, クリスチアナ　266, 398
フリーマン, オースチン　166, 169–171, 247
古屋浩→芦川澄子
フレミング, イアン　123, 124, 168
フロスト警部†　288
ブロック, フランチェスカ•リア　306
フロム, エーリッヒ　127
ブローンネク, リチャード　188
ヘイクラフト, ハワード　283
ベイリー, H•C　170, 171
ペック, リチャード　306
ヘップバーン, オードリー　67, 68
ベンスン, ベン　123
ベントリー, E•C　247
北条民雄　195, 197, 287
ポオ, エドガー•アラン　150, 175, 406
ホームズ, シャーロック†　17–20, 22, 23, 32, 60, 165, 166, 169, 171, 187, 220, 258, 338, 372, 378, 380, 392, 401, 402
保篠龍緒　19, 20, 22
ポースト, M•D　170, 247
細野晴臣　228
ホック, エドワード•D　103, 311, 327
ホーナング, E•W　170
堀一郎　78
堀内誠一　188
堀口大學　22
ボール, ジョン　247
ボルヘス, ホルヘ•ルイス　152
ポワロ, エルキュール†　149
ポンズ, ソーラー†　171
本多正一　302, 303

ま

マガー, パット　200, 278
マーカンド, ジョン•P　30–32

マギー，エドワード　244
牧原勝志　293, 306
マクドナルド，フィリップ　200, 245
マクマレイ，フレッド　67
マクラウド，シャーロット　278, 290, 291
マクリーン，アリステア　197
マコーマック，エリック　288
マスタスン，ホイット　123
町田暁雄　68
松浦正人　232, 272, 273, 278, 288–291, 293, 328, 329, 380
松浦伶　27, 289
マッギヴァーン，W・P　123
松坂健　98, 114, 115, 156
松島征　294, 295
松田哲夫　211
松田優作　264
松野一夫　282
松野安男　282
松本清張　70, 72, 75, 94, 134, 300
マーティン，ディーン　69
真鍋博　275, 328, 377
マナリング，マリオン　327
丸谷才一　294
マーロウ，フィリップ†　97
三浦朱門　297
三島政幸　410
三島由紀夫　45, 46, 149, 154, 155
水木しげる　325
水野亮　140, 141, 146, 190, 191, 269
水野谷とおる　277
三津木忍　179
光原百合　278, 335, 411
緑川聖司　335
南村喬之　126
美濃部達吉　299
宮家準　78, 102
宮崎嶺雄　193
宮田雪　84
宮田昇　139, 163, 164
宮部みゆき　217–220, 227, 237, 276, 279, 333
宮本馨太郎　77, 107
三好郁郎　295
三好徹　182, 183, 265
ミラー，ヘンリー　46
ミラー，マーガレット　232
ミルズ，ヘイリー　36
武藤礼子　67, 68
村上春樹　265
村上博基　249
村上龍　72
村崎敏郎　56, 327
メールジャー†　60
モイーズ，パトリシア　74
モガール，ナディア†　259, 260
モーム，サマセット　167, 168
森鷗外　45, 169
森槇一　277
森和　122
森博嗣　292
モリスン，アーサー　166, 170
森村誠一　111–113
諸橋轍次　270

や

矢貴昇司　155, 156
矢口敦子　390, 395
矢島規男　196
矢島正明　67
ヤッフェ，ジェイムズ　289
柳柊二　126
柳田國男　102
柳家三亀松　13, 14
矢野浩三郎　109
矢吹駆†　260
矢部外次郎　128
矢部敬一　128, 129
矢部良策　128–130
山川惣治　16, 17
山口雅也　214, 215, 227, 240, 247, 257, 258, 304, 341
山崎純　216, 342
山崎豊子　72
山路龍天　294, 295
山下洋輔　229
山田辰夫　169
山中峯太郎　18–20, 33
山根一二三　29
山野田みゆき→宮部みゆき
山藤章二　326
山前譲　297, 299, 316
山村正夫　158, 177, 178, 218, 265
山本輝也　145
山本秀樹　223, 224, 226, 227, 282
山本政喜　195
山本芳子　120
ヤング，ロバート　67
結城昌治　149
夢野久作　72, 152, 153, 203, 296
横井司　284
横尾忠則　209
横溝正史　59, 73, 153, 177, 203, 211, 212, 266, 299
横光利一　62
吉川英治　198
吉川竣二　187, 188
吉田誠一　170
吉田利子　171
吉野美恵子　277
吉屋信子　64
吉行淳之介　72
米澤穂信　318, 372
依井貴裕　311, 312

ら

ライス，クレイグ　278

ラヴクラフト, H・P　152, 293
ラッフルズ, A. J†　169
ラピエール, ドミニク　184
ラングレー, ボブ　239
隆慶一郎　127
柳亭痴楽　13, 14
リュパン†→ルパン, アルセーヌ†
リラダン, ヴィリエ・ド　146, 193, 269, 270, 287, 406
ルナール, ジュール　193
ルパン, アルセーヌ†　17–20, 22, 23, 32, 60
ルブラン, ミッシェル　123
ルブラン, モーリス　21, 244
ルルー, ガストン　33, 34, 242
レーン, ドルリー†　123, 220
連城三紀彦　153, 230

わ

ワイリー, リー　215
若木伸　86
若竹七海　253, 260, 276, 304, 311, 312, 324, 384, 389
和歌森太郎　35, 79
和田誠　275
渡辺一夫　141
ワトスン, ジョン・H†　258–260

作品名

あ

「青服の男」　204
『赤い拇指紋』　171
「赤毛連盟」　33
『暁の死線』　28
『秋の花』　278
『悪魔の一ダースは十三だ』　281
『アクロイド殺害事件』　85, 88, 275
〈アーサー・マッケン全集〉　152
『アシェンデン』　168
『あずさ弓』　78
〈アダルト・ファンタジー〉　246
『アヒルと鴨とコインロッカー』　318
『アブナー伯父の事件簿』　170
『アプルビイの事件簿』　170
〈鮎川哲也と十三の謎〉　211, 212, 214, 216, 217, 220, 222, 223, 225, 227, 251, 252, 254, 258, 267, 272, 280, 281, 314
『鮎川哲也と十三の謎'90』　272, 280, 282
『鮎川哲也と十三の謎'91』　272, 280
『あらかわ』　38
『あら皮』　190
『麤皮』　190
『アルキメデスは手を汚さない』　176
〈アルセーヌ・リュパン全集〉　21, 22, 122
『an・an』　149, 188
「暗号」　204
「暗号論」　150
『暗黒館の殺人』　372
〈アンドルー・ラング世界童話集〉　330
『EQ』　178, 179, 200, 202
『生ける屍の死』　216, 240
『囲碁殺人事件』　229
『いざ言問はむ都鳥』　253
〈イタリア文学全集〉　261
『一八八八　切り裂きジャック』　295
『一寸法師』　15
『五つの棺』　217, 218
『いのちの初夜』　195
〈イラストレイテッドSF〉　194
『いろり』　50
〈ウイークエンド・ブックス〉　197, 198
『ウィーツィ・バット』　306
〈ヴィリエ・ド・リラダン全集〉　126, 137, 140, 194, 269, 271
〈Webミステリー〉　330
『動く人形のなぞ』　59
『宇宙塵』　105, 339
『裏切りの日日』　185
『SRマンスリー』　93–95, 111, 112, 213
『Xの悲劇』　245
「Et Tu, BRUTE?」　187
『江戸川乱歩研究』　157
『江戸川乱歩集』　211
〈江戸川乱歩全集〉　209
『エミールと探偵たち』　37
『エラリイ・クイーンズ・ミステリ・マガジン』　74–76, 83, 99, 104, 178, 179, 290, 294, 327
『エラリイ・クイーンの世界』　180
『エラリー・クイーンの事件簿』　142, 189
〈エラリー・クイーン作品集〉　122, 123
『えろちか』　159, 160
〈円紫さん〉シリーズ　227, 254
『追いつめる』　265
『王家の血統』　179
「王家の血統」　200
〈黄金の13〉　253–257, 267, 280, 281
『嘔吐』　46
『大岡昇平集』　300
『狼の時刻』　254
「おせっかいな密室」　218
『怯えた相続人』　190
「オリエント急行の殺人」　149
『Olive』　188, 253
『オルヌカン城の謎』　22
『オール讀物』　75, 181, 218
『女彫刻家』　278
『オンラインの黄昏』　213

か

「海外作家論シリーズ」　59, 74
〈海外文学[illegible]〉　186–188
〈海外ベストセラー・シリーズ〉　198
「海外ミステリ情報」　177

『怪奇小説傑作集』　46, 126, 242–244, 248, 306
『怪奇文学大山脈』　307
『怪奇四十面相』　286
『怪人二十面相』　16, 17, 403
〈書下し長篇探偵小説全集〉　212, 223
『核戦略批判』　73
『火刑法廷』　56
『影なき男』　215
『影よ踊れ』　296
『カジノ・ロワイヤル』　105
『火車』　276, 279
〈火星〉シリーズ　59, 125, 151
「火星のツァラトゥストラ」　47
『火星のプリンセス』　125, 137, 243
『風よ、緑よ、故郷よ』　219, 220
『仮題・中学殺人事件』　213
『家畜人ヤプー』　149
『学校教育』　285
『カーテン』　149
『ガーデン殺人事件』　55
『カトリーヌ・ド・メディシス』　141
『カナリヤ殺人事件』　55
「歌舞伎町の一夜」　156
『仮面の祝祭2/3』　214
『カラマーゾフの兄弟』　48
『カー短編集』　142, 143
〈カー短編全集〉　142
『吉祥寺JAZZ物語』　358
〈KEY LIBRARY〉　194
『黄色い部屋の謎』　33, 34, 242–244
『奇巌城』　22
『危険な斜面』　134
『キッド・ピストルズの冒瀆』　257
『樹のごときもの歩く』　134
『キャッシュ・ボックス』　405
『吸血鬼ドラキュラ』　242
『競作　五十円玉二十枚の謎』　310, 312
『虚無への供物』　176, 191, 206, 228, 295, 302, 303
『金閣寺』　46
『銀河帝国の興亡１』　245
『金三角』　22
『銀のたばこケースの謎』　30–32
〈クイーンの13〉　277, 295
『空白の殺意』　333
〈国枝史郎文庫〉　154
〈クライム・クラブ〉　122
〈クラシック・クライム・コレクション〉　245
『クリスマスのフロスト』　288
『グリーン家殺人事件』　55
〈グリーン版世界文学全集〉　48
『黒いトランク』　212
『黒い白鳥』　94
『軍旗はためく下に』　149
『月光ゲーム』　215
『月長石』　275
「Ｋの昇天」　62
『幻影城』　153–155, 158–160, 223, 224, 227, 230, 231, 282, 285
〈幻影城ノベルス〉　224
『肩胛骨は翼のなごり』　306
『幻書辞典』　213, 257
『幻想と怪奇』　152, 159, 160
『幻想文学論序説』　295
『現代怪奇小説集』　152
『現代詩人探偵』　336
〈現代社会科学叢書〉　102, 126–128, 146
〈現代推理作家シリーズ〉　155
〈現代推理小説全集〉　122
〈現代推理小説大系〉　176
『恋の森殺人事件』　220
『広告会議』　275
『高層の死角』　111, 112
『氷の家』　291
『黒死館殺人事件』　153, 206, 296
〈国名シリーズ〉　123
『こころ』　45
『心とろかすような』　333
〈コナン〉シリーズ　152, 153
『このミステリーがすごい!』　95, 288
〈小林秀雄全集〉　409
『娯楽としての殺人』　283
『ゴールドフィンガー』　105
『これから出る本』　369
『殺しの依頼人』　86

さ

〈齋藤磯雄著作集〉　269, 271
『サエズリ図書館のワルツさん』　336
『殺意』　145
『殺人混成曲』　327
『殺人の棋譜』　95
〈山岳宗教史研究叢書〉　79
『三銃士』　126
『三丁目の夕日』　39
『散歩する死者』　193
『JR最初の事件』　214
『潮騒』　46
『シカゴ・ブルース』　142
『シカゴよりこわい町』　306
『鹿の幻影』　214
『時間に忘れられた国』　151
『事件』　183, 300, 301
『思考機械』　169
『思考機械の事件簿』　170
『思考機械の事件簿Ⅰ』　170
『思考機械の事件簿Ⅱ』　170
『思考機械の事件簿Ⅲ』　171
『死者の木霊』　185
『十角館の殺人』　228, 230, 390
『失踪当時の服装は』　293
〈実力囲碁新書〉　126
『児童百科事典』　15
『死人にグチなし』　258
『死ぬのは奴らだ』　124
『死は甘くほろ苦く』　216

『死びとの座』 312
『慈悲の猶予』 96
〈島田荘司全集〉 340, 386, 388–390
『紙魚の手帖』 226, 233, 252, 253, 345
『ジャッカルの日』 198
『シャドー81』 238
『しゃべくり探偵』 258
『シャベール大佐』 287
『シャーロック・ホームズの冒険』 244
〈シャーロック・ホームズのライヴァルたち〉 165, 169, 170, 189, 229, 343
『シャーロック・ホームズのライヴァルたち』 165, 166, 168, 343, 407
『シャーロック・ホームズのライヴァルたち』【早川書房】 169
〈ジャン・コクトー全集〉 193, 194
『十億年の宴』 195
『自由からの逃走』 127, 128, 264
『週刊文春』 95, 288, 326, 405
『週刊平凡』 213
『終点:大宇宙!』 243
『じゅえる』 200
「祝・殺人」 218
『修験道史研究』 79
「呪縛再現」 93
『情事の終わり』 166
『少女クラブ』 19
『小説CLUB増刊』 110
『小説現代』 75, 181
『小説新潮』 75
『少年』 19, 29
『少年王者』 17
『少年クラブ』 19, 29
『少年倶楽部』 157, 285
『少年ケニヤ』 16, 17, 23
『少年サンデー』 29
〈少年少女宇宙科学冒険全集〉 125
〈少年少女世界科学冒険全集〉 23, 25, 30
〈少年少女世界探偵小説全集〉 30, 32, 34, 38, 59, 60
〈少年少女世界文学全集〉 26, 33, 35
『少年タイガー』 17
〈少年探偵団〉 16–19, 32, 114, 157, 213, 284–286, 335, 341, 416
『少年探偵団』 15
『少年探偵団読本』 160, 284, 286
「少年の夢、夜の夢」 331
『少年マガジン』 29
『少年宮本武蔵』 29
『白樺荘事件』 312
『白雪姫』 15
『白の恐怖』 314
〈新宿鮫〉シリーズ 264
『新人賞殺人事件』 192, 193
『新青年』 56, 282, 299
『新宝島』 157, 158
〈新潮クレストブック〉 288
〈新日本文学全集〉 72
〈新版横溝正史全集〉 176
『新本格猛虎会の冒険』 310
『深夜の散歩』 294
『水晶の栓』 22
『スイスのロビンソン』 26, 27
『推理界』 109, 110, 158
『推理作家の出来るまで』 326
『推理小説集』 33, 34
『推理小説年鑑』 182
『推理文学』 110, 158, 159, 177
「スインギン・ディック」 215
『図解考古学辞典』 126, 146
〈スカイラーク〉シリーズ 125
『ストランド・マガジン』 165, 187, 345, 346
『スパイズ・ベッドサイド・ブック』(『The Spy's Bedside Book』) 166, 168
『スパイ入門』 167
『スペイン岬の秘密』 195
『隅の老人』 169
『隅の老人の事件簿』 170
「聖アレキセイ寺院の惨劇」 43
『聖書の話　新約聖書』 62
『精神と情熱に関する八十一章』 287
『西洋史辞典』 126, 146
〈世界恐怖小説全集〉 122, 126
〈世界幻想文学大系〉 152, 246
〈世界少年少女文学全集〉 26
〈世界推理小説全集〉 21, 122, 134
〈世界大ロマン全集〉 21, 122, 134
『世界短編傑作集』 244
〈世界の文学〉 46–48
〈世界の名著〉 47
〈世界の歴史〉 35, 47
〈世界名作推理小説大系〉 122, 123, 145, 150
〈セリ・ノワール〉 156
〈007〉シリーズ 105, 124, 125, 137, 149, 168, 171, 172, 328
『007号の冒険』 124
『創元』 131
〈創元クライム・クラブ〉 254, 255, 257, 267, 281, 296, 319
『創元推理』 272, 280–283, 294, 296, 297, 318
『創元推理21』 282
『創元推理コーナー』 191, 196, 226, 299, 312, 316
『創元推理コーナー全』 299
『創元推理文庫総目録』 299, 300
〈創元ブックランド〉 330
〈創元ミステリ'90〉 225, 251–255, 257, 258, 267, 272, 280, 281
『捜査線上のアリア』 113
『僧正殺人事件』 55
『双頭の悪魔』 266
〈ソーサリー〉シリーズ 237
『空飛ぶ馬』 217, 281
『ソーラー・ポンズの事件簿』 170
『ソロモン王の洞窟』 145
『ソーンダイク博士の事件簿』 170
『ソーンダイク博士の事件簿Ⅰ』 170
『ソーンダイク博士の事件簿Ⅱ』 170

た

『大漢和辭典』 270
『第五の騎手』 184
『第三の男』 166
『退職刑事』 289
『ダイヤモンドは永遠に』 124
『たくさんのふしぎ』 188
〈ターザン〉シリーズ 151
『短歌』 191
〈探偵小説研究叢書〉 157
〈探偵名作・少年ルパン全集〉 19, 38
『探偵を捜せ!』 278
『壇の浦夜合戦記』 159
『智慧の一太郎』 157
〈ちくま日本文学〉 211
『地底の世界ペルシダー』 23, 243
〈中学高校受験三部作〉 213
『チョーク・ポイント』 244
「ツァラトゥストラ」 47
『追悼の島』 229
『都筑道夫一人雑誌』 73, 174
『綱渡りのドロテ』 22
『罪と罰』 48
〈ディクスン・カー作品集〉 122
「ディケンズと足の探偵」 110
〈定本　北条民雄全集〉 195
『手斧が首を切りにきた』 142
『敵中横断三百里』 19
『デザインにルールなんてない』 188
〈デストロイヤー〉シリーズ 209
「手ぶくろ」 191
『テロリストのパラソル』 176, 292
『天空の魔人』 16
『天啓の殺意』 333
『点子ちゃんとアントン』 37
『点と線』 71
『東京殺人暮色』 220
『洞窟の女王』 145
『慟哭』 333
「to buy or not to buy」 94
『東洋史辞典』 126, 148
『時のアラベスク』 257, 296
『毒入りチョコレート事件』 101, 247
『ドクター・ノオ』(『Dr. No』) 124
『ドグラ・マグラ』 153, 203, 294
『どくろ城』 54, 59, 60
『土人の毒矢』 19
『ドストエフスキイの生活』 196
『トーハン週報』 369
『飛ぶ教室』 36, 37
『虎の牙』 22
「トリック・トラップ・マンスリー」 372, 378
『トレント最後の事件』 247

な

『ナイトランド』 293
『長浜鉄道記念館』 214
〈夏目漱石著作集〉 134
『二銭銅貨』 308, 309
『ニッポン硬貨の謎』 312
『日本怪奇小説傑作集』 306
『日本国有鉄道最後の事件』 214
『日本史辞典』 126, 146
〈日本探偵小説全集〉 175, 202, 205, 206, 209–213, 217, 220, 223, 240, 241, 294, 300, 301
　『名作集１』 240
　『名作集２』 301
〈日本の詩歌〉 47
〈日本の文学〉 47, 48, 72
〈日本の名著〉 47
〈日本の歴史〉【中央公論社】 35, 47, 48
〈日本の歴史〉【読売新聞社】 35, 49
『ニューヨーク・タイムズ・ブックレビュー』 178
『人間の歴史』 37
『猫は知っていた』 70
『ノー・マンズ・ランド』 22

は

『灰色の巨人』 16
『配達あかずきん』 335
『貼雑年譜』 304, 307, 309, 401
『813』 22
〈バニーブックス〉 159, 160
『パーフェクト・ブルー』 218, 220, 333
『HAYAKAWA'S ミステリ・マガジン』 83, 85, 91, 92, 101→『ミステリマガジン』も参照
『パラサイト・イヴ』 292
『薔薇の名前』 261, 263, 264, 295, 398
〈ハリー・ポッター〉シリーズ 371
〈バルザック全集〉 121, 126, 134, 138, 140, 141, 146, 161, 190, 191, 210, 248, 269, 302
『バルタザールの風変わりな毎日』 22
『晴れた日は図書館へいこう』 335
『犯罪幻想』 134
『犯人——存在の耐えられない滑稽さ』 213
『盤面の敵』 392
『彼岸過迄』 45
『美女と野獣』 287
『ピーター卿の事件簿』 170
『ヒッチコック・マガジン』 59, 74, 75
『独りだけのウィルダーネス』 188
『火の地獄船』 19
「響きと怒り」 83
『日々の泡』 194
〈百年の物語〉 293
『ビルボード』 139, 405
〈ファイティング・ファンタジー〉シリーズ 236
『ファーブル昆虫記』 74
『風流滑稽譚』 141
『PHOENIX』 86
『フォーチュン氏の事件簿』 170
『ふたりのロッテ』 36
『船富家の惨劇』 205

『吹雪の山荘——赤い死の影の下に』　260, 261
〈ブラウン神父〉シリーズ　327
『フランケンシュタイン』　195
『フランス第三共和制の興亡』　126
『プリンス・ザレスキーの事件簿』　170
『BRUTUS』　187, 188
『古本街の殺人』　214
『プレイボーイ』　265
『不連続殺人事件』　203
〈ペリー・メイスン〉シリーズ　189, 190, 345
〈ベリヤーエフ少年空想科学小説選集〉　125
〈ペルシダー〉シリーズ　151
『弁護側の証人』　104
『編集校正の手引き』　142, 143
『ベンスン殺人事件』　55
『PENDULUM』　85, 86
『宝石』　74, 76, 109, 110, 155, 158, 200, 315, 333
〈ポオ全集〉　58, 126, 137, 150
『ぼくのミステリな日常』　253
『北壁の死闘』　239
「ぼくらの愛した二十面相」　297
「ポップアイ」　177, 178
『POPEYE』　177, 178, 187, 188, 213, 234, 253, 359
『本格推理』　335
『本格一筋六〇年　想い出の鮎川哲也』　317
『本陣殺人事件』　203
『本の雑誌』　130, 232, 293, 331
『本命』　245

ま

『マヴァール年代記』　306
『曲がった蝶番』　54, 59
『魔術的な急斜面』　257
『マーチン・ヒューイットの事件簿』　170
『マックス・カラドスの事件簿』　170
『招かれざる客たちのビュッフェ』　266, 398
〈マフィアへの挑戦〉　209
『幻の女』　30
〈ママ〉シリーズ　289, 290
『ママは手紙を書く』　290
『ママはなんでも知っている』　290
『真夜中の檻』　292, 306
『卍の殺人』　222, 223, 251
『マンハント』　75, 159
〈三島由紀夫全集〉　154
『みすてりい』　154, 156
『ミステリーズ!』　318
『ミステリの社会学』　102
『ミステリ博物館』　160
〈MYSTERY 4 YOU〉　255, 257, 258
〈ミステリ・フロンティア〉　115, 318, 319, 336
『ミステリマガジン』　76, 83, 179, 326, 401, 405→『HAYAKAWA'Sミステリ・マガジン』も参照
〈ミステリ・ライブラリ〉　247
『乱れからくり』　183
『密室』　93
『三つの棺』　56
『三つの目』　22
『南回帰線』　46
『南十字星』　194
〈ミュージック・ライブラリ〉　126, 146, 194
『未来のイヴ』　146, 287
『明暗』　45
〈名作歌舞伎全集〉　120, 126, 137
『名詩名訳』　146
〈名探偵ホームズ全集〉　19
『メサイアの宝石』　244
『めりけんじゃっぷ』　241
『盲目の理髪師』　57, 58, 404
「モトさん、あやまる」→『銀のたばこケースの謎』
『物語の迷宮』　293–295
『模倣の殺意』　332, 333
〈森鷗外著作集〉　134

や

『鑢』　245
『やぶにらみの時計』　102
『山男ダンさん』　17
『憂国』　46
『夕潮』　224, 225
『郵便配達は二度ベルを鳴らす』　150
『幽霊屋敷』　54, 55
『行きずりの街』　264
〈ユニフォームエディション〉　103
〈妖精文庫〉　152, 246
『横溝正史殺人事件あるいは悪魔の子守唄』　219, 220
『黄泉戸喫 よもつへぐい』　303
『夜歩く』　56, 245
『夜の蟬』　227, 251, 267, 281, 398
『鎧なき騎士』　139

ら

『ラスト・シーザー』　244
『らせん』　292
『ラッフルズの事件簿』　170
「乱歩・少年ものの世界」　159, 285
『立教ミステリ』　89, 105
『良寛』　146
〈レンズマン〉シリーズ　125
『ロウソクの科学』　34, 35
『ロシアから愛をこめて』　124, 137
『ロボット市民』　142
『ロマンの寄せ木細工』　112
『ROM』　113

わ

『Yの悲劇』　88
『我が秘密の生涯』　159
『私が殺した少女』　264
『わらの女』　254

C

『Catalogue of Crime』　406

F

『Fifty Classics of Crime Fiction 1900–1950』　406

T

『The Shattered Raven』　327, 328

事項名

あ

青山のミステリクラブ(青山学院大学推理小説研究会)　85, 101, 114
芥川賞　72
朝日ソノラマ　213
旭屋書店　246, 405
アシーネ　215
鮎川哲也賞　222, 223, 251, 255, 256, 271, 272, 280, 281, 283, 311, 409, 410
荒地出版社　167
イエナ　139, 208, 246, 405
イエローブックス　225–227, 237
石川県立図書館　338
一の日会　85
岩崎書店　120, 125, 151
岩波新書　165, 237
「岩波の一〇〇冊の本」　73, 74
岩波文庫　34, 73, 146, 164, 165, 169, 173, 174, 352
印税　48, 163, 164
「うちのママは世界一」　66
エイヴォン　245
SRの会　56, 85, 91–93, 95, 96, 98, 101, 112, 213
SF　22, 23, 25, 84, 85, 101, 124–126, 137, 138, 142, 151, 172, 178, 194, 195, 197, 198, 208, 234, 237, 239, 242–245, 247, 273, 274, 287, 288, 293, 334, 339, 361, 362, 364, 399, 400
江戸川乱歩賞　70, 95, 96, 111, 112, 176, 186, 199, 215, 223, 229, 256, 277, 292
エド・プロダクツ　159
NHK出版　166
大阪大学のミス研(大阪大学推理小説研究会)　335, 336
大地屋書店　57–59, 404
「おとぎの国」　25, 67
『オリエント急行殺人事件』　149
オール讀物推理小説新人賞　218
音楽之友社　395

か

怪奇　46, 124, 126, 152, 237, 242–244
「怪人二十面相」【ラジオ番組】　11
学生社　36
カッパ商法　70, 231
カッパ・ノベルス　70
カッパ・ブックス　70
角川商法　73, 174
カドカワノベルズ　231
角川春樹事務所　371
角川文庫　73, 154, 173, 174, 256, 258, 274
金沢ミステリ倶楽部　338
鎌倉文士　346
紙資料修復工房　308, 309
ガーランド　406
河出書房　48, 141
関西大学のSF研(関西大学SF研究会)　197
関西大学の漫画研究会(関西大学漫画同好会)　197
関西ミステリ連合　322
奇譚社　229
紀伊國屋書店　246, 294, 332, 333, 375, 405, 408, 409
九州大学のミステリクラブ(九州大学ミステリ愛好会)　114, 115
京大のSF研(京都大学SF研究会)　272
京大のミス研(京都大学推理小説研究会)　232, 272, 339
京都鬼クラブ　93
金羊社　135
くまざわ書店　408
『暗くなるまで待って』　68
グリコ森永事件　101
クリスティ・ファンクラブ　85
クリスティー文庫　377
黒田藩プレス　293
慶應義塾大学推理小説同好会　82, 85, 88, 93, 95, 97, 98, 101, 113–115, 213, 284
警察小説　125, 293
月刊ペン社　152, 246
ゲームブック　236, 237, 399
絃映社　159, 160
幻影城【発行元】　159
現代教養文庫　236
弘栄堂書店　358, 375, 408
講談社　15, 19, 23, 25, 26, 30, 32–34, 38, 59, 113, 126, 149, 151, 154, 173, 175–177, 197, 198, 209, 211, 212, 228, 230, 232, 261, 274, 285, 319, 371, 372, 390, 395
講談社学術文庫　288
講談社ノベルス　230, 231
講談社文芸文庫　288
講談社文庫　154, 173, 175, 176, 198, 228, 240, 274, 369, 376
光文社　11, 16, 19, 48, 70, 73, 178, 179, 285, 297–299, 395
光文社古典新訳文庫　48
光文文化財団　299
啓文堂書店　408
国際謀略小説　238, 267
国書刊行会　152, 246, 413
国会図書館　297
「この謎は私が解く」　64

近藤書店　139, 405

さ

歳月社　152, 159, 160
さーくる社　159
サスペンス　32, 125, 216, 237, 238, 239, 242, 274
「サーフサイド６」　69
さわや書店　366
三一書房　103, 152, 257
三億円事件　99, 100, 328
山岳信仰　50, 77, 78, 102
サンケイ児童出版文化賞　306
三十書房　62
三省堂　395
三省堂書店　226, 297
「サンセット77」　69
シエラザード文化財団　297, 298
「事件記者」　65, 66, 69
CBSソニー　215, 229
「七人の刑事」　65
社会思想社　236
社会派　70–72, 153, 266
集英社　17, 72, 151, 173, 265
週刊文春ミステリーベスト10　95, 288
一〇年留保　22, 188, 190
集文堂　53, 56, 404
修験道研究　77, 78, 102
シュワン　139, 405
ジュンク堂書店　408
春秋社　122
小学館　151, 173, 191, 302
「少年探偵団」【ラジオ番組】　11, 12
情報センター出版局　160, 284
昭和堂　408
書店開発　361, 384
紫波町図書館　413–416
心交社　159
新書戦争　231
新人物往来社　158
新潮社　21, 22, 46, 154, 198, 261, 288, 300, 312, 345, 351, 409
新潮文庫　150, 173, 174, 194, 229, 238
人物往来社　120
新本格　153, 223, 228, 230, 266, 280, 319, 321, 339
深夜プラス１　360, 364
スエディット　178
スリラー　31, 125, 242
精興社　271
ゼブラ　225
『007　危機一発』　124, 137
『007は殺しの番号』　124
創元SF文庫　239, 245, 273, 274
創元コンテンポラリ　306
創元社　62, 128, 129–131, 133, 134, 173, 193, 195, 269
創元推理短編賞　283
創元推理評論賞　283
創元推理文庫　21, 32, 46, 48, 49, 53–58, 70, 121–126, 134, 137, 138, 141, 143, 151, 162, 163, 165, 169, 175, 176, 191, 194, 199, 200, 202, 210, 225, 232, 236–245, 248, 267, 273, 278, 287–289, 292, 299, 306, 330, 338, 341, 343, 344, 351, 358, 398, 399, 404, 407
創元選書　121, 126, 129–131, 138, 146, 194–197
創元ノヴェルズ　238, 239, 244, 245, 267, 293
創元ライブラリ　286, 287, 293, 302
創土社　152

た

大文字洋紙店　119
「ダイヤル110番」　65
太洋堂書店　59, 403–405
多田屋　408
タトル商会　105, 163, 165, 168, 216, 261
探偵小説研究会　283, 284, 295
「探偵物語」　264
中央公論社　35, 47–49, 72, 194, 223
中公文庫　173
著作権法　161, 188
「痴楽綴り方狂室」　13
ツァラトゥストラ音頭　48
ツタヤ　408
「ディズニーランド」　25–27, 34, 36, 67
東京創元社　21, 22, 26, 33, 34, 57, 58, 79, 80, 84, 86, 91, 98, 100–102, 106, 109, 112, 114, 115, 119, 121, 124, 125, 127, 129, 133–135, 137, 138, 140, 148–153, 159, 161, 162, 165, 172, 173, 176, 185, 187–190, 192, 194, 195, 197–200, 204, 213, 214, 220, 226–229, 231, 233, 234, 237, 244, 246, 252–254, 256, 258, 261, 262, 264, 267, 269, 272, 274, 275, 277, 282, 288–293, 297, 303, 330, 331, 336, 341, 342, 346, 347, 355, 358, 369, 370, 375, 380, 383, 395, 404
東京創元新社　58, 134, 135, 404
東京堂書店　224, 373
桃源社　152, 155, 156
同志社大学のミス研（同志社大学推理小説研究会）　258
同時代ライブラリー　287
東販　136, 137
トクマ・ノベルス　214
徳間書店　100, 193
徳間文庫　193
戸田書店　410, 412
トパーズプレス　293
トーハン　361, 362, 369, 370, 384, 389, 390
TRICK+TRAP（トリック・トラップ）　306, 323–325, 338, 340, 355, 358, 359, 361–364, 369, 371–380, 382, 386, 388–395, 399, 402, 403, 408, 415

な

浪速書房　109, 158
南雲堂　386, 389
『南海漂流』　27
二十一世紀美術館　378
日本エディタースクール　142
日本出版配給会社　129

日本推理サスペンス大賞　227
日本推理作家協会　112, 113, 180, 181, 199, 265, 266, 284, 296, 297
日本推理作家協会賞　113, 181–183, 186, 199, 227, 266
「日本の考古学」　35, 49
日本パブリッシング　145
日本評論社　395
日本ユニ・エージェンシー　139, 140, 142, 163, 216
ネバーランド　360, 364
野村胡堂・あらえびす記念館　317, 323, 413, 415

は

『HOUSE　ハウス』　96
白水社　261, 370
博報堂　186
『ハードボイルド』　215
ハードボイルド　32, 86, 125, 143, 156, 215, 216, 218, 238, 264–267, 274, 275
「パパ大好き」　66
パブリックドメイン　22, 163, 168, 189
バベル　277
「バーボンストリート」　69
ハヤカワSF文庫　149, 151, 152, 173
早川書房　32, 56, 84, 85, 91, 104–106, 109, 124, 125, 142, 149, 151, 156, 165, 169, 176, 178–180, 185, 189, 190, 231, 261, 262, 290, 294, 326, 327, 369, 370, 377
ハヤカワ文庫　377
ハヤカワ・ミステリ文庫　377, 378
『HMM』ファンクラブ　83, 85, 91, 92, 101
林書店　159
薔薇十字社　152
バランタイン　208, 246
パルコブックセンター　408
「ハワイアン・アイ」　69
ハンター　405
バンタム・ブックス　236
美術出版社　395
「ヒッチコック劇場」　25
「ビーバーちゃん」　66
ビブリオバトル　411
「日真名氏飛び出す」　66
ピラミッド・ブックス　189
ヒロイックファンタジー　152
ファンタジー　126, 152, 247, 306, 307, 330
風林書房　154
福音館書店　188
福音社　128, 129
富士川洋紙店　135
扶桑社　166
双葉社　193
ブックオフ　404
ブックスいずみ　375, 408
ブックスの会　395
BOOKSルーエ　375, 408
ブックフェア　27, 263
フランス著作権事務所　21, 216
文一総合出版　253
文教堂　332, 333
文藝春秋　27, 151, 173, 176, 218, 231, 289, 395
文庫ボックス　57, 293
文士劇　296
文春文庫　173
文鳥堂書店　234, 404, 405
平凡社　14, 15, 184, 185
平凡社ライブラリー　287
平凡出版　178, 186
beco café　389
ヘラルド・エース　262
ベルヌ条約　22, 188, 190
変格　152
ペンギンブックス　236
方英社　135
冒険　23, 30, 124–126, 157, 237, 242–244, 265–267
冒険小説協会　264, 265
冒険小説大賞　265
芳進堂　405
芳林堂書店　57, 58, 59, 311, 404, 408
牧神社　152
ポケット・ミステリ→ハヤカワ・ポケット・ミステリ
ポケット文春　231
ポケミス→ハヤカワ・ポケット・ミステリ
POS　101
「ポッポちゃん」　11, 12
ボドリーヘッド社　165
ポピュラー・プレス　247
ポプラ社　19, 21
ホラー　96, 126, 134, 247, 292, 293, 307
ボーリング・グリーン　247
本格　71, 125, 153, 223, 237, 238, 240, 242, 264, 266–279, 284
本格ミステリ作家クラブ　266, 284, 339, 373
本格ミステリ大賞特別賞　319, 331
本格ミステリ大賞評論・研究部門賞　312
翻訳権　20–22, 123, 124, 139, 142, 163, 164, 179, 188–190, 216, 261, 262, 290
翻訳ミステリーシンジケート　343, 398

ま

マガジンハウス　178, 186–188, 199, 213, 253, 350
町本会　393, 398
松坂屋の本屋　403
松屋デパートの書籍部　16, 403
丸善　105, 139, 185, 246, 247, 405–408
マルタの鷹協会　264
三崎書房　152, 159, 160
ミステリSFコレクション　400
ミステリー文学資料館　10, 61, 297
三越の本屋　403
密室の会　93
「未来の国」　25, 67
明治図書　160
明正堂書店　138, 405
名著出版　79
『盲獣』【映画】　96

モダンホラー　239, 267, 293
モンシェリ　84, 85, 88

や

谷島屋　412
矢野著作権事務所　109, 139
矢部青雲堂　128
山梨ふるさと文庫　219
ヤマハ　139, 405
山伏　50, 51, 77, 78, 81
有斐閣　293
遊牧社　214
「妖怪博士」【ラジオ番組】　11
横溝正史賞　255, 256
読売新聞社　35

ら

「ライズ・アンド・シャイン」　215
立教ミステリ・クラブ　65, 87–89, 91–93, 96, 98, 99, 101, 102, 104, 180, 252, 284, 328, 347
立風書房　152, 220
リーブル・ド・ポッシュ　22
リブロ　234, 369, 375, 378, 408
「ローハイド」　68

わ

ワセダミステリクラブ　28, 82, 84–88, 92, 98, 99, 101, 103, 104, 113–115, 154, 179, 199, 214, 223, 229, 253, 264, 282, 284, 327
「私だけが知っている」　64
『罠にかかったパパとママ』　36
ワールド・アンティーク・ブック・プラザ　105

A

ABA（米国書店協会）　27

M

MWA（アメリカ推理作家協会）賞　245

著者略歴

戸川安宣（とがわ・やすのぶ）

一九四七年長野県生まれ。立教大学文学部史学科卒。大学在学中に立教ミステリ・クラブを創立。東京創元社で、編集長、編集部長、社長、会長、特別顧問、相談役を歴任。「創元推理文庫」のほか〈バルザック全集〉、〈ヴィリエ・ド・リラダン全集〉などの企画、編集に関わる。編集長時代には、当時翻訳ミステリ中心だった東京創元社で〈日本探偵小説全集〉を企画。その後の日本ミステリ界の動向に深甚な影響を与える。二〇〇四年、日本の本格ミステリの発展に尽くした功績を評され、講談社の編集者宇山日出臣とともに第四回本格ミステリ大賞特別賞を受賞。また、二〇〇三年から二〇〇七年まで、吉祥寺でミステリ専門書店「TRICK＋TRAP」の運営に携わる。編著書に仁木悦子『私の大好きな探偵』（ポプラ文庫ピュアフル）、杉みき子『マンドレークの声』（龜鳴屋）、著書に『少年探偵団読本』（共著、情報センター出版局）など。

編者略歴

空犬太郎（そらいぬ・たろう）

一九六八年生まれ。編集者・ライター。書店テーマのブログ「空犬通信」やトークイベントを主催するほか、『編集会議』（宣伝会議）などの雑誌に書店に関する文章を寄稿している。編著書に、『本屋図鑑』『本屋会議』（ともに共著、夏葉社）、『本屋はおもしろい!!』『子どもと読みたい絵本２００』『本屋へ行こう!!』（いずれも共著、洋泉社）がある。

ぼくのミステリ・クロニクル

二〇一六年一一月一一日初版第一刷印刷
二〇一六年一一月二五日初版第一刷発行

著者　戸川安宣
編者　空犬太郎
発行者　佐藤今朝夫
発行所　株式会社国書刊行会
〒一七四-〇〇五六
東京都板橋区志村一-一三-一五
TEL〇三-五九七〇-七四二一
FAX〇三-五九七〇-七四二七
http://www.kokusho.co.jp

ブックデザイン　黒岩二三〔Fomalhaut〕
印刷・製本所　中央精版印刷株式会社
ISBN978-4-336-05896-6 C0095